U0456305

未曾远去的风雅

中国现代文学大师群像 上

聂 茂 —— 著

团结出版社

© 团结出版社，2024 年

图书在版编目（ＣＩＰ）数据

未曾远去的风雅：中国现代文学大师群像 / 聂茂著
. -- 北京：团结出版社，2025.1
ISBN 978-7-5234-0844-5

Ⅰ.①未… Ⅱ.①聂… Ⅲ.①中国文学－现代文学－
文学欣赏 Ⅳ.① I206.6

中国国家版本馆 CIP 数据核字 (2024) 第 050795 号

责任编辑：陈心怡
封面设计：阳洪燕

出　版：团结出版社
　　　　（北京市东城区东皇城根南街 84 号　邮编：100006）
电　话：（010）65228880　65244790
　　　　（010）65238766　85113874　65133603（发行部）
　　　　（010）65133603（邮购）
网　址：http://www.tjpress.com
E-mail：zb65244790@vip.163.com
　　　　tjcbsfxb@163.com（发行部邮购）
经　销：全国新华书店
印　装：三河市东方印刷有限公司

开　本：170mm×240mm　16 开
印　张：42.75　　　　　　　　字　数：564 千字
版　次：2025 年 1 月　第 1 版　　印　次：2025 年 1 月　第 1 次印刷

书　号：978-7-5234-0844-5
定　价：128.00 元（全两册）
　　　　（版权所属，盗版必究）

序
中国现代文学的精神与风骨

　　"大鹏一日同风起，扶摇直上九万里。"

　　这是李白仗剑远游时写下的激情澎湃的豪迈诗句，从中不难感受到大唐盛世的蓬勃气象以及诗人洋溢的凌云壮志。而这一句诗词，也穿梭千年，成为中国现代文学精神与风骨的生动写照。

　　中国作家协会副主席、著名学者吴义勤指出：中国现代文学发轫于轰轰烈烈的新文化运动，从一开始就带着强大的革命思想和创新意识，它是在 20 世纪初中国社会风云激荡的历史语境中诞生的，既是"古老中国"向"现代中国"转变的必然产物，也是中国人民从半殖民地半封建社会向民主、自由和科学的中国转变的心灵呐喊与精神渴求。① 一部中国现代文学史，就是一部中国革命史、战斗史和中国人民的心灵史。李大钊、陈独秀、瞿秋白等都是中国新文化运动的发起者和中国现代文学的开拓者。1915 年 9 月，陈独秀创办《青年杂志》(后改名为《新青年》)，后来发表著名的《文学革命论》，率先举起"文学革命"的大旗。李大

---

① 参见吴义勤：《百年中国文学的红色基因》，载《光明日报》2021 年 6 月 22 日。

钊与陈独秀遥相呼应，发表了《什么是新文学》一文，将中国现代文学与"社会写实"联系起来，赋予文学创作丰富的现实性和鲜明的战斗性，而这正是中国现代文学最重要和最可贵的精神品质。瞿秋白与鲁迅先生是"知己"，他在翻译介绍马克思列宁主义的同时，满怀激情地写下《饿乡纪程》《赤都心史》等纪实名篇，感情真挚地表达了自己思想上焕发的生机。

文运与国运相牵，文之运势要有自己的团体与组织。作为中国现代文学组织成立最早、影响和贡献非常大的文学社团之一，文学研究会在时代大潮中应运而生。以沈雁冰（茅盾）和郭绍虞为首的社团发起人主张文学"为人生"，号召文艺家们"以血和泪的文字"揭露黑暗、讴歌人民；创造社发起人郭沫若、成仿吾也及时发出自己的文学主张，倡导文学"为艺术"，要忠于"内心的需求"，表达浪漫与唯美。而中国共产党领导文艺运动的一个标志性事件是 1930 年成立了中国左翼作家联盟。"左联"的精神领袖是鲁迅，实际领导者是瞿秋白。抗日战争全面爆发之后，文艺界最重大的一件事就是成立了中华全国文艺界抗敌协会。郭沫若、茅盾、夏衍、老舍、巴金等 45 人当选为该协会理事，老舍为总务部主任，主持日常工作。与此同时，延安革命根据地成立了陕甘宁边区文化界救亡协会，为推动解放区的文艺运动作出了重大贡献。

中国现代文学精神与风骨的突出表现在于：一大批优秀作家具有敏锐的政治觉悟、执着的艺术追求和强烈的爱国情怀。他们怀着炽热的心接受革命先进思想的洗礼，自觉承担起驱散黑暗、改造中国的责任与使命，冒着生命危险，在极其艰苦的条件下纷纷加入党组织。据吴义勤初步统计，先后加入党组织的作家有茅盾（1921 年）、蒋光慈（1922 年）、郭沫若（1927 年）、夏衍（1927 年）、冯雪峰（1927 年）、李初梨（1928年）、冯乃超（1928 年）、邓拓（1930 年）、丁玲（1932 年）、田汉（1932年）、陈荒煤（1932 年）、周立波（1935 年）、柳青（1936 年）、刘白羽（1938年）、田间（1938年）、魏巍（1938年）、何其芳（1938年）、欧阳山（1940年）、萧军（1948年）等。其中，在理想信念的强烈驱使下，丁玲、何其芳、萧军、艾青、田间、卞之琳等一大批优秀作家奔赴革命圣地延安，在火热的革命斗争和枪林弹雨中，他们经受住了严酷的考验，挥洒着他们的理想、激情与智慧，彰显了他们的精神、意志与风骨。

文脉同国脉相连。1942年5月，毛泽东在延安文艺座谈会上指出："在我们为中国人民解放的斗争中，有各种的战线，就中也可以说有文武两个战线，这就是文化战线和军事战线。我们要战胜敌人，首先要依靠手里拿枪的军队。但是仅仅有这种军队是不够的，我们还要有文化的军队，这是团结自己、战胜敌人必不可少的一支军队。"一代伟人毛泽东把"笔杆子"和"枪杆子"联系到一起，充分肯定了文学无可替代的战斗作用，是对中国传统文论中所提出的"盖文章，经国之大业，不朽之盛事"的承继与超越。

本书所聚焦的24位作家是中国现代文学波澜壮阔发展史上的缩影，他们的生命连同他们的作品在中国现代文学史的天空留下了永不湮灭的暗香。

看，他们一个接一个出生了，带着啼哭和呐喊，在暗夜的长空划下一道道闪电：他们是中国现代文学的灵魂、"硬骨头"鲁迅和新文化运动的旗手胡适，是狂飙运动中凤凰涅槃的郭沫若、林语堂、茅盾、郁达夫、徐志摩，是"廉洁正直以自清"的朱自清、老舍、闻一多、俞平伯、沈从文，是太阳照在心河上的丁玲、巴金、赵树理、周立波，是别样风景的张中行、曹禺、钱锺书、萧红，也是"凭窗远望，白云悠悠"的孙犁、苏青、汪曾祺和张爱玲。他们出身不同，背景各异，个性鲜明，但他们是中国现代文学的主力军，是国家的脊梁，民族的魂魄。他们怀着对文学的巨大热情，怀着改造中国的美好愿望，以及对中国未来的殷切期待，用自己的青春、热血、才华乃至痛苦、眼泪和苦闷写下了属于自己的辛酸、荣辱及不悔的人生。而今，他们的生命虽已消逝，但他们的精神与风骨将在九百六十万平方公里的土地上万古长存、熠熠生辉。

改革开放以来，文艺创作者扎根文化母土，将优秀外来文化经验本土化，创作了无数精品佳作。但是，拜金主义、享乐主义、极端个人主义和历史虚无主义等错误思潮不时出现，网络舆论乱象丛生。更有甚者，一些文艺研究者缺乏文化自信，崇洋媚外，习惯用西方理论剪裁中国经验，自我矮化，沦为西方的"发声器"，附和西方个别鼓吹者全面否定中国文学，称中国文学是所谓的"垃圾"，抹黑中国文学的成就，其错误的价值导向不仅对文艺创作发展无益，甚至严重影响了人们的思想和社会舆论环境。

梁启超曾在书中自述他在巴黎拜会哲学家蒲陀罗（Boutreu，柏格森之师）时的情景，蒲陀罗告诫道："一个国民，最要紧的是把本国文化发挥光大……我希望中国人总不要失掉这份家当才好。"不久，梁启超在巴黎"和几位社会党名士闲谈，我说起孔子的'四海之内皆兄弟''不患寡而患不均'，跟着又讲到井田制度，又讲些墨子的'兼爱''寝兵'。他们都跳起来说道：'你们家里有这些宝贝，却藏起来不分点给我们，真是对不起人啊！'"梁启超听后十分羞愧，"觉得登时有几百斤重的担子加在我的肩上。"梁启超之所以感觉肩上压着"几百斤重的担子"，原因在于很长时间以来，许多国人失去了自信，妄自菲薄，没有一个东方古老大国民众应有的尊严、胸怀与境界。

文化兴则国家兴，文化强则民族强。如果我们自己都不珍视这些为中华民族创造了丰富精神食粮的文学大家，我们今天就没有资格谈论文化自信。而没有高度的文化自信，就没有中华民族的伟大复兴。生长在盛世繁荣的新时代，每个普通读者都要像樱花热爱春天一样热爱这些留下暗香的文学大家。广大文艺工作者则应以谦卑的心秉持这些文学大家的风骨与精神，自觉承担起"举旗帜、聚民心、育新人、兴文化、展形象"

的使命任务，时刻牢记"国之大者"的创作宗旨，承续光荣传统，赓续民族血脉，努力做时代的记录者和历史的见证人。

1837年，爱默生在哈佛大学发表了一个著名演讲，他郑重提醒美国青年，不要成为"在美国"的德国学者、英国学者或法国学者，而要成为立足于美国生活的"美国学者"。他认为美国人倾听欧洲的时间已经太久了，以致美国人被看成是"缺乏自信心的，只会模仿的，俯首帖耳的"。

爱默生的演讲促人警醒，也发人深省。我们一味地诠释、解读和讴歌欧美文学的种种先进和美好，却忘记了中国现代文学大家所彰显出来的民族气节、审美风范和家国情怀不比世界上任何国家的文学逊色。由此可见，一个不重视作品的价值追求、不聚焦母国文化的文艺家或文艺理论工作者，怎么对得起脚下的这片厚土以及给他们以崇高荣誉的祖国和人民？因此，广大文艺工作者应当自觉以社会主义核心价值观引领文化建设，注重用社会主义先进文化、革命文化、中华优秀传统文化培根铸魂，努力提高创作的信心与能力，牢牢把握历史脉搏，坚持与时代同步，创作出既有世界视野又有中国风骨、中国精神、中国气派的文艺精品。这是全国人民的期望，也是中国文学的使命所在。

目　录

第一章

鲁迅：

打破『铁屋子』的『硬骨头』

他总是紧锁着眉头，脸上有着刀刻般的坚毅。一颗烟在他手中，仿佛吸了一辈子。我因此听见了他的咳嗽，带着淡淡的血丝，从沉沉的黑夜穿过来，停在中国的心脏上。

一、"我向来是不惮以最坏的恶意来推测中国人的"

他总是紧锁着眉头，脸上有着刀刻般的坚毅。一颗烟在他手中，仿佛吸了一辈子。我因此听见了他的咳嗽，带着淡淡的血丝，从沉沉的黑夜穿过来，停在中国的心脏上。

鲁迅，一个久远而又熟稔的名字，一个敬畏而又亲切的名字，一个符号般飘逸而又磐石般沉重的名字。在那风雨飘摇和动荡不安的年代里，他用良知、正义、智慧和生命在古老的大地上投下一道道闪电。他照亮了苍白的中国，也撕破了不少人的伪装。他活得很苦很累，直到今天，我仍然能感受到那种于重重的压抑中透不过气来的阵阵喘息。

巴金曾说："……在我困苦的时候，在我绝望的时候，在我感到疲乏的时候，我常常想到这个瘦小的老人。"的确，这个瘦小的老人使许多巨人感到矮小，但这个瘦小的老人也使许多人获得力量和信心。

鲁迅，一个从不掩饰自己好恶的人，一个从不违心迁就的人。他对徐志摩这样具有浓郁小资情调的人明显表示出不愿结识的态度，以致徐志摩在给周作人的信中曾抱怨说"只有令兄鲁迅先生脾气不易捉摸，怕不易调和，我们又不易与他接近"云云。

许多人知道鲁迅与周作人不和，甚至有人散播谣言，说周作人的日本老婆羽太信子曾经是鲁迅的妻子。或者说，鲁迅曾以兄长之威欺负周作人，猥亵羽太信子，最终导致兄弟翻脸。鲁迅只好搬出八道湾赁屋别居。流言种种，伤人深深，鲁迅生前不作任何解释，良心可鉴，他尽到了周家长子的责任。他将极大的委屈压在心底，用心照顾好老母亲。

鲁迅与周作人，原本亲密无间。在中国现代文学史上，第一个译介"弱小民族"文学的就是周氏兄弟。两人靠《波兰人民与文学》一书目录的指引，翻译了两卷德文的《域外小说集》（1909），只销出 10 本。虽是如此，却是他俩亲情和友情的原始见证。

更为重要的是，鲁迅和周作人的合作，并没有赶热门题材。恰恰相反，他们选的是冷门，是对"弱小民族"文学的译介。这一点，对当今文坛尤为重要。鲁迅与周作人第一次合作的《域外小说集》虽然只销出 10 本，但它的意义直到今天还没有得到应有的重视。或者说，那 10 本书，仍然要看很长一段时间才能看完。

至于有人乱泼污水，鲁迅早就说过："我向来是不惮以最坏的恶意来推测中国人的"。清者自清，浊者自浊，鲁迅应当能够安宁。

二、情爱之苦与婚姻之痛

在鲁迅的生命历程中，有一个人很少说话，却令许多中国人感到不安，过去是，现在是，将来仍然是。这个人的名字叫朱安。一个最为普通的中国妇女，她比鲁迅大三岁，成为鲁迅不忍伤害、也无法爱上的夫人。

我明白鲁迅那雕刻般的脸除了体质瘦弱的原因外，还与他压抑的生活有关。他将忙碌的身影留在一本本书中，将吐出的烟雾、带血的咳嗽和苦闷的情感留在一行行文字里。他试图用忙碌减轻他的痛苦，他试图用吸烟倾诉他的苦闷，可忙碌总会有终止的时候，烟雾总会有散尽的时候，而他的苦、他的伤、他的痛却更加触目惊心地写在脸上。

1923 年秋，鲁迅开始兼任北京女子高等师范学校（后改名北京女子师范大学）国文系讲师，每周讲授一小时"中国小说史"。在这里，他碰上了该校国文系二年级学生许广平。这是一位勇敢的女性，一位热爱鲁迅文品和人品的女性。在每周三十多小时的课程中，她最盼望的就是听鲁迅讲小说史，她上课经常选择第一排座位。正是在这里，她能够看清鲁迅以及鲁迅那颗苦闷的心。

1924 年 2 月 4 日，这一天是中国农历大年三十，是除夕，是万家团圆的日子，但鲁迅一点感觉不到节日的欢乐，他对外面的鞭炮声充耳不闻，独自守岁，脑海里偶尔飘来那双明亮的、灼热的眼睛。

夫人朱安就坐在同一个院的另一间屋里。在黑暗中，她守着一盏孤灯。

鲁迅听到了一声叹息，是朱安的，也是自己的。这叹息如一颗石子，击中了往日的噩梦。

1906年，远在日本留学的鲁迅接到一封"母病速归"加急电报，孝心很重的鲁迅立即回国。没料到，母亲并无病，只是一份苦心：她迫不及待要让鲁迅完婚。

鲁迅很不情愿，却又毫无办法。回家后的第二天，在母亲的亲自操持下，鲁迅十分机械地与从未谋面的朱安成了婚。这一天是1906年7月26日（光绪三十二年六月初六）。

当晚，鲁迅彻夜未眠。朱安数次小心地说："睡吧。"鲁迅一个字也没有回答。窗外黑得像厚厚的锅底。

一连三天，鲁迅拒绝与朱安同房。他宁愿待在母亲房间，无聊地翻着书。母亲催促也没有用。他只是木讷地告诉母亲："你要我结婚，我做到了。"

第四天，鲁迅和二弟周作人及几个朋友启程东渡日本，这一走就是三年。他将朱安连同她的泪水留给了母亲："这是母亲给我的一件礼物，我只能好好地供养它，爱情是我所不知道的。"两个女人爱着鲁迅，鲁迅却不能接受其中一个。

从此，鲁迅的瘦削多了一份痛苦，一份忧郁，一份难以摆脱的阴影。他甚至多次想到了死，他的床褥下面藏着一把利刃。

1919年，朱安已是四十多岁的人了，她结婚也有整整13个年头了。对她来说，这13年的婚姻等于一片荒漠。是年11月，鲁迅买下了北京西直门内公用库八道湾11号的院子，这是一种老式的三进院，外院是鲁迅自己住，同时作为门房，并放一些书籍杂物，中院是母亲和"大太太朱氏"住，里院一排正房是周作人一家和三弟周建人一家分住。

虽然全家团聚了，但鲁迅的心依然孤独痛苦。他依然皱着眉，只是那眉头的刻痕更深了；他依然吸着烟，只是那吐出的烟雾更重了；他依然咳嗽，只是那发出的声音更加令人不安了。当他与周作人翻脸、割席断情之后，鲁迅决定搬家。他征求朱安的意思：是想回娘家还是跟着搬家？

朱安坚定地表示：跟着大先生。

于是他们迁到砖塔胡同，鲁迅与朱安依然是分居。有时母亲来住几天。在这一阶段，他们的日常生活由朱安安排。鲁迅把足够的生活费用交给朱安，并且跟以往一样，亲自给朱安的娘家寄钱。

在砖塔胡同近十个月的这段日子里，是鲁迅与朱安单独接触最多的时间，但是一切机会和努力均不可能挽回他们的婚姻了。两个不相爱的人同在一个屋檐下，天天见面，却无话可说，把彼此的情感都留在黑暗中、留在那个特定的时代。

鲁迅在北京女子师范大学教书时，那份难言的灼痛更深更重了。

许广平感觉到了，她要行动起来，用青春的火将黑暗点亮。

1925 年 5 月 11 日，北京女子师范大学发生了反对校长杨荫榆的学潮，作为学生自治会总干事的许广平正是学潮中的骨干。为了解除时代的苦闷，探讨中国女子教育的前途，她主动给鲁迅写了第一封信。鲁迅隐隐地感觉到，一只爱情的老虎欣喜地向他走来。

1925 年 10 月 20 日这一天晚上，在鲁迅西三条寓所的工作室——"老虎尾巴"，鲁迅坐在靠书桌的藤椅上，27 岁的许广平坐在鲁迅的床头，她首先握住了鲁迅的手，鲁迅也轻柔而又缓缓地紧握住对方的手，两颗心在剧烈地跳荡。

许广平将头靠在了鲁迅的肩膀上，面孔涨得通红。

鲁迅轻声但是决然地说："你战胜了！"

许广平点点头，报以羞涩的一笑。接着，两人热烈地亲吻。窗外的月像挂在屋前的灯笼，见证了不同凡响的日子。

第二天，刚刚写完小说《孤独者》四天的鲁迅，在爱情的滋润下，又一气呵成写完了《伤逝》。

1926 年 8 月 26 日，鲁迅与许广平离京，几经周折，于 1927 年 10 月 3 日在上海公开同居。鲁迅承认，在他和许广平结合的全过程中，许广平比他果断得多，勇敢得多。

可惜，好景不长。鲁迅积劳成疾，于 1936 年 10 月在上海逝世，令那些恨他的人、怕他的人长长地舒了一口气。

消息传到北京，朱安十分悲痛。她很想南下参加鲁迅的葬礼，终因周老太太年过八旬，身体不好，无人照顾而未成行。但她坚持要把西三条胡同 21 号鲁迅离京前的书房辟为灵堂，为鲁迅守灵。

周老太太流下了苦泪，她对朱安说："是我苦了你一辈子。"

1943 年周老太太病逝，朱安从此孤身一人。寂寞惯了的她默默地守在黑房间中，感觉时间停止了。

鲁迅逝世后的一段时间，朱安和周老太太的生活主要由许广平负担，周作人也按月给一些钱，但周老太太病逝后，朱安拒绝周作人的钱，因为她知道大先生与二先生合不来。虽然许广平千方百计克服困难给朱安寄生活费，但社会动荡，物价飞涨，朱安的生活十分清苦，每天的食物主要是小米面窝头、菜汤和几样自制的腌菜。很多时候，就连这样的生活也不能保障，在万般无奈的情况下，她只好"卖书还债，维持生命"。

朱安登报要把鲁迅的藏书卖掉，许广平得知消息后，委托朋友去同朱安面谈："不能把书卖掉，要好好保存鲁迅的遗物。"

这个一辈子不会发火的人此时却对来人说："你们总说要好好保存鲁迅的遗物，我也是鲁迅的遗物，为什么不好好保存？"

当来人告诉她许广平在上海被监禁、并受到酷刑折磨的事情后，朱安叹了一口气，态度改变了，从此她再未提出过卖书，而且还明确表示，愿把鲁迅遗物的继承权全部交给周海婴。

朱安生活困难的消息传到社会上后，各界进步人士纷纷捐款，但朱安始终一分钱也没有拿。

许广平对这一点十分赞赏："这是一个有骨气的女人。"

1947年6月29日，朱安孤独地去世了，身边没有一个人。

早前一天，鲁迅的学生宋琳（紫佩）去看望朱安。她已不能起床，但神志清醒，她泪流满面地对宋琳说，请他转告许广平，希望死后葬在大先生之旁；另外，再给她供一点水饭、念一点经。她还说，她想念大先生，也想念许广平和海婴。

朱安在死后第三日安葬。墓地在西直门外保福寺，没有墓碑，她像未曾存在过一样消失了。她在北京度过了28年，在这个世界上生活了69个春秋。她悄悄地来到人间，又悄悄地从人间离开。她要去追寻鲁迅，看他的咳嗽是否带着血。尽管鲁迅从未接受她的爱，但她并不埋怨，她生前反复对人讲："周先生对我不坏，彼此间没有争吵。"

一个女人的一生就这样结束了。她在鲁迅沉重的背影中留下一片长长的空白。

三、"钱"这个字真的很难听吗？

鲁迅逝世后被推为"民族魂"，后来慢慢被神化、符号化。在我最初的印象中，鲁迅是一个不食人间烟火的人。他很严厉，又很严肃，甚至还有一点严酷。

这样的人还能有生活情趣吗？

有！著名学者孔庆东认为，真实的鲁迅不仅是一个非常有生活情趣、充满生活智慧的人，而且还是一个并不羞于谈钱的人。

看来，是我们误读了鲁迅。

显然，鲁迅不是神，也不是符号，而是有血有肉的、有情有欲的。他的人生观是：一要生存，二要温饱，三要发展。后来他又进一步解释道："我之所谓生存，并不是苟活；所谓温饱，并不是奢侈；所谓发展，也不是放纵。"

在生活中，鲁迅很重视钱，绝不假装清高。

事实上，鲁迅的日记里仔仔细细地记着他的几乎每一笔收入和支出。他的收入主要来自三个方面：薪水、讲课费、稿费。后两者是不确定的，所以他很看重固定的薪水。他在教育部教育司任佥事，每月可以拿300块大洋。那时北京市民的最低生活标准是两三块大洋。一块大洋对基本生活品的购买力大约是今天一元人民币的七十倍到一百倍。

孔庆东举了一个例子：根据老舍的回忆，当时老舍当个"劝学员"，相当于教育分局局长，每月100元；小学校长40元，小学老师25元，学校的勤务员6元。毛泽东在北京大学图书馆当管理员8元，而馆长李大钊300元。老舍说当时1毛5就可以吃顿很好的饭：一份炒肉丝，三个火烧，一碗馄饨带两个鸡蛋，这些只要1毛2，如果有1毛5，就可以再来一壶老白干喝喝了。

在这样的情况下，鲁迅很看重他的300块大洋。他跟章士钊打官司，也有经济方面的原因。后来，他离开了官场，也离开了大学，由广州到上海。领导教育部的蔡元培先生每月给他干薪300块大洋，他也照收不误。有人不理解鲁迅的做法，说鲁迅为什么拿着国民政府的钱，还要骂国民党？在鲁迅看来，钱是该拿的，但骂也是该骂的。何况这钱不还是老百姓的，又不是蒋介石私人的钱！

鲁迅看重钱，有根据吗？

当然有。他在《娜拉走后怎样》里就明确指出："钱这个字很难听，或者要被高尚的君子们所非笑，但我总觉得人们的议论是不但昨天和今天，即使饭前和饭后，也往往有些差别。凡承认饭需钱买，而以说钱为卑鄙者，倘能按一按他的胃，那里面怕总还有鱼肉没有消化完，须得饿他一天之后，再来听他发议论。"

是啊，一家子人都等着他的薪水去生活，没有钱就要饿肚子。鲁迅不是神，他要养家糊口，他要生存，要温饱，要发展，所有这些，离得了钱吗？

四、被拒者送来一束鲜花

有人说，鲁迅是一个不大容易接近的人。这是因为鲁迅被人性吓怕了。他几乎看透了人生，看透了亲情。想想也真是：最美好的婚姻竟是以骗入手，设骗者居然是自己的母亲。婚姻没有带来欢乐，反而成为精神包袱。随之，兄弟失和、朋友反目，还有社会上的明枪暗箭，鲁迅遍体鳞伤，只好穿上一层厚厚的铠甲，冷冷地看着来来去去的人，看着已经过去、正在进行和将要来临的一切。

因此，大多数时候，鲁迅的心门紧闭，他宁愿一个人孤寂地坐在黑黑的屋子里，抽着烟，让烟蒂上一闪一闪的火光照着横在眉头上的铁锁。对陌生人，即便来者友善，他也不愿多置一词，总是保持一份警觉、一种距离。

比如，后来成为鲁迅学生和好友的冯雪峰就回忆说，他第一次经柔石介绍见到鲁迅时，两人就几乎无话可说地在一块儿坐了半天，他感到无趣，最后只好怏怏告辞。而鲁迅在自己的日记中也有某同事来自己家里"对坐良久，苦甚"的记载。

当然，最直接的表现是在《为了忘却的记念》一文中的叙述。鲁迅说，白莽（殷夫）第一次受他邀请将《彼德斐诗集》送来供他校对时，就受到了冯雪峰一样的待遇，后来白莽还写信给鲁迅抱怨，说自己很后悔与他见面，因为自己的话多，鲁迅的话少，天气又冷，"像受了某种威压似的"。鲁迅回信解释说初次见面说话不多，也是人之常情，云云。

随着鲁迅的名气日增，各方希望见到他的人越来越多。而江湖的险恶也让鲁迅越来越小心翼翼。某些时候，他只好直率地拒客。

有一次，一个鲁迅不愿见的人上门求见，佣人请示鲁迅，鲁迅要她告诉来人说自己不在。谁知这人胸有成竹声称自己是见了鲁迅回家后才来敲门的。佣人大窘，只好再去请示鲁迅："先生，那人说是见着你在家才来的！"

鲁迅大怒，对佣人说："你去告诉他，说我不在是对他客气！"

佣人如实转告，那人只好悻悻而去。

有人后来评价说："鲁迅有很多我们常人不及的地方，'逐客之勇'便是其中之一。要换了我们顶多捏着鼻子让他进来，赔上几小时的牺牲听他胡言乱语。或者彼此相见，默默无言，让大好时光留在难受的尴尬里。"

然而，并不是所有"不愿见的人"都能摆脱得了的。海婴就在其《我与鲁迅七十年》一书中回忆，说有一次鲁迅卧病在床，来了一个客人敲门。佣人开门，见是一个青年，就告诉他主人身体不好，不能见客。

这青年二话不说，转身就走。

过一会儿，又响起了敲门声，佣人打开门，见仍是这个青年。佣人正在惊异，却见他抱着一束鲜花，招呼也不打，就直往楼上冲。

这时，许广平正在二楼与鲁迅在一起，闻讯忙迎下来，企图挡住他不让他影响鲁迅休息。可是没有用，他还是固执地冲到了鲁迅床边。什么话也没说，只在床头放下鲜花，认真地看了鲁迅一眼，转身走了。

鲁迅也一言不发，只静静地看着他，直到他的背景消失，这才轻轻地摇了摇头。

原来，这个青年就是鲁迅屡屡为他介绍报纸发表文章的徐梵澄。鲁迅当时之所以不理他，是因为他去德国时，鲁迅曾给了他许多中国的宣纸，希望他送给德国版画家以宣传中国的造纸文化。岂知徐梵澄这"马大哈"回国时又把那些宣纸原封不动地带回来了。鲁迅很生气，所以不想理他。没料到，他执意要见，见着就走，所有的话语都在匆匆相遇的眼神中。

五、"假鲁迅"原来精神有问题

　　鲁迅生活的年代是一个精神病多发的年代。他经常遇到一些间歇性精神病患者，而给他留下深刻印象的至少有两位。其中一位是他的姨表弟，名叫阮久荪，原在山西做幕友，后得了精神病，总疑心周围的人要谋害他，惶惶不安，就到北京来躲避。

　　鲁迅当时住在绍兴会馆，阮久荪来找他，鲁迅便把他留在会馆里暂住几天。两人间或谈起一点时事，阮久荪总是冒出一些奇怪的念头。

　　一天清早，细雨蒙蒙，阮久荪突然感到将大祸临头，拼命敲打鲁迅的门窗，声嘶力竭。

　　鲁迅急忙开门，问他为何如此慌张。阮久荪哭着说："今天我就要被拉出去杀头了！"声音十分凄惨，并不顾抚慰，写下了绝命书，拜托鲁迅转交给家人。

　　后来，鲁迅在创作《狂人日记》时，就把这位表弟作为小说中"狂人"的"蓝本"，写进了书里。他在小序中煞有介事地写道："某君昆仲，今隐其名，皆余昔日在中学时良友；分隔多年，消息渐阙。日前偶闻其一大病；适归故乡，迂道往访，则仅晤一人，言病者其弟也。劳君远道来视，然已早愈，赴某地候补矣。因大笑，出示日记二册，谓可见当日病状，不妨献诸旧友。持归阅一过，知所患盖'迫害狂'之类。语颇错杂无伦次，又多荒唐之言……"

　　没过多久，即1933年的某一天，开明书店忽然转给鲁迅一封信，其中写着："自1月10日在杭州孤山别后，多久没有见面了……"

　　鲁迅看了信，觉得非常奇怪，因为他已有10年未去过杭州了，绝不可能在杭州孤山和人作别。为了弄清事情真相，鲁迅就请在杭的友人许钦文调查一下。

　　许钦文很快回信说：在杭州松木场小学找到了一个"假鲁迅"，他夸夸其谈说什么《彷徨》已经销到 8 万册，可并不满意。

世上还有"假鲁迅"？

鲁迅颇感不快，立即在《语丝》上登了一篇《在上海的鲁迅启事》，声明杭州的"鲁迅"与"本人无关"。"假鲁迅"从此销声匿迹。

原来，这个"假鲁迅"真名叫周鼎夏，号燮和，世居杭州龙舌嘴，是个破落户，善文好酒，后在杭州松木场小学教书。此公患有间歇性精神病，常以模仿名人为荣。

倘若鲁迅知道实情，他会不会再写一文"辩正"呢？他那本已沉重的烟斗会不会再装一份沉重？

六、《祝福》的恐怖与"狼"的寓言

"鲁迅写《祝福》，是滴着血去写的。"中学时代读这篇文章，老师开门见山地这样说。这样一来，我每读这篇小说，心里就感到紧张和压抑。

所谓"祝福"，表现的本是一种对"鬼神"和"祖先"的虔诚"祭祀"，是一种严肃的仪式。在这个烛香袅袅的包裹里，"阴间"的"鬼神"和"祖先"在此狂欢，尽情享受着"阳间"的供品。可是，身在"阳间"的祥林嫂不但无缘分享这些食品，而且连参与敬奉这些"鬼神"和"祖先"的资格都被剥夺了，她竟然就是带着能否成为"鬼神"的疑惑（灵魂的有无）而去的。

换言之，祥林嫂甚至都不知道自己死后能否像这些被供奉的"鬼神"那样，每年除夕回来与家人"团聚"，并尽情地享受美食佳果——而她是多么渴望能够拥有这个资格啊。

鲁迅写着，冷静地雕刻着：祥林嫂是一个"无名无姓"的小人物，她首先是一个"无家"的女人，第一次婚姻嫁给了一个小她十岁的男人，这不是一个真正的家。这种畸形婚姻之"因"结出了她"无家"之果——她的被"贩卖"和第二次屈辱的婚姻便是"无家"的见证；她临死前都在追问"人死后会不会与家人相见"，足见她对"家"的渴望。无姓名、无婚姻、无家庭，这种"三无"的"低贱"也就决定了祥林嫂"无幸福"的命运。

祥林嫂在她那有名无实的"小丈夫""没了"后，"逃到"鲁镇，来到"四叔家"打工。从穷山沟里来到"有文明"的小镇上做工，尽管累和苦，但祥林嫂很满足，"脸上也白胖了"，并且"有了笑脸"。然而一年多后，祥林嫂就被她那"厉害的婆婆"与"做中人的卫老婆子"——一个地地道道的人贩子还有"两个男人""捆了躺在船板上"，抢回去卖给了深山里的贺家坳，与贺老六强行成亲。

这又是一个畸形的家。之所以畸形，是因为祥林嫂无权决定自己的婚姻，而且是被强行卖掉的——婆婆得了八十千——成为"小叔子"娶亲的殉葬品。她与事实上的丈夫贺老六便有一种不平等的"既成婚姻"的关系。

值得注意的是，祥林嫂怀上的阿毛实际上是贺老六"强奸"的结果。可是没想到，"强奸犯"贺老六的命竟"断送在伤寒上"。这个畸形的"脆弱之家"，因为一点"伤寒"就要了一个"有力气的"大男人的命。换句话说，要是在鲁镇或某个城里，只要花一点点钱，这个生命就会得到挽救，这个家庭也就因此不会解体。

看来，鲁迅对缺医少药的深山沟是"绝了望"的。

但鲁迅的深意绝不在于此。

在我看来，阿毛的悲剧不仅仅在于他的童真幼稚与对险恶的现实缺乏足够的了解。他只有一个单纯的信念：母亲的话"句句听"——祥林嫂总是怀念阿毛"他是很听话的，我的话句句听"——以为这样就绝对安全而且幸福，他做梦也不会想到"春天也会有狼"，以致最终丧命于狼口。

显然，叙述者批判的不在于阿毛缺乏对凶险世界的警惕性，鲁迅要痛心批判的——这个"民族寓言"最大的悲剧——恰恰在于：阿毛"肚里的五脏已经给吃空了，手上还紧紧地捏着那只小篮"。"小篮"这个意象跨时空地印证了康纳德《黑暗之心》里克尔茨临终前的原型式的低语："恐怖！恐惧！"因为这只"小篮"是"亲爱的母亲"祥林嫂亲手交给他的，阿毛至死都抱着母亲的"圣旨"不放，他显然要做一个"好孩子"。

这种悲剧的深刻性还在于阿毛没有与"狼"搏斗。首先，阿毛没有"春天里也有狼"这种意识。

其次，阿毛缺乏对"狼"凶残本质的基本认识——按照动物学观点，狼在进攻前总是要对猎物窥视很久，等到有足够的把握才下手；在这个窥视的过程中，它会作出各种试探，甚至伪装得像狗。因此，当致命的"狼"走近阿毛时，说不定阿毛把它当成了"狗"，是善良的朋友。这对熟悉中国特殊年代的人来说，这里的寓意不指自明。

最后，阿毛显然缺乏与"狼"搏斗技巧的训练。

当然，"与狼搏斗"，对于一个只有四岁左右的孩子来说，过于苛刻。但是，问题不在于阿毛"搏斗"的程度和结果，而在于一种"本我"意识：这是生命的抗争，这种抗争应该是出于本能——这是弗洛伊德所定义的"本我、自我、超我"的第一层，是最原始的一种自保意识。这种抗争并不是要求阿毛一定战胜恶狼，可他至少会哭喊、挣扎，因为倘若他这样做了，"不一样的意义"就产生了："在屋后劈柴"的祥林嫂说不定就能听见而追赶出来，狼也就不会如此的肆无忌惮。

在临终前的一个月，鲁迅写道："三十年前学医的时候，曾经研究灵魂的有无，结果是不知道；又研究过死亡是否苦痛，结果是不一律……但现在我才确信，人死后是无鬼的。"（《且介亭杂文末编·死》）

也就是说，鲁迅明明知道人死后是没有灵魂的，但文本中叙述者的"我"却对这个问题以"说不清"作搪塞，创作主体和叙述主体的"错位"，使得这个"民族寓言"的意义更加丰沛而悲烈。如果我们相信人死后真有灵魂的话，那么，阿毛的灵魂与这只"小篮"捆在一起，他死了，可他的灵魂没有自由，仍然被母亲交给他的"小篮"套住。

最深刻的悲剧是：阿毛仅仅在人间生活四年。人们不难想象，如果阿毛生命长一点，将会有多少的枷锁在等待着他啊。而他居然一无所知！这样的"祝福"委实恐怖得很！

七、"硬骨头"精神

有人说过：鲁迅先生有一种"硬骨头"精神，他的骨头是最硬的。

鲁迅的"硬骨头"主要表现在他对一切黑暗势力毫不妥协，对一切丑陋事物的揭露毫不留情："一个也不宽恕！"他一生说了许多针刺似的话，许多刻薄的却又是值得警醒的话。

比如他说："群众，尤其在中国的，永远是戏剧的看客。"（《坟·娜拉走后怎样》）

又说："暴君治下的臣民，大抵比暴君更暴。"（《热风·六十五暴君的臣民》）

又说："要救群众，而反被群众所迫害。"（《两地书·四》）

读着这样的与教科书上不一样的话，我能感觉到一种愤懑，一种决绝，一种冷气。这冷气能让人清醒。

像一名身经百战、功成名就的战士，鲁迅也要面对死亡，也要面对岩石上花的凋谢。

鲁迅害怕死亡吗？回答应当是否定的。可是，伽达默尔认定，对死亡和死亡世界的恐惧是人之所以为人的第一标志。

那么，鲁迅也就应该害怕死亡。这当然只是我的推测。事实上，鲁迅的身体一直不大好，他的枕头下还总是放着一把刀。看着他铁骨傲然的样子，眼睛里容不得一粒沙，手上还总是拿着烟，我就觉得他的日子过得并不顺畅。

鲁迅感觉到死亡的阴影总是在他的身边探头探脑。他用烟不停地熏，像要赶走似的，但似乎越熏越糟糕。于是，他不得不考虑人生最后要走的路了。

那当然就是"一抔黄土、两棵青草"的坟墓了。

换言之，坟是最后的去处。想通了的鲁迅此时显得很洒脱，他说，关键是怎么个去法。想想历史吧：墨子临歧路痛哭而返，阮籍触穷途大哭而归。刘伶一边走路一边喝酒，一边命人跟着自己，半闭着眼向后摆摆手，说："死便埋我"。所有这些，都有个性、有气派。

但鲁迅说，如果他遇到歧路（人生的末路），就"先在歧路头坐下，歇一会，或者睡一觉，于是选一条似乎可走的路再走，倘若老实人，也许夺他的食物来充饥，但是不问路，因为我料定他并不知道的。如果遇见老虎，我就爬上树去，等它饿得走开了再下去，倘它竟不走，我就自己饿死在树上……倘若没有树呢？那么没有法子，只好请它吃了，但也不妨咬它一口。"

鲁迅临死还要咬上老虎一口，可见"硬骨头"精神真是贯穿了他的一生。

八、严肃的幽默家

在人们的印象中，鲁迅一直很严肃，我们见他的照片总是板着脸，一脸的警惕。读他的文字也是严肃的多，活泼的少。可实际上，鲁迅天生就是一个幽默家。我甚至想，如果他不是出生于那个特定的时代，被逼着去做"战士"，而是生在当今社会，他一定会是一个很好的相声演员，知名度可能还会在侯宝林大师之上。

鲁迅其实是很爱说笑话的。但他说出来的笑话当然不能仅仅当作笑话来阅读。比如，如同当时的人们羞于谈钱一样，那些正人君子也更加耻于谈"性"。

问题是，既不能谈"性"，又不能缺乏"性"，矛盾便出来了。如何解决这个难以启齿的问题或者矛盾呢？正人君子们便常常借助于"性幻想"，即《红楼梦》中所说的"意淫"。

那么，何为"意淫"呢？

鲁迅在《而已集·小杂感》里，谈到了这个问题。他说得很幽默，很"蒙太奇"，最后一段经常被人引用，那就是："一见短袖子，立刻想到白臂膊，立刻想到全裸体，立刻想到生殖器，立刻想到性交，立刻想到杂交，立刻想到私生子。中国人的想象惟在这一层里能够如此跃进。"

你看，鲁迅一针见血，嬉笑怒骂中流露出的就是智慧和幽默。

再比如，针对当时有人老在写文章或说话时夹杂着生硬的洋话，鲁迅说了这么一个意味深长的笑话：

"人话"之中，又有各种的"人话"：有英人话，有华人话。华人话中又有各种：有"高等华人话"，有"下等华人话"。浙西有一个讥笑乡下女人之无知的笑话——"是大热天的正午，一个农妇做事做得正苦，忽而叹道：'皇后娘娘真不知道多么快活。这时还不是在床上睡午觉，醒过来的时候，就叫道：太监，拿个柿饼来！'"然而这并不是"下等华人话"，倒是高等华人意中的"下等华人话"，所以其实是"高等华人话"。在下等华人自己，那时也许未必这么说，即使这么说，也并不以为笑话的。

瞧，鲁迅的笑话至今仍有教育意义，连他的幽默也让一些人笑得流泪，感到针刺和不安。

九、梁实秋："他的文字，简练而刻毒！"

鲁迅与当时的文坛名人有过过节的不少，而其中最著名的恐怕就是他对梁实秋的尖锐批评了，一篇《"丧家的""资本家的乏走狗"》，写得荡气回肠，把梁实秋骂了个狗血淋头，也骂得他名声大噪。

有意思的是，鲁迅逝世后，梁实秋写了一篇评鲁迅的文章，写得酸楚毕呈、意味深长。兹摘录如下：

鲁迅一生坎坷，到处"碰壁"，所以很自然的有一股怨恨之气，横亘胸中，一吐为快。怨恨的对象是谁呢？礼教，制度，传统，政府，全成了他泄忿的对象。他是绍兴人，也许先天的有一点"刀笔吏"的素质，为文极尖酸刻薄之能事，他的国文的根底在当时一般白话文学作家里当然是出类拔萃的，所以他的作品（尤其是所谓杂感）在当时的确是难能可贵。他的文字，简练而刻毒，作为零星的讽刺来看，是有其价值的。

……他有的只是一个消极的态度，勉强归纳起来，即是一个"不满于现状"的态度。这个态度并不算错。北洋军阀执政若干年，谁又能对现状满意？问题是在，光是不满意又当如何？我们的国家民族，政治文化，真是百孔千疮，怎么办呢？慢慢地寻求一点一滴的改良，不失为一个办法。鲁迅如果不赞成这个办法，也可以，如果以为这办法是消极的妥协的没出息的，也可以，但是你总得提出一个办法，不能单是谩骂，谩骂腐败的对象，谩骂别人的改良的主张，谩骂一切，而自己不提出正面的主张。而鲁迅的最严重的短处，即在于是。

十、林语堂："战士者何？顶盔披甲，持矛把盾交锋以为乐。"

1936 年 10 月 19 日，鲁迅在上海逝世。在众多的悼念文章中，我最欣赏的是曾与鲁迅并肩战斗过、后来又遭到鲁迅批评的林语堂在美国纽约挥笔写下的《鲁迅之死》。读这样的文章，我真替鲁迅高兴，他生前能拥有这样的知音；同时又替他难过，他们的友谊不能持续终生。林语堂的文章不长，但可谓字字珠玑，令人扼腕击掌：

鲁迅与我相得者二次，疏离者二次，其即其离，皆出自然，非吾与鲁迅有轻轩于其间也。吾始终敬鲁迅；鲁迅顾我，我喜其相知，鲁迅弃我，我亦无悔。大凡以所见相左相同，而为离合之迹，绝无私人意气存焉。我请鲁迅至厦门大学，遭同事摆布追逐，至三易其厨，吾尝见鲁迅开罐头在火酒炉上以火腿煮水度日，是吾失地主之谊，而鲁迅对我绝无怨言是鲁迅之知我。

……鲁迅与其称为文人，不如号为战士。战士者何？顶盔披甲，持矛把盾交锋以为乐。不交锋则不乐，不披甲则不乐，即使无锋可交，无矛可持，拾一石子投狗，偶中，亦快然于胸中，此鲁迅之一副活形也。德国诗人海涅语人曰，我死时，棺中放一剑，勿放笔。是足以语鲁迅。

鲁迅所持非丈二长矛，亦非青龙大刀，乃炼钢宝剑，名宇宙锋。是剑也，斩石如棉，其锋不挫，刺人杀狗，骨骼尽解。于是鲁迅把玩不释，以为嬉乐，东砍西刨，情不自已，与绍兴学童得一把洋刀戏刻书案情形，正复相同，故鲁迅有时或类鲁智深。故鲁迅所杀，猛士劲敌有之，僧丐无赖，鸡狗牛蛇亦有之。鲁迅终不以天下英雄死尽，宝剑无用武之地而悲。路见疯犬、癫犬及守家犬，挥剑一砍，提狗头归，而饮绍兴，名为下酒。此又鲁迅之一副活形也。

十一、徐懋庸："敌乎，友乎？知我，罪我！"

能够被鲁迅称为"知己"的不多，瞿秋白是一个。鲁迅曾写字给他："人生得一知己已足矣，斯世当以同怀视之。"鲁迅曾一度把林语堂视之知己，但后来对他的"闲适人生"颇有微词。鲁迅也曾对徐懋庸寄予厚望，但这种厚望并没有持续多久。

徐懋庸原本是鲁迅的学生，他师承鲁迅，不但写作学得好，而且连鲁迅的气魄、风格、笔调也都学得很像，连林语堂都没有看出来。

有一次聚会，林语堂对鲁迅说："周先生又用新的笔名了吧？"

鲁迅说："何以见得？"

林语堂说："我看最近有个'徐懋庸'的文章，猜想也是你。"

鲁迅听后大笑说："这回你可没猜对，徐懋庸的正身就坐在这里。"

徐懋庸听了也很开心。

然而两年后，由于种种原因，"左联"解散，在文学界内部发生了"国防文学"和"民族革命战争的大众文学"的论争。此时，徐懋庸给鲁迅写了一封信，谈了自己的看法，其中有些话是不够正确的。只隔了两天，鲁迅即发表了《答徐懋庸并关于抗日统一战线问题》的长文，对徐懋庸不正确的提法进行严厉批评。

尽管如此，徐懋庸对鲁迅的敬仰与信任不变。当得知鲁迅逝世的消息后，他悲痛异常，挥泪写下这篇悼文：

十九日的正午，我从一个报馆里的朋友打来的电话中，得知了鲁迅先生的噩耗，这在我心头撒下了一种成分十分复杂的痛苦。错错沉沉中，跑来跑去地将这消息转告许多朋友，跑了半天，回家以后，提起笔来，先在纸上写了十六个字！

"敌乎，友乎？余惟自问。知我，罪我——公已无言。"

然后买来了几尺白布。将这些文字写上去算是挽联。

我在我和鲁迅先生的私人关系上所感觉到的哀痛，总算是寄托在这十六个字之中了。次日上午九时，我到万国殡仪馆去瞻仰先生的遗体。看了那依然严肃，正直，强毅的遗容以及纷至沓来的瞻仰者，我总感到先生虽然已经"无言"，但是他的永留在中国大众身上的影响，就是此后"知我，罪我"的代言者！先生的生前，虽然发言行事，不无看错的时候，但即使是错误，也从一种十分纯正的立场出发，绝没有卑劣的动机。他观察人物，判别友敌，纵然不一定正确，但他那爱护战友，憎恨敌人的坚强的伟大精神，是一贯的。

先生的谢世，损失是多方面的，譬如久在计划中的中国文学史的未及编成，就是中国学术界的大不幸之一。但先生早已想到，一切的损失，只有后辈的努力可以补救，所以他在遗嘱中特别叫我们各自努力自己的生活和工作。

十二、郁达夫：没有伟大的人物出现的民族是最可怜的！

在所有悼念鲁迅的文章中，郁达夫的《怀鲁迅》是最令我感动的：

真是晴天的霹雳，在南台的宴会席上，忽而听到了鲁迅的死！

发出了几通电报，荟萃了一夜行李，第二天我就匆匆跳上了开往上海的轮船。

二十二日上午十时船靠了岸，到家洗了一个澡，吞了两口饭，跑到胶州路万国殡仪馆去，遇见的只是真诚的脸，热烈的脸，悲愤的脸，和千千万万将要破裂似的青年男女的心肺与紧捏的拳头。

这不是寻常的丧葬，这也不是沉郁的悲哀，这正像是大地震要来，或黎明将到时充塞在天地之间的一瞬间的寂静。

生死，肉体，灵魂，眼泪，悲叹，这些问题与感觉，在此地似乎太渺小了，在鲁迅的死的彼岸，还照耀着一道更伟大，更猛烈的寂光。

没有伟大的人物出现的民族，是世界上最可怜的生物之群；有了伟大的人物，而不知拥护、爱戴、崇仰的国家，是没有希望的奴隶之邦。因鲁迅的一死，使人们觉出了民族的尚可以有为，也因鲁迅之一死，使人家看出了中国还是奴隶性很浓厚的半绝望的国家。

鲁迅的灵柩，在夜阴里被埋入浅土中去了；西天角却出现了一片微红的新月。

必须承认：重新读一次郁达夫的文字，对于我的灵魂是一次震撼和洗礼。

当王朔等人肆无忌惮地非议鲁迅的时候，当一些所谓的文学大师排行榜对鲁迅不以为然的时候，我真是感到痛心。我真想大吼一声：你们，有什么理由对鲁迅横加指责？你们，有什么资格对鲁迅说三道四？你们，真正读过鲁迅的作品吗，真正读懂过他的作品吗？

我想，我的这种情绪并不是"愤青"的冲动式，而是理性的、客观的、中肯的。

诚如老舍先生谆谆告诫的，也许有人会说：在文艺理论方面，鲁迅先生只尽了介绍的责任，并未曾建设他自己的有系统的学说。假若这话是对的，就请想想看吧，批判别人的时候，不是往往忘却别人的努力，而总嫌人家做得不够吗？设若能看到这一点，我们不是应当看看自己，我们自己假如也把研究、创作、翻译，同时并做，像鲁迅先生那样，我们的成绩又能有多少呢？我们就是对于一位圣人，也应不客气地批评，可是我们也应当晓得批评不仅是发威，而是于批评中，取得被批评者的最优良最崇高的精神，以自策自励。鲁迅先生能于整理国故之外，去介绍，去翻译，就已经是难能可贵的事。一个人的精力与天才永远不能完全与他的志愿与计划相配合，这是人生最大的苦痛啊！只有明知这苦痛是越来越深，而杀上前去，以身殉志的，才是英雄。鲁迅先生的精神便是永远不屈不挠，不自满，不自馁。鲁迅先生的精神能否不死，便要看后起者的作为。抓住一位英雄的弱点以开心自慰，既有损于英雄，又无益于自己，何苦来哉！

让我们珍惜自己的"民族魂"吧！

鲁迅走了，留下了背影；

老舍走了，留下了声音。

当有一天，我们走了，能给社会留下什么呢？

什么时候，鲁迅的阴影消失了，那是我们民族的幸运。

什么时候，鲁迅的眉头打开了，那是我们国家的幸运。

让我们默默祝福吧。

第二章

胡适：

新文化运动的旗手

　　他的一生是在争议中度过的：他的婚姻、他的爱恋、他的实证思维术、他的容忍与自由、他的坚守与妥协、他在情感与理智之间的挣扎、他所经历的繁华与落寞孤独、他在个人自由与国家政治之间的徘徊……凡此种种，都是人们争论不休的话题。

当无情的岁月拂去社会大变动时期的纷扰动乱，当今天的我们隔着历史时空距离回望五四运动以来的风云激荡，当已经沉入历史时空的胡适再度走向历史的前台，飘零在纸张书影中的胡适与他复杂而丰富的一生渐渐进入我们的视野。

一、解不开的徽州情结

胡适出生于 1891 年 12 月 17 日，经历九年家乡教育后，到上海求学。1910 年通过第二批庚子赔款留学生考试，于 1910 年至 1917 年留学美国，这段留学经历使得胡适深受英美文化的影响。然而，对外，他却又一直宣称"我是徽州人"。居留上海期间，他吃饭时经常光顾上海的一家徽州馆；他的妻子烧得一手好菜，他最赞不绝口和频频向客人介绍的却是"徽州锅"；向熟识的徽州同仁介绍娶了徽州姑娘的梁实秋时，总以这是"我们绩溪的女婿，半个徽州人"介绍之；20 世纪 50 年代，人届晚境的胡适在向学生兼好友唐德刚作口述自传时，第一句话就是"我是安徽徽州人"；晚年为凌鸿勋之书作序时，不忘以詹天佑的"徽州同乡后辈"居之。在胡适自我身份认同的背后，潜藏着的是其深深的"徽州情结"和对徽州人与事的深切怀念。

胡适的故乡徽州位于安徽省最南部，境内全部是山区，土地贫瘠，耕地甚少。为了生计，徽州人常背井离乡，到城市去经商养家。"一般的徽州商人多半是以小生意起家，刻苦耐劳，累积点基金，逐渐努力发展……徽州人正如英伦三岛上的苏格兰人一样，四出经商，足迹遍于全国。"对此，胡适说："我乡人这种离家外出、冒险经商的传统，也有其文化上的意义。由于长住大城市，我们徽州人在文化和教育，每能得一个风气之先。"于是，久而久之形成了独特的徽州文化：重视教育、纲常伦教和名声，敢于冒险和开风气之先，理智重于情感，坚忍不拔、细致认真、吃苦耐劳……这些文化品性作为一种集体无意识，潜在地影响了胡适的文化心理和性格品性。此外，浸润在徽州文化中的父亲胡传和母亲冯顺弟，又用一生的言行深刻地影响了胡适的生活、思想和学术。

1895年8月，胡适不到4岁，他的父亲胡传便因病去世。在他的记忆中，他与父亲一同度过的日子仅有一年多的时间。然而，胡传对胡适读书天赋的发现和立下的让胡适走读书人的道路的遗嘱，却影响了胡适的人生道路："他的躬行践实的知行态度、勤勉不倦的进取精神、谨严审慎的负责行为、正直宽仁、克己和人的操行自持，以及'陈说古今，议论蜂涌'的才情气志对胡适后来的人品性格的铸塑、修身立世的规范无疑发生了巨大的潜在作用。"

至于母亲冯顺弟，则是胡适心中永远的遗憾和难以弥补的缺憾。父亲胡传去世后，年幼的胡适成了母亲冯顺弟人生的全部寄托。为着丈夫让儿子走读书人的道路的遗嘱和让儿子有所为的信念，她默默吞咽下年轻寡妇的无助和当家后母的辛酸，在复杂的大家庭里含辛茹苦地支撑了二十多年。除夕之夜，向长子胡洪骏讨债的债主上门时，为了家人的吉利和难得的团圆，她周旋于讨债人之间，即便心有苦楚她也不曾流露半分；病魔缠身而感到将要不久于人世之时，为了不影响儿子的学业，即便思子心切，她也执意叮嘱"万勿告诉我儿；当仍请人按月作家书，如我在时一样"。在寄予厚望的儿子终于荣归故里并成家立业后不久，操劳一生的冯顺弟却终究没有躲过病痛和死亡，年仅46岁就撒手人寰。

母亲的离世对胡适打击很大。1919年3月3日，在写给朋友韦莲司的信中，他说："这个打击很大，我几乎难以承受。母亲去世时年仅46岁，此前二十几年她为了我历经千辛万苦，我现在刚刚让她感到愉悦的开始，没想到母亲竟然去世了！……在我离开家乡11年后从美国回家见到母亲是我唯一的安慰。临终前，她给病床前的人说：她非常高兴能看到我从海外归来，看到我和她选定的人结婚，还听到我们要生孩子的消息。"

"子欲养而亲不待"，母亲的离世在胡适心中留下了一道难以愈合的裂痕。在自传、散文、日记和诗歌中，他都试图写下记录母亲的文字，借以深切怀念母亲。在《我的母亲》里，胡适就说："我在我母亲的教训之下度过了少年时代，受了她的极大的影响。我 14 岁（其实只有 12 岁零两三个月）便离开她了，在这广漠的人海里独自混了二十多年，没有一个人管束过我。如果我学得了一丝一毫的好脾气，如果我学得了一点点待人接物的和气，如果我能宽恕人，体谅人——我都得感谢我的慈母。"胡适的母亲一生"经历了抚孤、忍辱、奈穷、借款、分家、重病、死父亲、死母亲……"，尝遍了人世的困苦艰难。离开人世的时候，她不负夫之所托，寄予厚望的儿子已是鼎鼎有名的教授，或许那时她心里该是欣慰和满足的吧。

在母亲离世后的几十年里，胡适与母亲为她选定的妻子虽偶有曲折，但还是相携走过一生。或许，他不忍违拗母亲之意，甘愿不自由，与母亲为他安排的妻子一生和爱，是出于同情那个为他苦苦守候十几年的女子，是为了验证母亲的决定不会错，也是为了抚慰他充满遗憾、不能尽孝的心。

二、没有完成，却开创了一切

在学者邵建《瞧，这人：日记、书信、年谱中的胡适（1981-1927）》一书的扉页上，赫然写有"他什么都没有完成，但却开创了一切"。可以说，此语正概括了胡适之于新文化运动的首创之功与不足之处。诚然，"在群星璀璨的五四星空中"，胡适无疑是"闪烁过令人瞩目的光华"的一位。"文学革命的旗手"、"新文化运动的著名领袖"、"20 世纪中国思想第一人"、"中国文艺复兴之父"、启蒙之"播种者"……无不透露出人们对胡适的赞誉。然而，胡适的一生又是在争议中度过的：他的婚姻、他的爱恋、他的实证思维术、他的容忍与自由、他的坚守与妥协、他在情感与理智之间的挣扎、他所经历的繁华与落寞孤独、他在个人自由与国家政治之间的徘徊……凡此种种，都是人们争论不休的话题。不用说他去世的 20 世纪 60 年代，台湾地区兴起的"贬胡"和"捧胡"浪潮此起彼伏；也不用说 20 世纪 50 年代，中国大陆关于胡适的批判之声不绝如缕，20 世纪 80 年代，中国大陆又进入重新认识胡适的阶段；即使是"胡适研究"逐渐成为热门的 21 世纪，关于他的讨论仍不曾停止。2021 年电视剧《觉醒年代》的热播，就让沉寂一时的陈延年、陈乔年兄弟之死进入人们的视野，随之而来的还有"胡适该为陈独秀之子陈延年的牺牲负责吗"的质询。

"凡论一人，总须持平。爱而知其恶，恶而知其美，方是持平。"胡适的是非功过是中国现代文化史和文学史上一个永恒的话题。关于胡适的评价，毛泽东就曾说过："说实话，新文化运动他是有功劳的，不能一笔抹杀，应当实事求是。到了 21 世纪，那时候替他恢复名誉吧！"在当下，当我们历经批判的狂热而渐至讨论的平和时，当我们穿过历史的雾霭而触摸到胡适留在百年时空里的投影时，当我们不带偏见去形塑胡适的形象和建构他的精神时，胡适之于我们依然有着无限的吸引力，我们跨过时空仍然能感触到他对国家和青年的爱的温度，看到他的首创之功，体会到他对强国之路的不倦探索和对个人与时代之关系的思考。

1891 年 12 月 17 日，胡适出生于上海大东门外。其时，康有为正在宣传维新变法，孙中山正在倡导革命，灾难深重的民族正处于新旧交替的大变动时代。1912 年，辛亥革命推翻清王朝的统治而建立了民国，留学美国的胡适在高兴之余看到的却是王朝颠覆后的失序与混乱。1915 年，当陈独秀高举科学与民主的旗帜而掀起新文化运动的大潮时，封建旧文化的根柢仍盘错在国人的精神文化土壤里。1915—1916 年，留学哥伦比亚大学的胡适与好友任叔永（鸿隽）、梅光迪等人激烈讨论"文学革命"而渐渐形成"新观念"和"新觉悟"时，新文化运动破除封建专制文化的根柢的有效途径正在酝酿中。到了 1916 年秋天，身在美国的胡适写信告诉陈独秀自己一年多以来所积累的想法和见解，"文学革命"的口号及"八事"主张开始诞生。1917 年 1 月，《新青年》发表了胡适的《文学改良刍议》一文。不过，胡适到底是谨慎与谦卑的。虽然早在 1916 年，胡适在美国时就写下"文学革命何疑！且准备搴旗作健儿"之语，但当文章送到国内发表时，"为考虑到那无可怀疑的老一辈保守分子的反对"，胡适把"这一文题写得温和而谦虚"，避开了"革命"字眼，说明"是改良而非革命，同时，那只是一个刍议"，希望大家能够平心静气地考虑他的主张。

思想的提倡是要借助话语的，《文学改良刍议》的出现让新文化运动的提倡者们意识到，白话文将是打破封建旧文化壁垒的敲门砖，是科学与民主思想得以向民众传达的有效载体，是启发民智的重要条件。随后，在陈独秀《文学革命论》一文的呼应下，在钱玄同、刘半农等人的响应下，一场以"反对旧文学、提倡新文学，反对文言文、提倡白话文"为主要内容的文学革命运动在中国大地上如火如荼地开展起来，中国文学的演变和发展由此也进入了一个新的时期。

不过，胡适的《文学改良刍议》虽然注意到了"形式之革命"与"精神之革命"以及形式与内容相辅相成的关系，但在其后的"文白之争"中，他实际上更多强调的是"形式之革命"。但毫无疑问，在那样一个深受"选学""同光体"和"桐城古文"影响的时代，胡适的《文化改良刍议》无疑是以"知其不可为而为之"的无畏精神发出了石破天惊之语。他敢于冒天下之大不韪而坚持提倡白话文学的首创精神，真乃无愧于"文学革命的旗手"的美誉。待周作人的《人的文学》和《平民文学》等理论提出时，五四文学革命运动关于改革文学内容与形式的理论体系才渐趋形成。

在进行理论建设的同时，胡适也清醒地认识到，五四文学革命要想真正取得成功，还应当创造出令人信服的文学作品来。为此，他提出了"创造出一派新中国的活文学"的主张。《尝试集》的出现正是这一主张下的"开风气的尝试"。

《尝试集》题名源于陆游之诗"斜阳徙倚空三叹，尝试成功自古无"。胡适反其道而行之，倡言"自古成功在尝试"，由此他也提出和实践了自己的实验主义的文学观。《尝试集》作为中国诗歌史上第一部白话诗集，从 1920 年至 1940 年，已印行了 16 版，这一惊人的数字背后折射出《尝试集》的影响之大。

然而，在创作白话诗之初，胡适却是一个人在寂寞和幽暗中摸索。1916 年 8 月至 1917 年 7 月，是胡适决心用白话尝试写旧体诗的第一阶段。其时，"进行这种试验的，神州仅他一人，只有嘲笑者而无同情者。"这一时期创作的《蝴蝶》，以蝴蝶的聚散离合喻指朋友之间的聚散，表现了胡适在朋友离散后寂寞、失落的心情。然而，这类用白话写成的诗歌却招致讥讽。封建卫道士把这类语言视为"引车卖浆之徒所操之语"，胡适较为得意的《蝴蝶》更是遭到黄侃的诋毁，侮其为"驴鸣狗吠"，胡适也因《蝴蝶》一诗而被黄侃奚以"黄蝴蝶"之名。及至《尝试集》开创了"胡适之体"，白话成为"国语"，白话新诗渐渐推广开时，胡适曾经孤独的尝试才终于有了回响，他"与人放胆创作的勇气"和"前空千古，下开百世"的前驱者精神才终于鼓励了一代人的创作。

三、一曲相思，几多离愁

胡适的《尝试集》不仅是尝试用区别于文言的白话形式回应"白话也能作诗"的质疑，它还通过诗歌这种文体形式，直白朴素地表露了胡适的个人情思。其中，胡适对离愁别绪和相思之情的抒发不仅给人留下深刻的印象，同时，对这一主题的书写所体现出来的语言形式上的发展变化，也展示了胡适尝试新诗创作的历程。

在《尝试集》的附录部分，收录有一首名为《相思》的诗，诗歌写道：

自我与子别，于今十日耳。

奈何十日间，两夜梦及子？

前夜梦书来，谓无再见时。

老母日就衰，未可远别离。

昨梦君归来，欢喜便同坐。

语我故乡事，故人颇思我。

吾乃澹荡人，未知爱何似。

古人说相思，无乃颇类似？

这是一首充满张力和含混意味的五言古风。

诗歌题目为《相思》，显露直白地交代了该诗所传达的相思之情。但有意思的是，"相思"的主体却是模糊和含混的。诗歌每四句可以划分为一节，第一节通过对"我"与"子"分别十日和"我"两夜梦见"子"的叙述，写出了"我"对"子"的思念。紧接着，第二节和第三节通过对"我""两夜梦见""子"的具体情状的描写，转换了"相思"的主体和"相思"的对象。第二节中"我"思念的对象由"子"转换为"老母"，同时，在第三节中，"我"又成为"故人"思念的对象。于是，单向度的相思便在这种互为主体和互为对象的转换中成为双重相思，诗人的相思之情在转换中也加重了。许是为了排遣逐渐加重的相思之情，诗人不得已只能说"吾乃澹荡人，未知爱何似"。然而，末句又提出疑问：古人所说的"相思"不正与此相类似吗？这样，最后一句的自我发问消解了之前假装的"无情"。所谓"无情"，只是用以排遣相思之情和别离之愁的方法。诗人陷入了更大的矛盾和更深的相思之苦中。

在《尝试集》第一编中，胡适同样也写了一些抒发个人相思的词。如《百字令》：

几天风雾，险些儿把月圆时辜负。待得他来，又还被如许浮云遮住！多谢天风，吹开明月，万顷银波怒！孤舟载月，海天冲浪西去！

念我多少故人，如今都在明月来处。别后相思如此月，绕遍地球无数！几颗流星，长天空阔，有湿衣凉露。低头自语，吾乡真在何许？

这首词作于 1917 年 7 月 3 日。此时胡适终于踏上归国的航船，夜间望着天上的明月，在归程的欣喜中不禁想念起了国内国外的故人，心中不免惆怅。词中的"别后相思如此月，绕遍地球无数"一语深受研究者们赞扬，指出这句词"很有时代感，古人没有这样的科学知识，也没有这样的诗句"。

在《新婚杂诗》（五）中，胡适再度抒发了他对亲人的思念之情。诗歌如此写道：

> 十几年的相思刚才完结，
> 没满月的夫妻又匆匆分别。
> 昨夜灯前絮语，全不管天上月圆月缺。
> 今宵别后，便觉得这窗前明月，
> 格外清圆，格外亲切！
> 你该笑我，饱尝了作客情怀，别离滋味，
> 还逃不了这个时节！

这首诗作于 1918 年 1 月 23 日，此时正值胡适遵从母亲的意愿与江冬秀成婚后不久，由于他在北京大学的工作刚刚开始，比较繁忙，所以他在婚后不久就作别新婚妻子回到北京。为了纪念自己的蜜月，他写下了这首诗。诗中"十几年的相思"是对胡、江二人从订下婚约到结婚这一长时段的离情别绪的一个概括，"相思完结"暗指二人终成"天地之美"，而"十几年"与"没满月"的对比、"完结"与"分别"的相互映衬以及分别前

后对月亮的不同感受，则更加凸显出诗人的思念之情。然而，胡、江二人虽结成"天地之美"，但江冬秀与胡适在思想观念和情感态度上是有隔膜的，因而一方愁肠百结，另一方或许却只能微微一笑，不理解对方怎么尝尽别离滋味还未习惯别离。

"醉过才知酒浓，爱过才知情重——你不能作我的诗，正如我不能做你的梦。"胡适心中的离愁别绪，在思想观念上与胡适存在巨大差异的江冬秀又怎么会懂呢？

四、不圆满的圆满

在胡适那些写满多情与相思难解的诗词里，隐现的是他一段段难以圆满的情感历程。

与江冬秀相守而不相知，与韦莲司相爱却不能相守，与曹诚英相惜而不能相亲，都是其中的不圆满。

在《尝试集》中，收录有一首名为《蝴蝶》的诗，该诗原见于胡适1916 年 8 月 23 日的《留学日记》，是胡适最为得意的一首诗。从字面上看，这是一首浅显直白的诗，但是，"这首诗蕴含的情感并不浅显，诗背后隐藏了一个哀婉动人的爱情故事"。这个爱情故事里的主角便是胡适与韦莲司。

在《新婚杂诗》（四）里，那个为爱等候了多年的女子，用十几年的时光书写着相守的不易。

那首感人肺腑的诗《秘魔崖月夜》，隐现着凄凉，也诉说着思而不见的忧愁。

在短暂而又漫长的人生旅程中，一个人总要经过无数的人生站台，遇见无数的人，才最终走完自己的一生。有的人擦肩而过，终成人生的过客；有的人相逢一笑，便胜却人间无数。韦莲司、曹诚英，或许都是胡适心底足以"胜却人间无数"的那一个。

一个为他忧，为他愁，为他终身不嫁；另一个则为他远去西洋，重走他曾走过的求学之路。她爱他，他也爱她。然而，他们之间始终隔了一条河，无法泅渡。

横亘在他们之间的，有无尽的时空和距离，有一个名叫江冬秀的女子，有身后的名和责任，还有各自浸淫其中的文化。

鲁迅说，朱安是他母亲硬塞给他的一件不能拒绝的礼物。于胡适而言，不知他内心是否也有过这种困惑？

那一年，胡适年仅 13 岁，去上海新式学校读书。临行前，母亲为他定下了一门婚事。姑娘名叫江冬秀，生于望族世家，却没有受过多少教育。这一年，她也才 14 岁。后来，在民国历史上，人们常说的"七大奇闻"，其一便是胡适与他的小脚太太——穿着西装革履的洋博士、名教授身旁站立着他的三寸金莲的太太，那是一个连写封信都语句频错而杂乱的乡村女子。坊间也流传着这样的言论："先生大名垂宇宙，夫人小脚亦随之；何人更似胡夫子，不是花时肯独来。"这是赞扬，还是同情，抑或是讽刺？

胡适的婚事，是胡适的母亲与江家太太定下的，这之中，杂有两家的情谊，有所谓的天意，也有不合理的制度和根深蒂固的封建思想。尽管他对这桩婚姻百般不愿意，却始终不忍拂逆母亲之意，因为，他是孝子，事母至孝，不违母命，难拂母意。

韦莲司也曾问过胡适，个人见解与父母意愿存在矛盾时，是应该容忍迁就还是应该我行我素呢？一向崇尚自由的胡适选择了前者。他说："我于家庭之事则从于东方，于社会国家政治之见解，则从于西方。"是的，对于婚姻问题，胡适只能选择听从于母亲。

胡适到了上海后，在新思想的熏陶和洗礼下，对封建礼教和包办婚姻有了进一步的认识和体悟，他曾撰文抨击包办婚姻和封建陋习，也曾鼓励中国的女子不要缠足，并且要去读书，呼吁女性解放。尽管如此，他也并未提出悔婚或退婚。因为，那是母亲花了心思才为他选定的女子。他深知母命难违，母爱难负。母亲为他选定的那条路，即便于他而言不是最合适的，也不是他最想走的，但他也得义无反顾地走下去。

1910 年，胡适通过第二批留美官费留学生考试，远赴美国康奈尔大学求学。由于时间仓促，他来不及回乡向母亲告别，便匆匆踏上了远行的航船。在"没人管束"的留学日子里，母亲最担心的便是儿子会在国外认识别的姑娘，弃婚约于不顾，抛弃江冬秀。毕竟，那时不少留学归国的新式知识分子都已这么做。胡适的母亲听到了胡适娶了国外太太和有了孩子的传闻，也在信中了解到儿子在美国新结识了一些女性朋友，比如韦莲司。加之胡适一再有意拖延和江冬秀婚约，胡母也不由得担心起来。

1915 年 8 月 28 日，胡母来信一再提醒胡适婚约的事：

> 外间有一种传说，皆言尔已行别婚。尔岳母心虽不信，然无奈疾病缠绵，且以爱女心切，见尔来宣布确实归期，子平之愿，不知何日方了。

胡适于 1915 年 10 月 3 日给母亲致信，批驳了传闻乃"无稽之谈"，并在信中预告婚期为"明年之秋，至迟亦不出后年之春"。

实际上，其时母亲的猜疑和担忧并非毫无来由。那时，胡适在与韦莲司的相处中慢慢被对方吸引，二人也互相倾慕。胡母的来信暂时遏止了这段正处于萌芽期的感情朝新的方向发展。

韦莲司是胡适在美国认识的一位地质学教授的女儿，胡适在橡树街租住的房屋正是她家的。韦莲司"人品高，学识富，极能思想，高洁几近狂狷"，读书多，见地高，集思想、魄力、识力、热诚于一身。对于一直在寻找知识伴侣的胡适而言，这样的姑娘，怎么能不让他心动呢？此时，处于陶醉中的胡适感怀颇多，用诗性文字记录了他们二人之间愉快的相处，《满庭芳》《临江仙》等均创作于他与韦莲司愉快相处的这一时期。

然而，随着 1916 年初胡适家中亲人的相继离世，尤其是岳母在生前未能亲眼看见女儿女婿完婚，胡适心中的歉疚又增添了几分，更加感觉到与江冬秀的婚约万难再推辞。

1917年，胡适在完成博士论文后，打算是年6月启程归国。归国后不久，在1917年12月30日这天，时值胡适阴历生日，胡适便与江冬秀成婚。

在现实面前，爱情也曾如此脆弱。

对于这场婚礼，胡适说："我不能说我是怀着愉快的心情企盼着我们的婚礼，我只是怀着强烈的好奇，走向一个重大实验，生活的实验。"对于母亲为他选定的未婚妻，胡适则认为："她（江冬秀）对我的思想全然一无所知，因为她连写封短短问候的信都做不到，她的阅读能力非常差。寒暄的书信中无法进行思想的传达，我早就放弃让她来做我知识上的伴侣了。"

"知识的伴侣"说的不正是韦莲司吗？风华正茂时，他们畅谈容忍、自由、和平、道德，讨论政治、哲学、宗教、美术。她之于胡适是"可以导自己于正确航向的舵手"，胡适之于她，则是"唯一一个愿意嫁的男人"。然而，正如唐德刚所指出的："适之先生是位发乎情，止乎礼的胆小君子。搞政治，他不敢'造反'；谈恋爱，他也搞不出什么'大胆的作风'。"其时，他和韦莲司的交往，也仅仅只能止于"友情以上，恋人未满"。毕竟对于胡适来说，"此身非吾有，一半属于父母，一半属于朋友"，婚约在身、母命难违，他身上担负着太多的责任，也背负着功与名，即使他们彼此心灵契合，互相倾慕，但却难成眷属。

对于韦莲司，胡适心存遗憾；对于江冬秀，胡适则怀有歉疚，亦有同情，与之结婚或许便是唯一的不辜负。为了纪念新婚，他曾写下《新婚杂诗》五首。在《新婚杂诗》（四）中，他写道："记得那年，你家办了嫁妆，我家备了新房，/只不曾捉到我这个新郎！/这十年来，换了几朝帝王，看了多少兴亡，/锈了你嫁奁中的刀剪，/改了你多少嫁衣新样，/更老了你和我人儿一双！——/只有那十年陈的爆竹，越陈偏越响！"这其中的沧桑之感，又有何人能解？江冬秀十年等待，才等来了盼望中的新郎，流逝的时光，所幸未负易老的容颜。而胡适，注定要辜负韦莲司，不是他不爱，只因江冬秀在他的生命中出现得更早。

在这场与江冬秀的婚礼上，胡适偶然遇见了他三嫂的妹妹曹诚英，一个他后来愿意为之勇敢提出离婚的人。

初见时，他正在举行婚礼，她亦有婚约在身。他们各有所属，心无他念。其时胡适是闪烁着耀眼光华的留洋博士、知名学校的教授，曹诚英则只是一个亲戚家的小妹妹。

后来，胡适携妻定居北京，和曹诚英时有通信。曹诚英写诗请胡适评阅，胡适也乐于指导；请求胡适寄点花籽给她，胡适也乐意为之。二人之间的交往，也仅限于此。

1922年年底，胡适因身体不适等诸多缘由向北大告假一年，到南方去养病，此行便成就了胡适与曹诚英之间的恋情。

1923年4月29日，正值胡适在上海参加的学术会议休会，于是胡适便与友人从上海到杭州休息。在杭州的安徽绩溪同乡听说胡适在杭州，都来看望胡适。在杭州读书的曹诚英也特意赶来看望胡适。

与胡适在杭州相见时，曹诚英正陷入人生的低谷。由于曹诚英与丈夫胡冠英结婚三年仍无身孕，胡冠英的母亲以此为由，给胡冠英纳了一个小妾。曹诚英是受过新思想熏陶的现代知识女性，纳妾之举是她所不能容忍的，于是一怒之下，她断然结束了与胡冠英的婚姻。几年的婚姻宣告结束，曹诚英也因此陷入了情感低潮。除此之外，这一时期，曹诚英姐姐的独子、胡适的侄子胡思永因先天性肺结核而肾衰竭死亡，曹诚英的姐姐将儿子的死部分归咎于曹诚英。曹诚英在承受亲人永别离的痛苦之时，不免又因姐姐的迁怒而心中忧愁。

曹诚英与胡适相逢，或许会向胡适倾诉心中的悲苦。而此时，胡适经历了亲人离世和病痛的折磨，心中也有满腔苦闷。二人相逢，无疑使得心中的悲苦减轻半分。

两人重逢，胡适自是心中喜悦。胡适在杭州待了五天，曹诚英都陪伴在左右。在《西湖》一诗中，胡适写道："十七年梦想的西湖，不能医我的病，反而使我的病更利（厉）害了。"诗中的"病"，自然不是实指胡适此时身体上的病，而是胡适见到曹诚英之后精神上产生的相思之病。

1923 年 6 月 8 日，胡适再次从上海到杭州烟霞洞疗养，"表面上是曹诚英帮助照顾胡适的日常生活，胡适帮曹诚英补习功课，实际上发生了恋爱关系。"胡适遂在此与曹诚英度过了他一生中从未有过的"神仙生活"：他们一起下棋喝茶、观潮、看桂花、游花坞……几乎是形影不离。胡适对曹诚英的称呼也由"曹诚英女士"转变为"佩声"，最后甚至只称其为"娟"。可见，此时二人早已坠入情网。

胡适与曹诚英的恋情，他在杭州的朋友徐志摩、高梦旦等人都知道，远在北京的江冬秀则被蒙在鼓里。此前，她还曾在给胡适的信中说："佩声照应你们，我很放心。"考虑到天气炎热和曹诚英身体不好，江冬秀还曾关切地提醒胡适"再另请一个厨子"。

忽而数月，曹诚英暑假结束，额外请的假也将到期，又到了二人分别的时候。10 月 3 日，想到即将离别，胡适心中万分不舍，他在日记中写下这样的句子："睡醒时，残月在天，正照着我头上，时已三点了。这是在烟霞洞看月的最末一次了。下弦的残月，光色本凄惨；何况我这三个月中在月光之下过了我一生最快活的日子！今当离别，月又来照我。自此一别，不知何日再能继续这三个月的烟霞洞山月的'神仙生活'了！枕上看月徐徐移过屋角去，不禁黯然神伤。"这一夜，因为离别，胡适久久难以入眠，望着天上的残月，不禁黯然神伤。他即将告别的，是一段永远不会再拥有的生活，还有一个早已镌刻在心上的人。

1923 年 12 月中旬，胡适从南方返回北京，在北京翠微山秘魔崖下刘厚生的家里借宿。夜间山风吹来，松涛阵阵，月光清冷，胡适想起与曹诚英在杭州烟霞洞的日子，不禁悲从中来，写下了含蓄朦胧而又感人肺腑的《秘魔崖月夜》：

> 依旧是月圆时，
> 依旧是空山，静夜。
> 我独自踏月归来，
> 这凄凉如何能解！
>
> 翠微山上的一阵松涛，
> 惊破了空山的寂静。
> 山风吹乱了窗纸上的松痕，
> 吹不散我心头的人影。

心头那个吹不散的人影，自然是曹诚英的身影。

江冬秀最后还是知道了胡适与曹诚英之间的事。为此，江冬秀与胡适发生了很严重的争吵，"江冬秀以死相逼，胡适只好申罢离婚之议，饮泣割爱"。

胡适从南方回到北京之后的一两年时间，或许是他人生中最难熬的一段日子。1924 年到 1925 年，胡适还未从与曹诚英的爱恋中走出，同时，又经历了侄子胡思聪和爱女胡素斐的因病离世。尤其是爱女胡素斐之死带来的悲痛，一直潜隐在胡适的心里，成为一道难以愈合的伤痕。女儿去世时，他并没有哭出来。但 1928 年，胡适应邀到美国的母校哥伦比亚大学发表主题为中国的演讲时，他在午睡时梦见了死去的女儿，在万里的海外，他却止不住眼泪地哭了起来。"十年生死两茫茫，不思量，自难忘。"在那一刻，胡适的心境，或许便是如此吧。

胡曹之爱，受伤的又何止胡适一人呢？人间自是有情痴，烟霞洞的这段岁月早已在曹诚英的心中留下了深刻的烙印。对于曹诚英来说，开始这段恋情不容易，要割舍这段爱更是难上加难。1927 年 7 月，曹诚英从杭州女师毕业后，在胡适的介绍下于同年 9 月入东南大学农艺系，而农学正是胡适在美国留学时最先选择的专业。后来，同样是在胡适的推荐下，曹诚英赴美留学，选择的又是胡适曾经就读过的康奈尔大学的农学院。这份爱伴随了曹诚英的一生。直至 1973 年 1 月 18 日，在生命的最后一刻，曹诚英还立下遗嘱，让亲友在她去世后把她安葬在绩溪县旺川公路旁，那是胡适回到绩溪上庄老家必定会经过的路，"她认为胡适如果魂归故里，一定会经过这里跟她相聚"。

正如胡适所说，"在整个现代文明的悲剧里，他们个人的痛苦显得是多么微不足道"。他与江冬秀的婚姻以及与韦莲司、曹诚英之间的爱情，注定也只是大时代悲剧里微不足道的一种。在这场长达几十年的爱情悲剧里，没有谁辜负了谁，也无须纠缠于谁付出得多，谁付出得少。爱情本来就不是对等的交易，只有愿意和不愿意。他们在彼此落寞的时刻，抚慰了对方孤寂的心灵，即便他们终以惨淡收场，他们也终究于人无愧，于己无悔。

五、无奈的抗争

胡适在《病中得冬秀书》一诗中曾写道："岂不爱自由？此意无人晓：情愿不自由，也是自由了。"可以说，对自由与宽容的追求贯穿了胡适的一生。胡适不仅直接提出"容忍的态度比自由更重要"的观点，还在演讲时多次谈到自由，发表了不少关于自由的演讲，如《我们要我们的自由》《自由主义是什么》《中国文化里的自由传统》等。此外，胡适也曾对他所提倡的自由主义的内涵给予了较为严格的界定，认为自由主义"共有四层含义：一为自由，二为民主，三为容忍，四为渐进的和平改革"。到了晚年，胡适甚至还直接提出"容忍与自由"的概念，"主张慢慢由激烈走向平和"，并"在群己关系的态度反转上体现出一种对儒家文化心理的逐渐回归——

由强调社会对个人的容忍到提倡个人对社会的容忍"。

然而，正如作家李伟借用张爱玲在《忆胡适先生》一文中所提到的摩西"被他所处的那个时代杀死"的观点那样，认为胡适也是那个"被他所处的时代杀死的人"，胡适的思想在某种程度上也不被那个时代所容，疏离于那个讲究革命和斗争的时代。事实确实也是如此，在20世纪那样一个矛盾冲突纵横交错的时代，胡适所提倡的自由主义和温和改良与当时的现代社会主义思潮之间实际上又存在着难以逾越的鸿沟。于是，作为自由主义者的胡适，就常常在个人自由与国家自由之间陷入抗争与无奈的境地。

在留学归国之初，胡适曾经"打定二十年不谈政治的决心，更想在思想文艺上替中国政治建筑一个革新的基础"。事实上，"二十年不谈政治"并非不想谈，而是在胡适看来，由于当时的中国还缺乏自由民主观念的土壤，所以此时谈政治的客观条件尚未成熟。如果要改造社会，那"改造社会的下手方法在于改良那些造成社会的种种势力——制度、习惯、思想、教育等等。那些势力改良了，人也改良了。"同时，"个人是社会上无数势力造成的。改造社会须从改造这些造成社会、造成个人的种种势力做起。改造社会即是改造个人"。这正表露了胡适的社会改良观。也正因为如此，胡适才想先通过思想启蒙"在思想文艺上替中国政治建筑一个革新的基础"，等条件成熟后，或许可以建立一种新的政治。这也意味着，胡适所谈的政治实际上是与思想启蒙和自由民主观念联系在一起的，"胡适许多的政论往往是他启蒙思想的延续，他以政论来落实贯彻其启蒙主张"，他想用文学教育的方法，逐渐改良中国。

1919年5月29日，胡适被任命为维持北大校务的三人小组成员。他在一次演讲中对学生们说："有人告诉你，牺牲你个人的自由去争取国家的自由，可是我要告诉你们，争你们个人的自由，便是为国家争自由！争你们自己的人格，便是为国家争人格！自由平等的国家不是一群奴才建造得起来的！"胡适所说的自由，与中国古人所说的"自由"不同。中国古人所理解的"自由"，由于"太看重'自由'、'自然'的'自'字，所以往往看轻外面的拘束力量，也许是故意看不起外面的压迫，故意往回，向自己内心去求安慰，求自由"。这种退回自己内心的自由并不是胡适所提倡的。他所说的自由，"是不受外力拘束压迫的权利，是在某一方面的生活不受外力限制束缚的权利"，"不盲从，不受人蒙骗，不被人牵着鼻子走，不被传统束缚，独立地支配自己"。在这一自由观的影响下，胡适虽然对学生运动抱有"同情之理解"，但同时他认为，哪怕时代再危急，青年人该读书还得读书，因为从一个民族长远的发展来看，青年人在文化建设中所起的作用要比在政治中起的作用更大。胡适之所以如此定位青年人的使命，实际上源于他的学术背景。他所留学的美国，因为有议会和议员的存在以及职业政治家的存在，所以青年人并不需要去承担政治责任，他们最主要的任务就是学习。可以看到，在他的价值天平上，自由是最重要的，个人也是最宝贵的，这个"个人"不可以被化约为"人民"，而强调是独立自由的每一个个体，它不应该消弭于族群或集体之中，个体的独立价值应该受到尊重，不应该受到外力限制。

胡适为了国家自由而开始"谈政治"，是从曾经为倡导新文化运动而团结在一起的《新青年》团体因为政治分歧和思想路线等原因逐渐分化而开始的。1922年春，胡适开始筹办《努力》周报，到1922年5月7日，《努力》周报创刊，胡适便与《新青年》团体正式分道扬镳。

1925年至1926年，围绕女师大风潮和"三一八"惨案，鲁迅、周作人与陈西滢发生了激烈的笔战。作为双方的好友，胡适曾于1926年5月24日写信给鲁迅兄弟二人和陈西滢，希望他们能够互相宽容，停止"对骂的笔战"。他在信中说："我是一个爱自由的人，——虽然别人也许嘲笑自由主义是十九世纪的遗迹，——我最怕的是一个猜疑、冷酷、不容忍的社会。我深深地感觉你们的笔战里，双方都含有一点不容忍的态度，所以不知不觉地影响了不少少年的朋友，暗示他们朝着冷漠、不容忍的方向走！这是最可惋惜的。"胡适的恳切陈词对这场笔战并未产生实际效果，但却透露出胡适所提倡的自由与容忍在面对复杂的矛盾时的无力。

胡适对和平改革和自由主义的追求实际上还体现在他对社会主义的态度和理解上。在渐进的和平改革观念的支配下，胡适对革命保持一定的距离，并对社会主义保持一定的警惕。尽管在1926年7月，胡适接受李大钊的建议，赴英国出席中英庚款委员全体会议时曾取道苏联，实地了解苏联在社会主义制度指引下所进行的"空前的伟大政治新试验"，认识到"不能单靠我们的成见就武断社会主义制度之下不能有伟大的生产力"，但胡适始终并未对社会主义产生真正的认同，他所希求的和寻找的，是一条"比较平和、比较牺牲少些的路径"，以之"实现他的'新自由主义'或'自由的社会主义'"。

然而，晚清以来的中国，并不处在一个政治正常化的时代。帝国主义的侵略和封建主义的侵害，都是人们亟需推翻的大山。那时复杂的国内国外局势，并没有允许中国缓慢和平地发展。所以，胡适以文学教育改良中国的方法和渐进改良思想，受到了人们的质疑。他的好友丁文江就提醒人们："不要上胡适之的当，说改良政治要先从思想文艺下手。"同时，丁文江对胡适说："你的主张是一种妄想，你们的文学革命、思想改革、文化建设都禁不起腐败政治的摧残。良好的政治是一切和平的社会改善的必要条件。"

到了1937年，随着抗日战争的全面爆发，虽然胡适曾打定"二十年不谈政治"和"二十年不入政界"的决心，但国难当头，民族国家危亡之际，他又怎么可能做到置身事外呢？这样，"长期认为中国无抗日准备而主张妥协让步、做最大和平努力的胡适改变了观点，意识到消极避战的结果只能'敌氛日深，受逼日甚'。他接受了秘密使命，以非官方人士的身份走访英、美等国，了解情况争取同情。"至此，胡适放弃了"不入政界"的想法，开始了他的外交生涯。"偶有几茎白发，心情微近中年。做了过河卒子，只能拼命向前。"在困难时期当最困难的官，这便是当时胡适的处境。

从一介书生到驻美大使，从不谈政治到谈政治，从追求个人自由到为了国家自由而放弃个人自由，这便是胡适作为一个自由主义者所选择的路。

六、飘零孤寂的晚年

1949 年 4 月 6 日，随着国民党失势，一直做蒋介石"诤臣"的胡适乘船从上海逃离，于 27 日到达纽约。至此，胡适开始了他流亡的生活。

水过三秋，物是人非。"现在的纽约，只是冒险家的乐园。百万富翁的天地。胡适逃亡出来，既不挟巨资，只带着一点有限的存款；又无冒险家的本事，只是一个年老多病，手难缚鸡的书生。"曾经对胡适来说熟悉而亲切的纽约，此时因自己的流亡身份而显得陌生和无情。和他一样逃亡出来的"孤臣遗老"们，抱怨蒋介石政府的同时，也感到生活的绝望。或许是未来得及重新整理巨大的失落心理，也或许是觉得无脸面见美国的朋友们，胡适拒绝了一切的约会，一头扎进对《水经注》的考证里。对于渐入老境的胡适而言，除了扎进知识的海洋里，他还能做些什么呢？又还能凭借什么打发这孤寂落寞的逃亡岁月呢？

第二年，江冬秀也来到纽约，胡适孤独一人的落寞生活才有了些许安慰。这时的他们，租住的是破烂的房屋，过的也不过是寻常生活："江冬秀打扫厨房，胡适整理内务；夫人烧饭做菜，胡适便洗碗放筷子。饭后又把剩饭菜和器皿搬回厨房。"曾经声名显赫的博士、教授，便这样在晚年时学会了做种种家务。后来，胡适常告诫他在美国的学生唐德刚："年轻时要注意多留点积蓄！"这是对年轻人的真诚告诫，也是对自己晚年凄清生活的无奈叹息。

1950 年，胡适终于谋得了一份在普林斯顿大学葛斯德东方图书馆的工作，合约两年。这不仅解决了胡适的生计问题，同时也为胡适打发无事可做的赋闲日子提供了一种方式。有时，胡适也在美国的几所著名大学做些短期讲学。然而，正如唐德刚所指出的，"胡适之的确把哥大看成北大，但是哥大并没有把胡适看成胡适啊！"唐德刚的感叹又何尝不是胡适的感叹。胡适或许可以认同哥伦比亚大学，愿意为它付出余生的精力和时间，但是这份热诚却是单向的，这其中的落寞之感，当是如人饮水，冷暖自知。

两年后合约到期，普林斯顿方为了维持表面上的客套与尊严，曾在解约的说辞上费尽心力，这种为难却也折射出胡适流亡寓公生活的孤寂与凄凉。结束葛斯德东方图书馆的工作后，胡适应邀到台湾大学讲学。于是，台湾与纽约，便成了胡适在晚年生活里的两个站点。

胡适与台湾之间的情缘，或许从他父亲到台湾任职时便开始了。只是这时回到台湾，远非多年前到台湾的心境。尽管他还享有"国民政府"所给予的荣光，也曾在各类会议和活动中忙得不可开交，可是，在热闹的背后，仍潜隐着无限的孤寂和悲凉。"胡适在台湾生活的近四年时间里，当局和朋友都要接重他来点缀'民主自由'，他也诚心为台湾当局装饰一点'民主自由'。"然而，他的身体状况越来越差，经济情况令他担忧，牵涉到的社会上的风风雨雨的事件也令他难堪，好友雷震入狱更使他感受到"我不杀伯仁，伯仁因我而死"的歉疚……他年轻时曾害怕感受到的"不容忍的空气"，晚年时或许也同样感受到了。"发自'威权领导中心'及其'文化打手'的'围剿胡适'之浪潮，却仍是一波一波地涌过来。……胡适又怎么会不觉得心灵孤寂而忧愤呢？"

在胡适的晚年岁月里，与张爱玲的交往或许是他孤寂生活里的一抹亮色，对于张爱玲而言，亦是如此。1954年10月25日，尚在香港的张爱玲从香港寄了一本自己新写的小说《秧歌》给胡适，并写了一封信给胡适，希望胡适能够阅读这部小说，信中说希望这部小说有点像胡适考证过的《海上花列传》的"平淡而近自然"的风格，这当然是希望获得胡适的认可。在张爱玲还很小的时候，胡适就是一个声名远播的文坛偶像，她不仅在父亲的书房里读到了胡适的《胡适文存》，也从母亲和姑姑那里了解到了胡适。张爱玲从小就崇拜胡适，此番写信给胡适，张爱玲心中自是惶恐万分。令张爱玲意外的是，胡适不仅认真读这部小说，还给张爱玲回了信。他在信中赞扬张爱玲在"平淡而近自然"方面确实做得很好，赞扬张爱玲写人情写得很细致，也能做到"平淡而近自然"的境界。同时，他也指出他认为应该删除或者觉得不容易让人欣赏的地方。"普通名学者，收到的赠书太多，即使想看，也抽不出空来，何况中国当代小说，并非胡适研究的主要对象"，胡适不仅认真阅读了那时对他来说还没有名望的张爱玲的书，还写了很长的回信，识拔张爱玲，这之中自然可见胡适的平易近人和真诚。

1955 年，张爱玲到纽约后，两次去拜访了胡适。张爱玲"她本身就是不善交际、不善言辞的人，更加不会说世俗的客套话。她的精彩，她的洞悉，都在锐利的眼眸之中，在深藏的内心世界里"。在崇拜的人面前，张爱玲表现得怯然，第一次拜访反倒是同去的炎樱给胡适夫妇留下了很好的印象。后来的另一次见面，胡适与张爱玲曾在书房里交谈。胡适给张爱玲说起她的祖父之于胡适父亲的恩遇，给张爱玲说起中国大陆，又建议张爱玲去哥伦比亚大学的图书馆，介绍说那里的藏书很丰富。然而，面对健谈的胡适，讷言的张爱玲只感到他如神明一般，说不出话来。后来胡适返台，他们之间的交往便也少了。

1962 年，胡适在台湾因心脏病复发去世，远在万里的张爱玲初听噩耗时，没有哭出声来，只是感到"惘惘的"。及至几年后，张爱玲想翻译《海上花》，想到要是"早几年不但可以请胡适之先生帮忙"，而且他一定会高兴《海上花》有译本，"这才觉得适之先生不在了"，"眼睛背后一阵热，眼泪也流不出来"。对于胡适之死，张爱玲所感受到的"不思量，自难忘"的悲伤，与胡适在女儿去世后的感受何其相似！或许，真正的悲伤不是大哭一场，而是没有刻意地想起，却始终隐隐地藏在心里，难以忘怀。

然而，不管怎样，那个一生追求自由与宽容并有着谦谦君子之风的胡适终究是离人们而去了。他一生的功过是非，只能留与后人说。然而，只要我们还向往自由，还追求民主，记忆中还残留有所谓的民族集体记忆，我们又怎会忘记那些留在历史时空里的人？

第三章

郭沫若：

文化巨匠的悲喜人生

上苍原本让他写一个悲剧，他偏偏把悲剧写成了喜剧。他在喜剧里活成了悲剧，却在悲剧里演成了喜剧。他的褒与贬、荣与辱、誉与毁连同他的骂名本身，都成为他悲喜人生的一部分。

他是中国文坛上最具争议的一个人物，无论是平民百姓还是文坛同僚，对他的评价都是褒贬不一。而且这种褒贬随着时间的推移，不仅没有消弭，反而愈发明显。褒者誉之为"万能的人"，贬者损之为"无耻之徒"。

其实，单论才华与成就，他在中国文坛的影响力和创造力鲜有人能敌。然而，人们评价一个人的时候，往往不能只看他的事业，也要看他的为人处世，这是最能反映一个人人品的。而郭沫若的为人处世就有很多让人诟病的地方，他也因此背负了很多骂名。

他是郭沫若。上苍原本让他写一个悲剧，他偏偏把悲剧写成了喜剧。他在喜剧里活成了悲剧，却在悲剧里演成了喜剧。他的褒与贬、荣与辱、誉与毁连同他的骂名本身，都成为他悲喜人生的一部分。

郭沫若是一个性格异常复杂的人。他受到世人诟病的很大一部分原因就是他的机警、拿捏、言与行的不统一，虽然这是历史的原因和特定的年代造成的，但与他性格的复杂性也有关系。比如，有人提到：1958 年，郭沫若出版一本诗集，叫《百花齐放》，用一种花写一首诗，以配合当时提出的"双百"（百花齐放、百家争鸣）方针。有一位学生读完后，忍不住给他写信，直言道："郭老郭老，诗多好的少。"郭沫若读后，并不生气，只是感到"后生可爱"，遂回复道："老郭不算老，诗多好的少；老少齐努力，学习毛主席！"

实际上，郭沫若也够可怜的，两个儿子都惨死在"文革"期间。面对儿子的死，他竟不能施以援手。在晚年，郭沫若小心翼翼，用毛笔一遍一遍地抄儿子的日记，其情可哀，其景可悯矣。

一、巨星陨落

"春分刚刚过去，清明即将到来。'日出江花红胜火，春来江水绿如蓝'。这是革命的春天，这是人民的春天，这是科学的春天！让我们张开双臂，热烈地拥抱这个春天吧！"

　　1978 年 4 月 1 日，《人民日报》发表了郭沫若《科学的春天》。这是他 1978 年抱病在全国科学大会闭幕式上发表的讲话，也是他人生最后一次高光时刻。因为徐迟的报告文学《哥德巴赫猜想》而名声大噪的陈景润，当时就在台下，聆听了郭沫若的讲话，心潮澎湃，热血激涌。

　　两个多月后的 6 月 12 日下午，这位呼唤着"科学的春天"的人默默地走了。我们失去了一位伟大的科学家和文学家，这对我们党、我们国家，特别是对我国的科学文化事业，是一个巨大的损失。

　　这样一面光辉的旗帜——性格复杂的郭沫若，就这样谢世了，享年 86 岁。

　　在弥留之际，郭沫若曾紧紧地握着夫人于立群的手，嘱咐道："要相信党、相信真正的党。"在枕边与他相伴的，还有成仿吾赠送的《长征回忆录》。大限将至，他用尽最后的力气向妻子和孩子交代：自己死后不要保留骨灰，将骨灰全部撒到大寨里面，当肥料。

　　6 月 18 日，郭沫若的追悼大会在人民大会堂举行。庄严肃穆的会场里悬挂着他的遗像，安放着他的骨灰盒，骨灰盒上覆盖着中国共产党党旗。党和国家领导人，党政军各部门负责人，各界知名人士，以及群众近两千人参加了追悼大会。

　　天安门广场、新华门、外交部下半旗。

　　何其庄重，何其悲痛。

　　追悼会悼词对郭沫若给予了全面的评价和肯定："郭沫若同志不仅是革命的科学家和文学家，而且是革命的思想家、政治家和著名社会活动家。他在科学文化方面作出的贡献，在革命实践中立下的功绩，赢得了全中国人民和世界进步人士的尊敬。"这样的哀荣，于郭沫若而言，可谓实至名归。

　　全国各报刊发表悼文，缅怀郭沫若。周扬认为他是与"德国文学中的奥林普斯之神"歌德相似的文化巨人。夏衍赞美他是"巍然屹立的泰岱"。赵丹称其为"继屈子、李杜之后罕见的文豪"。郭沫若在科学文化、革命建设等方面的成就和功绩，不仅赢得了国内人民的喜爱和尊敬，还传播海外，为全世界人民所知所敬。他的离世，触发了世界范围内深切怀念痛悼情绪，多个国家首脑、政党纷纷来电吊唁，称他为"最为杰出的学者""受尊敬的领导人之一"，对郭沫若为中国和世界和平事业作出的努力和贡献的智慧表示高度肯定。

毋庸置疑的是，郭沫若一生都处于时代的激流之中，一生都在激流中搏击。

这个生于1892年的老人，一生经历诸多离乱，见证许多更迭。他集文学家、剧作家、诗人、历史学家、古文字学家、书法家、学者于一身，横跨中西，他毕生所想都是为中国文化寻找出路、为世界和平提供解决方案。

虽然他走完了86年的人生之旅，但他在旅途中创造的精神财富永远留在了全世界人民的心中，留在了中国的文化记忆里。

二、先知先觉的海棠骄子

郭沫若原名郭开贞，"沫若"二字取自他家乡的两条河——沫水和若水，代表着他来自四川省乐山市——古称"海棠香国"。

父亲郭超沛是位精明的商人，十三岁就开始奔走于铜、雅、府三河之间，在舅舅家盐井上当学徒期间，积累了不少社会经验，做过酿酒、榨油、卖鸦片烟、兑换银钱等买卖，生意越做越大，每天行程上百里，跑遍了周边的州县。郭超沛这种敢拼敢闯的精神，为郭家奠定了坚实的经济基础，也在沙湾获得了较高的经济地位和政治地位。颇具意味的是，作为商人的郭超沛经常以"子孙虽愚，经书不可不读"的家训管教儿女，并在旧居的后花园办了私塾，名为"绥山馆"，请来了沈焕章来做专馆先生。郭沫若的母亲杜邀福，资质聪慧、心灵手巧，善于刺绣。15岁嫁到郭家之后，十分勤劳，事事亲为，郭沫若的哥哥郭开文曾撰文回忆："吾母一生，寝必深夜，起必黎明，衣不重裘，食无兼味，啬于自奉而厚于待人。""吾母一生，自少而壮，而老，以迄于兹，无不与困苦艰难奋斗搏战，卒能战胜环境，以有今日。"虽然杜氏没有上过学，但因为耳濡目染，也识得不少字，尤其喜欢唐诗。郭沫若始终认为，自己对诗歌的热爱源自母亲，自有记忆的两三岁时，母亲就已经开始教郭沫若朗诵唐人绝句。

父亲"好施与，自成年以至衰老，办赈救平籴，施棺送药诸善举，终身行之不倦"，母亲"与家人处，终岁无勃谿诟谇声"，"亲邻有孤孀不能自存者，必解衣推食相周恤"……如此种种，父母的端正品行铸就了郭家良好家风的基石。

郭沫若自幼聪慧过人，小时候跟着上学的哥哥温习功课，还随大人去听书，对上学堂十分憧憬。而真正对郭沫若文化修养和人格养成产生重大影响的，还是在绥山馆受教的这段时间。在私塾里，沈焕章带领学生们上午读经，下午练字，晚上读书，读物为《三字经》《诗品》《诗经》《唐诗三百首》《千家诗》等。沈焕章批判作业极为严格，经常让学生反复修改多次。但严厉的沈焕章对聪颖调皮的郭沫若偏爱有加，有一次沈焕章出了上联"钓鱼"，郭沫若的哥哥对"捉蝶"，郭沫若对出"伏虎"，令沈老师叹服不已，逢人便夸郭沫若"此子气度不凡，将来必成大器"。

清末维新运动之后，传统的私塾教育受到了新思想的冲击。郭沫若的哥哥们在成都学堂期间，采购了《启蒙画报》《经国美谈》《新小说》《浙江潮》等大量启蒙读物寄回家中，开阔了郭沫若的眼界。其中《启蒙画报》对郭沫若影响最大，因为这份画报"以浅显易懂、生动活泼的白话语言和图绘形象相结合，既传播近代科学知识，又讲中外史地、民情风俗、中外重要人物，还刊登寓言故事、智力故事以及小说等文学作品，有时还报道国外时闻信息"，打通了他认识世界的通道。

1906 年，郭沫若遇到了人生中另一位对他影响深远的老师——帅平均（原名帅镇华）。帅平均曾于 1905 年通过乐山县公派而到日本留学，是个有远大志向的学者，擅长读经讲经。在帅老师的课堂上，郭沫若对经学产生了浓厚的兴趣，开始翻阅《皇清经解》《伪尚书考》《史记》等书籍。

正是因为严谨刻苦的学习历程，加上广泛开阔的阅读面，郭沫若在学校的成绩一直名列前茅。令人想不到的是，郭沫若的拔尖让同班级中一帮年龄偏大的学生暗自妒忌，竟然跑去学校胡闹，甚至刻意刁难帅平均。无奈之下，帅平均为了平息学生闹事，只好在郭沫若的卷子上扣了几分，将其从第一名降至第三名。这一改榜风波，让年幼的郭沫若第一次感受到了社会的黑暗和人性的扭曲，并激发了他的反抗意识，心中由此埋下了叛逆的种子。从此之后，他不断出风头，表现得比以往更加骄横，逐渐成为学生领袖。在成都求学期间，郭沫若对嘉定府中学堂的课程十分不满意，他大骂学监，险遭斥退。后来考入成都高等学堂，与王光祈、李劼人、周太玄等人在一起谈古论今、渴望新知。

在四川时，郭沫若想要离开，于是来到了天津。而在天津参加陆军军医学校的复试之时，他又萌生了离开天津的念头。离开天津之后，他来到了北京，投奔大哥郭开文，却没想到当时大哥正在朝鲜，他只能寄居在一个四川同乡家中。大哥郭开文回到北京之后，工作处境变得尴尬，遂责备郭沫若不该任性退学，"照着目前的形势来看，恐怕我们兄弟两人在这里生活都很难维持。"正当兄弟两人踌躇之时，郭开文在日本留学的同学张次瑜来访，建议郭沫若去日本留学。

这一决定改变了郭沫若一生的命运。

三、《女神》：时代的产儿

1921 年，《女神》的"出世"，犹如"一颗炸弹"，轰动了当时的文坛。其中近三分之二的诗篇创作于 1919 年至 1920 年，也正是五四运动的高潮时期。诗作通过一种火山喷发式的情感表达，拨动了青年们的心弦，唱响了时代的高音，是名副其实的"时代的产儿"。《女神》连同序诗一共 57 篇，其中代表诗篇有《凤凰涅槃》《女神之再生》《炉中煤》《日出》《笔立山头展望》《地球，我的母亲！》《天狗》《晨安》《立在地球边上放号》等，它突破了旧诗词的束缚，创造了雄浑奔放的现代自由诗体，为五四以后自由诗的发展开拓了新的天地。

正如《女神·序诗》所阐发的：

《女神》哟！

你去，去寻那与我的振动数相同的人；

你去，去寻那与我的燃烧点相等的人。

你去，去在我可爱的青年的兄弟姊妹胸中，

把他们的心弦拨动，

把他们的智光点燃吧！

在诗体或诗形上，《女神》是自由体诗的一个高峰，为诗歌的革新和创造树立了榜样；在诗情上，它代表了或反映了五四时代精神，高扬主体性创造。毫不夸张地说，郭沫若的《女神》，是使新诗腾飞起来的里程碑。《女神》的壮阔性、奇异性、飞动性是其基本特色。开一代诗风，对诗体的解放有着重要的意义和影响。虽然胡适、鲁迅、周作人等人早在郭沫若之前就发表了新诗，但《女神》的出现，一石激起千层浪，惊诧了当时的文坛，得到很高的评价，被公认为中国"第一部伟大新诗集"和"现代新诗的奠基之作"。

闻一多认为《女神》的出现，是具有划时代性意义的："忽地一个人用海涛底音调，雷霆底声响替他们全盘唱出来了。这个人便是郭沫若，他所唱的就是《女神》。"茅盾认为"《女神》里的诗剧和诗，真可以说神思飚举，游心物外，或惊才绝绝，或豪放雄奇，或幽闲澹远。这样的思想内容和艺术风格，在当时未见可与对垒者"。郁达夫承认《女神》是"完全脱离旧诗的羁绊"的一段功绩。

毋庸置疑的是，中国新文坛的大家们对郭沫若的《女神》给予了至高无上的评价，这与《女神》表现出的革命精神是无法分开的，与作者迸发出的批判意识和时代情感是紧密相连的。

受到五四运动的影响，1919 年 7 月，郭沫若与同学在日本成立了夏社。这一时期他看到了上海《时事新报》刊登的白话新诗，大受鼓舞，并深感自信心倍增，于是将自己一些口语化的诗歌寄出去投稿。当时《学灯》的编辑宗白华读到郭沫若寄来的诗之后，特别激动，视如珍宝一般，认为"篇篇都是创造一个有力的新形式以表现出这有力的新时代，新的生活意识"，并立即刊发于《学灯》。他还写信给郭沫若说，"我很希望《学灯》栏中每天发表你的一篇新诗，使《学灯》栏有一种清芬，有一种自然（Nature）的清芬"。这无疑给了郭沫若更大的创作动力。

郭沫若回信给宗白华，畅谈对新诗的见解，他认为"诗不是'作'出来的，只是'写'出来的"。诗人的心境当如一湾清澄的海水，没有风的时候，就是一面明镜，"宇宙万汇底印象都涵映在里面，这风便是所谓的直觉"。

从此，郭沫若进入了创作新诗的黄金期，开始疯狂写诗。

1919 年底的一天，郭沫若在福冈图书城看书，忽然有了灵感，他马上脱掉鞋子，光着脚感受大地的纹理，忽而躺在地上，体察土壤的温度，然后立即起身跑回家，急切地将胸中的诗意写在纸上，这就有了《地球，我的母亲！》。写完之后，心绪波动的郭沫若又走出家门，想找人倾诉心中的激情，正好遇到一个广东的学生拖着一个大皮箱，准备前往车站，回家过年。郭沫若自告奋勇地扛起皮箱，与广东学生一起走在去车站的路上，倾吐了他满腔的狂喜和对未来的期待。

《凤凰涅槃》写出了郭沫若无比强烈的生命渴望。有一天，他在学校课堂里听课，想到希腊国神鸟（Phoenix）满五百岁之后集香木自焚，然后再从死灰中重生的传说，突然迸发诗意，脑海中出现了一对凤凰在除夕夜空中盘旋，在新旧世界交替的地方游走，于是赶紧拿出笔写出所想，将想要挣脱旧世界的愿望宣泄而出，直到下课铃声响起，完成了《凤凰涅槃》的前半段。等到晚上准备睡觉的时候，后半段的诗意突然降临，他又赶紧趴在床上，以枕头为桌，开始飞快地写。后来回忆起这一写诗经过，郭沫若说他当时"全身都有点作寒作冷，连牙关都在打颤"。

田汉在读到《凤凰涅槃》时，万分震撼，在给郭沫若的信中，他激动地称郭沫若是"真挚优美的人"，激赏之情溢于言表，同时表达了对郭沫若的无限期待："你说你现在很想能如凤凰一般，把你现有的形骸烧毁了去……再生出个'你'来吗？好极了，这决不会是幻想……我在这里等着看你的'新我'（New Ego）啊！"

因为有翻译《浮士德》的经历，郭沫若开始写诗剧，于是有了《棠棣之花》《女神之再生》和《湘累》。《棠棣之花》以《诗经》的诗句为题，重新注解了《史记·刺客列传》中刺客聂政临行前和姐姐诀别的悲壮事迹，阐发了郭沫若的爱国思想，实现了历史与现实的对话，丰富了诗歌语言的维度。《女神之再生》则取材于《列子·汤问篇》中女娲炼五彩石补天和共工与颛顼争帝怒触不周山的故事，映射当时的中国"城头变幻大王旗"的混乱时局："共工是象征南方，颛顼是象征北方，想在这两者之外建设一个第三中国——美的中国"，寄寓了诗人除旧迎新的美好愿景。《湘累》中屈原大段的慷慨陈词，表达了郭沫若的所思所想："我的诗便是我的生命！""我效法造化底精神，我自由创造，自由地表现我自己。我创造尊严的山岳，宏伟的海洋，我创作日月星辰，我驰骋风云雷雨，我萃之虽仅限于我一身，放之则可泛滥乎宇宙。""我有血总要流，有火总要喷，我有任何方面，我都想驰骋！"以上篇目中，"人"的觉醒意识和现实的苦楚连接历史和当下，呐喊声不绝于耳。

在《女神》中，诗人的身份发生了转变。

诗人不再是过去的圣贤、豪杰和才子,而成了"自我的人""社会的人""宇宙的人",是全新的诗人主体。

在《女神》中,马克思主义跃然纸上。

《女神·序诗》开篇就宣称"我是个无产阶级者"。"德谟克拉西""解放""自由之花""平等""共产主义者""新社会的改造""自由之花"等词汇贯穿其中。《辍了课的第一点钟里》中,书写了作者渴望奔向"自然的怀抱",挣脱束缚之后,感叹"一个扫除的工人/挑担灰尘在肩上/慢慢地开了后门/笑嘻嘻地把我解放",所以感叹"工人!我的恩人!/我感谢你得深深/同那海心一样!"

有学者认为郭沫若是"新诗实绩最早的奠基者",因为在新诗领域,他的创作最多、贡献最力、影响最大;因为他承前启后,继往开来;因为他发扬了诗人的优良传统,为后人树立了典范,"他把历史题材带进了新诗的领域;他给新诗的田园开辟了广阔的天地;他把诗剧、叙事和抒情熔于一炉,解除了诗体的束缚;他创造了多彩多姿的样式。他以充沛的爱国主义热情,以反抗一切压迫、摧毁传统势力的精神,并以创造理想世界的歌唱,活跃了新诗的生命。他以倾向于革命浪漫主义的激情,给广大青年燃起了反抗现实的怒火"。

因此,从《女神》开始,新诗走上了更加宽广的道路。年轻的诗人们如同看到了黑暗中的火把,备受鼓舞,将郭沫若的诗作视为模拟的范本和创作之中的灯塔。诗人冯至对《女神》充满了感激之情,他回想起创作之初的苦闷与彷徨,"当我住在狭隘的、窒闷的小城里读到诗人向世界上一切崇高的事物和人物祝贺'晨安'、同古今中外'匪徒'倾泻热情的赞颂、让他的想象奔腾在金字塔旁和贝加尔湖畔、以无限的关怀神驰于英国牢狱中绝食而死的爱尔兰烈士的身边时,我的思想和感情得到了很大的解放。"《女神》给了冯至希望,让他明确一首诗应该有的样子和自己努力的方向!

　　除了诗歌以外，翻译也是郭沫若投入毕生精力的一项事业。

四、对马克思主义中国化的贡献

　　1914 年，郭沫若到日本之后，开始在神田一所日本语学校学习日语。随后，在一高预科期间又学习了英语和德语，语言功底非常扎实，而且科学学养深厚，积累了丰富的翻译知识和经验。

　　回忆起在日本的学生生活，他在《学生时代》里说："三部的课程以德文的时间最多，因为日本医学是以德国为祖，一个礼拜有十几、二十个钟头的德文。此外，拉丁文、英文也须得学习。日本高等学校的功课，有一半乃至以上是学外国语，有第一外国语，第二外国语。甚至像我们学医的人在第一德语、第二英语之外，还要学第三种拉丁语。一个礼拜的外国语时间在二十二三个钟点以上。"这一时期翻译的大量文学、美学等社会科学文献，为他后来翻译马克思主义经典著作筑牢了坚实的基础。

　　郭沫若真正开始接触马克思主义，正是因为着手翻译日本早期马克思主义学者河上肇的《社会组织与社会革命》。翻译这本著作，一方面是因为在日本生计困难，从事翻译工作以养家糊口；更重要的，是"对于社会科学的憧憬"。

　　翻译期间，他在写给成仿吾的信中提道："我半月来只在译读河上肇的《社会组织与社会革命》，总怕还要三个礼拜才能完工。""我现有一个维系着生命的梦想，我把研究（生）理学志愿抛弃了。"

　　而实际上，翻译过程远远比郭沫若想象的要艰难更多。他每天从清早写到深夜，用的是从上海带来的中国纸印的原稿纸，非用墨写不可。而且住所内没有桌椅板凳，只能用一口中国式的皮箱作为写字台，砚台也是随便捡来的石头代替的。足足用了五十天的光景，才将这篇二十多万字的著作翻译完成。

　　这一次的翻译尝试，使郭沫若第一次对马克思学说有了系统性的了解，将他从"半眠状态唤醒"，成为他人生中一个重要的转换期，让他开始对社会革命有了从感性到理性的跨越。在此之后，郭沫若发生了很大的转变，尤其是文艺观的变化。他给成仿吾（后文的"芳坞"为其笔名之一）写信说："我现在对于文艺的见解也全盘变了。我觉得一切伎俩上的主义都不能成为问题，所可成为问题的是昨日的文艺，今日的文艺和明日的文艺。""今日的文艺，是我们现在走在革命途上的文艺，是我们被压迫者的呼号，是生命穷促的喊叫，是斗志的咒文，是革命预期的欢喜。""明日的文艺又是什么呢？芳坞哟，这是你几时说过的超脱时代性和局部性的文艺。但这要在社会主义实现后，才能实现呢。""现在而谈纯文艺，是只有在青年人的春梦里，有钱人的饱暖里，吗啡中毒者的euphoria（迷魂）里，酒精中毒者的酩酊里，饿得快要断气者的hallucination（幻觉）里呢！"

　　如果说翻译《社会组织与社会革命》促使郭沫若转变了思维方式，彻底摒弃泛神论思想，那么屠格涅夫《新时代》的译著完成，则是他和从前的自己完全告别，"从文艺运动的阵营里转进到革命运动的战线里来了"。

　　原本郭沫若是非常欣赏屠格涅夫以及《新时代》中的涅暑大诺夫的，他甚至坦言自己和涅暑大诺夫是有几分相似的："我们都嗜好文学，但我们又都轻视文学；我们都想亲近民众，但我们又都有些贵族的精神；我们倦怠，我们怀疑，我们都缺少执行的勇气，我们都是些中国的汉（哈）姆雷特，我爱读《新时代》，便是因为这个缘故呢。"

　　但是在翻译河上肇《社会组织与社会革命》之后，郭沫若笃信"资本主义之内在的矛盾和它必然的历史的蜕变"，以至于他在翻译完《新时代》之后，就作出了"我把我心中的'涅暑大诺夫'给枪毙了"的决定。实际上，这一举动也预示着他和过往的自己诀别了。他认为"这部书所能给我们的只是消极的"，"我们所当仿效的是屠格涅夫所不曾知道的'匿名的俄罗斯'，是我们现在所已经知道的'列宁的俄罗斯'"。

在翻译完成之后，郭沫若怀着异常激动的心情再次给成仿吾写信，从中午一直写到半夜：

"我现在成了彻底的马克思主义信徒了！马克思主义在我们所处的这个时代是唯一的宝筏。""在革命途上中国是最当要冲。我这后半截的生涯要望有意义地送去。"

回到上海之后，郭沫若打算开始翻译马克思的《资本论》，得到了商务印书馆编译所主任何公敢的大力支持，还多次帮郭沫若找到了需要参考的英译版本。郭沫若大受感动，在写给何公敢的信中倾诉了自己是如何开始马克思主义信仰之路的，说他"深信社会生活之向共产制度之进行，如百川之潮宗于还，这是必然的径路"。此时的郭沫若已经具有了助推马克思理论在中国传播的主动意识和使命感，对于中国现代化的普遍落后现象，他感叹"在物质上虽然已经被外来的资本主义吮吸得几乎成了瘫痪，而在思想上却俨然横亘着一道难攻不破的万里长城。一句老话，国情不同。不是旧有的东西，不要说辩证唯物论，就是机械唯物论都是排斥着的。要使这种新思想真正地得到广泛的接受，必须熟练地善于使用这种方法，而使它中国化。使得一般的，尤其是有成见的中国人，要感觉着这并不是外来的异物"。

郭沫若与范文澜、吕振羽、翦伯赞、侯外庐被尊为中国马克思主义史学界的"五老"，他是最早应用马克思主义研究中国历史的学者之一，被认为是中国马克思史学的先锋。

1927年大革命失败之后，有人提出马克思主义并不符合中国的国情。面对这样的挑战，郭沫若并没有退却，他深知这是中国的马克思主义者们必然会面临的难题。郭沫若开始将马克思理论和中国实际相结合，用唯物史观展开研究，在《中国古代社会研究》中阐述了中国古代社会由原始公社向奴隶制转移的过程，证实了奴隶制社会曾经存在于中国古代的事实，进而说明中国历史的发展与马克思和恩格斯阐述的人类社会发展规律一致，由此证明马克思理论在中国是行得通的。

抗日战争时期，郭沫若熟练运用唯物史观的理论、方法和原则，借历史剧、史论等载体，灵活与抗战具体现实深度契合，创作了《棠棣之花》《屈原》《虎符》《孔雀胆》《高渐离》《南冠草》等著名历史剧。其现实性之强、知名度之广、影响力之大和技巧性之高，"还没有出其右者"。更为重要的是，郭沫若翻译、出版《政治经济学批判导言》《德意志意识形态》等马克思主义经典著作，对于当时马克思主义理论在中国的进一步传播以及马克思主义中国化、大众化，无不具有非常重要的历史意义。在翻译过程中，郭沫若治学严谨、心思缜密，细心地思虑受众的接受心理，在篇章的注释和版本的遴选上都特别用心。比如翻译《德意志意识形态》时，郭沫若将梁赞诺夫（1870—1938）的《编者导言》替换成自己所写的《译者弁言》，不仅用通俗的语言概括了梁赞诺夫导言中的重要内容，还将马克思的原稿和恩格斯的修改稿一并附于其中介绍。此外，他还将原编者厘定的六项原则纳入其中，形成了自己独到的翻译见解："本译书对于原编者之六项规则，大体上是在一律遵守着，但一些无关宏旨的废字、废句以及脚注，则多半略去了。因为文中多插入废字废句转使正文有难读之嫌，而某字某句为马克思或恩格斯所加或所改，均一一注出，亦觉不胜其烦。这在读中译文的读者都是无甚必要的事情。""全稿用影印，这很是译者所希望的事情，同此希望的人，我想来一定也不会少。因为李氏所整理的成果尚有存疑的地方，而且其判读也不能保其必无千虑之失。"

此外，在考古所成立之初，郭沫若毫无保留地向考古专家们讲授自己的治学经验，鼓励大家"首先要学习马克思列宁主义，要学而能用；把马列主义的观点方法应用到古物的发掘、整理和研究上去。其次是要多做田野考古工作，提高田野工作水平，以便积累具有科学性的资料，为室内研究打下基础。但是要避免有挖宝的思想"。

五、国破家难的热血战士

1937年，国难当头，郭沫若在日本毅然决然痛别妻儿，回到危急的中国。归国之前，他深知自己命途多舛，甚至立下了遗嘱："临到国家需要子民效力的时候，不幸我已被帝国主义者拘留起来了，不过我绝不怕死辱及国家，帝国主义的侵略，我们唯有以铁血来对付他。我们的物质上的牺牲当然是很大，不过我们有的是人，我们可以重新建筑起来的。精神的胜利可说是绝对有把握的，努力吧！祖国的同胞！"他坚信，"只要我们抗战到底，只要我们继续作长期的全面抗战，最后胜利一定是属于我们"。

此时的他，俨然已经是一名一往无前的热血战士，早已将个人生死置之度外，他说："此次别妇抛儿专程返国，系下绝大决心，盖国势危殆至此，舍全民族一致精诚团结、对敌抗战外，实无他道。沫若为赴国难而来，当为祖国而牺牲！"

他挥舞着"民族魂"的旗帜，为国舍家的意志极为坚决，在离开妻儿的路上默念着前一天写的一首七律：

> 又当投笔请缨时，别妇抛雏断藕丝。
>
> 去国十年余泪血，登舟三宿见旌旗。
>
> 欣将残骨埋诸夏，哭吐精诚赋此诗。
>
> 四万万人齐蹈厉，同心同德一戎衣。

郭沫若回国后，夏衍来到他家中，问他带了哪些行李回来。

郭沫若笑答："只带了一支笔。"

历史和当下交织在他的头脑之中。在一种满怀忧思和满腔热血的状态之下，郭沫若认为，在空前严重的民族危机之下，必须举全国之力进行抗战。

为提高民众对战争的艰巨性和长期性的认识，做好全面抗战的思想准备，郭沫若连续发表《我们为什么抗战》《抗战与觉悟》《全面抗战的再认识》《理性与兽性之战》等政论文章，多次阐述"全民抗战""全面抗战"的思想。作为抗战时期的文化领袖，郭沫若提出"文艺的本质就是宣传""文艺的本质是斗争"，随后许多文艺界的进步人士在重庆展开了与国民党在文艺领域的斗争。作为重要的意识形态宣传工具，戏剧成了国共两党在文艺领域斗争的炙热焦点。

正是在这一时期，作为历史学家的郭沫若深知抗战时期的普通市民需要精神食粮，更需要心理支撑，他接连创作了《棠棣之花》《屈原》《虎符》《孔雀胆》等脍炙人口的历史剧作，歌颂了历史上的仁人志士，表达了反侵略、反压迫的时代主题，借历史来讽喻现实。《棠棣之花》是郭沫若创作用时最长的历史剧，前后长达二十年。郭沫若十分重视《棠棣之花》这部五幕剧的演出，为了帮助演员理解剧本，更好地融入角色，他多次与演员一起讨论，讲述剧本内容和故事发生的时代背景和社会风俗习惯，还和导演、美工一起挑选服装、道具等演出所需物品。

周恩来一直关心这部剧的演出，先后七次前往剧院观看演出，并在《新华日报》亲自题写了专页刊头，还修改了《从〈棠棣之花〉谈到评历史剧》及《正义的赞歌，壮丽的图画》两篇重要文章。同时，周恩来还专门给郭沫若写信，讨论剧本，并详细地告诉郭沫若如何区分"你"和"您"二字的用法："北平话，'您'字用在尊敬和客气时，但亲密的家人和上对下仍用'你'字，音亦有分别。"随后还列出了二十多条对这部剧的看法。由于周恩来的支持和带动，剧中插曲《湘累》在八路军办事处很快就传唱开来。

然而关注这部剧的社会评论并不多，影响也并不广泛，甚至有"《棠棣之花》有诗无戏"的说法。《棠棣之花》演出之后，郭沫若对历史剧的创作多了一些思考，认为历史剧的创作不必拘泥于历史，而应该把握历史精神，甚至可以对事实加以新的解释、新的阐发，进一步具体地把真实的古代精神翻译成现代实际。

于是《屈原》应运而生，其影响之大，始料未及。

屈原在抗战时期的文化界，地位尤其突出。郭沫若在《蒲剑·龙船·鲤帜》一文中作了说明："抗日战争的爆发，国家到了非常危险的关头，爱国诗人屈原又引起了人们的注意。"在写《屈原》之前，郭沫若深感压力巨大，要将错综复杂的历史时间浓缩成戏剧，非常考验剧作者的功力，而且因为屈原在历史上的地位非常崇高，要将屈原搬上戏剧舞台，其难度可想而知。此外，郭沫若认为描写屈原，如果"力量不够，便会把这位伟大人物漫画化，这是很危险的"。

其实早在少年时期，郭沫若就对屈原寄予了无限的敬仰之情，并开始了无意识地摹写，出版于1921年的诗集《女神》可以窥见其对屈原艺术手法的借用。他认为《离骚》是"第一首可以感动人的长诗"，是积蓄情感之后的爆发、是平静之后的惊涛骇浪，足可以与《神曲》《浮士德》等世界巨著比肩。在创作历史剧《屈原》之前，郭沫若就已经撰写了以屈原为题材的话剧《湘累》，出版了研究屈原的专著《屈原》，又陆续发表了《屈原的时代》《屈原考》《屈原的思想与艺术》等学术文章。

《屈原》的创作和演出得到了周恩来等人的全力支持，周恩来不仅多次与郭沫若探讨写作上的问题，还指示阳翰笙务必"帮助配置强力的演出阵容，保证剧本的演出效果"。于是，阳翰笙等人"四处奔走，约请优秀演员"。《屈原》和《棠棣之花》《天国春秋》一样，采用全明星制。即从主角到配角都由第一流演员担任。导演为陈鲤庭，主要演员为金山、白杨、张瑞芳、顾而已、施超、孙坚白（石羽）、张逸生等。戏剧家陈白尘感叹："这次演出的阵容是强大的：金山的屈原、白杨的南后、顾而已的楚怀王、张瑞芳的婵娟、石羽的宋玉、施超的靳尚、苏绘的张仪、丁然的子兰、张逸生的钓者……不仅是当时最理想的人选，即使在解放后重演时也没能超过它。"

剧本完成的第二天，郭沫若邀请主演们来到家中，仔细研究剧本和相关材料，共同商讨演出细节，征求大家对剧本的意见。主演金山在研读之后深受感动，"屈原的诗篇唱出了对祖国、对人民的无限热爱"。

《新华日报》和《中央日报》分别对郭沫若历史剧《屈原》进行了多次报道。1942年1月24日，《屈原》开始在《中央日报》连载，随后刊登的《读〈屈原〉剧本》一文中，该报文艺副刊主编孙伏园认为《屈原》这部戏剧"充溢着正气"，称赞《屈原》"实在是一篇'新《正气歌》'"。

4月2日，上演前一天《新华日报》刊发"中华剧艺社空前贡献，郭沫若先生空前杰作，重庆话剧界空前演出，全国第一的空前阵容，音乐与戏剧的空前试验"五个"空前"的戏剧广告，吸引大众眼球。

4月3日，《屈原》如期在国泰大剧院上演，一时之间剧院人满为患，"有的观众甚至从成都、贵阳等地专程赶来"，观演的热烈程度在当时实属罕见，被新闻界誉为"剧坛上的一个奇迹"。

在这既短暂又永恒的风云变幻中，在抗战的动荡与混乱中，郭沫若笔下的屈原精神体现了"中国精神"，也就是"杀身成仁的精神，牺牲生命换取独立自由的精神"。正如时人所评论的："我们从《屈原》中，找出了一篇作'人'的大道理"，"屈原，他是一轮光明的太阳，正义的象征，真理的代表，他永远引导着我们，指示着我们，教育着我们"，"屈原的忠贞，坚决，伟大，眷念祖国的狂热，乃至受谗后的孤愤，亮节，千秋千世之后，都是人们活的模范"。

郭沫若对这部剧倾注了心血，他几乎每天都前往剧场观看，有时到后台看望演员，有时与台下观众一起欢笑、落泪，直到落幕。

《屈原》的演出空前轰动，在大后方青年群体中产生了深远的影响。许多青年看完这部戏后，纷纷模仿舞台上的演员，争相高声朗诵《雷电颂》，在教室、马路、轮渡上，常常会爆发出"尽力咆哮吧""爆炸了吧""把这包含着一切罪恶的黑暗燃魂了吧"的怒吼声。《雷电颂》是主人公屈原被陷害囚禁之时发出的呐喊，批判楚国的黑暗现实，暗指现实中国民党反动派的专制统治。

在这首雄浑壮美的交响诗中，屈原要把"这包含着一切罪恶的黑暗烧毁"，要把"这比铁还坚固的黑暗"劈开，"和着那茫茫的大海，一同跳进那没有边际的没有限制的自由离去"。

观众们深受鼓舞，心潮澎湃，深感"从屈原那种爱国舍身的高尚思想和坚毅不拔的卓越人格上，给予目前为复兴抗战而奋斗的中华儿女，一番宝贵的教训和楷模"。

周恩来对剧中的《雷电颂》尤其赞赏有加，认为"屈原并没有写过这样的诗词，也不可能写得出来，这是郭老借着屈原的口说出自己心中的怨愤，也表达了蒋管区广大人民的愤恨之情，好得很！"他又"要人到剧场买些票，让办事处和曾家岩五十号的干部轮流去看。还召开座谈会，组织文章大力宣传这个戏的演出成果"。

歌德说："一个伟大的戏剧体诗人如果同时具有创造才能和内在的强烈而高尚的思想感情，并把它渗透到他的全部作品里，就可以使他的剧本中所表现的灵魂变成民族的灵魂。"

历史剧《屈原》的诞生，是郭沫若与屈原相融汇的感情激流，也是郭沫若与同时代人民的精神共鸣，拨动了观众和读者的参与全民抗战的心弦。郭沫若在中华民族生死存亡的危急关头，高擎文化抗战的大旗，将文艺作为对敌斗争的锐利武器和团结抗战的宣传工具，为抗战时期文化统一战线的建立和发展作出了宝贵贡献，具有划时代的意义。

六、离乱岁月的叛逆者

在郭沫若的笔下，曾建构出创造女神，也有卓文君、王昭君、聂嫈"三个叛逆的女性"，还有"喀尔美萝姑娘""菊子姑娘"等一系列具有创造精神、抗争精神的女性形象，勾描了唯美动人的女性特质。

在《马粪与秧歌》中，郭沫若赋诗"与为参领妾，何如走卒妻？炕头逾软榻，马粪胜香泥。村汉骑知骏，秧歌唱入迷。可怜不解事，哀怨报情痴"，表达了他更加赞成女子嫁给不识字的马夫，而不是达官贵人的观念。

在《三个叛逆的女性》中，郭沫若将《卓文君》《王昭君》《聂嫈》三个剧本并置，认为女人在精神上的遭劫已经有几千年了，"现在是该她们觉醒的时候了呢。她们觉醒转来，要要求她们天赋的人权，要要求男女彻底的对等，这是当然而然的道理"。基于深深的马克思主义烙印，他表示"我自己对于劳动运动是赞成社会主义的人，而对于妇女运动是赞成女权主义的。无产阶级和有产阶级是一样的人，女子和男子也同是一样的人，一个社会的制度或者一种道德的精神是应该使各个人均能平等地发展他的个性，平等地各尽他的所能，不能加以人为的束缚而于单方有多偏袒"。在他心中，作为"被压迫者"的女性，应该勇于反抗，敢于争取自己的权益。郭沫若认为卓文君、王昭君、聂嫈之所以能够成为真正意义上的人，"就是因为她们是不肯服从男性中心道德的叛逆的女性。她们不是因为才力过人，所以才成为叛逆；是她们成了叛逆，所以才力才有所发展的呀"。

郭沫若对女性的尊重和期待显见于字里行间。他不同于传统士大夫的婚恋观这一笔法给邓颖超留下了深刻的印象。邓颖超在《为郭沫若先生创作廿五周年纪念与五秩之庆致祝》中认为郭沫若"以科学的态度与医学的论据，对妇女问题作了精辟的发挥，揭斥了那重男轻女的谬见恶习。他举起锋锐的笔，真理的火，向着中国妇女大众指示出光明之路。他吹起号角，敲起警钟，为中国妇女大众高歌着奋斗之曲。他启示着中国被压迫妇女，不要做羔羊，不要做驯奴，不要甘心定命，更不要任人摆弄，永远沉沦！沫若先生即是这样从歌赞中国历史上叛逆的革命女性中，燃烧着这样一支中国女性革命的光明的火炬的"。

但是，颇为讽刺的是，在现实生活中，郭沫若对恋人们的遗弃与背叛，实在让人意难平。

被他称为"黑猫"，长着"一对翘天的猩猩鼻孔"的三寸金莲女子，是郭沫若的第一任妻子——张琼华。结婚仅仅五天，张琼华就被丢弃在家中，等一个永远不会再回来的人，独自生活了一辈子。

在郭沫若 19 岁的时候，家母征得他本人同意，订下了这门亲事。

此时的郭沫若是充满期待的，因为他不知道自己将要迎娶的女子到底是什么样子的，只听说那姑娘的人品和贤惠美丽的三嫂不相上下，正在读书。

与此同时，他又是矛盾的，想着万一这位素未谋面的新娘人品、样貌和学问都不如家人所描述的那样，又该怎么办呢？

当花轿抬进前堂，新娘在抬脚迈出轿门露出三寸金莲之时，郭沫若心里"咯噔"了一下，暗叹糟糕。而当拜天地、拜祖宗、拜父母、新郎新娘至入洞房之后，两人第一次面对面之时，郭沫若的心顿时猛地下沉，他看到了"一对翘天的猩猩鼻孔"，脑子里想着"隔着口袋买猫儿交订要白的，拿回家来却是黑的"。

显然，他十分不满意眼前这位"黑猫"。原来带着漂亮聪明的新娘去成都读书的愿望落空了，剩下的只有失望和嫌弃，他也再没有耐心去细细了解新娘的人品和才华。

婚后第五天，郭沫若就匆匆离开了张琼华，离开了沙湾场，远走高飞，留下的，只有一首《咏秋海棠》：

啼红满颊生潮晕，猩点罗衿泪似烟。

斜倚砌栏无限恨，慵开倦眼未应眠。

玉环赐浴承恩后，飞燕凝神欲舞前。

鹈鸩无端鸣太早，绿珠楼坠影蹁跹。

这首诗看似同情旧社会妇女悲惨命运，但是，他本人，也是制造妇女悲惨命运的参与者之一。

第二任妻子，是在日本东京圣路加医院相识相知相恋的护士安娜，原名佐藤富子。

郭沫若对这份爱情充满了感激，他在散文诗将自己比喻成自由的鱼儿："近海处有一岩石洼穴中，睡着一匹小小的鱼儿，是被猛烈的晚潮把他抛撇在这儿的"，就在这时，"一个穿白色的唐时装束的少女走了出来……她把头儿低了下去，无心之间，便看见洼穴中的那匹鱼儿……她不言不语地，不禁涌了几行清泪，点点滴滴地滴在那洼穴里……鱼儿在泪池中便渐渐苏活了转来"。

在少女的泪水中，鱼儿活了过来；在安娜的爱情中，郭沫若如获新生。

然而，安娜的父母当然不可能同意自己的女儿和郭沫若在一起，安娜却为了这份爱情，选择了和家人决裂。后来安娜虽然通过了女子医学院的考试，但因为怀孕，就此放弃了当医生的志向，专心经营与郭沫若的小家庭。在此后的二十一年里，他们生育了五个孩子，东奔西走，数次搬家，辗转多地。

1937年，抗日战争爆发，安娜非常痛苦，无数次挽留郭沫若。面对现实的危险处境，安娜实在无可奈何，对郭沫若说："走是可以的，最令人担心的是你性格不定，只要你认真做人，就是有点麻烦，也只好忍了。"7月25日凌晨四点半，安娜躺在床上看书，几个孩子在身边熟睡着，郭沫若来到安娜身边，轻轻地吻了一下之后，便决绝地离开了日本。此后安娜不仅要忍受丈夫离别的苦痛，独自抚养孩子的艰难，还被日本官厅粗鲁抄家，带到监狱关了一个月，饱尝鞭笞之苦。

安娜和孩子们在日本等了郭沫若整整十一年。1949年后，安娜历经千辛万苦辗转来到北京时，才知道郭沫若早就已经另有家室，并且生育了多个孩子。

安娜看到的家室，是郭沫若的第三任妻子——于立群，两人相识于1938年，距离郭沫若离开安娜仅仅一年多的时间。

于立群出身名门，祖父是清朝同治年间的"榜眼"，曾经出任驻德大使、吏部侍郎等。母亲是清末两广总督岑春煊的侄女。姐姐于立忱在《大公报》担任记者，曾经作为东京特派记者前往日本工作，期间与郭沫若有过密切的交往。

于立群原本在上海明月歌舞剧社工作，从事电影、话剧等工作。与郭沫若相爱，是在香港期间。那时郭沫若在九龙拜访朋友之后，遇到林林、叶文津、于立群等人，后来大家住在一个酒店。再后来于立群跟着郭沫若来到武汉，两人一起吃饭、写字。于立群的出现，让从日本归来不久的郭沫若觉得非常新鲜："她写一手黑顿顿的大颜字，还用悬肘。这使我吃惊了。我从前也学写过颜字，在悬肘用笔上也是用过一番功夫的。"在得知于立群的书法源自祖父和母亲的家传之后，郭沫若觉得"这大概是一种家庭教育吧？颜字的严肃性可能起规范作用，使一个人的生活也严肃了起来。有了这样以为严肃的'小妹妹'在旁边写颜字，惹得我也陪着她写了几天大颜字"。

于立群清纯的样貌、认真的作风给郭沫若留下了深刻的印象。他坦言："我认识了立群，顿时感到惊异。仅仅二十来岁，在戏剧电影界已经能够自立的人，对一般时髦的气息，却丝毫也没有感染着。两条小辫子，一身蓝布衫，一个被阳光晒得半黑的面孔，差不多就和乡下姑娘那样。而她对于抗战工作也很出力。'八一三'以后时常看见她在外边奔跑。"

自1938年起，于立群一直陪伴在郭沫若身边，两人育有两女四男，共同经历了在武汉、重庆、上海、北京等地的生活。直到1978年，郭沫若去世后，于立群又努力完成了郭沫若的遗愿，了却了他在生前最遗憾的一件事——请求党组织一定要核实郭沫若的党龄问题，给予郭老一个公正的评断，不能否认郭老三十年的赤诚忠心。

1978 年 6 月 18 日，在为郭沫若举行的追悼大会上，悼词中对郭沫若的入党时间盖棺定论：1927 年参加南昌起义，同年 8 月加入中国共产党，并充分肯定郭沫若是"为共产主义事业奋斗终生的坚贞不渝的革命家"，高度评价他"是继鲁迅之后，在中国共产党领导下，在毛泽东思想指引下，我国文化战线上又一面光辉的旗帜"。

有了这样的崇高评价，若郭沫若泉下有知，当欣慰矣。

第四章

林语堂：

隔世东坡是知己

对于他，人们熟悉又陌生。在那场声势浩大的中西文化大碰撞中，在那个波澜起伏、时局动荡的特殊政治文化语境中，作为中国知识分子，他在革新与守旧、选择与扬弃中激进又退守、改造又复归，反复动摇与徘徊彷徨。

一、你是谁？我是一团矛盾

当鲁迅、胡适等人的新文化运动闹得热火朝天的时候，林语堂正好去美国留学了。等他从美国留学归来，与鲁迅成了好友。但不久产生裂痕，而且越来越大。林语堂是个温和的人，当鲁迅不断骂他时，他并不予以反击。直到鲁迅逝世，林语堂才叹道："鲁迅与其称为文人，不如号为战士。战士者何？顶盔披甲，持矛把盾交锋以为乐。不交锋则不乐，不披甲则不乐，即使无锋可交，无矛可持，拾一石子投狗，偶中，亦快然于胸中，此鲁迅之一副活形也。"如此描述鲁迅，也只有林语堂做得出来。

1936 年 8 月 10 日，美国豪华客轮"胡佛总统"号停靠在上海码头，船笛阵阵，送别的人们把码头围了个水泄不通，原本空荡的客房也塞满了人们送的礼物。在这一天，林语堂带着全家五口，再次登上了离开的客船。此时，林语堂心中装着的是中西文化融合的写作理想。那个在新文学阵营中为人熟知的"幽默大师"的文学经历，就这样被遗留在了 20 世纪 30 年代的文学史中，一如"胡佛总统"号在人声鼎沸的清晨驶离上海码头，在雾霭弥漫中逐渐消失了踪影。

人们在 20 世纪 30 年代认识了他，自此后便也遗忘了他。

对于他，人们熟悉又陌生。他的挚友徐訏也直言林语堂"在文学史中也许是最不容易写的一章"，这不仅是因为他当时在国内长久的缺席，更是因为在那场声势浩大的中西文化大碰撞中，在那个波澜起伏、时局动荡的特殊政治文化语境中，林语堂作为中国知识分子，在革新与守旧、选择与扬弃中激进又退守、改造又复归，反复动摇与徘徊彷徨。在那个年代，是选择传统文化还是现代西方文明？是以现代西方文明来改良和改造社会现实和文化，还是复归传统文化甚至以纠正西方现代文明的缺陷？种种选择、种种扬弃，看似极端的选项背后，是时代浪潮赋予文人与知识分子所必须承担的责任和使命。好似浊浪排空，无论是革新者还是守旧者，都因时势而分化阵营，这战场不仅是阵营交锋的战场，更是每个人的自我搏斗与撕裂。

自我搏斗与撕裂是痛苦的。而林语堂就处于长期的自我搏斗中。林语堂从小接受西方文化教育，并有四年游学海外经历，是当时中国少有的具有西方文化背景的知识分子。1923年回国后，随后一年他与鲁迅处于同一阵营：译外文、砭时弊、批封建、判"帝国"，望借西方文明以改造社会。直至1926年"三一八"惨案，他被军阀通缉离京返闽。后经历重重彷徨，1932年以"论语派"身份回归，此时他呈现的矛盾更甚，理论与实践常常出现错位脱节。他主张自由主义立场，却避不开谈论政治；主张以"幽默"冷静旁观，却也曾企图以"幽默"改造社会；他以老庄之道和孔孟中庸之道自诩，却无形中选择了坚定的政治态度和立场。1927年他投身武汉国民政府任外交部秘书，1932年参与中国民权保障同盟，在国内期间他一直短暂性地参与政治，持续性地关注政治，从没有完全脱离社会现实去谈他的自由主义文学观。他有意识地与时代与政治拉开距离，倡导人们"以自我为中心，以闲适为笔调"，却在无意识中以社会现实的矛盾冲突入"幽默"之笔，一句"用幽默改造世界"甚至一度成其口头禅。

回国的十余年间，他曾迎向时代浪潮，毫无畏色执笔仗言，以笔锋铸就铁剑，为刘和珍和杨德群撰写《讨狗檄文》"痛打落水狗"。在面对铺天盖地的咒骂，以及国民政府的行政和文化政策的双重挤压时，也没有放弃文学的独立品格，以自由主义文艺立场坚持创作，直至左翼文学如风暴般席卷，林语堂终于借机赴美写作，以退出战场。

在这期间，林语堂身上发生了深刻而复杂的矛盾变化：从借鉴引入西方文明到复归传统，从"痛打落水狗"的前线战士到坚持中庸观念的不"左"不"右"立场，从以"幽默"针砭时弊到淡化"幽默"的社会功能，并且这些变化是动态且反复的。可以说，林语堂的"矛盾"深刻地反映了中国当时时代背景的复杂性，也映射了中国一部分知识分子所承受的精神折磨与心理负担。觉醒是困难的、艰巨的，同时也是复杂的，所以才会有前后止步、进退两难。而林语堂的一生都行进在中西文化的融合地带，他始终徘徊在东西方文化本位之间，曾以西方文化价值洗涤中华传统文化之糟粕，后以中华传统文化改造西方文明之负面，向西方介绍了深远而灿烂的中华文化。

仿佛正是因为他广博而融合的中西方文化背景，因为他曾全方位地接纳与认识中西方文明的优势与弊端，并且随着这种认知过程的不断深化，中西文化大碰撞的矛盾在他身上剜裂出了最为深刻的记忆与伤痕。矛盾的共时性与反复性变化，也使他成了这场无硝烟的战斗中矛盾与徘徊的知识分子典型。

撇开时代性的因素不谈，林语堂的自身思想性格也是呈现特殊矛盾的。晚年他居住在台北阳明山麓的家中，这栋房子由他自己设计，也是"矛盾"的：房子的整体是蓝瓦白墙，顶着一弯回廊，绕有东方式的天井，细看上面却是几根西方螺旋圆柱。其间有一间书房名"有不为斋"，儒家之"有为"与道家之"无为"，林语堂皆入其圃，行"有为"之事，亦赏"无为"之为。就在这栋居宅中，林语堂曾向作家黄肇珩等客人毫不隐讳地列举着自己的性格矛盾，他坐在舒适的大沙发上，坦诚又率真，缓缓道来自认的矛盾，并原样写进了自传中：

> 他自认为自己是异教徒，心里却是基督教徒。
> 他献身文学，一直以没有进理学院为一大错误，他心近科学。
> 他爱中国人，但批评中国人比谁都诚实、坦白。
> 他崇拜西方，可是蔑视西方教育心理学家。
> 他是现实主义的理想家，也是满怀热情的达观者、冷静的观察家。
> 他喜欢出奇制胜飘逸的文章，富有幻想力的作家；也喜欢论世文章，具有实用主义常识的作者。

对文学、村姑、地质、原子、音乐、电子、电动刮胡刀、科学小零件都有兴趣。

他用泥巴做模型，也在玻璃片上用蜡塑风景画、人像画。

他对柳树、湖泊和荫凉的角落特别激赏，热爱群山，看不出大海美在何处。

……

看林语堂的照片，一如他的"矛盾"：青年的林语堂是桀骜的君子，脸庞五官谦逊柔和，目光却带有一些不驯；中年的林语堂架有一副黑色圆框眼镜，头发向后梳成八二分，手持茶杯嘴角微笑，宽广的额部与圆润的鼻头显得慈祥，弓眉之下的眼睛却略带狡黠与幽默；晚年，他的照片常常定格于严肃的伏案写作、与人闲谈时的喝茶、陷入沉思时的抽烟斗，头发梳理得一丝不苟，但笑起来的圆润脸庞却像极了天真的孩童。

他常说自己童心未泯。是了，在晚年时他与儿孙们打成一团，还曾与孩子们联合起来捉迷藏躲在衣柜里，企图吓唬自己的妻子，博得一乐。在四十岁生辰他还曾作自寿诗："一点童心犹未灭，半丝白鬓尚且无。"他的性格来源于闽南坂仔乡的山景，一向追求自由，不喜别人打扰。

在那个风沙扑面、虎狼成群的年代，他或许不是那个能找出治病救人良方的人，但他的确是个至真至纯之人，是崇尚与追求生活的真理与美之人。

他深知自己的"矛盾"之处，也坦然承认了自己是"一团矛盾"。

就像他在《八十自叙》中的开卷之言：

有一次，几个朋友问他："林语堂，你是谁？"

他回答说："我也不知道我是谁，只有上帝知道。"

又有一次，他说："我只是一团矛盾而已，但是我以自我矛盾为乐。"

最后一次，他放弃了汪洋恣肆、天马行空的笔，以冷静自持、细腻温和的笔触回顾了他的一生。他坦率地剖析自我灵魂深处的矛盾，毫无忌讳与介怀，也无保留与刻意。人说每个人都是一个月亮，有明面便有阴面，他却将月亮的阴面直陈于世人面前，一如他畅快恣意、追求自由的一生。

或许，他也曾困惑、希冀、反思、追问自己灵魂的旅程：我是谁？我在哪里？我从哪里来？又要到哪里去？

二、高山的回忆

林语堂出生于一个清苦的基督教家庭。父亲林至诚是一位基督教的教会牧师，母亲杨顺命则是一位淳朴的家庭农妇。或许是深受基督教氛围的熏陶，父亲母亲虽生有八个孩子，六兄弟两姐妹，林语堂是倒数第二个，他们的家庭氛围却和乐而美满。父亲林至诚是无可救药的乐天派，身为福建坂仔乡当地的教会牧师，他有着同辈牧师所没有的悠然笑貌，为人和气善良，深受漳州基督教友的敬爱。母亲杨顺命则生性淳朴，给予了家庭无限的爱意与幸福。

生于这样亲情似海的基督教家庭，林语堂的童年如他的乳名"和乐"所寄寓的意义一样，过得快乐而美好。与当地其他家庭不同的是，父亲林至诚重视教育，并且在这方面显示出了超前进步的思想观念。在家中林至诚便是他们的家庭教师，常常教授他们古诗、古文和一般对句的课程，此外还送他们去鼓浪屿求学，这样的旅程一走就是一年。

稍稍长大一些的孩童，要远离父母亲的怀抱去岛上求学，通常是感伤肺腑的事，但林语堂却感到快乐。每年的小溪和鼓浪屿之行，是令他永生难忘的事情。搭一艘"五篷船"，穿行于溪涧河流，船只蜿蜒曲折前进，沿岸尽是绿树果园、农田耕牛，待到季节更迭，更有诸多变幻之景。

那时候小小的林语堂就坐在船上，看两岸不绝的山景、禾田，还有村落农家。他坐在船上，船尾供奉着一座妈祖神像，香火常燃。视野所及，尽是开阔明亮之山景，头上五六尺竹影摇曳，待到船夫心情愉悦，还会一边吞云吐雾一边娓娓道来漳州古老的故事。这样的一幅天然山景之图画，他早已沉浸其中不可自拔，哪里还顾得上伤感掉泪？

或许是这样长久的浸润，山景早已烙印于林语堂的脑海，继而融入他的骨血，化作他的思想、性情与人生观。

林语堂曾说，他珍惜那些关于高山的回忆。

他的二姐就葬在坂仔乡东南面高山的一处悬岩，那是萦绕于他心头永远的痛。二姐美宫比他长两岁，生得聪明伶俐、美艳如桃。二姐心底的愿望是像家中的兄弟一样，接受大学教育。但家中的光景已不能承担当时女子学校高昂的学费，快乐似雀的年纪，忽然陷入了沉默。每及深夜，母亲与二姐谈及婚事，二姐总是默默将蜡烛吹熄，缄默不言。他去上海圣约翰大学上学之际，正是二姐出嫁之时。他顺着路去山城观礼，二姐从口袋里拿出小小的四角钱，对他说："我们很穷，姐姐不能多给你了。你好好用功念书，因为你必得要成名。我是一个女儿，不能进大学。你从学校回家时，来这里看我吧。"林语堂心底沉甸甸的痛，他深知这是二姐将自己的梦全盘托付给了他。原以为还能回到与她在母亲身旁串编故事的时光，而及次年返乡，只听闻二姐因横痧性瘟疫亡故。那时，她已有八个月的身孕。二姐和她的孩子永远地去了。

只见得高山悬岩上幽幽的坟墓，高山与高山之间，它们的曲线将天空划成几何状，由悬岩往上望去，望不见底。林语堂心里空落落的，一阵刺痛，此刻的哀怨、悔恨、泪水、思念，皆化为高山悬壁上的重重岩痕，永远地留在了林语堂的心底。

同样在高山之上深埋的，还有令林语堂怦然心动的初恋时光。人说，初恋是最动人心弦、刻骨铭心的。很多年后，林语堂还能想起那些阳光明媚的午后，少女蹲在潺潺流过的溪水中，俏丽可爱，不时侧目，蝴蝶缓缓振动双翅停留在她的发梢，而她徐步而行，蝴蝶竟没有飞走，空气仿佛都安静下来。

与她所见的最后一面，她在西山的一个悬岩上默然伫立，头顶青天，发丝随风飞舞，仿佛预知了他们的未来，只能默然目送。

她是林语堂母亲的义女，外号叫"橄榄"，唤林语堂为"五舅"。在林语堂为她而作的小说中，她是赖柏英。后来的事也是一个老故事——他们一个远走他乡，为追求知识与世界的新天地；一个家乡成婚，为孝顺双目失明的祖父。

他仿佛已经懂得这种人生的隐喻。在林语堂晚年所作的《赖柏英》中，有这样一段话："山使你谦卑。柏英和我就在那些高地上长大。那是我的山，也是柏英的山。我想它们并没有离开我——永远不会……"

高山同样给予了林语堂无限的想象力与智慧的灵感。还是"小和乐"时，父亲问其志向，林语堂答，一为英文教员，二为物理老师，三是开一间"辩论店"。英文教员得益于他小时候所受的英文教育；物理老师是因林语堂见识过西方的自然科学，从小对自然科学感兴趣；而"辩论店"则是因为林语堂善辩，兄弟姐妹都打趣叫他"辩论店老板"。曾有一次，老师给林语堂作文的评价为："有若大蛇过田陌"，意指林语堂词不达意，他也不气馁，回以"恰是小蚯渡沙漠"，颇为得意。

那时林语堂便已初现哲学思辨之想象力与才能。生于基督教家庭的他，也疑惑于上帝在何处，疑惑于人们为什么每餐前感谢上帝。最后他得出结论，上帝虽没有赐予人们食物，但赐予了人们繁荣的盛世让其安享食物。

林语堂后来这样解释高山培育的人生观。他说："人有高地的人生观和低地的人生观，两个永远合不来。"人在高山中生长，就会用高山来衡量一切，因而拿摩天大楼来和你见过的巍峨高山相比，就不过如此，人生、事业、政治、钞票，都不例外。高山在这里不再是一个具象的景物，而是成为一个隐秘的符号，它喻指神秘、幽远、壮大，使人敬畏，予人灵感的故乡坂仔，一种纯粹永生铭记的童年记忆。林语堂的后半生确实将故乡坂仔放进了心里。

福建南部平和县坂仔乡的一隅，蕴藏着林语堂童年藏于心中最美好的回忆，在他心中留下了关于真、善、美，留下了关于自由与理想的人生理念。

一个声音重复道："你是说，你珍惜那些高山的回忆。"

林语堂心底给出了答案："不只是珍惜。它们进入你的血液中。曾经是山里的孩子，便永远是山里的孩子。"

可惜时光不停向前，孩童成长为少年，催着少年背上行囊，离开故乡，去往远方。去吧，山里的孩子认识归路，就永远是山里的孩子。林语堂满载着坂仔故乡的山风，走出了山谷，走向了新的世界。

三、婚姻是饭

告别故乡后，林语堂来到上海的圣约翰大学求学。圣约翰大学是一所教会大学，是当时全国最适宜学英语的学校，这也是林父的期望和心愿。在圣约翰大学读书期间，林语堂学打网球、打篮球，参加足球校队和划船队，生活丰富多彩，学业对他来说从不是负担。他满载着坂仔的山风和谷香，如鱼得水地在参天的乔木和美丽的草地中汲取知识的养分。殊不知，一不小心就遇见了令他一生都难以忘怀的女子，一见钟情，便终生难忘。

那人是归侨名医陈天恩的女儿陈锦端。

不知陈锦端的名字是否出自李商隐的这首《无题》："锦瑟无端五十弦，一弦一柱思华年。"但对于林语堂来说，他和陈锦端的结局确如这首诗的末句一般戛然而止："此情可待成追忆，只是当时已惘然。"晚年之际，两人相隔于海峡两岸，林语堂仍在笔耕之余作画，画像中女子留着长发，用一个宽长的夹子挽着发髻，甚是气质端庄。女儿们不解时问起，他也抚摸着画像坦诚相言："锦端的头发是这样梳的。"

林语堂将恋人的细节都刻进了心里。关于陈锦端的模样，林语堂曾在自传中偶一提及："她生得确是奇美无比。"在他心里，她就是美的化身。

情深缘浅，有缘无分大概就是这样的。他俩因理想而相爱，他爱她的天真，爱她的自由，爱她的天性，爱她和他一样的孩子气，所以难免因世俗而无法相守。陈天恩得知此事后，以两人家境悬殊为由，婉拒林语堂。

太相似的人大概是很难相守的，因爱生痴，因爱亦生嗔生怨。不过有时候爱情在戛然而止时最美好，因最好的样子、最美的年华都定格在了记忆中。正是因为陈父的阻止和陈锦端的离开，林语堂拥有了一生相守的人。

关于爱情，还是张爱玲看得最透彻最深沉——红玫瑰与白玫瑰，男人都是得其一毁其一。如果说林语堂有什么不一样的地方，那就是他足够幸运，也足够睿智。他的幸运在于，他接下来在对的时间，遇到了真正对的人，一个理解他、包容他的人；他的睿智在于，他懂得失去了的，才成了白月光与朱砂痣，只需深埋心底，而真正的婚姻则是饭，是踏实的，也是需要雕琢经营的。

林语堂相伴终生的伴侣，是他的妻子廖翠凤。

林语堂的女儿林太乙后来在《林语堂传》中提到母亲廖翠凤第一次观察林语堂，对他心动的时刻："翠凤躲在屏风后，看见的是个无拘无束的青年，一表人才，谈笑风生，衣着随便，而胃口极好。"这故事大概是代代相传的了。

林语堂后来对于"婚姻"发表过一个很精辟的比喻，他说："婚姻是饭。有饭，才是踏实的。"如此具有烟火气的芳心萌动，廖翠凤是真的爱上了，而这仿佛也预示着两人的婚姻会安稳一生。

婚期在1919年，此时林语堂已从圣约翰大学毕业三年，这期间他在清华大学任英文教师，并成功申请到了去往美国哈佛大学留学的机会。在临行前，25岁的林语堂与24岁的廖翠凤在教堂完婚，随后去往哈佛，度蜜月并继续学业。

　　林、廖的婚姻在当地有个流传甚广的故事。据说林语堂在结婚当天，拿着婚书对妻子廖翠凤说："把证书烧掉，只有离婚才用得着。"这个故事后来在林语堂晚年的自传中也得到了证实。

　　一语惊人，而廖翠凤也同意了。她心里或许有感动，也有疑惑。感动于这庄严的不弃承诺，疑惑于丧失了规制的婚姻。但她对林语堂满心满眼的爱都快溢出来了，烛影绰绰中，她微颔点首，选择了相信爱人。

　　林语堂的确是个不喜形式和仪式之人。但在他晚年的传记中，他曾信誓旦旦地在这个故事后补充："这句话一点不假！"似乎也印证了他愿与廖翠凤共度一生的决心。究其原因，林语堂是个认真对待婚姻之人，他知晓廖翠凤身为富豪之家的大家闺秀却痴痴等待他多年，他更知晓廖翠凤回应母亲说他是牧师儿子之语："穷有什么关系？"他心中感动，决意不负这份真情。

　　林、廖的孩子们说："世上找不到两个比爹妈更不相像的人。"

　　廖翠凤外向，林语堂内向；廖翠凤生性严肃，有条有理，林语堂追求自由，乐观顽皮；如果林语堂是性属凿穿万物的"金"，那么廖翠凤就属于接纳万物、造福人类的"水"；林语堂是无拘无束、随风飘荡的气球，廖翠凤则是为这只气球量身定做的压载物，是牵住气球的细绳，是收回细绳的滚轮。

　　两人结婚后的生活是东奔西走、困难重重，但爱情却在细水长流的婚姻中悄然滋长。烟火岁月中，性属"水""火"之质的两人却好似更适宜相拥，两人就好像在篝火上架起的炉灶，火为水提供了热量，水也成为火烧煮的不可缺少的材料之一。篝火和清水皆备，炉灶才成其烟火之味，而这才是生活。

　　廖翠凤自比为海葵，牢牢吸在林语堂这块石头上。石头就是海葵的生命，廖翠凤决意为林语堂建立一个家。

　　她陪着林语堂辗转各地。在哈佛，她以全部嫁妆支持两人的生活和林语堂的学业。在法国乐库索城，林语堂因助学金中断，到此为"一战"华工服务积攒积蓄时，她精打细算用好每一枚铜板；在德国莱比锡大学，林语堂继续攻读语言学博士学位时，她为了维持生活开始变卖自己的首饰；后来在上海，她承担起所有家务，打点林语堂的衣食住行。抗战初期，林语堂撰写抗日宣传的文章，她也走出家门担任纽约华侨妇女发起的救济会副会长，为抗日进行募捐活动。结婚四年，因游学期间两人经济拮据的状况，她直至 1923 年要回国时才敢怀孕，还要一路奔波、长途跋涉回国分娩。

林语堂的每一步，背后都有廖翠凤无私的陪伴与支持。

无论是爱情还是婚姻，有时的确需要运气。信对了人，或可拥有幸福一生；而信错了人，便是付出一生代价。很显然，廖翠凤拥有一双慧眼，也拥有一些好的运气，她信对了人，林语堂给予了她真挚的感情与陪伴。

在去往美国的航船上，廖翠凤盲肠炎发作，林语堂便一直待在客舱中悉心守护，从未离开，竟让旁人误以为是新婚情趣。上岸后，林语堂陪同廖翠凤做完手术，除去手术费可用积蓄已所剩无几，林语堂便用仅有的 13 美元买了一大桶老年麦片，仅可果腹的食物，他默默吃了一个星期。

出院时，美国的街头天降暴雪，无法行车，林语堂一边安慰廖翠凤，一边拉来一架雪橇。路上雪深，林语堂深一脚浅一脚，生怕力度不均摔坏了刚做完手术的妻子，就这样将她拉回了家。

两人相濡以沫的爱情，后来竟有些似"相声的对白"。

廖翠凤曾打趣说："人家做了教授，一窝蜂地离了黄脸老妻，娶新潮女生，你就不想赶这个时髦？"林语堂摇摇头："离了你，我活不成呀。"

在家中，她有时也会盯着他半晌，还等不及说话，林语堂便开口噼里啪啦替她打开她的话匣子："堂呀！你有眼屎，你的鼻毛要剪了，你的牙齿给香烟熏黑了，要多用牙膏刷刷，你今天下午要去理发啦。"说完便哈哈大笑。

林语堂在结婚五十周年时，送给妻子廖翠凤一枚勋章，上面刻了詹姆斯·惠特坎·李莱的不朽名诗《老情人》。金婚纪念的照片上，年过半百的夫妻相互拥抱，林语堂捧着妻子的脸庞深情亲吻，而廖翠凤也像个孩童般绽开了笑颜。诗云：

> 同心相牵挂，一缕情依依。岁月如梭逝，银丝鬓已稀。幽冥倘异路，仙府应凄凄。若欲开口笑，除非相见时。

这是林语堂对妻子廖翠凤忠心的婚姻誓言。80 岁时，林语堂在《八十自述》中写道："对妻子极其忠实，因为妻子允许他在床上抽烟。"他觉得这是完美婚姻的特点。在婚姻中，林语堂的确是爱着廖翠凤，也是忠实于廖翠凤的，但生活是一个个静水流深的日子，人生的遗憾同样难以忘记。对于陈锦端，林语堂或许也是一生都没有放下。

廖翠凤一直深知这件事。如前所说，林语堂的幸运就在于此，他有幸遇到了一个真正爱着他，并能因为爱情而包容他的妻子，虽然不知这包容背后是否有辛酸和无奈，但在廖翠凤这里，爱是大于其他一切的。

林家居住在上海时，廖翠凤常常会邀请尚未婚配的陈锦端来家中做客。每每得到此消息，林语堂便忸怩紧张、坐立不安。孩子见多了便会疑惑，廖翠凤反而对孩子们坦然微笑，帮林语堂说话："爸爸曾喜欢过你们锦端阿姨。"

时过境迁，当事人还会紧张，需要介怀的人反而落落大方。我们知道，他紧张是因为还未曾真正放下，而她坦然则是因为真正爱他。

或许是见妻子坦然待之，往后林语堂也渐渐坦然，在廖翠凤和孩子面前也不会太过掩饰对陈锦端的怀念。或许他已和妻子坦诚自己的怀念之意并无逾越，也或许他知晓妻子的包容之心，也知晓她并不介意。

男人到底是不懂女人的。无论是哪一种，都可以确定，在林语堂内心深处有一处无人可以探寻的角落，是永远留给陈锦端的。

在他病逝的前一年，那时林语堂已是病魔缠身，只能靠轮椅活动，他还能记得向拜访的人打听音讯不通的恋人，当听闻陈锦端还住在厦门时，他还会情绪激动，他全然忘记了自己此时的处境，浑浊的双眼顿时亮了起来，双手硬撑着轮椅扶手企图站立，口中念念有词要去看她——千里之外的她。

可见，陈锦端在林语堂心中的分量。女儿林太乙在父亲去世后竟想起白居易的《长恨歌》来形容林语堂和陈锦端："天长地久有时尽，此恨绵绵无绝期。"林太乙说，父亲虽然如此随和，但在他心灵深处还有个我们碰不到的地方。那也许因为他是天才，天才要有天才伴，而我们仅是普通人。林语堂有时甚至会说他感到寂寞，因为没有人爱他。

人心之幽微难以厘清，天才也更容易感到孤单，或许陈锦端就是林语堂心中慰藉孤单的情感寄托吧。从这一点来说，林语堂是负了他的发妻廖翠凤的。

世间当真难得两全法，人生也当真难得没有遗憾。林语堂曾说："现代人的毛病是把爱情当饭吃，把婚姻当点心吃，用爱情的方式过婚姻，没有不失败的。而应当把婚姻当饭吃，把爱情当点心。"

只是命运的指针太过玄幻，生活的滋味也太过复杂。林语堂最可贵的，就是守住了内心的那份质朴，守住了生活的欲望之门。

或许只有遗憾，才能成就一些美好，而生命的遗憾有时候补齐了，也就缺失了那份记忆的标记。就好似林语堂曾说过的画面："终于再见她，我嘴角一牵，笑得漂亮，没有了当初，回忆成烟云。"

四、出世入世，维谷之中

1923 年夏天，在德国莱比锡大学取得语言学博士学位后，林语堂与妻子廖翠凤便开启了回国的旅程。与几年前远渡重洋求学的担忧和拘谨相比，此时这位留洋归国的青年已是意气风发了。

同年9月，林语堂经胡适引荐到北京大学教授英文和英文语言学。9月的北京，酷暑已然过去，但秋高气爽的天空之下是暗流涌动，万千人心中皆是风潇雨晦。此时，五四新文化运动的高潮刚刚过去，北京在各系封建军阀的铁蹄下混乱不堪，"二七"惨案正在发生，黑雾笼罩下的北京政局风云变幻，令人窒息。这一切，乍到北京的林语堂还未察觉，在学术自由的北大校园中，他如鱼得水般扎进了国学研究与语言学研究。

此刻，林语堂的天空正是爽朗的空气。他说："幽默的人生观可得而闻否？""中国人是否天性如此，不然何以养成这全国欠幽默的读者？"这一年是林语堂回国的第二年，他加入《晨报副刊》，开始提倡"幽默"、翻译作品。同年11月，他又加入鲁迅主将的《语丝》。这时，正是暴风雨来临的前夕。

一声闷雷响在1926年3月18日的下午两点。

当林语堂匆匆驱车赶往铁狮子胡同时，面前摆着的是23口崭新的棺材。作为施暴者的执政府似乎没有一丝怜悯，棺盖的歪斜和裸露在外的干草还预示着这一切的猝然发生和草草了结。林语堂感到天旋地转，似乎有些站不住脚了。

这是他第一次感受鲜血在脚下流淌，还是滚烫的。此后一段时间，在他的脑海中是死前仍然怒视着双眼的刘和珍。她死时胸腰裸露，身上凝着血污，一堆血衣胡乱盖住她的各处伤口。他又想起找了很久的杨德群，他最后是在医院里找到这个女孩子的，当时她的尸体被放在一张很短的桌子上，下半身悬空挂着，无人在意。霎时，林语堂内心的壁垒被冲毁了，他痛苦得说不出话来。

昏头昏脑中，他仍然记得在那天是秋高气爽的中午，他目送着这群女孩子出发去段祺瑞执政府门前进行游行请愿，仅仅一个小时，她们就鲜血淋漓地躺在了自己面前。他对学生运动是持支持态度的，总以为游行请愿断然不至于此。他也曾在一次女师大学潮运动时走上街头与学生们一同游行。那次，他以竹竿和砖石与军警搏斗，事后还以"幽默"调侃自己在大学练就的投掷球技术派上了用场。他以为，断不过是肢体冲突。那次，他的额头上留下了一道疤痕。

他没想到的是，执政府竟把枪口对准了她们。

他后来知道，刘和珍在指挥学生们撤退时被一颗子弹从背部击中，斜穿心肺；在她挣扎坐起时，一记闷棍又猛落在她的头部和胸部。杨德群在救同伴刘和珍的路上，直接被子弹击中要害，当场去世。

牺牲时，她们还是青春年华。刘和珍只 22 岁，杨德群也不过 24 岁。

这一天，青天白日下，血流成河，史称"三一八"惨案。

林语堂三天后在《悼刘和珍杨德群女士》一文中写下：

> 很想拿起笔来，写我这三天内心里的沉痛，但不知从何说起，因为三天以来，每日总是昏头昏脑的，表面上奔走办公，少有静默之暇，思索之下，但是暗地里已觉得是经过我有生以来最哀恸的一种经验……

这篇悼文回忆了林语堂与学生刘和珍相处的细节以及他的自我反思，被发表在《语丝》第 72 期的卷首。关于这一事件，同样刊登在这一期的还有鲁迅的《纪念刘和珍君》，以及周作人的《关于三月十八日的死者》。

此时，林语堂与周氏兄弟已完全是同一战壕中的战友，与他们分庭对立的是以胡适为代表的"现代评论派"。"语丝"主张自由，每个人皆说真心话，而"现代评论社"是靠近政府的，在这场流血事件中他们站在执政府一方。事实上林语堂与胡适是患难之交，在海外留学期间胡适曾两度施以援手私下为他提供经济帮助，到北大任教也是经由胡适引荐。但他在立场上更倾向于鲁迅。是了，这才是林语堂，他总是会任心而为，随心说话，永远站在"自由"的一方。

在"语丝"这片自由的天地里，林语堂和鲁迅的关系也迅速升温。"语丝"

的成员们两周聚会一次，地点也有所讲究，在北京中央公园（今中山公园）茂密松林下的来今雨轩，颇有些古代文人志士诗酒唱酬之意。

林语堂在后来的自传中饶有兴趣地描述了聚会的朋友们，在字里行间寄托有深情怀念之意：

> 周作人经常在场。他文如其人，说话慢吞吞的，激动时也不提高嗓门。他哥哥鲁迅正好相反，批评死对头得意起来，往往大笑出声。他身材矮小，留了一脸毛碴碴的胡须，两颊凹陷，始终穿长袍马褂，看起来活像鸦片烟鬼。很少人想到他竟以"一针见血"的痛快评论而知名。郁达夫啊，有他在，话题便生动起来。我们坐在老藤椅上，他常抚弄他的小平头，显得狂放、任性又满足。

那时的林语堂定是西装革履，谈笑风生，抽着烟斗，眼神微醺，好不自在的！及至后来林语堂以"相得者二次，疏离者二次"（林语堂《鲁迅之死》）来概括他和鲁迅的关系时，鲁迅已经溘然长逝了。

林语堂在写下此文时，一定是含着泪的。他这一生不大愿意吹捧同时代的中国人，他赞扬过的中国人有鲁迅、蔡元培、胡适、孙中山和蒋介石。后人常提及他与鲁迅的隔阂，但他谈及最多的却是鲁迅。

他和鲁迅，往后只是道之不同，时势之阴差，而心仍若知己。

林语堂说："吾始终敬鲁迅；鲁迅顾我，我喜其相知，鲁迅弃我，我亦无悔。大凡以所见相左相同，而为离合之迹，绝无私人意气存焉。我请鲁迅至厦门大学，遭同事摆布追逐，至三易其厨，吾常见鲁迅开罐头在火酒炉上以火腿煮水度日，是吾失地主之谊，而鲁迅对我绝无怨言，是鲁迅之知我。"

其间真情，可见一斑。林语堂对鲁迅是有愧疚的，鲁迅应他之邀来到厦门大学，因派系之别常受排挤，生活艰苦；而鲁迅自觉承受不住去往广州，林语堂拒绝了同去的邀请，也没有挽留鲁迅。那时鲁迅已看清厦大的黑暗形势，加之当时许广平也身处广州。而林语堂则更想久居桑梓之地，希望把厦大办好，厦门是他的家乡，他的家人都居于此。林语堂在鲁迅离开厦门之际写道：

> 有人却要于夜静星稀的时候，在鬼蜮国里，荒冢场中，在海的浩叹和草虫悲鸣中，听出宇宙的一大篇酸辣文章。

此时之分离，是时势之阴差。他对鲁迅知之甚深。

当年林语堂邀请鲁迅等一众北大教授来到厦门大学，是因为 1926 年 4 月段祺瑞执政府在北京的恐怖统治。是时，南方国民革命军正准备北伐，奉系军阀为巩固统治以暴力手段镇压反抗，"狗肉将军"张宗昌那时不经审讯便直接枪杀两名记者，并下达名单捕杀五十名激进的左翼教授。

林语堂、鲁迅等一众人都在通缉名单当中。林语堂仍然记得那些惊慌的夜晚，此时他身边正有两个孩子，二女儿才出世刚满三周。他们先藏在东交民巷法国大使馆，后又辗转船板胡同收拾东西，最后得以暂时到一位同事家避难。

1926 年 5 月下旬，林语堂接受厦门大学聘书，偕同妻女离京返闽。9 月出任厦门大学语言学教授、文科主任兼国学院总秘书。

鲁迅离开厦大后，林语堂深感国学院建设之艰难，厦大此时也已是风云暗涌，草木皆兵。到最后，林语堂躬身语言学研究的学术心愿也难以为继了。

林语堂真正躬身写作、静心从事国学研究是在上海的中央研究院。1927 年 9 月，林语堂与鲁迅不约而同来到上海，他们一同在上海的中央研究院任职。此时，林语堂有友鲁迅，有师蔡元培，终于体会到三年平稳自由幸福之生活。此时，他对南京国民政府的黑暗现实十分不满，表面看似出离尘世，实际所写的作品皆是讥时讽世之作，比如曾引起轩然大波的独幕悲喜剧《子见南子》。

此前一年，他是决然想不到自己对南京政府会是如此态度的。

当时，受武汉国民政府外交部部长的邀请，他离开厦门后便来到了武汉。当时他对国民革命抱有热切期望，还认识了宋庆龄，并十分敬佩她。这也与往后林语堂参与的诸多政治活动有关联。

林语堂在政途上的尝试并未有好结果。经此一役，林语堂身心俱疲，他逐渐对国民革命感到失望，因为他亲眼看见蒋介石如何制造"四一二"反革命政变，亲眼看见汪精卫之流如何以无数人的流血为代价清除"异己"。他对"食肉者"深感震惊与恐惧，渐渐学会"闭嘴"。仅仅六个月，林语堂便递上辞呈，自知生性并非"吃肉"，不善驾驭与干预他人，便离开去寻自己的自由与天地去了。

不过自此以后，林语堂真的去过他口中"吃草者"的生活了吗？

我很难肯定，也很难否定。林语堂的确不曾再以"做官"形式参与政治，但也并非一心求做学问，只过好自己的生活。他在过着"吃草者"生活的同时，从不曾忘却关心"食肉者"统治下的世界，时而"吃草"以"出世"，时而观望与批判"食肉者"的世界以"入世"。

直至1932年，他开始转向创办刊物，相继主编《论语》《人间世》《宇宙风》，这种状态依然没有改变。"论语派"是以倡导"幽默"和"性灵"为宗旨，但实际上发表了大量以"幽默"为"皮"、"讥讽"为"骨"的文字。

或许，用"现实主义的理想者"来形容林语堂更合适吧。

他几乎是用理想主义的火焰来触碰这个时代的，正因为他胸中那股自由的理想主义火焰，他与需要"伪装"和"驾驭"的政途格格不入。而后，他又希望跳出来以旁观者的姿态冷眼看世界，以"幽默"谈人生，企图跳出这种人生的束缚去过"隐士"的生活。这种倾向，是一个完整的"理想主义者"。

然而林语堂绝对不是！唐弢曾评价林语堂，说他有正义感，比一切文人更强烈的正义感，他敢于公开称颂孙夫人宋庆龄，敢于加入民权保障同盟，敢于到法西斯德国驻沪领事馆提抗议书，敢于让《论语》出"萧伯纳专号"，敢于写《中国何以没有民治》，难道这是中庸主义者，或是理想主义者吗？决然不是！可以说，他胸中一直怀揣救国之现实理想，行心中自认正义之事。正是由于这种几近天然的正义感，会驱使他关注社会现实，甚至痛斥时局政治，这种驱使，是他深入骨髓、恐怕自己都无法觉察的情感要素。

他一直以不"左"不"右"的中庸主义立场标榜自己，殊不知自己一直在"左"和"右"中交替徘徊，时而"出世"，时而"入世"，陷入了无法挣脱的"一团矛盾"当中，变成了一个"矛盾"的"现实主义的理想者"。

林语堂不知道，在那个风雷激荡、饿殍遍地的时代，"中立"是一种很难维持的状态，自我的矛盾也就是最危险的状态。

他就像一个在风云变幻的时代中不合时宜的尴尬者，陷入了"左""右"夹击的困境之中。1936年，林语堂终于顶不住各方的压力，于是年接受美国出版商赛珍珠的邀请，远赴美国生活写作。

回国的这十三年，林语堂教过书，研究过学问，做过官，创办过杂志，写过书，也参加过文化运动。他踌躇满志过，也失意落魄过；他前进冲锋过，也后退保守过。他像是站立在传统与未来之门槛上的踱步者，忽而向左，忽而往右，不断地沉思着、彷徨着，却反复陷入进退维谷的境地之中。

林语堂曾说，苏东坡是他的精神榜样。可不同的是，东坡进退皆自宜，东坡做到的是无论身处顺境或逆境，皆有"何妨吟啸且徐行"的悠然闲适，"一蓑烟雨任平生"的豪放豁达。但东坡承受的是时代赋予个人的苦难，而林语堂须面对的是时代浪潮的抉择，他身上有太多异质性的色彩，含混着东西文化碰撞中的各种矛盾因素。

苏东坡和林语堂之间，隔着几个时代的光阴。而我们和林语堂之间，不仅是隔了时代的光阴。我们想伸出手试图通过书本与文字来触摸他，但似乎隔了一层复杂相融的釉彩，看不真切。

这样看来，或许林语堂与苏东坡的距离更近。他们都以一颗浑朴天真的赤子之心，行走于天地的草木之间，唱着"归去，也无风雨也无晴"……

五、《苏东坡传》：江上清风许明月

林语堂这一生著作无数，特别是长篇小说《京华烟云》为他赢得盛名。但他最偏爱的作品是于 1947 年在海外写下的《苏东坡传》，这可能与他对苏东坡的才华、个性与人格魅力的欣赏有关。或者说，他把苏东坡当成隔世的知己。实际上，《苏东坡传》并不是林语堂在海外的成名作，也不是在海外最为畅销或获奖的作品。林语堂之所以如此偏爱《苏东坡传》，源于林语堂对苏东坡的追慕与厚爱、理解与欣赏，更是一种灵魂的寄托。

《苏东坡传》属于历史人物传记。一般人物传记分为两类，一类是以翔实史实为主的历史性传记，另一类则是沾染作家之情感与联想的传记文学。《苏东坡传》则属于后者。但林语堂写苏东坡，已不只是情感与联想之赋色了，林语堂之爱苏东坡，是感同身受之体会，是灵魂与灵魂之碰撞。

林语堂在谈及《苏东坡传》时，曾云淡风轻地说："写这本书并没有什么特别的理由，只是以此为乐而已。"但仅是"以此为乐"，他小心翼翼地将东坡的一生细细收集，整装成二十余个厚重的木箱，漂洋过海亦随身携带；他不遗余力地用了十年二十年，酝酿品味并体验东坡的人生；在他将情感皆倾泻于笔端之时，他全然忘却了自我，喜他之喜，悲他所悲，痛他之痛，怒他所怒，他几乎将苏东坡当成知己了。这番"以此为乐"，难道不更应该说是深入灵魂的痴迷与拳拳之心的偏爱吗？

因此，林语堂写苏东坡，是竭尽全力去共情东坡的人生的。他对东坡，有崇拜、有敬仰、有痴迷，更有热爱。但正是因为这份莫可名状的倾倒，他在靠近东坡的人生，也在重塑一个完美理想的化身。

林语堂心中的苏东坡，是一个具有"魔力"的天才，他在书中写下对于苏东坡的评价，令人拍案叫绝：

> 苏东坡是一个无可救药的乐天派、一个伟大的人道主义者、一个百姓的朋友、一个大文豪、大书法家、创新的画家、造酒试验家、一个工程师、一个憎恨清教徒主义的人、一位瑜伽修行者佛教徒、巨儒政治家、一个皇帝的秘书、酒仙、厚道的法官、一位在政治上专唱反调的人。一个月夜徘徊者、一个诗人、一个小丑。但是这还不足以道出苏东坡的全部……苏东坡比中国其他的诗人更具有多面性天才的丰富感、变化感和幽默感，智能优异，心灵却像天真的小孩——这种混合等于耶稣所谓蛇的智慧加上鸽子的温文。

是否觉得有些熟悉？林语堂在《八十自叙》篇头中写下对自我的评价时，二者有许多共通之处：一是皆评价为时世之通才，二是心灵之矛盾反差。如此看来，林语堂在苏轼身上是寄寓了自己的人生观的。一部《苏东坡传》，就是林语堂寄寓己身情感的皮肉与骨骼，也是映射林语堂内心世界的密码。

林语堂自言"一团矛盾"，对东坡也陈其"复杂、多面、不易了解"。他说："他是一个哲学家，可不是一个清教徒。他是一个儒教的道学家，可同时也是一个酒徒。他了解生活，高估生活的价值，因此，他要浪掷光阴在醇酒富人中去消耗它。他是一位赞美自然的诗人，因此用真正了解自然的眼光看人生。"人生难得一知，林语堂是真正将东坡视为"真知己"的，尽管此"东坡"是他"笔下的东坡"。

读林语堂的《苏东坡传》，你仿佛是可以在字里行间窥见他对东坡显山露水的喜爱。因为林语堂的这种喜爱与崇敬，你会不时掉入他勾勒的梦境中，他入了戏，你也随之入了戏，好似东坡之喜之忧皆在眼前，一嗔一怒皆可以牵动你的情绪。这就是极致共情所致，而共情太深，便易有失偏颇，易失却客观，易对历史渗透太多的主观情感，比如林语堂极尽笔墨刀尖对准排挤东坡的王安石，便是对历史时局失了客观观察。可这也正是林语堂的可爱之处，若是林语堂处处保持中立客观，那岂非写成了纪实历史传记，何来那个有血有肉、畅快恣意度平生的"乐天派"东坡呢？

《苏东坡》的英文原题是 *The Gay Genius*，直译原意为"快活天才"。东坡的确是"天纵奇才"，但他的一生未必"快活"。"心似已灰之木，身如不系之舟。问汝平生功业，黄州惠州儋州"是他一生跌前蹇后、颠沛流离的写照，虽有"快活"，但也少不了自嘲的苦中作乐之意。而林语堂的一生则更贴近"快活天才"，他的一生虽有烦恼挫折和进退维谷，但总体是顺风顺水、成功快意的，他怀抱"两脚踏东西文化，一心评宇宙文章"的信条，获得殊誉无数。

两人的生活顺逆悬殊，但在精神上却犹如神交。这种精神上的"神交"经由林语堂的书写已经难以解释了，好似庄生梦蝶，一时竟分不清是苏东坡入了林语堂之梦陈其客殇诗骸，还是林语堂入了苏东坡之梦追慕其完美化身。

不可否认的是，林语堂一直希望离东坡近一些，再近一些。

在地中海海滨城市坎城（戛纳）的"养心阁"别墅里，林语堂正在花园中晒太阳。此时他已是花甲之年，儿孙绕膝。二女儿林太乙突然问他：

"人死后还有没有生命？"

林语堂环顾这九重葛的美丽花园，以自然的眼光回答道：

"没有，你看这花园里处处都是生命，大自然是大量生产的。有生必有死，那是自然的循环。人和蜂有什么分别？"

我想，林语堂的眼前应是浮现了东坡遥立孤舟，对月怀古的背影吧？若是东坡，他又会不会吟笑对以："客亦知夫水与月乎？逝者如斯，而未尝往也；盈虚者如彼，而卒莫消长也……"岸边孤馆灯青，他一人乘舟夜游，不疾不徐，缓缓道来，仿佛天地之间只剩他一人。

想到这里，林语堂又想起东坡的一生，他说："苏东坡逢到悲哀挫折，

93

他总是微笑接受。"林语堂停下摇动的躺椅，坐起身来拍打自己裤腿上的灰尘，自顾自地继续念诵东坡的诗："人生到处知何似，应似飞鸿踏雪泥。泥上偶然留指爪，鸿飞那复计东西……"

我们知道万物终必一死，终于会像烛光一样熄灭。

但肉体虽然会死，精神却会在下一辈子，成为天空的星、地上的河……

六、迷雾中的真实

于历史尘埃中找寻他的踪影，仿佛总是隔着一层迷雾。

林语堂，这个名字从 20 世纪 50 年代起，就一直被人们所批判，抑或片面地看待。他的作品，尤其是 1936 年以后在海外出版的那些著作，在大陆更是鲜为人知。直至近年来大陆与台湾的文化交流与发展，林语堂的身影在大陆才得以从干涸的荒漠中走出，走向草木逐渐盛开的绿地。

其实不怪人们，林语堂自言为"一团矛盾"，而当这矛盾还裹挟着时代的激流与风暴时，人们的排斥也就是可以理解的了。如今，他身旁的重重迷雾渐渐散开，我们也可以用更宽容与同情的心态看待他。

我愿意称他为语堂先生。尽管依他的性格，在知道我对他的无知导致他的作品蒙尘许久时，他定是两指夹一烟卷，一面抽烟，一面漫不经心地微笑的。他才不会在意我的批判与曾经可能有过的谩骂，他总是他那一套，悠然自得，谈笑风生，只愿在漫天星斗中摘一颗赤子之心。

林语堂在写苏东坡时，曾说："知道一个人，或不知道一个人，与他是否为同代人，没有关系。主要的倒是对他是否有同情的了解。归根结底，我们只能知道自己真正了解的人，我们只能完全了解我们真正喜欢的人。"

是了，我们之所以一直让他身处迷雾中，正是因为我们对他缺乏同情的了解。而当我们有意拂去书面上厚厚的时代之灰尘时，我们才能看到他的可爱之处，看到他矛盾却又不平凡的一生。

在晚年的自传《八十自叙》中，林语堂曾归纳、整理了自己的"一团矛盾"，包括他的思想、性格、志趣、爱好和诸多生活琐事，也涉及他的政治观、人生观。他所生长的时代是矛盾的，他本人也是异质的、矛盾的。因而，我们看到的林语堂，似乎一直在不停地交替应答那些来自时代的呼喊，却又不停地违背自我、说服自我。此时林语堂已是耄耋之年，但他的笔锋毫不留情，字字诚恳，真正是丝毫也不肯饶己的，由此可以想见他的倔强。

关于自己的写作，林语堂也有着清醒的认知。他用季节形容自己人生中写作的三个阶段："春天是那么好，可惜太年轻了；夏天是那么好，只是太骄傲了；只有秋天的确好，它是多姿多彩的。"林语堂认为他的晚年，才可以称之为多姿多彩的收获季节，此时他除了编撰词典外，已回归于自然本我之境。

但可悲的是，因为林语堂本身的矛盾与争议，也因为时代使然，在他去世之时，除了海外与台湾地区的报刊对他所作的溢美之词外，很少能见到对他真心而公允的评价。人们一致认同他对东西文化沟通所作的贡献，但在其他方面却莫衷一是。唯有郁达夫在几十年前对他性格的评价颇为客观：

> 林语堂生性憨直，浑朴天真……《翦拂集》时代的真诚勇猛，确是书生本色；至于近来的耽溺风雅，提倡性灵，亦是时势使然，或可视为消极的反抗，有意孤行。周作人常喜引外国人所说的隐士和叛逆者混处在一道的话，来作解嘲；这话在周作人身上原用得着，在林语堂身上，尤其用得着。

隐士与叛逆者混在一处？的确与林语堂的矛盾相得益彰。

进退之间，实际上，我更愿意看到那个远离政治的林语堂，那才是真正纯粹的林语堂，也是林语堂心中理想的自己。当民族文化的乳汁遭遇断流，民族同胞面临践踏，谁都不能置身事外。

我只能怀想，语堂先生是否在某一个寂静深夜的梦中，与东坡热情相会？

红尘三千扰，一梦黄粱绕。

我愿语堂先生与东坡在梦中相对而坐，谈笑晏晏，不为千古传诵，只作彼此知己。

第五章

茅盾：

永不凋谢的野蔷薇

"宏伟而不失空旷，工细又不失之于纤弱，兼具阳刚之气和写实之风"。就 20 世纪二三十年代铿锵有力的革命文学内部来说，他以真实精确的描述独领风骚；在不同的文学流派中，他又以高远的风骨独树一帜。

一、永恒的璀璨

一个人，若能在一个领域站上顶端，他就已经获得了人生的成功；若能在多个领域大放光芒，则是旷世的奇才。

茅盾，原名沈雁冰，他就是这样的一个奇才。作为20世纪中国思想文化的巨人，从推动现代文学发展的先驱者到伟大的社会革命活动家，他是20世纪社会剧变中部分先进知识分子历史选择和人生轨迹的代表。茅盾在文学与政治的平衡点上一往无前，以血肉之躯披荆斩棘、艰难跋涉。无论刀霜剑雨，抑或坠落谷底，他都咬紧牙关，永不放弃。他凭借自身的激情热血，以及满腹的才情和学识，在风云瞬息万变的社会中一步一脚印，在中国现代的文学与革命历史上留下了深深的足迹。

1981年3月27日，一位老人静静地躺在床上，面容似沉睡般安宁，像是疲惫写作之后的小憩。当轻柔而急切的呼唤再也无法得到老人任何回应时，病房中的噩耗迅速向全国辐射，文坛一片哀痛，一颗曾经在中国现代历史上大放光芒的巨星陨落。虽然崇高的灵魂已逝，但他依然留下了点亮中国文坛的宝贵火种——茅盾文学奖——在他死后，继续为中国文学照亮前路。茅盾至死不忘为中国文学，尤其是长篇小说的发展而努力。

将时间前推至1980年夏季，茅盾此时已病重住院，几位老朋友来看望他，聊天时说起了让他重新入党的事。茅盾郑重地说："我是在党早期困难时期加入党的，1927年大革命失败后遭到蒋介石通缉，就与党失去了联系，1931年曾提出恢复党籍，没有得到中央答复，1940年在延安再次提出恢复党组织生活的要求，党中央研究后认为，我留在党外工作，对革命对人民更为有利。此后，我就再没有提出过这个问题。现在我们党粉碎'四人帮'胜利了，我就不必要提这个问题了，不能去和党分享荣誉。"后来与儿子韦韬谈话时他了解到，由于"四人帮"的严重破坏，许多年轻人产生了信仰危机。茅盾对儿子说："如果是这样，我现在倒是要认真考虑入党的事！"

1980年秋季，茅盾在病床上依然坚持处理公务。一个关于设立鲁迅文学奖的议案报到病床前，需要他进行建议，茅盾眼前一亮。他问病床旁的儿子："解放后生活安定，你妈妈向来节俭，我也不会花钱，稿费一直存在银行里，现在也有二三十万了吧？这笔钱我想用来设立一个文学奖。一个单项文学奖的基金，二十五万元够不够？"韦韬十分赞成："这是件大好事。二十五万元是很可观的数目，作为基金肯定能起到繁荣创作的作用。"又说："奖项有小说、诗歌、散文、戏剧等，您是写小说的，就设立小说奖吧。"

茅盾摇头："这样范围仍太广，这笔钱一分散就不能起到奖励的作用。近年来，中短篇小说有了长足的进展，相比之下，长篇小说还不够繁荣，我自己是写长篇小说为主的，就捐款设立个长篇小说奖吧。"

1981年3月14日，茅盾从昏迷中清醒，他自感时日无多，趁着自己头脑还清醒，叫守候在病床前的儿子拿笔来，他的两桩心事需要尽快落实。由于此时茅盾的手已不听使唤，写下的字无法辨认，于是让儿子代笔。他用微弱但坚定清晰的声音吐露着自己内心深埋多年的愿望，两封短信，一腔深情。

第一封信是给党中央的：

耀邦同志暨中共中央：

亲爱的同志们，我自知病将不起，在这最后的时刻，我的心向着你们。为了共产主义的理想我追求和奋斗了一生，我请求中央在我死后，以党员的标准严格审查我一生的所作所为，功过是非。如蒙追认为光荣的中国共产党（党）员，这将是我一生最大的荣耀。

第二封信是给中国作家协会的：

中国作家协会书记处：

亲爱的同志们，为了繁荣长篇小说的创作，我将我的稿费 25 万元捐献给作协，作为设立一个长篇小说文艺奖金的基金，以奖励每年最优秀的长篇小说。我自知病将不起，我衷心地祝愿我国社会主义文学事业繁荣昌盛。致最崇高的敬礼！

茅盾费力握紧陪伴自己一生的笔杆，缓慢而郑重地在给党中央的信上签下"沈雁冰"，这是他的原名。给中国作家协会的信上签下"茅盾"，这是他的笔名。当然，两个重逾千钧的名字实属同一人，"沈雁冰"是坚定的共产主义奋斗者，"茅盾"是努力发展新文学的开拓者。他嘱咐儿子一定要在他死后上报中央和中国作协，不许在其生前交出，因为他不愿意接受过多的荣誉。不料想，这竟是茅盾的遗愿。即便走到了生命的最后关头，茅盾牵挂在心的，依然是他敬爱的党组织与热爱的文学。

1981 年 3 月 31 日，中共中央决定恢复茅盾的中国共产党党籍，党龄从 1921 年开始算。1982 年，首届"茅盾文学奖"评选开始，该奖是中国第一个以个人名字命名的文学奖，也成为中国长篇小说的最高奖项之一。茅盾的两个遗愿得到了满足，为他一生的荣耀画上了圆满的句号。

茅盾追悼会上的悼词称，茅盾的逝世为文坛巨星的陨落，称他为"我国现代文化进步的先驱者，伟大的革命文学家和中国共产党最早的党员之一""在国内外享有崇高声望的革命作家、文化活动家和社会活动家"。

茅盾曾言："路不平坦，我们这一辈人本来谁也不曾走过平坦的路，不过，摸索而碰壁，跌倒又爬起，迂回再进。"这正体现了他不断探求真理、曲折再进、永不言败的革命精神，他像一朵永不凋谢的野蔷薇，无论是暴风骤雨还是艳阳高照，都要活出自己的精彩。

二、锋芒初露

19 世纪末的中国，正处在内忧外患、千疮百孔的境况中，前路晦暗，亟需"巨人"指引。浙江省桐乡市的乌镇虽然没有处在暴风眼，但也受到了国内大势的影响。1896 年 7 月 4 日，一声嘹亮的啼哭划破了水乡小镇平静的天空，沈家长房长曾孙在众多人的盼望中顺利出生。婴儿的父亲沈永锡欣喜若狂，忙给远在广西梧州为官的祖父拍去电报报喜。沈老太爷十分高兴，仔细思考着曾孙的名字。民间以燕多为吉祥之兆，他给曾孙起了个小名叫"燕昌"，大名则按沈家排行叫作"德鸿"。这个大名沈德鸿，乳名燕昌，后字雁冰的男婴就是日后的茅盾。

乌镇地处水陆要冲，原本农商兴旺、人文荟萃，自古便是钟灵毓秀之地。在茅盾出生时，家乡随着国势变化已日益衰落。他成长在社会和民族矛盾不断深化，黑暗浓重、光明熹微的年代——既有帝国主义的侵略和晚清政府的腐朽，又有革命先驱的不断抗争。沈家思想观念颇为开明，这使得茅盾自小便接受了新式教育。父亲沈永锡思想新派，据茅盾回忆，"那时他卧病在床已经两年了，还常常托人去买了新出的算学书来，要母亲翻开了竖着给他读，因为他患的是风湿病，手不能动"。母亲陈爱珠出身于中医世家，外祖父陈我如是江浙一带颇有名气的中医。由于外祖母身体不好，母亲在小小年纪便担负起了管家的事务，颇为能干，与沈永锡的婚后生活也十分和睦，大儿子德鸿出生几年后，小儿子德济也出生了。不幸的是在茅盾九岁时，沈永锡便因病在三十四岁时早逝而去，年轻的陈爱珠扛起家中重担，努力将两个孩子抚养成人，同时作为兄弟俩的启蒙老师，坚持供养他们读书学习。茅盾一直对母亲十分敬重，在晚年的《八十自述》诗中，他满怀深情地写道："昔我少也孤，慈母兼父职。管教虽从严，母心常戚戚……"

年幼的茅盾在父母的呵护下茁壮成长，七岁便正式进入家塾开始学习。

从小茅盾便表现出了对文学的狂热之情，他对家塾的《天文歌略》《地理歌略》一类"新书"不感兴趣，却对小说，尤其是明清小说如痴如醉，《西游记》《三国演义》《水浒传》《聊斋志异》《儒林外史》等书陪伴茅盾度过了许多愉快的时光，对他有着极为深远的影响。

八岁时茅盾离开家塾，进入乌镇立志小学读书。他小小年纪聪明伶俐，各门功课都名列前茅，深得老师喜爱。学校很重视史论写作，为了应对每周一篇的史论，在没有社会和历史知识的情况下，茅盾自己发明了一套"三段论"的公式：第一段先叙述几句题目中的人或事，第二段进行评论，第三段再用套话收尾。虽然使用了一些技巧，但是这些史论写作给茅盾打下了坚实的文字功底，他的作文在学校中渐渐有了名气。

受父母的影响，茅盾小小年纪就萌生了忧国忧民的意识。他曾写了一篇题为《宋太祖杯酒释兵权论》的作文，在文中他痛心疾首地指责宋太祖赵匡胤不以民族危亡和人民幸福为重，一心释解臣下的兵权，致使"边隘无大将，而辽人必入。州县无重兵，而天下瓦解"，导致了宋朝的灭亡。国文老师阅后眼前一亮，在批语中称赞茅盾："好笔力，好见地。读史有眼，立论有识，小子可造。其竭力用功，勉成大器。"

十二岁的茅盾参加了会考，在写会考作文《试论富国强兵之道》时，他想到了父母曾经在家讨论过的国家大事，总结文章时他引用了父亲生前常说的"大丈夫当以天下为己任"。这也成了茅盾一生的追求和信仰。

小学毕业后，十三岁的茅盾远别母亲，踏上到湖州的路途，开始了中学生活。时任湖州府中学堂监督的沈谱琴是清末举人，也是同盟会的秘密会员，他所聘请的教员大都是有学问之人。办学实际上是他为日后的革命活动所作的一种准备。当然，年少的茅盾对此并不了解。

沈谱琴几乎不到校理事，突然有一天他到校宣布聘请钱念劬为一个月的代理校长，他相信曾出任多国外交官，通晓古今、学贯中西的钱先生能够给学校带来一些新的风气。钱先生不仅聘请了一些接受了新式思想的饱学之士作为代课老师，也亲自给学生上课。有一次他布置了一篇自命题作文，很多写惯了命题作文的学生茫然无措。茅盾在短暂的迷茫后灵机一动，决定借鉴《庄子》中的文章，写下了《志在鸿鹄》一文。他借鸿鹄直抒胸臆与抱负，并与自己名字中的"鸿"字相合，形象生动。第二天作文发下，钱先生赞赏不已，并批下一句话："是将来能为文者。"

新的代课老师在教授知识的过程中常常让茅盾大开眼界，即便到期离开后，代课老师留下来的新派思想依然在学校影响深远。而重新回到课堂的老教师杨先生的"书不读秦汉以下，骈文是文章之正宗；诗要学建安七子，气度要清华疏旷"的迂腐教学理念，几乎令呼吸到"新鲜空气"的茅盾窒息。日后回忆起此事，他仍心有余悸，"几乎将我拖进了几千年的古坟里去"。在此情况下，小说世界成了茅盾的乌托邦。

读完三年级的那个暑假，茅盾转入了嘉兴府学堂。1911年辛亥革命爆发，茅盾也卷入了大潮中，作为浪潮中的一滴水，他兴奋地在学校宣传革命思想。当时学校新来了一位学监，学监借整顿校风限制了学生的自由。茅盾十分气愤，开始联合同学进行反抗。他和同学们找了一只死老鼠装在信封里，在封面上题写了《庄子》中"鸱得腐鼠"的寓言，放在学监的办公桌上，借《庄子》寓言讥讽学监，以发泄心中的不平。但最终的结果是茅盾被开除学籍。

在清末日益衰颓的国运下，实业救国成为了多数志士的第一选择。但辛亥革命之后，更多的人意识到只靠实业无法解决社会痼疾，更为广泛的革命——思想启蒙开始在社会的各个角落兴起。1913 年，茅盾跟随自己的心报考了北京大学预科第一类（毕业后进文科、法科、商科），个人的喜好与时代的浪潮在冥冥中相合。预科考试的国文和英语对茅盾来说轻松自如，他自认为考得还不错。回家后，茅盾每天都关注《申报》的广告栏——新生录取名单会公布在上面。一个月后发榜时，茅盾来回看了几遍，都没有"沈德鸿"三字，只有"沈德鸣"。茅盾抱着一丝希望等待，几天之后收到录取通知书时，他才放下心来。后来发现是自己在填写报名单时，笔画潦草，把"鸿"字写得像"鸣"，导致了乌龙。这件事对茅盾触动很大，此后他写字坚持一笔一画，端端正正，从不草率，直到八十多岁的高龄在撰写回忆录时，茅盾依然坚持用毛笔正楷书写，字迹清晰而俊秀。

在三年北大预科的学习中，茅盾疯狂吸收中国和西方的各种知识，像冲破笋壳的竹节一样飞速上蹿，而中国社会也进入了更为动荡和混乱的时期。预科学习结束后，由于家庭经济的窘迫，为了分担母亲肩上的压力，茅盾选择走上工作岗位，开始进入社会。

少年天姿峥嵘，头角展露，依仗满腹的学识和才华，在亲友的提携和帮助下，茅盾坚定不移、稳扎稳打地走向风华正茂的青年时代，走向天高地阔的人生舞台。

三、"文学 + 革命"：齐头并进

茅盾的文学之路与大多数作家不同，他是经由新文学期刊编辑、西方文艺创作和理论译介及文学批评再进入文坛进行创作的。他的创作是在经历了汹涌澎湃的社会浪潮洗礼之后水到渠成的。茅盾之所以被称为文坛"多面手"，正是因为他不仅在文学创作和学术研究上有着出色的成果，而且在翻译和编辑出版等方面也有不凡的建树。1916 年 8 月，茅盾来到了商务印书馆编译所，这是他工作的起点，更是他施展才华的跳板。

经由表叔介绍，茅盾见到了商务印书馆的创办人之一、总经理张元济。张元济谦和有礼、精明干练的形象给茅盾留下了极好的印象，他对在这里工作充满了信心。刚入编译所，茅盾被安排在英文部设立的"英文函授学校"修改学生寄来的课卷，工作机械而轻松。但金子注定不会被黄沙埋没。一个月后，茅盾发现商务印书馆编辑出版的《辞海》有一些错漏，初生牛犊不怕虎，他直接写信给张元济提出自己的建议。张元济看到后神色大动，第二天编译所所长就找到茅盾，问他是否有意愿合作译书，茅盾当场答应下来。

　　他被分配去和孙毓修老先生合作译书。茅盾没有倚仗自己的学识对孙毓修的译书指手画脚，而是低头做人，埋头做事，将孙毓修布置的任务完成得十分妥帖。谦逊有礼、大方豁达的茅盾很快得到了孙毓修的认可，之后便翻译了卡本脱所写的《衣》《食》《住》三本书。后由孙毓修提议，茅盾又编纂出版了《中国寓言初编》。不久，茅盾的工作又有了变动。他在编辑《中国寓言续编》的同时，也帮助《学生杂志》的编辑朱元善审理稿件。

　　1919年五四运动爆发后，茅盾以"玄珠""雁冰"等笔名，在《时事新报》《小说月报》《妇女杂志》《学生杂志》等多家报刊上发表杂文，表达自己对于社会的见解。青年茅盾深切地关心国家和民族的前景，爱国主义情绪高涨。早在1918年，他便在自己的《一九一八年之学生》中慷慨陈词："……反观吾国，则自鼎革以还，忽焉六载，根本大法，至今未决。海内蜩螗，刻无宁晷；虚度岁月，暗损利权。此后其将沦胥而与埃及、印度、朝鲜等耶？抑尚可自拔而免于亡国之惨耶？非吾侪所忍言。"他认为国家既要谋求变革，又不能机械模仿；既要学习，又要原创。他热情地号召青年"亟当振臂而起，负父老之望，而涤虚生之耻"。这时的茅盾，思想火热却稍显稚嫩，他对传统的封建秩序和僵化礼法抱有彻底否定的态度，高扬民主与科学的旗帜。

　　1920年，上海共产主义小组成立，茅盾参加了上海共产主义小组的活动。中国共产党刚成立，他便积极参加党领导的斗争。在新文化运动如火如荼、文学团体和刊物迅速发展起来之时，1921年1月4日，年轻的茅盾也参与发起组建了一个文学团体——文学研究会，它正式成立于北京，宣扬"文学为人生"，反对风花雪月的旧文学。在《新文学研究者的责任与努力》中，茅盾主张文学"更能表现当代全体人类的生活，更能宣泄当代全体人类的情感，更能声诉当代全体人类的苦痛和期望，更能代替全体人类向不可知的命运作奋抗与呼吁"。同年，茅盾接编并改革旧的《小说月报》，使它成为文学研究会的刊物。虽然后期商务印书馆由于不满意革新的《小说月报》，将其移交给郑振铎编辑，但以此为根基，茅盾与封建复古等传统文学主张展开的斗争从未停止。茅盾认为，新文学不仅要"表现人生"，而且要"指导人生"。他十分重视文学对于社会的积极作用，不只是揭示和披露社会的黑暗和不公，也要宣扬社会的善良与美好。

茅盾在商务印书馆的工作范围不断扩展：翻译科学小说，创作社会论文，介绍外国文学作品……他的文学思路也逐渐被打开，致力于新思想新文化的倡导和翻译介绍工作。在不断地汲取新思想的同时，他也在输出自己的观念。

茅盾还在编译所时，便抽空在业余时间翻译外国小说，小有成果。之后陆续发表了俄国契诃夫的《在家里》，法国作家巴比塞的《为母的》等。茅盾认为："介绍西洋文学之目的，一半是欲介绍他们的文学艺术来，一半也为的是欲介绍世界的现代思想——而且这应是更注意些的目的。"所以《小说月报》改革后，茅盾等人先后倡导并刊出了《俄国文学研究》《被压迫民族文学》专号，并逐渐由俄国文学扩展到介绍一切被压迫民族的作家作品。除了大量俄国作家的作品之外，当时一些欧洲的民族作家，例如挪威作家般生、哈姆生，波兰作家显克微支，英国拜伦，法国巴尔扎克、左拉等人的作品都相继呈现在读者面前。茅盾指出，俄国文学的特色是为"平民的呼吁和人道主义的鼓吹"，而欧洲弱小国家的文学则是"被损害的民族的要求，正义要求，公道的呼声，是真的正义公道"的声音；作品中的精神可以使人"更确信人性的砂砾里有精金，更确信前途的黑暗背后就是光明"。

作为现代文学最早的评论家之一，茅盾的文学评论也是他自己文艺思想的输出窗口。在具体的分析中，他鼓励作家深入实际，去描写广大劳苦人民的生活，更多地关注社会问题。犀利的批评之外，茅盾也毫不保留地支持文学中的新与美，他是鲁迅作品最早的肯定者和介绍者之一。茅盾认为《狂人日记》"题目，体裁，风格，乃至里面的思想，都是极新奇可怪的"，读来"只觉得受着一种痛快的刺戟，犹如久处黑暗的人们骤然看见了绚丽的阳光"。

　　无论是文学批评、文学创作，抑或文学翻译，茅盾文学活动的最终目标一直都是为发展新文学而努力。这条路并不好走，保守派的造谣和阻碍为他设下重重关卡，但他义无反顾地奉献自己的激情和热血，奔跑在文学无硝烟的战场上，为新文学进步提出修正，为新文学创作提供实例，为新文学进步提供范本，不断拓展青年读者的眼界。他不仅是为了文学之道，也是为了实现自己的人生理想和价值。

　　在革命的深化中，茅盾思想变得更加成熟了。1924 年，在国共合作的背景下，上海大学创办，茅盾参与其中的教学工作，义务教授《小说研究》课程。在国内形势日益严峻的境况下，他提过出如下解决方案："当此内忧外患交迫，处在两重压迫——国外的帝国主义和国内的军阀专政——之下的时候，唯一的出路是中华民国的国民革命……"

　　1925 年工人运动日趋高涨，茅盾也随着时代洪流波动。2 月初，日本工厂内外棉八厂发生日本领班毒打女童工事件，多家日资工厂罢工。茅盾也参加了万人大会。日本资本家最终妥协，罢工取得了胜利。5 月 16 日，内外棉七厂的工人与日本领班发生冲突，领头的工人顾正红遭到枪杀，这便是五卅运动的起因。在"五卅"期间，茅盾亲身参与了反对帝国主义和封建军阀的一系列运动。在 1981 年的自传《我走过的道路》中，茅盾详细描写了那几天在上海街头的经历。他印象颇深的是当时明知会被水冲击，但他的妻子孔德沚与瞿秋白夫人杨之华说："偏不穿雨衣，显示我们什么都不怕。"这次与工人站在同一战线上，茅盾得到了书本之外的实地锻炼。他在这之后以笔为枪，写下多篇文章与敌人战斗，对敌人的累累罪行表示了极大的愤怒，热烈歌颂了英勇无畏的革命斗士。同时，茅盾的《论无产阶级艺术》厘清了革命文学运动的一些重大问题，为自己的早期思想做了小结："既然这是正确的道路，就应当这样走！"

　　在工农运动开始大范围开展的时候，茅盾于 1926 年参加了第一次国内革命战争，在国民党中央宣传部任秘书。但在蒋介石策划的"中山舰事件"

爆发之后，茅盾愤然辞职离开。而在北伐战争迅猛发展之时，茅盾又以极大的热情为革命奔走。虽然 1927 年的"四一二"反革命政变使革命运动失败，但中国共产党在鲜血之中顽强奋斗的精神深刻影响了茅盾的青年时代，他逐渐开始接触人民群众，接触到更深层次的大众生活，为自己的写作积累了更丰富的素材。

1927 年，小说《幻灭》完成。但在茅盾开始投稿时，许多报社不敢登这篇文章。他内心十分矛盾，于是就在手稿上署名"矛盾"。最终这篇小说得到了《小说月报》编辑叶圣陶的欣赏，但他却对"矛盾"这个名字提出了意见。叶圣陶认为这个名字不像一个人的名字，"矛"也不像姓氏，在当时的环境下使用如此尖锐的笔名也不太好，就自作主张在"矛"字上加了一个草字头，改作"茅盾"。至此，"茅盾"这个笔名正式启用。

1928 年 6 月，茅盾完成了《蚀》"三部曲"的创作。他以大革命年代为背景，摹写了部分小资产阶级空虚而脆弱的状貌，揭露了生活中的种种矛盾。但革命失败的阴影给当时的茅盾带来了冲击，使得小说也蒙上了浓厚的悲观色彩。

1930 年，中国左翼作家联盟成立，无产阶级领导的革命文学运动得到进一步发展。茅盾也加入"左联"进行文学创作活动，在"左联"十年的文艺运动中，茅盾是坚强的骨干力量。敌人面对革命文学的煽动性和感染性，感受到严重的威胁，对其实施"白色恐怖"压迫。面对迫害，茅盾毫不退缩，坚持在党的带领下进行艰难的斗争。

在困境中，茅盾与鲁迅结下深厚的情谊，两人团结一心，坚定不移，为促进无产阶级文艺的胜利发展贡献了自己的力量。茅盾早年便肯定了鲁迅的写作，而鲁迅也多次为《小说月报》供稿。此外，鲁迅还对茅盾译介外国文学给予支持并对其翻译的不足之处提出中肯意见。《鲁迅日记》中记载，1921 年 4 月到 12 月间，两人的书信往来就有五十余次。在"左联"的活动中，鲁迅对茅盾也十分关心。1931 年 2 月，在柔石等五位青年革命作家被敌人杀害后，两人共同起草了《中国左翼作家联盟为国民党屠杀大批革命作家宣言》，向全球宣告国民党的罪行，并得到了世界大批作家的回应。

这时期，茅盾的文学创作和批评，无论是内容还是思想，都取得了长足的进步。茅盾站在最广大的人民立场上，面向生活，不断扩大着题材范围，反映了农民与工人的斗争生活。在《我们所必须创造的文艺作品》和《蚂蚁爬石像》中，他写道：

> 文艺家的任务不仅在分析现实，描写现实，而尤重在于分析现实描写现实中指示了未来的途径。所以文艺作品不仅是一面镜子——反映生活，而须是一把斧头——创造生活。
>
> 文艺作品是要反映"真实的人生的"。然而一篇文艺作品只能把片段的人生描写了进去。这片段的"人生"或者代表了"全体"，那就是社会生活全体的缩影；这样的作品就可说是"真实人生"的反映。

从大革命期间泛泛而谈的"为人生"到这时具体的"为工农大众"，茅盾的思想无疑在革命的锤炼中更加完善和深刻了。

四、《子夜》：黎明在前

1933 年，茅盾的《子夜》正式出版，引起了文坛上下的震动。瞿秋白撰文说："一九三三年在将来的文学史上，没有疑问的要记录《子夜》的出版……这是中国第一部写实主义的成功的长篇小说……应用真正的社会科学，在文艺上表现中国的社会关系和阶级关系，《子夜》不能不说是很大的成绩。"鲁迅在《申报·自由谈》刊发的《文人无文》中公开指出："我们在两三年前，就看见刊物上说某诗人到西湖吟诗去了，某文豪在做五十万字的小说，但直到现在，除了并未预告的一部《子夜》外，别的大作都没有出现。"毫无疑问，《子夜》是与时代节奏相合、与左翼作家追求的思想和理念一致的。

茅盾的作品内容就是中国现代历史进程的壮美画卷。从辛亥革命到抗日战争，中国二三十年的风雨飘摇、艰难前行和不容阻挡的坚定决心，他都在纸上细细描绘。他的创作无不深深扎根于生活的土壤，是经过了较长时间的艺术准备才最终成就的，其间的苦闷、彷徨和艰辛难以细数。

他在 1920 年的《新旧文学评议之评议》中有言："我以为新文学就是进化的文学。"在"左联"时期，茅盾已经认识到必须研究"社会科学"，才能分析现实。在 1932 年《我的回顾》中，他结合自己的创作经验谈道：

> 一个做小说的人不但须有广博的生活经验，亦必须有一个训练过的头脑能够分析那复杂的社会现象。尤其是我们这转变中的社会，非得认真研究过社会科学的人每每不能把它分析得正确。而社会对于我们的作家的迫切要求，也就是那社会现象的正确而有为的反映！

因此茅盾的文字具有强烈的现实性和实用性。《子夜》作为他的第一部长篇小说，描绘了中国在 20 世纪 30 年代初期复杂社会矛盾的艺术画面。既是茅盾在文学创作中进步的成果，也是新文学发展历程中的重要文本。《子夜》的另一个任务是作者对托派关于中国社会性质歪曲的回击。茅盾在《〈子夜〉是如何写成的》中自述："中国没有走向资本主义发展的道路，中国在帝国主义的压迫下，是更加殖民地化了。"显然，他是想借《子夜》来表达中国的民族资产阶级无法引领中国革命的道路，托派和民族资本主义救不了中国，中国最终要通过无产阶级领导的工农群众的革命来实现突破。

虽然整本书的写作时间不长，但是孕育过程却耗费了茅盾很大的精力。

为了写好长篇，茅盾不断地修改大纲，力求条理清晰地综合素材。他对于各式人物的描写无不浸透了心血与汗水。面对复杂的经济和社会情况，茅盾游走在人群之中，穿梭于社会各个角落："我在上海的社会关系，本来很复杂的。朋友中间有实际工作的革命党，也有自由主义者，同乡故旧中间有企业家、有公务员、有商人、有银行家，那时我既有闲，便和他们常常来往。从他们那里，我听了很多。向来对社会现象，仅看一个轮廓的我，现在看得更清楚一点了。"

在内容上，茅盾真实再现了 20 世纪二三十年代的社会景象：经济不稳定、战乱频仍、生活剧变、工厂难以盈利、工人难以挣钱，这是中国社会变革黎明前的子夜。在一切由金钱衡量的时代，对于奢靡的渴求挣脱了伦理道德的束缚，亲情在上海成了最廉价的东西。民族资本家在"亲生骨肉不如别家钱"的境况中，一方面极力想要挽救自己工厂的困境，另一方面又不得不与困难的现实条件作斗争与妥协；一方面反抗帝国主义，另一方面又依附于帝国主义。他们在"公债"的海洋里翻腾，在办厂的路上艰难前行，极力压榨工人，阶级矛盾尖锐。资本竞争的过程是残酷而血腥的，但是资本贪得无厌的本质又要求不断地竞争。吴荪甫为了在竞争中获得胜利，减少损失，造成了"吴荪甫扼住朱吟秋的咽喉，赵伯韬又从后面抓住吴荪甫的头发"互相纠缠的结果。吴荪甫的典型之处在于，他身上所表现的正是民族资产阶级的软弱性和反动性，与人民背道而驰的结果就是被人民抛弃。在你死我活的资本斗争之外，激进的留洋学生也在蠢蠢欲动，想要在中国的土地上大开拳脚。还有作为斗争主体的工人们，自我意识在不断地觉醒，努力为自己争得一份应有的权利。这是一切都在不断翻涌骚动的时代。

在结构上，茅盾精心构思了与现实生活相符的曲折复杂的情节。在吴荪甫事业发展的主线里穿插了社会各阶层的人物。在"白色恐怖"的阴云下，为了能使这本书公开出版，茅盾不得不把工农红军革命力量的发展以暗示的方式呈现出来。在人物刻画上，茅盾生动地把握住了各个阶层的特色，通过对不同人物面部特征的细节描写，使得人物栩栩如生、活灵活现。在描写吴荪甫时，茅盾使读者将注意力集中在他的脸色和疱疹上，通过面部的细节描写传递吴荪甫的情绪起伏："酱紫色的一张方脸，浓眉毛，圆眼睛，脸上有许多小疱"，"脸上的紫疱好像一个个都冒出热气来"。茅盾对于民族资产阶级和买办资产阶级的塑造，在同一时期是无人可比的。

在情感上，茅盾从冷静旁观中脱离出来，传达了自己的情绪偏向。他严厉讽刺了国民党统治下混乱的社会秩序。嘲讽之外，他又高度赞扬中国共产党的领导。共产党作为工人运动的幕后助推者，启发了工人心智，在乱象中开辟出一条血路。但茅盾却没有回避存在的矛盾与问题——书中的工人运动也暴露出起始阶段的幼稚和不足：动辄上纲上线，领导阶层分散，内部意见不统一等。

《子夜》体现了茅盾沉重而艰难的心境：以吴老太爷的死为开头，民族资本家们萌发了开办公司的美好愿望；随着结尾老太爷发丧的接近，他们却渐渐对中国工业市场失去了信心。纵然像吴老太爷一样为革命奉献过却保守终老的人在逝去，老旧力量在不断减少，但是新路仍然艰难万分。

茅盾原本将这部小说的名字定为《夕阳》，在现存的手稿上，《夕阳》的标题旁还有英文书名：*The Twilight： A Romance of China in 1930*。而在正式出版之前，茅盾才把名字改成了《子夜》。"子夜"，是最黑暗的时刻，但又是离黎明最近的时刻，冲破黑暗的时刻即将到来。茅盾将自己对黑暗现实的忧虑和革命胜利的期盼压缩进两个字中，饱含着深厚的期待。

《子夜》出版不久，北平版的《文学杂志·文坛消息》曾有这样的记述："茅盾之《子夜》，不独此书本身之巨大，是过去文坛所仅有；即以销路论，亦前所未见者。据《北平晨报》月前某日《北平景况》一文所说，则市场某书店竟曾于一日内出售至一百余册之多，以此推测，则《子夜》读者之广大与热烈，不难想象云。"在今日看来，一日售出一百册，可能不算什么，但在当时，鲁迅的书一版也只销售两千册左右，相比之下，一日百余册已经很能说明此书的畅销了。

《子夜》作为社会主义现实主义最初的范例，充满了艺术上的自觉性，既是一部史诗，也是一曲战歌；既满怀感情地抚摸书中人物，又毫不留情地回击监视的敌人。《子夜》对于左翼文坛的发展以及打击敌人的反革命"文化围剿"提供了重要力量，是艺术服务于革命斗争的典型。1937 年到 1939 年，《子夜》展开翅膀，跨越千山万水，进入了俄国和德国人民的视野。

"子夜"的时代早已逝去，但《子夜》保存的时代内核将永远焕发生机。

五、执子之手，与子偕老

茅盾是沐浴在新思想光芒之下长大的，作为学贯中西、举世闻名的文学巨匠，他的眼界思路远比常人开阔，但情感生活并不丰富。他的感情和婚姻与其他新文化运动的有名人物相比，显得保守而传统、简单而朴实。婚姻生活不说一帆风顺，但两人也是相敬如宾。他的妻子最开始只是一个目不识丁、孤陋寡闻的女子。当时在很多人看来极不相称的两个人，却最终携手走完了他们那多姿多彩而又传奇充实的人生旅程。

茅盾与妻子孔德沚的缘分由祖辈牵系、母亲护持、两人相守。

两人的故乡乌镇，人民生活安宁，小茅盾的祖父沈恩培常带他四处闲逛。五岁那年的一个寻常日子，沈恩培照例带着小茅盾上街，遇到了孔家世交孔繁林带着孙女阿三。两位祖父将孩子们放在一起玩耍后便开始谈天说地，小茅盾并不知道这个小女孩是谁，但并不妨碍两人愉快地嬉戏。祖父两人见之心喜，相谈后决定议为娃娃亲。沈家父母商量之后也同意了祖父的决定，各方协商之后，两个小娃娃便在各自父母的安排下正式定亲。

即便是在定下娃娃亲后，两人的生活也没有什么变化，各自在家庭不同的文化氛围下成长。在茅盾的求学期间，两人平时并无联系，他对于孔家阿三，也不过是知道有此人而已，幼年在一起玩耍的情谊早已被埋在记忆深处。等到茅盾学业已成，在商务印书馆站稳脚跟之后，母亲陈爱珠将他召回故乡，与他商议自己的婚姻大事。母亲担心他有了其他感情生活，故严肃而认真地询问他关于曾经定下的这门婚事的看法。此时茅盾早已是个能够独立思考的年轻男子，但从小接受的儒家教育中的忠孝思想潜移默化地影响着他，父母旧式婚姻的和谐恩爱也是他从小耳濡目染的。所以茅盾即便已接受了新思潮的洗礼，他对于婚姻的思想也依然较为保守，他没有过多犹豫地就接受了和孔家结亲。

一年后，婚事按预定计划于1918年春节后举行。在不平静的大环境中，茅盾看似平静地进行了婚礼。在茅盾晚年自传《我走过的道路》中，对于当年的成婚情况，他首先波澜不惊地简述了自己记忆中婚礼当天的情景，只有短短描写宾客互动的几百字。其次是新婚第二天，婆婆问新媳妇的学习情况，这才知道她只认得"孔"字及一到十的数字、也不知道上海和北京哪个离乌镇更近。当时婆婆的心就有些凉了。

通过茅盾自传的细节描写，想必当年初次面对几乎为文盲的妻子，自身学识小有成就的茅盾内心和母亲一样五味杂陈。但在当时的时代背景下，在大多数人都是包办婚姻的情况下，加之茅盾婚前也没有两情相悦的经历，所以接受这样的妻子还是比较平静的。

孔德沚的名字是茅盾取的。

未出嫁时，孔德沚的小名叫阿三，因为家中排行第三。到了沈家，婆婆觉得不能老叫小名，于是让茅盾按沈家的办法给阿三取一个正式的名字。"按沈家家谱，我这一辈都是德字，后面一个字一定要水做偏旁，那就取名叫'德沚'吧。"于是"孔德沚"正式成了日后陪伴在茅盾旁边的三个字。

面对满腹学识的丈夫和陌生的家庭环境，新婚的孔德沚内心也有些慌乱，她责怪起家中的父母为什么不让她读书认字。但她是个有大智慧的人，她决定要学会读书写字。结婚半个月后，茅盾启程前往工作岗位，婆婆陈爱珠开始教媳妇识字。过了一段时间，婆婆看她一个人有些寂寞，便让她到学校里去上课。

孔德沚前往丰子恺大姐办的小学继续学习。有同伴一起读书，孔德沚开朗了许多，自己也很努力，所以进步得很快，茅盾听闻此事也十分高兴。而孔德沚既不需要操心娘家和婆家，也不需要操心丈夫，在一心一意的学习中，她感受到了前所未有的自由和愉悦。可好景不长，母亲的重病打破了孔德沚平静的学习生活，她从学堂回家照料母亲。但由于沉疴已久，几个月后，母亲还是去世了。奔丧后的孔德沚没有再回学堂，婆婆觉得夫妻两人一直分居两地不是好事，在婆婆对丈夫不停的催促下，1921 年，孔德沚就和婆婆一起搬到了上海与丈夫一起生活。

在上海，每天吃完晚饭后茅盾总会抽时间给妻子讲讲功课，同时也会给妻子介绍中国妇女运动以及自己的一些人生见解，这些大大开阔了孔德沚的视野。在茅盾的鼓励下，孔德沚开始参加一些社会活动，她和瞿秋白的妻子杨之华以及弟媳张琴秋一起，帮助女工办夜校、识字班，通过教女工识字宣传革命道理。孔德沚也由杨之华介绍加入了中国共产党，至此茅盾一家成了名副其实的"革命之家"。在"白色恐怖"时期，孔德沚仍然坚持为党工作。

"依照你奶奶青年时的工作能力和上进心，她是能干出一番事业的。但她放弃了，为了我们这个家，而放弃了。这么无私的奉献，是一种崇高的精神！爷爷、奶奶虽然是包办婚姻，但是我们有共同的信念和追求，我们互敬互爱，始终如一。"这是茅盾生前对孙女所讲的一番话。但实际上，茅盾在感情经历中始终有一段不愿提及的过往，这也是他原本和谐婚姻中的一个污点。

1928 年茅盾东渡日本时，一个叫秦德君的女学生和他同行。秦德君思想新派，又年轻充满朝气，与妻子孔德沚是完全不同的人，很快便吸引了茅盾。或许是思想过于前卫，秦德君的伦理道德感极为淡薄。两人在异国他乡相互照应，渐生情愫。秦德君明知茅盾有妻子，但还是不愿放弃；而茅盾也明知自己有妻有子，却在爱欲的激情之下很快妥协，两人迅速同居了。不久秦德君意外怀孕了，无奈只能返回上海进行人流手术。纸终究包不住火，此事很快被孔德沚知道了，她埋在婆婆怀里大哭一场，伤心不已。母亲陈爱珠十分愤怒，怒斥儿子抛妻弃子。茅盾终于开始正式思考这段感情，在九曲回肠的心路历程和不断拉锯中，他最终决定放弃和秦德君的这段不伦之恋，返回妻子身边。此后，茅盾将这段婚外情视作耻辱，终生不愿提及此事，写回忆录时"只当没有这个人"。被抛弃的秦德君痛苦不已，虽然茅盾一直回避她，但她一直不忘茅盾并不断尝试联系他，但消息始终石沉大海。爱而不得的秦德君即便后来已经结婚了，但依然怨恨不已。1985年，也就是茅盾去世后的第四年，秦德君写的《我与茅盾的一段情》发表在香港地区的报刊上，将她与茅盾的婚外情公之于众，她要让所有人都知道是茅盾辜负了她。

茅盾离开秦德君之后便一心一意地对待家庭，孔德沚也原谅了丈夫，两人再次并肩同行。七七事变后，孔德沚陪伴茅盾辗转了大半个中国，颠沛流离，历尽艰辛。1949年中华人民共和国成立后，孔德沚向周恩来总理请求工作，周总理温和地对孔德沚说："请照顾好茅盾同志。"——这就是周总理交给孔德沚的"工作"。从那时起，孔德沚一直牢记周总理的嘱托，全心全意地照顾茅盾的生活起居，帮他整理书稿。"文革"开始之后，茅盾经受了"靠边站"和抄家之祸，孔德沚整日忧心忡忡，不得安宁，这使得她的糖尿病复发。七十多岁的茅盾一直陪伴在妻子身边，无微不至地照顾她，但仍于事无补。1970年1月29日凌晨，孔德沚由于医治无效在医院逝世，留下茅盾独自离去，自此两人结束了长达44年的婚姻生活，从此阴阳相隔。妻子去世后，茅盾十分悲痛，他时常想起陪伴自己一生的妻子，多次和晚辈回忆两人的幸福生活，并在日记和回忆录里写下他们相濡以沫的点点滴滴。

茅盾和孔德沚两人幼年相识，青年相知，中年相携，老年相伴，互相成就了对方。两人共同面对汹涌澎湃的革命浪潮，携手共度变幻莫测的人生危机，彼此都成为对方人生长河中的中流砥柱，无论风雨，岿然不动。

六、陌上绽放文学花

抗日战争爆发后，茅盾又投入了抗战文艺活动中。在茅盾的革命生涯中，随着时间的流逝，他与人民大众的事业联系得越来越紧密。中华人民共和国成立之后，几经反复，茅盾最终担任了文化部部长的职务，后来又当选为全国文联副主席和作协主席。

文化部部长看似位高权重、风光无比，实际上相当受限。相对于来自解放区文化宣传系统的同志，茅盾来自国统区，在当时并不是真正的共产党员，也没有经过延安整风运动的洗礼，政治资历终究差了一层。因此，在文化部，茅盾并不能按照自己的抱负和追求去实现自己的想法。茅盾不愿意只待在充满象征意义的荣誉职位上，他想要介入实际事务，却又不断碰壁。为此，茅盾十分烦恼，但也只能硬着头皮干下去，这一干就是十五年。

"文化大革命"前夕，政治风暴席卷文坛。茅盾作为在位十五年的部长"难辞其咎"，不久就被免职，改任全国政协副主席。接下来便是对夏衍改编的茅盾同名小说电影《林家铺子》的批判。面对八方来风，茅盾平静无比，继续按部就班地生活。1970 年，妻子孔德沚去世，这成为茅盾在"文革"中受到的最严重的打击，由于过度悲痛，茅盾缠绵病榻，一度垂危。虽然最终转危为安，但之后茅盾的身体状况骤降，失眠严重，气喘加剧，写作时间急剧缩短。但茅盾依然不放弃写作和阅读。

1976 年粉碎"四人帮"之后，茅盾又重新焕发出青春的活力，写出大量的文章来记录自己的思想，并继续为党奉献自己的力量。1978 年，新版的全国通用教材修改完毕，茅盾的散文《风景谈》也被收录其中。编写组将修订好的教材样本寄给茅盾，茅盾发现自己短短三千五百余字的文章竟被修改了一百多处。茅盾一向温和，但面对此事他十分生气，当即给编写组回信道："你们改字改句，增字增句，多达百数十处，我不懂为何有此必要。大概你们认为文章应该怎样写，有一套规范，不合你们的规范，就得改。那么，又何必选作家的文章来作教材呢？每个作家有自己的风格。你们这种办法（随便删改，却又不明言），实在太霸道了，不尊重作者的风格。"接到茅盾的信件之后，编写组不得不让步，最终《风景谈》基本保持了原貌。

直至 1981 年去世，茅盾的一生都与中国现代文学和中国革命的发展紧密相连。他的文学创作不仅是了解中国现代文学、文化的重要参考，同时也是了解中国现代社会发展的极为难得的资料。茅盾的创作最重要的有三个方面：描写广泛的社会生活、展现时代的风云变幻、反映错综复杂的社会矛盾。他以敏锐的直觉不断地在作品中提出具有重大社会意义的问题，并力图追根溯源，挖掘其中的内涵和本质，并预示历史发展的趋势。

"宏伟而不失空旷，工细又不失之于纤弱，兼具阳刚之气和写实之风。"就 20 世纪二三十年代铿锵有力的革命文学内部来说，茅盾以真实精确的描述独领风骚；在不同的文学流派中，他又以高远的风骨独树一帜。茅盾博采古今中外之长，将中国现代小说提升到现代化的水平线上。在他大量的文学产出中，串联了新民主主义革命年代的社会变动，展现了人民群众在压迫之下奋起反抗的艺术画面。《霜叶红似二月花》描写的是辛亥革命到"五四"前夕的社会景象；《虹》反映了"五四"到"五卅"历史进程中的事件；《蚀》概括了大革命年代部分小资产阶级的状貌；《子夜》则展现了 20 世纪 30 年代初复杂的社会矛盾；《第一阶段的故事》中展现的是抗战初期的生活景象；《腐蚀》中揭露了抗战中期国统区特务横行、民不聊生的乱象；剧本《清明前后》则揭示了抗战胜利前夕社会的黑暗……茅盾站在社会潮头的顶峰，纵览大时代的风向、人民革命运动的起落消长、帝国主义侵略的阴云、旧中国腐败残酷的景象，以他犀利锋锐的笔尖饱蘸血汗、纵情泼墨。

他笔下的人物全部来自他所了解的社会生活。无论是洋场买办、凶猛的资本家、封建地主劣绅、封建腐朽阶级的走狗，还是慷慨激昂的知识分子以及日益觉醒奋勇抗争的工农大众，茅盾都为他们注入了充满时代气息的精血，使他们焕发了强大的艺术生命力，在现代文学的艺术画廊中彰显出独特的认识作用和美学价值。

茅盾作为现实主义大家，既在中国文学革命中挥毫泼墨，又在中国政治革命中发光发热，个人经历与中国现代历史和谐共振。他所开创的中国现代文学新时期，为新文学的蓬勃发展、为现实主义创作准则、为文学服务于社会人民提供了不竭的动力与永世的典范。

根据其遗愿设立的"茅盾文学奖"，是中国第一个以个人名字命名的文学奖。茅盾逝世后的当年，该奖的评定工作于1981年10月正式启动。首届茅盾文学奖于1982年颁发，其获奖作家和作品分别是周克芹的《许茂和他的女儿们》、魏巍的《东方》、莫应丰的《将军吟》、姚雪垠的《李自成》（第二卷）、古华的《芙蓉镇》和李国文的《冬天里的春天》。该奖作为中国现当代文学史上最重要的奖项延续至今，其获奖作家和作品成为中国当代文学的生动缩影。

第六章

郁达夫：
客里苍茫

有才的人总会历经许多磨难方成大器；多情的人总会经历许多波折方归平静。郁达夫既是才子，又是情种，他生活的磨难和情感的波折几乎是命中注定的。他毕生都在追求光明，最后却倒在黎明前的黑暗里。

一、并不完美的开始

这个清瘦的人，我并不认识他。但他的名字总是那么沉重地压着我。当我走进他文字的长河时，我发现自己完全进入了一个梅雨绵绵的季节：低飞的蜻蜓、开花的油菜、落寞的天空、玻璃的夜晚和灰色的铜莫名其妙地纠缠在一起。灾难深重的中国，因为这个人的身影而变得更加殷红。

郁达夫，这个在中国现代文学史上占有不同凡响一页的男子，站在山坳上的中国，以梦幻的方式向我招手。铁青色的脸、无法辨认的刀子以及河流一样咆哮的背景——呈现于五月的早晨，我看着、握着、想着，我听到了骨骼里因为疼痛而发出的响声。

一切，始于并不完美的开始。

书桌上有一张简历，让我打量了许久，仿佛铅华落尽的岁月，仿佛茂叶全失的大树，只留下一片足迹和几处枝桠：郁达夫，名文，字达夫，1896年12月7日出生于浙江富阳满洲弄（今达夫弄）的一个知识分子家庭。幼年贫困的生活促使他发奋读书，成绩斐然。1913年9月随长兄赴日本留学，毕业于东京帝国大学经济学部。他是著名的新文学团体"创造社"的发起人之一，他的第一本也是我国现代文学史上的第一本小说集《沉沦》，被公认是惊世骇俗的作品。他的散文、旧体诗词、文艺评论和杂文政论也都自成一家，不同凡响。著名的电影《金秋桂花迟》就是根据他的小说改编的。

这张简历怎能映照出风云激荡的昨天？这张简历又怎能浓缩得了沧海桑田中一个人的一生？他的情、他的痛、他的乐、他的苦乃至他的悲情与壮烈，有谁读出了月光下的忧伤？有谁倾听了夜幕中的瘦箫？

郁达夫的童年并不快乐，他在自传中说："儿时的回忆，谁也在说，是最完美的一章，但我的回忆，却尽是些空洞。第一，我所经验到的最初的感觉，便是饥饿；对于饥饿的恐怖，到现在还在紧逼着我。"

饥饿，使郁达夫感到恐怖；

饥饿，使郁达夫挥霍情感。

似乎，文人墨客总是与风流倜傥、浪漫多情连在一起。郁达夫也不例外，他甚至还有过一段柳永式的颓废生活。虽然，我们不能用世俗的眼光去苛求一个文人的放荡，更不能用道德的标准去评价一个文人的品格，但不管怎样，少年的放纵总是会给世人留下些许遗憾。人们喜欢用许多"假设"来完成对一个人的想象，假设这个人怎么样，这样的假设昭示了人们的"完美期待"，而这样的假设恰恰源于对这个人的热爱。

然而，所有的假设也仅仅只是假设，世间没有完美的人，唯其有缺失，我们才感觉生活的真实；也唯其有缺失，我们才有追求完美的冲动。

历史有着惊人的相似。与鲁迅等人一样，郁达夫的第一次婚姻也是典型的旧式婚姻，是在父母之命、媒妁之言下的结合。

1917 年，郁达夫从日本回国省亲，遵照父母的意愿，与同乡富阳宵井女子孙荃订了婚。与鲁迅不同的是，虽然郁达夫对父母之命、媒妁之言所订的婚姻并不满意，但对孙荃这位"裙布衣钗，貌颇不扬，然吐属风流，亦有可取处"的女子还是很有些依恋的。

三年后两人正式结婚。由于郁达夫的坚持，没有举行什么仪式，也没有证婚人和媒人到场，更没有点上一对蜡烛，放几声鞭炮，一切都在悄然中进行。

一袭青衣的孙荃在夜色降临的时候，乘上一顶小轿，怀着一丝羞涩、一种憧憬，甚至有着一份微微的害怕，一路心跳地来到了郁家。

郁达夫在家门口迎接自己的新娘。这是第二次见她，谈不上激情，也谈不上失落，他拿了一把银两分发给轿夫，然后拉着孙荃的手，点了点头。那样子，仿佛收到了乡下母亲寄来的一件贵重的礼物。

孙荃向公公婆婆行了礼，郁达夫说了一句话："咱们从此就是一家人了。"

这话听起来有点别扭，像老父亲说的话一样。话一出口，郁达夫就感觉到了一丝滑稽，于是赶紧说："吃饭吧。"

这顿饭不像是喜宴，更像是一顿团圆饭。

也好。有吃就行，因为太饿了。

饭后，郁达夫领着新娘爬到木楼上就寝。就那么简单，简单得让人难以置信。

那晚，月色很葳蕤，发出刺眼的光芒。饥饿的夜莺停止了鸣叫。春宵值千金，柔情赛万银。风起云生，潮涨潮落，一切尽在不言中。

郁达夫与孙荃并没有现代意义上的蜜月。婚后没多久，他就离家赴上海，每到一地，他都会弄些拈花惹草的事情来。特别是 1921 年，郁达夫在安徽公立政法专科学校教书，除上课之外，他的全部时间都花在了城内的烟花巷陌。他每月工资 100 块光洋，大多花在一个个合乎他"三种条件"的青楼女子身上。这三种条件即是：年龄要大一点，相貌要丑一点，同时没人爱过。

正是在这样的情景下，郁达夫结识了一位妓女，艺名叫"海棠姑娘"。两人过往甚密，他还为她填词献诗，将一个文人的抑郁心理抒发得淋漓尽致。其时，每当下课结束后，他不听夫人的劝说，立马来到"海棠姑娘"位于城外的住处，厮守良夜，让孙荃独守空房。而由于早间有课，他又必须在凌晨时分赶到城门洞里，耐心地等城门打开。

孙荃，这个普通的女子只能在伤心的泪水中等待浪子的回头。

在当时纳妾盛行的情况下，郁达夫并不认为自己的行为有什么过错，相反，他认为这是生活中的一部分。在此时期，他创作了小说《茫茫夜》，该作品真实地记录了他的这一段感情生活。其中女主人公海棠，正是郁达夫念念不忘的"海棠姑娘"，而男主人公"于质夫"，当是郁达夫"夫子自道"了。

就这样，郁达夫的人生在并不完美中开始，在更不完美中结束。

二、风流才子的轶闻旧事

喝酒、抽烟、多情、敏感。郁达夫的指尖戳穿了女人的胭脂，而他的才情也在更加广阔的天地奔流而出。

1920 年，应郭沫若之邀，郁达夫带着孙荃来到上海泰东书局做编辑工作。其时，成仿吾和易家钺等人都供职该书局。对于郭沫若、成仿吾等人，读者都很熟悉；而对于易家钺，熟悉的人并不多。

因此，有必要在此介绍一下：易家钺，字君左，1896 年生于湖南汉寿（原名龙阳）县，北京大学毕业后留学日本，在著名的早稻田大学就读，一生酷爱诗词歌赋。他性格豪放，为人认真，责任感强，极为重视朋友间的情谊。他在日本留学期间认识了郭沫若、郁达夫、田汉等人，但与郭沫若和郁达夫二人来往很少，只有田汉因是同乡的关系，常常见面。

易家钺被世人誉为"龙阳才子"，可见才情很不一般。1949 年，易家钺移居香港，在那里生活了 18 年，后移居台湾。1972 年，该君病逝于台北，享年 76 岁。

之所以要介绍易家钺，是因为他与郁达夫有过一段亲密的友谊。虽然在日本时，他与郁达夫仅仅停留在"同学"和"邻居"的初级阶段，但回国后，特别是两人同时供职于泰东书局时，他们的友情急剧升温。

郁达夫比易家钺早先半年抵达上海泰东书局，当易家钺风尘仆仆地从湖南赶到上海时，是郁达夫自告奋勇去码头迎接的。那天气温很低，由于风浪太大，渡轮晚点一个多小时才抵达黄浦码头。一出船舱，易家钺就看见了那双有点忧郁的熟悉的眼睛。郁达夫迎上去，易家钺紧紧地抱着故友，一股暖流直涌心头。

易家钺说："达夫，真没想到你会在这里接我。"

郁达夫说："在日本时，咱们交往不多，但毕竟是朋友啊。"停了一下，郁达夫又说："因此，当沫若告诉我你来的消息时，我立刻提出要来接你。"

易家钺很感动，说："船晚点了，你穿得这么少，站在寒冷的风中，你这份情谊让老弟如何担当得起？"

"看你说的，好像我弱不禁风似的？"郁达夫说完大声笑了起来。

接着，两人乘上一辆黄包车，直奔书局。成仿吾一见易家钺，连忙说："君左兄，本来我要来接你的，咱们是老乡。俗话说，老乡见老乡，两眼泪汪汪。可达夫兄抢了头筹，说你们的友谊从日本到中国，源远流长得紧啦。"

一席话，说得大家很开心。

当天，郭沫若宴请了大伙儿。

此后，易家钺与郁达夫的关系就变得"铁"起来。当时，郁达夫的朋友多，应酬也很多，往往三更半夜不睡，本来身体就欠佳，加上他有些颓废的心理和流浪生活习性，自然更瘦，脸色也更难看。特别是郁达夫将夫人送回老家之后，他的生活更加没有规律了。易家钺和郭沫若、成仿吾等人常常规劝他，但他总是秋风过耳，硬是听不进去。为此，郁达夫还同郭沫若闹翻过。

朋友之间，需要的是理解。易家钺对郁达夫就是这样的。当郁达夫因为喝醉了酒而发疯时，是易家钺守在他的床头，替他拭去吐出来的脏污；当郁达夫因为放荡不羁而挥金买笑时，有人不齿，有人窃笑，有人嘲讽，而易家钺则是从心灵深处去关心他，贴近他。易家钺知道，郁达夫的放荡并不仅仅是生理上的需要，更多的是一种情绪的释放，是有点畸形的精神自恋。

郁达夫为有易家钺这样的朋友而庆幸。他曾动情地对易家钺说："君左兄，在日本的那些日子，我白活了。"

易家钺连忙说："那时，我太封闭自己了。"

两年后，郁达夫和易家钺先后离开泰东书局，但两人常有书信往来，友谊并没有隔断。

抗战初期，已有盛名的郁达夫来到湖南汉寿县，拜会在家赋闲的易家钺，两人相见甚欢。

几天后，汉寿县的县长、县绅以及县文化教育界的名流宴请郁达夫，易家钺一旁作陪。

席间，宾主谈笑风生，气氛热烈而轻快。作为贵宾的郁达夫毫不拘束，妙语连珠，引经据典，左右逢源。而易家钺也是情绪高昂，指点江山，出口成章。

汉寿县县长见自己没有说话的份儿，突然来了灵感，高声提议请郁、易二人即席吟诗作赋，众人闻之叫好。

郁达夫和易家钺会心一笑，立即达成默契。

好戏就要开场。只见郁达夫朗声道："承蒙各位的深情厚谊，达夫不才，愿献其丑以娱乐大家。"

易家钺也说："我与达夫系同学、同事和知友，今在家乡父老面前，两人合作一副对联吧。由达夫兄出上联，我对下联。大家觉得意下如何？"

"好啊，好啊！"县长带头鼓掌。余者纷纷应和。

席间立即沉默下来。

郁达夫稍加思索，回忆起易家钺在扬州一件趣事，不禁哑然失笑，于是脱口而出——

闲话扬州，引起扬州闲话，易君左矣。

原来，易家钺曾在《扬州日报》的文艺副刊"闲话扬州"当主笔，由于思想有些保守，结果引起扬州文人的不满，并被赶出扬州。郁达夫此时揭老友的"伤疤"，易家钺开始感到有些犯难，但一想到这些都是陈年旧事，而且此间主要是娱乐大家的，大丈夫有此揶揄算得了什么？他突然想起当天报纸上头版头条有一则新闻：林森就任国民政府主席，而林森又字子超。易家钺灵机一动，下联很快就对了出来——

国府主席，掌持主席国府，林子超然。

易家钺的这副下联，既有借喻自己当主笔的生活事实，又有对郁达夫上联的回答——无论别人说什么，无论发生了什么，我依然很大度，很"超然"。

如此妙对，连郁达夫都忍不住带头鼓掌，连连说："好啊，真是大才子，达夫佩服！"众人也大声叫好。郁达夫端着一碗酒走到易家钺身边，说："兄弟，咱们要痛快地喝它三碗！"

易家钺酒量有限，连忙说："兄弟，喝酒你就饶了我吧。"说完，立即招呼席间诸君纷纷向郁达夫敬酒，并连连说"达夫是一个最有骨气的文人！"

郁达夫虽然好酒，且颇有酒量，但毕竟孤掌难鸣，很快就被一群兴致高涨的虎狼之徒灌醉了。

达夫醉酒，洋相百出，很可爱，很好看。

三、供职北京大学：身在曹营心在汉

1923 年 8 月的一天，郁达夫突然接到一封北京大学的信函。其时，他正在上海一家简陋的寓所里，跟郭沫若、成仿吾等人努力编辑着《创造季刊》《创造周报》和《创造日》等文学刊物。他的烟瘾越来越大，酒瘾也时不时发作，软囊也越来越羞涩，捉襟见肘的艰难也越来越多。物价的飞涨，时局的动荡，对于一个文人而言，靠经营文学或靠写作来维持生活，实在是不可想象的事。

北京大学的这一封来信是陈豹隐先生写来的，对郁达夫来说，它仿佛是一缕雨后的阳光。因为在信中，陈豹隐盛情邀请郁达夫去北京大学任教。

陈豹隐跟郁达夫有过什么样的交情？他怎么会推荐郁达夫去北京大学任教呢？

原来，陈豹隐毕业于日本东京帝国大学，1923 年他受北京大学派遣到欧洲视察和到苏联讲学。出国之前，按照学校的规定，他必须找到一个能够胜任该门课程的老师替代。因此，陈豹隐想到了郁达夫，觉得他是比较合适的人选。

早在 1919 年 11 月，郁达夫入日本东京帝国大学经济学部经济学科学习时，陈豹隐就是他的师兄。不巧的是，郁达夫进校没过多久，陈豹隐就接到蔡元培的聘书，到北京大学法商学院任教授，讲授财政学和统计学。回国前的那段日子，他才与初来乍到的郁达夫相识。

虽然陈豹隐与郁达夫交往的次数不多，但他知道，郁达夫志趣很广，特别对文学，可谓情有独钟，而且有着很好的古文功底。记得就在两人见面后的第三天，郁达夫就将写就的一首七律拿给陈隐豹看：

> 客里苍茫又值秋，高歌弹铗我无忧。
>
> 百年事业归经济，一夜西风梦石头。
>
> 诸葛居常怀管乐，谢安才岂亚伊周。
>
> 不鸣大鸟知何待，待溯天河万里舟。

陈豹隐看完诗，用赞赏的口吻说："诗写得不错。但是，学经济的人更要把专业学好。"郁达夫明白陈豹隐的话外之音，连忙说："我会珍惜出国的机会，学好本领。"

陈豹隐回国后，郁达夫还与他保持书信往来，并经常向他请教。他曾同陈豹隐认真讨论过自己的毕业论文，他写信告诉陈豹隐，说他将来要写《中国经济史》或《中国外交史》，还说要打算写《中国货币史》。陈豹隐回信给予鼓励。

1922 年 3 月，郁达夫如期从东京帝国大学毕业，获经济学学士学位。陈豹隐写信向他祝贺。因为有了这一层渊源，陈豹隐希望将自己的空缺留给有师弟关系的郁达夫。

就这样，1923年10月，郁达夫来到了北京大学经济系做讲师。临行前，他对郭沫若等人说："为生计奔波，我暂且告别一下诸位兄弟。一旦时局变好，我会立刻回来的。"

成仿吾甚为动情地说："平时在一起打打闹闹，一旦离开，我还真有点不习惯。唉，你这一走，也不知道何时才能相见！"

郭沫若觉得气氛压抑，便岔开话题说："嗨，大丈夫四海为家。有缘的人总会相见的。达夫，你说呢？"

郁达夫点点头，他忍着一丝伤感，与朋友们一一拥别。

应该说，郁达夫这样经济学科班出身的留学生，完全能够胜任北大经济系课程。但是，他身在曹营心在汉，对教学并没有动太多的心思。他每周两小时统计学课，月薪三十多元。同时，他还在北京平民大学和国立艺术专门学校兼课。

记得第一次登上北大经济系的讲台时，郁达夫开门见山地说："我们这门课是统计学，你们选了这门课，欢迎前来听课，但是也可以不来听课。至于期终成绩呢，大家都会得到优良成绩的。"

同学们见老师如此宽松，台下顿时一片骚动。因为在当时，很少有老师敢于公开这么说的。如果有学生打小报告给校领导，说郁达夫"上课不负责任"，那么，他极有可能丢掉这个美差。

显然，郁达夫没有考虑这么多，他见台下有点嘈杂，便稍稍提高一点音量继续说："你们以前的老师陈启修（陈豹隐）先生与我是同一师门，他的老师也是我的老师，我们讲的是从同一个老师那里得来的，所以讲的内容也不会有什么不同。"

郁达夫说得是那样坦率，令学生们大感惊奇。他不以为意，只顾顺着自己的思维去讲课，大约刚刚过了半个钟头，他就匆匆讲完了课，然后满意地看了看大伙，说："今天的课就讲到这里。我没有讲到的内容，有兴趣的同学回去自己看看吧。"

不少同学的脸上明显流露出失望的神情。

郁达夫夹着教案，将脖子上的围巾甩到肩后，便轻轻松松地走出了教室。

那一段日子，郁达夫过得很不痛快。对于讲授经济学，他实在是有十二分的不情愿。可生活又逼迫他做自己不愿意做的事。何况，陈豹隐对他也寄予了极大的希望，加之北大的声望和学生们强烈的求知欲都无疑给了他另一种压力。他想教好经济学，但他的兴趣和志向的确不在此，他念念不忘的还是他的文学。四年后，他在回顾这段生活时，还特地写道："受了北大之聘，到北京之后，因为环境的变迁和预备讲义的忙碌，在一九二四年中间，心里虽然感到了许多苦闷焦躁，然而作品终究不多。"

郁达夫还给郭沫若和成仿吾写信诉苦："我一拿到讲义稿，或看到第二天不得不去上课的时间表的时候，胸里忽而会咽上一口气来，正如酒醉的人，打转饱嗝来的样子……精神物质，两无可观，萎靡颓废，正如半空中的雨滴，只是沉沉落坠。"

这样的精神状态，真是让人同情。郁达夫情感丰富，却没有后来的沈从文幸运。沈从文在极其艰难的条件下发现了课堂里的张兆和，从而激发了他教学的兴趣和写情书的激情，而郁达夫对班上的女学生，他压根儿没有认真看过。苦闷极了的时候，他就跑到烟花街巷放纵一番。

有一次，郁达夫的一位旧交来北大看望他。这位旧交一见面就恭贺道："真是学有所用啊。老兄在此高就，想必高兴之至吧？"

岂知郁达夫毫不隐瞒自己的郁闷，他手一挥，大声嚷道："谁高兴上课？哼，马马虎虎应付罢了。你以为我教的是文学吗？不是的，是'统计学'。统什么计，真是他妈的无聊至极！"

郁达夫的这番牢骚，将这位旧交吓得目瞪口呆。

1925 年 2 月，郁达夫感到是离开的时候了，他写了一份辞职报告，让一名学生转交给校方。同时又给陈豹隐写了一封便函，感谢他的荐举，声称自己"离开比留下，于人于己都更为明智"。

郁达夫来得很匆忙，去得很坦然，他将自己的背影连同他的叹息都留在了北大那赭色的风中，那青色的瓦砾里。

正如后来有人评价道：郁达夫走得对。如果他囿于所学专业而固守于北大，北大或许会多一名并不怎么出色的经济学教授，而中国将会失去一名优秀的作家。倘若如此，那便是国家的不幸了。

四、爱恨交加的情感世界

有才的人总会历经许多磨难方成大器；

多情的人总会经历许多波折方归平静。

郁达夫既是才子，又是情种。因此，他生活的磨难和情感的波折几乎是命中注定的。

1926 年 12 月 15 日，由于上海创造社出版部出现混乱，郁达夫自广州上船，赶往上海。岂料不到一个月，于翌年 1 月 14 日，他在留日同学孙百刚家里邂逅了"美不胜收"的王映霞。当时，郁达夫正身穿孙荃从北京寄来的羊皮袍子，而孙荃则正在北京呻吟于产褥之上。但这一切，丝毫没有影响他对王映霞的倾情。他在当天的日记中写道："我真是遇到天人了。人世间竟有这样楚楚动人的女子，因为她，我身上的每一个细胞都充满了激情。"

王映霞亭亭玉立，貌美肤白，从小就有"荸荠白"的雅号。她面如银盘，眼似秋水，鼻梁挺而直，身材娇嫩而丰满，曲线窈窕而动人，举手投足，春光乍泄，柔情万千。她在杭州女中和浙江省立女子师范就读时，一向都有"校花"之誉。及笄以后，更居当时杭州"四大美人"之首。这样的美人，怎不让人心旷神怡、兴致盎然？

正如前面写到的，在郁达夫已有的生活中，他所接触的女人大都"平淡"，甚至"丑陋"。他的妻子孙荃自不必说，长相和才华都很平常，婚姻也是由父母指定的，他丝毫没有感觉到"爱情"的欢乐；而他在苦闷时所找的烟花女子，也一个个平淡无奇，他对这些人更多的是一种生理上的发泄，谈不上有什么真情实感。即便是对"海棠姑娘"，也不过是一段时期的心理冲动，他也并没有用心，更没有刻骨铭心的爱，因此失去也就失去了，没有太多的珍惜和留恋。

而今，王映霞的出现，无疑给他平淡的心灵注入了一支强心剂，其内心的激动和兴奋是可以想见的。

虽然此时的郁达夫已是四个孩子的父亲，而王映霞也已经与一名门之后订婚了，但他全然不顾，任炽烈的爱肆意地燃烧，连他自己都承认对王映霞的爱使他"和初恋期一样的心神恍惚"。正因如此，他毫不犹豫地发动进攻，热烈的情书一天一封，有时一天甚至好几封，那情感完全可用"滔滔江水"来形容，许多情诗今天读来仍然令人感动不已。

不妨信手拈来一封，里面有一首诗，是这样写的：

> 朝来风色暗高楼，偕隐名山誓白头。
> 好事只愁天妒我，为君先买五湖舟。

类似这样的诗句，在郁达夫给王映霞的情书中还有许多。爱，可以成就一个作家；爱，同样也可以毁了一个作家。对郁达夫而言，爱使他重生，又使他重伤。为了阻止已经订婚的王映霞，郁达夫使出浑身解数，用痴情、憨劲和浓情去打动她。他的情书也写得更勤更热烈了，有一封情书是这样写的：

> 现在我所最重视的，是热烈的爱，是盲目的爱，是可以牺牲一切，朝不能待夕的爱。此外的一切，在爱的面前，都只有和尘沙一样的价值。真正的家，是不容利害打算的念头存在于其间的。所以我觉得这

> 一次我对你感到的，的确是很纯正、很热烈的爱情。这一种爱情的保持，是要日日见面，日日谈心，才可以使它成长，使它洁化，使它长存于天地之间。

考虑到自己已是四个孩子的父亲和王映霞已经与人订婚的事实，郁达夫不停地诉说自己的爱，不断地用真情打开王映霞心中的结。他在另一封情书中写道：

> 我希望你能够信赖我，能够把我当作一个世界上的伟大人物看，更希望你能够安于孤独，把中国的旧习惯打破。所谓旧习惯者，依我看来，就是无谓的虚荣。我们只要有坚强的爱，就是举世都在非笑，也可以不去顾忌。我们应该生活在爱的中间，死在爱的心里，此外什么都可以不去顾到……
>
> 我对于你所抱的真诚之心，是超越一切的，我可以为你而死，而世俗的礼教、荣誉、金钱等，却不能为你而死。

初涉爱河的王映霞哪里禁得住郁达夫这样猛烈的攻势？她的芳心终于被郁达夫的一腔深情所打动。

1927 年 6 月 5 日，郁达夫和王映霞在杭州聚丰园餐厅正式宴客订婚，郁达夫与王映霞订婚，孙荃遂告与郁达夫分居。此后，孙荃携子女回富阳郁家与郁母同居，与儿女们相依为命，守斋吃素，诵佛念经，直到 1978 年去世。

生活就是如此的残酷：一个女人的快乐跟另一个女人的悲痛连在一起。或者说，一个男人的快乐是建立在另一个女人悲痛的基础之上的。

半年后，郁达夫请柳亚子证婚，他与王映霞在杭州举行了轰动一时的婚礼，被当时的报纸称为"富春江上神仙侣"。郁达夫得意至极，王映霞也欢喜异常。1928年3月，他们迁入上海赫德路（今常德路）嘉禾里居住，两人算是正式组建了小家庭。

郁达夫真正感受到了生活的甜蜜和爱情的滋润。

在最初的日子里，他们恩恩爱爱，缠缠绵绵，令人妒羡。但渐渐地，生活的繁琐、审美的差异和思想的差距使情感慢慢出现了裂隙。王映霞作为富家小姐，从小生活衣食无忧，她把钱财当作身外之物，出手阔绰、大方，而郁达夫从小被饥饿所伤，长大后经常为生计奔波、忙碌，"金钱"二字像石头，总是压得他喘不过气来。

与王映霞结婚后，郁达夫花光了所有的积蓄，他劝王映霞用钱要有计划，能不用钱的尽量不花，王映霞听后很不高兴。加之，当初的激情已过，生活恢复平淡，油盐酱醋，一点一滴都要自己亲自打理，王映霞感到了失落，郁达夫也感到了烦闷，两人的关系逐渐冷却下来。

这样磕磕绊绊，一晃又是几年。其间，郁达夫带着王映霞辗转大半个中国，双方都感到筋疲力尽、苦不堪言。尽管如此，郁达夫对王映霞的爱仍然很真挚。1936年，郁达夫在一则日记中写道："晚上独坐无聊，更作霞信，对她的思慕，如在初恋时期，真也不知什么原因。"这说明即便结婚十年之久，郁达夫的爱依然浓烈。

由于战乱，郁达夫频频变换岗位。1936年，郁达夫南下福州做官，将王映霞留在武汉。他曾风闻自己的好友许绍棣"新借得一夫人"，当时并不在意，直到后来传出消息后，所谓"新夫人"竟是自己的妻子，他才一再发信吁请王映霞来闽，却了无回音。

1938年，郁达夫从福建赶回武汉，发现了许绍棣写给王映霞的三封情书。他将这些信批量影印，声称是"打官司的凭证"。

王映霞闻讯，匆忙卷带细软躲到一个律师朋友家中。

郁达夫十分生气，他请了郭沫若来查看"现场"，并于7月5日在汉口《大公报》第四版刊登启事，全文如下：

王映霞女士鉴：

　　乱世男女离合，本属寻常，汝与某君之关系，及搬去之细软衣饰、现银、款项、契据等，都不成问题，惟汝母及小孩等想念甚殷，乞告一地址。

郁达夫　谨启

不仅如此，郁达夫还致电致信浙江省军政府，吁请查找王映霞。

一时间，舆论哗然，满城风雨。

事情的结果是：聪明的许绍棣以快速定亲结婚洗刷了自己；郁达夫与王映霞则在朋友们的调解下各自让步：王映霞写下了不公布的"悔过书"，而郁达夫却再次登报声明这次事件是自己"精神失常"所致的误会，以保全她的名声。

不可外扬的家丑，就这样被清教徒性格的郁达夫张扬成了所有人的焦点。任何一个女人都不可能完全原谅这种"就算自己错了、但个人的尊严仍然不许伤害"的事情。

从此，郁、王二人貌合神离，双方情感进入了低谷。

此事发生不久，郁达夫应邀赴新加坡办报，王映霞勉强同意随行。但到了新加坡后，郁达夫忙于事务，王映霞谋职不成更添烦恼，他们的关系在吵闹和嘲讽中更加恶化。

在烦闷愁苦中，郁达夫竟然选择了登报发表诗文披露他们的隐私，在题为《毁家诗记》的诗词中，尽述了他们感情破裂的过程，甚至包括一些难以启齿的家事，例如两人在金华重逢时，王映霞以例假为由拒绝与郁达夫同房，不日却与许绍棣夜奔碧湖同居等事，一时成为人们饭后的谈资，令王映霞极其难堪。

忍无可忍的王映霞一辈子没打算当作家，却也在被动中，以《一封长信的开始》和《请看事实》两篇文章相对应，以期洗刷自己的不白之冤。

事情闹到如此地步，两人强扭在一起已没有必要。

1940 年 3 月，众友朋劝解无效，郁达夫与王映霞终于签订了离婚协议。王映霞独自回国，留给郁达夫的却是绵绵无尽的隐痛。

王映霞后嫁给华中航业局经理钟贤道，据传当时的婚礼极尽铺张奢华。

2000 年 12 月，一代名媛王映霞去世。她的灵魂会不会去寻找半个世纪前就离她而去的郁达夫呢？面对这个让她爱恨交加的人，她还能够说些什么呢？

秋霜落下来，落到无声处，落在羸弱的月光里。

那是泪。

五、漂泊中的爱

漂泊中的爱，是慌乱的爱，是稻草般的爱，是潮湿的发出嫩芽的爱。

王映霞离开新加坡之后，郁达夫的心境一度变得孤寂和颓废，他整天无精打采，不知该何去何从。

恰在此时，一位国色天香的女播音员李小瑛出现在他的面前，使原本一潭死水的他，又开始波动起一阵阵涟漪。

此时的李小瑛 26 岁，正是风华正茂、芳香四溢的年龄，她供职于英军情报部门的新加坡电台，主持一档华语节目。她读过郁达夫的作品，十分崇拜他，并主动向他示爱。她在一封求爱信中热辣辣地写道："上帝把我派到人间，为的是让我看管好一只才华横溢的迷途的羊。"

郁达夫立即抓住这漂泊中的爱，并认为这是"上帝送来的最好的礼物"。他在回复李小瑛的信中说："我原以为爱已经死了。现在，我终于知道，只要生命不死，爱情就不会死！"

一个有情，一个有意。男才女貌的动人传说再次在人间得到应验。

不久，李小瑛就以郁达夫"契女"的名义搬到郁达夫家中居住。郁达夫为了避嫌，作了点表面文章，他把自己的书房让给李小瑛，而暗中则与之实行同居。在爱情的滋润下，郁达夫重新激发壮志，全身心服务于伟大的抗战事业。这期间，他除主笔《星洲日报》的文艺副刊外，还兼任了《华侨周报》的主编，并写下了大量的杂文和诗词。

李小瑛献给郁达夫的是一份难得的无私的爱。

郁达夫十分感动，他写下不少情诗献给李小瑛，甚至用罗马史家 Livius 的英文名字"Livy"作为对李小瑛的昵称，还常用德语 Ich Liebe dich（我爱你）来表示自己深深的爱意。郁达夫曾试图与李小瑛结婚，但遭到他的儿子郁飞的强烈反对。慧美的李小瑛不愿父子因为自己而反目，故而安慰郁达夫说："我知道你的好意，也理解你的难处。我不要什么名分，只求能够与你在一起，天天爱你就行了。"

李小瑛的有情有义更加赢得了郁达夫的敬重和依恋。

然而，1942 年年初，随着新加坡各主要港口和大城市的相继沦陷，李小瑛任职的英国情报部门的电台先行撤离。郁达夫既不是他们的正式编制人员，又未能列入家属行列，所以眼睁睁地看着心爱的人远去而一筹莫展。

太平洋战争爆发后，郁达夫与李小瑛劳燕分飞：李小瑛退到了爪哇岛，郁达夫则逃亡到苏门答腊岛。他在这时创作了著名的《乱离杂诗》，其中前七首就是为思念李小瑛而作。

可惜，那些情真意切的诗作，李小瑛并没有读到。

不久，郁达夫遇到了他的第三任夫人何丽有。这位新夫人原籍广东，性情温和，长相平平，没有读过什么书，且不懂普通话，嫁给郁达夫时年仅 22 岁，比郁达夫整整小了 25 岁。

郁达夫在情感世界经历了一圈，最终回到了起点。这难道不是天意吗？

何丽有的生父姓何，她幼年时期为一陈姓人家收养，所以原名叫陈莲有。

郁达夫与之结婚后，取"何丽之有"之意给她改名为"何丽有"，可见郁达夫用意之深。此刻，他是否有点怀念那个在中国老家为他"守寡"的长相平平的结发之妻孙荃呢？

当时，郁达夫为躲避日本人迫害，化名赵廉，在印度尼西亚与朋友经营一家酒厂。

一个学富五车的文人与一个目不识丁的女子结婚，这在一般人看来不可思议的事，在郁达夫看来，却是合情合理的事。因为，漂泊中的爱原本就是反常的爱，是残缺中的爱，是将反常和残缺尽数修复的爱。

郁达夫的确做到了。他并没有因为自己的学识而轻视何丽有。相反，也许因为年龄悬殊的缘故，郁达夫对何丽有格外关心、体贴，尤其是当她怀孕、出门行走不便的时候，他总要悉心搀扶着妻子，这对从小受苦而又缺乏家庭温暖的女性来讲，真可谓刻骨铭心。她回报给丈夫的，当然也是无限的柔情和深深的理解。

有一次，何丽有曾问郁达夫过去是干什么的。

郁达夫先是一惊，随即回答说"读书匠"，说完埋头看书。何丽有见状不再提问。她知道丈夫饱经风霜，她不愿意因为自己无意中的提问而触及他的某一道伤口。

此后，每当看到郁达夫在看书、沉思或写字时，何丽有从不去打扰他，甚至连走路都要蹑手蹑脚，为的是让郁达夫能在一个安静的环境里做他自己喜欢做的事。当有客人来访时，何丽有在礼貌地送上茶水表示欢迎后，就主动回避，有时还起"站岗放哨"的作用。

夫妻间的这种默契与和谐，也正是身陷日本法西斯严密监视之下的郁达夫所希冀的最好结局。他曾经写过一首诗给何丽有，明明知道她看不懂，仍然要作诗献给亲爱的人，其间的深情由此可见一斑：

洞房红烛礼张仙，碧玉风情胜小怜。

惜别文通犹有恨，哀时瘦信岂忘年。

催妆何必题中馈，编集还应列外篇。

一自苏卿羁海上，鸾胶原易续心弦。

何丽有很知足。她全心全意爱着郁达夫，并希望陪着他慢慢变老。

然而，天有不测风云。郁达夫来不及最后看一眼自己的妻子以及抚摸一下即将出生的孩子，便一去不复返，将无限的伤痛留给活着的爱他的人。

尤其痛苦的是，直到郁达夫遇难，何丽有才知道郁达夫是中国文化界鼎鼎有名的作家，而不是一名寻常的酒厂老板。她内心的伤痛撕裂得更深。

漂泊中的爱，流出来的竟是血！

六、《沉沦》："祖国呀祖国！我的死是你害我的！"

沉沦是为了崛起；

沉沦是为了突破；

沉沦是为了升华。

在郁达夫的概念中，沉沦不是自甘堕落，更不是破罐子破摔，而是一种觉醒意识，是一种在自我追求失败后的深刻反思，是对已有生活的否定和对未来生活的憧憬与向往。他一举成名的小说《沉沦》就是对这种理念的深度阐释。

此后，他自己的生活浓缩到一个特定的环境中，写下了大量的诗文小品以及小说，不断地深化自己的觉醒意识。

郁达夫在20世纪30年代中国文坛上的影响与盛名不是虚夸的，而是名副其实的。用郭沫若的话说，郁达夫在中国文坛的重要地位是"俄国文学中的屠格涅夫"；沈从文在《论中国小说创作》一文中也写到这样的文字：

"多数的读者，由郁达夫的作品，认识了自己的脸色和环境。"

读郁达夫的作品，最好是黄昏或午后，在静寂的时候，在能够与自己的灵魂对话的时刻。此时，你会真切地感受到，郁氏风格的文本流露出来的是浓重的失落、灰色颓废的情绪和敏锐的精神感伤。他惊人的取材，大胆的自我暴露与单纯的抒情格调，形成了作品独特的艺术品格和个性，尤其是他小说中对人物心理的细腻描写，强烈的抒情和淋漓痛快的气势，以及富有诗意的景色描绘，优美的语言，洒脱自然的笔调，都会让你对他的小说痴情不已。

郁达夫的成名小说《沉沦》，写于 1921 年 5 月，曾经因暴露青年有关"性"的苦闷，展示灵与肉的冲突而风行一时。那时代，彷徨苦闷的一代青年，在主人公"他"的情感苦闷中找到了契合之点，一时自恋自溺者有之，喟然长叹者有之，郁达夫因而声名鹊起。

鲁迅在小说《孤独者》中，对这种现象微微刺了一下，说那些读过《沉沦》而自命不幸的青年（自命不幸是当时青年的一种时髦），"螃蟹一般懒散而骄傲地堆在大椅子上，一面唉声叹气，一面皱着眉头吸烟"。这确是一幅生动的小影。一般读者只迷恋郁达夫小说颓废的外表，却并不能体会它的真义，所以欢呼和谩骂都是空言。后来还是周作人出来做了一则评论，说得甚好："《沉沦》是一件艺术品，但它是'受戒者的文学'，而非一般人的读物；凡懂得人生之严肃者，受过人生的密戒，有他的光与影的性的生活的人，自能从这书里得到稀有的力。"

《沉沦》文本中那个饱受性压抑苦闷的青年在真实生活中的影子正是作者——郁达夫。主人公"他"在日本作为弱国子民的表层苦闷已然过去，但那深层的性苦闷与性之追求的永难满足，非但没有过去，还有"于今为烈"之势，因为这就是生之内核，这就是横亘古今、恒久真实的人性，这就是人生充盈的悲悯关怀！

有人考证，郁达夫的《水样的春愁——自传之四》和《自述诗》写的就是自己的真实生活。当他十三岁还在富阳高等小学堂读书期间，性意识就开始萌动，与比邻的"赵家少女"有过一段"水样的春愁"的初恋之情。这种同水一样的淡淡的春愁，竟扰乱了他两年的童心。及至后来"赵家少女"订婚，他还深深懊丧自己失去了良机。

大约在同一时期，他还与"倩儿"等两位姑娘有过类似的恋情。

郁达夫在日本留学期间，又曾经与后藤隆子、田梅野、玉儿等人产生过恋情。后藤隆子被郁达夫昵称为"隆儿"，是郁达夫下宿处附近的"小家女"。郁达夫每次从学校到市上（日语词汇，意为"街上"）去，都要从她家旁边经过，遂产生情愫，并为她写下了四首诗；田梅野是名古屋旅馆的侍者，郁达夫与她交往数月，同样也为她写有诗词；玉儿也是侍女，郁达夫为她所写的情诗"玉儿看病胭脂淡，瘦损东风一夜花，钟定月沉人不语，两行清泪落琵琶"至今为人称道。

因为过早的性意识觉醒，郁达夫的心理冲动和精神压抑方面达到了紧张的极致。在中国这样古老的国度里，性意识的过早觉醒无疑会产生比一般人更多的压抑与苦闷情绪。郁达夫与各种女人有染，甚至去嫖妓，都是精神压抑、濒临崩溃的表现。每一次情感的出轨虽然得到一时麻醉式的快乐，但每一次的最终结果都是更深的伤痛和更多的懊恼。

上帝在哪里？唯一能够拯救个人的只有自己。只有将自己的苦痛置于国家的时代背景中，你才能忘记个人的悸痛，才能奋发向上，实现精神的超越。

《沉沦》是郁达夫自我追求的积极尝试。主人公"他"是一个日本留学生，因为追求自由和个性解放，反抗封建专制，被学校开除，因而为社会所不容。他以青年人所特有的热情渴望来追求真挚的友谊与纯洁爱情，但受到"弱国子民"身份的拖累，这种热情受到侮辱和嘲弄，他在异国他乡倍感孤独和空虚，成了"忧郁症"的患者。

小说一开头就写得十分冷峻："他近来觉得孤冷得可怜。他的早熟的性情，竟把他挤到与世人绝不相容的境地去，世人与他的中间介在的那一道屏障，愈筑愈高了。"

他追求个性的解放，追求纯真的爱情，认为这是天经地义的事。可世俗的压力使他的希望一次次破灭。在绝望中，他仍然呼喊着爱情，呼喊着为了爱可以献出一切的高尚誓言。

小说中有一段主人公的心灵独白振聋发聩：

"我真还不如变了矿物质的好，我大约没有开花的日子了。"

"知识我也不要，名誉我也不要，我只要一个安慰我体谅我的'心'。一副白热的心肠！从这一副心肠里生出来的同情！从同情而来的爱情！"

"我所要求的就是爱情！"

"若有一个美人，能理解我的苦楚，她要我死，我也肯的。"

"若有一个妇人，无论她是美是丑，能真心真意地爱我，我也愿意为她死的。"

"我所要求的就是异性的爱情！"

换句话说，主人公"他"不甘沉沦，但在追求不到的时候，他无可奈何且不可自拔地沉沦下去。在彷徨失措中，他来到酒馆妓院，毁掉了自己纯洁的情操。事情过后又自悔自伤，感到前途迷惘，绝望中投海自杀。他在异国的遭遇，与祖国民族的命运密切相连，因而主人公在自杀前，悲愤地对着当时的社会环境大声疾呼："祖国呀祖国！我的死是你害我的！你快富起来，强起来罢！你还有许多儿女在那里受苦呢！"

小说文本强烈地表达了一代青年要求自由解放、渴望祖国富强的心声。在处于半封建半殖民地屈辱地位的中国青年中引起同病相怜的强烈共鸣。可以说，郁达夫的《沉沦》刺痛了无数有志青年的心，激发了他们的爱国斗志，吹响了东方睡狮的号角——

> 如果你不想死，你就站起来！
>
> 如果你不想死，你就要战斗！
>
> 如果你不想死，你就要强大！

七、与刘海粟：松竹梅花各耐寒

艺术大师刘海粟与郁达夫有过一段深厚的友谊。刘海粟于 1939 年 12 月 11 日乘"芝巴德"号到达巴达维雅（现在的雅加达），在印度尼西亚办了一年画展，义卖收入超过 30 万盾，全部寄回贵州红十字会转给前方抗日将士。

当时，郁达夫在新加坡编辑《星洲日报》并主持"晨星"副刊，写信请刘海粟去，并告诉他新加坡抗日气氛很浓，很适合搞赈灾画展。

于是，刘海粟于 1940 年 12 月 21 日赴新加坡。

一个月后的一个晚上，郁达夫告诉刘海粟说，上海已完全沦陷了，刘海粟非常震惊。

刘海粟说："我真想扛上枪同日本鬼子拼个你死我活。"

郁达夫安慰他说："艺术家以艺术报国，不扛枪也是抗日，你在南洋为抗日奔走筹赈，这和扛枪没有两样。"

为了促使刘海粟画展成功，郁达夫在《星洲日报》上出版了一个专号，先是发表他人文章，高度评价刘海粟"把力量贡献给国家"的精神，接着他自己撰写了《刘海粟大师星华双赈画展目录序》，发表在 2 月 6 日的《星洲日报》上，指出："在此地值得提出来一说的，倒是艺术家当处到像目下这样的国族危机严重的关头，是不是应丢去了本行的艺术，而去握手榴弹，执枪杆，直接和敌人死拼，才能说对得起祖国与同胞这问题。爱国两字的具体化，是否是要出于直接行动的一条路？……我们只要有决心，有技艺，则无论何人，在无论何地，做无论什么事情，只要这事情有一点效力发生，能间接地推动抗战，增强国家民族的元气与声誉，都可以说是已尽了他报国的义务……从这样的观点来着眼，则艺术大师刘海粟氏，此次南来，游荷属一年，为国家筹得赈款达数百万元，是实实在在，已经很有效地，尽了他报国的责任了。"

郁达夫还以"永久的生命"五个字"奉献刘教授，作为祝教授这次画展开幕的礼品"。

刘海粟新加坡画展就是在"爱国报国"这种基调上进行的。

画展于2月23日在新加坡总中华商会开幕，爱国侨领陈嘉庚主持开幕式，郁达夫、胡载坤等人出席。原定半个月的展期后来又延长了5天，义卖收入两万多元。

刘海粟在一次讲演中大声疾呼："吾人论人格，不以人为标准，以气节为标准。不论何人，凡背叛民族，不爱国家者，必须反对。气节乃中国人之传统精神！唯有气节，始能临大节而不可夺……有伟大之人格，然后有伟大之艺术。一个国家或民族，其人民如有不屈之人格与丰富之智慧，必能创造一切，必能强盛。"

这样的演说真是扣人心弦，引起听众强烈的情感共鸣。

郁达夫非常赞赏刘海粟的坚强个性和民族气节。

1941年12月8日傍晚（当地时间为12月7日清晨），也就是日军偷袭珍珠港的当天，太平洋战争爆发，郁达夫急忙赶来找到刘海粟，告诉他战局紧张，希望他赶快离开。

临别时，他写了一首诗赠刘海粟："生同小草思酬国，志切狂夫敢忆家。张禄有心逃魏辱，文姬无奈咽胡笳。"

真没想到，这一别就是两位大师的永别。

多年以后，当刘海粟获悉郁达夫牺牲时，他几乎不敢相信。当晚，他满含深情地写了一篇悼文，现摘录如下：

郁达夫，这个其貌不扬的男子，毫不遮掩自己的性与情，真真实实地记下了"爱而得之"的欣喜癫狂，也记下了"爱而不得"的搔首踟蹰。因为真实所以他找到了人性的真谛，由纷纭芜杂的生活表面走进了永恒。八十年了，几代人都有喜欢谈论他的。今天的时尚男女，困惑于情感者，有时便叩问到他。而我们的达夫，真的是我们给他设定的红尘中情感男人的面目么？

达夫笔下的一些人物，记录了"五四"以后某些青年的精神状态，作为思想史上的标本，也很难磨灭。辛亥革命在这些人的记忆中淡化了，而革命的不彻底、封建势力的顽固、人民的不幸、科学的落后、祖国国际地位的低下，又迫使他们带着淡淡的哀愁长大。

达夫亲口告诉我："我在日本看过将近千册英文、德文、日文小说。"他的阅读速度和理解能力，在我的同时代人中属于罕见，一晚上看一两本小说，在谦谨温和的达夫，是常有的事情。

他喜爱从普希金到蒲宁笔下一百年间活跃于俄罗斯文学画廊上的"多余的人"，但他写的只是中国泥土里生长出来的一切。

颓废历来含有贬义。你不喜欢谁，就把这个咒语加给谁。但达夫是以颓废自命的，在他的文中，颓废是一种纯美。西方文艺一直以来就有这个情结。古希腊太远了，不说也罢，我们只记住那朵著名的水仙（Narcissus），美少年那喀索斯的自恋就可以了。近代，从佩特、王尔德、比亚兹莱，再到永井荷风、佐藤春夫，达夫的精神有一部分是从这一路来的。今天，当历史之尘埃落定，我们感谢达夫在时代的喧嚣中，为我们留下了一缕淡定的唯美，一缕温醇的浪漫。

不过，达夫小说亦非一贯颓废。渐近中年，旧式文人的风雅气在他身上越来越浓，小说人物也由挣扎于生之苦闷中的青年，换成了隐逸而自乐的绅士。如果照此发展下去，达夫小说将无异于旧时的才情小说，其寄意亦无足称道了。

抗战时期，郁达夫身在南洋，用一支雄健之笔纵论世界大势，揭露日寇罪行，鼓舞军民士气。身在重庆的作家，反而热衷于窝里斗，不如他这般振作。我们的达夫啊，他心中也有创伤，但他像荒野之狼一样，默默地舐干伤口，以命悬一线的民族国家为重。王映霞那时已脱离达夫归许绍棣。1941 年郁达夫在新加坡再度遇到徐悲鸿，而此时蒋碧薇也已脱离徐悲鸿归张道藩。一个作家，一个画家，这两个丢了自己另一半的人相聚，该是一番什么样的滋味在心头？

他们在情场上斗不过国民党的厅长和部长，两腔愤情，却只能四目相望，无语凝噎。达夫有诗鼓励彼此，云："各记兴亡家国恨，悲鸿作画我作诗。"

谈及与郁达夫二十多年的交往以及最后的赠诗，刘海粟情绪激动，悲痛之情难以自抑，他说——

　　我觉得这是达夫心中流出的最佳诗作，听来感人肺腑。难兄难弟，相对无言。谦和质朴的达夫，眉宇间现出平时罕见的金刚怒目之气，从鼻翼到嘴角边的长纹变得坚韧了。我推想：诗人在夜色的环抱中走向永生的时刻，脸上也是这样的表情。我们长时间地握着手，良久，泪花涌出他的眼眶，巨大的热力从他的臂膀流入我的全身，血像汽油碰上火种。是夜，我和诸友合作，画了一张《松竹梅石图》，他奋笔写上一绝——

　　　　松竹梅花各耐寒，心坚如石此盟磐。
　　　　首阳薇蕨钟山菽，不信人间一饱难。

此诗痛快沉着，托物明志，朗润含蓄，其信念之坚强，更在豪迈之外，可以代表他晚年诗风的一斑。这样的诗对斯时斯境中的同胞，是启悟的晨钟、进军的战鼓，诗人成了爱国同胞的代言人。面对大海，遥望故国，这庄严的誓词，响彻云霄……

八、郁达夫之死

那是一个恐怖的夜晚，更是一个无耻的夜晚。

那晚的风是黑的，那晚的月是黄的，那晚的狗吠是带血的。

1945年8月29日晚上八点多钟，郁达夫正在家中和三位华侨闲谈。这时，一个讲印度尼西亚语的青年进门来，说有事请郁达夫出去商谈一下。

郁达夫随青年出去了几分钟，又回来对客人们说："我出去一下就回来，你们请坐一下。"

善良的人们谁也没有想到，郁达夫出去后再也没有回来。

当天晚上，郁达夫走出家门后，刚到一个拐角处，突然被几个荷枪实弹的日本宪兵抓住。

宪兵班长一挥手，这伙歹徒捂住郁达夫的嘴巴，然后用力塞进一辆停放在路边的吉普车，扬长而去。

很显然，这是一次有预谋的绑架。

日本人为什么会对郁达夫恨之入骨呢？这要从郁达夫长期以来的爱国热情说起。

郁达夫从小饱受饥饿之痛，长大后，他接受进步思想，对掠夺资本的商人十分憎恨。

1921年的夏天，郁达夫与郭沫若等人在上海办刊。

有一天晚上，郭沫若和郁达夫一同到四马路的泰东书局去，顺便问了一下在5月1日出版的《创造季刊》创刊号的销路怎样。

书局经理很冷淡地答道："二千本书只销掉一千五。"

两人一听，顿时生出无限的伤感，立即由书局退出，在四马路上接连饮了三家酒店。在最后一家，酒瓶摆满了一个方桌，但也并没有醉到泥烂的程度。

在月光下，两人手牵着手走回哈同路（今铜仁路）的民厚南里。在那平滑如砥的静安寺路上，时有兜风汽车飞驰而过。

突然，郁达夫跑向街心，向着一辆飞来的汽车，以手指比成手枪的造型，大呼着："我要枪毙你们这些资本家！"

在郁达夫的意识中，似乎他的钱都是被这些强盗抢走的。在日本留学期间，他经常受到日本人的嘲笑和冷遇，内心的郁闷到达极点。所以，他一毕业立即回国，并在小说《沉沦》中赤裸裸地展出自己作为"弱国弱民"的隐忍和伤痛。

日本侵略中国后，郁达夫无比愤怒，只要一提到"日本"二字，他就有一种抑制不住的反感。有一次，他在福建同日本人松永一起吃饭，当着众人的面，在席上痛斥日本军国主义者不该侵略中国，正气凛然，令人震惊。

漂泊异乡，郁达夫对日本人的憎恨有增无减。

有一天晚上，刘海粟和郁达夫躺在新加坡期颐园中的草地上，碧天如水，寒月如霜，这时天上一颗亮星拖着火光刺眼的尾巴，在远远的树梢后陨落了。

郁达夫触景生情地说："海粟兄！那不是徐志摩吗？多么有才华的诗人，英年早殇，千古同悲！"

两人随即谈及时局。郁达夫忽地愤然跃起，带着人之子的柔情，仰天喃喃地说："海粟！万一敌军侵入新加坡，我们要宁死不屈，不能丧失炎黄子孙的气节，做不成文天祥、陆秀夫，也要做伯夷叔齐！"

由于工作的需要，郁达夫虽然以一个酿酒厂老板的身份立世，平时家中自然备有各种各样的藏酒，但他十分克制，从没有酗酒误事。他善于结交朋友，朋友中，除了当地的华侨、华人和印度尼西亚人外，甚至还有日本人。

但是，每当有日本宪兵到家里来做客并要酒喝时，郁达夫总是叫妻子拿出专门为日本人准备的酒，并一再劝他们酒，直到他们喝到九分醉意才罢休，而郁达夫本人却不怎么喝，等到日本宪兵一离去他才情不自禁愤恨地说："让这种高酒精度酒慢慢毒死这些狗东西！"

对于这种"反日死硬分子"，日本人怎会轻易放过？

尽管郁达夫严密保护自己，但不幸的是，他还是在流亡途中暴露出自己会说日语的秘密，结果被驻扎在巴爷公务的日本宪兵队强行叫去当了七八个月的翻译。在翻译的过程中，郁达夫常常将语句故意弄错，日本人被弄得一头雾水。当最终弄清是怎么回事而去怒骂郁达夫时，他便以"日文不精通"为由搪塞。次数多了，日本人信以为真，便不要他再作翻译，放他回去。

虽然在苏门答腊华侨中没人认识郁达夫，可是日本宪兵部一刻也没放松对他的搜寻。就在郁达夫经营酿酒厂后的第二年，一位名叫洪根培的熟人来到巴爷公务的日本宪兵队。他曾委托郁达夫做媒人，被郁达夫拒绝了，从此怀恨在心，他从日本翻译本上的记录中发现了郁达夫的名字，便立即向日本宪兵告发了郁达夫的真实身份。

很快，残忍的夺命剑在不知不觉中直逼郁达夫的喉咙。

日本宪兵绑架郁达夫后，审讯了大半夜，没有捞到任何有价值的东西。丧心病狂的宪兵队长下达了"死亡令"。他们于9月17日对郁达夫实行就地处决，采取的方式不是枪毙，也不是别的什么刑法，而是"掐杀"——用手活活掐死！

郁达夫遇害后，他的尸体被日本人抛到了一个悬崖下，那里江水滔滔，秃鹫乱飞。

也许有一点心电感应，就在郁达夫灵魂升天后的几个小时，何丽有腹中的孩子迫不及待地降生了。这个后来名为"何美兰"的女孩在一篇回忆郁达夫的文章中这样写道：

> 我是在父亲"失踪"（被日本法西斯从家里骗出去暗杀）那晚的

翌日凌晨呱呱落地的，只差几小时没能与父亲见面……

母亲回忆说，当时她只感到无比感动和自豪，觉得父亲这个文弱"读书匠"还是个有血气的人，非常了不起呢！父亲在那种条件下，是用他自己的独特方式来反抗日本法西斯。

当父亲"失踪"后，竟有许许多多母亲认识或不认识的朋友来看望，并给母亲送钱、送东西等等，这些小事对刚刚经历了分娩和失去丈夫痛苦的母亲来说，是一种多么巨大的安慰啊！父亲的为人处世，还让母亲、哥哥（长我一岁）和我这孤儿寡母的生活，在父亲"失踪"后的许多年月里，都能不断得到当地华侨华人，甚至印尼当地朋友的关心和资助。若父亲在天有灵的话，也该感到欣慰了。

1952年12月，中华人民共和国政府追认郁达夫为革命烈士。

记得，在郁达夫殉难55周年前夕，上海《文汇报》曾连续刊发郁达夫先生遗骨下落的消息，牵动了海内外华人子孙的心。

不久，印度洋发生大海啸，郁达夫殉难地正是海啸中心区，海水会不会淹到那里？有细心的读者赶忙去查资料，还好，那里是海拔五百多米的高原盆地。有一座近3000米海拔的默拉皮火山，在巴爷公国南端，那是郁达夫日日都要眺望的活火山。2021年2月19日，它又一次大喷发，报纸上登出了《印尼默拉皮火山爆发》的大幅彩色图片。滚滚烟尘如排排巨浪冲向蓝天，地面热带树木和房屋也都变成了暗绿色。大家觉得这色调火烈、悲抑、沉重、忧郁，似冥冥之中与郁达夫的心意相通。

大家相信，郁达夫的遗骨还在那个南洋孤岛上。

那里，天地悠悠，白鹭翻跹。

谁敢说，这白鹭不是郁达夫望乡的魂灵？

第七章

徐志摩：

在火焰里飞翔的诗人

　　真的不忍再一次揭开这个伤疤，这个殷红的埋在心底许久的伤疤。这个人，是一粒种在中国现代诗坛上最令人相思的红豆，于我的心灵，其实就是一个永远无法消除的伤疤啊。

> 琴弦与短笛的和声，让你
>
> 在一朵花里看见月亮
>
> 那梦的水晶和少女的初恋
>
> 藏在一本黛色封面的书中
>
> 这美艳，透明的花朵
>
> 羸弱得像一声道别

——芳竹《黄玫瑰》

一、少年壮志当拿云

真的不忍再一次揭开这个伤疤，这个殷红的、埋在心底许久的伤疤。

不管是有意还是无意，只要想起这个人的名字，只要谈及这个人的故事，只要阅读这个人的诗文，我就看到一种撕裂的疼向我逼来，看到春天里的雨水为何下得没完没了，看到那个为爱而生的人在充满苔藓的小巷里闪动着悠长而又清瘦的背影。他是在寻找诗句，寻找浪漫，寻找自由，寻找爱情，还是在寻那一滴流了一万年仍然还在流淌的伤心的泪？

徐志摩，这粒种在中国现代诗坛上最令人相思的红豆，于我的心灵，其实就是一个永远无法消除的伤疤啊。

许多人忘不了徐志摩，是因为他那短暂而又颇富传奇色彩的人生经历：他生于富商之家，不继承父业却成了诗人；放弃唾手可得的经济学博士学位而离美赴英；一生谢绝旧政府的邀请不愿当官，却与平民百姓交好甚至与乞丐做朋友；家中有楼房他不要住，偏要到穷山僻野的寺院中去住；与原配夫人张幼仪合不来而与梁启超的儿媳林徽因成为莫逆……凡此种种，和他的传世作品一起，给后世留下许多悬念。

特别是以他的三角恋为题材的电视剧《人间四月天》上映后，人们津津乐道的是他的才情、他的挥霍、他的隐私、他的风流、他的轻浮以及他的不负责，如此等等。

可是，徐志摩的心有多少人懂得？

徐志摩的奇志有多少人清楚？

徐志摩的抑郁有多少人明了？

少年的李白曾把壮志当拿云，他自信"天生我材必有用""长风破浪会有时"，他以大鹏自居，用青莲为名，才高八斗，心雄万夫。徐志摩虽然没有李白的大气与豪迈，但他的率真，他的脱俗，他的潇洒完全可以与李白一比。

尤其重要的是，徐志摩少年也有凌云壮志和鸿鹄之心，愿意为国赴难，战死沙场，其忧国爱民之情令人感慨。

但这一点，恰恰被许多人忽略了。

徐志摩 1897 年 1 月 15 日出生在浙江省海宁县（今海宁市）硖石镇，按族谱排列，取名徐章垿，因父名申如，故有小字又申。成年后作文，笔名有南湖、诗哲、海谷、谷、大兵、云中鹤、仙鹤、删我、心手、黄狗、谔谔等。

据传，"志摩"二字是在 1918 年去美国留学时他父亲给另取的名字。说是小时，有一个名叫志恢的和尚，替他摩过头，并预言"此人将来必成大器"，其父望子成龙心切，即替他更改此名。

作为徐家的长孙独子，徐志摩自小过着舒适优裕的公子哥儿的生活。小时在家塾读书，天资聪慧，十一岁时，进硖石开智学堂，师从张树森老先生，打下了古文功底，成绩总是全班第一。

1910 年，徐志摩满十四岁时，初次离开家乡，来到杭州。经表叔沈钧儒介绍，考入杭州府中学堂（1913 年改称浙江一中），与郁达夫同班，两人由此结下深厚友谊。

少年时代的徐志摩爱好文学，关注社稷民生，曾在校刊《友声》第一期上发表论文《论小说与社会之关系》，认为小说裨益于社会，"宜竭力提倡之"，这是他一生的第一篇作品。同时，他对科学也有浓烈的兴趣，并发表过《镭锭与地球之历史》等文章。

值得一提的是，徐志摩于杭州求学之初，正是革命先驱孙中山先生为了推翻封建帝制而发动的民主革命战争达到高潮的时候。1911 年 4 月，由黄兴直接指挥的军事行动不幸失败，黄花岗七十二烈士壮烈牺牲。

徐志摩从报上得知革命军受挫失败时悲痛万分，他在日记中说："不禁为我义气之同胞哭，为全国同胞悲痛"，深叹"革命军羽翼之已成，而中道摧阻"。

大约有半个月的时间，徐志摩寝食不安，无心上课，他多次独自去西湖之滨凭吊岳飞墓，回来后在日记中默写了岳飞的《满江红》，悲愤激昂，热泪盈眶，其赤子之情难能可贵。

徐志摩的堂侄徐炎先生曾在一篇文章中写道："此时，他对自己悠闲的学生生活很感不安，恨不得投笔从戎，为民主自由去献身，去战死在沙场上。风有所闻，月有所明，这风声就是这次革命失败的消息，这月色就是当时中华民族的命运，他的爱国爱民之心，就这样清楚地袒露在人民面前，把满腔的赤诚化成如火诗篇。"

诚然，康桥的环境催发了他的灵感，也成就了他的诗名。但是论诗情，早在他念中学时就萌芽了。《感时》应该是最好的证明，该诗用白话自由地"分行的抒写"，已使它从旧诗的格律中脱胎而出，以一种新颖的体裁问世：

> 进进进／家破国亡不堪问／生斯世兮男儿幸／手执大刀兮誓将敌杀尽／尽尽尽／也难消扬州十日嘉定屠城恨／进进进／／追追追／血溅战衣金刀挥／头可断兮决不归／誓将江山一鼓夺回／／死死死／不死疆场男儿耻／抛却美妻及爱子／披衣上马去如矢／不得自由毋宁死／死

死死。

该诗虽然幼稚，却是真情的喷发，是性灵的倾诉，为了将内心炽热的感受一股脑儿地倾吐出来，徐志摩自然而然地采用了通俗易懂的抒情方式。该诗在叠字、环韵和句式等方面，几乎与他后来写成的许多诗歌如出一辙，是独一的，徐志摩式的。

"诗言志""志为心声"。从徐志摩最初的诗歌中，透过呐喊和血泪，我们感受到一腔奔腾的激情，触摸到一个火热的灵魂。

二、爱的伤痛

问世间，情为何物？千百年来，一个"情"字困惑了多少人！

千山暮雪，为谁留影？千百年来，一个"爱"字又招了多少恨！

为情者，被情所累；

为爱者，因爱而伤。

"淡烟一束归山水，飘摇直去追明月。"这境界，这情趣，又有多少人能够了悟？

徐志摩是诗人，诗人之情、诗人之爱又比常人更为丰富细腻，其追情之路、求爱之途也更为崎岖险峻，特别是在那个连古老的月亮都包裹得严严密密的封建年代，"媒妁之命，受之于父母"，徐志摩的求爱之途的险峻就尤为突出，徐志摩的这种追求也就尤为令人动容了。

1915年夏，徐志摩从浙江一中毕业，刚刚考入上海浸信会学院暨神学院（沪江大学前身），就在同年十月，徐志摩即由家庭包办，十二分不情愿地与上海宝山县罗店巨富张润之的女儿张幼仪结了婚。

记得第一次见到张幼仪的照片时，徐志摩便嘴角往下一撇，用嫌弃的口吻不客气地冒出一句："乡下土包子！"

徐志摩此说实不厚道，张幼仪出身书香门第，兄弟姐妹个个不同凡响。别的不说，一个兄长张君劢，其国学大师的学识和涵养恐怕是徐志摩一辈子都难以望其项背的。不过，这从一个侧面反映出徐志摩对这场婚姻的不满和反感。

但父亲徐申如并不在意儿子的感受。因为那时，所有的婚姻都是父母说了算的。徐申如看中的人选，徐志摩还能说什么呢？什么情，什么爱，结婚在一起，有儿有女了，没有情的也有情了，没有爱的也有爱了。这就是徐申如的爱情观。

然而，时代毕竟在往前走。徐志摩跑得尤其快。

由于没有爱情的基础，婚后徐志摩从没有正眼看过张幼仪。按照几十年后张幼仪自己的说法，徐志摩"除了履行最基本的婚姻义务之外，对我不理不睬。就连履行婚姻义务这种事，他也只是遵从父母抱孙子的愿望罢了"。

好在张幼仪是个真正的贤妻良母，耐得住寂寞，有着传统的价值观和道德观。对于丈夫对自己的冷淡，起初，她并不太在意。她喜欢回想在硖石时的情景："当日子一天天变暖，附近的西湖出现第一只游船后，我们就会换上轻薄丝绸衫或棉纱服，佣人也会拿来一堆家人在夏天期间用来纳凉的扇子；在他的托盘里摆着牛角、象牙、珍珠和檀木折扇，还有专给男士用的九骨、十六骨或二十四骨的扇子，因为女士从不使用少于三十根扇骨的扇子。有的扇面题了著名的对子，有的画着鸟、树、仕女等。"

让张幼仪在烟雨迷离的回忆里一天天冷寂吧；

让张幼仪在望眼欲穿的等待里一天天老去吧。

徐志摩管不了那么多，他的方向在北，他的志趣在远方。因此，1916年秋，生性好动的徐志摩并没有安心念完浸信会学院的课程，他离沪北上，到天津的北洋大学的预科攻读法科。

第二年，北洋大学法科并入北京大学，徐志摩也随即转入北大就读。

北大因此多了一份诗意；

徐志摩因此多了一份深沉。

在北大上学的两年里，徐志摩的生活增添了新的内容，他的思想注入了新的元素，他的境界有了更高的升华。在这高等学府里，他如饥似渴，不仅钻研法学，而且攻读日文、法文及政治学，并涉猎中外文学，从而再一次燃起他对文学的兴趣。

徐志摩全身心投入学习，俨然忘记了家中的妻子。

真的忘记了吗？似乎没有。那是徐志摩的心病，他不愿去碰，不愿去想。但是，当他真正需要的时候，他就写信去求助。这一时期他广交朋友，结识名流，但远远不够，他崇拜梁启超，希望通过张幼仪游说其兄长张君劢、张公权（嘉璈）等人，经他们的推介，从而实现拜梁启超为师的愿望。

被志摩讥为"乡下土包子"的张幼仪果然成全了他，兴高采烈的徐志摩还举行了隆重的拜师大礼。梁启超扶起这个后来让他操心不已的弟子，只微笑着说了一句："老夫对你只有一个希望：学识与人品应合而为一。"

这一句原本是套话，却恰恰点中了徐志摩的穴位。日后，梁启超最感恼火和痛心的就是志摩的"人品"。想想也真是，徐志摩不仅要争夺他看中的儿媳妇林徽因，而且听不进他的忠告，执意要做"第三者"，并与陆小曼再婚。这是后话，暂时搁下。

客观地说，梁启超对徐志摩一生的影响是最大的，他在徐志摩心目中的地位也是举足轻重的。至于徐志摩与梁启超的思想差别和精神品位大异其趣，那又另当别论。

1918 年 8 月 14 日，徐志摩怀着"善用其所学，以利导我国家"（《启行赴美文》）的爱国热情，离开北大，从上海启程赴美国留学。

留学第一年，徐志摩进的是美国乌斯特的克拉克大学历史系，但他选读了社会学、经济学等课程，以期将来做一个中国式的"汉密尔顿"。徐志摩基础很好，加之勤奋好学，入学十个月即告毕业，不仅获得学士学位，还赢得一等荣誉奖，这在当时是十分难得的。

但徐志摩并不以此为满足，当年又转入纽约的哥伦比亚大学研究院，进的是经济系。在这里，他获得了广泛的哲学思想和政治、经济学的知识，大大开阔了眼界。

是年，国内风起云涌的五四运动浪潮也辗转波及了远隔重洋的美国，在中国留学生中引起强烈反响，徐志摩也为爱国心所驱使，参加了当地留学生所组织的各种爱国活动，努力接受进步思想的熏陶，并经常阅读《新青年》《新潮》等杂志，同时，他的学习兴趣，也逐渐由政治转向文学，最终获得了文学硕士学位。

正如后来有人指出的那样，徐志摩在美国待了两年，他对美国资本主义社会资产阶级掠夺的疯狂性、贪婪性，讲求物质利益感到厌倦，加之他受到英国哲学家罗素的吸引，终于"摆脱"了导师的好意规劝和哥伦比亚大学的博士头衔的引诱，买舟横渡大西洋。

不料，罗素个人生活发生意外的变故，致使徐志摩不曾实现跟随罗素从学的夙愿，结果"在伦敦政治经济学院里混了半年"。

当他正感觉烦闷、想换条路行走的时候，徐志摩在一次聚会中结识了林长民及其女儿林徽因，并由林长民介绍，有幸认识了英国著名作家高斯华绥·狄更生。

不久，由于狄更生的强力介绍和推荐，徐志摩以"特别生"的资格直接进入康桥大学（今剑桥大学）皇家学院。

徐志摩在英国也住了两年。在英国，尤其是在康桥的这段生活，对他的一生有着深刻的影响，可以说，是他思想发展和精神升腾的转折点。在康桥，他深深感到"大自然的优美，宁静，调谐在这星光与波光的默契中不期然地淹入了你的性灵"，康桥的环境，不仅促成并形成了他的社会观和人生观，同时也拨动了他更为强烈的求知欲，直接触发了他创作的意念，他开始翻译文学著作，进而转向了新诗创作。

但婚姻是一道伤口，并不因疯狂的学习而淡忘。相反，夜深人静的时候，那一道伤口总是连接带血的神经，一拉就痛。

徐志摩像天穹下的那一弯残月，虽然明亮，却更加消瘦了。

三、异乡的月寂寞得发红

其实，消瘦的月何止停在徐志摩的头顶？

对张幼仪而言，她的那轮残月像一柄镰刀：清峻，隐忍，寂寞得发红。

1920 年的秋天，望穿秋水的张幼仪终于等来了徐志摩的一封信，希望她出国与之团聚。其实，这封信是徐志摩应有恩于己的张君劢之请而写的。看到妹妹独守空房，结婚就像守活寡，张君劢看了很不爽，于是忍不住写了一封信去，提醒他"不要只顾自己忙碌，忘了家中应有的责任"。信中还委婉地告诉徐志摩，恩师梁启超也很关心他的生活。因此，按照礼仪，他应当给自己的父亲写一封信，提出让妻子前去伴读。

一有张君劢之信，二有梁启超之威，三有张幼仪之责，在此情势下，徐志摩没有理由不让自己的妻子出国。

换句话说，并不是徐志摩个人的意愿要让张幼仪去的，而是娘家和婆家要送她去的。而公婆送她出去的理由，也是提醒徐志摩对家里应尽的责任。这是许多年以后，张幼仪本人对此事的解释。

就这样，1920 年冬天，经过三个星期的颠簸，张幼仪乘坐的轮船终于驶进了马赛港的码头，刻骨铭心的感受历历在目："我斜倚着尾甲板，不耐烦地等着上岸，然后看到徐志摩站在东张西望的人群里。就在这时候，我的心凉了一大截。他穿着一件瘦长的黑色毛大衣，脖子上围着条白丝巾。虽然我从没看过他穿西装的样子，可是我晓得那是他。他的态度我一眼就看得出来，不会搞错，因为他是那堆接船的人中唯一露出不想到那儿的表情的人。"

分隔数年，两人在异国他乡的重逢，并没有常人应有的兴奋和激动。相反，一切都是那样的冷淡，冷淡得有点叫人恶心。在不久后由巴黎飞往伦敦的飞机上，张幼仪因晕机而呕吐，徐志摩把头撇过去，残忍地说："你真是乡下土包子！"

可是，话才说完没多久，徐志摩自己也吐了。

张幼仪于是不甘示弱，轻声脱口说："我看你也是个乡下土包子。"

徐志摩讶异地望了张幼仪一眼，清瘦的脸更加显得苍白。想起在异国他乡的打拼一定不易，善良的张幼仪觉得不应该同徐志摩计较，她不是来吵架的，她是来帮助徐志摩的。于是，她柔情地抓住丈夫的手，轻轻地说："对不起，我不应该赌气。"

"哼！"徐志摩把手抽出来，把头望着白茫茫的舷舱外。

随后，他们搬到一个叫作沙士顿的小镇，租了一栋有两个卧室和一个客厅的小屋，从客厅的大玻璃窗可以俯视到满是灰沙的小路，沿着那条小路到康桥大学大约只有六里远。徐志摩就要在这所大学的皇家学院当文科特别选科生。狄更生已经帮徐志摩打点好学校里的一切。

起初，徐志摩请了个女老师来家里教张幼仪学习英文，但半途而废。因为初来乍到，要做的事太多，在国内有仆人侍候，但这里的一切都要靠自己打理，包括买东西、打扫内外，还要料理一日三餐。真难为了张幼仪，但她做得还不错。

不久，张幼仪发现自己怀孕了，当她把这个好消息告诉徐志摩时，没想到他一听便断然地说："把孩子打掉。"

那年月打胎是很危险的，国外的医院根本没有这一项业务。

张幼仪伤心地说："我听说有人因为打胎死掉的。"

"哼，那又怎样？"徐志摩仍然冷冰冰地说，"还有人因为坐火车死掉的呢，难道你看到人家就不坐火车了吗？"

这句话像一根针，刺得张幼仪的眼泪直在眼眶里转。

但坚强的张幼仪咬着唇，终于忍住没让眼泪流下来。她轻轻走出了房屋。那晚，她发现窗外的月亮格外白，白得就像家乡的一只藕。

徐志摩沉浸在自己的天地里。他似乎没有"家"的概念，想回就回，想走就走，好像妻子不在那儿似的。多数情况下，他总是回家吃午饭和晚饭，也许是因为太穷了吧，他对吃什么，并不在乎！如果饭菜好吃，他一句话都不讲；要是饭菜不好吃，他也不发表意见。

丈夫的这种态度，令张幼仪十分苦闷。她想："我毕竟人在西方，我可以读书求学，想办法变成饱学之士，可是我没法子让徐志摩了解我是谁，他根本不和我说话。在国内时，我和我的兄弟可以无话不谈，他们也和徐志摩一样博学多闻，可是我和自己的丈夫在一起的时候，他总是说：'你懂什么？'或者就是：'你能说什么？'"

那段日子，徐志摩骑着自行车往返于沙士顿火车站和康桥之间，有时候乘公共汽车去校园。就算不去康桥，他每天早上也会冲出去理发，张幼仪完全不能理解他的这个习惯，觉得他大可以简简单单在家修剪头发，把那笔钱省下来，因为她好像老在等着徐家老爷寄支票来。可是，徐志摩还是我行我素，做了好多令人无法想象的事情。

有天早上，徐志摩起来突然宣布："今天晚上家里要来个客人，她是从爱丁堡大学来的一个朋友，我要带她到康桥逛逛，然后带她回来和我一道吃晚饭。"

家里从没来过客人，所以张幼仪很惊讶，但她只是对徐志摩点了点头，问他想要什么时间开饭。他说了句："早一点吧。"

张幼仪说："五点吃饭，怎么样？"

徐志摩说："好。"然后匆匆忙忙理发去了。

直到许久以后，张幼仪才知道，徐志摩每天出去理发，只因理发店前有一个信箱，那里有他女朋友寄来的英文信。

为了迎接那个名叫"明姑娘"的客人，张幼仪一整天都在打扫、买菜、准备晚饭，脑子里冒出一些奇奇怪怪的念头。比如，这个"明姑娘"是不是徐志摩准备娶来当二太太的？

在张幼仪看来，徐志摩要她们两个女人碰面这件事情，给了她这样的暗示："明姑娘"不光是他的女朋友，而且很有可能变成他第二个太太，然后，他们三人将会在这异国他乡同住在一个屋檐下。梁启超的小太太就是他在日本求学的时候嫁进他家的，徐志摩要步老师的后尘，可以如法炮制。

张幼仪心乱乱的，老在想这个"明姑娘"究竟是一个什么样的女子？

"明姑娘"如期而来。她非常努力想表现得洋里洋气，头发剪得短短的，搽着暗红色的口红，穿着一套毛料海军裙装，给人一种新潮时尚的感觉。怪不得徐志摩喜欢她。

然而，当张幼仪顺着"明姑娘"那穿着长袜的两条细腿往下看，在瞧见她双脚的时候，惊讶得差点透不过气来：那是一双挤在两只中国绣花鞋里的小脚啊。原来这新式女子竟然裹了脚！张幼仪几乎要放声大笑：徐志摩老是喊我"乡下土包子"，如今他带回来这么个女人，光看她那双脚，就显得比我落伍了。

尽管如此，那个晚上，张幼仪还是被搞得心烦意乱，送走"明姑娘"后，她笨手笨脚慢吞吞地洗着碗盘。徐志摩回到家的时候，她还在厨房洗碗。徐志摩一副坐立不安的样子，在她身边转来转去，仿佛在审视什么。

张幼仪对徐志摩这种情状十分气愤、失望和厌恶，根本没有心思说话。她洗好碗盘以后，徐志摩跟着走到客厅，颇为严肃地说："你觉得她怎么样？"

虽然已经发誓要采取庄重随和的态度，可是因为脑子里有太多念头在打转了，张幼仪就冲口说出心里出现的第一个想法。因为张幼仪知道，她应该接受徐志摩挑选的小太太。于是，她说："呃，她看起来很好，尽管小脚和西服搭配得不协调。"

徐志摩似乎感觉到这话中的嘲笑，他不再绕着客厅走来走去，而是把脚跟一转，好像张幼仪的话把他的烦躁和挫折一股脑儿宣泄出来似的，他突然高声尖叫道："我就知道，所以我才想离婚。"

张幼仪目瞪口呆。这是徐志摩第一次对她提高嗓门，他们那间屋子骤然之间好像小得容不下两人了。

半晌，张幼仪像躲鬼似的从后门逃了出去，她感觉到冰凉的空气冲进了她的肺里。

当天晚上，张幼仪上床的时候，徐志摩还在客厅用功。大约到了三更半夜，他蹑手蹑脚进了卧室，在低下身子爬上床的时候拉到了床单，而且他背着张幼仪睡的时候，身体轻轻地擦到了她。

心性敏感的张幼仪虽然知道徐志摩是不小心的，但她隐隐感到了一种悲哀：这是两人身体上的最后一次接触，也是在向他们那段可悲的亲密关系挥手告别。

"明姑娘"事件后，徐志摩在家待的时间更少了。他似乎在逃避什么，或者更确切地说，他在追逐什么。徐志摩不说，张幼仪也不问。两人的关系越来越冷淡，越来越陌生。

有一天清早，徐志摩没吃早饭就走了，这可是头一回。张幼仪感到奇怪，她从屋子前的大窗看着他踩着自行车踏板顺着街道骑下去，心想不晓得接下来会发生什么事。

张幼仪感到不安，大约一个礼拜，徐志摩竟像他当初突如其来地要求离婚那样，忽然消失了。第一天，没回家；第二天，又没回家。第三天、第四天……仍然没回家。张幼仪想：徐志摩一定去伦敦看望他的朋友了。

那时，张幼仪的英文不行，出门就不知道该如何应对。因此，徐志摩的不辞而别，带给她的恐慌是可想而知的。

直到有天早上，张幼仪被一个陌生男子敲门的声音吓了一跳，他说他知道张幼仪一个人在家，又说他从伦敦带来了徐志摩的口信。

张幼仪就请这个陌生男子进门，倒了杯茶给他，以紧张期待的心情与他隔着桌子对坐。

"他想知道……"陌生男子轻轻皱着眉头，好像正在一字不漏地搜索徐志摩说的话那样，他顿了一下，说，"我是来问你，你愿不愿意做徐家的媳妇，而不做徐志摩的太太？"

张幼仪没立刻作答，因为这句话她听不懂，或者装作没有听懂。于是，她说："这话什么意思？我不懂。"

陌生男子喝了一小口茶，若有所思打量着张幼仪的头发、脸孔和衣服……

张幼仪明白他准备回去向徐志摩报告结果，一念及此，她就火冒三丈，突然抬起下巴对陌生男子吼道："徐志摩忙得没空来见我是不是？你大老远跑到这儿，就是为了问我这个蠢问题吗？"

说完，连她自己都觉得奇怪：我这是怎么啦？

陌生男子不再吱声。

张幼仪就送他到门口，坚定地关上了门。她无力地靠在后门上，眼泪再也止不住了，她知道：徐志摩再也不会回来了。

"死，还是生？"张幼仪来到了生命的边缘。经过理性的挣扎，她最终选择了生。然而，产期临近，无奈之际，她只好给二哥张君劢写信求救。

在二哥的全力帮助下，张幼仪来到巴黎，后来又去了柏林，生下徐志摩的孩子。

数十年后，时过境迁的张幼仪为这一段沉重生活打了一个生动的比喻：我是秋天的一把扇子，只用来驱赶吸血的蚊子。当蚊子咬伤了月亮的时候，主人将扇子撕碎了。

从那以后，寡妇的月升起来，照瘦几株白菜。

四、新月望到圆，圆望到残

有缘的人总会在世界的某个地方相遇。

但缘分有深浅。有情无缘，或情深缘浅都是人生莫大的痛苦。

对此，徐志摩有着深刻的体悟。

1921 年秋天，伦敦干净而祥和。在国际联盟的一次演讲会上，徐志摩邂逅了"人艳如花"的"才女"林徽因。虽然徐志摩一生碰到不少美女，但遇到像林徽因这样的才貌双全、像从古诗词里走出来的清净女子，他还是头一回。

诗人心灵的激荡可想而知。

后来有人这么描绘徐志摩初见林徽因的一幕：林徽因穿着东方风格的裙子，黑白相间，清风扑面，"令徐志摩眼前一亮。这是个花季少女，简直太漂亮了，瓜子脸白净净，只有颊上带着几分红晕。一双弯弯的笑眼，秋水盈盈，神动能语，最是那腮边的两个酒窝，深深的，蕴含着不尽的青春美丽……"徐志摩一下子看呆了，这女子使他心中模模糊糊的美神形象一下子定了型："他仿佛是在前世见过她，只是无法确切地记起，对，没错，就是她，她就是美神，美神就是她。"

其时，林徽因的父亲林长民在旁。徐志摩走上前去作了自我介绍。

林长民说："哦，你就是徐志摩啊。梁公（启超）曾在我面前提起过你。"

徐志摩听林长民这么一说，喜出望外："啊，您认识恩师？"

"岂止认识，我们可是多年的好朋友啰。"林长民爽朗一笑。"梁公说你是大才子啊。"

"哪里。恩师谬夸了。"徐志摩双手抱拳，道："既然林先生跟恩师是朋友，理应也是我的老师。日后学生望多多提携。"

林长民客气道："哪里，哪里。咱们多联系吧。"

这是一次十分愉快的相见。徐志摩在跟林长民聊天时，眼角不停地朝林徽因那苹果般的脸蛋上看。林徽因也曾听朋友多次说起过徐志摩，说他的才情是如何了得。今日见了，虽然没有机会领教他的才情，但凭着自己对美丽的自信和女性特有的直觉，她相信徐志摩不会跟她擦肩而过的。

那一年，徐志摩 24 岁；

那一年，林徽因 16 岁。

这样花一般的年龄，这样的才子佳人，原本就容易擦出火花，何况在异国他乡寂寞深深，何况徐志摩有一种天性的浪漫、忧郁的气质和浓烈的情怀。为了美，他敢于飞蛾扑火；为了爱，他敢于不顾一切。

果然，徐志摩回去后，炮制出一大批情真意切的诗，劈头盖脸地献给林徽因。对文字有着敏感的辨识力和感悟力的林徽因，读了徐志摩的献诗后，春意流淌，人面桃花。其中，最令她怦然心动的是《偶然》，该诗是这样写的："我是天空里的一片云／偶尔投影在你的波心／你不必讶异／更无须欢喜／在转瞬间消灭了踪影／你我相逢在黑夜的海上／你有你的／我有我的方向／你记得也好／最好你忘掉／在这交会时互放的光亮。"

很快，两人不可救药地坠入无边无际的情网。

伦敦的雾，最先是从康河的涟漪中荡漾出来的。似乎，那也是那河水的一部分。

有了林徽因的爱，徐志摩很快就忘记了"明姑娘"，更不用说那孤独地守在屋子里等待生产的张幼仪。

徐志摩眼里有的是林徽因的笑靥；

徐志摩耳里听的是林徽因的声音；

徐志摩梦里见的是林徽因的倩影。

徽因，徽因。在徐志摩看来：这个世界的美是徽因的，这个世界的生动是徽因的，这个世界的生气是徽因的，甚至，连这个世界的日月都是徽因的。

没有徽因，食无味，寝不安；

没有徽因，月不明，日不亮。

情窦初开的少女哪里禁得起徐志摩那奋不顾身的魔鬼般的追求？林徽因沉浸在被爱的幸福中，她也曾回赠给徐志摩这样滚烫的诗句：

那一天我希望要走到了顶层

蜜一般酿出那记忆的滋润

那一天我要跨上带羽翼的箭

望着你花园里射一个满弦

那一天你要听到鸟般的歌唱

那便是我静候着你的赞赏

那一天你要看到零乱的花影

那便是我私闯入当年的边境

换句话说，就像徐志摩深深地爱着林徽因一样，林徽因也深深地爱上了徐志摩。

但是有一天，当徐志摩告诉她，他已经有了妻子，但自己并不爱她时，犹如晴天霹雳，林徽因当即惊呆了。

此后，无论徐志摩怎么解释，张幼仪的影子在林徽因心中总是拂不去、撵不走。她理解徐志摩对自己的真挚感情，可是，当她冷静下来之后，她的内心又充满了矛盾和痛苦。她从自己的道德观、从自己亲生母亲的不幸——林徽因的母亲就是因为父亲又续娶之后永远失去了丈夫的感情，以及父亲的规劝中清醒过来，最终经过理性和痛苦的思索，她毅然作出决定，不辞而别，同父亲一道提前回国了……

当手捧鲜花和情诗的徐志摩兴致勃勃地赶到林徽因在伦敦的寓所时，他被告知，林小姐已于三天前离英回国了。听到这里，徐志摩犹如当头一锤，鲜花落地，碎成一池泪。处在对爱情极度痴迷之中的徐志摩认为，一切的一切，都是由于自己已有"婚链"的结果。他要打碎这铁链，一定争取与"心上人"生活在一起。

于是，1922 年 3 月，徐志摩赶到巴黎，向正在那里待产的张幼仪正式提出离婚，他声称他们不应该继续没有爱情、没有自由的婚姻生活了。

既然爱如潮水，又覆水难收；既然人在异地、心在他处，这种看似"爱"实为"罪"的婚姻生活于人于己有何意义？不如痛快分手，也许还能赢得一份应有的自尊。

"将协议书拿来吧。"张幼仪冷静说，并且洒脱地签下了自己的名字，结束这种无爱的痛苦。

离婚之后的徐志摩急冲冲地返回康桥，而张幼仪则独自一人去了德国生产和治病，她需要喘一口气了。

英国康桥的生活固然使徐志摩迷醉，砸碎"婚链"的他也深深感到自由的轻松和美好。然而，心上人不在身边，一封封情书怎能释放得了他那如火的激情？何况思乡怀国之情无时无刻不在缠绕着他，于是，在1922年8月，徐志摩决定离开欧洲，启程回国。

徐志摩将这个喜讯写信告诉了林徽因。

回国途中，徐志摩曾在新加坡、日本等地稍做停留，经历两个月的风雨历程，于是年10月15日，终于到达了上海港口。

归心似箭的徐志摩迫不及待地走出船舱，深深地舒了一口气："我回来了！天空张开了欢迎的翅膀，爱神在远处向我张望。"他的喜悦、兴奋之情难以名状。

徐志摩先回老家看望了一下父母。对于父母谈及的张幼仪的事，他以种种理由搪塞开去。第二天，他急切地给林徽因打去电话。但打了许多次，要么电话无人接听，要么仆人回答说，林小姐出门去了。

徐志摩隐隐感到了不安。

稍事休整后，徐志摩便告别父母，踏上了北上的火车。

几天后，当风尘仆仆的徐志摩好不容易找到林家大门，正要迈步进去时，却赫然发现了这样一副楹联：

长者有女年十八，游学欧洲高志行。

君言新会梁氏子，已许为婚但未聘。

徐志摩再次受到重击，并陷入深深的痛苦之中。早在英国伦敦时，他就知道，自己的恩师梁启超的公子梁思成也在拼命追求林徽因，而林家与梁家是世交，林徽因的叔叔林觉民为了革命，血溅黄花岗，他在给妻子的遗书《与妻书》中写道："吾充吾爱汝之心，助天下人爱其所爱，所以敢先汝而死，不顾汝也。"又说："汝腹中之物，吾疑其女也，女必像汝，吾心甚慰。或又是男，则亦教其以父志为志……"这种壮烈令梁启超敬佩不已。而林徽因的父亲林长民跟梁启超有着更深的情感渊源，梁思成从小出没于林家，在英国时，他也有更多的时间跟林徽因在一起。

尤其重要的是，两人都没有婚姻之痛，是天造地设的才子佳人啊。

想到这些，徐志摩的内心像伦敦的浓雾一样漫天遍野地包围过来。他狠狠地挥了一下臂膀，像一头发怒的狼，似要对着天边嚎叫。

但是不久，徐志摩便冷静下来，觉得还不是绝望的时候，因为林徽因和梁思成毕竟还没有正式订婚。所以，他不愿就此放弃最后的希望。

关键要有行动，要多接触。于是，徐志摩频频邀请林徽因夜游香山和颐和园，一刻不停地向她倾诉自己炽热的情感，林徽因感情的防线开始有所动摇……

梁思成看在眼里，急在心里。他无法左右林徽因，更无法制止徐志摩向林徽因发动的疯狂的进攻。虽然他并没有直接求助于老父，但梁启超早已看出了危险。他明白，这个顽固的学生同林徽因在英国的那段恋情并没有彻底结束，尤其揣测出徐志摩与张幼仪离婚的潜在意图后，生怕跑马一样的徐志摩与林徽因藕断丝连，旧情复燃，这样一则会丢了自己的面子，二则也会伤了儿子的感情。

基于此，梁启超决定以张幼仪离婚一事作为切入点，写了一封长信。

他以老师身份，言辞激烈地批评了徐志摩，信中的弦外之音，明眼人一看便知。

在这封罕见的信中，梁启超郑重告诫了两点：

其一，万不容以他人之苦痛，易自己之快乐。弟之此举，其于弟将来之快乐能得与否，殆茫如捕风，然先已予多数人以无量之苦痛。

其二，恋爱神圣为今之少年所乐道……兹事盖可遇而不可求……况多情多感之人，其幻象起落鹘突，而得满足得宁帖也极难。所梦想之神圣境界恐终不可得，徒以烦恼终其身已耳。

写完上述观点后，梁启超意犹未尽，他又挥笔开导徐志摩，希望他不要感情用事，执迷不悟，一意孤行：

呜呼徐志摩！天下岂有圆满之宇宙？……当知吾侪以不求圆满为生活态度，斯可以领略生活之妙味矣。……若沉迷于不可必得之梦境，挫折数次，生意尽矣，郁悒佗傺以死，死为无名。死犹可也，最可畏者，不死不生而堕落至不复能自拔。

呜呼徐志摩，可无惧耶！可无惧耶！

这封信屈老师之尊，以"兄长"的口吻谆谆告诫，其情也真，其理也明。梁启超原以为此信一去，必能息事宁人。没想到，倔强的徐志摩却并不买账。他立即回了一封长信，让梁启超如芒刺在背，冷气横生。

徐志摩毫不避讳地宣称：

我之甘冒世之不韪，竭全力以斗者，非特求免凶惨之苦痛，实求良善之安顿，求人格之确立，求灵魂之救度耳。

人谁不求庸德？人谁不安现成？人谁不怕艰险？然且有突围而出者，夫岂得已而然哉？

我将于茫茫人海中访我唯一灵魂之伴侣；得之，我幸；不得，我命，如此而已。

对老师进行了一番针锋相对的驳论后，徐志摩感觉自己有些过于冲动，于是极力克制，以十分理性但仍然慷慨的笔调继续写道：

嗟夫吾师！我尝奋我灵魂之精髓，以凝成一理想之明珠，涵之以热满之心血，朗照我深奥之灵府。而庸俗忌之嫉之，辄欲麻木其灵魂，捣碎其理想，杀灭其希望，污毁其纯洁！我之不流入堕落，流入庸懦，流入卑污，其几亦微矣！

徐志摩是一个不甘寂寞的人，1923年春季，他在追求林徽因的同时，又在北京办起了一个小资式的俱乐部，成员们定期相会，一道编戏演戏，逢年过节举行年会、灯会，也有吟诗作画。

出于对印度诗人泰戈尔一本诗集《新月》的兴趣，徐志摩提名借用"新月"二字为社名，新月社便因此而得名。徐志摩擅长抒情诗，同时也喜欢写泰戈尔那样的哲理诗。他曾在一首题为《爱的灵感》的诗中发出悲叹："一年，又一年，再过一年，新月望到圆，圆望到残。"

在徐志摩的力邀下，林徽因也参加了新月社。许多时候，成员们会将她的住所作为聚会的好场地，她提供一些茶水和瓜果，让一批小资成员谈诗献艺，轻松自在，乐在其中。

1924年4月，印度诗人泰戈尔来华，给徐志摩的生活和创作带来了一定的影响。他与泰戈尔建立了深厚的友谊，泰戈尔给他取印度名素思玛（Susima）。

5月7日，泰戈尔在北京庆祝63岁的生日。北京400位最著名的人物出席了宴会。当晚上演了泰戈尔写的《齐德拉》。在剧中，林徽因扮演公主，徐志摩扮演爱神。由于出色的表演，泰戈尔十分激动。他慈爱地拥着林徽因的肩膀，赞美道："马尼浦王的女儿，你的美丽和智慧不是借来的，是爱神早已给你的馈赠，不只是让你拥有一天、一年，而是伴随你终生，你因此而放射出光辉。"

末了，泰戈尔还特地作了一首英文诗赠她："天空的蔚蓝，/爱上了大地的碧绿，/他们之间的微风叹了声：'哎'！"

大诗人对林徽因由衷的赞美更加激发了徐志摩那不可抑制的爱。他和梁思成形成拉锯战，林徽因夹在中间，左右为难。

林徽因在爱情路上的朦胧和不确定，也使徐志摩心情沉重。他一方面希望林徽因能够快刀斩乱麻，另一方面又害怕快刀砍伤自己。

为了散心，也为了有更多的时间跟义父般的泰戈尔待在一起，是年5月底，当泰戈尔离沪去日本时，徐志摩自愿与之同行。那首著名的《沙扬娜拉》，就是他逗留日本期间写成的。

从日本回来后不久，徐志摩发现林徽因的情感发生了可怕的变化。有一天晚上，林徽因十分冷静地告诉徐志摩："我意已决，请你保重。"并说不日她将与梁思成同去美国留学，希望徐志摩另择鹊枝。

原来，促使徐志摩爱情幻梦彻底破灭的是一件意外事故的发生——梁思成在一次出行中突然遭遇车祸，在医院里住了一个多月，腿部最终留下残疾。林徽因在医院照料梁思成，并且下定决心，嫁给梁思成。

梁启超松了一口气，笑了。

果然，没过多久，林徽因便同梁思成留学美国，入宾夕法尼亚大学美术学院，选修建筑系课程。两人于1927年毕业，均获美术学士学位。同年，林徽因入耶鲁大学戏剧学院，在G. P. 帕克教授工作室学习舞台美术设计。1928年3月，她与梁思成在加拿大渥太华结婚，婚后去欧洲考察建筑，于同年 8 月回国。

徐志摩欲哭无泪。当林徽因和梁思成在美国和欧洲留下一串串清晰的足迹时，徐志摩在国内一波三折，他的情感世界总是惊涛拍岸，从来没有晴朗宁静之时。

那一轮新月，原以为会"圆"，没料到，潮起潮落，最后呈现的仍是"残"。

五、为爱甘为无耻小人

林徽因如鸽子一样飞走之后，徐志摩难过了好一阵子。等来等去，追来追去，最终握住的竟是一场空，能不让人伤心吗？

但伤心可以，落泪不行。男人有泪不轻弹啊！更何况，还有朋友，还有亲人，还有诗歌，还有事业。徐志摩慢慢振作起来，重新投入他所热爱的生活，他与胡适、刘海粟等人畅游在艺术的大海中。

1924 年 4 月，徐志摩在北京的一次聚会上，认识了如花似玉的陆小曼，他冰封的情感陡然苏醒。如果说，林徽因带给他最初的感受是一股清风的话，那么陆小曼带来的则是蜂蝶乱舞的油菜花香。

当徐志摩定定地望着陆小曼时，一旁的胡适打趣道："她就是陆小曼，北京城里一道不可不看的风景。"

让徐志摩没有想到的是，陆小曼竟主动走上前来，落落大方地说："你就是大诗人徐志摩吧？"

徐志摩连忙称是。

陆小曼的丈夫王赓见状，立即迎上来，看看徐志摩，又看看妻子，有点惊讶地说："怎么，你们认识？"

徐志摩和陆小曼居然不约而同地点点头，随即意识到什么，又暗暗吃惊地朝对方看了一眼。

王赓跟徐志摩是老朋友了，但他没有明白，徐志摩怎么认识妻子的。

不过，他和胡适都没有往别处想，各自问候了一下，便分开了。

这里有必要对王赓作一个交代：王赓并非无名小卒，他于1895年5月15日生，1911年毕业于清华大学，同年赴美留学。最初入密歇根大学，不久改入哥伦比亚大学，后到美国普林斯顿大学读哲学，1915年获普林斯顿大学文学士学位。后又到西点军校攻读军事，与美国名将、后为总统的艾森豪威尔是同学。1918年6月，以第十名的优异成绩毕业回国。

王赓一回国就供职于陆军部，1918年巴黎和会期间，需要留洋的军事专家协助争取中国的权益，旋又任他为巴黎和会中国代表团上校武官，兼外交部外文翻译。可能正是在这个时候，他认识了在巴黎和会外围到处呼吁中国权益的梁启超。梁启超看重他的人品和才华，收他为弟子，像徐志摩一样，他也是梁启超的弟子。

1918年秋，王赓任航空局委员，1921年为陆军上校。正是在这个时候，唐在礼夫妇介绍他认识陆小曼。1923年他任交通部护路军副司令，同年晋升陆军少将。1924年底，任哈尔滨警察厅厅长。短短的6年时间，他由一般青年，步步高升，其前景和仕途都不可限量。

这样的有为青年当然成为不少名媛追求的对象。正如传记作家张红萍在《陆小曼画传》中所描述的："小曼之母，看到有这种少年英俊，认为这是雀屏中选的最理想人物，虽是王赓年龄长小曼七岁，她偏说他这穷小子将来一定有办法的，毫不迟疑地，便把小曼许配了他。"

于是求婚很快被答应了，从订婚到结婚，不到一个月，人称"闪电结婚"。

王赓与陆小曼的婚姻，是当时上流社会典型的"绅士配淑女"的婚姻：极有自信和野心的王赓需要一位中西融通、娘家财力雄厚、社交网络广博的太太相助开拓事业。而名媛淑女陆小曼则需要一位将来能够给她带来荣华富贵生活的丈夫，这是一桩利益均等的婚姻。

当时的王赓虽然前途无量，但还是一个穷小子。而正处于鼎盛时期的陆家却财大气粗，因此婚礼的一切费用都由陆家负担，婚礼的一切仪式也由陆家安排。

陆小曼的婚礼震惊四方，婚礼在"海军联欢社"举行，仪式之浩大，场面之阔气，轰动京城。据参加者事后记载道："光女傧相就有九位之多，除曹汝霖的女儿、章宗祥的女儿、叶恭绰的女儿、赵椿年的女儿外，还有英国小姐数位。这些小姐的衣服，也都由陆家订制。婚礼的当天，中外来宾数百人，几乎把'海军联欢社'的大门给挤破了。"

就这样，19 岁的陆小曼风风光光地嫁给了 26 岁的王赓。学，自然是用不着上了，作为一个女人，人生的最大目标已经实现，此后就是做一个贤妻良母，相夫教子，这就是当时多数女人们的生活轨迹。

陆小曼精通法语、英语等语种，曾在顾维钧主政的外交部做翻译。婚后，这份工作自然也是不能做了。以世俗的眼光，如果此时的她还在外头抛头露面，那还像什么样子，王家的面子也捱不去的。作为一个有前途的男人的妻子，她唯一可做的事情就是乖乖地待在家中，生儿育女。这才是世俗认定的女人的本分，也才是称职的好太太。

然而，陆小曼毕竟不是旧式的名媛淑女，她接受了现代的西式教育，受到欧风美雨的长久浸润，又多年涉足交际界，过惯了明星一样被追捧的生活，懂得什么是快乐和飞扬，也有了自我意识的启蒙，让她再回到家中，像笼中鸟一样生活，已经不可能。

尤其是，在这场婚姻中，陆小曼自始至终是一个被摆布的木偶。虽然客观上她也是同意的，但他们当初看到的都是对方的表面，婚后才发现彼此性格和人生态度反差太大：王赓生活严谨，行事干净利落；陆小曼作风散漫，做事拖泥带水。王赓内向，不爱交际；陆小曼外向，喜欢扎堆、凑热闹。王赓质朴，陆小曼奢华……

因此，许多时候，陆小曼独自一人在家，或独自一人在外面活动。这无疑给徐志摩带来了方便。特别可笑的是，心地单纯的王赓有时还将爱妻托付给徐志摩，希望他多陪陪她，多给她解解闷。

就这样，徐志摩与陆小曼着魔般地热恋起来。在《爱眉小札》中，陆小曼如此袒露心迹："在我们见面的时候，我是早已奉了父母之命媒妁之言同别人结婚了，虽然当时也痴长了十几岁的年龄，可是性灵的迷糊竟和稚童一般。婚后一年多才稍微懂人事，明白两性的结合不是可以随便听凭别人安排的，在性情和思想上不能相谋而勉强结合是人世间最痛苦的一件事。当时因为家庭间不能得着安慰，我就改变了常态，埋没了自己的意志，葬身在热闹生活中去忘记我内心的痛苦。又因为我娇慢的天性不允许我吐露真情，于是直着脖子在人面前唱戏似的唱着，绝对不肯让一个人知道我是一个失意者，是一个不快乐的人。这样的生活一直到无意间认识了徐志摩，叫他那双放射神辉的眼睛照彻了我内心的肺腑，认明了我的隐痛。"

换言之，是徐志摩的出现，让陆小曼明白自己需要什么样的生活，什么样的爱人。她真心实意地对徐志摩说："其实我不羡富贵，也不慕荣华，我只要一个安乐的家庭，如心的伴侣，谁知连这一点要求都不能得到，只落得终日里孤单的，有话都没有人能讲，每天只是强自欢笑地在人群里混。"

别人看不到陆小曼的苦楚，可徐志摩一望便知。他在陆小曼身旁和风细雨般地说："在你们的父母看来，夫荣子贵是女子的莫大幸福，个人的喜、乐、哀、怒是不成问题的，所以也难怪他们不能明了你的苦楚。"

陆小曼叹了一口气，说："你说你懂我的苦楚，是什么，说来听听？"

徐志摩轻轻握着陆小曼的手，说："你的苦楚是什么？就是没有爱情、只有婚姻，没有自由、只有行为的生活。所有人认为你应该满足，应该做一个好妻子，却没有一个人真正关心你内心的需要和感受。你的任性，甚至你的叛逆都是建立在婚姻生活不协调的基础之上的。你有满满的爱却不知道往哪里搁，你有深深的情却不知道往何处放，你表面风光，内心寂寞，难道不是吗？"

这一番话，如醍醐灌顶，令陆小曼豁然开朗。她觉得徐志摩是那么懂她，他说的每一句都是那么妥帖，那么温暖。对徐志摩而言，陆小曼虽然结婚了，但仍然如出水芙蓉，清嫩可人，妙不可言。

徐志摩和陆小曼热烈地爱着，此事虽然招致家庭的反对和社会的非议，但他俩全然不顾。

不过，困难之大是显而易见的。徐志摩想，当初追林徽因时，自己有"婚链"在身；现在，追陆小曼，对方又有"婚链"相套。徐志摩几乎要哭喊起来："上帝啊，你要惩罚我什么都可以，只是别惩罚我的爱，行吗？"

真是"为伊消得人憔悴"啊！在十分苦闷和矛盾的心情下，徐志摩于1925年3月11日启程去欧洲旅游，想以此摆脱一下生活上的苦恼和困境。

但回国后，情况没有任何改变。相反，徐志摩对陆小曼的爱更加浓烈。他知道，横亘在爱情之间的有三道坎：第一是陆小曼本人的意志；第二是陆家（特别是陆小曼的母亲）的看法；第三是王赓的态度。

为攻克这三道坎，徐志摩绞尽脑汁。

有一天晚上，徐志摩叫上胡适、刘海粟等人去陆小曼家玩，当胡适介绍刘海粟是大画家时，陆小曼很殷勤地招待他，并说她也学过画画，希望刘海粟帮助她。

胡适劝刘海粟收下这个才貌双全的女弟子。

徐志摩则不停地在一旁劝说："海粟，你就收下她吧。"口气显得比陆小曼本人还要急切。

刘海粟当时还不清楚徐志摩在打陆小曼的主意，后经胡适的暗示，总算明白了，于是二话不说地收下了这个女弟子。

陆小曼很感激徐志摩为她所做的一切。

徐志摩得知陆小曼意志已决，便多次到陆家大院去求情。事情进展并不顺利后，徐志摩不得不请胡适去跟陆小曼的母亲说说。

陆家回答说："我们怎么好撕下王赓的面子啊。"

后来，徐志摩又趁热打铁，委托刘海粟前去劝说陆小曼的母亲。在胡适、刘海粟等人的再三游说下，陆家的大门终于朝着徐志摩虚掩了。

为了攻克最后的难关，徐志摩又同刘海粟商议，请他做东，宴请陆小曼母女和王赓。

结果，当晚到场的还有杨杏佛、唐瑛等人，徐志摩当然是主角之一。

在祝酒时，刘海粟以反封建为题，谈了人生与爱情的关系，谈到夫妻之情应建立在相互之间感情融洽、情意相投的基础之上。

王赓至此才知道刘海粟设的是"鸿门宴"。他冷静地举起杯，朗声道："愿我们都为自己创造幸福，并且为别人幸福干杯。"饮完杯中酒，便起身告辞了。

此事后的第三天，徐志摩意外地接到王赓的邀请，说两人坐下来好好谈谈。

没料到，一个要捍卫自己的爱，一个要夺得自己的爱。两个原本是朋友的人毫不客气地有了下面这一段精彩的对白：

王赓：当着我的面，只要你敢说你是个君子，我就相信你。

徐志摩：如果，我说我爱小曼呢，你也愿意相信吗？

王赓：那我就会说你是我所见过的最卑鄙可耻的小人。

徐志摩：那我情愿是天底下最卑鄙可耻，但却能够给小曼爱的人。

王赓：你真是无耻！

徐志摩：我不在乎做人，更不屑做伪君子。

王赓：我就不明白，你爱上别人的妻子还能这么理直气壮。

徐志摩：我爱的是我喜欢的人，我有这个权利。

王赓：我对你失望极了，但是我还是希望你有一点良知，希望你能君子自重，因为我是个君子。但如果你逼着我用小人的方式对付你，我照样做得到，你听清楚了吗？

徐志摩：悉听尊便。

在电视剧《人间四月天》中，这段对白让观众看得荡气回肠。

直到此时，王赓仍不死心，他托自己的好友、同时也是徐志摩的好友陈西滢到饭馆里吃饭，试图作出最后的努力。陈西滢很不赞成徐志摩与陆小曼的结合，因此，他一上来就无所顾忌地责备道："你这个人啊，不是我说你，心地像个十足的君子，行为却像个地道的流氓。"

徐志摩不以为然，说："谢了！起码好过心地是个流氓，行为还像个君子的吧！这对我倒算是恭维了，谢谢。"

王赓听了陈西滢的转述后，心灰意懒。两个月后，他主动与陆小曼签订了协议离婚。

那天正午，阳光好。徐志摩看到一朵花飞进了自己的眼里。

六、梁启超："祝你们这是最后一次结婚！"

古往今来，人们都在祝愿"有情人终成眷属"。然而，成了"眷属"的有情人在日复一日的生活消磨中，会不会质疑这"有情"二字呢？特别是当婚前的玫瑰变成婚后的野草时，一种深深的失落会不会让人追索当初的执着是否值得？

徐志摩没有这么想过，因为还在情感的旋涡中，他还来不及清理自己的思想。

陆小曼母亲虽然同意了徐志摩对女儿的求婚，却向前来替徐志摩说情的胡适提出两个条件：一要请梁启超为证婚人，以表明社会对他们的承认，好让他们以后在社会上能够立得住脚；二要在北海公园图书馆的礼堂举行婚礼。

胡适答应尽一切努力去说服徐志摩遵照办理。

徐志摩迟疑了一下，最终答应了。之所以迟疑，是因为要请恩师梁启超作为证婚人，难度太大，梁公一向不赞成他再婚，此番前去，岂不自讨没趣？此外，要是这固执的老头不答应呢？难道就不举行婚礼了吗？

尽管徐志摩理解陆小曼母亲的某些苦衷，但内心的苦闷仍是显而易见的。他之所以答应，是因为相信"车到山前必有路"，既然陆家应允了自己的求婚，他们就不可能有太多的变故。

徐志摩兴冲冲地回到自己的老家，向双亲报告将要迎娶陆小曼的消息。没料到，徐志摩父亲当即表示反对，理由有三：其一，他看过陆小曼的照片，认为她有"克夫相"；其二，他听人说此人交际太广，背景复杂；其三，她还有过婚史。

"我也表示反对。"徐志摩的母亲作出同样的反应。

徐志摩是个死脑筋。想起张幼仪嫁到徐家后，自己的情感生活一直不顺。当初，跟张家联姻，也是父母的意思。现在父母反对，在他们心里，看中的还是张幼仪。"她是一个好女子，可不适合做我的妻子啊。我不爱她，强扭在一起，有什么意思呢？"徐志摩这么一想，又想到在追求林徽因的过程中也很大程度上是受挫于此，于是气不打一处来，他高声嚷道："我此番回来，不是来跟你们商量的，而是告诉你们这个事实。你们同意也好，不同意也罢，反正我是铁了心！"

儿子是父母心上的肉，看见徐志摩为情所灼、为爱所伤，做母亲的率先软下来。父亲徐申如知道徐志摩的牛脾气，如果不同意，兴许他会闹出什么大事来。事到如今，他们也只好勉强同意了。

但是，徐申如也向徐志摩提出三个条件：一是结婚费用自理；二是婚礼必须由胡适做介绍人，梁启超证婚；三是结婚后必须南归。

徐志摩想，这第一、第三条都好办；第二条的前半部分也好办，即使父亲不提，他也会请胡适做介绍人的，但对于后半部分请梁启超证婚，他仍然感到有些为难。

不过，既然两家都提出要梁启超作证婚人，徐志摩就是上刀山、入火海，也要到梁公馆去会会"老爷子"。

徐志摩豁出去了。

梁启超一看徐志摩来了，知道他一定有要事相求，遂直言问道："无事不登三宝殿。我听说你跟陆家小姐要结婚了，是不是为此事而来？"

"既然难逃恩师法眼，我也只好和盘托出了。"于是，他将双方家庭都希望梁启超作证婚人的事说了出来。

梁启超听后哈哈大笑，道："那么，你以为我会答应你吗？"

徐志摩不卑不亢，说："我以为恩师没有理由不答应。"

梁启超道："说来听听？"

徐志摩说："我记得曾给恩师写信说过：得之，我幸；不得，我命。您知道，我当时针对的是林徽因。可思成捷足先登，领她去了欧洲。我失败了，无话可说。现在，我追到了小曼，她与您无亲无故，您可以看不起她，但您仍然要尊重我们。"

梁启超不以为然，道："你应当知道，我一向是反对别人再婚的。"

徐志摩陡然激动起来，提高声音说："难道只许您纳妾，就不许我再婚吗？"

梁启超被呛得脸红脸白。过了好一会儿，他才冷冷地说："现在可是你来求我的时候啰。"

徐志摩也觉得自己说话太冲，于是缓和下来，诚恳地说："是的，恩师。今天我来求您，是因为敬重您，不单是我，还有陆家，还有我的父母，还有许多许多人。因为这份敬重，您没有理由拒绝。"

说到这里，徐志摩看了一眼梁启超，决然道："如果您不出席，我的婚礼也是要举行的！"

"好吧。你回去吧。"梁启超叹了一口气，无可奈何地说。

说真的，对于徐志摩，梁启超可谓喜其才，爱其真，厌其偏，恨其性。

1926年8月14日，即农历七月初七，传说中牛郎织女相会的日子，徐志摩与陆小曼在北海公园举行订婚仪式。据梁实秋记载："那一天，可并不静，衣香钗影，士女如云，好像有百八十人的样子。"

是年 10 月 3 日，即农历八月二十七日，他们在北海画舫斋举行了盛大的结婚典礼。

徐志摩的父母没有来，只是发来一个电报，令人哭笑不得："余因尔母病不能来，幼仪事大旨已定，你婚事如何办理，尔自主之，要款可汇。"

按照张红萍《陆小曼画传》的描述："这一天，来宾共两百余人。赵元任和陈寅恪专程从城外的清华赶去。金岳霖是伴婚人，按婚礼规定必须穿长袍马褂，金没有，只好从陆小曼父亲那里借来一件应急。"

没有谁知道徐志摩的马褂是从哪里弄来的。

婚礼的高潮是，特别不情愿作证婚人的梁启超在人家大好的喜庆时刻，居然说了一段这样惊世骇俗的"训词"：

"徐志摩，你这个人性情浮躁，所以在学问方面没有成就。你这个人用情不专，以致离婚再娶。以后务要痛改前非，重新做人！……徐志摩、陆小曼，你们听着！你们都是离过婚，又重新结婚的，都是过来人！这全是由于用情不专，以后要痛自悔悟，希望你们不要再一次成为过来人。我作为徐志摩的先生——假如你还认我为先生的话——又作为今天这场婚礼的证婚人，我送你们一句话，祝你们这是最后一次结婚！"

听到这里，徐志摩的胃痛得痉挛，他实在听不下去了，便走到梁启超面前低声说："请先生不要再讲下去了，顾全一点弟子的面子吧！"

事后，胡适认为徐志摩"冒了绝大的危险，费了无数的麻烦，牺牲了一切平凡的安逸，牺牲了家庭和亲人的名誉，去追求、去试验一个'梦想之神圣境界'，而终于免不了惨酷的失败"。

应当说，这种"惨酷的失败"是徐志摩可以预见的，这是他对真爱的执着所付出的代价。

婚后第三天，徐志摩遵照父母之命南下。途中，他感慨地写道："身边从此有了一个人——究竟是一件大事件，一个大分别；向车外望望，一群带笑容往上仰的可爱的朋友们的脸盘，回身看看，挨着你坐着的是你这一辈子的成绩，归宿。这该你得意，也该你出眼泪，——前途是自由吧？为什么不？"

然而，徐志摩得意得有些过早。

最初的生活有着神仙般的激情和浪漫。婚后，徐志摩和陆小曼搬进了一栋洋房，他们追求"小资情调"。即便是打麻将，也要到上海有名的"一品香"开房间，因为那里的硬木桌地道，出牌时震天儿响，痛快。来的虽都是教授、诗人，赌兴上头却未必斯文，不过现钱输光了也无妨，诗人骚客们都带着支票。

据传，郁达夫夫妇曾到过徐志摩与陆小曼的家，以他们的心高气傲，也不禁咋舌于徐、陆生活的奢华。郁达夫有过类似的描述说徐志摩的家具全是红木的，左有梁启超的立轴，右是刘海粟的油画，院内有轿车，更少不了司机、厨师、男仆、女仆等一干人，而仅陆小曼每月的开销就要六两黄金。按王映霞的折算，至少也相当于 20 世纪 80 年代末的两万余元。

用胡适的说法是，自古成功在尝试，徐志摩自然要尝试着做那个时代的成功人士的。

而这，恰恰也是他们遭诟病的缘由。至少，鲁迅先生是特别恼火的。

徐志摩有一次天真地致信周作人，"听说我与令兄虽则素昧平生，并且他似乎嘲笑我几回我并不曾回口，但他对我还像是有什么过不去似的。我真不懂，我愿意知道开罪所在，要怎样改过我都可以……"

当然，鲁迅先生并没有权利要求别人改变自己的生活。事实上，徐志摩也没有改变什么，他仍然深深地爱着陆小曼，婚后还写过不少的情诗献给她，虽然两人不时闹出一些风波或别扭，但总的说来，情感还是稳定的。

在献给陆小曼的诗中，最有名的一首叫《翡冷翠的一夜》：

要是不幸死了，我就变一个萤火，

在这园里，挨着草根，暗沉沉的飞，

　　黄昏飞到半夜，半夜飞到天明，

　　只愿天空不生云，我望得见天，

　　天上那颗不变的大星，那是你，

　　但愿你为我多放光明，隔着夜，

　　隔着天，通着恋爱的灵犀一点……

　　这首诗被认为真实地记叙了徐志摩和陆小曼之间的感情波澜，他的热烈感情和无法摆脱的诗人忧郁。

　　1927 年春，新月社一些成员由于政治形势的变化及其他种种原因，纷纷聚集到上海。此时，徐志摩也与陆小曼移居上海。

　　期间，徐志摩四处访友，奔走联络，与闻一多、胡适、邵洵美、梁实秋、余上沅、张禹九等人在上海环龙路环龙别墅办了个新月书店，由胡适任董事长，余上沅任经理，后由张禹九接任。

　　由于开销太大，为生计奔波，1928 年 3 月，徐志摩一边在光华大学、东吴大学、大夏大学等担任教授工作，一边又创办了《新月》月刊。他的生活过得忙碌而紧张，甚至一时疏忽了陆小曼对情感的要求。

　　蜜月之所以可贵，是因为无论多么理想的婚姻，当事人都不可能将最初的激情进行到底。婚后的平淡和琐碎，既是爱情的一部分，也是生活的一部分。看不到这一点，就会徒增烦恼，甚至对"情爱"二字产生怀疑。

　　陆小曼正是这样。有一次，她对王映霞诉苦说："照理讲，婚后生活应该过得比过去甜蜜而幸福，实则不然，结婚成了爱情的坟墓。徐志摩是浪漫主义诗人，他所憧憬的爱，是虚无缥缈的爱，最好永远处于可望而不可即的境地，一旦与心爱的女友结了婚，幻想泯灭了，热情没有了，生活便变成白开水，淡而无味。"

　　为了迁就陆小曼，徐志摩不断地调节好自己。尽管如此，陆小曼仍不满足。徐志摩慢慢苦恼起来："我想在冬至节独自到一个偏僻的教堂里去听几折圣诞的和歌，但我却穿上了臃肿的袍服上舞台去串演不自在的'腐'戏。我想在霜浓月澹的冬夜独自写几行从性灵暖处来的诗句，但我却跟着人们到涂蜡的跳舞厅去艳羡仕女们发金光的鞋袜。"

1928年6月中旬，为了消闷，也是为了去看望泰戈尔，徐志摩再次出国。在国外的五个月里，他先后跟凌叔华和韩湘眉有过感情上的纠葛。对于前者，徐志摩与她称之为"知音"，彼此欣赏对方的才情；对于后者，徐志摩被她的清纯美丽所打动，心存好感。但他更多的还是思念着陆小曼，到达日本的当天他就给陆小曼买了一块手绢，还让好友从日本带回一筐大樱桃给她。

这一份深情，连好友都感到羡慕，可陆小曼似乎并不珍惜。

是年10月，徐志摩到达印度，拜见了泰戈尔，这也是他此次出国的主要任务。一年前，当他结婚时，泰戈尔曾寄给他们一笔钱，让他们出国学习。因陆小曼身体不好，没有成行。这次出国，用的正是这笔钱，也算是对长辈的交代。

1928年11月中旬，徐志摩回国，发现陆小曼不仅没有改变挥霍无度的坏习惯，而且变本加厉：看戏、赌牌、还吸大烟，动不动就发脾气。

爱情的小舟触上了暗礁。

徐志摩的心一下子凉了。

七、再别康桥：灵魂的秘密

一提到徐志摩，人们立即就会想到他的《再别康桥》。它似一阵风、一片云、一丝雨，把灵魂的秘密、惆怅与洒脱和诗的意境融在一起，给人一份清纯、洁美和缠绵的情愫，让读者在温馨的回忆中体会到意象的清纯和空灵。以至有人说："仅凭一首《再别康桥》，徐志摩就值得我们永久的纪念。"

那么，这首诗是在什么背景下写出来的呢？

1928 年秋，在践约拜访泰戈尔的途中，徐志摩不仅去了日本，还去了美国，后又到了欧洲。在那段时间，他给陆小曼写了一百多封信。这些信维系了他对国内风云变幻的愁唱，更是他对陆小曼爱情的见证。

是年 11 月 6 日，徐志摩来到英国，并重返康桥。故地重游，诗人的兴致勃发，遥想当年与佳人在湖畔低吟浅唱，想到这些年来自己在事业和情感路上的曲折历程，不禁感慨万千。他将自己对生活的感悟与体验以及对未来之路的期冀与向往化作缕缕情思，融汇在自己所抒写的美丽景色里，也驰骋在自己的想象之中：

> 轻轻的我走了，正如我轻轻的来；
> 我轻轻的招手，作别西天的云彩。
>
> 那河畔的金柳，是夕阳中的新娘；
> 波光里的艳影，在我的心头荡漾。
>
> ……

茅盾在论徐志摩时曾说过："在当代文人中徐志摩是最需要加以研究的，我以为他的许多披着恋爱外衣的诗不能够当作单纯的情诗看的"。

茅盾特别指出：对于徐志摩，一是研究，二是入门。

在一篇题为《徐志摩论》的文章中，茅盾更是作出这样的评论："圆熟的外形，配着淡到几乎没有的内容，而且这淡极了的内容也不外乎感伤的情绪——轻烟似的微哀，神秘的象征的依恋感唱追求：这些都是发展到最后一阶段的现代布尔乔亚诗人的特色，而徐志摩是中国文坛上杰出的代表者。"

应当说，这样的评价是比较中肯的。

　　徐志摩在《猛虎集·序文》中曾经有过夫子自道，说在 24 岁以前，他对于诗的兴味远不如对于相对论或民约论的兴味。正是康河的水，开启了诗人的性灵，唤醒了久蛰在他心中的诗人的天命。他说："整十年前我吹着了一阵奇异的风，也许照着了什么奇异的月色，从此我的思想就倾向于分行的抒写，一份深刻的忧郁占定了我；这忧郁，我信竟于渐渐的潜化了我的气质。"

　　对于康桥，徐志摩念念不忘，他曾满怀深情地说："我不敢说受了康桥的洗礼，一个人就会变气息，脱凡胎。我敢说的只是——就我个人说，我的眼是康桥教我睁的，我的求知欲是康桥给我拨动的，我的自我的意识是康桥给我胚胎的。"这些都是真实的表白。

　　《再别康桥》一诗最初刊登在 1928 年 12 月 10 日《新月》月刊第 1 卷第 10 号上，后收入《猛虎集》。可以说，"康桥情结"贯穿在徐志摩一生的诗文中，成就了他轻柔奇丽的诗歌风格，在其众多的诗文中，《再别康桥》无疑是最有名、也是影响最为深远的一篇。

　　这首诗带给我们的强烈感受是和谐——诗是和谐的，歌是和谐的，人是和谐的。和谐的意象是一弯新月，一片云彩，一树嫣红，一池清水，一阵细雨……和谐的基调是鼓一声，钟一声，磬一声……而且是"轻轻的，轻轻的"；蒙蒙细雨，微微雾霭，即便心里泛起点点惆怅，也只是轻轻地感喟一声："我不知道风是在哪一个方向吹……"

　　和谐的环境是怡人的，和谐的诗是美丽的，和谐的人是可爱的。《再别康桥》里的这些可爱的人，曾经有过多么美丽的、可爱的想法！他们希望在诗人"轻轻的、悄悄的"步履中，在桃树的"柔的、匀的吐息"中，在"木鱼一声，佛号一声"的礼忏声中，"无数冲突的波流谐合了，无数相反的色彩净化了，无数现世的高低消灭了"。他们的存在，曾使得他们周围相关的东西都显得更美；他们的离去，也使得贮藏于心灵的秘密更为珍贵。

　　有学者在分析徐志摩的诗时认为："徐志摩是主张艺术的诗的。他深崇闻一多'音乐美、绘画美、建筑美'的诗学主张，而尤重音乐美。他甚至说：'明白了诗的生命是在它的内在的音节（Internal rhythm）的道理，我们才能领会到诗的真的趣味；不论思想怎样高尚，情绪怎样热烈，你得拿来彻底的'音乐化'（那就是诗化），才能取得诗的认识……'"

反观这首《再别康桥》：全诗共七节，每节四行，每行两顿或三顿，不拘一格而又法度严谨，韵式上严守二、四押韵，抑扬顿挫，朗朗上口。这优美的节奏像春风吹过的河面，唯美的旋律涟漪般荡漾开来，它既是虔诚的学子寻梦的跫音，又契合着诗人感情的潮起潮落，有一种独特的审美快感。七节诗错落有致地排列，韵律在其中徐行缓步地铺展，颇有些"长袍白面，郊寒岛瘦"的诗人气度。

可以说，该诗真正体现了徐志摩诗歌创作的审美主张。

徐志摩之所以让人们记住不是偶然的，他长时间出洋留学，洋化的生活习惯和思维方式，谙熟英语诗歌，从口头到文字时不时插些英文，用现代汉语写作，追求小资情调等，这些造就了徐志摩"新诗诗人"的形象，使他受到新派人物的赞慕和追捧。除了上面这首诗歌之外，还有几首十分"小资化"的诗歌，比如《沙扬娜拉》《雪花的快乐》等。当历史无情地淘汰了虚泛的渣滓，当岁月洗尽了蒙尘的喧哗，我们能够看到诗人留下的最真实的部分。

诗人在一首《黄鹂》的诗中这样形容自己：

> 我们静着望，怕惊了它。
>
> 但它一展翅，
>
> 冲破浓密，化一朵彩云；
>
> 它飞了，不见了，
>
> 没了。
>
> ——像是春光，火焰，像是热情。

这就是徐志摩，既有化为彩云的愿望，又有着春天的火焰和激情。徐志摩对此解释道："诗人也是一种痴鸟，他把他的柔软的心窝紧抵着蔷薇的花刺，口里不住地唱着星月的光辉与人类的希望，非到他的心血滴出来把白花染成大红他不住口。他的痛苦与快乐是浑成的一片。"有了这样的用心血讴歌的心愿，足以做一个纯粹的诗人了。

有学者在分析徐志摩诗歌创作的精神态势时指出：他用欧洲的浪漫主义传统改造中国的古典主义传统，这使他的诗歌中呈现出了两方面的传统性。比如，他的诗歌中用了许多旧词汇，还有一些典故，或者是古典诗句的稀释。再如，他的诗歌注重音乐性，段式整饬，音韵协畅，而这是中西传统诗歌共有的特征。

在继承诗歌的传统方面，徐志摩诗歌的最大表征是抒情中心主义，他抒发的是浪漫情怀，而现代诗歌要求的是深刻的思想和复杂的技巧。徐志摩号称"诗哲"，但他基本上没有哲学家的思维，诗歌中的思想也是很弱的，简洁，单纯，浅显。明喻多于暗喻，直白多于委婉，感性多于理性等。正是这些浪漫抒情范畴内的元素，使徐志摩的诗歌满足了老百姓对诗人形象惯有的审美期待。

无论是作诗还是做人，正如徐志摩的挚友胡适指出的那样："他的人生观真是一种单纯的信仰，这里面只有三个大字：一个是爱，一个是自由，一个是美……他的一生的历史，只是他追求这个单纯信仰实现的历史。"

正因如此，徐志摩赢得了多方的赞誉和肯定。就连力反白话文的学衡派主帅吴宓，对徐志摩这个"自由式的白话诗人"也很宽容，徐志摩遇难之后，《学衡》杂志还特地辟出纪念专辑向诗人致敬。而吴宓，这位一辈子写作旧体诗的老夫子，竟然亲自操觚，撰写悼念文章，他把徐志摩比作雪莱，因为雪莱也年纪轻轻就消亡于意外：

> 悄悄的我走了，正如我悄悄的来；
>
> 我挥一挥衣袖，不带走一片云彩。

八、飞扬，飞扬，劫命的绝唱

飞扬，飞扬，他无法停下。

一旦停下，遂成生命的绝唱。

这确实是真正的浪漫，真正的诗人之死。只有热爱"自由"、喜欢"飞翔"和向往"云游"的人，才配得上这样的归去方式。

徐志摩走了，如烟般地消失。

留下来的，只有那片一直跟随他的薄薄的云彩，一叠厚厚的用生命写就的诗歌，以及无边无际的康桥式的愁雾。

1931年，徐志摩的心情十分糟糕，他在北平工作，曾多次劝陆小曼北上，可她就是不去。是年6月25日，徐志摩忍无可忍，终于下了最后通牒："你一定要坚持的话，我当然也只能顺从你（指不来北平的事）；但我既然决定在北大做教授，上海现时的排场我实在担负不起。"

尽管徐志摩做了几份工作，但相对于陆小曼在上海十里洋场的肆意挥霍，他仍然感到入不敷出、阮囊羞涩。当我得知徐志摩死后还欠人家500元钱时，内心的伤痛久久不能释怀。这个家庭殷富、一辈子不愁花钱的人，这个成名后收入颇丰、在人们的印象中一直过着奢侈生活的人，这个有着一双弹钢琴般好看的手、这手指天生就是用来写诗、写出的诗歌天生就是与鲜花、美酒和欢笑紧紧相连的人，我们怎会想象他要皱着眉头为生计奔波？我们怎能想象他会仰天叹息为生活发愁？

的确，那就是徐志摩的生活，是现实的残酷！

为了做成两笔房地产生意，徐志摩决定回上海一趟，顺便商量一下去北平的事。

1931 年 10 月 29 日，徐志摩在给陆小曼的信中说："我如有不花钱的飞机坐，立即回去。"为了节省一笔路费，徐志摩想搭乘张学良的飞机去上海，但时局动荡，张学良东进一推再推。

徐志摩无奈，也只得一等再等。

不知是巧合，还是生命劫难的前兆。那些天，徐志摩几乎见到了北平所有的朋友，好似在作最后的告别。这些朋友包括刘半农、熊佛西、叶公超、许地山、凌叔华、周作人等。

参加了一拨又一拨朋友的告别会，自己去上海的事仍然还在等待之中。不明所以的陆小曼不停地催问，但张公馆方面毫无消息，徐志摩有些心烦意乱，感觉度日如年。

一个礼拜的等待慢吞吞地过去了。

11 月 10 日晚，徐志摩参加一个宴会，正巧，林徽因也去了。

会后，两人一起出来，在街上溜达了一会儿。自从 1928 年林徽因在欧洲与梁思成结婚后，徐志摩与她的感情就变得十分平静，至少两人在表面上看是这样的。由于当时还不知道第二天就要飞走，因此，徐志摩虽然有许多话想跟林徽因说，但是终因种种顾虑而作罢。两人在街上漫无目的地散了一会儿步后，徐志摩将林徽因送回了家。

可是，当徐志摩有点疲惫地回到家中，只见胡适正在等他。

"你让我急坏了。"一向斯文的胡适也忍不住说，"你到哪里去了？刚才张公馆方面来电，告诉你明日就要起飞。"

徐志摩一听，来不及收拾东西，或者说，他的东西早就收拾好了，他掉头就往外走。

"你干什么去？"胡适大喊一声。

"我去跟徽因告别一下。"徐志摩扔下一句话，头都不回地走了出去。

胡适怔了一下。他的右眼皮突然一跳，一个不祥的念头闪进他的脑海。他立即追出去，但徐志摩已经消失在茫茫夜色中。

徐志摩迅速来到梁家。不料，梁思成和林徽因竟有事外出了。

"这么晚还出去干什么？"徐志摩等了一会儿，见时候不早，便写下一便条："定明早六时起飞，此去存亡不卜……"

那天，林徽因很晚才回来。她一看便条，心中便不安，立即给徐志摩去了一个电话，说："到底安全不安全？"

"你放心，很稳当的。"徐志摩说："我还要留着生命看更伟大的事迹呢，哪能随便死？"

"不要说那个字，好不好？"林徽因在电话里恳求。

"好的。"徐志摩答应了她。

这是徐志摩留给林徽因的最后的声音。

第二天一早，徐志摩不用任何人相送，一个人悄悄地走了，似乎要验证某句诗词。

由于中途要转机并在南京耽搁了几天，直到 1931 年 11 月 17 日，徐志摩才风尘仆仆地回到了上海家中。

然而，面对久别归来的丈夫，陆小曼不是以惊喜和兴奋迎接，相反，却是一副萎靡不振、中毒很深的样子。徐志摩顿时心中不满，他情真意切地说："眉，我爱你，深深地爱着你，所以劝你把鸦片戒掉，这对你身体有害。现在你瘦成什么样子，我看了，真伤心得很呐！"

陆小曼有头痛的毛病，而越吸鸦片，过后便越痛。由于没钱吸鸦片，陆小曼头痛加剧，本来就不高兴，见徐志摩迟迟不回，心里很恼怒。而他一回来便是责备，她积郁的火骤地点燃了。她歇斯底里地大吼一声："你去死吧！"

话音刚落，她随手将烟枪往徐志摩的脸上狠狠地掷去。

徐志摩赶快躲开，金丝眼镜掉在地上，玻璃碎了。

徐志摩一怒之下离开了家，当晚没有回来。

直到第二天上午，徐志摩恢复了平静，有点不安地回到家中，发现陆小曼的房门紧紧地关着，一封信放在客厅的麻将桌上。

徐志摩拿起信，脸色立即变得惨白。原来，失去理智的陆小曼，在信中说她有许多追捧者，如果他实在养不起，她也不稀罕，他可自便，她不愁没有人养她，云云。

悲愤交加的徐志摩在房间足足停留了一刻钟，最终没和陆小曼说一句话。他深深地叹了一口气，随便抓起一条上头有破洞的裤子穿上，提起平日出门的箱子，扭头就走。

那个惨淡经营的家没有什么值得他留恋的地方。

一切都过去。

梦醒了。

风，冷冷的。

当天下午，徐志摩坐车回到南京，坐在老同学何竞武家，两人彻夜长谈，谈的就是自己的苦和陆小曼的任性。所以徐志摩死后，何竞武坚决与陆小曼断绝往来。

19日早上八点，徐志摩乘中国航空公司"济南"号飞机从南京起飞。飞机主驾驶王贯一、副驾驶梁壁堂都是南苑航空学校毕业生，年龄均为36岁。飞机上除运载了四十余磅邮件外，乘客仅徐志摩一人，时年34岁。

登机前他还给梁思成夫妇发电报，让他们下午3点去南苑机场接他。

虽然与陆小曼不欢而散，但10点在徐州加油时，徐志摩似有不祥之感，居然还给陆小曼发去一信，说头痛不想再飞。

10时20分，飞机继续北飞，飞抵济南附近党家庄时遇上大雾，飞机主驾驶为寻觅航线，降低飞行高度，不慎误触开山山顶，机油四溢，机身骤然起火，坠落于山脚，待村人赶来时，两位飞机驾驶员皆已烧成焦炭。

徐志摩座位靠后，仅衣服着火，皮肤有一部分的伤，但他额头撞开一个大洞，成为致命创伤；又因身体前倾，门牙亦已脱尽，惨不忍睹。

徐志摩遇难，终年34岁。

当晚，天空飘落霏霏细雨，似乎在哀悼天才诗人的早逝。

半个多世纪后的今天，仍然有网友写出这样的悼词："徐志摩这不同寻常的死，永久地震撼着当时和后来的文化界，也永久地震撼着人们的心灵。这确实是真正的诗人之死，就如同只有李太白才配入水捉月而死一般，只有他这样的喜爱'飞翔'和'云游'的人，才配得上这样的归去方式。"

我们坚信，诗人离去的刹那，他的心中一定掠过这样的诗句：

假若我是一朵雪花／翩翩地在半空里潇洒／我一定认清我的方向——／飞扬，飞扬，飞扬——／这地面上有我的方向。／不去那冷寞的幽谷／不去那凄清的山麓／也不上荒街去惆怅／飞扬，飞扬，飞扬——

飞扬，这是诗人一生的姿势；

飞扬，这是徐志摩最后的浪漫。

九、浪漫，本不想停留

圣火，本不该熄灭；

浪漫，本不想停留。

徐志摩的生命虽然短暂，但其过程却跌宕起伏，从未停息。特别是在情爱之途上的是是非非，令后人唏嘘不已。在他的生命中，最深刻的先后有三个女人，分别是张幼仪、林徽因、陆小曼。人们真正惋惜的不是张幼仪，也不是陆小曼，而是林徽因。为什么？仅仅是说林徽因最漂亮，学历最高，家庭最显赫？都不对。

最大的遗憾在于，徐志摩没有跟林徽因结婚，受了那么大的挫折也没有爱成，有情人难成眷属，符合黑格尔的悲剧观，激起人们的怜悯与同情。

可是，假如徐志摩与林徽因成了婚，将会怎样？林徽因是因为梁思成出了车祸而痛下决心的，其时，她差一点就要与徐志摩结婚了。林徽因成全了梁启超的期盼，成全了梁思成的追求，更成全了自己的美名。

想想吧，如果林徽因因为梁思成出了车祸而离去，人们将会如何评价她？

张爱玲在《倾城之恋》中，用"毁城"的方式成全了一桩平淡的爱情。而现实生活中，一场不经意的车祸却成全了林徽因与梁思成的婚姻。不过，虽然林徽因将平实的婚姻给了梁思成，但她却将炽热的爱情给了徐志摩。如此，倒印证了那首流行歌曲："既然曾经爱过，又何必真正拥有。"

如果写小说，这样的结局似乎也更合乎王国维所说的"诗歌的正义"，是喜剧式的，也将徐志摩的命运推向新的阶段，推向陆小曼的情感风波中。故事还在进行，一切都充满不确定的因素，只有林徽因自己稳定了，她不再走向徐志摩，不再在情感的风口浪尖中扮演一个关键的角色。她卸了妆，成了小鸟依人的梁夫人。她将浪漫停住，却将更大的浪漫交给还在喜欢飞扬的徐志摩。

有时，我突发奇想：假如徐志摩与张幼仪婚姻不变，结果会是怎么样？

假如徐志摩跟凌叔华结婚，情形又将如何？

再假如，徐志摩跟所谓的"明姑娘"结婚了呢？

在我看来，假如徐志摩跟任何一个他匆匆邂逅产生爱情火花的女人结婚，都可以，也许不至于丧命。只要不跟陆小曼结婚，因为她有"克夫"的命，这说法有点迷信，却多么真实。它恰恰也是徐志摩的父亲徐申如最早看出来并坚决反对她与儿子成婚的原因。虽然至今也还没有人证明徐申如之说，但是，这只是一种直觉、一种体会、一种命定。人是有面相的，不然，古代帝王选皇后时就不会寻找什么"母仪天下"的女子了。

但所有的假如都只能是一种想象。徐志摩最终跟陆小曼结了婚，而且婚后生活发生了一系列变化。有一点让人想不通：陆小曼经常吸鸦片、身体受到严重损害而且思想固执听不进徐志摩的劝告，徐志摩居然容忍她，不停地赚钱以满足她无底洞般的需求。徐志摩为什么不离婚呢？是因为他真的爱着陆小曼，还只是为了一个责任或一个承诺，即梁启超在他们结婚礼时的祝词"祝你们这是最后一次结婚"？

徐志摩一生浪漫，可这一次，他的代价委实太大，大到他再也无法浪漫一回，再也无法看一眼那些他曾经深深爱过的一个又一个优秀的女子。

也许，这本身就是徐志摩留给后世的最大的浪漫？

徐志摩遇难的噩耗传出后，在文艺界引起很大震动。就连一度跟他笔墨相讥的鲁迅也从11月21日的《时报》上剪下了关于这次空难事件的报道。

胡适在徐志摩遇难次日的日记中感慨地写道："朋友之中，如徐志摩天才之高，性情之厚。真无第二人！"

周作人说："中国新诗已有十五六年的历史，可是大家都不大努力，更缺少锲而不舍地继续努力的人，在这中间徐志摩要算是唯一的忠实同志。"

梁实秋则认为："徐志摩的天才在他的散文里表现最清楚最生动。"

沈从文号召："纪念徐志摩的唯一方法，应当是扩大我们个人的人格，对世界多一分宽容，多一分爱。"

蔡元培先生的挽联最为精妙：

谈话是诗，举动是诗，毕生行径都是诗，诗的意味渗透了，随遇自有乐土；

乘船可死，驱车可死，斗室坐卧也可死，死于飞机偶然者，不必视为畏途。

也有例外的。比如闻一多，他就迟迟没有反应，以致他的学生臧克家都忍不住发问道："你是公认的徐的好朋友，为什么没有一点表示呢？"

闻一多当时的回答是："徐志摩一生，全是浪漫的故事，这文章，怎么个作法呢？"

浪漫的故事不能作文章？真是奇怪的理由。

1931 年 11 月 21 日下午，徐志摩的灵柩暂厝于济南福缘庵，后由友人沈从文、梁思成，亲戚张嘉铸，儿子徐积锴等主持，将遗体运往上海，由万国殡仪馆重殓，在静安寺设奠，最后安葬在故乡浙江海宁硖石镇东山万石窝，墓碑系书法家张宗祥所题。

记得徐志摩遇难的前一年，即 1930 年秋天，他得到北京大学文学院院长胡适的帮助，离开上海到了北平，任教于北大。当时 20 岁的卞之琳是英文系学生，正开始诗歌创作。

晚年的卞老回忆起徐志摩给他们上课时，仍然津津乐道："徐志摩是才气横溢的一位诗人。他给我们在课堂上讲英国浪漫派诗，特别是讲雪莱，眼睛朝着窗外，或者对着天花板，实际是自己在作诗，天马行空，天花乱坠，大概雪莱就是在他这一片空气里了……"

徐志摩谈起新诗创作的灵感，说："我自小眼睛近视，有一天在上海配了一副近视眼镜，到晚上抬头一看，发现满天星斗，那么美丽耀眼，感到无比激动，心中突然涌起了要写诗的冲动，这是我的第一次灵感……"

当徐志摩罹难的消息传到北大时，卞之琳和同学们正在吟诵他的《云游》："那天你翩翩地在空际云游，自在，轻盈，你本不想停留……"他噙着泪花对同学们说："徐先生云游去了，他留下的新诗，让我们回味无穷。"

的确，浪漫不会停留。徐志摩像那唐诗中的红豆，仍然被许多人深刻地相思。

十、此恨绵绵无绝期

相思随风去；

悲愁伴云来。

徐志摩死后，所有的亲人和朋友都为他悲痛，但其中有两个人最悲痛。

第一个人就是徐志摩的父亲徐申如。几个月前，他痛失自己的妻子，他还没来得及从悲痛的阴影中走出来，灾难再次降临，如此惨烈，又如此突然，这怎不叫人悲痛欲绝？一年中失去两个最亲的人——妻子和儿子，其情何堪！

痛定思痛，徐申如没有愧为徐志摩的父亲，他在挽联中写道：

> 考史诗所载，沈（沉）湘捉月，文人横死，各有伤心；
> 尔本超然，岂期邂逅罡风，亦遭惨劫？

> 自襁褓以来，求学从师，夫妇保持，最怜独子；
> 母今逝矣，忍使凄凉老父，重赋招魂？

这样的挽联也只有徐志摩的父亲能够写出。

除了徐志摩的父亲，另一个最悲痛的人是陆小曼。

听到徐志摩的噩耗，陆小曼起先是近乎粗暴地将报丧人挡在门外，从这种本能的反应里可以见出她骨子里的痛楚。当死讯最终被证实后，她一下子倒在地上，并昏厥过去。过了好一会儿，她好歹醒来，随即便毫无顾忌地号啕大哭，大口大口吐出鲜血，都快将衣服染红了。

除了承担绝望的伤痛外，陆小曼还要承担来自社会各界的责难。不久，她的牙齿全落，也没有心思去镶过一颗。所有的伤痛，所有的苦楚，只有她一人独自承担。

从那以后，陆小曼素服终身，再没穿过一件有红色的旗袍，而且闭门不出，谢绝一切来宾，也再不到舞厅去跳舞。她的卧室里悬挂着徐志摩的大幅遗像，每隔几天，她总要买一束鲜花送给他。她说："艳美的鲜花是徐志摩的象征，他是永远不会凋谢的，所以我不让鲜花有枯萎的一天。"

陆小曼还用正楷写下《长恨歌》中的两句："天长地久有时尽，此恨绵绵无绝期。"她庄重地将此诗句放在玻璃板下，以示无尽的哀思。

夜深人静，陆小曼站在空荡荡的房子里向徐志摩发誓："我一定做一个你一向希望我所能成的那种人，我决心做人，我决心做一点认真的事业。"

她的确做到了，她真的成了徐志摩希望的那种女性——看书、编书、画画、写文章。

1959 年，陆小曼还被全国美协评为"三八红旗手"。

与徐志摩在世的时候相比，陆小曼脱胎换骨，已经是截然不同的两个人了。

有一天，友人韩湘眉由美国来华探亲，顺便来看望陆小曼。

韩湘眉开门见山地说："国外的朋友都很记挂你，如果需要什么帮助，尽管说，大家都希望尽一份心意。"

陆小曼听了很受感动，但是她谢绝了朋友们资助她的钱。

"谢谢你们的好意。"陆小曼用苍老而又清晰的声音说，"确实，解放前，我过得很苦，但是解放改变了我的一切，像我这样消极悲观的人，也开始了新的生命。"

1965 年，带着对徐志摩的追悔和思念，陆小曼一病不起，与世长辞。她化为一股轻烟，向徐志摩飞扬的方向追去……

当然，徐志摩的突然谢世，还深深地打击了两个人：一个是凌叔华，另一个就是他的原配夫人张幼仪。

1931 年，就在徐志摩遇难后不久，凌叔华在《晨报·学园》发表了一篇题为《志摩真的不回来了吗？》的悼文，其中有这样一段文字，读来令人泪下：

我就不信，徐志摩，像你这样一个人肯在这时候撇下我们走了的。

平空飞落下来解脱得这般轻灵，直像一朵红山棉（南方叫英雄花）辞了枝柯，在这死的各色方法中也许你会选择这一个，可是，不该是这时候！莫非你（我在骗不过自己时，也曾这样胡想）在云端里真的遇到了上帝，那个我们不肯承认他是万能主宰的慈善光棍，他要拉你回去，你却因为不忍甩下我们这群等待屠宰的羔羊，凡心一动，像久米仙人那样跌落下来了？我猜对了吧，徐志摩？……你真的不回来了吗？

如果说，徐申如、陆小曼、凌叔华和林徽因（下面另叙）等人的悲痛还可以通过文字的方式发泄出来的话，那么，张幼仪就是把悲痛隐隐地压在心底。作为徐志摩的原配夫人，无论徐志摩后来爱过多少女人，只有她的爱是没有条件的，即便是徐志摩并不爱她，她仍然爱徐志摩。

听到徐志摩的死讯，张幼仪一下子愣住了。不久，往昔的悲苦潮水般涌来：在英国求学那一阵子，徐志摩明知张幼仪的去向，却不予理睬。只在要办理离婚手续时，才到柏林去找她。产后，张幼仪很快从悲痛中振作起来，进入裴斯泰洛齐学院，专攻幼儿教育。回国后创办云裳公司，主政上海女子储蓄银行，均大获成功。

尤其难能可贵的是，回国后，张幼仪仍照样服侍徐志摩的双亲（被认作寄女），精心抚育她和徐志摩的儿子。台湾版的《徐志摩全集》也是在她的精心策划下编纂的，为的是让后人知道徐志摩著作的全貌。

徐志摩与最爱他的女人离了婚，而最爱徐志摩的女人明明知道徐志摩并不爱她，却对徐志摩终生不渝。

因为爱，恨便无法生存；因为爱，她便能活得坦然。

1988 年，张幼仪在纽约去世，享年 88 岁。

据说那一天，纽约的天空特别蓝，蓝得就像一块玻璃。

十一、这里睡着一个人，名字写在火焰里

徐志摩遇难后，林徽因是什么反应呢？

"不，决不！"林徽因坚决不信，她对着镜子，歇斯底里地喊道，面孔因为抽搐而变形："徐志摩，徐志摩，你不是说没事的吗？你不是说还有许多重要的事等着你去做吗？"

徐志摩出事的当天，在梁思成的陪伴下，林徽因强忍住悲痛，急忙赶到济南，他们从出事地点捡了一块飞机的残片，小心翼翼地用手绢包好。

"徐志摩，我们来看你了……"话音未落，林徽因泪水如注。

梁思成的眼圈也红了。

林徽因把飞机的残片带回家里，她说那是"徐志摩的魂"，她把它挂在卧室的墙壁上，直到去世。这是林徽因对徐志摩情感的真实写照，是梁思成的宽容与理解成全了她的坦荡。从某种意义上说，这也是林徽因对世俗社会的一种蔑视。

1934 年 11 月 19 日，林徽因和梁思成去南方考察时路过徐志摩的故乡硖石，特地停车下来搜寻，在昏沉的夜色里，她独自站在车门外，"凝望着幽暗的站台，默默地回忆许多不相连续的过往残片，直到生和死之间居然幻成一片模糊，人生像火车似的蜿蜒成一串疑问在苍茫间奔驰……如果那时候我的眼泪曾不由自主地溢出睫外，我知道你定会原谅我的"。

一年后的同一天，林徽因满含深情地写了一篇《纪念徐志摩去世四周年》，文章传递出她对徐志摩的深切怀念：

今天是你走脱这世界的四周年！朋友，我们这次拿什么来纪念你？前两次的用香花感伤地围上你的照片，抑住嗓子底下叹息和悲哽，朋友和朋友无聊地对望着，完成一种纪念的形式，俨然是愚蠢的失败。

因为那时那种近于伤感，而又不够宗教庄严的举动，除却点明了你和我们中间的距离，生和死的间隔外，实在没有别的成效；几乎完全不能达到任何真实纪念的意义。

……

朋友，你自己说，如果是你现在坐在我这位子上，迎着这一窗太阳：眼看着菊花影在墙上描画作态；手臂下倚着两叠今早的报纸；耳朵里不时隐隐地听着朝阳门外"打靶"的枪弹声；意识的，潜意识的，要明白这生和死的谜，你又该写成怎样一首诗来，纪念一个死别的朋友？

……据我看来，死是悲剧的一章，生则更是一场悲剧的主干！我们这一群剧中的角色自身性格与性格矛盾；理智与情感两不相容；理想与现实当面冲突；侧面或反面激成悲哀。日子一天一天向前转，昨日和昨日堆垒起来混成一片不可避脱的背景，做成我们周遭的墙壁或气氲，那么结实又那么缥缈，使我们每一人站在每一天的每一个时候里都是那么主要，又是那么渺小无能为！此刻我几乎找不出一句话来说，因为，真的，我只是个完全的糊涂；感到生和死一样的不可解，不可懂。

但是我却要告诉你，虽然四年了你脱离去我们这共同活动的世界，本身停掉参加牵引事体变迁的主力，可是谁也不能否认，你仍立在我们烟涛渺茫的背景里，间接地是一种力量，尤其是在文艺创造的努力和信仰方面。间接地你任凭自然的音韵，颜色，不时的风清月白，人的无定律的一切情感，悠断悠续地仍然在我们中间继续着生，仍然与我们共同交织着这生的纠纷，继续着生的理想。你并不离我们太远。你的身影永远挂在这里那里，同你生前一样的飘忽，爱在人家不经意时莅止，带来勇气的笑声也总是那么嘹亮，还有，还有经过你热情或焦心苦吟的那些诗，一首一首仍串着许多人的心旋转。

……

我们的作品会不会再长存下去，就看它们会不会活在那一些我们从来不认识的人，我们作品的读者，散在各时、各处互相不认识的孤单的人的心里的，这种事它自己有自己的定律，并不需要我们的关心的。你的诗据我所知道的，它们仍旧在这里浮沉流落，你的影子也就浓淡参差地系在那些诗句中，另一端印在许多不相识人的心里。朋友，你不要过于看轻这种间接的生存，许多热情的人他们会为着你的存在，而加增了生的意识的。伤心的仅是那些你最亲热的朋友们和同兴趣的努力者，你不在他们中间的事实，将要永远是个不能填补的空虚……

如果说，上面这篇文章虽然委婉地表达了林徽因内心的部分情感，但更多的是作文章给别人看的，有一些套话和隐晦的话，说得遮遮掩掩，没有淋漓尽致的痛快感。因此，仅仅过了几个月后，即 1936 年的夏天，林徽因发表了诗作《别丢掉》，这才是她坦诚的独白，是裸露的心声。

诗不长，不妨抄录于此：

别丢掉
这一把过往的热情，
现在流水似的，
轻轻在幽冷的山泉底，
在黑夜，在松林，
叹息似的渺茫，
你仍要保存着那真！
一样是月明，
一样是隔山灯火，
满天的星，
只有人不见，

梦似的挂起，

你向黑夜要回

那一句话——你仍得相信

山谷中留着

有那回音！

1955 年 4 月 1 日 6 时 20 分，一代才女病逝于同仁医院。

林徽因娇弱的遗体安放在八宝山革命公墓，由梁思成设计墓碑。墓碑上的石刻花圈是林徽因为天安门广场上的人民英雄纪念碑而设计的。

谢幕了，尽管是那么悠长。

我相信，这以后的一切，徐志摩在天堂里都看见了。

济慈给自己撰写的墓志铭是："这里睡着一个人，他的名字是写在水上的。"

徐志摩没有墓志铭，他的名字是写在一团火焰里的，那是一团自由的火焰，一团飞扬的、爱的火焰。

第八章

朱自清：
荷池莲叶留清影

他是战斗的，也是诗性的，浪漫的。"没有月光的晚上，这路上阴森森的，有些怕人。今晚却很好，虽然月光也还是淡淡的。"他走到了月色中的荷塘，那是只属于他的天堂。他的一生既做到了父亲期许的"腹有诗书气自华"，也完成了他对自己的要求："廉洁正直以自清"。

一、腹有诗书气自华

苏北东海县的朱家是书香世家，家里的老先生朱则余在东海县任承审官一职。做官多年来，老先生为人清白，性格谦和。他的儿子朱鸿钧也是一位读书人，自幼苦读经书。然而，朱鸿钧的妻子周氏先后生下的两个儿子都不幸夭折，这对朱家来说是个巨大的灾难。而 1898 年的初冬，朱家的宅邸却格外热闹，这天前来朱家贺喜的亲友来往不断，左邻右舍也是个个喜笑颜开。只是当时大家还不知道的是，朱家不仅迎来了长子，也迎来了未来中国文学史上一颗耀眼的明星。朱鸿钧希望儿子能像他一样，做一个"腹有诗书气自华"的读书人，便给儿子取名为"朱自华"。

六岁时，朱自华随父亲搬迁到扬州生活。在扬州，他度过了最为快乐和欢愉的少年时代。在他看来，"青灯有味是儿时"。那是一个佳丽云集、英雄辈出的地方，少年时期的朱自华就在"淮左名都，竹西佳处"的扬州城接受了私塾的传统教育，学习经书古籍、文章和诗词，这为他日后在北京大学的学习打下了坚实的国文基础。朱自清后来感慨道，他的国文正是跟着私塾的张子秋老先生才学通的。在扬州读中学的日子，他养成了之后的性格与品行：不苟言笑，做事认真，爱好文学，一副少年老成的样子。时至今日，扬州城安乐巷 27 号的门前仍旧人来人往，这座扬州传统的三合院保留着朱自清生活过的痕迹，砖墙细瓦、雕花屏门远远看去古朴大方，站在窗前，仿佛还能望见先生低头伏在案边写作的身影。

从江苏省立第八中学毕业后，十八岁的朱自华顺利考入北京大学预科。1916 年的夏天，朱自华离开生活了十三年的扬州，独自乘火车北上北京。一年后他提前考入了北京大学的哲学系，并正式更名为"朱自清"。"自清"二字出自《楚辞·卜居》中的"宁廉洁正直以自清乎"，他借此来提醒自己要廉洁正直、保持清白、坚守志向。他还为自己取字"佩弦"，意在警醒自己性格缓慢，需要像弓弦一样时刻处于紧张状态。

而这一年，新文化运动正在北京大学如火如荼地开展，民主教育家蔡元培出任北京大学校长，陈独秀出任北京大学文科学长，成长于南方传统家庭的朱自清在陌生又充满吸引力的北京打开了新世界的大门。新的词汇、新的思想、新的观念对自幼接受传统文化教育的朱自清来说是一场莫大的震撼。朱自清对每一期《新青年》的文章都烂熟于心，在新文化的影响下，朱自清也释放了他的文学热情。他写下了《睡吧，小小的人》《光明》《新年》等诗歌，他以清新明快的诗作在诗坛上彰显了自己的风格，也借诗歌在茫茫黑夜中的大地上振臂呐喊。

不幸的是，远在扬州的朱家此时早已家道中落，朱自清的父亲朱鸿钧也已经丢了官职。1920 年，朱自清通过了毕业考试，提前一年从北京大学毕业，他先后在杭州第一师范和母校江苏省立第八中学工作。在学校教书育人的同时，朱自清始终坚持写作，积极投身新文学运动之中，创作了许多优秀的诗歌与散文。1922 年，二十四岁的朱自清与叶圣陶等人创办了我国第一个诗歌杂志《诗》月刊。后来的日子，迫于家庭原因、战乱与生计问题，朱自清先后在北京大学预科、浙江台州第六师范学校、浙江省立第十中学、宁波省立四中和白马湖春晖中学任教，他独特的教育理念培养了大批优秀的学生。

1925 年，二十七岁的朱自清经俞平伯推荐任清华大学中文系教授，这一次他仍旧是只身一人带着简单的行李来到北京。随着"三一八"惨案爆发和大革命的失败，朱自清的作品也从描写日常生活的闲情雅致转变为对时事和丑恶现实的抨击。1931 年 8 月，朱自清获得了公费出国游历的机会，他先后游历了西伯利亚、法国和英国，半年后又前往欧洲其他各国漫游，1932 年 7 月 7 日，他告别了欧洲，乘意大利"罗索伯爵"号轮船返回祖国。回国以后，朱自清继续在清华大学执教。抗日战争全面爆发以后，北京的大批学者和学生迁往西南地区，战乱时期的读书人在遥远僻静的昆明获得了短暂的安宁。在这座"中国教育史上的珠穆朗玛峰"上，朱自清等一众学者为灾难之中的中华民族保留了新的希望，联大师生们瘦弱的肩膀上担起了民族复兴的伟业。

抗日战争结束后，联大师生先后回到北平。1947年10月7日，四十八岁的朱自清和家人从重庆飞往北平。回到阔别八年的北平以后，朱自清一方面进行着《闻一多全集》的编撰工作，另一方面积极参加各项民主活动。此时的北平已经不复从前了，他们日夜期盼回来，可如今的北平"像在潮水里晃荡着"，浓重的阴影笼罩着北平的将来。然而，朱自清还是没能看到北平的光明。次年，朱自清的胃病越来越严重，5月15日他在妻子陈竹隐的陪同下在中和医院被诊断为胃梗阻，但因为高额的手术费用，朱自清还是拒绝了手术治疗。在这样的境况下，6月18日他还是签署了《抗议美国扶日政策并拒绝领取美援面粉宣言》，这位君子从不逃避自己的责任，在国家大义面前毅然决然地放弃了个人的利益。8月12日，朱自清永远地离开了。他去世后，毛泽东称赞他："一身重病，宁可饿死，不领美国的'救济粮'的'骨气'表现了我们民族的英雄气概。"

作为文人，朱自清一生从事诗歌创作和散文创作，他为中国文学史留下了一批优美动人的文章；作为斗士，他坚持民主的信条，用文字来抨击当权者的罪行，始终保持着一个正直的爱国知识分子的气节和情操。朱自清的一生既做到了父亲期许的"腹有诗书气自华"，也完成了他对自己"廉洁正直以自清"的要求。

在这匆匆又匆匆的五十年里，朱自清书写了自己的完美人生。

二、父亲的背影

人在世上的修行都是以孩子的身份开始的。在成为妻子的丈夫、孩子的父亲之前，朱自清最先也是父亲的长子、祖父的长孙。他是在万众期待之下出生的，苏北东海县承审官的长孙，与他不幸早夭的两个哥哥不同，朱自清有着健康的身体。从孩童时期起，朱自清就记得父亲对他的教诲。父亲是个读书人，对朱自清的教育也格外严格。朱鸿钧即使是出差，也会给还未进学堂的朱自清布置下阅读经籍和唐诗宋词的任务，一到扬州安顿下来，他就将儿子送到了私塾读书。每晚放学回家，父亲总要检查儿子做的文章，文章作得好，父亲就兴奋地饮几杯薄酒；文章若是作得不好，儿子必要挨一顿责罚。

然而，朱自清长大后却与幼年时期时而严厉时而慈爱的父亲渐行渐远。1916 年，刚刚到北京的朱自清发现家里的经济状况每况愈下，原因竟是父亲为了娶姨太太丢了官职。故事说来也简单，朱鸿钧为官一直勤勤恳恳，好不容易官至徐州榷运局局长时，他又走错了一步棋，他在徐州又娶了房姨太太，这让在扬州的一位姨太太不高兴了，跑到徐州大闹，朱鸿钧的官职也因此不保，朱家也由此败落了。这也让朱自清与父亲的关系也不再像以前那样亲密。

1917 年，朱自清的祖母去世，他和父亲一起回到扬州为祖母办理丧事。丧事办完以后，父亲打算去南京谋事，朱自清也要回北京读书。朱鸿钧因事忙原本不打算亲自送儿子离开，最后还是放心不下，决定自己送儿子去车站。而《背影》的故事就发生在南京浦口火车站。他以真挚朴实而富有情感的笔调写道：

> 父亲因为事忙，本已说定不送我，叫旅馆里一个熟识的茶房陪我同去。他再三嘱咐茶房，甚是仔细。但他终于不放心，怕茶房不妥帖；颇踌躇了一会。其实我那年已二十岁，北京已来往过两三次，是没有什么要紧的了。他踌躇了一会，终于决定还是自己送我去。我再三劝他不必去；他只说："不要紧，他们去不好！"

可怜天下父母心！孩子再大在父母的眼中也是孩子，当时已经成年的朱自清已经去过北京几次，但是父亲仍旧放心不下。父亲再细心地叮嘱旁人，也害怕旁人做得并不周到。父亲本是有事的，可还是决定亲自送儿子。想来除了放心不下，还有一层原因是不知何时才能再见到儿子。

在后文中，他继续酝酿笔下的情感，写下了《背影》一文中最为经典的一段：

> 我说道："爸爸，你走吧。"他往车外看了看，说："我买几个橘子去。你就在此地，不要走动。"我看那边月台的栅栏外有几个卖东西的等着顾客。走到那边月台，须穿过铁道，须跳下去又爬上去。父亲是一个胖子，走过去自然要费事些。我本来要去的，他不肯，只好让他去。我看见他戴着黑布小帽，穿着黑布大马褂，深青布棉袍，蹒跚地走到铁道边，慢慢探身下去，尚不大难。可是他穿过铁道，要爬上那边月台，就不容易了。他用两手攀着上面，两脚再向上缩；他肥胖的身子向左微倾，显出努力的样子。这时我看见他的背影，我的泪很快地流下来了。我赶紧拭干了泪。怕他看见，也怕别人看见。我再向外看时，他已抱了朱红的橘子往回走了。过铁道时，他先将橘子散放在地上，自己慢慢爬下，再抱起橘子走。到这边时，我赶紧去搀他。他和我走到车上，将橘子一股脑儿放在我的皮大衣上。于是扑扑衣上的泥土，心里很轻松似的。过一会儿说："我走了，到那边来信！"我望着他走出去。他走了几步，回过头看见我，说："进去吧，里边没人。"等他的背影混入来来往往的人里，再找不着了，我便进来坐下，我的眼泪又来了。

画面中是远行的儿子和担忧的父亲，儿子越来越成熟，而父亲却越来越年迈。临行前的父亲总是希望儿子这一路不要吃苦，不要挨饿，特地跑去为儿子买几个橘子带在路上吃。可到那边月台的路并不平顺，父亲蹒跚的背影让身后的儿子也流下了眼泪。当父亲艰难地走到朱自清面前，却是"扑扑衣上的泥土"，故作轻松地和儿子告别。可是父亲的心中没有离别的伤痛吗？他走了几步却又回过头来，那是一位父亲的不舍呀！

朱自清笔下的父亲不是正面的肖像，没有父亲面部具体的表情，我们只能看到父亲的背影。而在这个无声的背影中，一个传统的中国男人、普通的父亲形象变得栩栩如生。最后，父亲渐行渐远，在人群中看不到他的踪影，这不正是子女和父母人生的写照吗？我们终究要奔向不同的地方，孩子要去追求属于自己的光明未来，而父母永远在家里等待着孩子的归来。

这是人类最伟大的情感，是最无私的爱！朱自清对父亲深沉的爱在《背影》中表达得那样真挚和自然。如此博大的爱被细小的笔触呈现得淋漓尽致，短短的文章仿佛记录了全天下父子之间的爱。

这是发生在 1917 年的故事，朱自清却是在八年后写下的。在这中间也发生了许多的故事：朱自清回到北京后埋头苦读，终于在三年后提前从北京大学毕业。远在扬州的父亲一直没有找到工作，家中生计日益艰难，父亲更是郁郁寡欢。朱自清提前毕业的消息无疑是朱家天大的喜事。只是，朱自清教书以后，父亲凭借与扬州八中校长的私交直接掌控了朱自清每月的工资，父亲封建家长的专制行为令朱自清难以忍受。而在朱鸿钧看来，儿子照顾家庭是天经地义、理所当然，两人谁也不让谁，矛盾就此激化了。一个月后，朱自清离开了扬州。

1921 年的冬天，朱自清接走了在扬州的妻儿，正式组建了自己的小家庭。在传统封建的朱鸿钧看来，儿子的行为是对自己的权威的挑战。朱鸿钧更加生气，二人也彻底失和。后来朱自清几次回家想要缓和与父亲的关系，可父亲仍旧没有示好。就这样，朱家父子之间僵持了许多年。

和许多面冷心善的家长一样，晚年的朱鸿钧只是表面上对朱自清很冷漠，心里对自己的长子却是十分看重与思念的。朱鸿钧常常借惦记孙子的名义与朱自清书信往来。

1925 年，朱自清已经离开了江南去往北京，父亲在给他的信中写"我身体平安，惟膀子疼痛厉害，举箸提笔，诸多不便，大约大去之期不远矣"。读完父亲的信，朱自清不禁悲从中来。这时的他已经能够理解父亲了，父亲一生的辛酸与苦闷无人诉说，他们二人的命运或多或少有些相似。他想起父亲少年时就外出谋生，凭借自己的努力做了许多大事；想起父亲如今的境况如此颓唐，父亲的心中该有多悲愤啊！在对往事的怀念中，萦绕在他心中挥之不去的是在浦口火车站时父亲穿着黑布大马褂那蹒跚的背影。

他用文字记录了这一段心路历程："近几年来，父亲和我都是东奔西走，家中光景是一日不如一日。他少年出外谋生，独力支持，做了许多大事。哪知老境却如此颓唐！他触目伤怀，自然情不能自已。情郁于中，自然要发之于外；家庭琐屑便往往触他之怒。他待我渐渐不同往日。但最近两年不见，他终于忘却我的不好，只是惦记着我，惦记着我的儿子。"

几年后的秋天，朱自清的弟弟收到兄长寄来的散文集《背影》，年迈的父亲激动地捧着书，将身体小心翼翼地挪动到窗前，缓慢地戴上老花眼镜，一字一句地读着《背影》，不知不觉中已是老泪纵横。

父亲与儿子在眼泪中理解了彼此，也原谅了彼此。

三、前半世相敬如宾

朱自清与父亲的矛盾不只是父亲封建大家长式的独断专权，更是他对旧家庭的不满。他看不惯父亲娶姨太太、纳妾的行为，告诫弟弟不要学父亲。朱自清坚持一夫一妻制，他与自己的结发妻子武钟谦感情很好，夫妻二人相敬如宾。不幸的是，武钟谦却早早离世，留下了朱自清和六个孩子，最小的儿子不久后也早夭了。

在武钟谦之前，朱自清的母亲也为他安排过几次相亲，却因为各种各样的原因，最终都不了了之。随着朱自清年岁渐长，母亲越来越为朱自清的婚事发愁，此时父亲朱鸿钧却病了，请了许多医生看都不见成效。后来听说有位名医武威三医术高超，朱家就请他来家里看病。巧的是，这位名医家中有位独女，长相端庄秀丽，性格温顺大方。两家商量着定下了婚事。

这一年是 1912 年，朱自清十四岁。

五年后，朱自清在北京大学预科时收到了父亲的信，催促他寒假尽早回家成亲。或许，在朱自清看来，这是不幸的。自己的婚姻大事由父亲全权操办，未来一生将要携手走过的人却从未见过面，但彼时他还无力反抗自己的父亲。可幸运的是，他的妻子武钟谦却是那么美丽、那么善解人意，二人的婚后生活幸福美满。

完婚后，朱自清回到了北京继续读书，留下妻子在家里照顾公婆。朱自清的母亲却不是好相处的婆婆，她在生活中几次三番刁难武钟谦。更过分的是，朱自清的母亲将家道中落的责任推到儿媳身上，平日里的冷言冷语已经让武钟谦心灰意冷了，现在她还不允许儿媳笑。武钟谦曾经也是被父母娇生惯养的掌上明珠，如今却变得充满忧愁、郁郁寡欢。然而武钟谦却始终没有把自己遭受的苦楚告诉朱自清，而是独自一人咽下了生活的苦楚。

朱自清与父亲失和后独自离开了扬州，武钟谦和孩子便回了娘家。可她的父亲已经续弦，继母的冷嘲热讽更是让她身处冰窖。1921 年的冬天，朱自清回扬州将妻儿接到杭州组建了属于他们自己的小家庭。没过多久，朱自清又去了台州教书，安顿之后又将妻儿接来。他们台州的家在山谷里，夫妻二人在此地也没有朋友，经常是一家人围炉座谈。台州的冬天格外寒冷，朱自清却觉得"家里老是春天"。他在《冬天》里写："似乎台州空空的，只有我们四人；天地空空的，也只有我们四人。"

朱自清从北京大学毕业后的几年时间里，他们一家人辗转于扬州、台州、温州等地，武钟谦始终承担着照顾一家老小的责任，未出阁时她也是家里金尊玉贵的孩子，如今做起烧饭洗衣的家庭主妇也是有模有样。1923 年温州战乱时，武钟谦带着家人去山中避难。当时朱自清还在北京，武钟谦领着母亲和一群孩子东藏西躲的，途中走了许多里路，翻了许多座山岭。两回逃难差不多都只靠她一个人，可是她不但带了母亲和孩子们，还带上了朱自清一箱箱的书。

因为她知道，朱自清是最爱书的。

1927年，朱自清将家眷接到北京清华园，可是武钟谦的身体越来越差了，她为一家人操了太多的心。次年年底，她生完孩子后由于过于劳累病情又加重了。到了秋天，朱自清决定将她和孩子送回扬州养病，那里的气候可能更适宜居住。在车站时，武钟谦伤心地说："还不知能不能再见！"

不想，回扬州不到一个月武钟谦就离开了人世，再也见不到心爱的丈夫与可爱的孩子们了。那一句"还不知能不能再见"竟一语成谶，他们从此天人两隔。

武钟谦去世三年后，朱自清在为她而作的《给亡妇》中写道：

> 谦，日子真快，一眨眼你已经死了三个年头了。这三年里世事不知变化了多少回，但你未必注意这些个。我知道，你第一惦记的是你几个孩子，第二便轮着我。孩子和我平分你的世界，你在日如此；你死后若还有知，想来还如此的。

武钟谦将她全部的爱给了丈夫和孩子们。她离开后，二人生死两茫茫，不思量，自难忘。千里孤坟，无处话凄凉……

四、后半生相濡以沫

武钟谦去世以后，朱自清悲痛欲绝。极度痛苦的朱自清当时生活几乎无法自理，好在有好友俞平伯的帮助，他才得以走出人生的低谷。

两年后，朋友们介绍他与小他七岁的陈竹隐相识。陈竹隐是位接受过新式教育的女性，从四川省立第一师范学校毕业后考入北京艺术学院，学习过工笔画和昆曲演唱。那一年陈竹隐二十六岁，朱自清三十三岁。二人在陈竹隐的昆曲老师浦熙元的介绍下认识，朱自清当时也是在朋友们的诓骗下，完全不知情地参加了这场"相亲"。饭桌上还有几位陈竹隐的同学，饭局结束以后，同行的朋友和陈竹隐开起玩笑，说朱自清十分老土。陈竹隐却不以为然，她仰慕朱自清的才华，认为他是一个朴实、正派、可靠的人。

从那以后，他们二人开始通信。朱自清常常给陈竹隐写情书：

> 我的满腔的热情，在无字句处寄托着。这些夜都不大睡得好，梦中似乎见一个女人，但也不大清白。隐，你知不知道，你影响我是这般大呢！
>
> 祝你快快活活的，在白天与黑夜！有什么有趣的消息，你一定还愿意说给我，因为我是你的清。

当时朱自清还住在城郊，而陈竹隐的住处在中南海，两人的信件在北平城穿梭往来。朱自清也常常去城中看望她，在相处中，陈竹隐发现朱自清是一个有才华的君子，他做事严谨认真、为人真诚。可是，朱自清是五个孩子的父亲，尚未婚配的陈竹隐害怕自己担不起这样的重任，无法做五个孩子的继母。最终朱自清真诚的情感令陈竹隐败下阵来，两个多月后两人就在北平订婚了。

没过多久，朱自清获得了公费出国游历的机会。将近一年后，朱自清从欧洲回国，两人在上海团聚。1932年8月4日，他们在上海的一家广东饭店举行了婚礼。不同于朱自清的上一次婚姻，陈竹隐与朱自清都主张新事新办，采用简便的方法举行仪式。两天后二人前往杭州湾外东海上的小岛普陀山度蜜月，新婚宴尔，浓情蜜意。

是年 9 月，朱自清同妻子回到清华园，原以为生活会更加安定。不想陈竹隐与武钟谦不同，她在社会独立生存了很久，需要有自己的工作和社交。陈竹隐本想在清华大学找个工作，但当时清华有规定说教授家属不得在校内做事。朱自清本期待妻子能够在家中主持家务，做一名家庭主妇，但陈竹隐不满于这样的生活，朱自清的务实与陈竹隐的浪漫令两人在生活中的矛盾日益凸显。

不过随着时间的推移，朱自清常常调整自己的时间陪同陈竹隐出去游玩，让她多外出与朋友玩耍。而陈竹隐心疼五个没有母亲的孩子，也心疼朱自清工作辛苦，自己承担起了全部的家务。两人在生活中越来越理解彼此，感情也更加和睦了。

抗日战争全面爆发以后，朱自清也随校迁往西南，他在心中一直惦念着妻子与孩子。数月后，陈竹隐带着孩子们随北大、清华部分家属一同南下，历经千辛万苦抵达云南。1940 年，朱自清一家在昆明住了两年后，家庭的生活条件也越来越艰辛，昆明的物价越来越高，因为陈竹隐本是成都人，成都那时的物价要低一些，夫妻俩商量搬到成都住，后朱自清常在成都与昆明两地之间往返。

1946 年 10 月 7 日，朱自清一家乘飞机从重庆回到北平。这时的朱自清由于长期的操劳过度和战乱时期常常食不果腹，胃病已经十分严重了。1948 年，朱自清逝世后，陈竹隐一面强忍自己心中的丧夫之痛，另一面又担起了独自照顾孩子的重任。后来，她一边工作，一边养育儿女，同时还参与了《朱自清全集》的编撰工作，并将朱自清全部作品捐献出来，只给每个孩子留了一封父亲的信作为纪念。

朱自清去世后，陈竹隐没有再嫁。1990 年，八十五岁的陈竹隐离开了人世。她是一位独立、自信、坚强、勇敢的新女性，尽管为家庭牺牲了自己的时间，但她从没放弃过自己的个性。

毫无疑问，陈竹隐是一位优秀的继母、慈爱的母亲和出色的妻子。

五、亲友相问，冰心玉壶

朱自清的一生，结交过许多朋友，与秦淮河上的俞平伯相交，更是惺惺相惜。

今天，走在北京大学的小路上，仿佛还能听到朱自清与俞平伯吟诗作对的声音。早在大学时期，俞平伯就已经在诗坛上崭露头角了，朱自清爱诗，也爱这位朋友。从北京大学毕业后，这两位好兄弟在时任北京大学代校长的蒋梦麟的推荐下一同前往浙江一师任教。朱自清不爱说话，也不善交际，闲暇之时总是约俞平伯在杭州各处游玩。他们白天上课，晚上写诗，切磋技艺，也因此创作了许多新诗。可是好景不长，半年后俞平伯就因事辞职回到北京了。

之后，朱自清与俞平伯一直保持通信，每逢碰到在同一个城市，总要一同玩耍一番，谈论自己对人生和生活的看法。那篇著名的《桨声灯影里的秦淮河》就是朱自清与俞平伯在南京夜游秦淮河时的所见所感，不久俞平伯也创作了同名散文。

朱自清人生最痛苦的时候是发妻武钟谦去世，他悲伤到无法进食。俞平伯便每日将一日三餐送来他家，朱自清一定要算伙食费，俞平伯只好每月收十五元，又将这十五元全部用于朱自清一家的饮食上。

抗战时，朱自清随清华大学去往云南，俞平伯因侍奉双亲留在了北平。一天，朱自清在刊物上看到了俞平伯的文章，立刻致信劝说。俞平伯看到信后，明白了朱自清的心意，日后他常常说，"非爱之深，相知之切，能如此乎？"朱自清去世后，俞平伯因失去毕生的知己而悲痛万分。

除了俞平伯外，朱自清和叶圣陶也交情甚笃。他俩曾为《诗》月刊挑灯夜战。

1921年，朱自清在上海中国公学中学部教书时，好友兴奋地告诉他："叶圣陶也在这里！"那时朱自清还从未见过叶圣陶，只是读过他的文章。

不久后的一个阴天，好友与朱自清前去拜访叶圣陶。他穿着朴素、沉默寡言，与朱自清想象的苏州少年文人不一样。朱自清也是一个不爱说话的人，他们二人的性格多少有些相似，一来二去便成了密友。

彼时，许多文学团体如雨后春笋般出现。可巧，叶圣陶与朱自清都是文学研究会的成员。他们在上海积极推广新文艺，上海的文学气氛愈来愈浓厚。他们还联系北京的俞平伯，想要筹备一个专门提倡和发表新诗的刊物。就这样，中国现代文学史上第一个诗刊《诗》月刊登场了，这些意气风发的青年带着他们的诗刊大胆地向旧诗发起了挑战。

后来朱自清与叶圣陶都在浙江第一师范执教，学校为他们一人安排了一间房。叶圣陶从来都是被家人照顾，害怕独自一人生活，他便向朱自清提议两人同住一间房，另一间做书房，朱自清欣然同意了。自此二人联床共灯，一起游玩，一起进行文学创作。因为各自事业的发展，两人后来都是辗转各地，每在一地时，两人都要聚在一起喝酒、探讨学问，他们总是有说不尽的话。1945年，二人还合著了《国文教学》一书。在朱自清的追悼会上，叶圣陶悲伤致辞。对他来说，离开的不只是文坛干将，更是他的挚友。

此外，闻一多与朱自清的交往也成为文坛一段佳话。

1932年，从欧洲回来的朱自清任清华大学文学系主任。10月14日，文学系新生大会上来了一位新教师，他就是刚从青岛大学转至清华大学任教的闻一多。两人的性格截然不同，朱自清严肃沉稳，而闻一多热烈激情，可他们对待学术的态度都是一样的，都是那么认真严谨。

他们虽同住在清华园，但交往并不是很频繁。因为那时的闻一多正在努力从西洋文学转入中国文学，经常在家中钻研中国古代经典，很少参加学校的活动。

战乱以后清华师生迁往昆明，在那里他们用的是同一张书桌。偶然的一天，他们聊起保险事宜，闻一多说道："我父母活到八十岁去世的，我除了伤风，没害过什么病，应该能够活到八十岁。"朱自清说："这么说，你活到八十岁，应该不成问题。我不成，只希望活七十岁。"一会儿他又说："七十岁也太多了，六十岁也够。"两个人一个积极乐观，另一个悲观看待生命。却不曾想，四年后四十七岁的闻一多不幸遇害，再两年后，五十岁的朱自清也离开了人世。

朱自清在报纸上看到闻一多壮烈牺牲的消息，既气愤又悲痛，他一直担心的惨案终究还是发生了。好友的遇害，令向来谦卑懦弱的朱自清拍案而起，他心中的热血沸腾了起来，他痛恨这黑暗的现实。很快朱自清回到昆明参加了闻一多的追悼会，在会上他悲愤地说："这是民主主义运动的大损失，又是中国学术的大损失。"不久，朱自清就投身闻一多遗著的整理出版工作，这是他的抗争，也是他对好友的缅怀。

朱自清拖着病体坚持完成了《闻一多全集》的编辑与出版，为此他几乎耗费了全部的劳力和心血，每一处细节他都和别人写信商量。这是他对亡友深深的思念啊！不幸的是，《闻一多全集》在1948年8月底出版，而朱自清在8月12日与世长辞了，最终他也没能看到自己为亡友留下的最后一件礼物。

战乱、黑暗、颠簸、流离，在那个年代害死了多少普通人，摧残了多少知识分子。所有这些苦难，让朱自清的内心更加刚毅，也让他的信念更加坚不可摧。

六、举笔为剑

他们生活的年代，中国地裂权分，民不聊生。

他们都是意气风发的少年，从风雨中走来，向黎明走去。

秉性谦和、沉默寡言的朱自清在北京大学读书时被北京激烈的政治风浪影响，他开始留心参加校内外的民主运动。1918年，整个北京都在欢庆第一次世界大战的结束，北京大学与其他高校纷纷放假，举行各种庆祝活动。

朱自清也欣然前往。那时的他们那样快乐，以为光明的未来和崭新的中国即将到来！他们在北京城的大街小巷摇旗呐喊，每个人的脸上都洋溢着笑容。

1919年3月，北京大学邓中夏、廖书仓等人发起了北京大学平民教育讲演团，讲演团经常去街头群众中间讲演，目的在于普及教育和平等的观念。讲演团成立之后，参加的学生越来越多，朱自清也报了名，与邓中夏成了好友。

可是不久后的5月1日，报纸披露了中国外交在巴黎和会上的失败，人们愤怒了！公平呢？道义呢？公理呢？封建军阀和帝国主义都在践踏着我们的国土，践踏着我们国民的尊严呀！北大沸腾了，学生们拿着旗帜、标语和传单直奔东交民巷使馆区，曹汝霖不在，他们便向曹家放了一把大火。

朱自清也在人群之中，他在思考：赵家楼的熊熊烈火真的能照亮中华大地吗？国民胸中的怒火不比这夜的火光更亮吗？

五四运动的狂风骤雨激荡了朱自清在内无数中华学子的心灵，那道精神之光照亮了他们人生的道路。天安门前的怒吼声、赵家楼的大火、百姓的血泪、人民的悲苦唤醒了他的灵魂，他的创作激情也尤其热烈。"大伙蓬勃的朝气"推动着他向前，向前！

第二年，朱自清恋恋不舍地离开了北京大学，辗转于杭州、扬州、上海、温州等地，却从没有放弃自己对黑暗的抗争和对光明的追求。"五四"的余热还在燃烧着，朱自清在诗歌中赞美着无产阶级的红色风暴，也表达着内心的苦闷和在现实生活中的彷徨。在诗歌《送韩伯画往俄国》中，他赞扬了奔赴他国、寻找光明的韩伯画。俄国十月革命的炮声激励了中国青年们奋起反抗，他们逆流北上，前往赤都莫斯科。朱自清用巧妙的构思将学习革命比喻为学画的少年，自然描绘出火一般的红云，而人类也终将通过自己的努力打拼出美好的未来：

天光还早，

火一般红云露出了树梢，

不住地燃烧，不住地流动；

黑漆漆的大路，

照得闪闪烁烁的，有些分明了。

立着一个绘画的学徒，

通身凝滞了的血都沸了；

他手舞足蹈地唱起来了：

"红云呵

鲜明美丽的云呵！

你给了我一个新生命！

你是宇宙神经的一节；

你是火的绘画——

谁画的呢？

我愿意放下我所曾有的，

跟着你走；

提着真心跟着你！"

他果然赤裸裸的从大路上向红云跑

去了！祝福你绘画的学徒！

你将在红云里，

偷着宇宙的密意，

放在你的画里；

可知我们都等着哩！

　　1925 年"五卅"惨案爆发时，朱自清还在白马湖的春晖中学教书，当时他正在山中写书评《山野缀拾》，日本资本家在上海枪杀手无寸铁的百姓消息传来，朱自清的悲愤之情无法遏制。几天后他写下战斗诗篇《血歌》："血是红的！血是红的，狂人在疾走，太阳在发抖！"他用气势磅礴的短句倾吐自己的愤怒，开篇一句"血是红的"打开了朱自清情感的开关，诗歌描绘出了恐怖的血腥画面，也表达了中国人民不畏强暴、英勇热血的精神。

写完《血歌》后，朱自清胸中似乎还憋着一口闷气。他想到去年在电车上看到一个可爱的白人孩子，那孩子下车前眼神却仿佛在对他说："黄种人，黄种的'支那'人，你——你看吧！你配看我！"这个十来岁的孩子在此刻完全没有了天真的稚气，他的脸上是可悲的获胜者的骄傲和轻蔑。朱自清心痛极了，原来"我"自己的国家竟是一个"白种人腰板笔直"的世界。帝国主义的嚣张气焰刺痛了朱自清的心，他拿起笔写下了《白种人——上帝的骄子》。这是朱自清为民族正义发出的呐喊，警示我们更应该发奋自强、振兴中华！

除了《白种人——上帝的骄子》，朱自清也写了《航船中的文明》来抨击男女坐船要分开坐的封建陋习。他细致地观察生活，像拿着显微镜一样分析每件事背后的真相与哲理，他将小事抽丝剥茧，层层拆开，通过哲理的沉思剖析事情的根源。朱自清的文章，始终秉持着"暴露现在，批评现在，抗议现在"的原则。

朱自清到清华任教以后，北京城血腥的政治风暴也日益严重。1926年3月18日，北京十万多名群众在天安门举行反对八国最后通牒的国民大会，政府卫兵却向无辜的群众开枪。这就是震惊中外的"三一八"惨案，朱自清在从天安门走向执政府的路上，第一次听到枪声，第一次触摸到同伴无辜的鲜血，朱自清和奔逃的同伴们逃离了天安门广场，历经艰险，死里逃生。

鲁迅称这天是"民国以来最黑暗的一天"。但是在段祺瑞政府的报道中，却称是"共产党人借共产学说聚集群众，屡肇事端"。3月23日夜晚，朱自清点燃一支香烟，决心写下当日眼见和后来听闻的情形："请大家看看这阴惨惨的20世纪1926年3月18日的中国！"他提起笔直抒胸臆，"3月18日是一个怎样可怕的日子！我们永远不应该忘记这个日子！"朱自清不只要告诉大家血腥大屠杀的真相，他还要揭穿段祺瑞政府的谎言，记录全世界的耻辱。

抗战以后朱自清的生活愈发清贫，他的身体也每况愈下，但他仍旧充满热情地爱着祖国，支持抗战。这一阶段他的文艺思想也由"为人生而艺术"转变为"为抗战而艺术"。但是朱自清的思想还比较模糊，对抗战的实际情况不是很了解，出现了"迷恋思想、忽视真相"的问题，难有决定性的举措，也时常因为苦难现实而郁郁寡欢。"一二·九"惨案和闻一多的去世使朱自清受到了莫大的打击，他的灵魂再次觉醒了。战争在伤害着普通民众，茫茫神州在遭受着践踏和伤害。回到北平以后，朱自清签名呼吁和平宣言，在后来著名的《十三教授宣言》上二话不说地签名，去世前两个月他还签署了拒绝美援和美国面粉的宣言。

朱自清的一生以笔为枪，执笔为剑，他用自己的文字表达对中华大地深深的爱和对黑暗现实的不满。朱自清不仅是名冠中华的文化大师，更是一位真正的民族战士！

而先生的背影则永远留在撕裂黑暗的熊熊火焰之中，照亮了我们前行的路。

七、《荷塘月色》：诗性的自由与浪漫

朱自清是战斗的，也是诗性的、浪漫的。

自北京大学毕业后，朱自清匆匆地离开北京，彼时他也没有想到五年后的仲夏之际会再次匆匆回到北京吧！北京城依旧还是像往日一样繁华，但此时的北京已是相当陌生。昔时的旧友也已经纷纷离开了北京，朱自清虽去过几次西山，却还从没去过清华大学。和学校联系好后，朱自清便带着行李入住了清华园。在这里，他写下了思念父亲的《背影》，写下最后一首诗作《朝鲜的夜哭》，也写下了脍炙人口的《荷塘月色》。

那是一个盛夏的夜晚，北京的夏天总是闷热无比。动荡的1927年在他心里掀起了层层波澜，朱自清决定出门走走。每日经过的荷塘在这满月的光中想必另有一番景致。在这静谧如水的夜晚，妻儿都已入睡，先生独自出门，去感受荷塘与月色。

"这几天心里颇不宁静"，这是一笔颇平淡而寻常的开头。

我国古典散文留下了一条宝贵的经验：散文需有"文眼"。在中国传统文化浸润中长大的朱自清自然也是熟悉这条法则的。有了一双精美的"眼睛"，文章的主题才会更突出，虚实的结构也会更加精巧，细节的剪裁也会更有详略。《荷塘月色》的"眼睛"在文章开篇就睁开了，"这几天心里颇不宁静。"先生的心绪为何不宁静呢？是1927年的动荡局势，还是背井离乡对故人故土的思念，抑或是文人心中暗藏的苦悲？只有随着先生的脚步继续深入，我们才能知道不宁静的真实缘由。

"没有月光的晚上，这路上阴森森的，有些怕人。今晚却很好，虽然月光也还是淡淡的。"先生的笔继续写道。

那晚的月色清凉如水，先生走在平日经常走的小路上，却觉得孤独可怕。荷塘四周丛生的林木皆在眼前，而虚幻不可触摸的却是此刻阴森的景象。虚实之间是先生琢磨不定的心情。然而，这样的夜晚是怡人的，虽然只有他一个人，这样淡的月光像一层薄纱笼住了他的清华园、他的荷塘。小路不是往日的小路，它通向了先生情感的归所，这条小路不再有时间与空间上的概念，先生走在路上，我们紧随其后，探索他的忧愁和欢愉从何而来。

先生走到了月色中的荷塘，那是只属于他的天堂。

"这一片天地好像是我的；我也像超出了平常的自己，到了另一个世界里。我爱热闹，也爱冷静；爱群居，也爱独处。"

白天的忧愁、家庭的琐事、时局的动荡在此刻似乎都能够离他远去，此刻他是冷静的、悠闲的、孤独的、自由的。无边的荷塘月色为他挡去了外界的纷纷扰扰。那些不得不做的事和不得不说的话在这方天地间、在这样美妙的月色中都显得微不足道。但是先生仍旧是苦涩的，"这一片天地好像是我的，却终究不是我的。"从"好像""像"的字眼可以看到都是虚幻的、都是不真实的。因此，先生的自由也并非绝对的，此刻的超脱是在他自己遐想的基础之上寻找到的自我超脱，而短暂的超脱却是不堪一击的，他的慨叹里带着痛楚的微笑。

而微风吹来荷塘的清香，先生的思绪也被荷塘中的景色所吸引：

> 曲曲折折的荷塘上面，弥望的是田田的叶子。叶子出水很高，像亭亭的舞女的裙。层层的叶子中间，零星地点缀着些白花，有袅娜地开着的，有羞涩地打着朵儿的；正如一粒粒的明珠，又如碧天里的星星，又如刚出浴的美人。微风过处，送来缕缕清香，仿佛远处高楼上渺茫的歌声似的。

荷塘中田田的叶子是纷飞的舞女的裙摆；层层荷叶中的花朵便是洁白的珍珠、漫天的繁星，或是刚出浴的美人；美人们的身下便是漂流的水波，美人的一举一动带起的便是凝碧的波痕；而那晚的贵客——如牛乳一般的月光如轻纱的梦一样悄然到来，光与影用它们独有的韵律奏出了一曲荷塘交响曲。多么美好的景致、多么动听的音乐、多么温柔的微风、多么清香的气息，荷塘月色不再是先生笔下的文字，而是一幅有着声音的立体图画。

然而，一切都是热闹的，一切又都是安静的。眼前的杨柳、远方的青山、稀薄的烟雾、耳边的蝉鸣，只是……

"热闹是它们的，我什么也没有。"

这样的热闹令朱自清想起了江南采莲的旧俗，美丽的女人唱着乐曲、荡着小舟来采莲，岸边围着看少女采莲的看客也不在少数。这样的景致，好不热闹，好不风流。古人的雅事早已远去，后人再没有那样的福气了。想到采莲不禁让朱自清想起了遥远的江南与久违的故人。

他到底是深深爱着、深深惦着江南的。

"这样想着，猛一抬头，不觉已是自己的门前；轻轻地推门进去，什么声息也没有，妻已睡熟好久了。"

带着对江南生活的思念，他独自在院中徘徊，思绪早已飞离了清华园，飞离了北京。回过神来已经漫步到了西院自己的家门前。他轻轻推门进去，妻儿已经熟睡。夜晚更加安静了……

荷塘带给先生的梦终究是要醒的，而现实生活中充满了想要超脱却不得的苦。

在《荷塘月色》中，朱自清用踱步般轻松舒缓的节奏在月下的池塘边诉说着自己的愁绪与苦闷，在诗歌般的语言中打造出一个独特的自由世界，并在这个世界中得到了短暂的安慰。文章中处处彰显着月下文人的闲情雅趣，朱自清邀请读者们一同进入了他亲手构建的灵魂家园，无边夜色下，读者与诗人的灵魂集体出逃。

年年日日的月色都是一样的，今天的我们也和昔日的先生一样，站在同一片无边的月色之下。如今，先生的文章仍旧在中学生的教材上，而这片荷塘留在了我们的文学史上，也留在了一生清贫的先生心中。

八、人生匆匆，大梦有趣

朱自清曾经说过："人生若真如一场大梦，这个梦倒也很有趣的。"

回首先生的一生，他总是清贫。少年时期家道中落，父亲怕耽误他的学习不把家中的事情告诉他，可他早已感受到家庭经济上的捉襟见肘：父亲挪用公款，将家中能变卖的东西都变卖了才补上公款；祖母去世后朱自清回到家中，看到"满院狼藉的东西"，明了"家中光景很是惨淡"。回到北京后，朱自清为了减轻父亲的负担，整日埋头苦读，发奋自强，终于提前毕业了。作为父亲的长子、妻子的丈夫、孩子的父亲，他需要尽快挑起养家糊口的担子。

工作后，朱自清的生活压力仍旧还是很大，他的工资成了全家生活的经济来源，他无力承担起自己的小家庭与父亲的大家庭的重担。在浙江时，学校经常欠薪，两三个月发一次月薪是常有的事。经济的压力，让他辗转几所学校任课。战后物价飞涨，朱自清一家的生活更加清贫了。即便如此，先生每天还是整洁出门，衣服洗完后叠得整整齐齐，桌椅家具也时时擦洗。

朱自清一生清贫，但很有骨气，他说："穷有穷干，苦有苦干，世界那么大，凭自己的身手，哪儿就打不出一条路？何必老是向人愁眉苦脸唉声叹气的？"他去世前签署了拒绝美援和美国面粉的宣言，这意味着每个月的生活费用将会减少一大笔钱，但他还是果断地签署了宣言。在先生的身上，我们能看到一生清贫的知识分子的风骨。

回首先生的一生，他总是智慧的。他在《匆匆》中感慨："洗手的时候，日子从水盆里过去；吃饭的时候，日子从饭碗里过去；默默时，便从凝然的双眼前过去……在逃去如飞的日子里，在千门万户的世界里的我能做什么呢？"在《刹那》中，他说："'现在'虽不是最好，却是最可努力的地方，就是我们最能管的地方。"散文中的朱自清宁静恬淡、冷静自持。而写评论时的朱自清愤慨豪放，他毫不畏惧地抒发对时局的看法，抨击黑暗的现实。在《生命的价格——七毛钱》《白种人——上帝的骄子》《航船中的文明》《哀韦杰三君》等散文中，朱自清以夹叙夹议的手法讲述现实生活中的事情，借此来抒发他的愤慨。

先生的智慧还体现在他的杂论中，无论是《论雅俗共赏》《论百读不厌》，还是《论吃饭》《论严肃》，抑或是《论自己》《论别人》，我们都能看到一个有思想、有独到见地的知识分子。朱自清在杂论中引经据典，谆谆敦厚地向读者讲明事理。论子女，他说："光辉也罢，倒楣也罢，平凡也罢，让他们各尽各的力去。"论教育，他说："教育有改善人心的使命。"论正义，他说："我不曾见过正义的'面'，只见过它的弯曲的影儿——在'自我'的唇边，在'威权'的面前，在'他人'的背后。"先生的文章中藏着人生的哲理，充满了大智慧。

朱自清去世后，许多人为他写了纪念文章。

好友俞平伯创作了《诤友（朱佩弦兄遗念）》《忆白马湖宁波旧游（朱佩弦兄遗念）》两篇散文表达了对故友的思念。

叶圣陶听闻朱自清去世，写了文章《佩弦先生》，一年后又作了《佩弦先生周年祭》来表达自己的思念。他在《佩弦先生周年祭》中写："佩弦，你为什么不迟死半年？如果你迟死半年，就可以亲眼看见北平的解放。那时候你的激动跟欢喜一定不比青年人差。你会和着他们的调子歌唱，你会效学他们的姿态扭秧歌。在解放军入城的那一天，你会半夜里睡不着觉，匆匆忙忙地起来，赶赶紧紧地穿好衣服，参加在欢迎队伍里，从西郊跑进城，在城里四周游行，一整天不嫌疲劳，只觉得新生的愉快没法尽情表现。像张奚若先生那样，你为什么不迟死半年？佩弦，你为什么不迟死八个月？如果你迟死八个月，我就可以在北平跟你会面。"

叶圣陶的追问更是所有人的追问，先生你为什么不能多留几年，也好看看这盛世呀！

学生吴组缃在追忆朱自清的文章中回忆恩师："他的为人，他的作品，在默示我们，他毫无什么了不得之处。你甚至会觉得他渺小、世俗。但是他虔敬不苟，诚恳无伪。他一点一滴地做，踏踏实实地做，用了全副力量，不断地前进，不肯懈怠了一点。也许做错了，他会改正的；也许力量小了，他会努力的。"

对学生们来说，他是一个好老师；对孩子们来说，他是一个好榜样。

朱自清生命的最后，他的身体已经十分虚弱，可精神并不萎靡。朱自清将李商隐的诗句"夕阳无限好，只是近黄昏"修改为"但得夕阳无限好，何须惆怅近黄昏"，他将这两句诗放在书桌的玻璃板下，以此来提醒自己要乐观积极，执着于现实。

先生已经看到胜利的曙光了，可他终究是没有机会迎接全新时代和全新中国的到来了。一切都太过匆匆……

先生，人生若真如一场大梦，您的这场梦精彩纷呈。

第九章

老舍：

幽默，是恐怖的隐喻

在生命的最后一刻，他或许都是带着洒脱与笑容的吧，他从来都没有怪过任何人，他早已放下一切、原谅一切。这既是清者的自清，也是仁者的宽恕。人生到处知何似，应似飞鸿踏雪泥。

一、离开，换回一身清白

他曾说："一个人爱什么，就死在什么上。"他却因钟爱一生的写作而获罪。

他还说："我想写一出最悲的悲剧，里面充满了无耻的笑声。"却不想，原来最悲的悲剧，竟是自己的人生。

1966 年 8 月 24 日清晨，再普通不过的一天。这个热爱文学工作的老人像平常一样出了门，在玄关处甚至整理了一下自己的衣服，让一切都显得那么得当，那么体面。离开之前，他走到三岁的小孙女面前，俯下身子，拉着她的小手，用极其缓慢的语调说："来，和爷爷说再——见——"，懵懵懂懂的小女孩对情绪的感知尚是青涩，她或许要在很多年后才能察觉出爷爷这刻的龃龉，读懂那句"再见"的苦涩。而后，老人并没有去文联上班，而是独自一人去了太平湖。湖边有他母亲的坟茔，他就坐在母亲跟前，跨越中间横亘的岁月、生死，默默相视，慢慢地、静静地，将过往一切释怀。与文字打了一辈子交道的他，在生命的最后，没有留下只言片语，哪怕一个标点符号。

接着，纵身一跃，溯游从之，所谓文人，宛在水中央。

投湖溺亡，总让人忍不住想到千年前的一位诗人。他唱"沧浪之水清兮，可以濯吾缨。沧浪之水浊兮，可以濯吾足"时，大概就为自己规划好了未来。他们如此心意相惜，黄泉路上相逢，可曾对酒一盏？

他被发现时，身上的衣服很整齐，上身穿白汗衫，下身穿蓝裤子，连脚上的千层底和袜子都还是洁白的，也许他本该就是如此，清清爽爽地来，干干净净地去。为何他执着于此？因为就在前一天，刚刚病愈出院的他遭受了最下流话语的污蔑、最恶毒词句的诅咒。如此种种，玷污了他干净的衣衫和干净的心。

在生命的最后一刻，他或许都是带着洒脱与笑容的吧。他从来都没有怪过任何人，他早已放下一切、原谅一切。这既是清者的自清，也是仁者的宽恕。所谓"人生到处知何似，应似飞鸿踏雪泥"。

终于，终于……我们打开了他的人生，打开了那个傲气、有趣却又孤独的灵魂。抽丝剥茧，一点一点，有什么慢慢显露，是笑影中的泪痕，是他朴实中的孤寂，幽默中的悲凉。那内里蕴含的凝重，像暗夜一般吞噬着我们的感官。他告诉朋友们——自己没有问题。而今我们只能面对他留下的只言片语，开始思考，从细枝末节里找些蛛丝马迹，去拼凑曾经世界的曲折。

他就是博学多识的老北京才子——老舍。

老舍，原名舒庆春，又名舒舍予，1899 年 2 月 3 日生，北京人，在文学上天赋异禀。1926 年在英国留学期间，他先后发表《老张的哲学》《赵子曰》《二马》等作品，一鸣惊人。四年后回国，任齐鲁大学教授，不久，转任山东大学教授。1936 年，他的《骆驼祥子》开始连载，后来又创作出《四世同堂》。1951 年，老舍被北京市人民政府授予"人民艺术家"的称号。六年后，老舍发表《茶馆》，再次轰动文坛。1966 年"文化大革命"爆发，是年 8 月 24 日，老舍不忍屈辱，自沉于北京太平湖，享年 67 岁。

1978 年，老舍得到平反，恢复"人民艺术家"的称号。他的墓碑上刻着一行小字："文艺界尽责的小卒，睡在这里。"

这不是后人给他的评论，而是老舍早早为自己写就的墓志铭："在我入墓的那一天，我愿有人赠给我一块短碑，上刻：文艺界尽责的小卒，睡在这里。"

如果说这是自谦的结语，那前面的话，其实更感人，更能概括他的一生。

老舍真诚地说："我是文艺界中的一名小卒，十几年来日日操练在书桌上与小凳之间，笔是枪，把热血洒在纸上。可以自傲的地方，只是我的勤苦；小卒心中没有大将的韬略，可是小卒该做的一切，我确是做到了。以前如是，现在如是，希望将来也如是。"

多么简单而美丽的一颗心，从头至尾都奉献给了文学。可悲的是，老舍先生在最后那几年里，不仅饱受外部环境的压迫，而且一直没有创作出让自己满意的作品，充满了自我否定，每日都在自我怀疑，加之病痛的折磨，他的内心可能每一刻都在水深火热之中。或许这才是他选择结束这一切最大的原因——每日都在各种痛苦之中无法自拔。他很想表达许多东西，但是他却无法表达出来，好像有人掐住他的脖子，而他却无法反驳，仿佛失声。

聚散离别苦匆匆，唯此恨无穷。

万幸可得以相识，遗憾止于此。

有难舍但不怅然，来去莫悲观。

有些时候，爱就是想触碰又收回的手，正是为了爱才悄然转身，无声逃避。可躲开的是身影，躲不开的却是那份默默的情怀。

他离去的时间向后推移两年是1968年，他本该站上诺贝尔文学奖的舞台，于灯光下享万众瞩目，在人声鼎沸中让世界看到中国文学的魅力，或许这才是他人生应该有的模样，但却因已不在人世，而阴差阳错。金质奖章追不上他离去的步伐，最后授予了川端康成。或许对于彼此，这都是一种遗憾。

或许关于他的故事，而今留给我们的，只有结果了。其间那些忍耐的眼泪都不曾见到，也无法想象。就像我们看不到堤坝下有许多因侵蚀而不断展宽的裂缝，我们能看到的，只是它崩溃的瞬间。

俄国乡村诗人叶赛宁自杀后，高尔基曾哀鸣："他生得太早，或太晚了。"老舍何尝又不是如此。

二、写作：苦中作乐

老舍出生于北京满族正红旗家庭，小时候叫"舒庆春"， 因为他出生在戊戌年的小年，次日恰好是"立春"，加之是家中新添的男丁，双喜临门，当然值得"庆"。可他的小时候却是在贫穷和多难中度过的。他曾写"我昔生忧患，愁长记忆新。童年习冻饿，壮岁饱辛酸"来概括自己的坎坷人生。父亲只是一个下层旗兵，就在老舍出生的第二年，八国联军攻入北京，父亲为守卫皇城，在枪林弹雨中奋勇杀敌，不幸以身殉国，从此他们失去了生活来源。而他们的家也遭到了洗劫，洋人先是一刀刺死了护院的大黄狗，然后进到屋里烧杀抢掠。老舍被翻倒的木箱扣在底下，所幸他在熟睡，这才逃过一劫。家徒四壁，没了顶梁柱，要强的母亲哪怕替人洗衣服也要努力支撑着全家人的生活。所以老舍会在自己的文章里写：

> 人，即使活到八九十岁，有母亲便可以多少还有点孩子气。失了慈母便像花插在瓶子里，虽然还有色有香，却失去了根。有母亲的人，心里是安定的。我怕，怕，怕家信中带来不好的消息，告诉我已是失了根的花草……

这位强大的女性像保护伞一样，给予他们荫庇。年幼的老舍记得，母亲每天辛苦地劳作，却常被那些硬牛皮似的臭袜子熏得吃不下饭。每到伏天夜里下暴雨的时节，他们一家人就要坐到天明，以防屋顶突然塌下来。尽管家境不好，但坚强的母亲总对他说："孩子，我们家的饺子肉少菜多，是北京城最好吃的，不要去看人家的了。别看咱们家穷，可咱们要穷出志气来，让别人看到咱的腰不是泥做的，硬着呢！"有人说，推动摇篮的手，也是推动世界的手。或许正是因为有这样的家庭教育，老舍才能在《我的母亲》中，写下那样饱含至情、催人泪下的文字："生命是母亲给我的。我之能长大成人，是母亲的血汗灌养的。我之所以能成为一个不十分坏的人，是母亲感化的。我的性格、习惯，是母亲传给我的。"

老舍就是在这样艰难自强的环境中长大，也是这样的环境，造就了他柔中带刚的性格。鲁迅曾说，穷人是很难成为作家的。但老舍仿佛是个例外，这个在简陋破旧的大杂院里长起来的孩子，却成为一代文学艺术家。或许就是因为贫寒，他从小接触的几乎都是穷人：小商贩、剃头匠、车夫、妓女……那些不入流的行业、那些不起眼的人物。但后来他们全都落入了他的笔下，走进了他的作品里，成了他的风格。如果说老舍的作品是重峦叠嶂的山峰，那积土成山的基础便是这穷苦的幼年生活。

在走街串巷中，在家长里短中，老舍孜孜不倦地向人们介绍北京社会底层不为人知的小社会。老舍是个不折不扣的北京人，生于北京，长于北京，俯于案牍，耕于篱亩，有纯粹且感念天下芸芸众生的博大胸怀。他的笔也和他的心一样，深深地触入北京百姓生活的中心，他仿佛不是在写作，而是在绘画，在绘制一幅北京生活的画卷。笔下描写的底层人物的性格、言谈、生活无不惟妙惟肖、栩栩如生、跃然纸上。某一幕也许就是他的亲身经历，某一景就是他的亲眼所见。在这幅画卷里，有人力车夫，有巡警，有妓女，有讨生活的手艺人，有胡同中过平常日子的小百姓，有四合院里吵吵闹闹的一家子，有商铺的伙计掌柜，有满族旗人、汉人，也有特务、汉奸、走狗；有可爱的，也有丑恶的；有批判，也有同情；有颂扬，也有憎恶……字里行间都潜藏着老舍最深切的爱与最不忍的泪。那是中国新旧猛烈冲撞、矛盾激烈频繁的混沌时代，也是至黑至暗的时期。因此，老舍笔下的主人公无不被时代裹挟着，在这座历史悠久的名城里上下起伏着，挣扎着，也生活着，演绎出人生百态与人间悲喜剧。也许是感同身受，他从不用高高在上的眼光审视这些小人物，他也在自传中提到了自己的写作风格：

> 在文字方面就必须努力，作出一种简单的，有力的，可读的，而且美好的文章，才算本事。
>
> 一个洋车夫用自己的言语能否形容一个晚晴或雪景呢？假如他不能的话，让我代他来试试。什么"潺浮"咧，"凄凉"咧，"幽径"咧，

"萧条"……我都不用，而用顶俗浅的字另想主意。设若我能这样形容得出呢，那就是本事，反之则宁可不去描写。这样描写出来，才是真觉得了物境之美而由心中说出；用文言拼凑只是修辞而已。

不吵不闹，没有浮夸的炫耀。他总说，自己只是个写家。或许在这位朴实的写家眼中，作家是一个空大的头衔，写家才是务实的表述，就像时代是英雄的时代，生活却是人民的生活。

三、求索：路漫漫其修远兮

那遗失在京城角落里的童年，那带着寒气的一钩儿浅金，正散发着清冷的光，笼罩着老舍别样惨淡的人之初，无人知晓这月牙儿何时才能消弭，这漫长的夜何时才能退却。

也许是老天对那个瘦巴巴的小秃儿（老舍的乳名）突生怜意，一道黎明的光正从老舍命运的天窗里照了进来。

"孩子几岁了，上学了没有？"老舍的母亲缓缓地低下了头。"明天早上我来，带他上学去！"尽管不知漫漫长夜为什么要用那么凄清的调子才能艰难地转到黎明，总之，在那一刻，天亮了！

问话的人叫刘寿绵，是个乐善好施的"刘善人"，也是老舍昏暗人生中第一束外来的星光。第二天，他如约来领老舍上学。直至成年，老舍依稀对那个"心跳好高"的感觉记忆犹新。可同时，年仅 7 岁的他在踏入学堂的那一刻，竟觉得"自己正像一条不体面的小狗，随着阔人去上学"。强烈的自卑感占据了他的心灵，他怯怯地看着眼前陌生的一切，觉得自己是那么不体面，甚至有点不堪。他顾全的所谓的一点体面，背后藏着的是他做人的尊严。

刚进入私塾，老舍的文学天分就表现了出来。他写过一段《说纸鸢》

的文字，开头是：

> 纸鸢之为物。起风而畏雨，以纸为衣，以竹为骨，以线牵之，飞扬空中……

先生看了后捻着胡须说：“我在北直隶教书多年，庆春（老舍本名舒庆春）文章奇才奇思，时至今日，诸生作文无有出其右者。”

在刘寿绵的资助下，老舍顺利地念完了私塾和高小，并且通过自己的努力从京师第三中学考入北京师范学校。在 19 岁那年，他当上了京师公立第十七小学的校长。上任的那一天，他握着母亲的手说：“您今后可以歇一歇了。”

资助他的刘寿绵后来削发为僧，法号为“宗月大师”。老舍后来在《宗月大师》一文中写道：

> 没有他，我也许一辈子都不会入学读书。没有他，我也许永远想不起帮助别人有什么乐趣和意义。我在精神上物质上都受到他的好处，盼望他以佛心引导向善。

漫漫人生路，老舍从宗月大师这棵菩提树的浓荫下启程，带着一颗真心、澄心、佛心，一步步走向了至善至慧的境界。

四、离去之愁，归来之痛

1924 年 9 月 14 日，25 岁的老舍经过几十天的越洋远航终于站在了英国泰晤士河的蒂尔伯里码头上。那天，天气很晴朗，没有下雨。可在老舍的眼里，异国的山、异国的水都是低沉着的，黯淡了颜色。因为他的心里，正洋洋洒洒地下着离愁别绪的雨。

老舍是经英籍易文思教授介绍来到伦敦大学东方学院（现为伦敦大学亚非学院）教书的，他和学院签订了五年的合同。初到英伦，举目无亲，老舍都有点后悔了。可是西方究竟是什么情形，为什么咱们的东方古国处处受制于人，国人是否可以从西方学到一些对自己有利的东西，这些问题促使他留了下来并坚持到了最后。

后来国内革命战争兴起，老舍便"天天用针插在地图上"，为革命军的前进而狂喜，也为革命军的退却而懊丧。他对家国的思念就像一棵没有年轮的树，永远不会老去。

1930 年 6 月，在海外漂泊了六年，已进入而立之年的老舍回到了祖国。可是还没有享受鱼归大泽的喜悦，老舍就陷入了对国内现状的忧思愤慨中。更让他失落的是国民党已将首都定为南京，他和其他老北京一样成了"故都"的遗民。

在国外生活了六年之久，老舍目睹了人家的发达。看着国内社会动荡、民不聊生的状况，他满腔激愤地喊道："想打倒帝国主义么，啊，得先充实自己的学问与知识，否则喊哑了嗓子也只有自己难受而已。"可刚刚回来的他却不了解在那个时时刻刻都面临着国破家亡的危急关头，临时抱佛脚已经是不可能的了。呐喊虽然无力但也是一种反抗，更何况彼时的中国还有很多人懒得喊呢。

"昔我往矣，杨柳依依。今我来思，雨雪霏霏。"离去之时，他为思乡而愁；归来之日，他为国难而痛。

爱得越深，痛得也就越深。老舍必定是要痛下去了。

五、亦师亦友许地山

老舍的一生是不幸的：格格不入的出身，窘迫的生活条件，操劳的老母亲，都需要他用尽全力来治愈。但他又是幸运的，这个努力发着微弱光亮的他，也在慢慢被更多人看到，赠予他更多的光与希望。刘寿绵自掏腰包为他提供启蒙教育，易文思给他机会去伦敦大学东方学院继续深造。或许，努力的人在生命逆境中总会遇到那个属于自己的贵人，又或许，一个人的能力和才华一开始就是掩盖不住的，无穷无尽的生命力，只是需要一个机会去展示。正所谓："世有伯乐，然后有千里马。千里马常有，而伯乐不常有。"

而老舍这匹"千里马"足够幸运，遇见了属于自己的伯乐——许地山。

1922 年春，二人初识。当时，北京缸瓦市基督教堂开办英文夜校，老舍报名参加，也常到教会帮忙，不久就认识了也常到那里去的许地山。老舍后来回忆说："当我初次看见他的时候，我就觉得'这是个朋友'，不必细问他什么；即使他原来是个强盗，我也只看他可爱。"

而许地山平易近人的性格、自然亲切的举动更是拉近了两人的关系。

老舍在《敬悼许地山先生》一文中深情回忆了两人的相识之初："我呢，只是个中学毕业生，什么学识也没有。可是地山在那时候已经在燕大毕业而留校教书，大家都说他是个很有学问的青年。初一认识他，我几乎不敢希望能与他为友，他是有学问的人哪！……但是，地山绝对不是这样的人。他愿意把他所知道的告诉人，正如同他愿给人讲故事。他不因为我向他请教而轻视我，而且也并不板起面孔表示他有学问。和谈笑话似的，他知道什么便告诉我什么，没有矜持，没有厌倦，教（叫）我佩服他的学识，而仍认他为好友。"

到了 8 月，许地山与梁实秋、冰心等人一起到美国纽约的哥伦比亚大学研究院哲学系学习，而老舍则在国内教习国文。一对好友就此分别又相隔万里，仿佛此生不会再有交际时，却又无巧不成书。1924 年 9 月，当老舍应伦敦大学东方学院聘请前去任华语教员时，许地山也正好刚从哥伦比亚大学毕业，来到了伦敦。

　　人生三大喜事之一——他乡遇故知。在共同好友易文思的安排下，他们甚至还成了室友！两人相谈甚欢，彼此相近的性格、幽默风趣的说话习惯，使两个人越来越亲密无间。

　　能这样交心的朋友不多，所以老舍倍感珍惜，而许地山更是在老舍的生活里发挥了亦师亦友的作用。许地山曾对老舍说："你看当今文坛，创作者人数虽不少，像是很热闹，可总是一种声气一种格调。要打破这种局面，你有这份才能。你的经历、你的生活积累，好好利用，你是能成为一个大小说家的。"

　　在好友的鼓励下，加之在伦敦生活的老舍总会找一些英国的小说来看，看着看着心里就会问自己：为什么不自己写呢？于是便花了3便士买了练习本开始写作。或许每个人在初步尝试一件事情后，心里总是期待得到他人的肯定，无论是陌生人还是熟人，尤其是志同道合的老友，得到肯定后心里难免会欣喜若狂。在这个时候，许地山又是如及时雨般给老舍肯定的人：

　　　　在他离英以前，我已试写小说。我没有一点自信心，而他又没工夫替我看看。我只能抓着机会给他朗读一两段。听过了几段，他说"可以，往下写吧！"这，增多了我的勇气。

　　于是，在各种条件的催生下，《老张的哲学》诞生了。几天后，它被卷成了一卷包裹，几经漂泊、跨越重洋流转到了上海，递到了《小说月报》主编郑振铎的手中。数月后，便被刊登了出来，进行连载。这部具有幽默感的作品是老舍独特艺术个性形成的起点，同时给了这位新生的作家无声的支持和继续创作的底气，老舍带着这份肯定在"文学"这片高远的天空中自由飞翔。

六、又是一年芳草绿

"小小子，坐门墩儿，哭着喊着要媳妇儿。要媳妇儿，干什么呀？点灯，说话儿。吹灯，作伴儿。明儿个早起来梳小辫儿。"

北京城的歌谣依旧在唱着，从老北京的风韵唱到了新北京的繁华，从四合院的门槛上唱到了立交桥的霓虹中。银锭桥旁的荷花正听着，红墙碧瓦的太和殿正听着，还有那天坛的明月，北海的风，卢沟桥的狮子，潭柘寺的松都听着。

听着的不仅是歌谣，还是那心灵的记忆，岁月的留痕，以及那份难以割舍下的旧日的情愫。

慈祥的老城墙依旧静静地立在那儿，带着一份经历了千百年的沧桑洞穿了一切的沉寂。三月的榆钱儿高高兴兴地冒出了墙，又怯生生地看着眼前这变呀变的世界。老城墙里有条灯市口西街，街上有条丰富胡同，胡同口还有座青砖灰瓦的四合院。这是一座很传统的四合院。虽然才修葺一新，却仍然是座老屋。这老屋经历了百年沧桑，承载过不知道多少悲欢离合。

57年前，它碰上了新主人老舍，恰恰也是座"老屋"。

老舍喜欢这老屋。乔迁之初，便和夫人一道在院子里栽了两棵小柿树，等到后来柿树成熟结果，他们干脆把这个小院亲切地称为"丹柿小院"。老舍在世的时候，这个小院子像一潭静静的秋水，恬静又淡然，安稳的岁月总是洒满了院子里的每一个角落。老舍离开后，这里倏忽之间就变成了一片随风翻卷的枯叶，迷惘又孤寂，连屋檐的瓦片上都挂着抹不掉的萧索。

如今，小院里如丹柿般朴实无华的岁月也已永远消逝。只有那些逝去的岁月碎片在无声地诉说，后人小心翼翼地将这些痕迹拼贴起来，便筑成了今日的老舍纪念馆，是这个小院灵魂的寄存之处。

纪念馆里，老舍穿过的衣服静静地挂在衣架上。他的眼镜、烟灰缸、墨水瓶都还摆在原处，而在卧室的床上，则放着一副纸牌。据说，老舍笔耕之余，还喜欢玩纸牌消遣，或者时不时到小院里侍弄一下花草，这样的烟火气才是写家老舍生活的气息。轻轻地拨开那些飘落在小院里的旧时光，看到的尽是些物是人非的痛！

又是一年芳草绿。

逝去的人也许早已获得安然，可活着的人却望着他离去的背影久久不能平静……

七、吾心安处是故乡

老舍是地地道道的北京人。他一生 67 年，先后在北京度过了 42 年，剩下的 25 年不规则地散落在各地，分别是：英国 5 年、美国 4 年、新加坡 1 年、济南 4 年半、青岛 2 年半、汉口半年、重庆 7 年半。

然而，老舍一生的众多散文里，几乎完全没有提及纽约、伦敦和新加坡这几座城市，写汉口、重庆、成都的不甚了之，分给北京、青岛的宠爱也并不多；唯独有座城市在他的生命里留下了非常浓墨重彩的一笔，它就是山东的省会——泉城济南。

对于济南的赞美，老舍是丝毫不吝笔墨的。他不断发表小稿，不厌其烦地向人们介绍济南的四季轮转，济南，是他心里一直占有重要分量的城市。大明湖畔灵山秀水，他深深地爱着这里的泉柳荷花草木，爱着亭亭玉立的石街小巷和家长里短的市井风情。博大精深的齐鲁文化，为他提供了创作的源泉与动力，他用最美的文字和诗一般的语言来描写济南独一无二的景致，把热情奉献给了这座千年文化古城。

从 1930 年到 1934 年，他都在济南居住。大女儿出生时，老舍给她取名为济，或许就是为了纪念济南这座供养他们美好新婚岁月的城市。

或许是济南太美了，得到了造物主太多的偏爱，正如老舍自己所说：

> 上帝把夏天的艺术赐给瑞士，把春天的赐给西湖，秋和冬的全赐给了济南。秋和冬是不好分开的，秋睡熟了一点便是冬，上帝不愿意把它忽然唤醒，所以作个整人情，连秋带冬全给了济南。

仿佛隔世成为知音，仿佛已经在无数轮回中注定，仿佛彼此心意相通早在神明前赌咒画押。老舍对济南情有独钟。

他满怀热情地赞美济南的泉水：

> 以量说，以质说，以形式说，哪儿的水能比济南？有泉——到处是泉——有河，有湖，这是由形式上分。不管是泉是河是湖，全是那么清，全是那么甜，哎呀，济南是"自然"的 sweetheart（情人）吧？大明湖夏日的莲花，城河的绿柳，自然是美好的了。

再看他写诗情画意的济南之秋：

> 济南的秋天是诗境的。设若你的幻想中有个中古的老城，有睡着了的大城楼，有狭窄的古石路，有宽厚的石城墙，环城流着一道清溪，倒映着山影，岸上蹲着红袍绿裤的小妞儿。你的幻想中要是这么个境界，那便是济南。

而《济南的冬天》一篇实在是经典至人尽皆知，无论是否亲历过济南之冬，读过此文后，都应有身临其境之感：

> 古老的济南，城里那么狭窄，城外又那么宽敞，山坡上卧着些小

村庄，小村庄的房顶上卧着点雪，对，这是张小水墨画，也许是唐代的名手画的吧。

那水呢，不但不结冰，倒反在绿萍上冒着点热气，水藻真绿，把终年贮蓄的绿色全拿出来了。天儿越晴，水藻越绿，就凭这些绿的精神，水也不忍得冻上，况且那些长枝的垂柳还要在水里照个影儿呢！看吧，由澄清的河水慢慢往上看吧，空中，半空中，天上，自上而下全是那么清亮，那么蓝汪汪的，整个的是块空灵的蓝水晶。这块水晶里，包着红屋顶、黄草山，像地毯上的小团花的灰色树影。这就是冬天的济南。

在济南，他创作了《大明湖》《猫城记》《离婚》等脍炙人口的名篇。老舍的笔本就是为芸芸众生而提起，为泱泱吾土而不辍。他是一位具备文化感知力和文化批判力的作家，到了济南，更是感受到了丰厚的中国文化的魅力，肥沃的土壤孕育出茁壮的芽。济南开阔了老舍的文化视野，丰富了他的文学阅历，成就了他的文化性格。秦岭淮河以北，一代又一代踏实而勤劳的人们在此生活、繁衍、传承……老舍感知文章之精髓，于其中很容易找到自己生命的契合点。四面荷花三面柳，一城山色半城湖，在这里他努力地创作、欢快地休息，时短情长，老舍亲切地把济南称作"第二故乡"。

八、《骆驼祥子》：奋斗中的幻灭

老舍为我们留下了很多作品，这些经典足够为他筑起在中国现代文学史上的丰碑，在这浩渺如璀璨星河的著作中，若要选一本作为代表，还是要当属《骆驼祥子》。

骆驼，是苦命而又少言寡语的形象。在茫茫无际的沙漠中穿行，前方不知还有多远的路要走，这种迷茫而踟蹰的状态下，唯有骆驼可以坚持。

用来储存能量的驼峰天生适合堆放货物，注定还要负重前行，仿佛生来就是要干活的气运。

就像主人公祥子的一生。

一开始的祥子是个硬棒的少年，坚壮，沉默，而又有生气：

> 头不很大，圆眼，肉鼻子，两条眉很短、很粗，头上永远剃得发亮。腮上没有多余的肉，脖子可是几乎与头一边儿粗；脸上永远红扑扑的……他觉得，他就很像一棵树，上下没有一个地方不挺脱的。

如果说骆驼为寻找绿洲而活，那么祥子就是在为真正拥有一辆车而奋斗拼搏。

他用三年的时间省吃俭用，每天拼命地拉车挣钱，终于攒够钱买了一辆自己的车，他甚至还把那天当作自己的生日。可命运总爱与他开玩笑。刚拉半年，车就在兵荒马乱中被逃兵掳走，祥子失去了洋车，只牵回三匹骆驼。祥子没有灰心，他依然倔强地从头开始，更加拼命地拉车攒钱，几乎到了一种疯魔的状态：

> 从前，他不肯抢别人的买卖，特别是对于那些老弱残兵；以他的身体，以他的车，去和他们争座儿，还能有他们的份儿？现在，他不大管这个了，他只看见钱，多一个是一个，不管买卖的苦甜，不管是和谁抢生意；他只管拉上买卖，不管别的，像一只饿疯的野兽。

可是，当他刚刚辛苦攒了几十块钱，仿佛梦想已经触手可及的时候，又被孙侦探以生死性命为借口要挟敲诈，一切都化为了泡影。

祥子迫不得已与蛮横粗野的老丫头虎妞结婚，拉上了自己的车。只是"人生不如意事常八九"，好景不长，虎妞死于难产，他又不得不卖掉自己的车去为虎妞料理丧事。

至此，一个正直的人彻底被击垮了，他的人生理想彻底破灭了。他真正爱的女人——小福子的自杀，更是压死骆驼的最后一根稻草。如果说之前的祥子是鲜活的、熊熊燃烧的火焰，那么现在他就是沉寂枯槁的死水。

他停止住思想，所以就是杀了人，他也不负什么责任。他不再有希望，就那么迷迷糊糊地往下坠，坠入那无底的深坑。他吃，他喝，他嫖，他赌，他懒，他狡猾，因为他没了心，他的心被人家摘了去。他只剩下那个高大的肉架子，等着溃烂，预备着到乱葬岗子去。

在这部小说里，剧情的发展无比合理，一切的一切，起承转合，没有一点突兀，却直愣愣地插进人心里，钝刀子似的，搅了个血肉模糊。你只能看事情这样发展下去，坠入深渊，泪一滴滴地往下掉，却无力回天，悲剧就是将有价值的东西毁灭给人看。

当书页翻到最后，故事进入结尾，只剩遗憾，论谁都忍不住扼腕叹息，叹一个这样好的人最后成了这般模样。

如此有张力的东西，自然不是一蹴而就的，是由千千万万个因素、数不胜数的机缘巧合共同构成的。1936年，一位朋友偶然间与他谈起自己关于雇佣车夫的所见所闻，说者无心，听者有意，老舍对其产生了巨大的兴趣，敏锐地感受到这是个值得给大众讲的故事。于是他开始痴迷地收集相关资料，如同一块海绵疯狂汲取知识，甚至为此辞去了山东大学的教授一职，埋头苦干专心写作。

同时，老舍因为工作住在青岛，一座红瓦绿树、碧海蓝天的城市，一座充满鲜活气息的城市。老舍常常为其超凡脱俗的美丽而惊叹，不吝笔下赞美之意。

海岸上，微风吹动少女们的发与衣，何必再回到电影院中找那有画意的景儿呢！这里是初春浅夏的合响，风里带着春寒，而花草山水又似初夏，意在春而景如夏，姑娘们总先走一步，迎上前去，跟花儿竞争一下，女性的伟大几乎不是颓废诗人所能明白的。

人生该平衡于山水之间，水边的哲学是不舍昼夜。青岛的山海有自己独特的韵味。他在《青岛与山大》中写道："雪天，我们可以到栈桥去望那美若白莲的远岛；风天，我们可以在夜里听着寒浪的击荡。就是不风不雪，街上的行人也不甚多，到处呈现着严肃的气象，我们也可以吐一口气，说：这是山海的真面目。"流水不争先，争的是滔滔不绝。我想或许当老舍思路堵塞、写作卡顿时，会披上单衣出来走走。在拍岸声中感知世界无常，领悟天地恒昌。深呼吸一口气，让肺部充满腥咸的海风，极目远眺却望不到边际，满眼都是蔚蓝色，片刻的放空、无限的遐思。关于《骆驼祥子》的下一步发展，就在海鸥的声声鸣叫里酝酿、发酵、成熟。

九、不合时宜的爱

张爱玲的《红玫瑰与白玫瑰》里写到男主人公振保生命里有两个女人：一个是他的白玫瑰，一个是他的红玫瑰；一个是圣洁的妻，一个是热烈的情妇。而出现在老舍生命里的两个女人，用白玫瑰和白蜡梅来形容或许更恰当——一个是温婉淑良的妻，一个是勇敢坚毅的才女。

1930 年初春，胡絜青来到住在西城烟筒胡同的白涤洲先生家中。她们几位女同学成立了一个文学团体，取名为"真社"。听说老舍从英国回国，住在白先生家，就推举胡絜青为代表，想请老舍来学校开一个文学座谈会。

北京师范温文尔雅的女学生，低下头抿嘴笑的时候像一朵水莲花，不胜凉风的娇羞。两人结识后，便开始频繁的书信交谈，信纸上下纷飞，一行行墨字扰乱了少女的心。

1931 年夏天，在灯市口一家三层的旅馆里，由罗常培先生做媒，两人结了婚。他们都是满族人，有爱好文学的共同志趣和相同的生活习惯。老舍曾对胡絜青说："以后你看我不吭声时，别怀疑我对你有意见，我只是在想事，或构思小说呢。" 胡絜青更是表示："在那样的时刻我绝不会打扰你。"老舍发表的文章有的用"絜青"这样的笔名，足以说明夫妻感情之深厚。

婚后两人回到济南，老舍继续他在齐鲁大学的工作，而胡絜青则在齐鲁中学当国文教师。琴瑟和鸣、举案齐眉也不过如此。结婚六年时间，他们育有一子二女，佳人才子，浓情缱绻。然而，本应相濡以沫度过一生的他们，却不料应了古句：等闲变却故人心，却道故人心易变。

随着时间的推移，1937 年，抗战全面爆发，大好山河被铁蹄踏碎，烽烟四起、九州倾覆，百姓流离失所，国家兴亡匹夫有责，更不要提深信"文人当有笔如刀"的老舍。此故园山水，怎能落入贼子之手，他为报国只身挤上南下的最后一趟火车，胡絜青则留下照顾孩子。

地域上的距离阻隔了两个人，婚姻又恰逢七年之痒。感情并不是无根的浮萍，是需要双方都加以经营才能维持的。老舍当时的居住环境十分恶劣：老鼠四处流窜，内部家具装修简陋。似乎只是框起那样的一方土地，起到最基础的居住作用。他不仅要承担千里之外的家庭开支，还要以文章为武器为抗战做贡献。没有了红袖添香、儿女承欢膝下，只剩茕茕孑立的独身一人，在空荡荡的屋子里，他常感到精神上的孤单空虚。

这一切的一切，更让赵清阁的出现显得格外惊艳。她是《弹花》杂志的编辑，这位才女仿佛是灰暗中的一抹光亮，照进了老舍的生活。

对于她，老舍十分欣赏，并为她的作品《凤》作序写道："流亡到武汉，我认识了许多位文艺界的朋友，清阁女士是其中的一位，那时候，她正为创刊《弹花》终日奔忙。她很瘦弱，可是非常勇敢……清阁女士本是剧写家，此书所载却是小说与旅记随感。这一方面说明了她的努力尝试，另一方面也可以使她的剧本读者看见她本人——她是勇敢的。"

爱屋及乌，老舍也对《弹花》杂志倾力支持，前后为其投稿十余篇，尽己所能帮助宣传这一杂志。这些供稿缓解了赵清阁创办杂志的困难，文章字里行间横溢的才华更是让赵清阁敬佩。恰如"爱君笔底有烟霞，自拔金钗付酒家"。

在动乱之际，有人相互支撑相互依靠是那样的珍贵，越是在冷寂的环境，越是能感受到彼此的温度。老舍赞叹赵清阁的勇敢，为她的倔强坚韧感到心疼。渐渐地，两人之间交流不只限于工作，距离开始一点点拉近。老舍会询问她的日常情况，给予殷勤的关照。

赵清阁的闯入，让老舍孤独的内心有枝可依、有木可栖，艰苦的生活也变得津津有味。情意的种子自然而然地埋入热爱着文学的两人心间，雨一淋风一吹，便生根发芽，蓬勃成长。像极了荆棘中开出的野玫瑰，爱情的花朵在枪林弹雨的年代绽放。

他们住在了一起，爱情愈演愈烈的同时，才情也在两人交融的灵魂中迸发，他们共同创作了《虎啸》《桃李春风》等剧本。作品被搬上舞台时，两个人都格外满足欢欣，共享喜悦更是促进了两个灵魂的相互依偎。

但不是所有的情投意合都能如愿以偿，就像不是所有的文章都能有完美的结局。

1943 年，老舍的夫人胡絜青按捺不住思念，变卖家产，带着他们的三个孩子跋山涉水，从北平去重庆找老舍团聚。

收到消息的老舍十分慌乱，只得先安排妻子与孩子在别处居住，等到赵清阁搬走，才将他们接回自己的住处。是啊，老舍其实已有家室，这样与赵清阁在一起，既无名也无分，算得上什么呢？过往甜蜜仿佛虚幻如泡影，一击即碎。

其实这两人的同居，早已不是什么不为人知的隐晦秘密。只是胡絜青身为三个孩子的母亲，又作为老舍多年来同床共枕、患难与共的发妻，她展现了格外的宽容大度。看破不说破，希望他能够自己想通，与这段突如其来的感情告别，回归家庭。

而老舍却陷入了两难的境地：往前是两姓联姻，一堂缔约明媒正娶来的妻子；往后是心意互通，相许相从的红颜知己。他深深爱着赵清阁，却又无法抛弃妻子，因此在感情上痛苦地挣扎着，就如同他在文章中的寻寻觅觅一样。

赵清阁则借自己的创作《落叶无限愁》来表达内心。文中已婚的教授邵环爱上了年轻女画家灿，却又爱而不得，无法两全。这对怨侣多么像她与老舍。

邵环为爱失常、发狂，再无法似从前一样平静自持、周到世故。他无法抑制地想与灿共度余生。

赵清阁借邵环之口说出：

> 这是至尊的爱，一种超过了上帝的力量，至尊的灵魂的爱！它仿佛一股清风，吹散了千头万绪的现实生活中的纠纷；又仿佛一溪流水，冲淡了常常苦恼着他的那些理性上的矛盾；更仿佛一枝火炬，燃烧起埋葬了许久的热情，而导引着勇敢的他迈向诗一般境界、梦一般的宇宙！

但女画家灿却告诉邵环：

> 就这么诗一般，梦一般地结束了我们的爱情吧：天上人间，没有个不散的筵席！
>
> 假如有一天你的理性苏醒，你会懊悔的。

邵环说要与她想法子逃到遥远的地方去，找一个清静的住处，男著书，女作画，任天塌地陷，而爱情永生。这清风为友，与明月为伴的愿望听起来美好至极，但赵清阁清楚地认识到，这不过是梦，是夏蝉语冰，是可望而不可即的幻影，对他们来说是难以实现的。

所以小说中的女画家拒绝了教授放弃家庭与她私奔的请求，从此一刀两断、一别两宽。

赵清阁也离开了，离开了这个她深爱却优柔寡断的男人。既无名正言顺的身份，也不能正大光明地守在他的身旁，以才女的心气，自是不能委曲求全，瑟缩在阴冷的角落，蹉跎时光。

都说人生如戏，这一切多么像《落叶无限愁》的结局：

> 又是秋风萧瑟，又是夜阑人静，又是孤鸿哀鸣无反应，又是杜鹃啼血空自悲嗟！孤立在黑暗里的楼房，上了锁，细雨象征了爱神的眼泪！
>
> ……
>
> 邵环倒在泥泞中，落叶寂寞地埋葬了他的灵魂！

世间安得两全法，不负如来不负卿。既然今生两人无法彼此全心全意地相依相伴，那么她宁愿选择在凛冽的寒风中寂寥倒地，连同着错季的爱，如落叶，纵有愁绪无限，时间会埋葬一切。

萍水相逢，有缘无分。

看着爱人决绝离去的背影，老舍虽是心如刀割，却无可奈何。

临行前，他为她写下最后一首诗："风雨八年晦，霜江万叶明。扁舟载酒去，河山无限情。"

字字深情，字字诀别。

故事的开始总是这样，适逢其会，猝不及防；而故事的结局也总是这样，花开两朵，天各一方。自古英雄难过美人关，民国才子多风流。这朵爱情的花确实开得不合时宜，哪怕老舍这样的文学大家依旧逃不过痴男怨女的纠缠。

错的时间遇见对的人，也是一种悲哀。

十、宁可抱香死

老舍的性格太过清高了，是其幸，也是其不幸。

他一身风骨从外及内，邓友梅在回忆第一次见到老舍时这样说："最后一位个头不高，戴一顶英国呢子礼帽，穿一身剪裁合体、面料考究的绛色西装，戴金丝眼镜，手执'司提克'，活脱是个洋绅士。"

在还没有来得及将才华、情趣、灵魂展示出来前，衣着是旁人见你的第一印象。对待它，老舍也是一丝不苟，他不求穿着有多么奢靡豪华，不求穿绫罗绸缎，只是妥当、得体、干净挺拔。像咬定青山不放松的竹，更像立根原在破岩中的笋。

抗战时，条件特别困难，物质层面到达了极其匮乏的地步。文人不比其他，除了手中的一支笔，再无经济来源。在这样的关头，有人选择放下尊严，为五斗米而折腰，不择手段谋取利益；有人则坚守本心，捍卫文学的净土。

老舍在自传中写道："一个文人本来不是商人，我又何必一定老死盯着钱呢？没有饿死，便是老天爷的保佑；若专算计金钱，而忘记了多学习，多尝试，则未免挂羊头而卖狗肉矣。我承认八年来的成绩欠佳，而不后悔我的努力学习；我承认不计较金钱有点愚蠢，我可也高兴我肯这样愚蠢；天下的大事往往是愚人干出来的。"

包括他为自己改名，也是如此。对于自己的名字，老舍曾对自己的秘书谈起过，他说："我的名字就是我的姓，以姓做名。'舒'字拆开来，是'舍予'，意思是无我，没有我。我很为自己的名字骄傲，从姓到名，从头到脚，我把自己全贡献出来了。关键是一个'舍'字，舍什么，舍的是予。"到生命的最后一刻，他都在践行，轻飘飘地来，也不带走一切地走。

他的心如此纯洁，所以受不得沾染一丝尘埃。这位中国的文学巨匠会以自我了结的方式离开我们，离开这片他深爱了几十年的土地，大概他再也无法承受自己被人们打击和折磨。这对一位文人来说就是侮辱，是无法接受的事情。清清白白的一生在年迈时受到巨大的抨击，换作谁应该都无法接受。

老舍的晚年，不仅要承受肉体上的痛苦，还要承受精神上的刺激。他做人的尊严，被从头到尾地否定了。

作家杨沫后来回忆说："……我们中有一位作家还当场站出来，义愤填膺地批判老舍拿了美金。老舍这老头儿很倔强，他抿着嘴唇，双目圆睁，用嘶哑的声音驳斥这位作家：'没有！我没有拿过美金！'我站在旁边看着这一切，心里既难过，又害怕，说不上是一种什么滋味。"

邪曲之害公，方正之不容。刺耳的咒骂和无耻的诽谤，使老舍再也无法忍受下去了。1949年他是如何自美国归来？是抵挡住了高薪的诱惑，放弃了名誉和舒适的生活，毅然决然为回到祖国母亲的怀抱而自愿承受颠沛流离之苦。曾经自船板而下，脚踏故里的欣喜仿佛还触手可及，此爱国壮举，如今却被诬为"通外的卖国者"；字字切磋句句琢磨，披沥几十载光阴的呕心沥血之作，被诬为"反党反社会主义"，被指斥为"大毒草"……这样黑白混淆、是非颠倒，大大超出了老舍划定的做人宗旨和基本原则的底线，这对于那样一个视爱国主义与民族气节为第一生命的人来说，无疑是最大的打击和最严重的伤害。

所以老舍先生的离去，也在情理之中了。

先生笔下那些坚贞不屈的人物结束自己生命的方式也都是跳湖。冰心曾对老舍的儿子舒乙说："你发现没有，你父亲作品里的好人大多姓李，姓李的人大多自杀，自杀的方式大多选择投水。"

包括他自己也在《诗人》中写道："及至社会上真有了祸患，他会以身谏，他投水，他殉难！"

在中国悠悠历史长河中，有很多人都选择了"跳水"这种方式来结束自己的生命，比如著名的屈原跳汨罗江，李白醉酒抱月，陈天华、邓世昌……

也都是死于水中。

或许在文人的眼里，"投水"有着一种决绝的悲壮感。质本洁来还洁去，从岸边骤然跳下，随波而逝，寄托余生，有格外的美感。

所以，"投水"就是老舍选择的最好的死亡方式。或许他就是这样洗净自己身上的尘俗与一路走来的风尘仆仆。难道这是老舍的幽默吗？他是如此地热爱生活。如果一定说是幽默，那它必定是黑色的。黑色的幽默，一定像幽灵，徘徊在特殊年代中国的上空，像一个隐喻，带着强烈的反讽的意蕴和恐怖的底色。

学者樊骏评价老舍："在某种意义上，失去了幽默，就没有了老舍，更谈不上他在文学史上取得那样的成就与地位。"仿佛幽默，成了老舍的标签。

对于老舍的死，只有经历了苦难的胡风如此感叹："他的客客气气，谈笑风生里面，常常要跳出不知道是真话还是笑话的那一种幽默。现在大概大家都懂得那里面正闪耀着他的对于生活的真意，但他有时却要为国事，为公共事业，为友情伤心堕泪，这恐怕是很少为人知道的。"是啊。老舍心中的苦岂是一般人可以了解的？他宁愿笑，宁愿用幽默掩盖自己的苦、自己的泪、自己的血、自己的决绝。

"宁可枝头抱香死，何曾吹落北风中。"中国文化的精神是忠恕仁义、孝悌廉耻，养浩然之气，不能屈膝受辱。在那个特殊的年代，老舍用自己的生命，化作疯狂里为数不多的清醒凛然，以血荐轩辕，维持了清白与节气。

先生不需要我们为他掬一把泪，捧一抔土。这位堂堂正正的文人，骨子里面透出清逸的文人，或许在另一个世界，仍然在伏案，与文字打交道，手不释笔地写着京味儿十足的故事，清清白白地过一生。

第十章

闻一多：

用生命之光照亮世界

　　他把"诗人、学者、斗士"三重人格集于一身，是当之无愧的民族英雄。他将自己宝贵的生命之光作为火种，照亮了中国近现代史上的至暗时刻，点燃了中华儿女奋发图强、砥砺前行的信心与决心，在中国文学史、革命史上留下了辉煌的一页。

一、一生的奉献，民族的高标

闻一多是"口的巨人"，是"行的猛子"，无论是作为卓尔不群的学者，还是热情澎湃的优秀诗人，抑或是大勇无畏的革命烈士，他都为中华儿女树立了不朽的标杆。

人生于天地间，或许就应如此：生而何欢，死而何惧？人得一命，轻如牛毛；人得一名，扬满天下。

闻一多的一生，就是"人生自古谁无死，留取丹心照汗青"的真实写照。

闻一多是最具创新精神的人。面对白话新诗形式杂乱、内容空洞的弊端，他用"三美"理论为新诗创作开辟了一条康庄大道，使新诗艺术得以更上一层楼。

闻一多是最具钻研精神的人。他向古代典籍钻探，有如向地壳寻求宝藏。他想通过古代典籍为民族开一剂药方，为此他潜心贯注，心会神凝，兀兀穷年，沥尽心血。

闻一多是最具社会责任感的人。他说到做到，绝不作秀，为后世留下了宝贵的文学财富、翔实的文献资料和大无畏的革命精神，为民族基业鞠躬尽瘁、死而后已。

闻一多是最具独立人格的人。他痛恨不公，厌恶强权，绝不攀附屈从，就像一棵矗立于高山之巅的巨松，傲然挺拔，坚如磐石。

闻一多是最具原则性的人。在原则面前泾渭分明，横刀立马，忘我无私，义无反顾，争取民主，反对独裁，用有限的生命与无限的黑暗搏斗，绝无油滑、苟且、中庸和骑墙。

闻一多是最具高风亮节的人。他一生光明磊落，坦坦荡荡，洁白无瑕，爽快淋漓，豪气逼人，绝无蝇营狗苟、虚张声势、欺世盗名的小人之举。

闻一多是思想最为深邃的人。他的文章，纵贯古今历史，横及政治、教育、文艺、军事等诸多社会现实。他把反思历史和警醒现实结合起来，把中外文化联系起来加以审视，显示了学者的斗争意识和思想家的远见卓识。

闻一多是最具英雄意识的人。他疾恶如仇，不惧强敌，高举着民主的旗帜，冲着敌人或敌人的营垒，义无反顾，勇往直前，穷追猛打，绝不留情，有时甚至是明知不可为而为之。

闻一多是最具个性的人。他刚正不阿，襟怀坦荡，洁身自好，清高而不自恃，入世而不流俗，树敌而无私敌，多怨而无私怨，智慧而不取巧，心系天下但不大而无当，思想深邃但不好为人师。

闻一多是最具民族自尊心的人。在民族面临前所未有的危难之时，他起草一张张政治传单，走在示威队伍的前头，昂首挺胸，长须飘飘，带领民众为争取民主、反对独裁而不懈斗争、不停呼号。为挽救民族危亡，他奋力呼喊，鼓舞人心，声震天地！

闻一多是最具穿透力的人。作为争取民主的战士、青年运动的领导人，他向昆明的青年呼喊，向全国人民呼喊，振聋发聩，铿锵有力。"此身别无长处，既然有一颗心，有一张嘴，讲话定要讲个痛快！"他戳穿经过包装的反动阴谋，识破狡猾的独裁伎俩，撕开丑恶的政治外衣，让他目力所及的一切阴私、肮脏龌龊、鼠窃狗盗无以遁形。

闻一多是最具正义感的人。他同情贫弱，倾心革命，呼唤民主，反对独裁。在李公朴遇害之后，警报迭起，形势危急，虽明知自身难保，闻一多仍大无畏地在群众大会上，大骂特务，慷慨淋漓，并指着这群败类说："你们站出来！你们站出来！"

闻一多是最具奉献精神的人。他所做的一切绝非听命于权力或者主义，也绝非是为了某一个群体眼前的狭隘利益，他是为民族乃至人类发现真理，剔除不平，实现灵魂和品质的提升。

云山苍苍，江水泱泱，先生之风，山高水长。

高山仰止，景行行止，虽不能至，心向往之。

闻一多把"诗人、学者、斗士"三重人格集于一身,是当之无愧的英雄。他将自己宝贵的生命之光作为火种,照亮了中国近现代史上的至暗时刻,点燃了中华儿女奋发图强、砥砺前行的信心与决心,在中国文学史、革命史上留下了辉煌的一页。闻一多大无畏的人格风范与精神品质,已成为榜样,必将垂范百世,流芳千古,在历史的长河中熠熠生辉。

二、独辟蹊径显诗魂

作为诗人的闻一多,在新诗创作和新诗理论方面都成就颇高。闻一多青年时期曾明确宣告自己写诗创作的志向:"诗人主要的天赋是爱,爱他的祖国,爱他的人民。"纵观闻先生的诗人生涯,他用行动彰显了自己对于祖国的深沉爱恋,诗人之魂得以彪炳千古、为人称颂。

从 1922 年到 1928 年,祖国大地经历了频繁的战乱,以及五卅运动、第一次国内革命战争等一连串暴风骤雨式的剧变。闻一多的生活也随之产生了巨大的变化。彼时,他刚从国内到国外,又从美国受尽种族歧视归来。身份从学生变为教授,生命也步入中年。动乱时期,闻先生在北京、武汉、上海、南京、青岛等许多地方流转迁徙,在生活的海洋中,经受着国难家仇和事业的颠簸,便不断地用诗来倾诉自己的感触,用诗来控诉军阀的罪行,也用诗来向社会发出呼号,用诗来歌唱祖国抒发爱国的情怀……在那个动荡不安的年代里,他一直作为一个爱国诗人,活跃在当年诗坛上。

在当年的诗坛上,闻一多曾经是《创造》热情的读者和作者,又一度成为"新月派"的代表人物,但他始终以自己的爱国诗篇和创新性强的诗论独树一帜,是五四运动之后影响最为深远的爱国诗人之一。在闻一多的创作中可以明显地看出西方诗歌形式的影响,他的创作对十四行诗传统进行了创新,具有独到之处;同时,在他的诗论中,也能找到我国文艺评论的传统,可谓集中外文学传统之大成。

闻一多的一生，都和诗歌紧密相连，他始终生活在诗歌的国度里。在我国历史上，诗歌的影响是极为深远的，它不仅在文学领域，在绘画、造型艺术等多个领域，也都有深远影响。闻一多从小便深受古典文化的感染，精通中国古代诗、现代诗、西洋诗歌。闻一多在少年时代，曾受过系统的传统文学教育，因而善于作旧体诗词，例如《提灯会》一诗，就是一首忧国忧民的五言长诗。五四运动前后，他在新思潮和西方诗歌文学的影响下转作新诗。从1920年起，他的早期作品《西岸》《黄昏》等就陆续发表在《清华周刊》上。

在清华园学习时期，年轻的诗人还正无忧无虑地生活在舒适的校园中，满怀青春的幻想。在《时间底教训》一诗里，他便歌唱着要"尽可多多创造快乐去填满时间，那可活活缚着时间来陪着快乐？"不过，这一时期也开始透露出他对现实社会中军阀横行的情形有了怀疑，有了诅咒："没有真，没有美，没有善，更那里去找光明来！"他假想"这东岸底黑暗恰是那西岸底光明底影子"（《西岸》），自己则幻想着另一个世界："快乐跟我的灵魂接了吻，我的世界忽变成天堂，住满了柔艳的安琪儿！"闻一多初期的作品，大多诸如此类，带有浓厚的浪漫气息和色彩。

随后他特地借李白捉月骑鲸而终的传说，描绘了"醉月频中圣，迷花不事君"的《李白之死》。另外，他歌颂着死，歌颂劳动，蔑视奸佞，要制作一个珍奇美丽的"剑匣"来结束自己的生命（《剑匣》）。从这两首花费了相当功力的诗篇中，我们多少能窥探诗人灵魂深处纯真的向往，而在他不辞辛劳精心创作理想事物的构思中，已经可以找到诗人愿为理想献身的端绪。

闻一多离开祖国后，在留学美国的三年里，一直从事美术研究，同时潜心研究西方文学与绘画，为后来提出诗歌应该"脱离传统格律诗的束缚，获取'绘画美'"的主张奠定了基础。由于祖国的苦难日益加深，加之在美国深受种族歧视，他很快就感到绘画已不能表达自己对祖国的热爱了，专凭颜色与线条也不足以表现自己的思想和感情，因而再度把兴趣与精力转移到新诗创作上来，连续创作了许多爱国思乡、反对军阀罪行和种族歧视的诗篇。

怀着深深的忧思，闻一多在美国时就写下了不少充满爱国思想的诗歌。1925年3月，他有感于祖国的澳门、香港、台湾、威海卫、广州湾、九龙岛、大连（旅顺）七地先后被列强掠夺，便写下了《七子之歌》，"以抒其孤苦亡告，眷怀祖国之哀忱"。1999年，澳门回归，其中的"澳门"一曲唱响海内外，如今已经家喻户晓，寄寓着中华儿女对于国土的深深眷恋。

闻一多即使远在美国，也始终未能忘怀自己的祖国。五四运动以后，不少受西方资产阶级文化影响的人，对中华民族五千年来的悠久文化采取民族虚无主义的态度，竭力崇拜西方文明，妄图"全盘西化"，不自觉地怀有"自我殖民"的倾向。一时间，诗坛风行着"欧化"的文句与名词。梁实秋更露骨地宣扬"他们要试验的是用中文来创造外国诗的格律，装进外国诗的诗意"。闻一多始终坚决反对这样数典忘祖的言论。1923年10月，他写了《〈女神〉之地方色彩》这篇出色的诗论，文中主张反对欧化，提倡中国作风和中国气派。他说："要时时刻刻想着我是个中国人，我要作新诗，但是中国的新诗，我不要作个西洋人说中国话，也不要人们误会我的作品是翻译的西文诗……"这位为《女神》所激励起来的诗人，不只是谈诗，还热情地述说了自己关于应该怎样学习外国、学习祖国文化遗产的见解，通篇洋溢着对于民族文化的自信与热爱。

归国之后，闻一多一边致力于美术教学和现代戏剧的开拓工作，一边又在新诗领域不断耕耘。闻一多在北京开诗会、办诗刊，兴致极高。由于出身阶级的关系，那时和他交往的人无一例外地都是受过欧美教育的资产阶级知识分子。闻一多固然和他们有兴味相投的一面，却也始终保持着自己独特的风格，爱国主义思想始终十分鲜明。《一个观念》一诗就集中诠释了诗人迥异于其他诗人的趣味与志向。在这首诗中，他把海洋比作祖国，把浪花比作人民："我知道海洋不骗他的浪花。""如今我只问怎样抱得紧你……你是那样的横蛮，那样美丽！"从这首意象隽永、格调别致的爱国诗中，可以看出他和同时代其他诗人的不同。

　　这一不同还体现在闻一多对"诗人"身份的无比认同与强烈的责任担当上。他曾这样描绘过诗人："你们在忙中觉得热闷时，风儿吹来，你们无心地喝下了，也不必问是谁送来的，自然会觉得他来得正好。"这也许是诗人的自白。他深深感到"现实的生活时时刻刻把我从诗境拉到尘境"，因而常常对朋友们说："诗人主要的天赋是爱，爱他的祖国，爱他的人民。"爱，不是抽象的，那时他正身居异国，特别提出要"多作些爱国思乡的诗"，并且认为这样的诗歌只要是"出于至性至情，价值甚高，恐怕比那无病呻吟的情诗又高些"。在这里，诗人为自己规定了创作的道路，明确地指出了诗人应该承担的任务。正是在这样的心绪的激励下，他写出了《长城下的哀歌》和《我是中国人》等一系列爱国思乡的诗篇。而《洗衣歌》更是其中十分感人的作品，充分表现了诗人对侨胞的深情关切和对美国种族歧视的厌恶憎恨。

　　闻一多的爱国主义思想，不仅表现在他的创作中，而且贯穿在他的整个诗歌创作中。闻一多是中国近代新诗坛最早倡导格律的诗人。他的"格律论"在当年引起很大反响，对新诗的发展也具有重要的贡献。当时不少人都希望能为新诗寻求某种创作的规律。闻一多很重视诗的"格式""节调""押韵"这些方面，所以他在新诗经历了开创时期之后，及时地提出了诗的格律问题。闻一多所说的"格律"就是新诗的格式与节奏。从主观上看，他曾经坦白地表述过自己对音节的见解。一方面他明确地指出"诗的真精神其实不在音节上，音节究属外在的质素"；另一方面他又说道，因为"我是受过绘画训练的"，所以"诗的外表形式我总不能忘记"。从客观上看，在五四运动以后那些年代里，新诗虽有了一定的发展，但诗的形式问题却陷入了混乱之中。旧体诗的形式被否定，长短句的词体被滥用，而新的形式一时又难以建立起来。有的诗人打着自然主义或浪漫主义之类的招牌，新诗写得既无诗味，又不讲究音韵，而且在形式上显得十分凌乱。于是，一些顽固守旧的人，便对新诗大肆诋毁。面对这些情况，闻一多除了对诗的内容提出了一些要求外，又郑重地提出了格律的主张，并且对这类轻率的诗人提出了批评，这些都有利于新诗的规范化创作。

闻一多对于格律的倡导，事实上已不仅是出于对诗的爱好，而是和他对祖国文化的热爱紧密相连。文字和语言都是表达思想感情的工具，但这两种工具的功能也不尽相同。诗的语言以文字形式呈现，首先就是要通过视觉给人以感染。一个诗人要创作出真正动人的诗篇，除了必须具有高度的思想性、时代性和丰富的生活内容，同时也要能熟练地掌握运用文字的技巧，并正确了解汉字这种工具的特点。他在提倡格律的时候，既注意到新诗本身的具体要求，又考虑到我国象形文字的特点，这应该说是十分独到的见解。可惜，当时的新诗界有不少人没有准确理解他的精神，但有些拥护他的主张的人，只是从形式上追求句的均齐，或只从音节上进行拼凑，忘记了闻一多在强调诗的"外在的质素"时，还要求人们注意"诗的真精神其实不在音节上"，也忽略了他在强调"视觉方面的格律"时，还特别提到"这毕竟是占次要位置"的问题。至于反对格律论的人，则认为"格律是表现的障碍物"，是对诗人的一种束缚。然而实际上，格律论讲究"相体裁衣"，即要求新诗有自己的格律，同时这种格律应该依据不同的题材、不同的内容自由地进行创造，所以并不会成为诗人创作的"障碍物"。格律论为新诗的发展提供了理论指导，是闻一多一生中最重要的贡献之一。

闻一多被国民党反动派杀害后，延安《解放日报》上发表了一篇纪念文章，其中说道："要在中国现代诗人中，找出能像他这样联结着中国古代诗、西洋诗和中国现代各派诗的人，并不是很容易的。他是中国的从《诗经》到田间的热情的解说者，他又如同翻译莎士比亚的十四行诗为中国诗一样，翻译着中国现代诗为英语。""他在诗坛的地位是这样独特，以至抱有各种不同见解的人，都能不踌躇地承认他的地位。"

　　的确如此，闻一多是在近现代中西文化大交汇、大碰撞中成长起来的一位学贯中西、博古通今的大家，他所倡导的新格律诗理论和独树一帜的新诗创作，影响了众多的诗人，并形成了以他为代表的新格律诗派，在新诗发展史上写下了重要的一页。闻一多在中国现代文学史上是开创新格律诗派的先锋，在中国现代学术史上是"清华学派"的"柱石"。他以自己独创的新格律诗理论和创作实践影响了一代诗人、开创了一代诗风，吸引了一群青年诗人参与新格律诗运动，大大推动了新诗的发展。

三、《死水》：美的灵魂在跳舞

　　作为诗人的闻一多，在诗歌艺术的创新与改进领域不断深耕，一首《死水》，振聋发聩，诗人用诗歌描绘出亟待拯救的时代风貌，表达了诗人真挚热切的爱国热忱，同时也显示出闻一多高超的艺术创造力，为诗歌艺术宝库增添了一抹亮色。

　　在新诗创作的过程中，闻一多仰之弥高，越高，攀得越起劲；钻之弥坚，越坚，钻得越锲而不舍，提出了"建筑美、音乐美、绘画美"的"三美"理论，在形式上和内容上为五四运动以来缺乏规制的新诗戴上了"镣铐"，使新诗呈现出"戴着镣铐跳舞"的独特艺术魅力。

　　在闻一多看来，一首真正的诗，"不独包括音乐的美（音节），绘画的美（辞藻），并且还有建筑的美（节的匀称和句的均齐）。"这也就是说，诗并不是可以随便拼凑的，诗有诗的规律。他认为这种规律可以分为视觉和听觉两个方面，"属于视觉方面的格律有节的匀称，有句的均齐。属于听觉方面的有格式，有音尺，有平仄，有韵脚；但是没有格式，也就没有节的匀称。没有音尺，也就没有句的均齐"。闻一多接着说："当然视觉方面的问题比较占次要的位置。但是在我们中国文学里，尤其不应当忽略视觉一层，因为我们的文字是象形的，我们中国人鉴赏文艺的时候，至少有一半的印象是要靠眼睛来传达的。原来文学本是占时间又占空间的一种艺术。既然占了空间，却又不能在视觉上引起一种具体的印象——这是欧洲文字的一个缺憾。我们的文字有了引起这种印象的可能，如果我们不去利用它，真是可惜了。"

而《死水》一诗将他这一审美倾向淋漓尽致地表现了出来：

> 这是一沟绝望的死水，
> 清风吹不起半点漪沦。
> 不如多扔些破铜烂铁，
> 爽性泼你的剩菜残羹。
>
> 也许铜的要绿成翡翠，
> 铁罐上绣出几瓣桃花；
> 再让油腻织一层罗绮，
> 霉菌给他蒸出些云霞。
>
> 让死水酵成一沟绿酒，
> 漂满了珍珠似的白沫；
> 小珠们笑声变成大珠，
> 又被偷酒的花蚊咬破。
>
> 那么一沟绝望的死水，
> 也就夸得上几分鲜明。
> 如果青蛙耐不住寂寞，
> 又算死水叫出了歌声。

这是一沟绝望的死水，

这里断不是美的所在，

不如让给丑恶来开垦，

看他造出个什么世界。

建筑美的体现：《死水》排列得整齐端正，具有建筑美：九字成一句，四句为一节，五节为一篇。在视觉上，作品的每一句都很均齐、匀称，而且每节诗都四四方方、整整齐齐，就好像一座四合院，诗歌的排布给人一种古典建筑所特有的立体美感。

闻一多是一位诗歌的建筑家，他的诗歌在形式上都很考究，而《死水》则是闻一多在诗歌建构方面最成功的实验之一。《死水》诗歌结构紧凑、形式华美，为中国新诗史提供了近乎完美的样本，为已经开始衰落的新诗作出了突出贡献。

音乐美的体现：《死水》借助音尺、韵脚等获取节奏，在听觉上给人一种音乐美感。朗诵起来，和谐的字符之间彼此勾连，形成铿锵有力的曲调，仿若"大珠小珠落玉盘"一般，悦耳动听，余音绕梁。在音节上，这首诗具有强烈的和谐之美，主要是表现在诗的节奏上。每一行诗都有四个停顿，如：

第一节：

这是 shì/ 一沟 gōu/ 绝望的 de/ 死水 shuǐ，

清风 fēng/ 吹不起 qǐ/ 半点 diǎn/ 漪沦 lún。

不如 rú/ 多扔些 xiē/ 破铜 tóng/ 烂铁 tiě，

爽性 xìng/ 泼你的 de/ 剩菜 cài/ 残羹 gēng。

第二节：

也许 xǔ/ 铜的 de/ 要绿成 chéng/ 翡翠 cuì，

铁罐上 shàng/ 绣出 chū/ 几瓣 bàn/ 桃花 huā；

再让 ràng/ 油腻 nì/ 织一层 céng/ 罗绮 qǐ，

霉菌 jūn/ 给他 tā/ 蒸出些 xiē/ 云霞 xiá。

第三节：

让死水 shuǐ/ 酵成 chéng/ 一沟 gōu/ 绿酒 jiǔ，

飘满了 le/ 珍珠 zhū/ 似的 de/ 白沫 mò；

小珠们 men/ 笑声 shēng/ 变成 chéng/ 大珠 zhū，

又被 bèi/ 偷酒的 de/ 花蚊 wén/ 咬破 pò。

第四节：

那么 me/ 一沟 gōu/ 绝望的 de/ 死水 shuǐ，

也就 jiù/ 夸得上 shàng/ 几分 fēn/ 鲜明 míng。

如果 guǒ/ 青蛙 wā/ 耐不住 zhù/ 寂寞 mò，

又算 suàn/ 死水 shuǐ/ 叫出了 le/ 歌声 shēng。

第五节：

这是 shì/ 一沟 gōu/ 绝望的 de/ 死水 shuǐ，

这里 lǐ/ 断不是 shì/ 美的 de/ 所在 zài，

不如 rú/ 让给 gěi/ 丑恶来 lái/ 开垦 kěn，

看他 tā/ 造出个 gè/ 什么 me/ 世界 gài。

在第二节中"花"和"霞"，第三节中"沫"和"破"都是押韵的。
在第四节中"明"和"声"，两个字的韵尾相同（ng），这在汉语中是押韵的；而在第五节中的"在""界"，这两个字的韵尾如果按现代汉语的读音应该是"zài"和"jiè"，这样看韵尾完全不同。但在1956年以前，中国大部分地区"界"的读音为"gài"，这样"在"和"界"的韵尾就完全相同了，也就是说"在"和"界"是完全押韵的。由此可见，一首好诗不仅要具备各种修辞、富丽的语言和充沛的思想感情，还要具有音乐感。

绘画美的体现：这首诗着重从视觉上写"死水"的色彩，用词具有绘画美，画面感强。为了形象地展现"死水"的面貌，闻一多运用了诸多色彩斑斓、鲜艳浓丽的词语，如"铜""铁罐""桃花""罗绮""霉菌""云霞""翡翠""绿酒""白沫"等，为读者们构建出一幅幅七彩的画面。虽说这些意象都是通过诗人的想象得来的画面，抑或是诗人在生活中观察到的细节，但诗人着重强调其色彩，用强烈的色彩感、画面感给读者造成了视觉的冲击。

闻一多曾专攻美术，对色彩非常敏感。他特别擅长以富丽的辞藻去勾勒线条、描绘形象、创造意境，使得诗中有画。《死水》就是用华丽的语言、富丽的辞藻进行勾勒，使得这首诗形成了"诗中有画"的艺术境界。有文章这样写道："诗人所追求的，并不是作为物理色彩的'红与黑'本身，而是心理的、思想的、情感的'结晶'，那是比色彩本身'神奇'一万倍，让人过目难忘的艺术'奇迹'——这大约就是画家诗人闻一多心向往之的'绘画美'美学奇迹吧。"

正是由于对"三美"理论的成功实践，闻一多的《死水》被称为新格律诗的典范。在视觉方面具备绘画美和建筑美，在听觉方面讲究音乐美，包括音尺或音节、停顿或节奏、韵脚等。这首诗完全符合新格律诗派提出的"理性节制情感"的美学原则，提倡格律诗，主张诗歌的色彩美和意境美，讲究文辞修饰，追求炼字炼意，其鲜明的艺术纲领和系统理论对中国新诗的发展进程产生了较大的影响。在后世中，陆续也有很多人研究过闻一多的写作技巧，并且把他和徐志摩的写作进行比较，可见闻一多的《死水》对后世人创作的影响之大。《死水》代表的现代格律诗的方向，后来也一直成为一部分诗人努力实践和探索创新的引导。

《死水》的写作中除了含有对于"三美"原则出神入化的运用，也充分体现了"美丑对比"的原则。诗歌的主体意象是一沟"死水"，但在呈现方式上，闻一多有意将其描绘成一幅静中有动、死寂中带有活力的悲壮画卷。"绝望的死水"代表着当时腐烂、污秽的中国，这种比喻方式给人们一种耳目一新的感觉，在闻一多看来，真正的诗歌应该能够反映现实、揭露现实。因此，在"死水"的第二节、第三节、第四节，作者基于美丑对比的原则，利用反讽的方式来分析现实，用"云霞""翡翠""桃花""珍珠""绿酒"等美到极致的内容与"铁锈""铜绿""白沫""油腻"等丑恶的意象进行对比，诗歌用色彩来描绘"死水"的表面，当然也由此反衬了"死水"内里的丑，由此便鲜明地揭露了当时中国的社会现状。在诗歌的结尾处，诗人描述道："这是一沟绝望的死水，这里断不是美的所在，不如让丑恶来开垦，看他造出个什么世界。"作者目睹了混沌的社会现状，用正话反说的方式，表达了自己对祖国寄予的真实情感。闻一多在《死水》中运用的这些技巧和原则，使他的爱国之情与诗歌语言都达到了和谐的统一。

《死水》一诗倾注了闻一多深沉的爱国之情。闻一多曾经说过："美的灵魂若不依附于美的形体，便失去他的美了。""三美"原则为诗歌的形式美增色不少，但真正打动人心的，还是作者的拳拳爱国之心。

1925 年，闻一多提前离开美国，回到祖国的怀抱。然而当时的社会现实并不如他想象中的那样美好，祖国大地上列强横行、民不聊生、满目疮痍，这一切都使诗人陷入深深的失望之中。《死水》就创作于这个时期。诗人借助"死水"来表达他彼时的心情：所谓"死水"，即是当时黑暗社会景象的真实写照，诗歌通过对"死水"这一具有象征意义的意象的多角度、多层面的谱写，把反动的统治喻为丑恶，揭露和讽刺了腐败不堪的旧社会，明确地表示对这一沟"死水"的绝望。当"白色恐怖"泛滥之时，知识分子不断受到威胁利诱，打击迫害接踵而来。面对残酷现实，闻一多敢于公开对现实进行讽刺，表达不满，对反动统治者采取不合作的态度，是十分难能可贵的。这首诗歌就充分表达了诗人对丑恶现实的绝望、愤慨和深沉的爱国主义感情。

在这首充满了批判和抨击的诗歌之中，诗人将诗歌的建筑美、绘画美和音乐美融入其中，使情感的表达更为隽永、深刻，体现出闻一多高超的诗歌技能和深厚的艺术功底，也让读者充分感受到了闻一多内心真挚热烈的爱国情怀和对于社会现实的关切、对于社会创伤的同情。

由此可见，《死水》一诗，不论从形式上还是从情感上、内容上，都可称为新诗中的杰作。

四、焚膏继晷，呕心沥血

作为学者的闻一多，在 20 世纪 30 年代，已经诗兴不作而研究志趣正浓。他正竭尽全力向古代典籍钻探，向历史发出叩问，与先贤展开交流。带着虔诚、虚心、执着的态度。闻一多一头埋进浩如烟海的古代文献之中，他想吃尽并消化中华民族几千年来的文化史，炯炯目光，一直远射到有史以前，只为了一个崇高却难以实现的目标——给我们衰微的民族开一剂救济的文化药方。无数个日日夜夜，闻一多都呕心沥血地进行研究，最终取得了累累硕果，为后人提供了系统而翔实的资料；在这一过程中，他作为学者所展现出的坚持、勇敢、无畏、追求卓越的精神与强烈的社会责任感，也为后世留下了一笔宝贵的精神和文化财富。

1930 年到 1932 年，闻一多对于社会的"望闻问切"也还只是在"望"的初级阶段。他以唐诗作为开端，研究期间目不窥园，足不下楼，穷思苦索，费尽心血。杜甫晚年，曾疏懒得"一月不梳头"。闻一多也总是头发凌乱，不修边幅，但他确实是无暇顾及于此。闻一多的书桌，虽然各种书籍、笔墨摆放得凌乱不堪，毫无章法，但他却一点也不在意，对来客抱歉地道一声"秩序不在我的范围以内"便继续他的事业。废寝忘食，焚膏继晷，对于闻先生来说是常有的事。

1932 年，闻一多带着在动荡中遭受重创的游子心情，离开青岛大学，重新回到清华园，在中国文学系担任教授。夏日还未尽，算起来，从离去至归来，已经整整十年。从前的"留美预备学校"改名为"国立清华大学"；专供教授们居住的舒适住宅，也一幢接一幢地兴修起来；拥有玻璃地板和钢书架的图书馆，中外藏书以及各种专业的刊物日益丰富；排列整齐的一院、二院、三院依然保持着早年的安静，接待着文法学院的师生；具有园亭之美的工字厅，风趣更加别致。学校的围墙也比以前加高，企图竭力挡住现实的"喧嚣"。在哀鸿遍野的国土上，在战火烧毁了许多人的家园的时候，在许多大学还破破烂烂发不出薪水的时候，清华教授们的待遇更显得优厚，生活环境非常舒适。

然而，对于一个曾经写过"静夜！我不能，不能受你的贿赂"的良心诗人，曾经宣称过"谁希罕你这墙内尺方的和平"的爱国诗人，在这种"幸福"的诱惑面前，心情是十分矛盾的。他在给老朋友的一封信里沉痛地说："一勾引起数年来痛苦的记忆，……不免就伤痛起来流着泪。"但也不愿"将可厌的伤感的话在朋友面前唠叨，致引起朋友的不快"，便只好"一个人在痛苦中……独自闷着"。至于新诗，是彻底绝笔了。一个才情纵横的诗人不写诗，自然要引起人们的惊异。早年和他在美国住在一起的老朋友熊佛西教授，特地问他"为什么不写诗"，他回答说："我已发现我在创作上没有什么前途了。诗，只好留给那些有才华的人们去写。过去，我觉得我搞的玩艺儿太多，太杂，结果毫无成就，今后我愿意集中精力来研究中国文学。"

经过这些苦闷和懊恼，闻一多终于找到了解决矛盾的办法。他说："我近来最痛苦的是发现了自己的缺陷，一种最根本的缺陷——不能适应环境。

因为这样，向外发展的路既走不通，我就不能不转向内走。在这向内走的路上，我却得着一个大安慰，因为我证实了自己在这向内的路上，很有发展的希望。因为不能向外走而逼得我把向内的路走通了，这也可说是塞翁失马，是福而非祸。"

不动不响，无声无闻，闻一多就这样开始了他对于古典文献的探索。他对自己古籍研究工作的安排是：《毛诗字典》将《诗经》拆散，编成一部字典，注明每字的古音古义古形体（古形体便是甲骨文、金文、小篆等形体），说明其造字的来由，在某句中作何解，及其Parts of Speech（词类；词性）；《楚辞校议》希望成为最翔实的《楚辞》注；《全唐诗校勘记》校正原书的错字；《全唐诗补编》收罗《全唐诗》所未收的唐诗；《全唐诗人小传订补》是因全唐诗作家小传最潦草，故拟订其伪误，补其缺略；《全唐诗人生卒年考》，附《考证》；《杜诗新注》；《杜甫》（传记）。

闻一多在研究古籍的时候，身体状态不大好，但仍坚持进行研究，并取得了卓越的成就。这也让他在美国时吃冷面包、喝冷开水弄出来的胃病一直没能痊愈；加之这几年心思重重，思虑万千，又经常失眠，所以对自己的计划"何时完工，都说不定"，甚至对自己"还能活多久"也缺乏信心。不过，不管怎样他总算给自己找到了这条向内发展的道路，从此对古籍的兴味愈来愈浓，钻研得也愈来愈深了。当时，华北局势紧张，日本帝国主义的侵略活动日益嚣张，清华也在酝酿着南迁。动荡时代，有一方安静的天地专供研究和学习实属不易，闻一多因而无比珍惜学校的藏书和环境，留恋研究古籍的有利条件。为了争取全身心地投入学问研究，闻一多摒弃了一切外界的干扰，把自己埋在古籍的海洋里。终于，在他的努力下，一个又一个四方竹纸本子，写满了密密麻麻的小楷，如群蚁排衙。闻一多经过几年的辛苦，终于凝结而成包括《唐诗杂论》在内的诸多硕果。他的研究计划基本上已经完成，后来的工作甚至远远超出了研究计划的范围。他以行动昭示了自己的研究成果，为学术进步作出了重要贡献。

作为一个诗人，闻一多的学术生涯，也是由诗到诗。闻先生曾说："中国的文学浩如烟海，要在研究中有点成绩，必须学科学的治学方法，先挑选一两个作家来研究，或选定一个时代来研究。"所以他一开始从杜甫入手，接着致力于整个唐诗。而后又从唐诗上溯先秦，致力于《诗经》和《楚辞》了。他对于整个中国古籍发展长河中的多部经典，如《周易》《诗经》《楚辞》《庄子》《乐府》等都有独到的见解；对古代神话、古文字学、音韵学，以及民俗学、社会学、人类学等都有不同程度的研究。他从不把自己拘泥于个别领域里，他的眼界早已越出了传统考据训诂的范围。

闻一多的《诗经新义》《诗经通义》《离骚解诂》《楚辞校补》《乐府诗笺》等著作均在文字训诂方面有着突出的价值。闻一多礼赞过庄子，写就的《庄子内篇校释》是经过反复推敲、琢磨才诞生的作品；他的《周易义证类纂》被推崇为易学史上"独辟蹊径"的著作；他对于《管子》也有不少独到的心得，郭沫若早在1956年已将他和许维遹研究管子的一部分遗稿重加修订并整理出版；他后来写的《唐诗杂论》虽只有五篇，但这些文章"不但将欣赏和考据融化得恰到好处，并且创造了一种诗样精粹的风格，读起来句句耐人寻味"。可惜他还有许多精辟的论点和尚未成篇的讲稿、提纲或草稿都来不及整理出来，就被国民党反动派杀害了。郭沫若曾盛赞闻一多："他那眼光的犀利，考索的赅博，立说的新颖而翔实，不仅前无古人，恐怕还要后无来者的。"能够给出"前无古人""后无来者"的称誉，说明郭沫若极大地肯定了闻一多在学术研究上的成就。

闻一多不仅在学术上卓有建树，在日常交往中也秉持着严谨、认真的学风，对待同辈学人和学生后辈的态度尤为感人。他继承了清代考据学者重归纳重证据的优良传统，也吸收了近代的科学方法用以研究中国古代的文献，认真地探索中华文化的究竟，彻底地实践了"朴学所强调的实事求是的精神"。他常同朋友们说："做学问首要谨严，也要大胆，做考据工夫尤其如此。不谨严会弄得矛盾百出，而且重复别人的意见自己还不知道。

不大胆，就常常会缩手缩脚，变成了文字的奴隶。"他还告诫自己的学生，搞研究工作绝不能有侥幸之心，一定要切切实实地下功夫，培养自己的判断力，"不拾人牙慧"，也"不凿空取巧"。例如，闻一多在研究屈原时，虽已取得一定的成绩，但仍然保持谦逊态度，写信告诉游国恩说："近读诗骚，好标新义，然自惟学识肤浅，时时惧其说之邻于妄，不敢自信，质之高明，倘有以教我乎？"所以即使是在当年学术界那种纯粹"个体劳动"的条件下，他也总是争取别人的合作，征求别人的意见，虚心求教，为当时及后世的学者树立了标杆。

在学术研究中，闻先生坚持教学相长、尊重他人学术劳动的原则。无论是身边的学生、助教，或不相识的同行，有一得之见，他都予以推崇。闻先生思想活跃，常常推动一些青年和同事思考问题，而有所获仍归功于别人。在《七十二》这篇考据文章中，他把成绩都归于学生善周、镇淮，还追源至远道来函的徐君，申明自己"只多说了些闲话，并当了一次钞胥"。他在发表《岑嘉州系年考证》时，得悉《岭南学报》有人也著有年谱，虽然内容"同者不及一二，异者何啻八九"，但仍认为"先我箸鞭"，充分肯定作者的成就。类似情况还有很多，从中不仅表现出闻一多作为一个学者的无私胸怀，而且反映了他为人为学的崇高品格。

作为学者的闻一多，其成就并不限于新诗创作和提倡新格律诗理论。他在中国古代文学研究和古代文化研究方面所取得的创造性成就，引起了学术界和思想界更为强烈而普遍的震动。纵观他的研究著述，不仅考索赅博、扎实可信，而且大胆开拓、新见迭出；在《诗经》《楚辞》《庄子》以及唐诗、神话等领域都取得了突破性成果，自成一家。因此他在以上几个学科的研究史上有着独特的地位，产生了巨大而深远的影响。

在学术领域，闻一多如灯塔一般照亮无数学生、后辈前行的路，其璀璨的学术成就与严谨负责、坚持不懈的学术精神必将在历史的更迭与时间的淘洗中获得升华，经久不衰，永不消匿。

五、"宁可倒下去，不愿屈服"

作为民主革命战士的闻一多，是正义的化身，是精神的高标。

2009 年，正值中华人民共和国成立 60 周年。"李闻惨案"的李公朴、闻一多两位烈士均入选"100 位为新中国成立作出突出贡献的英雄模范人物"名单。

纵观西南联大九年历史，在三百余名教授中，除了几位是因贫病逝世外，没有一人牺牲于敌机的轰炸。然而，就在抗战胜利后将近一年，1946 年 7 月 15 日，联大教授却在光天化日之下倒在了国民党反动派的枪口下——他，就是倾其一生为民主而战的革命烈士闻一多！1995 年 12 月 1 日，云南师范大学在"一二·一"运动四烈士墓旁建起"国立西南联合大学和国立昆明师范学院革命烈士纪念碑"，基座上镌刻着 27 位烈士名录。他们是从抗日战争到 1950 年巩固新生政权时期的联大共产党员、民青成员和进步师生，是为中华民族的解放事业而英勇献身的革命烈士。其中，西南联大革命烈士有 15 名，闻一多是唯一的教授，其余均为学生。

闻一多的爱国热忱在青年时期就已形成，高度的社会责任感和对于祖国的拳拳心意造就了他后来在民主革命运动中的坚定信念。闻一多在清华大学就读时即表现出强烈的爱国思想。1919 年 5 月 4 日，北京大学学生在天安门集会、游行示威，抗议北洋政府卖国屈辱的罪行，五四运动爆发。当晚，清华进城的同学返校，讲述了白天北京城内的爱国行动。闻一多听后，心潮难平，连夜抄了岳飞的《满江红》，张贴在食堂门口，借以表达自己的爱国情怀。

留学美国时期，闻一多的爱国思想发展得日益强烈。1922 年 7 月，到美仅两个月，他给友人写信就流露出浓烈的思乡爱国之情："不出国不知道想家的滋味……我想的是中国的山川，中国的草木，中国的鸟兽，中国的屋宇——中国的人。"在美国学习进修期间，他经常深切地感受到美国的种族歧视和排外观念。1923 年 6 月，闻一多在芝加哥美术学院读完一年级，成绩优等，按例可以送欧洲（巴黎、罗马）深造。然而，学校却说此例仅限于美国人。1924 年，他从科罗拉多大学毕业。在毕业典礼上，闻一多和其他中国学生在排队领取毕业证书时发现，竟没有一个美国女生愿和中国学生排在一起。陈长桐和闻一多一样，是从清华大学来科罗拉多大学读书的学生，他有次去理发，理发匠见他是黄种人而不为他服务。陈长桐告了一状，赢了。结果，理发匠对陈长桐说："下次你要理发请通知我，我到你府上为你理，你千万不要到我店里。"还有一次，梁实秋的汽车被撞坏了，警察不问是非竟强行对梁实秋进行罚款……凡此种种，都使闻一多的民族自尊心受到极大的刺激。然而，同时代的中国留美学生中，许多人对上述种种却熟视无睹，甚至崇洋媚外。闻一多对此十分鄙视，1923 年他在给其弟家驷的信中说："处处看到些留学生们总看不进眼，他们的思想浅陋得可笑。""我来美后，见我国留学生不谙国学，盲从欧西，致有怨造物与父母不生之为欧美人者，至其求学，每止于学校教育，离校则不能进步咫尺，以此虽赚得留学生头衔而实为废人。" 1923 年，闻一多在给父母的信中写道："一个有思想的中国青年留居美国之滋味非笔墨所能形容……我乃有国之民，有五千年之历史与文化，我有何不若彼美人者？将谓吾国人不能制杀人之枪炮遂不若彼之光明磊落乎？总之，彼之贱视吾国人者一言难尽。"由此可见青年闻一多对于国家前途命运的忧思，以及振兴国运的决心。

在美期间，闻一多一直心怀忧思关注着祖国社会的变动，考虑着个人的前途。纽约，这个罪恶的渊薮，它的一切在诗人的眼里，都变得丑陋可憎，他决心要尽快地离开这腐臭的地方。他在四月初给朋友的一封信中写道："我现在同学校生活正式脱离关系了。"虽然"栖身之所依然没有把握，这倒是大可忧虑的事，不过回家是定了的，只要回家，便是……去上海打流亦可以。君子固穷非病，越穷越浪漫……"在军阀统治的旧中国，毕业即失业的遭遇，留学生也遇到过。闻一多虽急于回国，但回国后的职业和"栖身之所"还没有着落，这也正可反映当时知识分子的苦闷心情。他把行装收好，船票买好，就随时动身。越是到了这个就要回家的时刻，对祖国和家园的思念愈深。他在筹划创办一个"包括各种艺术"的刊物，一下子就拟定了四期的组稿题目，要提倡"中华文化的国家主义"。同时又正在"拟作一个 Series of Sketches，描写中国人在此受气的故事"。（《闻一多全集》）

清华学生留美，按规定可学习五年，闻一多仅在美三年就提前于1925年5月回国。事实上，闻一多强烈的爱国思想是贯穿其一生的。闻一多热爱人民，具有正确的"人民观"。闻一多强调要了解人民、认识人民。1938年2月，长沙临时大学西迁昆明，闻一多参加湘黔滇旅行团徒步入滇。途中，有学生问他吃得消么？他说："国难时期，走几千里路算不了受罪，再者我在十五岁以前，受着古老家庭的束缚，以后在清华读书，出国留学，回国后一直在各大城市教书，过着假洋鬼子的生活，和广大的农村隔绝了。虽然是一个中国人，面对中国社会及人民生活，知道得很少，真是醉生梦死呀！现在应该认识认识祖国了！"闻一多心中有人民，心中有群众。在课堂上，在民主运动中，他总是强调人民群众的力量和重要性。1944年12月25日，昆明集会纪念护国起义二十九周年，闻一多在会上演讲说道："我们胜利地纪念了护国纪念二十九周年。／你们看，我们的队伍这么长！／这是人民的力量。／因为是人民的力量，所以它是伟大的，谁也不敢阻挡！"在1945年五四运动纪念周上，闻一多曾写下一篇名为《人民的世纪——今天只有"人民至上"才是正确的口号》的文章，以表明人民群众力量的重要性。可以说，这一时期闻一多的"人民观"已经树立起来了。1945年7月28日，西南联大参加青年远征军的学生从印度驾驶美国援华汽车回国。在昆明的欢迎会上，闻一多也发表了讲话，其中明确指出，知识若不配合人民的力量，就绝无用处。

回国后，闻一多的思想经历了一个伟大的转变，由拥护、赞成国民党到反对、批判国民党。早期，闻一多对国民党蒋介石统治并无反感，甚至还公开表示拥护。

后来很长一段时期，闻一多对国民党领导抗日，尚抱有相当信心。一次，他送长子进城，两人边走边谈，既谈到国际国内时事，也谈到蒋介石。当时闻一多仍认为蒋领导抗日，是"前途光明，胜利有望"的。但在1943年，闻一多思想发生了巨大变化，变化是从蒋介石《中国之命运》的发售引发的。1943年3月23日，昆明各报报道蒋介石《中国之命运》在昆明开始发售。国民政府规定每人都必须阅读。闻一多读后很反感。他后来说："《中国之命运》一书的出版，在我一个人是一个很重要的关键。我简直被那里面的'义和团精神'吓一跳，我们的英明领袖原来是这样的想法吗？'五四'给我的影响太深，《中国之命运》公开地向'五四'宣战，我是无论如何受不了的。"1943年，世界反法西斯力量相继实行大反攻。日军在太平洋战场连连失利。到了1944年，国际国内形势发生了重大变化，这些变化极大地促进了闻一多思想上的变化。1944年4月至12月，日军发动打通大陆交通线的"一号作战"，即豫湘桂战役。国民党军队丧师失地，一溃千里。日军迅速推进，长驱直入，一直打到贵州的荔波、独山，地处大后方的川滇也岌岌可危。这使闻一多等许多联大教授和大后方民众对蒋介石的美好想象完全破灭。

面对国民党军队的大溃败，闻一多愤怒了。1944年10月10日在昆华女中召开"双十节纪念大会"。闻一多参加了纪念大会并第一个发表演讲。这是抗战以来，他第一次走出校门来到人民当中。闻一多说："我们抗战七年多了，到今天所得到的是什么？眼看见盟军都在反攻，我们还在溃退，人家在收复失地，我们还在继续失地""不是有几十万吃得顶饱，斗志顶旺的大军，被另外几十万喂得也顶好，装备得顶精的大军监视着吗？这监视和被监视的力量，为什么让他们冻结在那里，不拿来保卫国土，抵抗敌人？""我们要抗议！我们要叫喊！我们要愤怒！我们的第一个呼声是：拿出国家的实力来保卫大西南——这抗战最后根据地的大西南！"大会结束时，闻一多宣读了《昆明各界双十节纪念大会宣言》，这是闻一多投身民主运动后参与起草的第一份文献。《宣言》提出"还政于民""组建全民政府""新政府的人选应包括全国各党派之代表，及全国无党派才高望重之人"等主张。这与"建立联合政府"的精神是完全一致的。

闻一多自加入民盟后，便以积极的战斗姿态投入民主运动。由于他具有诗人的气质和激情、学者的思辨和智慧、战士的勇敢和拼杀，他的演讲具有很强的战斗性和感染力。1945 年 5 月 4 日在云南大学操场"五四"纪念大会上，他给人留下了深刻印象。据吴晗回忆，大会"正当开始，天不作美，下雨了，参加的男女移动了，想找个荫蔽之所，会场在动乱了。你（闻一多）掀髯作狮子吼，'这是天洗兵！不怯懦的人上来，走近来，勇敢地走拢来！'在你的召唤下，群众稳住了，大家都红着脸走近讲台，冒着雨开成了那个会。"西南联大学生诗人杜运燮回忆说："那是非常动人的场面，所有听众莫不以得能参加那感情泛滥的狂潮为荣。"

抗日战争和解放战争期间，闻一多一直致力于参加民主集会，进行民主革命，在一次次的运动中均发挥了极其重要的作用。在与国民党反动派的斗争中，李公朴、闻一多英勇顽强、毫不妥协。国民党反动派对他们恨之入骨，欲除之而后快。

1946 年 7 月 11 日，国民党反动派暗杀了李公朴。7 月 15 日上午，在云南大学至公堂举行李公朴殉难报告会。闻一多不顾危险毅然出席报告会。报告中李公朴的夫人张曼筠泣不成声，特务们乘机捣乱，气焰嚣张，与会群众极为愤怒。本来不准备讲话的闻一多，抑制不住心中的怒火，拍案而起，发表演讲。他的演讲如火山喷发，似投枪掷敌，像正义的审判，令敌胆寒。演讲展现了视死如归的大无畏英雄气概，他说："我们要准备像李先生一样，前脚跨出大门，后脚就不准备再跨进大门。"一字一句，动人心，鼓壮志，气冲斗牛，声震天地！反动派再也按捺不住内心的恐惧和仇恨，当天下午便在光天化日之下将闻一多枪杀。

闻一多的《最后一次讲演》，由此深深地镌刻在了中国革命的史册上！他终于以宝贵的生命，实证了他作为民主革命战士的崇高精神。

毛泽东在《别了，司徒雷登》一文中指出："许多曾经是自由主义者或民主个人主义者的人们，在美国帝国主义者及其走狗国民党反动派面前站起来了。闻一多拍案而起，横眉怒对国民党的手枪，宁可倒下去，不愿屈服。"闻一多是大勇的革命战士，在爱国宣传上，他是口的巨人；在爱国行动上，又是行的高标。闻一多用自己的一生践行着热爱祖国的庄严承诺，他是真正的民主战士，是永垂不朽的荣光！

第十一章

俞平伯：

平淡深处的闪亮

　　他在弥留之际，再次提起自己回避了大半生的红楼，艰难地说道："胡适、俞平伯是腰斩《红楼梦》的，有罪。程伟元、高鹗是保全《红楼梦》的，有功。大是大非！千秋功罪，难以辞达。"不是他不想说，而是藏在内心深处，藏着一个少年最闪亮的一生。

有人说：俞平伯的文字，明白如话，却经得住反复咀嚼。

1954 年对俞平伯因《红楼梦》研究而起的批判，声势浩大。当时好多人不明就里，糊里糊涂地参与其中，跟着起哄、痛批。但随着历史迷雾逐渐淡去，人们这才如梦初醒：原来"项庄舞剑，意在沛公"——批"俞"是假，批胡适才是真。

历史的机缘很深，俞平伯当了一回"替罪羊"。不过，于他而言，这何尝不是一种时代的"恩赐"？

一、堂外西湖不是梦

我们或许以为你如你的名字一样平淡，因为我们总是习惯于把听说过的你当成真实的你，根据道听途说的只言片语便以为很了解你。我们甚至有些忘却了，忘却你在星光熠熠的时代所散发的光芒与热量，忘却你像忘记我们自己前世的繁华，不曾经意，也未可惜。

你的确像你的名字一样平淡，你是耀眼的辰星，辉煌中透露出你大彻大悟的淡然。而我们，真的忘记了你，从不可惜，总未经意。虽然中学课文里都有你的名字，你的文章，但我们都把你的名字当成符号，把你的文章当成碑文，背诵它，甚至讨厌地背诵，而不去试图了解这些性灵文字背后有血有肉的你。

我们该记得六朝金粉沉醉的秦淮河，该记得那个八月里江南盛夏的绵密与轻婉，该记得那两篇同名异文的《桨声灯影里的秦淮河》。而你定然记得灯影与月光，记得"凉风凉月下"，背着秦淮河走去的悄默。

或者，那个晚上，那位朱先生，那些关于时代的唏嘘叹惋，那些你对人生理解的不安与焦虑放大了你内心梦的侧影和生命中最骄傲的审美形象。除去桨声和灯影，除去千百年来秦淮河里的脂粉与月光，还留下些什么置于心的神祇，让你悄默、背手和离开？

　　从秦淮河里直上云霄，从云霄端上纵横向东南两百余里，然后降落，穿越江南的杏花春雨，落在美丽的人间天堂，落在这唯一的苏州，落在苏州风物绝佳的园林，落在雨巷的丁香的叹息里。这儿是什么地方？这儿有琅琅的书声，这儿有老人的吟唱，这儿也有知了的鸣叫，但与稚子无关，这儿也有豆大的灯火，照亮着梦的方向。你抬头、眯眼，从太阳的光晕中依稀辨得，那高门的匾额上金色的大字——曲园。你不曾停留片刻，向里，如风快步，望到那熟悉的楷体，雕刻在你心中的三个字——春在堂。你是否想起儿时的岁月悠悠像一条潺潺的溪流把记忆的石子冲磨得如镜如鉴，照得你前世今生的梦寐与业障？你还记不记得，曾以"淡烟疏雨落花天，花落春仍在"而赢得曾国藩激赏的，那位大名鼎鼎的进士，你的祖父，在青鸟用翅膀勾勒的清晨里，为你磨墨，教你习字？你当然记得的。即使在很多很多年以后，你雪满白头，感伤着无谓的伤感，面对着不过如此的人生，"叹息如闻灯影里，口占文字课重孙"就已是《六十自嗟》里最淡定的回味。

　　你是俞平伯，是德清的俞平伯，是苏州的俞平伯，俞樾的曾孙，俞陛云的儿子。

　　你是俞平伯，是未名湖畔对梦想执着的15岁的孩子，是黄侃、吴梅的得意门生，是傅斯年、罗家伦的干事部书记，是西湖边上没有看到雷峰塔倒掉而无限茫然的俞平伯，是朱自清视为生生世世知己的俞平伯。

　　春在堂里，几度春秋。那个小小孩童，浸润在书香里只是一首词的光阴，就摇身变成敦敏聪慧的青年才俊。才子爱佳人，佳人是西子，你把你最旺盛的青春倾注在美丽的西湖，用五年零八个月的日子，用这一生纯真的情感，用你那美得不可捕捉风韵的词句。如果西湖是梦，像张岱那样，在冬雪魅人的某个午夜，你也定会到湖心亭看雪，或者写下如《西湖梦寻》般华美的篇章。你何尝不是这样？《孤山听雨》《湖楼小撷》《梦游》《西湖的六月十八夜》和《雪晚归船》，一篇篇美文从你的笔端流出。文章经国之大事，文章中那个藏了几千年的痴儿赤子的丹心，饱含了你儿时在春在堂的孔子像前的所有夙愿和梦想。

这一切，你是那么热爱。因为，你不得不爱、不写、不沉醉、不中毒。

本来，你中的毒你能解，可是你还是毒入肠、肠寸断，断得你痛并麻木，断得你死欲重生。你爱上《红楼梦》，中了曹雪芹的毒。你写下《红楼梦评论》，中了自己的毒。你听着来自各方的意见和批评，你中了世界的毒。你中毒从不经意，更未可惜。

你的梦想和你的追寻一如往昔，春在堂是你的起点，西湖堂外不是梦，它注定是你心灵的瑶池，在那儿你尽情地放飞你的浪漫，放纵你的天才。

将近一个世纪前，听起来遥远，但亲历者仍旧对发生的一切历历在目：1924年9月25日下午1时40分，被誉为"西湖十景"之一的"雷峰夕照"——位于南屏山的雷峰古塔，轰然坍塌。一声巨响，尘雾腾滚，瞬息间千年古塔化为一垄断砖碎瓦。塔塌之际，万人瞠目，举世惊骇，引得浙杭百姓和海内外墨客骚人，投以极为关注的目光。而你1920年自北大毕业后，常年寓居杭州，已达五年之久。你偕夫人许宝驯同舅父（也是岳父）许引之（字汲侯）全家，曾一度共住位于孤山的俞楼——你的曾祖俞樾当年在杭州讲学的"诂经精舍"。这里隔湖与雷峰塔遥遥相对。塔倒之时，你正与僧人对弈，忽闻室外人声喧嚣："塔倒了！"

佩珣亲眼遥睹雷峰塔倒塌的惊人一幕。

"哥，塔倒了，塔倒了！"

"四妹，怎么回事？慢慢说。"你仍然镇定。

"雷峰塔倒了，你快去看吧！"

棋子从你手中滑落，仿佛雷峰塔的倒塌，安详而没有征兆——先是塔顶，继之塔身相继崩溃。当你推枰急起，赶到平台上探视，雷峰塔身早失所在。与这千载难逢的伟大一瞥失之交臂，你懊丧不已。当天的晚些时候你当即乘船渡湖，直奔塔塌现场。

其时正值江浙战争爆发，齐燮元、卢永祥两个军阀为争抢地盘，陈兵江浙沪，大打出手。战火遍野，城乡凋敝，原本熙熙攘攘的杭城和游人如织的西子湖，一下子变得清冷寂寥。不料塔倒之日，杭城熙熙攘攘，舟楫车马齐聚西湖南岸，南屏山周遭人声鼎沸，万头攒动，人们像赶集一样，前来为古塔的"寿终正寝"作最后的诀别。等你赶到，已过午后四点，观瞻正值高潮。

你心绪难宁，挥笔把你的行迹写成了文字：

"从樵径登山，纵目徘徊，唯见亿砖累作峨峨黄垅而已。游人杂沓，填溢于废基之上，负砖归者甚多。砖甚大，有字者一时不易觅。我只手取一无字残品、横贯有孔者归，备作砚用。"在路上又见"村姑鬓窦充以经卷"。

这种粗如拇指、长约两寸的经卷，外层护以绢套，原是插藏于砖孔之中的；如今被姑娘们捡来作为饰品戴在头上，倒也别有风致。塔砖经卷都极富文化遗存价值，可惜缺乏保护措施，惨遭哄抢，听任文物丢失损坏。虽说塔址遗物后来陆续移置浙江省博物馆，但那只是其中的极少部分。对此，你痛心疾首，但又无可奈何。在狼藉破败中颓然踯躅良久，不由嗟然长叹。往昔在这暮霭初起、日晡西沉时分，正是"雷峰夕照"最为光彩夺目的辰光：如血的残阳把靓丽柔和的余晖晚霞，毫无保留地泼泻在雷峰塔身之上，令人想起一种"夕阳无限好，只是近黄昏"的苍凉凄美之感：

> 小楼南望水迢迢，
> 六十年来一梦遥，
> 不尽斜阳烟柳意，
> 西关砖塔黯然销。

也许就在雷峰塔倒塌的那一刻，你才意识到西湖是你的梦。而今的杭州俞楼，已然没有往日的风华，可是凭栏处，潇潇雨歇，满眼的景色里都逃不了你把玩剩下的余韵与风流。西湖依然游人如织，只有你曾经独自划舟经过，只有你曾经几回梦里伤往事。在"淡烟疏雨落花天，花落春仍在"永生的氛围里，你不过是本分地把自己想成晚明的人儿，落寞里带着闲适，悲切中合着一个慈悲的笑容。西湖总归是你的梦。我不知道，你的名字算不算平淡。我姑且那样以为，我也姑且那样错误。在我的心底，你才是一个真实的梦。

二、苏州出了个俞平伯

作为我国的历史文化名城之一，苏州位于长三角中部，有着二千五百多年的历史，苏州在古代称为姑苏、平江，唐代诗人张继在《枫桥夜泊》中写道："月落乌啼霜满天，江枫渔火对愁眠。姑苏城外寒山寺，夜半钟声到客船。"这首诗中提到的姑苏城指的就是今天的苏州。

苏州历来不缺名人，特别是历史文化名人。范仲淹是北宋杰出的思想家、政治家、文学家，因为写了一篇彪炳千秋的《岳阳楼记》而常常被人误认为是湖南人。其实，范公出生在吴郡吴县，也就是今天的苏州。范仲淹曾任参知政事，苏州知州、户部侍郎等职，因秉公直言，屡次遭贬，并被流放。除了《岳阳楼记》外，他的诗词成就也非常大。一首《渔家傲·秋思》让人爱不释手："浊酒一杯家万里，燕然未勒归无计。羌管悠悠霜满地，人不寐，将军白发征夫泪。"这首表达了边关壮士壮志难酬和思乡忧国的词为他赢得了盛誉。而他的《苏幕遮·怀旧》也是令人感叹万分："黯乡魂，追旅思。夜夜除非，好梦留人睡。明月楼高休独倚，酒入愁肠，化作相思泪。"当然最令我们熟知他的还是因"先天下之忧而忧，后天下之乐而乐"而名垂千古的《岳阳楼记》。这样的家国情怀和忧乐精神注定会被人民和历史铭记。

除了范公外，真名唐寅、自号"桃花庵主"的唐伯虎也是后人无比喜爱的一名历史文化名人，他的生平故事被一再搬上舞台，而他广为传唱的那首诗，仿佛是即兴吟出的"口水诗"，读来确让人沉思良久，难以释怀："别人笑我太疯癫，我笑他人看不穿。不见五陵豪杰墓，无花无酒锄作田。"

当然，擅长写中国白话短篇小说，以《警世通言》《醒世恒言》《喻世明言》为代表作的冯梦龙，也是了不得的苏州才子，他的《杜十娘怒沉百宝箱》以惊世骇俗的反转方式在中国文学史，特别是通俗文学史上留下了精彩的一笔。

苏州的才子还少不了金圣叹、顾炎武、叶圣陶、陆文夫、费孝通和范小青等诸位大家。但苏州的人文天空无论多么辉煌，都不会忘记一个人，他的名字叫俞平伯。

1900 年，俞平伯出生在苏州的书香门第。时其母梦有僧登门化缘，意是高僧转世，故乳名僧宝。其曾祖父是大名鼎鼎的俞樾，字荫甫，自号曲园居士，生于德清后迁居苏州。清道光二十四年（1844 年）甲辰恩科举人，与李鸿章有同年中举之谊。俞樾 30 岁进京会试，曾国藩主考复试，诗题为"淡烟疏雨落花天"。俞樾别出心裁，跳出别人在"落花"悲伤处作文章的俗套，答以"花落春仍在"之句，曾国藩十分赏识，列部试第一名，道光三十年（1850 年）庚戌科进士，选翰林院庶吉士，散馆授编修。而父亲是光绪二十四年（1898 年）戊戌科探花及第的编修俞陛云。母亲的来头也不小，是清朝江苏松江知府的女儿、精通诗文的许之仙。俞平伯儿时，曾祖父俞樾经常在自己的书斋春在堂教他习字练书。四岁时，由母亲许之仙教读《大学》章句，其所学课本也由母亲手抄。几岁入私塾，和所有孩童一样，少时的俞平伯也爱玩耍。入私塾对天才的俞平伯来说无异于大解放时代的到来。课上塾师的讲解过于简单，跟家中长辈的心传口授比起来似乎是隔着几个档次。俞平伯轻松应对，余下的时间便是美好的童年。后来因为塾师不严，俞平伯便退学回家，由父母督导功课。由于父亲是个开明并且容易接受新事物的士大夫，俞平伯很小的时候，家里就聘请专门的英文教师为他上课。因此，俞平伯的国学功底和英文水平十分扎实深厚。20世纪80年代，俞平伯曾回忆"《大学》为前代开蒙书，四岁初读首篇，尚在光绪甲辰开馆先，原书有先君题记，迄今八十余年矣"。

出生在这样一个家学渊源根基深厚的家庭是俞平伯的幸运。俞平伯获得了常人少有的"家学"传统，"家学"所营造的闲适在俞平伯一生的命运中起着潜移默化的作用。

一般来说，成为大学问家不外乎几种途径：一是源于名师，所谓"名师出高徒"；二是出自名门，因为在其背后，不仅有"家"的意味，更有着"学术文化"的底蕴与传承。中国是一个深受家族影响的国度。法国汉学家汪德迈在描述中国儒家文化的特征时，用了三个词，即"家庭""礼仪""文官制"，并指出中国传统社会是"以家族关系为纽带的古老社会模式""社会的一切行为规范都从家族关系规范中演绎改造而来"。世家现象为中国文化一大景观，文化艺术方面的世家名门可谓屡见不鲜。而一代大师陈寅恪认为："学术文化与大族盛门不可分离""东汉以后公立学校之沦废，学术之中心移于家族，太学博士之传授变为家人父子之世业"。东汉著名史学世家班氏（班彪、班固、班昭）家族，宋代著名文学世家苏氏（苏洵、苏轼、苏辙）家族，明清之交的学术世家万氏（万泰、万斯同、万经）家族，清代朴学世家王氏（王安国、王念孙、王引之）家族，近现代学术世家陈氏（陈宝箴、陈三立、陈寅恪）家族等。

俞平伯可谓出身名门，师从名师。出生在诗礼家传的士大夫文人家庭，从小俞平伯也表现出自己的天赋异禀。1915年，年仅15岁的俞平伯考入北京大学文学系预科，居东华门外箭杆胡同。17岁那年的10月与许宝驯结婚。1919年12月毕业于北京大学，年内移家朝阳门内老君堂79号，院有大槐树，因名斋为"古槐书屋"。1920年1月赴英国留学，未成，4月返杭州，任教于杭州第一师范学校。年底回北京，治文学，师从周作人。

俞平伯是苏州的骄傲。年少的俞平伯才华横溢，当年15岁考取北大已是广为传颂的佳话。在苏州这个盛产美女的地方，俞平伯用自己的才气为古老苏州城里"才子佳人"这种理想状态的平衡作出了最有力的提携。

1918年11月，时为北大文学系三年级的俞平伯同傅斯年、罗家伦等人组织成立新潮社，俞平伯被推选为干事部书记。

后来，俞平伯在《回忆〈新潮〉》一文中如是说：

> 1918年下半年，北大文科、法科的部分进步学生组织了新潮社，创办《新潮》杂志，为《新青年》的友军。新潮社设在沙滩北大红楼东北角的一个小房间里，与北大图书馆毗邻……我们办刊物曾得到校方的资助。校长蔡元培先生亲自为我们的刊物题写"新潮"两字。

胡适在1958年谈到《新潮》杂志时说："在内容和见解上两方面，都比他们的先生们办的《新青年》还成熟得多，内容也丰富得多，见解也成熟得多。"俞平伯认为《新潮》和《新青年》同是进步期刊，都宣传新思想、新文化，宣传"赛先生"（Science，科学）与"德先生"（Democracy，民主），但在办刊方向上却稍有不同：《新青年》偏重于政治、思想、理论论述；《新潮》则偏重于思想、文学方面，介绍一些外国文学。《新青年》内部从一开始就分为左、右两派，斗争激烈，直至最后彻底分开；《新潮》的路线相比之下则稍"右"一些。

1922年3月，上海亚东图书馆出版俞平伯第一部白话诗集《冬夜》（朱自清作序）。那个时候俞平伯刚满22岁，风华正茂，气势如虹，他迅速崛起成为"五四"文坛的一颗耀眼的新星。张爱玲说成名要趁早，这话仿佛也像说给俞平伯听。由于从13岁起，俞平伯就熟读《红楼梦》，23岁的俞平伯还有个头衔——"红学"专家。"红学"是他的心灵王国的爱情，也是他后来的"坟墓"。

只是，对于他而言，在适当的时机，在适当的他身上一切都适当地水
到渠成。

俞平伯应该感谢那个年代的风云际会，但是他更感怀家国故园的风雨
如晦。俞平伯在《我生的那一年》中写道：

> 《兔爰》诗曰："我生之初，尚无为；我生之后，逢此百罹，尚寐无
> 吪。"诗固甚佳，可惜又被他先做了去。我生在光绪己亥十二月，在
> 西历已入一九○○，每自戏语，我是十九世纪末年的人，就是那有名
> 的庚子年。追溯前庚子，正值鸦片战争，后庚子还没来，距今也只有
> 十二个寒暑了。故我生之初恰当这百年中的一个转关，前乎此者，封
> 建帝制神权对近代资本帝国主义尚在作最后的挣扎，自此以后便销声
> 匿迹，除掉宣布全面投降，无复他途了。这古代的机构毁灭了，伴着
> 它的文化加速地崩溃了，不但此，并四亿苍生所托命的邦家也扤陧地
> 动摇着。难道我，恋恋于这封建帝制神权，但似乎不能不惦记这中国（文
> 言只是个"念"字），尤其生在这特别的一年，对这如转烛的兴亡不
> 无甚深的怀感，而古人往矣，异代寂寥，假如还有得可说的，在同时
> 人中间，我又安得逢人而诉。

处在那个年代的知识分子总免不了这样，忧世伤生，不无悲切。只是，
个人的荣辱依旧不能举重若轻。虽有赤子之心，可是扬名立万照样是最实际、
最可追寻的目标。随后，俞平伯的新诗集《西还》《忆》出版。散文集《燕
知草》《杂拌儿》《杂拌儿之二》《古槐梦遇》《燕郊集》等也陆续付印。
一时间，俞平伯成为京城文化界的名人。1923 年，秋俞平伯任教于上海大
学中国文学系。

1924 年年底，俞平伯携夫人从沪北上京华，与定居在朝阳门内老君堂
的父亲俞陛云会合，在这里营建了著名的"古槐书屋"。他先后在清华、

燕京、北大执教，在其寓所经常围聚着一批性情相近、志趣相投的文人雅士，如周作人、刘半农、钱玄同、陈寅恪、顾颉刚、朱自清、废名等人，在京华构筑了一个雅文化圈子。而一个以周作人为主干、以俞平伯和废名为双翼的散文流派——"中国名士派"也应运而生了。

三、《桨声灯影里的秦淮河》：文人雅兴的极致

名士派体现了俞平伯符合晚明时代华丽的精神气质。周作人曾经说过，俞平伯所写的文章自具一种独特的风致。这风致是属于中国文学的，是那样的新又是那样的旧。周作人提到了很多晚明名士的文章，且很是推崇公安派的小品文，实际那是对俞平伯文章的肯定和激赏，表明俞平伯的小品文有类似的精神气韵。在俞平伯的朋友圈子里有一个俞平伯视为知己的人。这位知己 1925 年在为俞平伯的《燕知草》作的序文中写道：

> 近来有人和我论起平伯，说他的性情行径，有些像明朝人。我知道所谓"明朝人"，是指明末的张岱、王思任等一派名士而言。这一派人的特征，我惭愧还不大弄得清楚；借了现在流行的话，大约可以说是"以趣味为主"的吧？他们只要好好地受用，什么礼法，什么世故，是满不在乎的。他们的文字，也如其人，有着"洒脱"的气息。……但我知道平伯并不曾着意去模仿那些人，只是性习相近，便尔暗合罢了；他自己起初也并未以此自期的，若先存了模仿的心，便只有因袭的气氛，没有真情的流露，那倒又不像明朝人了。

俞平伯真是有眼光，这位他视为知己的好朋友说得是那么恳切而准确。他不是别人，而是我们熟悉的另一位文学大师——宁可饿死也不领美国的救济粮的傲骨文人朱自清，是那个看到父亲买橘子的背影而抹眼泪的男子

汉，是一个喜欢在月色的荷塘边漫步的诗人。历史上的 1920 年对于年轻的俞平伯来说是重要的，这时他任教于杭州第一师范学校，那年他不知道上天就这样让两个在一个世界上离得很远很远的陌生人成了很近很近的朋友。那年他不知道他要碰到一个清瘦的叫"朱自清"的人，而就是这个人成为他这一生中最忠诚的朋友。

两个天赋诗才的知识分子走到一起必定是令人感动的一幕。他们或者要聊《毛诗大叙》，"诗者，志之所之也。在心为志，发言为诗"，或者互相唱和赋诗赠送。他们必定看晚霞看到流出伤感的泪而毫无察觉，只会大笑着相对无言。俞平伯与朱自清的相见注定要成为文坛的一段佳话。那时的"国破山河在，城春草木深"，两个孩子气的诗人感怀的心绪，涌动的忧愁成为他们共同的语言和心声。彼此不需要说太多的话，甚至都不需要酒的陪伴。最多是在好的天气，有淡淡的月光照在湖面上，倒映出美丽的月光，仿佛倒映出两个人两辈子一模一样的透明的年华。

《坚匏别墅的碧桃与枫叶呈佩弦兄》是俞平伯写给朱自清的，像传统文人之间的唱和，只不过诗词改成了散文，碧桃与丹枫、春的明媚与秋的萧瑟，都是情深意长的附丽。俞平伯对故里杭州着墨甚多，记一轶事，杭州清河坊的油酥饺，冰冷不得味，自己却常买来吃，不为别的，只为朱先生曾赋诗咏之。朱自清去世后，俞平伯写《诤友》一文，称朱自清为"耿直的朋友，信实的朋友，见多识广的朋友"，沉痛之余提及北平沦陷时，朱自清担心俞平伯会步周作人后尘，三番五次给他写信，希望他洁身自好、搁笔为佳。

那时，俞平伯就真的搁笔了。

只要那个年代曾经写过，以后还能写就是幸福的。俞平伯搁笔、梅兰芳蓄须，其意义都是深远而有影响力的。

搁笔是无所谓的，因为俞平伯在未搁笔前太痛快了，而朱自清何尝不是这样？他们的痛快酣畅淋漓，来势凶猛，去时无穷。他们的痛快在千年的南京城，在桨声灯影里的秦淮河。

南京在历史上曾经十一次成为都城，十里秦淮河两岸一直是人文荟萃、商贾云集。"桨声灯影连十里，歌女花船戏浊波"，成也王气，败也王气。金陵帝王州，秦淮佳丽地，南京的繁华不是胜利带来的，恰恰相反，它的欣欣向荣是因为失败。秦淮河源源不断、奔流不息，透露着江南文化中的一缕重要气息，说不完的柔情和伤感，道不尽的颓败和绝望。

似乎江南的每座城市都是从一条河开始的，南京也不例外。河畔蔓延伸展开，南京城就是江南的一扇门，秦淮河则是打开江南的一把钥匙。南京这扇门在历史的沉沦与亢奋中被反复推开，门内是落败帝王们偏安休整的后庭院，门外流淌着几千年的历史的忧伤和灵魂。

1923 年 8 月，这门口站着两个人——朱自清和俞平伯。

那个晚上，他们手里握着这门的钥匙。

那个晚上，月华如水水如天。

那个晚上，南京是江南的南京，秦淮河是他们的秦淮河。

于是，就有了后来的《桨声灯影里的秦淮河》。一个题目，两篇文章；一次夜游，几世梦幻。

1923 年距离五四运动激情澎湃的怀抱很远，俞平伯和朱自清距离北京很远。五四运动退潮后，俞平伯和朱自清在秦淮河的月光下，幸好还没有被黑暗笼罩。可是，只能是八月的这一个夜晚了。

俞平伯细腻而委婉的笔调勾勒了他眼中大黑暗里亮堂的秦淮河，而朱自清则散发着细腻而深秀的功力。缠绵的情致里，俞平伯满蕴着温煦浓郁的氛围，朱自清则是缠绵里多含有眷恋悱恻的气息。

在那秦淮河的万家灯火中，朱自清看到了"大小船上都点起灯火。从两重玻璃里映出那辐射着黄黄的散光，反晕出一片朦胧的烟霭""透过这烟霭，在黯黯的水波里，又逗起缕缕的明漪。在这薄霭和明漪里，听着那悠然的间歇的桨声，谁能不被引入他的美梦去呢？"黯淡的灯晕水波，逗起游人的美梦，这种情景相交的极致让人不得而怅然。俞平伯则是"看！初上的灯儿们的一点点掠剪柔腻的波心，梭织地往来，把河水都皴得微明了。纸薄的心旌，我的，尽无休息地跟着它们飘荡，以至怦怦而内热，这还好说什么的！如此说，诱惑是诚然有的，且于我已留下不易磨灭的印记"。显然这里的写景是直接在道情，他把好朋友那化在晕黄灯影中的细腻、婉转、深秀、含蓄的心境直接道出："我们，醉不以涩味的酒，以微漾着、轻晕着夜的风华，不是什么欣悦，不是什么慰藉，只感到一种怪陌生，怪异样的朦胧。朦胧之中似乎胎孕着一个如花的笑——这么淡，那么淡的倩笑。"俞平伯那么直接，又那么讲求效率，面对着这景色，他无法克制他清晰的思路，他马上就要进行生涩的心理剖析。在歌女表情"如花的笑"——"色"之后，"色"即"空"的议论，似有似无，以此来遏制"欲"的冲动。他这绵密柔腻的笔墨与朱自清的"轻轻的影和曲曲的波"相照，显然朱自清是隽永的清秀散淡。

　　"灯月交辉、笙歌彻夜"的秦淮河上的绮丽夜景，桨声、灯影、河水、月光之间的微妙关系及变化，水中灯影、灯下水光、悠扬笛声与缠绵月色相互交融的一幅幅和谐而多种色调、多种情味的画面美景，都一一入了他们的眼，他们的心，他们的文章，他们的骨头和他们的血液。朱自清精镂细刻，细笔画景，淡墨寄情。"一言一动之微，一沙一石之细"都不轻易放过。他将秦淮河上的夜景拆开来看，拆穿来看，把景分成若干段。在他，桨声是幽凉沉重的；在他，灯影是昏黄的光晕漾成的朦胧的梦；在他，河水是静静的冷冷的绿着的，凝着六朝脂粉，渗着歌妓的泪。

　　俞平伯采用的手法似乎正相反，浓写情，淡绘景，情景晦涩，委婉曲折，浓得化不开。写华灯映水，画舫凌波的景致则线条粗疏，笔墨简洁，有时索性跳跃着留下空白。写秦淮夜景，则用间接含蓄的手法，给人一种缥缈、如坠云雾的空灵朦胧之美。

这才是俞平伯，真正的俞平伯，文人雅兴达到极致的俞平伯。

在歌舫艺伎到来之前，俞平伯的伏笔是情理分析型的。他写道："当时浅浅的醉，今朝空空的惆怅；老实说，咱们萍泛的绮思不过如此而已，至多也不过如此而已。你且别讲，你且别想！这无非是梦中的电光，这无非是无明的幻想，这无非是以零星的火种微炎在大欲的根苗上。"这段实际是对当时"颇朦胧，怪羞涩"的迷醉感的理性分析，而且是很真诚的。它既承认了弗洛伊德所谓的性本能、潜意识的"本我"的喧动存在——"欲的胎动"，又显示了一种超脱、超越与超度的"超我"的意向，可以说是性本能的骚动，理性、感性的超脱。本能与超越两种成分在朱自清的笔下也存在，但它几乎都化成了景物风光；他不是直抒胸臆，更多的是寄情于景。在那黄已经不能晕的灯光水影前，"这真够人想呢"，其实这正是俞平伯所说的"梦中的电光""欲的微炎"。

与此同时，士大夫的洁身自好的风度，对社会苦难的感叹以及更重要的"五四"人道主义观念的力量，也时刻制约着作家。它使俞平伯坦诚反思，使朱自清深情望月："但灯光究竟夺不了那边的月色；灯光是浑的，月色是清的。在混沌的灯光里，渗入一派清辉，却真是奇迹！那晚月已瘦削了两三分。她晚妆才罢，盈盈地上了柳梢头。天是蓝得可爱，仿佛一汪水似的；月儿便更出落得精神了。""灯与月竟能并存着，交融着，使月成了缠绵的月，灯射着渺渺的灵辉。"恐怕这里有更多士大夫的风度和美学存在。浑的灯光与清辉的月争相对照，很能表达朱自清文章的题旨，足以涵盖后面一大段令人困惑的道德论述。俞平伯也写月辉，但他是力求在感官享受中去领悟哲理："灯光所以映她的秋姿，月华所以洗她的秀骨，以蓬腾的心焰跳舞着她的盛年，以饧涩的眼波供养她的迟暮。必如此，才会有圆足的醉，圆足的恋，圆足的颓弛，成熟了我们的心田。"

是清辉的月华给了人们一切美好的东西，给了他们幽甜。朱自清是一个"带着伤感的眼看着'现在'"的刹那主义者，那个夜晚，也许，他是拘束的。而那时那地的俞平伯是阔达的，在他看来，秦淮河上的"一抹胭脂的薄媚"是"姐妹们""脸上的残脂"，他是那么同情被蹂躏与被损害的歌女们，而摆脱纠缠后的他，也显得更加开朗大度，因而得到"圆足的醉、圆足的恋，圆足的颓弛，成熟了我们的心田"。

夜游无非是惬意的人生快事，可是，俞平伯他们的夜游无非也是迷茫的人生往事，后来的他们回味起来总是唏嘘不已。在那个压抑沉闷的时代，那些"无涯际的黑暗"是那样逼迫着他们，让他们不得不来到美丽的秦淮河体味惬意的人生快事，尔后，在多年的同样的夜晚，默默回味，暗暗忧伤。

幸好，还有秦淮河；幸好，一切都慢慢过去。

人们说那些书生的侠客梦多少带有乌托邦的梦幻色彩，这一次，是这样的吗？朱自清全面的勾勒，让人记住那个夜晚最完整的景象。俞平伯那些锋利的分析，把书生的迷醉作为开刀的口子，然后，切中肯綮，一刀一刀，把传统礼数的大害一一剔除，他们希望在众人的口碑里留下好的说辞，希望文人不懦弱、不屈服、不卑不亢、不离不弃，永远属于诗文，属于坚强，属于美好。

四、"浮生若梦，为欢几何？"

没有人知道俞平伯有多爱昆曲，连他自己也不知道。自从夫人与之相随，他便爱上昆曲像爱上夫人许宝驯一样刻骨铭心。《霸王别姬》的婉转长叹道出几十年风雨人生，《长生殿》的哀婉让俞平伯情难以堪。

昆曲仿佛是他生命中的孽缘，今生今世注定相伴相随，永不分离。

昆曲，又名昆山腔，昆剧，是中国古老的戏曲声腔、剧种。起源与发展于元代后期，南戏在江苏昆山一带，与当地语音和音乐相结合，经昆山音乐家顾坚的歌唱和改进，推动了其发展，至明初遂有"昆山腔"之称。明嘉靖十年至二十年（1531 年—1541 年），居住在太仓的魏良辅总结北曲演唱的艺术成就，吸取海盐、弋阳等地腔的长处，对昆腔加以改革，总结出一系列唱曲理论，从而建立了委婉细腻、流利悠远，号称"水磨调"的昆腔歌唱体系。这时的昆腔也只是清唱，娴雅整肃、清俊温润。之后，昆山人梁辰鱼，继承魏良辅的成就，对昆腔作了进一步的研究和改革。隆庆末年，他编写了第一部昆腔传奇《浣纱记》。这部传奇的上演，扩大了昆腔的影响，文人学士争用昆腔创作传奇，习昆腔者日益增多。于是，昆腔遂与余姚腔、海盐腔、弋阳腔并称为"南戏四大声腔"。万历末年，昆腔传入北京，成为全国性剧种，称为"官腔"。

明朝天启初年到清朝康熙末年，是昆曲蓬勃兴盛的时期。剧作家的新作品不断出现，表演艺术日趋成熟，行当分工越来越细致。从演出形式看，由演出全本传奇变为演出折子戏。折子戏的演出既删除了软散的场子，又选出剧中的一些精彩的段落加以充实、丰富，使之成为可以独立演出的短剧。

由于昆曲格律严格，文辞古奥典雅，使它逐渐脱离了世俗社会。到乾隆末年，昆曲在北方的优势地位已经让位给后来兴起的花部乱弹了。明代的士大夫除了观看昆曲演出外，自己也举行昆曲的清唱活动。昆曲的清唱在民间也很盛行，明末清初中秋之夜在虎丘照例有清唱聚会。

如朱自清说的那样，你是明朝的人。因此，你必然爱昆曲。

可是晚清昆曲日趋衰微，民国又山河破碎，这些无益国事的小曲便定被当成了商女的唱曲。很多人是不以为意的。你不一样，人们说你是明朝的人，你必然爱昆曲的。

到了后来，情况有所好转。清曲家结社习曲之风仍在苏、沪、京等地流行，曲社往往聘请昆曲演员或著名笛师作"拍先"。曲社聚会时除坐唱不化妆外，其他唱白谐诨、鼓点锣段均与登台演出无甚区别。而你却成了这个方面的专家和推手了。

1930 年 10 月，俞平伯移家于清华园南院七号，室名命为"秋荔亭"，向笛师何金海等学曲,邀约校内外昆曲同好来舍度曲清唱,并观看红豆馆主(溥侗)在校授曲及组织弟子的昆曲演出。

那一天,天气很好,俞平伯心情更好。他的手指像快乐的孩童在椅子的扶手上跳着舞蹈,台上跳动着的是他那颗爱曲的红心。

俞平伯似乎是一个人在听曲,一个人在看戏。

昆山腔与北曲、弋阳腔、海盐腔等南戏诸腔熔于一炉,那天正接受这位似乎是来自几百年前明朝的士大夫的检阅。在节奏上,一板三眼、一板一眼,以及后来出现了赠板,缠绵婉转、柔曼悠远,都体现在了他那快乐的手指上,手指跳出了人形,手指幻化成古典的名伶,独立的姿态和婀娜的身段让我们不得不遥想当年,而后默叹现在。

说到底,俞平伯是个昆曲研究专家。

他知道,昆曲在演唱技巧上,注重声音的控制,节奏速度的徐疾以及咬字发音,并有"豁""叠""擞""嚯"等腔法的区分以及各类角色的性格唱法。音乐伴奏也颇为齐全,管乐有笛、箫、唢呐等,弦乐有琵琶、三弦、月琴等,打击乐有鼓板、大锣、小锣、铙锣、云锣、小钹、堂鼓等。由于以声若游丝的笛为主要伴奏乐器,加上赠板的广泛使用,字分头、腹、尾的吐字方式,以及它本身受吴中民歌的影响而具有的"流丽悠远"的特色,使昆腔音乐以"婉丽妩媚、一唱三叹"著称。

所以,每一次演出他都会跟着哼唱,以求用最大面积的灵魂来拥抱他心爱的曲子。

1935 年年初,"清华谷音社"成立,俞平伯任社长,社名取自"空谷传声其音不绝"之意。俞平伯亲自为《谷音社社约》撰有"发豪情于宫徵,飞逸兴于管弦"之句。谷音社成员包括清华大学教职员及家属,如浦江清、许宝騄、沈有鼎、汪健君、杨文辉、陈盛可、许宝驯、许宝𬶠姐妹、陈竹隐、谭其骧等人以及清华学生如华粹深、陶光(重华)、张宗和等人。曲集还邀请北京各界著名业余曲家如唐兰、杨荫浏、曹安和、陆麟仲陆方剑霞夫妇、庞敦敏庞织文夫妇、袁敏宣袁薇姐妹等人参加。另外，谷音社聘请在南方任教的著名曲家吴梅等人为导师。

自 1935 年春至 1936 年夏，共公开清唱曲集五次。影响颇大。社员还校订整理"临川四梦"曲谱数折于册页中精钞保存。感慨日寇侵华局势，俞平伯乃出示吴梅谱曲"《桃花扇·哭主》（倾杯玉芙蓉）"稿，誊印传唱抒发爱国之情。商女应知亡国恨，隔江只唱后庭花。更何况胸中燃烧赤子丹心的俞平伯。

七七事变后，北平沦陷，谷音社解体。俞平伯未能随清华大学南迁，乃搬出清华园，蛰居朝阳门内老君堂，清操自守。1938 年周作人、钱稻孙等人邀请俞平伯去伪北京大学任教遭到他的拒绝。俞平伯只应中国大学国学系教授聘，虽生活贫苦、卖物度日亦不为动。夫妇以唱曲自遣，参加城内珠紫社、潜庐曲社及北大艺文研习会昆曲组等活动。

在那段艰苦的日子里，是昆曲的陪伴、彼此的慰藉和对于这片土地深深的爱让这对夫妻不觉得孤单。

1956 年 8 月得丁西林、王昆仑之助，俞平伯与北京诸业余曲家发起创办北京昆曲研习社，亲自拟订《章程》和《同期公约》。在 1956 年至 1964 年共四届社务委员会选举中连任主任委员，领导社务工作。

9 月 6 日的袁宅昆曲彩串中，很多幸运的人见证了一次别样的演出：俞平伯时年 56 岁，矍铄登台扮演《乔醋》中的彩鹤（丑），以风趣的苏白博得满堂掌声，这是俞平伯平生唯一一次彩唱。

唯一一次来得很平淡，像他自己的名字。从不经意，也未可惜。他或许等了几十年，多年前手指跳舞的时候，年轻的心早就希望彩唱也不一定。他或许永远也不愿意上台彩唱，也许是为情势所迫，不得不唱。他说："浮生若梦，为欢几何？"

何必彩唱，何必不唱？

五、人生不过如此

21岁俞平伯撰文立志，31岁俞平伯以"不值一笑的平淡"自勉。41岁俞平伯在日寇包围的城里哼唱昆曲。51岁，是个坎。

这个时候的他等着一场暴风骤雨。他并不知道，却也等在那里。他没有办法，只有等着。等就是他的办法。

51岁以后，那场雨终于来了。让俞平伯没有想到的是，那场雨竟是为了他心灵王国里的爱情——他挚爱的"红学"。

1954年10月24日，这个被注定要写进俞平伯生命刻度里的日子。这一天，召开了批判俞平伯的座谈会。会议的主持人是他的老朋友、文学研究所所长郑振铎。他对大家说："大家可以各抒己见，平伯先生也不要紧张，我年轻时就佩服过俞平伯先生的文章。"

出乎意料的，第一个发言的不是别人，而是俞平伯。他做检讨，态度木讷又诚恳。俞平伯发言后，真正的批判并没有因为俞平伯的自我批评而收敛，以至80岁时，回忆这一段往事，俞平伯写下"历历前尘吾倦说，方知四季阻华年"之句，往事历历，酸楚毕呈。

俞平伯将旧著《红楼梦辩》修订后，易名为《红楼梦研究》出版。然而，竟被卷入一场声势浩大的批判中。一时间，举国上下，学界内外都把矛头指向了俞平伯。

"红学"越显赫，名人和权威就越要往里挤；名人和权威挤得越多，"红学"就越喧闹。"红学"越成为显学，越招致是非。但另一方面，过分拥挤必然导致"红学"内部频繁论争。"回头看'红学'轰轰烈烈，更只是千言万语盾和矛，无穷无尽的笔墨官司总打不消。"本来任何学术都是在论争中发展的，而"红学"论争却又因为名人权威过多而形成"大人物"压制"小人物"的现象，这使得"红学"论争具有一种"如何安排学术体制"

的社会意义。

俞平伯是个痴人，他的痴，在于《红楼梦》，在于用情之深之切，颇带点怡红公子的傻气。虽身处逆境，仍潜心完成了《八十回本〈红楼梦〉校字记》和《关于"金陵十二钗"的描写》等学术著作。

那时候他的心情绝对不会好。因为据说在很长的时间内，俞家有一不成文的规矩，即什么都可以说，就是不允许谈《红楼梦》。

由于在北京难以获得平静的生活，所以去河南乡下反而使俞平伯有一种得到解脱的轻松，在到河南后给家里的信中说：

> 我住小学内，非常清静，甚闲，一切听其自然。睡眠之佳，前所未有。……旁人或不喜欢这样的生活，我却很喜欢的。（一九六九年十二月二十一日家书）

在那里，俞平伯夫妇的工作是搓麻绳，但这居然也能被他"美化"是"绩麻"，并说俞氏是从俞樾先生才开始有功名，之前也是农民，他只是"重操旧业"而已，并有诗记之曰：

> 脱离劳动逾三世，来到农村学绩麻。
> 鹅鸭池塘看新绿，依稀风景似归家。

"文革"一开始，俞平伯就被抄了家，不得不到一个小房子里住，工资也遭扣发，只给少许生活费。1972年尼克松总统访华以后，来我国访问的外国学者、华裔学者渐渐多了起来，不少人都打听俞平伯的消息。有些人甚至要求会见他。在周总理的亲自关怀下，学部当局不得不给俞平伯调整住房、补发工资。一天几个人提着皮包来到俞平伯家。俞平伯点完钱后不慌不忙地问："这只是本钱，利息在哪里？"来人都很惊愕说，没有利息。

俞平伯说工资是国家给我的，扣这么多年就是错误的。今天你们来送钱就是很好的证明。还本付息是个常识。来人面面相觑，无以答对。俞平伯说："其实我并不在乎几个钱，我是对有些人信不过。他们什么事情都干得出来。我担心他们从中贪污。"俞平伯一番话说得几个人面红耳赤，狼狈不堪。

艰难困苦总会熬到头的，俞平伯忘不了岁月艰辛中的那份平淡的可贵，忘不了蹉跎日子里闲适生活态度的重要作用。他知道，骨子里流淌的晚明气韵和灵巧终归会在时间的洗涤下淡去。当全新的国家建立起来，当一种全新的生活理念被倡导，那些过去年代里的旧事物是断不该久留的。

那么，我想俞平伯必然是苦的。

就像是上天开的一个玩笑。俞平伯的曾祖父俞樾老先生曾因"拼命著书"而获得"禅心著述"的嘉勉，但俞平伯的《红楼梦评论》却遭到点名批评，这使俞平伯达到了妇孺皆知的程度，这也使俞平伯溺于苦海深处。

《红楼梦》到底是俞平伯的最爱，他对此情有独钟。据俞平伯的儿子俞润民回忆，1990年秋，俞平伯的身体状况很差，最后几天，便不能起床。有一次他指指书桌，说"小条"。俞润民走到书桌前，发现一张小纸条，上面写着"后四十回小书，拟在美洲小印分送，然后再分布大陆，托栋栋（俞平伯的孙女）分布"。所谓"后四十回小书"指的是《红楼梦》后四十回，或许在俞平伯的脑子里已经构思完毕，因此在神思恍惚中以为已经完成了。

1986年11月19日至11月25日，俞平伯由外孙韦奈陪侍，赴香港地区讲学。总结平生对《红楼梦》的研究，仅以"《红楼梦》是一部小说"一语概括，盖灿烂以极趋于平淡。

"平淡"是俞平伯对于生命的态度，终其一生，他都向着平淡里走。他在西湖的那些日子，他在国难的岁月里，他永不低头地在书桌前的日日夜夜，他弥留时的恍惚，都在平淡中迈着他最坚定的步子。

迈过51岁那道坎，他在56岁完成了生命中华美的彩唱；61岁，他老了，头发白了，睡思昏沉；71岁，他还精神矍铄；81岁，他已经仙风道骨。

1990 年 10 月 15 日，俞平伯在弥留之际，再次提起自己回避了大半生的《红楼梦》，艰难地说道："胡适、俞平伯是腰斩《红楼梦》的，有罪。程伟元、高鹗是保全《红楼梦》的，有功。大是大非！千秋功罪，难以辞达。"不是他不想说，而是藏在内心深处，藏着一个少年最闪亮的一生。

俞平伯说完，便永远合上双眼，安详离去，享年 91 岁。他的灵魂飞到了明朝的西湖，飞到了明朝的昆山……

俞平伯，像他散文集的名字那样，人生的一切，在他看来，不过如此。

《红楼梦》是一部小说，而人生是一台戏，亦不过如此。

第十二章

沈从文：

从边城来的『乡下人』

这是一座令人忧郁的城，叫"边城"。这是一个让美发愁的人，叫"沈从文"。所谓边城，就是文学作品中无数城镇的一个镜影；所谓凤凰，就是人世间无数小城中的一个模型。它们或虚或实，向人们展示人类后花园静谧的秘密。

一、《边城》：展示人类后花园静谧的秘密

这是一座令人忧郁的城，叫"边城"。

这是一个让美发愁的人，叫"沈从文"。

沈家小院的石磨声风干了，沈家小院的残墙断壁逐渐长满苔藓，沈家小院里曾经有过的生气、细碎的说话声和那个叫作"沈从文"的小孩，以及其他的渴望与压抑，连同深赭色的沈家小院本身都消失了，留下来的只有一个想象，一个神秘的盒子，一个不死的灵魂。

人们纷纷来到这里，或远或近；男男女女，怀着各自的夙愿，与沈从文有关，与边城有关。

边城，凤凰的镜子，多么美丽的名字！

这真是一座奇特的城，有大量的历史遗存，有岁月的皱纹，有陈年的故事，有古老的传说，有刀刻的日历，有五月的风吹动怀乡的粗布，有粗布上神秘的时间表，有老城模糊的地图，有舞蹈的空间和自由的意象，有山的印象，有水的素描，有春天的速写，有夏天的勾勒，有油画般的泼洒，甚至黄昏的清单。当然，下雨的时候，也有最畅销的爱情在滚烫的雨伞下汇集，以液体的方式向远方流去，包括眼泪和欢乐。

此外，正如读者看见或想象的，它必然少不了青色的吊脚楼和诗意的瓦片，以及瓦片下倒映在水纹中的一钩弯月。

到这样的地方让人产生一种冲动，一种要去捕捉什么东西的兴奋，一种迷失之后的清醒：在消费因子渗透一切的今天，知道自己还缺少什么，这缺少的必定不是物质上的，更多的是精神上的。这座城将会满足这种需求，它充分展示了沈从文先生所说的"美是愁人的"之文化指归："一封年少的家书从天涯出发，到达家园时恋人已经白头。"

这是怎样的一种情愫？有一种旅人让人爱恨交加，他们的身影不是映

在青石驿道，就是落在夕照的远山，他们已经习惯让自己惆怅以及让别人无限惆怅。看吧，古凤凰的清瘦背影、边城中的沈从文和他在太阳下看风景的著名表侄黄永玉，一张邮票，一只鞋垫，一个牛仔裤的标牌，这些看似不相关的文化元素被高明的游人组成了一幅时代的拼图，这拼图写满了文明的遗存、历史的沧桑和岁月变迁留下的阴影。那条沈从文走过的石板路仍然湿漉漉地展现在眼前，走过这条路的不仅有达官显赫，更多的是默默无闻的人，包括游客、商人、算命者、星相学家以及骑单车的小孩和卖糖的大爷……石板老街在晚霞照射下触目惊心地呈现猪血般殷红，令人不可思议地看见水井里的故乡一天天老去。

边城—凤凰，凤凰—边城，相切、相交、相叠。横的，竖的，斜的，最古老的意境与最现代的具象交织一起，前现代、现代和后现代的各种元素以解构者的方式进行排序：青色的天空，低矮的屋檐，大红灯笼，码头，小船，炊烟，残阳，铅笔与手提电脑，高脚酒杯与褪色的桥梁，扭动的英文字母与静静的竹藤椅，有纪实，有虚拟，有长镜头，有聚焦点，像小说的片段，像演出的停顿，像一次不经意的休息，像失去的驿道，甚至能听见奔马的嘶叫声。食谱、相册、旅馆、糯米酒、留言便条，阿雅手工、聂胡子和宣传画……一切的一切，都是那么恰如其分。

所谓边城，就是文学作品中无数城镇的一个镜影；所谓凤凰，就是人世间无数小城中的一个模特。它们或虚或实，向人们展示人类后花园静谧的秘密。这样的秘密很难在大都市里寻找得到。这里面必定有喜剧和悲剧，虚构的或真实的，其中必定有人。而"这个人，也许永远不回来了，也许'明天'回来！"这是半个世纪前，沈从文就微微心痛地发出的感叹。而今，大家又跟随沈从文呼吸过的空气和留下的足迹，走进凤凰，走进边城。在石板路上也许能碰上翠翠、傩送、天保、老水手、印瞎子、宋宋和天天呢。

如果你深深地思念一个地方，实际上你就已经去过了。如果你千百次想念一个人，实际上你已经完成了对他（她）的爱。沈从文的名字使边城发光，而他的文字则使凤凰的肉、凤凰的骨、凤凰的魂、凤凰的梦想和爱情，包括伤感和微雨都永久地生动和飘逸。

因为一个沈从文，无论你读了多少书，走了多路，过了多少桥，如果你没有读过《边城》，如果你没有去过凤凰，那么始终就是遗憾。

就这样，人们抱着《边城》，来到了凤凰，一天又一天，一个又一个，带着许久不能流露的愉悦，带着许久不能释放的忧伤，也许在山之前，也许在水之后。

二、"我来寻找理想，想读点书。"

那是一个野草青青的年代。

1922 年夏天，为了争取生命的独立与生活的自由，20 岁的"乡下人"沈从文怀着对未来的美好憧憬，从"湘西王"陈渠珍的保靖军需处支取了 27 块大洋，就兴冲冲地朝北京进发。可是，车子刚过武汉，他身上的盘缠就花了个精光。

怎么办？北京还有多远？去了怎么立足？沈从文似乎没有想得太多，唯一的想法就是：既然走出了湘西，就得一直向北，直到找到那个大城市，然后住下来。他不相信偌大的北京会容不下一个小小的他。

不久，沈从文从陆军部的一位小科长那里借了 10 块钱作路费，一路忍饥挨饿，几天时间里，只花了两块多钱。当他灰头土脸、疲惫不堪地最终来到了北京时，身上还剩下 7 块 6 毛钱。他吸了气，便摇摇晃晃地下了车。

"北京的风真大，北京的房屋好拥挤！"这是沈从文对北京的第一个感觉。

很快，他大着胆子在北京西河沿的一家小客店住了下来。

其时，他的大姐沈岳鑫和姐夫田真一正在北京。

第二天，沈从文打听到他们的住处，立即找上门去。

"你怎么到这里来了？"姐夫田真一吃惊地问。

"我来寻找理想，想读点书。"沈从文天真地答道。

"你这个古怪的乡下人，真是有点冒失啊。"田真一继续说："不过，你的胆气倒是不小！凭你这点胆气，就有资格来北京城住下。当然，我得告诉你，既为信仰而来，就要坚守信仰！因为除此外你一无所有！"

沈从文觉得姐夫的话很对，便点了点头。

不久，大姐和姐夫双双离开北京回湘西去了，留给沈从文的，只有两条棉被。临走前，大姐拉着沈从文的手说："文弟，北京虽然大，可要找个立足的空间并不容易。你可要想好，反正这些天你也看到了北京。如果你想回去，可以跟我们一起走。如果坚持留下来，你得好自为之。"

沈从文说："就这么回去，我不甘心。"

"好吧。"大姐知道沈从文的牛脾气，她说："这里不能住了，你去酉西会馆找远房表哥黄树生，他在那里管事。"

于是，沈从文来到了酉西会馆，住这里可以免交房租。他来京的目的是求学，于是报考了燕京大学二年制国文班。但因他仅有高小毕业的文化程度，甚至连新式的标点符号都不会用，结果考试时一问三不知，考官不敢收留他，最后连两块钱的报名费都退还了他。

求学无门的沈从文，只好开始了他艰难的自学。每天早上吃两三个馒头、一点泡咸菜，再带上两个烧饼，走出会馆，一头扎进宣武京师图书馆看书。

在酉西会馆住了大约半年光景，因黄树生另谋工作，他只好搬到了表哥特意替他在银闸胡同一个公寓找的一间小房里。

这间房是由贮煤间改造而成的，又小又潮，只有一个小窗口，窗口上还钉了四根细木条，房内仅能搁一张小小写字桌、一张小床，沈从文把它叫作"窄而霉小斋"。

一直以来，沈从文对北京充满了幻想，以为最不得意还可以去卖报，至少活下来没问题。可是，他根本无法卖报，因为各个地方都有规矩，像这么一个乡巴佬出去，说话人家都搞不懂，搞不清楚的，怎么能卖报呢？

沈从文还想，再不成，去讨饭总可以吧。没想到，在北京讨饭非常严格，当时的北京有许多丐帮，每个街道都有一个讨饭的头头，手里拿个棒棒。对外地人，想当乞丐都不成。

没事干，只有读书。

多年以后，沈从文回忆起那段时间，说"先是在一个小公寓湿霉霉的房间，零下十二度的寒气中，学习不用火炉过冬的耐寒力。再其次是三天两天不吃东西，学习空空洞洞腹中的耐饥力。再其次是从饥寒交迫无望无助状况中，学习进图书馆自行摸索的阅读力。再其次是起始用一支笔，无日无夜写下去，把所有作品寄给各报章杂志，在毫无结果的等待中，学习对于工作失败的抵抗力与适应力"。

但投稿也未成功，寄出的稿子不是泥牛入海，便是原封不动又给退了回来。沈从文感到郁闷极了。

想想也真是，一个只读过小学的乡下人，对写作没有任何训练，却凭着一股热情，试图用一种蛮劲，去打开成功的门，谈何容易啊。家人写信催他回去，认识他的老乡也劝他打道回府，可沈从文铁了心。他对一个好心劝他回去的老乡说："只要我活着，我就要熬过来。纵使我把笔写秃，把手写残，我也要弄出一点名堂来！"

与其说沈从文有很高的悟性，不如说他有很强的文学天分。天道酬勤或功夫不负有心人都仅仅是事情的一个方面，写作对于一个没有文学天分的人来说，仅仅靠蛮劲是远远不够的。

换句话说，虽然沈从文没有经过严格的写作训练，但恰恰这种非学院派的写作成就了他独特的风格。他对生活的感悟、对信仰的执着、对生命的爱，与一般的作家有着明显不同。

经过两年多的"情绪的操练"，终于在1924年的某一天，在《晨报副刊》

的某块小角落里，沈从文发表了一篇儿童文学作品。当他看到自己的文字变成铅字印在报纸上时，他仿佛看到了阳光金子般从他头顶落下。

沈从文的第一笔稿费是多少钱呢？只有七毛钱，而且是书券，稿费也是按字数算的，比当时抄稿子还要低一点。因为抄稿子当时是一块钱一千字，沈从文那篇文章八九百字，却只得七毛钱的书券。

不过，这一次成功对沈从文的一生都有着巨大的影响。他觉得有出路了。"真是做了王爷了，太高兴了。"

雨停了，天开了。沈从文的喜悦无须遮掩。

三、雪天探访：郁达夫敲开了严寒的冬天

然而，文学之路并不像想象的那么简单、轻松。对沈从文而言，初次成功的喜悦很快被一次又一次退稿带来的沮丧所淹没。

由于没有固定的经济来源，也找不到工作，沈从文的生活陷入了绝境。

无奈之下，沈从文怀着一丝希望写信给当时已经成名的几位作家求助，有两个作家对沈从文的来信不理不睬，一个作家当着同事的面嘲笑了一番，还将沈从文夹寄的一篇小说扔进了废纸篓。

但好人毕竟还是有的。比方说郁达夫。他也接到了沈从文的求助信。

一个隆冬的雪天，风特别大，刀子般割着来来往往的人。

郁达夫独自一人，按照信件上的地址，亲自到西城区一个破旧的小公寓里去看望这位求助的青年。

北京的冬天真是冷啊，寒风将郁达夫的脸冻得通红。

快到中午的时候，郁达夫来到了目的地。那里阴暗、潮湿，有一股淡淡的尿骚味。

"咚——咚——"郁达夫轻轻地敲了敲门。

没有动静。

怎么,家里没有人?这么冷天出去干什么?郁达夫忍不住又重重地敲了一下。

终于,"吱"的一声,木门开了半边,只见一个瘦小的年轻人,仅穿着一件夹衣,拿着一床旧棉絮裹住双腿:"请问,你找谁?"

"你是沈从文吗?"郁达夫立即问。天气太冷,他不希望这个年轻人因为他的打扰而感冒一场。如果是的话,他马上进屋子里去;如果不是,赶快离开。

"我是。"沈从文有点哆嗦地说,"请问,你……"

"噢,我是郁达夫。"他边说边主动推门进来,并随即关上了门。"外面太冷了。"

可屋子太破,居然漏风。由于没有烤火,屋子里面和外面的温差不是很大。而就是在这样恶劣的环境下,沈从文竟然还在用冻得发肿的手写小说!

"啊?你就是郁……"沈从文十分感动,话还没说完,郁达夫就接上话道:"就叫我达夫吧。你这屋子也太冷了啊。"说完,他连忙把自己脖子上的一条羊毛围巾解下来围在沈从文的脖子上。

"谢谢!"沈从文有点羞涩地说,"真对不起,这么冷的天,你还来看我。"

"走。咱们出去喝酒吧。"郁达夫很豪气,说:"暖暖身子再说吧。"

沈从文还来不及表态,郁达夫就拉着他到旁边的一家饭馆里坐了下来,要了一瓶二锅头,随即点了几个好菜。

在吃饭闲谈的过程中,沈从文曾向郁达夫表示希望在北京大学读书,毕业后可以找到一份工作。

郁达夫听了连连摇头,说:"依你这样一个白脸长身,一无依靠的文学青年,即使将面包和泪吃,勤勤恳恳地在大学窗下住它五六年,难道你拿毕业文凭的那一天,天上就会忽而下起珍珠白米的雨来吗?"

沈从文感到一头雾水,他有点困惑地看着郁达夫。

郁达夫喝了一口酒,接着说:"现在不要说中国全国,就是在北京的一区里头，你且去站在十字街头，看见穿长袍黑马褂或哔叽旧洋服的人问一问，不上半天就可以积起一大堆的学士博士来，而他们都是来北京谋差使的。大学毕业生坐汽车吸大烟，一掷千金的人原是有的，然而他们大都是有背景靠山的，至少也真是爬乌龟钻狗洞的人……"

沈从文倒吸了一口冷气。

"你要有他们那样的后援，或他们那样的乌龟本领、狗本领，那么你就是大学不毕业，何尝不可以吃饭。"郁达夫毫不隐讳地说。

"可我总得活下去啊。"沈从文心里没有底了。

郁达夫拍了拍沈从文的肩膀，劝他不要太急。然后，他实实在在地为沈从文设计了"上、中、下"几条生路：上策是找点正当的事干，然而这是难以办到的；中策是弄几个旅费回到湖南老家，然而当时军阀混战，回湖南的火车已经不开了，中策也无法施行；那么为了生命，就只有实行下策了，那就是去偷去抢。当然，首先就是要偷那个不肯接济的富亲戚，"因为他的那些堆积在那里的财富不过是方法手段不同罢了，实际上也是和你一样的偷来抢来的。"

郁达夫愤世嫉俗的话，让沈从文听得眼睛发直。

酒足饭饱之后，郁达夫起身去结账。

临走，郁达夫又将身上仅剩下的五块钱送给了沈从文。

望着郁达夫雪空下离去的背影，"硬汉"沈从文流下了感激的泪。

更让沈从文意想不到的是，郁达夫还将酒桌上振聋发聩的话通过整理，写成《给一位文学青年的公开状》，在报上发表，轰动一时。

在郁达夫的关心和推荐下，从 1924 年年末开始，沈从文以"休芸芸"为笔名在《晨报副刊》上连续发表了《一封未曾付邮的信》《遥夜》《公寓中》《流光》《三贝先生家训》《夜渔》《屠桌边》等散文和小说。

其中，散文《遥夜——五》被北京大学教授林宰平看到了，于是在五四运动六周年纪念日，这位哲学教授以"唯刚"为笔名写了一篇评论文章《大学和学生》，文中引用了沈从文这篇文章的大段文字，认为他将学生生活"很曲折的深刻的传写出来——《遥夜》全文俱佳——实在能够感动人"。

随后，林宰平托人找到沈从文，邀请他到自己家去谈了整整一个下午，并一再向徐志摩、陈西滢等名流举荐沈从文，还向梁启超专门讲起了沈从文的困难处境。

梁启超听了沈从文的奋斗后，十分感动，说："这样的人才，国家应该用他。"

可以说，雪天探访的郁达夫敲开了沈从文生命中严寒的冬天。

打那以后，沈从文与郁达夫一直保持着深厚的友谊，沈从文从郁达夫的知遇中获得了奋发的力量，终于以其勤奋与天才成为现代文坛的大家。

郁达夫也一直将沈从文视为知己。抗战爆发后，郁达夫流亡南洋，又与王映霞离婚，原准备向正在西南教书的沈从文托孤的，只是考虑到沈从文自己也拖家带口的，才辗转将孩子送到老家富阳乡下去……

生命的春天到了。沈从文的前途一步步打开。他的寒冬结束了，他的脚下是一片靓丽的风景。

四、爱情的月掉进甜酒里

沈从文说过的一句话让当今的年轻人羡慕不已："我行过许多地方的桥，看过许多次数的云，喝过许多种类的酒，却只爱过一个正当最好年龄的人。"

是啊，一个就够了！只要爱上心仪已久的人，并且能够跟这个人在最好年龄的时候结婚，相濡一生，该有多么快慰！

沈从文做到了。这个乡下来的幸运儿，用滚烫的爱和至真的情执拗地打开了窈窕淑女张兆和那颗紧闭的香草般的心。

那是一个文香四溢的年代。沈从文的名字真是让人欢喜啊。可这么一个让人欢喜的人却很腼腆，也很自卑。他可以在文章中恣意汪洋，但现实中他却是十分小心谨慎，甚至胆怯得有点失态。

那一天阳光很好。可沈从文一点也感觉不到阳光带给他的初春温暖。第一次登上北京大学讲台的时候，他比所有的学生都要去得早。本来，他想好了许多话要对这些葱嫩的学子们说的。可是，当他望着愈来愈多的学生走进教室，最后竟然坐了满满一教室的人的时候，刹那间，他的灵魂飘了出去。上课铃响了，他像一个脑部缺氧的人，呆呆地站着，头脑里空空荡荡。

这种"缺氧"状态几乎持续了十多分钟。

沉默，难堪的沉默让沈从文涨红了脸。

台下的学生真是好样儿的。这些心高气傲的中国精英，青春年少的才子佳人们，没有辱没北大的名声，他们大多读过沈从文的作品，大多是他的崇拜者，也大多知道只读过小学的沈从文要在这里讲课多不容易。因此，他们没有一个人起哄，也没有一个人发出嘲笑的声音。大家屏住呼吸，静静地等待着他，用期待的、鼓励的眼光看着他。

终于，沈从文转过身，在黑板上认认真真地写下了第一行字："我从乡下来的，叫沈从文。"

他突然觉得，这样的板书比他在稿纸上奋笔疾书要难上一百倍。

台下突然响起了一阵掌声。

沈从文的眼睛潮湿了，慌乱的情绪逐渐平静下来。他开始讲课，用的是湘西普通话，他说得很认真，声音很轻。

慢慢地，他变得流畅起来，语速加快了。谈起小说，谈小说创作，他找到了感觉，进入了角色。他讲啊讲，可是很快他傻眼了：自己居然只用了不到十分钟的时间，就把一个小时的讲义讲完了。这份讲义他可是认真地准备了一个多星期啊。

剩下的时间，沈从文不知道说什么好。他害怕再一次进入"缺氧"状态，便迅速拿起粉笔，转过身去，在黑板上写下了这堂课的最后一行字：

　　"对不起，我第一次上课，见你们人多，怕了。"

　　写完，他甚至顾不上跟学生们打一声招呼，像一个战败的士兵，匆匆地离开了讲台。

　　沈从文并没有回到自己的住地，而是径直走进校长办公室，他想辞职不干了。

　　可是，还没容他开口，胡适反而先发话了："从文，你不是在上课吗，怎么来这儿了？"

　　"我的课上完了。"沈从文说："我没有其他的话可说……"

　　"哦，我明白了。"胡适打断沈从文，说："你是一个不说废话的人，就像你的文章一样。好了，你回去休息吧。我要去开会了。"

　　胡适没有看沈从文的反应，就夹着公文包朝外走去。沈从文望着鼎力荐举他做教授的校长和他那决然而去的背影，他知道胡适不会批准他辞职。一股暖流涌入心田，这个乡下人感动了，感动于学生们的理解，感动于校长的支持。他除了好好地干，还能做什么呢？

　　接下来的日子，沈从文的课讲得越来越好，渐入佳境。原因在于教室里有一张向日葵般的脸和一双妩媚如诗的眼睛。有了这张脸和这双眼睛，他像获得了一种定力，他的情绪饱满起来，心情开始舒畅起来。

　　那是学生张兆和的脸和她的眼睛。

　　一切来得那么突然：张兆和点燃了沈从文压抑的自信和久雨的天空。

　　张兆和收到第一封信的时候，差一点把它混同于普通的求爱信而弃之不看。因为这样的信总是容易惊扰她的春梦。然而，信封上潇洒的字迹和没有地址的怪异让她产生了好奇：是谁写来的信？直至小心翼翼地展开一看：天哪，竟是那个说着糟糕普通话、自称"乡下人"的沈老师！她的心像受惊的小鹿，一脸通红。她赶紧将信收起来，捂着胸口，尽力让心绪平静下来。

　　老师向学生求爱，这样的事她有所耳闻，可她从未想到有一天会降临到自己的头上。张兆和不知所措。唯一的办法是：不理睬。她本以为，只要自己不理睬，沈老师就会知趣而退。

岂知沈从文像着了魔一般，一封接一封地写。尽管遭到了顽固而冷漠的拒绝，尽管写情书比写小说更费神，但他痴心不改。就这样，写了快一年的独白式情书后，沈从文没有得到对方的任何回答。

张兆和仍然伶伶俜俜地来听他的课，只是将位置从前排挪到了后排，并且尽量不抬头看人，只静静地听着就行。沈从文从没有叫她回答问题，有好几次，下课后，他想叫住她，跟她说说话，但是他一直没有这么做。

有一天，在来教室的路上，沈从文突然碰到了张兆和，两人都怔怔地站了一会儿。沈从文正要发话，却见张兆和捂着嘴巴飞快地跑了。

那一堂课，沈从文缺席了。

那一堂课，张兆和暗暗哭了。

沈从文伤透了心，他在日记中写道："因为爱她，我这大半年来把生活全毁了，一件事不能做。我只打算走到远处去，一面是她可以安心，一面是我免得烦恼。"

打定主意后，沈从文毅然去向校长辞行。胡适感到很奇怪：沈从文的课不是深受学生欢迎的吗？怎么突然要走了？作为一个爱才如命的学者，胡适知道沈从文一定遇到了麻烦。

"是不是感情出了问题？"胡适儒雅地问。

沈从文点了点头。他将自己对张兆和的爱恋一股脑地告诉了值得他信赖和尊敬的校长。

胡适听完，沉吟片刻，说："稍安勿躁，我自有安排。"

这位一心要成全沈从文好事的大学校长打算当天下午去找张兆和谈谈。没料到，中午的时候，张兆和捧着一叠厚厚的信，愁容满面地来找胡适，向他告状，说沈从文的情书扰乱了她的学业。为了显示事情的严重性，张兆和还特意挑出一封情书中的一句话："我不仅爱你的灵魂，我也要爱你的肉体……"

张兆和羞红着脸，生气地说："校长，这样的信，像一个老师写的吗？"

胡适并没有立即回话，而是认真地打量着这个女孩，感觉真是清爽！心想：怪不得沈从文坠入了爱河。待张兆和发泄完，胡适这才慢条斯理地说："你今天来找我，是不是表示要听我的话？"

张兆和没有意识到这句话的深意，点了点头。

胡适满意地看了张兆和一眼，说："很好。既然听我的，那么，你会接受我的忠告吗？"

张兆和微微一惊，再次点了点头。

"沈老师是个天才。社会上有了这样的天才，人人都应该帮助他。"胡适说到这里，话锋突然一转，认真地说："你就嫁给他吧。"

张兆和一听，顿时傻眼了：天啊，堂堂校长，居然劝自己的学生嫁给老师！而且说得那样直接，那么坚决！张兆和的眼泪夺眶而出。她将手中厚厚的一摞信重重地塞进胡适的手里，转身飞跑而去。

在胡适等人的大力支持下，沈从文的爱情出现了转机。当一封又一封情书更加火热更加厚重地摆满张兆和的抽屉的时候，她的态度逐渐产生了变化。她开始回信，语气从礼貌到随意再到亲爱。当他们通了四年的信以后，终于有了结果。

于是，一个阳光灿烂的日子，当时已到青岛大学任教的沈从文，千里迢迢地跑到张兆和远在苏州的家中，正式向她求婚。张兆和说，家里人还要考虑一下，特别是她的父亲。

由于课程没有结束，沈从文不能待在苏州，他得立即返回青岛。一到家，他就给准夫人写信，说："如爸爸同意，就早点让我知道，让我这个乡下人喝杯甜酒吧。"

一个礼拜后，张兆和在征得父亲的同意之后，给急不可待的沈从文发了一封至美的电报，上书："乡下人，喝杯甜酒吧。"

沈从文握着这张电报，感觉满世界的芬芳都向他涌来……

爱情的月掉进了甜酒里，沈从文这一回喝了个够。

五、衣锦还乡觅翠翠

一个是性格固执的乡下人，一个是都市里的大小姐，两个文化背景反差巨大的人能够和谐走到一起，风风雨雨，起起落落，一齐到老，没有文人墨客们常常闹出的绯闻甚至婚变，仅这一点，沈从文与张兆和就创造了奇迹。

画家黄永玉在《太阳下的风景》中描述表叔沈从文与张兆和的爱情和婚姻时曾说："婶婶像一位高明的司机，对付这么一部结构很特殊的机器，任何时候能驾驶在正常的轨道上，真是神奇之至。两个人几乎是两个星球上的人，他们却走到一起来了。没有婶婶，很难想象生活会变成什么样子，又要严格，又要容忍。她除了承担全家运行着的命运之外，还要温柔耐心地引导这长年不驯的山民老艺术家走常人的道路。因为从文表叔从来坚信自己比任何平常人更平常。"

的确，在沈从文的一生中，如果没有张兆和的精心调摆，以沈从文的牛脾气，他能否躲过一次又一次暴风雨，就很难预测了。

也许是从小苦够了的缘故，沈从文的生活一直过得十分简朴，真正保持了"乡下人"的本色。中国现代文学馆里至今陈列着一把沈从文先生用过的椅子，里面还有一个感人的故事。

据作家陈建功说："我……听说沈从文先生一家生活非常节俭，沈先生坐着一把破椅子，却资助了一百多个土家族孩子上学。由此，我曾向文学馆建议，买把新椅子送过去，把沈先生坐过的椅子当作文物收藏起来。一天作协一位同志带话给我，说沈先生的夫人张兆和老人找我呢，老人家听到了信儿，说想把这把椅子送给我收藏，兆和老人还非常细心，写了个纸条说：'建功同志，沈从文生前用过的这把椅子送给你，作个纪念。'这使我非常感动。我把这故事讲给文学馆的同志们听，我说搜集作家们的藏品，要有神圣感、圣洁感。作家们为我们民族性格的养成、民族情感的升华，贡献了一生，我们要抱着崇高的责任感，对待他们的捐赠和遗存。"

的确，沈从文作为作家令人尊敬；当他无法写作，转向文物研究而成为专家时，更令人感佩。他是怎么做到这些的呢？

"照我思索，能理解'我'，我思索，可认识'人'。"这是沈从文的名言。

"每天你都有机会和很多人擦身而过，有些人可能会变成你的朋友或者是知己，所以我从来没有放弃任何跟人摩擦的机会。有时候搞得自己头破血流，管他呢！开心就行了。"当我读到这样文字的时候，深深感到：一个乡下人要在都市里打拼是多么的艰难。吃了多少苦，流了多少汗，咽了多少泪，只有沈从文知道。

幸运的是，这一切都过去了。沈从文走出了黑暗，迎来了光明。有了爱情的滋润，他文思泉涌，写下了大量的小说散文。张兆和不仅成了他的第一读者，而且成了他的创作之源。在日记中，我们能够看到类似这样的抱怨，但字里行间洋溢的则是甜噗和痴爱："你逼我，是因为你知道我能写；你逼我，是因为你希望我减少对你的思念，将更多的时间和精力花到创作上。可是，我怎么能把写作当成减少对你的牵挂、减少对你的爱的借口呢？如果不是你的爱，我的写作还有动力吗？如果不是你的爱，我的写作不是很苍白吗？"

有了名，有了爱，有了快乐，沈从文想起了魂牵梦绕的凤凰老家。多少年了？是回去看看的时候了！

于是，1934年1月7日，沈从文从北平出发，到达湖南桃源时已是1月12日。紧接着，他从桃源搭船，从沅水逆流而上，到达凤凰那天已是1月22日了。这样，沈从文从北平回到凤凰，途中足足走了16天。

由于张兆和有事，未能陪同前行，沈从文颇感遗憾。作为弥补，他在沅水的木船上，天天给她写信，仍然带着初恋的单纯和真挚。有人说，这些信是世界上最美丽的情书，是写给整个人类的。此话真是不假。

看，13日下午 5 时，沈从文写的一封信令人着迷："船在慢慢地上滩，我背船坐在被盖里，用自来水笔来给你写封长信。这样坐下写信并不吃力，你放心。这时已经三点钟，还可以走两个钟头，应停泊在什么地方……船泊定后我必可上岸去画张画……这里小河两岸全是如此美丽动人，我画得出它的轮廓，但声音、颜色、光，可永远无本领画出了。你实在应来这小河里看看，你看过一次，所得的也许比我还多，就因为你梦里也不会想到的光景，一到船上，便无不朗然入目了。"

少年离家，衣锦还乡，心中的闲情逸致和愉快心情不言自明。当年的乡下伢子在京城混出了大名堂，能不让家乡父老为之自豪吗？既如此，沿途的山水风光能不伸出双臂欢迎这个恋家的游子吗？

沈从文回来了。推开家门，石磨还在。屋里有一股潮湿的味道。他用手敲敲破旧的墙壁，发出一阵沉闷的响声。闻讯而来的人站在门外静静地看着他。

沈从文轻轻地摇了摇头。岁月从门缝间溜走了。

家乡最著名的路是石板路。有人把那些青石板、红石板称为"被时间所照过的镜子"。天黑了，红红的灯笼一溜溜亮。当年，沈从文就是沿着这条石板路走出凤凰、走向北京的。清脆的脚步声至今还在耳边回响。

在他的记忆中，如果夜深了，街两边的店铺都纷纷关门了，灯笼也不再那么密集，如果正巧碰上有月亮的日子，就会在黑压压的飞角屋檐上看见一句唐诗或者宋词。想起谁，思念谁，怨恨谁，也就只有天知道了。

而每当这个时候，打更的人注定是要出现了，他注定是一个孤单的人，一个半边瞎子，一位留着一撮胡子、能拉胡琴的老者。他敲打着梆子，让时间发出空空的一无所有的声音……

沈从文走在石板路上，感觉特别踏实。只有这时，他才知道，故乡的路虽然遥远，却如此坚硬。他轻轻地走着，生怕惊醒了沉积的往事。热情的山民在后面跟着，一步一步，怀着朝圣般的崇敬。为家乡赢得荣誉的人理应得到这种待遇。

突然，沈从文听到了一声呼喊，是那么熟悉，又是那么陌生。他抬头一看，前面什么也没有，可是远处分明有一双明亮的眼睛，一双渴望的眼睛，一双搅动他神经的眼睛啊。

那是翠翠的眼睛。

翠翠只有 16 岁，她永远只有这个年龄。翠翠的爷爷，月光，山影，以及摇橹的桨声，像湿雾一般涌来，将沈从文紧紧地裹住了……

沈从文有些激动，他猛地朝前冲去，似乎要抓住什么。可是，除了手里握住的一缕夕光，他什么也没有抓到。在他的脑海里，翠翠仍然在苦苦地等待，像一块岩石，横亘在《边城》的扉页："黄昏照样的温柔，美丽，平静。但一个人若体念到这个当前一切时，也就照样地在黄昏中会有点儿薄薄的凄凉。于是，这日子成为痛苦的东西了。翠翠在成熟中的生命，觉得好像缺少了什么。好像眼见到这个日子过去了，想要在一件新的人事上攀住它，但不成。好像生活太平凡了，忍受不住……"

啊，这是我画的吗？这是我写的吗？这是我想要向世人展示的吗？沈从文沿着凤凰的石板路，沿着精神的小径，走了一遍又一遍。说不出为什么，心里怅怅的，怔怔的，好像置身于另外一个世界，朦朦胧胧，走不出来。他的耳边反复回响着翠翠那句灼人的话："这个人，也许永远不回来了，也许'明天'回来！"

沈从文迷茫了。翠翠不存在吗？这是那个半边瞎子唱的吗？那个敲更的、能拉胡琴的孤独老者唱的吗？一个从来没有读过书的人却唱出了心灵深处最美丽的文字：

> 这原是没有时间流过的故事
>
> 在那个与世隔绝的村子，翠翠和她爷爷为人渡船过日
>
> 十七年来一向如此

有一天这女孩碰上城里的男子，两人交换了生命的约誓

男子离去时依依不舍的凝视，翠翠说等他一辈子

等过第一个秋，等过第二个秋

等到黄叶滑落，等到俏脸哭了，为何爱恋依旧

她等着她的承诺，等着他的回头

等到雁儿过，等等到最后，竟忘了有承诺

一日复一日翠翠纯真的仰望，看在爷爷的心里是断肠

那年头户对门当荒唐的思想，让这女孩等到天荒

那时光流水潺潺一去不复返，让这辛酸无声流传

六、写作是一种"情绪的体操"

沈从文带着伤感回到北平，回到那个温馨的窝。

张兆和将他写来的信细细地装订成一本小书。多年以后，这本小书出版了。

沈从文的写作更加勤快了。对他而言，写作是一种"情绪的体操"；一种使情感"凝聚成为渊潭，平铺成为湖泊"的体操；一种"扭曲文字试验它的韧性，重捶文字试验它的硬性"的体操。

沈从文努力实践自己的艺术主张。他在作品中喜欢写梦，他说《边城》是"将我某种被压抑的梦写在纸上"。又说："我实需要'静'，用它来培养'知'，启发'慧'。同时，用它来重新给'人'好好作一度诠释，超越世俗爱憎哀乐的方式，探索'人'的灵魂深处或意识边际，发现'人'。"

不像某些人，一阔就变脸，甚至六亲不认。沈从文从没有忘记最初的身份：我是一个乡下人，走到任何一处照例都带了一把尺，一把秤，和普通社会总是不合。一切来到我命运中的事事物物，我有我自己的尺寸和分量，来证实生命的价值与意义。

他还一再告诫自己："孤独一点，在你缺少一切的时节，你就会发现原来还有个你自己。"

有人说，沈从文把创作当成了他对城市"复仇"的武器，并从中获得成就和快意。这话自有一定的道理。虽然沈从文早就成了地地道道的"城里人"，但他并不认同这个身份——他的生活习性摆脱不了自小形成的"乡下人"的烙印。不仅如此，他还喜欢对"城里人"进行无情的讽刺和深刻的鞭笞。

比方小说《绅士的太太》写了两个绅士，一个像肥猪，"走路时肚子总是先到，坐在家中无话说时就打呼噜睡觉，吃东西食量极大，谈话时声音滞呆"；另一个则是"疯瘫"者。沈从文在《绅士的太太》题记中直截了当地说："我不是写几个可以用你们石头打他的妇人，我是为你们高等人造一面镜子。"

沈从文正是用这面镜子让那些有钱读书、掌握了知识霸权的"高等人"看到了自身的卑俗和丑陋。而他笔下的"高等人"从肉体到灵魂都是"残疾人"。《八骏图》可以算是这方面的代表作。小说中的八位城市名人要么是像教授甲那样"窗台上放了个红色保肾丸小瓶子"或"营养不足、睡眠不足、生殖力不足"的体格残疾者；要么就是利欲熏心、人格不全、卑俗下流的灵魂智障者。

沈从文对城乡等级观念和城里人对乡下人的偏见有着强烈的经验感受。在他1933年创作的一篇自传体小说《来客》中，有这样一个情节："我"正在写回忆录，一个"白脸少年绅士"作不速之访，竟然一见面就把"我"当成了"我"的仆人，这当然深深刺伤了"我"的自尊心。作为报复，"我"便以"仆人"（乡下人）身份与"来客"进行对谈，结果"我"用乡下人特有的"无知"但"率真"的方式将"城里人"人格的丑陋和灵魂的卑琐暴露无遗，这大大满足了"我"的一种报复的快感。

小说的最后更是耐人寻味："想到这些字句和这人的一切，我很忧郁地苦笑了一会儿。"这种"忧郁"和"苦笑"除了反映"我"因为过分"报复"（因为城里人一直被蒙在鼓里）而对城里人生出几丝怜悯外，是否还隐含着作者本人埋藏心底、无法说出的浓烈的自嘲？比方说：无论自己怎样"成功"，在别人眼里也仍然是个"仆人"形象；无论自己在北平这样的主流社会生活多久，身上流淌的仍然是乡野山民的血液这无可奈何的伤感和酸痛。

没有音乐，只有掌声。沈从文做着自己的"情绪体操"，张兆和的笑靥开放在他的眼睛里。

七、激扬文字的代价

沈从文是带着情绪写作的。他是一个好斗的人，湘西人的性格，就是敢于把皇帝老子拉下马来。

二十世纪三四十年代，沈从文在文坛上纵横捭阖、激扬文字。当时活跃在文坛上的所有作家几乎都被他点评过。比如《郁达夫张资平及其影响》《论闻一多的〈死水〉》《论汪静之的〈蕙的风〉》《论徐志摩的诗》《论穆时英》《由冰心到废名》和《学鲁迅》……还对周作人、刘半农、焦菊隐、施蛰存与罗黑芷以及丁玲和他比较喜欢的"京派"作家李健吾、萧乾、李广田、冯至等人，都作出了及时的批评或赞扬。

在点评这些作家时，沈从文从不掩饰自己的好恶。例如，他在《论郭沫若》一文中就以嘲笑的口气将郭沫若评定为"空虚"或"空洞"的作家："郭沫若可以是一个诗人，而那情绪，是诗的……但是，创作是失败了……让我们把郭沫若的名字位置在英雄上，诗人上，煽动者或任何名分上，加以尊敬与同情。小说方面他应当放弃了他那地位，因为那不是他发展天才的处所。"

也许，正是这样坦率的文字让沈从文在后来那些"惊涛骇浪"的日子里被定性为"黄色"和"反动作家"，这些"名号"让这个"乡下人"的后半生受尽了苦头。

与此同时，尽管沈从文十分敬重鲁迅，并说自己的创作受到过鲁迅的影响和激励（见《学鲁迅》一文），但他在另一篇《鲁迅的战斗》中也毫不客气地认为鲁迅"任性使气""睚眦之怨必报""多疑"，还说鲁迅被称为"战士"是一两个自家人说的，他最后在"衰老的自觉情形中战栗与沉默"。

就这样，沈从文像一条有点任性的汉子，他抡起一把板斧，将沉闷的文坛砍得呼呼生风。但是，三十年河东，三十年河西。某种意义上，沈从文后半生被迫改行并尽可能地远离文学创作，与他这个时候的文字激扬不无干系，这是他个人的代价，更是一个时代的悲剧。

八、一个野蛮的灵魂，装在一个美丽的盒子里

沈从文把自己心爱的儿子取名为沈虎雏，这是颇有寓意的。

这个名字来自他的一篇小说《虎雏》，其结尾是："一个野蛮的灵魂，装在一个美丽的盒子里。"小兵虎雏被放置到城市中，从原始湘西乡村出来的他做出直觉的抗争，最后因杀死一个城里人而消失。他打死一个城市人，表示他打死要改造他的城市文明，消失是指逃回自然的乡村里去寻找真正的生命。

夏志清在《沈从文的短篇小说》中说沈从文"对现代人处境关注之情，是与华兹华斯、叶芝和福克纳等西方作家一样迫切的"。

这个野蛮的灵魂虽然装在了一个盒子里，但他的生命力却像野草一样旺盛。

之所以如此，是因为沈从文看清了、悟透了。他的锋芒，他的不驯，他的尖锐，被历次运动一次次地磨平了。他常说的话是："倒霉的时候别做狗，得意的时候别做神"；"我不懂得什么叫突破，我只知道叫完成"。有人动不动就说自己有"突破"，真是"头破"！"突破"要历史承认才行，

自己封的不算数。

沈从文的表侄黄永玉曾感慨地说："我还没有见过第二个像他这样从不计较、从不称能、从不逞强、从不辩解、自甘淡泊的人。上善若水。水是温和的，它会绕道。不好写小说了，他就搞文物考古、古代服饰研究。他不愿虚掷时光，总想为国家做点贡献。当然，他不想干的事，谁也别想勉强他去做。不过，他是微笑着拒绝，这也有点近于水的性格。记得50年代，中央美院请他去讲古代服饰，准备为他拍电视，可他就是不同意拍，课没上就走了，是微笑着走的，这就是他的性格……"

沈从文是在十二三岁时背着一个小小书包，从凤凰的石板路出发，顺着小河，穿过洞庭去"翻阅另一本大书"。黄永玉也是在相同的年龄，沿着"文叔"走过的路，走向山外、走向世界的。

作为一个大师级画家，1982年6月19日，黄永玉在凤凰写过的一篇短文《乡梦不曾休》。此文的最后一段是："家乡的长辈和老师们大多不在了，小学的同学也已剩下不几个，我生活在陌生的河流里，河流的语言和温度却都是熟悉的。我走在五十年前（半个世纪，天哪！）上学的石板路上，沿途嗅闻着曾经怀念过的气息，听一些温暖的声音。我来到文昌阁小学，我走进了二年级的课堂，坐在自己的座位上：'黄永玉，六乘六等于几？'我慢慢站了起来。课堂里空无一人。"

无疑，如果缺少沈从文和黄永玉，凤凰就会褪色。

没有沈从文的凤凰就像没有翠翠的边城。

没有黄永玉的凤凰，那只著名烟斗还能将夕阳点燃吗？

而黄永玉的烟斗又何尝不是从一个野蛮的盒子里伸出来的，将美丽的灵魂画成一只蔚蓝的蝴蝶？

九、从文走了，边城仍然年轻

　　沈从文在一次演讲中充满感情地说："我十五岁就离开了家乡，到本地的破烂军队里面当一个小兵，前前后后转了五六年，大概屈原作品中提到的沅水流域，我差不多都来来去去经过不知道多少次，屈原还没有到的地方，大概我也到过了，那就是乡下。所以我对沅水的乡情，感情是很深的。后来有机会到北京去学习的时候呢，能够写的多半也就是写家乡的事情。"

　　1949年后，沈从文对家乡新的事情知道得比较少，而且多是过去的生活。那些划船的船夫、纤手和小码头上的人士他比较熟悉。沈从文认为他自己的写作应该说是失败了，前前后后写了三十年。后来由于不适应新的环境，他离开了写作，因为不能做"空头作家"，就转到中国历史博物馆工作。

　　当时中国历史博物馆大约有十三个教授级的，沈从文觉得自己基础差，就加紧学习，他一天到晚泡在陈列馆，一边看，一边想，一边学。每一次馆里的展览，他都积极参加，从开始展览一直到关门，他一场不漏。什么辉县的，郑州二里岗的展览，安阳展览，麦积山的，炳灵寺的展览，楚文物展览等，他都参加了。

　　特别是敦煌艺术展览，沈从文待得特别久，差不多前后一年。沈从文的谦虚好学于此可见一斑："我始终是一个不及格的说明员，主要原因就是东西越来越多，来不及了，人也老了，所以到了快八十岁了，又转业了，转到社会科学院历史所。"

　　他在回忆起这段生活时没有抱怨，他说：我深深觉得这几十年生命没有白过，就是做说明员。因为说明员，就具体要知识了，一到上面去，任何陈列室，我就曾一点不知道，什么仰天湖的竹简，二里岗的新的黑色陶器。我也有机会跑北京最著名的琉璃厂，我记得是"三反""五反"的时候，参加关于古董业的问题清点。当时北京有正式挂牌的一百二十八个古董铺，我大约前四十天就看了八十多个古董铺，就是珠宝、皮毛我没有资格看，其他的关于杂文物类的东西我几乎都看到了。

一个人要有信仰，只要有信仰，无论在什么恶劣的环境下，都能干好事情，有些甚至是大事情。这是沈从文的一生带给人们的精神启迪。

20世纪80年代，随着沈从文在中国服饰研究方面取得瞩目的成就，文学上的"解冻"也使他的作品和名字从尘封的"地下室"走出来，被国内外越来越多的读者所认识、喜爱。尽管他是一个耐得住寂寞的人，但他还是不得不参加一些演讲和访问。

不久，应美国方面邀请，沈从文生平头一次出国，踏上了异国的土地。

可是，沈从文对美国的印象并不好，他认为：这个地方，总的来说思想是相当混乱，在学校这些方面迷信钱啊，简直是无以复加了！馆子里到处贴了"恭喜发财"，到处都画着钱的样子，这就是唯钱是问。

说起那里的人做硕士、博士的论文，他也没法子称赞，没法子对话。比如有人做杜甫的《秋兴八首》做了多少年；还有人研究"《金瓶梅》同荀子的关系"，沈从文觉得这个太荒谬了。据说这题目还是向中国方面提出来的，中国专家没法子对手，就好像打拳用另外一种方法打。有人请教他怎么研究"袁中郎"，沈从文说："对不起，我不懂。"

不过，沈从文对那儿的读书条件倒是赞不绝口，认为是太好了："一个不是研究生的在看书，有那么大的一个位子，都有微型的看书的放大镜，灯，还有打字机，要复印什么材料，外面的廊子上有很多复印机，投个五分的镚儿，书摆在上面立刻就印出来了，要多少材料有多少材料。所以我去了。"

对于这次出国，沈从文最后一次回湘时，曾在湖南省博物馆做了一次精彩的演讲。

不妨将部分演讲整理于此，以飨读者：

他们把我当一个作家看的，其实我这个落后作家早就没有资格了，承蒙他们的好意，也还有专门研究我的。我的很多文章他们都知道，不但知道，还知道是哪年哪月的，不是他知道，是图书馆知道。图书馆的不一定是入了名人录的，不一定是名人。知名人士和比较知名的，按照他的习惯，都很详细录入他哪年做什么，哪年做什么。所以他们讲笑话，钱伟长出去，人家知道他哪年写检讨……

幸好我还带来一些服装的幻灯片和另外一个专题的幻灯片。谈一谈，他们倒相当有兴趣，完全出乎他们的意料，有些问题太新了，他们是按着规矩——因为别人都是用转手材料谈中国问题，所以隔得很远。

也有学考古的，都有考古系。他们的材料太少了，哈佛大学的中国东西算是最多的，我看了一个外国人捐的古玉，那就可观了，恐怕科学院，故宫啦都不及了。

但是也有很多可笑的地方，有一个民俗博物馆，他把长沙出土的那块最好的笒床——国内没有了——放到干了，摆在那里，怪可怜地油漆了，再加上一些不相干的战国坛子罐子，他弄不清楚这个东西，从这个陈列法就看出他没有发言权。特别可笑的是他把商朝的玉鱼——玉雕的鱼可以做切割工具用的，上面有个眼儿——用塑料丝悬挂起了，叮叮当当的，让人又担心又难过，完全不解决问题。证明他们一般情况，特别是民俗部分，东西是应有尽有，但是不行，谈到研究他们好像也不懂。这些有待于我们中国怎样更大量地把这些材料整理，想法子印出来。

美国一面又重视钱财，一面又尊重知识，没有中国人那么多忌讳，当然政治情况不同啦！但是也麻烦。目前科技方面有好多成果，但情绪方面，某些方面的不安的情绪，是失业。反映到读书人身上更容易见出来，资本家方面不消说。但是他的学校在社会上虽然有充分的自由，但还是在学校的圈里。他特别的现象很奇怪，很不如中国。比如说每个人到六十五岁都要退休，退休也惨，没几个钱。

还有一个问题很有趣味，就是为什么博物馆的东西，收藏那么多中国的书啊，整理得真好，你到博物馆的图书室里就感觉到，我们哪年哪月能够做到啊？

听朋友说，沈从文在美国时，由于担心别人抓住他的把柄，因此他的言行大多同主流话语相一致，有明显的附和之嫌。比如，他把自己的作品说得一无是处就是例子。

我们想不通：一个热爱写作的人，一个视自己的作品为婴孩的人，在生命的黄昏还小心谨慎、颤颤栗栗，这难道会是一个"野蛮的灵魂"所应有的驯服吗？这难道不是一个时代所造成的悲剧吗？

青山遮不住，毕竟东流去。

1988 年 5 月 10 日，喧闹一时又寂寞一时的沈从文悄然谢世。

就在这前一天，黄永玉还去探望他，两只血缘的手抓在一起。

临走时，沈从文居然流泪了。

真没想到，那就是叔侄的最后一别。

也就是这一年，瑞典文学院曾拟定要将当年的诺贝尔文学奖颁给这个后半生几乎没有写过文学作品的"乡下人"。当被告知沈从文驾鹤西去时，评委会主席唏嘘不已。

沈从文走了。

边城仍然年轻。

中国现代
文学大师群像

下

未曾
远去的
风雅

聂 茂 —— 著

团结出版社

目　录

丁玲：

太阳照在心河上

　　一个女子，若有一支雅笔，便可具备作家的气质，如张爱玲。

　　一个女子，若有一腔热血，便可造就一名战士，如赵一曼。

　　中国的文学史记住了张爱玲；中国的革命史记住了赵一曼。

　　而她，这个同样不凡的女子，被中国的文学史与革命史同时铭记。

一、丁玲不死

"作家""战士"——这是丁玲的身份，虽是不全面的概括。尽管如此，她已然让人仰望。

1986 年 3 月 15 日，庄严肃穆的灵堂里有来自四面八方的人送的挽联和花圈，一批又一批的人流向丁玲作最后的告别，哀恸而惋惜。

丁玲安然无惧地躺着，身上覆盖着一面红旗，上绣"丁玲不死"四个耀眼的大字。这是"北大荒"人自发做的红旗，自发盖在丁玲身上的。

如此的"盖棺定论"预表了这是一个怎样有生命力的女子！

这一天，新华社写道："丁玲同志是我国杰出的无产阶级革命文艺战士、国内外享有盛誉的作家和社会活动家、中国共产党的优秀党员、中国人民的好女儿，我们怀着极其沉痛的心情，深切悼念这位为中国革命和中国革命文化事业艰苦奋斗了一生的、久经考验的革命文学家！"

有作家评价："丁玲是一座大山，一条大河，一道悲壮的风景，足以装点照耀一部中国现代文学史。"

离开的人安静地离开，留给留下的人太多的痛惜与悲伤。痛与伤之余，人们不会忽略，更不会忘记这位美丽的革命文学家散发着的馥郁的香气——力量与勇进。

她说过："人生的道路是曲折的，像在长江上行船，从四川到上海，中间要碰到多少礁石险滩……我的一生是充满坎坷的。"

她用充满坎坷的一生成就了瞿秋白的预言——"冰之飞蛾扑火，非死不止"。

丁玲所经历的时代是一段现今的人们不想重演的历史，毕竟这段历史中有些消极的元素，诸如摧残人性、折磨意志、灭绝新事物等。对于这些，有些聪明的作家不会直接露骨而痛苦地描述，他们选择了曲折地唱一曲哀婉的歌的方式。很多人怨天尤人的时候，或泣不成声的时候，他们勇敢地笑了。虽然曲折，但丁玲的作品并非深奥晦涩，相反，简单明了。这个聪明的女子，不想卖弄什么，她愿意所有的人懂她。

第一次接触的丁玲的作品是她的散文《不算情书》，写给她爱的冯雪峰的。读作品的时间远去了，留到现在的是当时读这篇文章时对于作者的感觉：这个女子可爱、调皮、率真、诙谐、惹人喜爱。正如美国记者尼姆·威尔斯所说："作为一个作者，丁玲是第一个率真地描写少女内心生活和情感的人，她的表现是那么震惊文艺界和学术界，以至她很快便成为中国最流行的作家之一。"读到这个评价时，大有与之相见恨晚之感。

之后，再读丁玲的其他小说，感受到了一种沉重，或者是一种疼痛。与时代有关的，又与丁玲的经历有关。

日子过去，很多已经忘记，然而，不能忘记的是，这个作家带给自己的震撼与洗礼。

她是真的作家。

真的作家需要有另外的身份，因为他们需要有更多的人文关怀。不管他们身处什么历史背景。丁玲是个真的作家，因为她更是个革命家。

二、女中自有豪杰在

1904年，她生活在湖南省常德市临澧县农村一家名门望族。她叫蒋胜眉。

"胜眉"不是她的本名，她原本姓余，闺名曼贞，是鼎城区长茅岭乡官坊湾村余家冲人。她生在常德书香人家，其父余泽春，清末拔贡，历任云南大理、普洱与楚雄知府，政声显赫。经过幼年的私塾教育，她成长为一名能写诗作画的蕙质兰心的女子。后来，她嫁给蒋保黔，蒋家在当时的常德是鼎食之家。

蒋家家族庞大，世代皆是望族。蒋保黔的父亲做过大官，留下值得炫耀的财产和威风——一个拥有二百多间屋子的庭院。蒋宝黔十几岁中秀才，留学日本，学习法政，因身体多病，意志消沉，退学回国。回到湖南，他成为一名医者，工作之余，他喜欢玩弄古董。

余曼贞羡慕唐朝武则天的时代，女人能做事、能考官，自由，恣意地生长。结婚后，她改随夫姓，把自己的名字改为蒋胜眉，字慕唐，意为女子必定胜过男子，满怀朝气，不甘雌伏。

10月12日，秋风送爽，丹桂飘香，蒋胜眉为蒋家生下了一位千金小姐，她叫蒋冰之。

这时的蒋家正日益衰颓。

蒋保黔染上抽大烟的恶习，拿银子当铜钱花。蒋冰之的伯父上山当了和尚，一个叔叔做了土匪。

蒋家人都生活在声色犬马之中，醉生梦死。除了一个人。

这个人便是蒋胜眉。一个对蒋家人的浪荡行为置若罔闻的女人。她从不管闲事，不过问家中的经济情况，对丈夫的放纵、挥霍也不多说一句。她悠闲而寂寞地生活着，不是在房间里绣花、下棋、看书，就是到花园里荡秋千，自得其乐地打发着时光。

我一直很喜欢那段古文："故天将降大任于是人也，必先苦其心志，劳其筋骨，饿其体肤，空乏其身，行拂乱其所为，所以动心忍性，曾益其所不能。"大凡被上帝认定和打磨的人没有一个是一帆风顺的。如果日子顺当而清幽，说明一场暴风雨或者其他灾害即将降临。无人可以逃脱，无人可以幸免。

蒋冰之不满四岁时，蒋胜眉的丈夫蒋保黔病逝。

而立之年，丈夫离世，家庭破产，债主接踵而至。

正像丁玲在小说《母亲》中描写的那样："在女人中，她是一个不爱说话的。生得并不怎么好看，却是端庄得很，又沉着，又大方，又和气，使人可亲，也使人可敬。她满肚子都是苦，一半为死去的丈夫，大半还是为怎样生活；有两个小孩子，拖着她，家产完了，伯伯叔叔都像狼一样的凶狠，爷爷们不做主，大家都在冷眼看她……靠人总不能。世界呢，又是一个势利的世界，过惯了好日子，一天坍下来，真受苦……"

突如其来，这个女子走投无路，近乎绝望。

然而，上帝是一个伟大的人生导演，祂从来不曾使强者死于人生的绝望。祂愿意，每个人都能够一步一步地战胜每道曲折，最终都成为人生的强者。

辛亥革命前夕，湖南常德县城吹来变革的风。几个留学日本的进步青年打通了小城与外界的联系。蒋胜眉受新鲜事物的感染，心动了。

社会在变，裹挟和推动着她的迅速而积极的变化。性格中固有的坚强与自立的属性被催化，苏醒、萌芽、生长，把蒋胜眉从将要崩溃的基石下挤了出来。

蒋胜眉雷厉风行。她变卖全部家产，还清债务，带着蒋冰之和刚满一岁的小儿子离开临澧蒋家，寄居在常德县城的父亲家里。

她决心走平等、自立的道路。她把女儿的名字蒋冰之改成蒋炜，称其名为"大"。

数九寒冬，因为一丁点的小事，严厉而残酷的外祖父毒打丫鬟，然后，要求她们只穿一件单衣、一条单裤，去堂屋里过夜。蒋炜始终惦念着寒冷而可怜的丫鬟们，半夜，她悄悄地把自己的一床小被子送给无辜的丫鬟们，又把烘篮（一种烤火的用具）拿给她们暖身。

父亲家庭的封建与凶残，使蒋胜眉深感压抑和排斥。为了自己和孩子的前途，1909 年，她勇敢而创新地冲出封建思想和封建势力的重围，进入常德女子师范速成班学习。蒋炜也随母亲的进步思想，进了该校幼稚班。

"那时……三十岁的母亲在师范班，六岁的我在幼稚班。这事现在看来很平常，但那时却轰动了县城。开学那天，学生们打扮得花枝招展……我母亲穿得很素净，一件出了风的宝蓝色的薄羊皮袄和黑色百褶绸裙。她落落大方的姿态，很使我感到骄傲呢……有些亲戚族人就在背后叽叽喳喳，哪里见过，一个名门的年轻寡妇这样抛头露面！但我母亲不理这些，在家里灯下攻读，在校里广结女友。"（引自丁玲：《向警予同志留给我的影响》，刊《收获》1980 年第 1 期）

同时，为了彰显自己与封建束缚彻底决裂的决心，蒋胜眉大力号召和践行"还我天足"的行动。她忍受剧痛，每天都要把双脚浸泡在冷水中，"虽说不知吃了多少苦，鞋子却一双比一双大，甚至半个月就要换一双"（引自丁玲：《母亲》）。终于拆掉裹脚布，然后，她更换自己的服饰，穿上"灰绸夹衫，滚一道窄边，袖口小了好些，正身也短些"，"大褶黑裙，光面元色闪缎鞋，脚全露在外面，连白袜子也看见了"（引自丁玲：《母亲》）。

在常德女子师范，母女二人结识了后来著名的女革命家向警予。蒋胜眉与向警予结为至交，她们一起发誓："振奋女子志气，励志读书，男女平等，图强获胜，以达到教育救国的目的。"蒋炜称向警予作"九姨"。

以身教者从，以言教者讼。蒋胜眉具有的强者的性格在潜移默化中传授给了蒋炜。在她奋起开路的过程中，蒋炜也不负期望。自五四运动起，蒋炜开始接替母亲的斗志与激情，演绎另一个女中豪杰。

具有划时代意义的五四运动爆发时，蒋炜和王剑虹、王一知，不顾社会冷眼，剪去长辫，上街游行、演讲。这个勇敢、有魄力的年轻女孩俨然是她的母亲蒋胜眉或者是她的九姨向警予的翻版。

是的，她一直是以这样的形象出现在我的精神世界里的。任何其他概括似乎都是赘余。

除此之外，蒋炜还在学生会举办的平民夜校教课，教授附近的贫苦妇女珠算并传播反帝反封建的道理。因为年龄小，个子矮，大家都叫她"崽崽先生"（小孩子老师）。

蒋胜眉是蒋炜一生中最开始和最重要的铺路人。不是所有的铺路人都能成功铺开一条绵延万里的道路，也不是所有的铺路人都会收获累累硕果。因为铺路需要远见卓识并且知难而进。

1919 年暑假之后，不顾窘迫的经济条件，知书达理的蒋胜眉毅然将蒋炜送往长沙周南女子中学读书。

于是，蒋炜生命中的一个重要人物出现——国文教员、新民学会会员陈启民。陈启民发现了蒋炜的写作才能，便鼓励她多写、多看。第一学期，蒋炜就写了三本作文、五本日记，两首白话小诗还被陈启民推荐到《湘江日报》发表。这时，蒋炜对文学产生了浓厚的兴趣。

铺路人蒋胜眉的脚步始终没有停止。1919 年秋季，蒋胜眉和好友蒋毅仁、余子敏、李德全（冯玉祥之妻）等人一起创办"妇女俭德会"，提倡妇女"不敬神、不缠足、不梳粑粑头"。同年，她雷厉风行地辞去育德女校的高薪工作，创办常德县（今属常德市）私立文艺女校，自任校长。1920 年，她成立"女子工读互助团"，又名"平民工读女校"，既当校长，又当教员，鞠躬尽瘁，全心全意培养女青年。

1920 年暑假，蒋炜的学校解聘陈启民。这个年轻女孩又向世人展示了她的勇气与生命力——在别人仅仅做一回口头君子以表达自己的抗议的时候，她愤然离校，冲破男女不同校的世俗规定，同杨开慧、许文宣等人一起转入长沙岳云中学读书，成为湖南男女同校之创举。

当时的社会不会允许任何人恣意行事——尤其是女性，它会用许多条条框框来约束人们的行为。它不想自己受到人的摆布，所以，在某个时刻、某个地点，它狠狠地摆布人。

1922 年春，蒋炜应王剑虹之约，准备去上海平民女学学习。舅舅出面粗暴干涉，他要求蒋炜尽快毕业，与表哥结婚。

蒋炜叛逆，避俗趋新，曾经目睹过女性在封建大家庭中的委屈和牺牲，她自然是拒绝和反抗这桩旧式婚约的。她与舅舅据理力争，誓死不承认婚事。

蒋胜眉与女儿统一战线。她认为，女儿前往上海，是为了寻找一盏明灯，寻找一条正确的路——她需要学习最先进、最实用的学问。

家庭内部因此闹了一场纠纷。

终于，蒋炜在王剑虹的支持下，拿起笔撰写文章，揭露舅舅欺压她们母女、虐待佣人、借办育婴堂等慈善事业盘剥穷人的恶劣行径，在当时常德的《民国日报》上公开发表。

对其舅舅不利的言论顿时甚嚣尘上，蒋炜的舅舅尴尬至极，无奈之下，解除了包办婚约。

就这样，1922 年春，蒋炜随同王剑虹离开常德，同赴上海。途中，她同王剑虹谈起反对封建世俗，议论"改姓"一事。蒋炜感到"蒋"姓笔画太多，就改两笔的"丁"字为姓，更名为"丁冰之"。

这个新潮的女孩，总会给人那么多的意外惊喜。

从此，她走上了从事革命文学的征途。

蒋胜眉，既是封建家庭的叛逆者，又是妇女解放运动的先驱。其思想和言行，对丁玲产生了极其深远的影响。她在《我母亲的生平》一文中写道："母亲一生的奋斗，对我也是最好的教育。她是一个坚强、热情、勤奋、努力、能吃苦而又豁达的妇女，是一个伟大的母亲。"

三、从丁冰之到丁玲

1923 年夏天，丁冰之进入上海大学文学系。

终于，她进入那群活跃、纯粹和先进的革命知识分子群体中，相互学习，共同进步。

北洋军阀之争愈演愈烈。白色恐怖像潮水一样冲击着刚刚醒来不久的国家。

19 岁的生命的确太年轻，但这个年轻的生命对社会、对人生充满着的思考、矛盾与苦痛并不逊于一些中年人。

1925 年 4 月底，鲁迅先生接过一名文学青年递过来的信。他吸了一口烟，冷静而平淡地撕开信封。这是一封青年的求助信，信的末尾署名"丁玲"。

"丁玲是谁？我没有听说过这名女士。你呢？"鲁迅转过头问旁边的男青年。

男青年摇摇头。

鲁迅又询问了其他好些人。

最后，他从一位报刊编辑处得知，经过比对，"丁玲"的笔迹与当今的"休芸芸"很是相像，所以，"丁玲"有可能就是沈从文的另一个笔名，这大概是沈从文故意化名一个女人来捉弄鲁迅。

此时，刚刚领教过某位男士化名"欧阳兰"以混迹文坛闹剧的鲁迅不禁信以为真。

于是，"丁玲"的信件就此搁置。

真正存在着的湖南姑娘丁玲饥寒交迫、穷困潦倒，但她仍然自强不息。

1927年12月，阅稿、审稿了一天的叶圣陶依然专注地埋在成山的稿件中。他推了推眼镜，不停歇地寻找优秀的作品。

"《梦珂》……"叶圣陶喃喃着，又把书稿翻回文章的开头，重新读了一遍。

小说感触深挚，描写细腻，极为别具一格。叶圣陶像玩赏一件珍贵而稀有的古玩一样，一遍一遍地品读着。

"把这篇小说排进这个月的《小说月报》。"叶圣陶将稿件递给杂志编辑。

不日，著名的《小说月报》18卷12号的重要位置，刊出了一篇名为《梦珂》的小说。这本在我国属于创刊最早、发行量最大、最为海内外各阶层读者喜爱的文学选刊使这篇独出心裁的小说立时引起强烈的反响。

强者遇见强者，彼此都会更加强大，这也许是"棋逢对手"的另一层含义。《小说月报》和丁玲就是如此。

小说的作者署名是彼时中国文坛颇为陌生的"丁玲"。她华丽而独特地向这个世界宣告了"丁玲"的诞生。"在这个死寂的文坛上"，她"抛下一颗炸弹"，"大家不免为她的天才所震惊了"。

《梦珂》的发表激发了作者。

社会、家庭、学校、友人、敌人不断塑造着丁玲的性格与气质；同时，她的生活、思想与文学修养也在自觉不自觉中做好了准备。

这个女子一旦拿起笔，就异常猛烈和泼辣。

她立即写下了自己的成名之作——也是代表作——《莎菲女士的日记》。不多时，《莎菲女士的日记》出现在《小说月报》19卷2号的重要位置。这篇"日记"，以青年女性追求理想灵与肉统一生活的描写，来表现一代觉醒者的苦闷和热望。由于主人公精神思想展示大胆而袒露，一时间，小说引发了更加强烈的反响。

这篇小说，用丁玲晚年的话来说："《莎菲女士的日记》不是一个浪漫的爱情故事，莎菲追求的，最根本上说，是生活意义。因此，她对待爱，既不顾忌什么礼教束缚，同时也是严肃的，认真的，纯洁而神圣的……莎菲苦闷，彷徨，那是因为她始终不泯灭理想，她是理想主义者。"

此时，叶圣陶在商务印书馆工作，正代郑振铎主编《小说月报》。叶圣陶敏锐地发现丁玲的文学才华，并且大刀阔斧地使其能够发挥她的才华。他的智慧和魄力使《小说月报》破例接连为一个当时并不十分知名的作者提供了非常重要的机会和平台——《暑假中》《阿毛姑娘》接连刊出……

君子之所人不及，在君慧眼善识人。

叶圣陶是丁玲的引路人。一个引路人，发掘和激发被引路者的优势和特长，引领他走向对的路，最有效和最有益的路。对于这位胸襟宽广、诚心诚意的引路人，丁玲深为感激。

1928年，丁玲与爱人胡也频前往上海，拜访并感谢慧眼识人的叶圣陶。

第一次见到丁玲时，叶圣陶着实吃了一惊。此前，他并不确定"丁玲"的性别，即便被编辑、出版界朋友问起，他也多是无从回答。

"要不是您发表我的小说，我也许就不会走上文学这条路。"丁玲看着叶圣陶，认真地说。

这位不善言辞、只专注于做事的引路人并不受益于感恩之语，他一味地说："继续写吧，认真地写。"

看着面前长者般的叶圣陶，丁玲感到温暖和踏实。

"你可以出一本集子了。到时候，我代你与书店交涉。"

"好的！"丁玲快活而郑重地答应着。

1928 年，丁玲第一本短篇小说集《在黑暗中》出版。她笔下的女性都身处黑暗，精神异常苦闷，竭力追求光明，却始终不曾知道光明的样子，心里近乎已成被黑暗压抑而窒息的病态，感情也多是凄楚、痛苦与愤懑、挣扎交织在一起。正如丁玲自己。

这个女人为社会、为现实承载了太多。

终于，上帝为她打开了一扇窗户。

白色恐怖中，丁玲夫妇终于从黑暗中走向黎明。

两个人都参加了中国左翼作家联盟，而且胡也频被选为"左联"的执行委员，担任工农兵文学委员会主席；在"左联"的全体大会上，他当选为出席苏维埃第一次代表大会的代表。胡也频前进了，飞快地前进了。他们终于彻底摆脱掉痛苦、彷徨的重围，看到人生的曙光。信仰化为明丽的朝霞，照耀着前进的路。

四、离群的孤雁

是的，上帝为她打开了一扇窗户。

却也为她关闭了一扇门。

1931 年 1 月 17 日，国民党上海市警察局会同上海公共租界巡捕房，突然搜查共产党在上海的活动和联络地。胡也频在东方旅社出席第一次全国工农兵代表大会预备会议时，被国民党反动派逮捕。17 日夜和 18 日，上海警察局和租界巡捕房搜查了虹口、提篮桥、杨树浦等地，共逮捕共产党员和进步人士28人。20日和21日，又在杨树浦、新闸等处逮捕7人。

1931年2月7日，中国现代文学史上最黑暗的一天：中国左翼作家联盟的5位青年——胡也频、柔石、殷夫（白莽）、李伟森（求实）、冯铿被枪决于上海的龙华淞沪警备司令部。后人称"左联五烈士"。

这个女人，这个刚做母亲不久的女人，歇斯底里地痛哭……

但她终究是个猛烈的女子。悲痛之中，丁玲渐渐地意识到要坚强，这像极了她的母亲，或者她的九姨向警予。大概不仅仅是她的母亲和九姨，这或许是女强人的共性。

"我们将沿着他的血迹前进！"丁玲抱着孩子，信誓旦旦地对襁褓中的婴儿说。

丁玲的意志变得更加倔强与坚定。她把刚满三个月的婴儿送回湖南老家，奋不顾身地投入更为残酷的斗争中。此时的上海白色恐怖日益严重，进步刊物屡遭查禁，左联书店被封，她毅然挑起创办《北斗》的重担。

斗争把丁玲锤炼得更加坚强，更加成熟。

1932年春，她加入中国共产党。在入党仪式上，她举起右手，庄严宣誓："我要做一颗革命的螺丝钉！"

她写文章，办刊物，广泛参加社会活动，与工农大众亲密接触。这一切，又使她有了新的飞跃。她更为关注那些生活在中国社会底层的工人和农民。她描写他们的苦难和斗争，表现他们在斗争中的团结和成长。此时，无产阶级革命作家丁玲用她成批优秀的作品投身人民队伍中，讲述革命斗争和群众运动，为文坛带来新的气息。

或许是撒旦嫉妒这个女人的个性与成果，它恶狠狠地扑向这个女人。

1933年5月14日，担任"左联"党组书记的丁玲刚由一个文学座谈会返回家中，国民党特务跟踪而至，野蛮地将她绑架了。

闻此消息，鲁迅先生悲愤而不平。他熄灭手中的烟，一气呵成《悼丁君》：

如磐夜气压重楼，

剪柳春风道九秋。

瑶瑟凝尘清怨绝，

可怜无女耀高丘。

　　三年多的时间里，丁玲从未有机会对外发声。国民党将其从上海转移到南京软禁。或者，按照她一贯特立独行的性格，她才不会在乎那些与她有关的满城风雨的舆论是什么，她自己问心无愧便是，她活着的目的和意义不是为了向别人解释和证明自己。

　　一个革命青年敲开鲁迅先生的门，大步流星地走到鲁迅身边，弯下身，小声说道："先生，听说，丁玲叛变了。"

　　鲁迅的眼神停在空中，久久不动。

　　最后，鲁迅点点头，将自己一个人关在房间中。他摊开一张信纸，写道："蓬子转向——丁玲还活着，政府在养她。"

　　丁玲确健在，但此后大约未必再有文章，或再有先前那样的文章，因为这是健在的代价。

　　鲁迅扼腕叹息。他失望了，对丁玲。但是，他更加心痛。

　　叶圣陶把友人的来信放在书桌上，闭上眼睛。他无论如何不能相信这种似乎别有用心的传言。

　　叶圣陶好不容易打听到丁玲的地址，送去一封约稿信，希望她能为纪念开明书店创业十周年写一篇作品，以收入纪念文集。

　　两三年未与外界取得联系的丁玲见信如获至宝。1936 年 5 月 3 日，她迫不及待地提笔回信：

　　我……没有忘记你，而且我可以说是热切地想念你们，我想看一切我见不到的东西。我人是一动也没有动，可是心却是一刻也没有停，尽向远处飞，尽向高处飞。我什么都不愿意说，不希望向任何人解释，只愿时间快点过去，历史证明我并非一个有罪的人就够了。三年过去了，我隔绝着一切，我用力冷静我自己……

你的信真使我喜欢得跳了起来，我是晚上收到的，我一夜也没有睡好。一点什么东西来到了我的心头，我来回想着一句话："我一定要赶忙写一篇文章给他们。"你真是没有想到你们所给我的勇气和鼓励呵！只是我很难过，我怕我锈烂了的笔尖写一点生硬到可怕的东西；我最怕的，最使我难受的，就是我会使一些爱护我的朋友们失望，我不愿以我的不努力来伤了什么人的心。不过我……写就得了，如果写得不好，你就莫放进去，等下次有比较看得过去的再放在什么地方好了。我很愿意以后可以写点好的才好！

她的心从未走远。大地昏暗，沉寂，一片肃杀景象。丁玲犹如一只离群的孤雁。然而，她并不徘徊，并不困惑；她一心向往着红星照耀的地方。

1936 年 7 月，开明书店十周年纪念文集《十年》出版，收有老舍、张天翼、王统照、巴金、叶圣陶、茅盾、萧军等人的作品，丁玲的短篇小说《一月二十三日》也收录其中。这是对她的作家身份的认定和推崇，对暂时身处困境的她的支持与激励。面对各种对丁玲的政治取向不利的流言蜚语，文集的主编大胆启用丁玲的作品，既是对谣言的有力抨击，也是对革命志士丁玲的强烈的信心。

1936 年 9 月，经过蔡元培、杨铨（杏佛）、胡愈之、邹韬奋、洪深、林语堂、叶圣陶、郁达夫、陈望道、柳亚子等 38 位知名人士的呼吁和要求，宋庆龄的奔波和营救，加上世界著名文学家罗曼·罗兰等的抗议，丁玲得以获释。

1936 年 11 月 1 日，丁玲马不停蹄地奔向红色革命根据地——延安。

丁玲是红军长征到达陕北之后迎接的第一位著名作家。因此，她的到来，成了红军苏区和陕北文艺界的一件盛事。

党中央主要负责人毛泽东、周恩来、张闻天、博古等特意为丁玲举办了热闹而隆重的窑洞欢迎会，并逐一发表欢迎演讲。会后，毛泽东欣赋《临江仙》一首相赠：

壁上红旗飘落照，西风漫卷孤城。保安人物一时新。洞中开宴会，招待出牢人。

纤笔一枝谁与似？三千毛瑟精兵。阵图开向陇山东。昨天文小姐，今日武将军。

这样的殊荣是任何文人都望尘莫及的。一颗饱经忧患的心，感受到了极大的安慰。丁玲伸出双臂热情地拥抱新的生活，以及与她的前半生所熟悉的面孔极不相同的陌生人。

在解放区，丁玲像一只展翅翱翔的雄鹰。深刻的思索，坎坷生活的磨炼，培育了这位女性务实而坚毅的生活观："幸福是暴风雨中的搏斗，而不是月下弹琴，花前吟诗。假如没有最大的决心，一定会在中途停顿下来。"

弄潮儿在陕北继续着她的搏斗。

1948 年 6 月，《太阳照在桑干河上》面世。它是中国现代文学史上第一部反映土地改革运动的长篇小说，开拓了社会主义文艺前进的广阔道路。1951 年，《太阳照在桑干河上》获得斯大林文学奖二等奖，使丁玲在中国和世界的文坛上得到了较高的声誉。

1949 年，中国的历史掀开了崭新的一页。丁玲也回到阔别二十年的北京。

可是，中国的历史曲曲折折，生活在其中的人们的人生也因此而曲折。

1955 年，丁玲被错定为"反党小集团"头目。

1957 年，丁玲被定为大"右派"，被开除党籍，并被发配北大荒劳动。

即便如此，她依然像一株独立挺立的大树，迎风傲雪。她说："对于一个有共产主义信仰的人来说，没有一个地方是荒凉偏僻的。在任何逆境中，他都能充实和丰富自己。"

1971 年，丁玲开始了孤寂的铁窗生活，"孤寂，无穷无尽的孤寂，我有生以来，从没有尝过这种孤寂的滋味"。

1975 年 5 月，丁玲获释。

这位七十多岁的老人，当她以一个老革命、老党员、名作家的真实面貌出现在人民面前时，她展现了她的虚怀若谷。对亲人，她没有眼泪和悲伤；对党，她没有抱怨。她试图告别沉痛的过去，所以，她从来不曾回头去写自己的哀伤。她要"顽强地活下来"，不断"向前"，"去反映生活，反映时代"。

可是，"生命的白天已经过去了，黄昏已经到来"。1985 年 9 月，这位八十多岁的老人住进了协和医院……

五、饱受争议的爱情

"丁玲"，当现在的人们提及这个名字的时候，一般来说，他们更愿意谈论她的情史——爱情和性。他们一遍一遍地在搜索引擎上输入与她相关联的各个姓名，像一个个喜欢偷窥的"猥琐之徒"。

毕竟，她是一个女子，是一个出众的女子，是一个在如今的人们看来都算开放和极少逾越她的界限的女子。

因此，丁玲的爱情是人们津津乐道的话题——远远超过对她文学成就的讨论。

她在爱情上是一个真实的女人，真实的几乎让所有的女人敬佩她的勇敢与直率，并艳羡她生命中最后的幸福。

1924 年夏，女友王剑虹因病而逝。丁玲忧伤、悲痛、苦闷和失望，于是离沪赴京，准备进入学习风气浓厚的学府深造。

到京后，道路并不坦顺。丁玲投考艺术学校没有成功，在一个画家的私人画室里学习绘画，未能坚持到底。后来，她准备去法国寻找职业，却遭到朋友的反对。在这毫无希望的蛰居生活中，她感伤与惆怅，常常一个人独守静思，痴坐痛哭。

漂泊者在其坎坷的际遇中，邂逅了她的纯洁之爱。

1925 年春，丁玲与胡也频相识。随即，胡也频这个极富热情、正做着文学之梦的流浪青年向漂泊者孤苦无依的心灵靠近。

当胡也频得知丁玲的失弟之痛后，他用一个纸盒装满大把黄色的玫瑰，并写上一张纸条："你的一个新的弟弟所献。"

说实话，从第一眼开始，这个比自己大一岁的男人从未吸引过自己。她有更加重要的事情——比如前途——去思考，去努力。再说，一个不凡的女子，不可能把自己的爱情建立在几次交往之上。

没有给对方任何回复，丁玲在繁花似锦的春天离开北京，回到湖南常德母亲的膝下。

在寂寞而温馨的夏季，家里的大门被叩响。

一个身穿白衫的青年怀揣一颗跳跃而慌乱的心，站在门外。

他追逐着他爱的人，直到常德。

丁玲与母亲惊异之余，热情地接待了这位勇敢、热烈、执拗而穷困的青年。

从这时，丁玲开始了解胡也频，他苦难的出身，他痛苦的漂泊。她懂得了胡也频炙热而坚定的信念和追求。

看着眼前的胡也频，看着他的眼神中的光亮和笑意，朦胧中，她感受到惺惺相惜，以及少许的同情。"我那时对恋爱毫无准备，也不愿用恋爱或婚姻羁绊我。我是一个要自由的人。"（引自丁玲给日本友人的信）她会与他成为朋友，仅仅是朋友。她对自己说。

　　按照丁玲敢爱敢恨，真实而不做作的个性来看，越多的托词，越能说明丁玲不爱这个男人。但是似乎，此时的她无路可走，"那时为环境所拘，只得与他作伴回北京。"（引自丁玲给日本友人的信）

　　两人结伴回京。丁玲原计划回京便与胡也频讲出实情和分手，然而，此时，关于他们二人的绯闻已经传遍北京的朋友圈。一怒之下，血气之勇的丁玲立刻要求胡也频同居。

　　相似的理想，相似的对社会现状的不满，相似的背井离乡的感怀，种种相似化为原因和推动力，使丁玲和胡也频合二为一。

　　在并不明晰的思想状态中，丁玲与胡也频的爱情与婚姻就这样建立了。

　　因为懂得，所以珍惜。因为珍惜，所以接受。因为接受，所以仿佛可以称之为爱情。

　　我始终固执地以为，丁玲之于胡也频的感情并非爱情。而是比友情重，比爱情轻。胡也频像极了《莎菲女士的日记》中的苇弟——他热情地爱着她，但是冷静下来的她恍然觉得，应该有另外的一个女孩来爱他——尽管丁玲一再否认苇弟身上潜存着胡也频的影子。

　　胡也频更应该是她的朋友，心灵和志向的盟友。就像她说过的："由于我的出身、教育和经历，看得出我们的思想、性格、感情都不一样，但他的勇猛、热烈、执拗、乐观和穷困都惊异了我。虽说我还觉得他有些简单，有些蒙昧，有些稚嫩，但却是少有的'心'，有着最完美的品质的人。他还是一块毫未经过雕琢的璞玉，比起那些光滑的烧料玻璃珠子，不知高到什么地方去了。因此我们一下就有了很深的友谊。"

　　他们住在北京汉花园一所与北大红楼隔河并排又极不相称的小楼上，过着极度贫困的生活。他们读《晨报副刊》，《京报》副刊，讨论歌德、海涅、托尔斯泰、莎士比亚、鲁迅……丁玲对《茶花女》《包法利夫人》等名著十分欣赏。

　　"事实慢慢变得似乎仍然应该要负一点道义上的责任……"（引自丁

玲给日本友人的信）到底是性情中人，丁玲全然接受了胡也频，并且她要
为他负责。

然而，在两人决定白首终身之前，丁玲的生命中出现了第二个异性——
"湖畔"诗人冯雪峰。

丁玲和胡也频蛰居在苦闷而荒凉的北京古城时，南方的大革命运动正
如火如荼，轰轰烈烈，可是丁玲的思想是非常混乱的："有着极端反叛的
情绪，盲目地倾向于社会革命。但因为小资产阶级的幻想，又疏远了革命
队伍，走入孤独的愤懑、挣扎和痛苦。"（引自丁玲《一个真实人的一生》）
面对漫漫前路，要捋清思绪，他们需要更丰富、更深远的学识。于是，他
们打算积蓄一些钱后，去日本求学。

这时，冯雪峰来到他们的公寓，教丁玲日文。他以出众的文学才华，
独特的精神气质深深吸引了丁玲。

"一天，有一个朋友的朋友来到我们家里，他也是诗人。他生得很丑，
甚至比胡也频还要穷。他是一个乡下人的典型，但在我们许多朋友中，我
认为这个人特别有文学天才，我们一同谈了许多话。在我一生中，这是我
第一次看上的人。"十几年之后，丁玲在延安向美国记者尼姆·威尔斯娓
娓道来。

冯雪峰是丁玲真正爱上的第一个人。这个人在丁玲情感海洋上掀起了
一股汹涌的激浪。

冯雪峰本来打算去上海谋生，认识丁玲后，他决定留在北京。

左右为难。一边是同居多时的胡也频，一边是真正相爱的冯雪峰。一
边是友情和婚姻，一边是真正的爱情。丁玲和胡也频之间"有一种坚固的
感情的联系"，"如果我离开他，他会自杀的……"（引号内内容引自丁
玲 1985 年的回忆原文）但是，她深深地爱着冯雪峰，人生第一次真正地爱
了一次。

怎么选择？

在这一局的中场，丁玲要求冯雪峰离开，前去追求他的初愿。

于是，他离开了。

两周后，她追了去。

很快，胡也频也追了来。

饮食男女如痴如狂。

这时，这个女人提出了一个惊世骇俗的要求：三个人一起生活。

不疯魔不成活。

丁玲特有的热情让自己保持并践行了理想主义气质。

三人直奔杭州，在淡妆浓抹总相宜的西湖边共同生活。冯雪峰在葛岭租了一套两居室，冯雪峰住一间，胡也频住一间。白天，丁玲一时和冯雪峰拥抱吟诗，一会儿又和胡也频相偎写作，晚上，则轮流在两个房间过夜。

赤诚而单纯的胡也频度日如年地过着无法言说的生活。这种痛苦甚至比求学的失败、革命斗争的挫败还要令人煎熬。

这个世界终究不会允许冲动与欲望引发的所有想法全部顺利、长久地实现。

冯雪峰的理智战胜情感，主动退让。

这段惊世骇俗的"三人行"爱情终于落幕。

三人行，必有一人出局。

1928 年年底，丁玲和胡也频带着生和抗争的希望，从萧条而寒冷的北国来到革命文化中心——上海，进入生活和创作的新阶段。

在萨坡赛路二○四号设备陈旧而雅致的新居里，丁玲、胡也频开始摸索探求。

一切如初。仿佛什么都没有发生过。

胡也频阅读马克思的文艺理论以及其他社会科学书籍，并写作诗歌、小说和剧本。丁玲埋头创作，写了短篇小说《暑假中》和《阿毛姑娘》等，由叶圣陶推荐发表在《小说月报》的头条上。

在创作的同时，胡也频、丁玲和沈从文组成红黑出版社，"带着横竖要搞下去"的决心出版了《红黑》月刊，但是出过八期后，还是不得不停刊；与此同时他们还编辑《人间》月刊，由人间书店出版。

1931年1月17日早晨，胡也频告诉丁玲，他要去开"左联"执委会。他穿着暖和的长袍，兴高采烈地走了。

中午，他没有回来。

天黑后，外面刮起风来，他还没有回来。

一天，两天过去……

丁玲十分清楚眼前发生的一切。她内心痛苦地呼喊着："我要救他，一定要把他救出来，我实在不能没有他，我的孩子也不能没有爸爸！"

丁玲四处奔波，组织、同志、朋友也在多方营救，但毫无结果。

2月7日，优秀的"左联"革命作家胡也频、李伟森、柔石、冯铿、殷夫及其他革命者共二十三人，饮弹倒在龙华淞沪警备司令部的荒野上……

不幸的消息传来，丁玲不能自已，疯狂地痛哭起来。她"想到他的勇猛，他的坚强，他的热情，他的忘我，他是充满了力量的人呵！他找了一生，冲撞了一生，他受过多少艰难，好容易他找到了真理，他成了一个共产党员，他走上了光明大道。可是从暗处伸来了压迫，他们不准他走下去，他们不准他活……"

悲痛之中，丁玲意识到，要挺起腰杆，要坚强地生活下去。她说："悲痛有什么用！我要复仇！……问题横竖是一样的。他的一生就这样结束了，他用他的笔，他的血，替我们铺下到光明去的路，我们将沿着他的血迹前进。"（引自丁玲：《一个真实人的一生》）

上帝创造胡也频的用意是制造一个悲剧角色吗？终生穷困得像个乞丐，爱情经受波折，成为一段长时间享誉华人世界的"三人行"爱情的男配角，28岁的年轻的生命被迫结束于上海龙华淞沪警备司令部……

并非如此。他从爱情里收获的快乐与扶持，他从革命里收获的斗志与信念，可能与他的悲剧持平吧，或者更乐观地推测，前者的幸福多于后者的痛苦。

1931 年，胡也频牺牲后，史沫特莱采访丁玲。

丁玲与翻译冯达相识。

"他常常来看我，讲一点他知道的国际国内新闻给我听。因为我平日很少注意这些事，听到时觉得新鲜。有时，他陪我去看水灾后逃离灾区的难民。他为通讯社采访消息，我也得到一点素材，就写进小说里去。我没有感到一个陌生人在我屋里，他不妨碍我，看见我在写文章，他就走了。我肚子饿了，他就买一些菜、面包来，帮我做一顿简单的饭。慢慢生活下来，我能容忍有这样一个人……后来，他就搬到我后楼亭子间。"（引自丁玲对冯达的回忆）

许是丈夫的永远离开带来心灵的软弱的缘故，许是终究无法拒绝冯达柔如细雨的关怀的缘故，许是生活与事业上需要一位伴侣的缘故，1931 年年底，他们结婚了。

冯达，之于丁玲而言，是趁虚而入的。但是，正是因为丁玲没有更好的人选和耐不住寂寞，才为冯达腾出进入的间隙。

每个人都会为自己的选择付出代价——就这一点而言，上帝对每个人是公平的。有人说，丁玲对冯达的爱是错误的，因为很多人都一致认为是他出卖了她。丁玲为自己错误的爱狠狠付出了代价。

1933 年 5 月 14 日，冯达出门时对丁玲说："如果我在十二点钟还不回来，你就赶紧离开。"

结果，他一出门就被特务盯住了，一直消磨到十二点以后才回家。

可是，她刚好在家。

两人同时被捕。

国民党反动政府将丁玲和冯达软禁在南京。

冯达跪在丁玲面前，视死如归般地发出毒誓："丁玲，相信我，我真没有出卖你！你是我的妻子，我怎么会出卖你呢？再说，你一直都知道我的信仰的！"

丁玲怀疑是冯达出卖自己，与冯达软弱、善变的性格是分不开的。

冯达可怜巴巴地看着丁玲，等待她的回应，泪流满面。

丁玲继续与冯达同床共枕。

1934 年 9 月，丁玲生下一名女婴，名叫蒋祖慧。

"明知不是伴，事急且相随"，因为丁玲"心中成天装着一盆火，只想找人发泄"！（引号内内容引自丁玲的回忆）

被软禁于南京，除了冯达是一个情感释放的出口，丁玲想过死亡。

丁玲请求冯达帮忙。

冯达系好绳套，绳套正下方摆好脚凳。他皱着脸，忧愁地看向决绝的丁玲。

丁玲踩在凳子上，将脖子伸进绳套，然后，迅速一脚踢开了脚凳。

诚然，冯达是个柔弱之人，但是，他的柔弱救了丁玲一命。他慌慌张张地重新摆好脚凳，手忙脚乱地把已经失去知觉的丁玲从死亡边缘救回来。

当回忆起往事时，冯达是唯一一位让丁玲轻蔑、不想赘述的角色。当一个人有了更好、更远的选择的时候，冯达这种"趁虚而入"的存在是不值得一提的。得到营救后，丁玲义无反顾地离开了冯达。从此，冯达再也没有见过丁玲。

站在人生岔路口，丁玲奔向了中国的西北。

1937 年 6 月 14 日，为纪念高尔基逝世一周年，延安文艺界举办了一场大型文艺晚会。晚会的其中一个节目是根据高尔基的小说《母亲》改编的话剧，台上演巴威尔的年轻小伙子引起了丁玲的注意。

这个年轻人浓眉大眼，鼻梁高挺，英俊潇洒。他叫陈明，比丁玲小 13 岁。

丁玲与陈明一起在小饭馆吃饭时，陈明好心地说："主任，你也应该有个终身伴侣了。"

丁玲看向陈明，毫不思索地说："我们两个行不行呢？"

陈明很是一惊，随即低下头，快速扒了几口饭。

丁玲就是这种性格，热情、坚毅，有始有终。

陈明由于胃下垂，不能吃小米饭，丁玲果断地省下津贴，给陈明买来鸡蛋和烧饼。她还四处托人购买牛奶，煮好之后再端到陈明面前。她兢兢业业地养着陈明的胃，也养着陈明的心。

然而，丁玲与陈明之间，无论是年龄、经历，还是社会地位，都存在巨大差异：当时，丁玲33岁，已经有过两次事实上的婚姻；陈明20岁，是个情窦初开的小伙子；丁玲先是以文学成就，继而因率西战团出征闻名全国，陈明则名气平平。按中国的传统观念，男方的地位、成就、声望应高于女方，起码也要旗鼓相当，但是，陈明明显弱于丁玲。

陈明逃避了。他逃避了丁玲和她的感情，1940年秋天，他与戏剧社的一位姑娘席平走入婚姻。

不过，陈明的婚姻没有阻碍陈明与丁玲的联系。

丁玲哭了，并且向陈明倾诉了自己全部的感情。

陈明没有想到丁玲这么爱恋自己，更没有想到他会给丁玲造成这么深的伤害。这时，他才明白，逃避从来不是解决问题的办法，同时他也发现，丁玲在他心中的分量远远重于席平。他深深自责，反复考虑，决心再做一次了断。

最终，陈明与当时已经怀孕的妻子离婚。

1942年，38岁的丁玲与25岁的陈明在人们的嘲讽与挖苦声中正式结婚。

但这段婚姻却是极为幸福与美满的。

剩下的年月，陈明一直陪伴着丁玲。他陪伴她无辜背负骂名、罪名，经过牢狱之灾，经过疾病，经过平反昭雪，经过粗茶淡饭，经过平凡的世界。

他对她说："永远不祈求怜悯，是你的孤傲；但总有许多人要关怀你的遭遇，你坎坷的一生，不会只有我独自沉吟，你是属于人民的，千万珍重。"

她对人说："如果没有他，我是不可能活到今天的；如果没有他，我即使能活到今天，也是不可能继续写出作品来的。"

弥留之际，丁玲对陈明说："你再亲亲我，我是爱你的。"

陈明吻了丁玲一下。

"你太苦了，我最不放心的就是你！"

丁玲闭上眼睛。

如果说爱情也是一项事业，那么，在丁玲的第四段感情上，她是成功的，一如她的文学作品和革命事业的成功。

丁玲的确是一个真实的女人。女人的优点与弱点，她同时拥有，并淋漓尽致地表现了出来。正如她自己所说："我自己是女人，我会比别人更懂得女人的缺点，但我却更懂得女人的痛苦。她们不会是超时代的，不会是理想的，她们不是铁打的。"

六、《莎菲女士的日记》：快乐而骄傲

一个患有肺病的女子，一个人在公寓里浑浑噩噩地活着。日复一日的陈旧的生活让她心情烦躁。她讨厌周围粗俗的人，厌恶四周丑陋的环境，嫌厌低俗的人做出的卑劣的事情。"这都是可以令人生气又生气。也许只我一人如是。但我却宁肯能找到些新的不快活，不满足；只是新的，无论好坏，似乎都隔得太远了。"

这些似乎对旧的生活的控诉，强烈地表达了莎菲对新事物追求的渴望。哪怕它们是给人带来痛苦的，但，它们终究是新的。

追求新的——新的人、新的事、新的思想，会引导追求者大步迈入下一个新的阶段，或开始奔跑，或开始腾飞的新的阶段，只要不是原地踏步就好。很多人喜欢旧的、习惯的，是因为他们害怕承受改变所带来的不安以及风险。所以，他们长时间地浸润在他们的舒适区，怡然自得。所以，

他们始终原地踏步。原地踏步其实就是怠惰和落后。

莎菲是勇敢的，也是倔强的、反叛的。而这些品格，又不同于甚嚣尘上的近乎变态的叛逆。

莎菲想挣脱的是旧的落后的时代，创造新的国度，为着已经或即将麻木的同胞。这是悲天悯人的情怀，是先锋领袖的气度，是强者勇士的风范。相较之下，当今的呻吟也该退后了。"叛逆"不是对当下生活状态不满的逃避或谩骂，不是对自己没有得到葡萄的诽谤，不是对这个不够完美的世界的诅咒。任何问题得不到解决，"叛逆"不是答案，过犹不及反而会成为发展的阻碍。

历史选择了莎菲，赋予了她强者的性格。

生活在继续，莎菲谈到了她的朋友。

朋友说，莎菲是一个有怪癖的人。

对于她不喜欢的朋友，她不会勉强自己和他们在一起。

本来，莎菲想请毓芳和云霖去看电影，可是毓芳邀请了一个和莎菲不合的朋友——剑如。莎菲"气得直想哭，而却纵声地笑了"。一种圆滑而利人的豁达，可是在人际关系中，我们很多时候都需要这样表现。关于悲伤和不满，很多人选择深埋，像莎菲一样，用笑来解释自己的心情，这样的方式是她努力去做的，"讨人好""讨人欢喜"，努力与人群融合，努力与时代融合，努力与世界融合，而不惜与真实的自己分裂。模糊性地说，这并不算一种"分裂"，大概算是一种自我掩饰和自我保护吧，谁又会在每个人面前卸下自己的一张张面具呢？

可是，这些努力并没有被朋友理解。

于是，莎菲干脆丢下自己请的客，离开毓芳、云霖、不喜欢的剑如和惯作笑靥的小姐，一个人回归。这很像丁玲的性格。说一不二，随性而高调。"除了我自己，是没有人会原谅我的。"

这是一种悲哀的预言吗？是一个妄图脱离社会、脱离落后、追求自我的人的悲剧结果吗？

是预言，还是初步的简单写实？

我想到了"曲高和寡"这个词。

莎菲怀着悲哀的心情写道："我总愿意有那么一个人能了解我清清楚楚的，如若不懂得我，我要那些爱，那些体贴做什么？偏偏我的父亲，我的姊姊，我的朋友能如此盲目地爱惜我，我真不知道他们所爱惜我的是什么；爱我的骄纵，爱我的脾气，爱我的肺病吗？有时我为这些生气，伤心，他们却更容让我，更爱我，说一些更能使我想打他们的安慰话，我更愿意在这个时候，会有人在这个时候懂我，便骂我，我也可以快乐而骄傲了。"

莎菲追求个性，追求理解，追求一致，反抗心灵的间隙，反抗灵魂的误解，反抗沟通的失败。然而，即使她在因躲避错爱而离京去西山时，依然没有找到懂得她的思想和性格的人。"我一个人寂寞地在收拾东西，想到我要离开北京的这些朋友们，我又哭了。但一想到朋友们都未曾向我流泪，我又擦去我脸上的泪痕。我又将一个人寂寞地离开这座古城了。"

对于友情，她一无所有。

除了友情，年轻的女子终于隐约看到了生命中可贵的爱情。一个患有肺病的病人的生活中终于有了一个新的人物的出现。

他一出现，她就爱上了他的样子。"颀长的身躯，白嫩的面庞，薄薄的小嘴唇，柔软的头发"，以及"捉不到的风仪"。

"但我知道在这个社会里面是不会准许任我去取得我所想要的来满足我的冲动，我的欲望，无论这是于人并不损害的事。所以我只能忍耐着，低下头去，默默地去念那名片上的名字……"

理智与清醒在双重作用，她克制着自己。

莎菲是个知识女性，有理性的女性。相较于张爱玲，她的理性是近人的，是普通人的气质。而张爱玲，近乎咄咄逼人的理性，是让胡兰成和其他男人难以靠近的理性。虽然她有着高贵而高高在上的足以使人仰视的气质，但我更喜欢丁玲的普通女子的气质。

张爱玲很远，远得像供奉着一个高不可攀的神。丁玲很近，近得触手可及，可以学习，可以借鉴，可以模仿。

之后的两个月，莎菲一直在记叙她对凌吉士的爱。无意中记叙着一个真实的女人。

"因此我的狂热更炎炽了。但我不愿让人懂得我，看得我太容易……现在仔细想一想，我唯恐我的任性，把我送到更坏的地方去……难道我能说得上我爱上了那个南洋人了吗？我还一丝一毫都不知道他呢。什么那嘴唇，那眉梢，那眼角，那指尖……多么无意识，这并不是一个人所应需的，我着魔了，会想到那上面……"

于是，她开始盘算。

"我是把所有的心计都放到这上面用，好像同着什么东西搏斗一样。我要着那样东西，我还不愿意去取得，我务必想方设计地要他自己送来。是的，我了解我自己，我不过是一个女性十足的女人，女人是只把心思放到她要征服的男人身上。我要占有他，我要他无条件地献上他的心……"

也许，这个聪明的女人已经得逞了一些，因为"几夜，凌吉士都接着接着来"。明明急切等待他的到来，却在他来到之后，装作无所谓的样子甚至腻烦他的光临。他表示愿意迁就于她。

她像是一个颇有心计的情场高手。

是的，她的确很像一个情场高手，否则，一直痴爱她的苇弟不会因凌吉士的存在而大发醋意。

对于苇弟的爱，不论是执着程度还是追求方式，她都持否定态度："这种无谓的嫉妒，这种自私的占有，便是所谓爱吗？"

然而，女子生命中潜存的仁爱又使她不忍断然拒绝他，反而可怜他的愚拙，所以，她"祝祷世人不要像我一样，忽略了蔑视了那可贵的真诚，而把自己陷到那不可拔的渺茫的悲境里；我更愿有那么一个真诚纯洁的女孩去饱领苇弟的爱，并填实苇弟所感到的空虚"。

在莎菲想方设法婉拒苇弟的爱时，她渐渐认识了南洋人真实的灵魂——金钱，年轻太太，白胖儿子，肉体爱情，名利等，诸如此类的需要。

莎菲为这样自己爱慕着的高贵的美型里安置着这样一个如此卑劣的灵魂而痛心。

只是，莎菲只是一个女子，一个年轻的并非真正高明的女子；所以，即便认识了凌吉士的负面，她仍然迟疑于这份爱，矛盾着，不能彻底放手。

她真的不是情场高手。或者，是她不甘心得不到这个男人，哪怕仅仅是肉体。

莎菲一面自我冲刷头脑——凌吉士是有家室的男人，一面自我减少对于这个男人的情分。被冲昏的头脑终于渐渐地清醒。

为了放弃这段错爱，她选择离开。一个女子，她遭遇爱情时，或欣逢爱情时，她变得愚蠢了；可是，即使她试图结束爱情时，她也未能完全清醒。

她在等待凌吉士的送行。

最后的最后，她等到了。

她等到了一个从卑劣的思想中发出丑陋的誓语的人。

她等到了一个被情欲之火燃烧得可怕的人。

"他却哭声地向我说：'莎菲，你信我，我是不会负你的！'啊，可怜的人，他还不知道在他面前的这女人，是用如何的轻蔑去可怜他的这些做作，这些话！我竟忍不住笑出声来，说他也知道爱，会爱我，这只是近于开玩笑！那情欲之火的巢穴——那两只灼闪的眼睛，不正宣布他除了可鄙的浅薄的需要，别的一切都不知道吗？"

但是，她还是醉了，醉到让他抱、让他吻。

所以，她鄙夷自己。

所以，她"决计搭车南下，在无人认识的地方，浪费生命的余剩"。

所以，她"狂笑地怜惜自己：'悄悄地活下来，悄悄地死去，啊！我可怜你，莎菲'"。

莎菲，我也可怜你。

可你存在的更大意义不是让人可怜，你的勇敢、理性与自尊是让人仰望的。一如创造你的人——丁玲。

七、"她永远在那里！"

1986年3月4日，九死一生的丁玲因内脏功能特别是肾功能衰竭，抢救无效逝世，享年82岁。

作家丁玲，记叙了知识分子的理想与追求，记叙了工农群众的生活与愿望，记叙了中国人民的奋斗与抗争。

作家丁玲，记叙了中国的现代历史。

战士丁玲，与落后的传统抗争，与黑暗的统治抗争，与残忍的敌人抗争。

战士丁玲，与旧的社会抗争。

人们不会忘记法国作家苏珊娜·贝尔娜的唁函——"她永远在那里！"

是的，丁玲不会死，因为太阳照在她的心河上。她永远在那里，无论你是注视或漠视，她永远还是那个人，她永远活在读者的心里。

第十四章

巴金：

寒夜中的『打更者』

这是一个脸上写满中国式苦难、写满枯灯般皱褶和孤独隐忍的老人。面对他，时间似乎无奈地停止，岁月的沧桑储藏在他的眼里有如一片深邃的大海。

一、长寿是一种惩罚

这是一个脸上写满中国式苦难、写满枯灯般皱褶和孤独隐忍的老人。面对他，时间似乎无奈地停止，岁月的沧桑储藏在他的眼里有如一片深邃的大海。

他是一个不善言笑的人，双眉总是紧锁着。冰心老人曾经快言快语笑评道："他很忧郁。我看，他痛苦时就是快乐着。"没有谁愿意把痛苦当作快乐，只因为经历的痛苦太多，他在痛苦中学会了快乐。

正如大家所了解的那样，老人已经不能说话，这种状况持续好长一段时间了。但他的的确确知道周围在发生什么，一切与他有关或无关的事情他都知道。早在他过 99 岁大寿前，他就挣扎着，拼尽力气，让女儿转达他的话："不要拿国家的钱为我祝寿。"

这个一生不拿国家俸禄的人，却时时刻刻想着国家，想着苦难的劳动大众，想着他视为"父母"的读者。

多年来，人们在仪式上保持了对老人的尊重，但他的警告却被视为一种杞人之忧。他活着，可活着成了一种惩罚，长寿成了一种惩罚。这是怎样的一种惩罚啊？他曾经这样说过："我怎么忘记了当年的承诺？我怎么远离了自己曾经赞美的人格？我怎么失去了自己的头脑，失去了自己的思维，甚至自己的语言？"这种深切的自我解剖需要的不仅仅是勇气，更是一种良知、一种清醒。当一些人不停地为自己不光彩的昨日进行辩解的时候，当一些人想方设法试图抹去那沉重的一页的时候，老人坚决地站出来，举起受伤的手，大声说："不！忘记昨天就是意味背叛！"

这个人就是中国人的"长明灯"——巴金。他像液态的火焰，燃烧了一个多世纪。他说："让我做一块木柴吧。我愿意把我从太阳那里受到的热放散出来，我愿意把自己烧得粉身碎骨给人间添一点点温暖。"他是这么说的，也是这么做的。这盏真诚的"灯"在经历了长久的照明、在奉献了最后一滴"油"之后，终于静静地熄灭了。他的灵魂化作一股青烟消融在祖国的山山水水中、消融在他热爱的天地之间。

真诚，是人们阅读巴金时最多的感叹；讲真话，也是巴金在生命后期对自己最大的期许。然而多少人能够看到在《随想录》后的一系列文章中，他向人们袒露的那颗仍怀着惊悚和战栗的心？从噩梦中醒过来的老人，无法坦然直面那些在灾难中永远离开的友人，他们在阴寒的坟墓里冷冷地望着他在鲜花和掌声中穿行。他们死了，他独自活着，在痛苦和愧疚中活着。尽管这痛苦镶着金边，尽管这愧疚戴着花环。他不安，他无法安宁啊！

"并不是我不愿意忘记，是血淋淋的魔影牢牢地揪住我不让我忘记。我完全给解除了武装，灾难怎样降临，悲剧怎样发生，我怎样扮演自己憎恨的角色，一步一步走向深渊。"他就这样用那双战栗的手，写下这些沉重而又平白的文字，把内心最焦灼的一面撕裂开来给人们看。你或者可以说他忏悔得不够彻底，你也可以说他忏悔得太迟，但是，我们却无法不震惊于这灵魂深处的觉醒和痛苦。

1904 年 11 月 25 日，巴金出生在四川成都。1944 年 5 月，他在贵阳与萧珊结婚。2005 年 10 月 17 日 19 时 06 分在上海逝世，享年 101 岁。

一个世纪的风风雨雨，他见证了；

一个世纪的起起落落，他见证了；

一个世纪的沧桑巨变，他见证了。

1938 年的上海，年轻的巴金，曾经豪气万千地宣称"要做一名战士"，要毫不退怯地向黑暗中的魑魅魍魉开战。二十多年后，还是在上海，当他真的被命运推上前时，内心苟延残喘的念头却是如此强烈，甚至容不得他有思考的余地。命运设下最残酷的圈套，而爬行在荆棘上的生命是如此脆弱。当巴金发现曾经激烈批判过的"觉新"式性格居然在他自己身上"复活"时，当他发现在时代的疯狂面前人性是如此不可靠时，当他与灵魂阴暗的那一面碰撞得头破血流时，他内心的惊悚和恐惧该向谁诉说？

毕竟，他也是一个人，而不是神。其实，老人比任何人都清楚：咀嚼苦难远比承担软弱容易。生命为什么不能承受之轻？是因为精神的重负太沉太重。

晚年的巴金是孤独的，甚至是凄凉的。他被高高地供奉在当代中国的文坛上，成了一个象征式的符号："中国知识分子的良心"，成了知识分子的楷模。好像没人听到他鞭打自己灵魂时的悲声，好像没人知道他面对灵魂卑鄙一面时的战栗。

巴金说："长寿是一种惩罚。"

不知怎的，看到这句话时，我仿佛听到了老人内心那清晰的撕裂声，仿佛鲜花丛中的蜜蜂突然见到了天边的炸雷。人人渴望长寿，可长寿对于一个视生命为鲜花、视写作为生命的老人而言，他看见了自己的鲜花早已凋谢，他看见了自己的写作早已停止。他活着，仅仅像一株枯萎的植物，只是心脏还微微跳动而已。与其这样毫无质量地活着，不如尽早融自己于青山绿水之中，把对生命的尊重化作行动，让人铭记，并且感恩。

然而，老人无法主宰自己的愿望。他明白，他活着，成为一种象征；他活着，那些惯于说假话、干假事的人就要变得收敛许多，而那些在黑暗的前夜、在逆境中奋斗的人就会看到光明，感受温暖。于是，他忍受剧痛，为别人活着，艰难地搏动每一次心跳。

当年，我无法赶到上海，无法走进老人的病房，向他表达我的爱戴和崇敬之情。但我从媒体上、从各种渠道关注着老人病情的进展。据说，为防止感染，巴老的病房有着严格的探视规定，即便是家属，也不能随便进出。后来据经常去探望他的上海巴金文学研究会副秘书长周立民说："巴老在病中，特别是最后几天，病房里都常常播放他喜欢的古典音乐，比如贝多芬和柴可夫斯基的作品。同时，他更喜欢听家人在他面前说老家方言四川话，清醒的时候，还会用眼神与他们进行交流……"

天下没有不散的筵席，每个人都有寿终正寝的一天。也许，让巴老最感欣慰的是：在他生命的最后时刻，他的儿女围在床前，静静地守着他。他最喜爱的侄子李致，也从四川老家赶来了。家人来了，朋友来了，文坛后辈来了，就连巴老从前去疗养的杭州"创作之家"的工作人员也来了。当老人生命画上句号，杭州"创作之家"的两个女孩子，哭得几乎要昏厥过去。这从一个侧面可以看出，这个把"长寿"当作惩罚的老人在人们心目中的分量。

巴老走了，他带着没有完成的心愿，带着一叠腹稿，带着一个世纪的沉重，轻轻地走了。

巴老走了，他留下的文字和皱褶足以使文坛增加一份苍老和成熟。

二、狠狠地挖出自己的心

那一页历史早已发黄；

那些冤屈的声音早已喑哑；

许多人早已忘记了那一段不堪回首的岁月。

但是巴金没有。他清醒地意识到，因为创伤太重，如果没有足够的警惕，曾经伤害过的人和曾经发生的灾难难免不会再度出现和再度发生。他小心地做着清理创伤的事情，他拿着手术刀，对着自己的肉体、自己的灵魂，将脓一滴一滴地放掉。他要将心打开，让阳光亮亮堂堂地晒进来。

那是在1980年的时候，老人已经76岁，满头银发，从自家楼上走下来时脚步有些滞重。他似乎患了些感冒，稍坐了一会儿，就有医生上门来给他打针，一丝疼痛扎进来。医生打完了针，巴金说了声"谢谢"，重新坐到阳光里，陷入回忆：郭沫若在1958年编文集时把自己的辩论文章《卖淫妇的饶舌》收录了，还特意加了注释，说明当年与他论战的"李蒂甘"就是巴金，这在那个特殊年代显然是别样的意图，但巴金忍住了，从未再提过这件公案。

复旦大学教授陈思和著文讲述了他跟巴金的交往：那是几年后，他跟《人民日报》文艺部的李辉去看望巴金。老人静静地坐在客厅里。光线不怎么好，有些阴暗滞闷，给人生出一种沉重的感觉。他坐在那儿慢慢地拆阅信件，整理旧稿，或者写一些短札。

1986 年 6 月到 8 月，巴金一口气写下《官气》《"文革"博物馆》和《怀念胡风》等七篇文章，心中一团火如岩浆喷发，滚滚而出。整整八年的自我清理一旦到了算总账的时候，再也不必顾虑，憋在心中的真言终于倾吐出来。

随后，巴金把全部精力集中在整理自己的全集上。

对巴老而言，如果说，长寿是一种生命的惩罚的话，那么，编全集同样是一种惩罚。因为有人不愿意将自己犯过错误的东西收集起来出版，但巴老觉得这是自己生活的一部分。他必须面对。重要的是，要让后人知道，他们这一代发生过的荒唐之事。因此，他不怕出丑，不怕展示人性的弱点。

例如，巴老在 20 世纪 60 年代有两部书稿未出版，一部是中篇小说《三同志》，1961 年写成，因不满意，一直未出版。"文革"后他曾将其中一部分改写成短篇小说《杨林同志》，这是他在"文革"后唯一发表的小说；另一部是写于 1965 年年末到 1966 年年初的访越散文集，书名是《炸不断的桥》，连序跋共 10 篇，其中 7 篇均已发表，另有三篇因"文革"而未发表。这两部手稿在巴老书橱里置放多年，编印全集的时候，他同意收录。他认为《三同志》是一部失败的著作，为此写下这么一行字：

　　废品《三同志》，1961 年写成，我写了自己不熟悉的人和事，所以失败了，这是一个惨痛的教训。

巴金 1990 年 1 月 8 日

值得一提的是，陈思和教授曾将这两部书稿拿去影印，由于发现纸张陈旧，印得很不清楚，所以一时未将原稿交还，原本他想抽时间将影印稿重新校读一遍，但不巧的是，当时他正在搬家，发生了意想不到的事情——在搬家中遗失了两包书稿，恰恰是他收藏的最重要的书刊文稿。其中有 20 世纪二三十年代的旧刊物，贾植芳先生的回忆录音，以及巴老的这两部珍贵手稿。

当陈思和发现这一无法弥补的损失时，沮丧的心情可想而知。《三同志》的影印件还留在手边，而《炸不断的桥》里三篇未发表的散文永远也找不见了。陈思和感觉辜负了巴老的一片信任，可谓万念俱灰。

万般无奈之下，陈思和只好把这个坏消息告诉李小林。

李小林说："爸爸还挺宝贝这两部书稿，经常看他搬来搬去呢。"

不过李小林竭力安慰陈思和，答应找个机会由她来告诉自己的父亲。过了几天，陈思和被叫到了巴老面前，只听他和蔼地说："这没关系，任何意外都可能发生的。"

一句话，令陈思和不安的心镇定了许多。之后，巴金又写信去四川，给正在整理他日记的亲戚，让他们从日记里把这三篇散文的篇目抄出来，作为全集的存目。

除了编全集，巴老大部分的时间都在养病。他深居简出，很少再有文字发表。1988 年，老友沈从文去世，他写了一篇感人至深的怀念文章，从批评国内新闻界没有及时报道沈从文去世开始，回顾了与死者四十多年的深厚友情，读来催人泪下。

当全部 150 篇刊完，《随想录》合订本出版时，巴金自己在《合订本新记》一文中写道："我在写作中不断探索，在探索中逐渐认识自己。为了认识自己才不得不解剖自己。本来想减轻痛苦，以为解剖自己是轻而易举的事，可是把笔当作手术刀一下一下地割自己的心，我却显得十分笨拙。我下不了手，因为我感到剧痛……五卷书上每篇每页满是血迹，但更多的却是十年创伤的脓血。我知道不把脓血弄干净，它就会毒害全身。我也知道，不仅是我，许多人的伤口都淌着这样的脓血。我们有共同的遭遇，也有同样的命运……不怕痛，狠狠地挖出自己的心……"

巴老挖得是那样彻底，他清理的伤口让所有正直的中国人都感到了疼痛。

三、《寒夜》：风中的战栗

《寒夜》是一个时代的背影；

《寒夜》是一个民族的隐喻。

巴金的这部小说近二十万字。他卓绝地刻画了人性。女主人公曾树生禁不住独身上司的追求，抛弃妒恨她的婆婆、懦弱贫病的丈夫和酷似丈夫的儿子，断然地离开了家。寒风吹净了枝头的败叶，冬天的风雪就要降临了。可是，当她夜晚在街头上无意中撞到酩酊大醉、狂呕不止的丈夫，她立刻抢上前去，不避秽臭，把丈夫送回家。她敌不住丈夫哀怜的眼睛，又自动回到那阴暗局促、风雨交加的贫寒之家。

当男主人公吐尽最后一口血痰死去时，巷里传来胜利的"号外"声。无助的寡母笑得流下了眼泪，大声喊道："宣，你不会死！你不会死！胜利了，就不应该再有人死了！"

这是何等的大手笔！在这里，巴金脱除了一切俗套和公式，以清新的目光，写具体的生命，写善恶冤孽、爱恨交织、哀欢流转的人性。

应当看到，"妻子"曾树生，不甘心现状，不满于现在的家庭生活，善交际，应酬多，"丈夫"汪文宣清楚这些，并预感到这些对自己的不利，但是他却失去了用社会强制手段保护自己的权利。

正如有人评价的那样，小说写曾树生与汪文宣没有履行正式的结婚仪式，只是同居。其实这只是借口，在作品中它只不过是为婆婆不满意媳妇提供一点"把柄"而已。在《寒夜》的氛围里，结婚是男女当事人的事，任何人都无权干涉，婚姻以感情为基础，任何条条框框都不能决定于万一。曾树生明白这一点，汪文宣也明白这一点。

因此，当曾树生表现出某种对"家"的离心力时，汪文宣只能用自己的真挚情感去呼唤她，而曾树生也正是由于这一感情的因素而迟迟不能离"家"出走。

文本中的丈夫、妻子、情人的"三角"关系十分棘手，但它让人感到为难之处在于没有一件是因为"信义"，而只是因为感情。汪文宣之所以理解妻子是因为他爱，曾树生摇摆于丈夫和情人之间也是因为爱。作为"第三者"，顶头上司陈主任并不讨人喜欢，可作品也并没写他有什么更坏的品行。他向曾树生求爱时，心中没有让人尊敬的"信义"观念，可他容忍曾的"顾家"行为却不乏"大度"和真诚。

后来，曾树生离家去兰州，有生活上的考虑，因为战争时期的社会状况使得这一家子在经济上难以维持，当然这并不是主要原因。真正促使曾树生最终离开的根本原因在于丈夫的懦弱。不管十多年前汪文宣与曾树生结合时是怎样，现实中的情形是二人之间的差距越来越大。虽然他们都只有 34 岁，可"他同她不像是一个时代的人"，连汪文宣自己也知道妻子"应该为自己找一个新天地"，"我让她住在这里只有把她白白糟蹋"。

与汪文宣的这种情况相比，曾树生的追求者陈主任却是另一番模样，他"身材魁梧，意态轩昂"，虽然没有什么大作为，可在社会生活中总能左右逢源。须知，曾树生也是生活中的"小人物"，她和他"似乎更接近，距离更短"，他们站在一起"倒使看见的人起一种和谐的感觉"。就这样，"丈夫"不但失去了道义的支持，也没有了可以凭借的感情基础，汪文宣没有匡复那样的气质，陈主任也非林志成可比。男主人公自身素质的变化，使得这一题材的意蕴发生了挪移，原本是对"丈夫"的伤害，变成了对"妻子"的折磨，是"让她幸福，或者拉住她同下深渊"？

经过近半个世纪的诠释和可能的情感设计，人们终于从正面触及了家庭结构的核心问题：所谓的"第三者插足"，不管社会意识怎样看，在男女当事人看来一定是继任者比原来的情感伙伴要好。至于后来的结果，却是另外一个问题。以情感为基准的家庭结构意识至此才算露出了"庐山真面目"。

在中国，情感生活与家庭观念密不可分，这个体裁系列一开始就在二者之间来回震荡——情感意识的不断上升和家族意识的不断下降。在《寒夜》中，汪、曾之间的家庭与爱情危机与家长的干预有直接关系。婆媳之间的矛盾，有相应的社会心理根据：汪母不满于曾树生，是因为对她的行为方式有看法，曾树生爱打扮、应酬多，以至背着儿子写"情书"，在她看来没有一样符合做媳妇的"规矩"。而曾树生也有自己的道理，对婆婆羞辱她没有行正式结婚礼，是儿子的"姘头"，她振振有词地回答："我老实告诉你：现在是民国三十三年，不是光绪、宣统的时代了……我没有缠过脚，——我可以自己找丈夫，用不着媒人。"

很显然，两代人的矛盾根深蒂固，除了一般婆媳摩擦外，还渗透着她们的意识冲突，作品的倾向显然同情于曾树生而暗贬于汪母。如果我们没有忘记，汪母是这个家庭里唯一的长辈。用传统的观点看，她是理所当然的家族权威的话，那么我们便会发现：这个家族的权威人物，梦想的她曾经有过的那种地位和尊严，已在现实中无可挽回地一点点消逝，她既不甘心，又毫无办法，历史已毫不留情地把她抛在后面。她既没有丽珠公公的大度，也没有他的社会威望。在整顿新的生活秩序方面，"家长"已从顺乎民意、仗义执言、受到尊崇的位置上，跌落到违逆民心、性情乖张、让人感到可怜的境地。虽然故事结局大致相同，而家长的身份和立场却发生了一百八十度的大转弯。这一题材视角的发展已经到了与曾经支持这一题材视角出现的因素相对抗的程度，历史在某种相似的情境中向前跨进了一大步。

然而，这种历史的进步并没有得到"九斤老太"的首肯。一些人总是以种种"莫须有"的名义向作者发难。对此，巴金在《寒夜》的后记中，断然加以反击，有些话烛照史册，值得我们咀嚼深思：

> 我从来不是一个伟大的作家，我连做梦也不敢妄想写史诗。诚如一个"从生活的洞口……"的批评家所说，我"不敢面对鲜血淋漓的现实"，所以我只写了一些耳闻目睹的小事，我只写了一个肺病患者的血痰，我只写了一个渺小的读书人的生与死。但我并没有撒谎。我没有在小说的最后照"批评家"的吩咐加一句"哎哟哟，黎明！"并不是害怕说了就会被人"捉来吊死"，唯一的原因是：那些被不合理的制度摧毁，被生活拖死的人断气时已经没有力量呼叫"黎明"了！

是的，在黑暗中生活太久的人往往感觉不了黎明的可贵。

中国的寒夜，太长太长，长得就像一条河流。

在这古老的河流上，巴金擎着一盏灯，照亮许多人的归途，也刺痛许多人的眼睛。

四、"萧珊的骨灰里有我的血和泪"

那是春暖花开的日子；

那是百花怒放的季节。

1936 年的上海，32 岁的巴金埋头写作，声誉卓著，当时追求他的女孩很多，但他却没看上其中任何一人。每天，巴金要收到来自全国各地的倾慕者的信件，其中不少还是在校的花季少女。

而引起巴金注意的是一位"有心人"。她是上海的一个女学生，写给他的信最多，每次寄信都要在信封上动点脑筋，比方贴一个小画片，或者画一个奇特的图。有时还将信用一根小丝线拦腰缠起来。她的信笔迹娟秀，言词不多，落款总是："一个十几岁的女孩"。

这个女孩就是萧珊。

巴金与萧珊通信达大半年之久，却未见过面。起初，巴金以为萧珊只是一个普通的倾慕者，不会有持久的热情。但是，随着彼此信函的增多，随着萧珊读巴金的作品增多，两人交谈的内容既多又广。巴金慢慢感觉到萧珊的情绪波动，但他强力忍住，只是认真地回复对方的每一封信。

最后，热情的萧珊等不及了，她在信中请求道："笔谈如此和谐，为什么就不能面谈呢？希望李先生能答应我的请求……"

信中，萧珊不仅约好了时间、地点，还夹着一张她的照片：俏丽，天真，两只大眼睛水灵灵的，活泼可爱，令巴金怦然心动。

巴金回信同意赴约，然后怀着好奇的心情，按时来到约定的饭店。

不一会儿，一位梳着学生头、身着校服的女生出现了。还没等巴金回过神来，萧珊已像熟人似的欢快地叫起来："哎呀，李先生，您早来啦！"

巴金谦逊地一笑："哎，你也早啊！"

萧珊那忽闪忽闪的大眼睛静静地看着巴金，忽然纯真地一笑，说："李先生，我叫萧珊，您的最忠实的读者。"

她故意停顿了一下，然后大大方方地说："您比我猜想的可年轻多了。"说完伸出手去。

不善言语的巴金一下子少了许多拘束，他握了握萧珊的手，开心地说道："你比我想象可要成熟哟！见到你，我很高兴。"

第一次见面，彼此并没有多少约束，这是一个好的开始。此后，两人开始了长达 8 年的恋爱。

一天，萧珊高兴地来到巴金的住地，不一会儿，却泪流满面地从楼上走下来。

同院的朋友感到奇怪，连忙拉住萧珊问道："你怎么啦，李先生欺侮你啦？"

萧珊快人快语，却又羞涩半掩地说："不是的。我爸爸要我嫁给一个有钱人，我来请李先生帮我拿主意，他却说，这件事由我自己考虑。"

朋友听后一笑，正在开口规劝。这时，跟下楼来的巴金认真地解释说："我是说，她还小，一旦考虑不成熟，会悔恨终身的。如果她长大有主见了，还愿意要我这个老头子，那我就愿意和她生活在一起。"

巴金一番发自肺腑的质朴表白更坚定了萧珊追求爱情的决心，她当即表示："我不会后悔的。我的婚事由我做主！"

既然两颗心早已跳到了一起，还有什么犹豫的呢？

1944 年 5 月 1 日，巴金在桂林漓江东岸，借了朋友的一间木板房当新房，两人开始了新的生活。他们没有添置一丝一棉、一凳一桌，只有巴金 4 岁时与母亲的合影，作为祖传的"珍贵家产"带在身边。他们也没有什么可安排的，只委托弟弟李济生以双方家长名义，向亲友印发了一张旅行结婚的"通知"，然后在贵阳郊外小旅馆里度了三天蜜月。

爱情开花了。巴金情绪高涨，日日采摘蜂蜜，献给爱妻。

诚然，萧珊也十分爱恋巴金，把巴金看成自己的生命："在我的生活里，你是多么重要，你永远是我的偶像，不管隔了多少年……能够作为你的妻子，在我永远是一件值得庆耀的事。"

这是萧珊的肺腑之言。无论岁月如何改变，萧珊的心不变。有意思的是，在人们面前，在通信中，她一直都是称巴金为"李先生"。她愿意用终生来阅读巴金这样一本"大书"。

可灾难说来就来。

在"文革"那段最痛苦难熬的日子里，他们相濡以沫，见证了爱情的坚贞。

有一段时间，巴金每天要到上海作家协会去接受"审查"。

萧珊每天天不亮就要送他出门到电车站。因为上班高峰时间，公车特别拥挤，乘客把车门口堵得严严的。瘦小的巴金何尝经历过这样的场面，于是看着一辆辆车驶走，却总是挤不上车；但又怕迟到受训斥挨罚，心里每每很是着急。待好不容易挤上一辆车，身体有一半在车外，危险之极。

萧珊就在车下用纤细的双手和双肩用力地推着巴金微驼的后背，使劲帮他往车里挤。

这样的一个弱女子，她是在用整个生命和全部心力支撑着不使他倒下去！

那时，白天的巴金经常被"揪斗"。每逢夜晚来临，巴金拖着受尽屈辱的身躯疲惫地跨进家门，而只要一看到萧珊那关切抚慰的目光，一切磨难顷刻去了大半。

其时，萧珊自己也被罚去扫大街。她怕人看见，每天大清早起来，拿着扫帚出门，扫得精疲力竭，才回到家里，关上大门，吐了一口气。但有时她还碰到上学去的小孩，对她叫骂"巴金的臭婆娘"。

那是一段多么难捱的时光啊。

巴金是这样回忆起那段岁月的：有一个时期，我和萧珊每晚临睡前要服两粒眠尔通才能够闭眼，可是天将发白就都醒了。我唤她，她也唤我。我诉苦般地说："日子难过啊！"她也用同样的声音回答："日子难过啊！"但是她马上加一句"要坚持下去"或者再加一句"坚持就是胜利"。

然而，人终究不是铁打的。惊恐、忧虑、劳累，加上营养不良，彻底摧毁了萧珊的健康。她患了肠癌没能得到及时检查、治疗，身体一天天消瘦。而为了不让巴金担心，她咬牙坚持住，从不哼一声，也不诉说疾病的痛苦。

尽管如此，心心相印的巴金还是觉察出来了。当时，他正在位于上海奉贤县（现改为区）的"五七干校"里劳动。得知爱妻有病不能医的时候，他心急如焚，一向隐忍的他终于向连部写了一封请示信：

> 我爱人萧珊，近年多病，本年5月下半月起病倒在床，发烧到38℃左右，有时超过39℃。曾到医院挂急诊号检查治疗，并不断看中医、服中药。两天前，还到地段医院拍过片子。但至今尚未查出病源。

三十几天中热度始终不退。现在一面继续服中药，一面还准备进行检查，需要医药费较多，全从生活费中挪用，今后开支相当困难，拟请另发医药费 100 元，以便继续给萧珊治病。这一要求希望得到批准。

文化系统直属四连连部　巴金

1972 年 6 月 22 日

写过多少文学作品，写过多少书信，这却是巴金一封最为特殊的"求情信"。一切都为了萧珊。读它，我仿佛看到了一个年近古稀的老人，在历史远景里颤抖地拿起笔，然后，又叹息一声，把笔放下。放下，而又再一次沉重地拿起来。他一笔一画地写下了这封信，他感觉到了来自血管里的刺痛。

一个多月后，病危的萧珊才好不容易住进上海中山医院，而此时，癌细胞早已扩散，不得不立即手术。在被推进手术室以前，她抓住巴金的手，留恋地说："看来，我们真的要分别了……"

巴金老泪纵横，他感到多么无助。他不断地摇头，并紧紧地抓住妻子的手，却一句安慰的话也说不出来。

萧珊手术后仅仅活了 5 天。

1972 年 8 月 13 日，萧珊走了，带着苦痛和不安，永远地走了。

巴金的心连同他的爱情也永远地走了。

三年以后，巴金把萧珊的骨灰捧回来，放在自己的房间里。他沉痛地说："她的骨灰里有我的泪和血。"

轻轻的一句话，将城市的夜空逼得发白。

五、"作家和读者都是我的衣食父母"

巴金的性格很柔和，有人甚至说他有点软弱。的确，那是因为他心太善的缘故。

一直以来，他对编辑很尊重。因为他当过编辑，深知"为人作嫁衣"的那份清苦、寂寞和辛劳。但是，他对编辑的尊重是建立在他对读者的尊重、对生活尊重的前提下。如果有人不尊重读者、不尊重生活，巴金就会毫不客气地捍卫自己的正当权益。

1981 年 10 月，为了配合鲁迅先生诞辰一百周年纪念活动，巴金为在香港某报开辟《随想录》专栏的编辑寄去了一篇《怀念鲁迅先生》的文章。文章刊出后，巴金发现发表的文章并非原文，而是经过了多处删节。文章中凡是与"文革"有关的词或者有牵连的句子都给删除了，甚至连鲁迅先生讲过的自己是"一条牛，吃的是草，挤出来的是奶"的话也给一笔勾销了。因为此处的"牛"会使人联想起"文革"中的"牛棚"。巴金对此事表现出少有的愤慨，他接连向责任编辑写了三封信，义正言辞地说："关于《随想录》，请您不必操心，我不会再给你们寄稿了，我搁笔，表示对无理删改的抗议，让读者和后代评判是非吧……对一个写作了五十几年的老作家如此不尊重，这是在我们国家脸上抹黑，我绝不忘记这件事。我也要让我的读者们知道……"

从这件事，人们看到了巴金"战士"的形象，看到了他真实生活的另一面。

如果说，对读者和对生活的尊重是巴金作为作家的一个基本信条的话，那么，对作家的扶持和敬重则是他作为编辑出版家的行动准则。可以说，中国现当代文学史上一长串闪光的名字无不得到过他的发现、提携和帮助。

比如，巴金对曹禺的发现就是生动的例子。

那是 20 世纪 30 年代的某天，在清华大学当教授的靳以把一部稿子交给巴金看，说作者万家宝是清华大学的一个学生。他回到寄居的地方，那是一间用蓝纸糊壁的阴暗小屋。正是在那里，巴金一口气读完了数百页的原稿。一幕人生的大悲剧在他面前展开，他被深深地震动了！作品深深地抓住了他的灵魂，他为它落了泪。

巴金曾这样描述过当时的心情："不错，我流过泪，但是落泪之后我感到一阵舒畅，而且我还感到一种渴望，一种力量在身内产生了，我想做一件事情，一件帮助人的事情，我想找个机会不自私地献出我的精力。《雷雨》是这样地感动过我。"巴金由衷地佩服作者，认为他有很大的才华，他马上把自己的看法告诉靳以，同他分享喜悦。

不久，由巴金主编的《文学季刊》破例在一期全文刊载了《雷雨》，引起广大读者的注意。1936年，巴金又刊发了曹禺的四幕剧《日出》，同样引起轰动。一年以后，又刊发了曹禺的《原野》。这时，抗战爆发了。曹禺在南京教书，巴金在上海办文化生活出版社，这以后，两人失去了联系。但是巴金仍然一有机会就把他的一部部新作编入《文学丛刊》介绍给广大读者。

从此，巴金与曹禺成了莫逆之交，成了心灵上的朋友。这样的朋友，在巴金的一生中还有不少。

1982年，巴金在一篇文章中写道："我在文化生活出版社工作了14年，写稿、看稿、编辑、校对，甚至补书，不是为了报酬，是因为人活着需要多做工作，需要发散、消耗自己的精力。我一生始终保持着这样一个信念：生命的意义在于付出，在于给予，而不是在于接受，也不是在于争取。所以做补书的工作我也感到乐趣，能够拿几本新出的书送给朋友，献给读者，我认为是莫大的快乐。"

他还说道："我过去搞出版工作，编丛书，就依靠两种人：作者和读者。得罪了作家我拿不到稿子；读者不买我编的书，我就无法编下去……因此我常常开玩笑说：'作家和读者都是我的衣食父母。'我口里这么说的，心里也这么想，工作的时候我一直记住这两种人。"

正因为心里时刻装着读者、装着作家，所以，读者热爱他，作家敬重他。

然而，晚年的巴金其实是孤独寂寞的，他不能写作，他觉得生命失去了意义。为此，他希望得到安乐死。他渴望得到人们的理解，渴望得到沟通和抚慰。

这个时候，冰心的友情是巴金最大的安慰，她温暖了巴金的心灵。

巴金曾给冰心写信说："你的友情倒是更好的药物，想到它，我就有巨大的勇气。"

冰心则回信说："你有着我的全部友情。"

巴金在信中多次表达对冰心的感情。

他说："她的存在就是一种力量。"

他说："我仍然把您看似一盏不灭的灯亮着，我走夜路也不会感到孤独。"

他说："我永远，敬爱您，记着您，想念您。"

他说："我有您这样的一位大姊，是我的幸运。"

1999 年 2 月，冰心去世了，家人对巴金封锁了消息。

但是，巴金的心与冰心是相通的。

1999 年 2 月 8 日，巴金病危，通过 20 天的抢救后刚移到病房，巴金就坚持要给冰心打电话。当时是下午 4 点。后来才知道那正是冰心的骨灰迎进家里的时间。这种心灵感应恐怕只有相互爱戴的人才有。

此后，巴金再没问起过冰心，他心里已经感觉到这位敬爱的大姐走了，但他不想去证实，也不愿意去证实。他希望冰心一直活着，活在他的心里，活在他的记忆中。

六、风烛残年：共有的月亮一天天残缺

风烛残年，巴金的心越发苍老，他甚至能够听见苔藓蔓延的声音。当一个又一个至亲好友从他生命中消失的时候，他的苦痛像潮水般涌来。

1998 年 3 月，巴金的身体越来越差，他的病情加重了。他心里惦记着曹禺，但他去不了北京，曹禺也无法来上海，两人见面成了奢望，只能靠通信互相问好，彼此叮嘱多保重。

早在 1993 年，一些热心的朋友想创造条件让这两位大师在杭州会面，巴金期待着这次聚会，终因医生不同意，曹禺没能成行。

这年的中秋之夜，巴金在杭州和曹禺通了电话，他清清楚楚地听到曹禺的声音，还是那么响亮，中气十足。

巴金说："我们共有一个月亮。"

曹禺说："我们共吃一个月饼。"

这是巴金最后一次听到曹禺的声音。

此后，巴金和曹禺都在与疾病斗争。他相信两人还有时间。曹禺小巴金 6 岁，巴金相信他会活得更长久。然而，现实却是残酷的。

曹禺去世后，巴金痛苦不已。他在悼念文章中情真意切地写道：

我太自信了。我心里的一些话，本来都可以讲出来，他不能到杭州，我可以争取去北京，可以和他见一面，和他话别。

消息来得太突然。一屋子严肃的面容，让我透不过气。我无法思索，无法开口，大家说了很多安慰的话，可我脑子里却是一片空白。我不能接受这个事实，前些天北京来的友人还告诉我，家宝健康有好转，他写了发言稿，准备出席六次文代会的开幕式。仅仅只过了几天！李玉茹在电话里说，家宝走得很安详，是在睡梦中平静地离去的。

那么他是真的走了。

十多年前家宝在给我的一封信中，写了这样的话："我要死在你的前面，让痛苦留给你……"我想，他把痛苦留给了他的朋友，留给了所有爱他的人，带走了他心灵中的宝贝，他真能走得那样安详吗？

比起曹禺来，巴金与沈从文的友情丝毫不逊色。这两位文坛泰斗经过半个多世纪风风雨雨的打磨，他们的心靠得更紧，他们的手抓得更牢。沈从文把写作当成是"情绪的体操"，巴金却说："我年岁大了，身体不好，仍然锻炼着写……"想想眼下一些稍有文名的作家每每觉得自己"十分成熟"，妄称"文学大师"，而真正的大师却还在谦逊地说自己在做"体操"，在搞"锻炼"。那些"著名作家"难道不感到脸红吗？

巴金与沈从文的友谊始于 1932 年 7 月的上海。其时，沈从文 30 岁，已写出《柏子》《丈夫》等许多名篇，巴金 28 岁，他 4 年前就以长篇小说《灭亡》闻世，他的代表作《家》也在这年出版，两人早就读过对方的作品，可谓一见如故。

不久，沈从文在青岛大学教书，约巴金去做客，巴金也就在这年推迟了北平之行，于 9 月金秋去了青岛。沈从文当时还是单身汉，他热情地把自己那间房子挪出来让给巴金住宿、写作。沈从文的课不多，一周只 8 小时，课余就有较多的时间陪同巴金。他们在校园的樱花林里散步，一起爬崂山，吃海鲜，聊文学。

短短的一个星期很快就过去了。得知巴金要去北平，沈从文又立即把自己在北平的一些朋友介绍给他。

一年以后，沈从文从青岛来到北平，与新婚的妻子张兆和住在府右街的达子营 28 号院。巴金再次从南方来北平时，又住进了沈宅，并得到盛情款待。

巴金见到"慧美的"张兆和很高兴，他亲切地称她为"三姐"。

许多年以后，当张兆和回忆起这段往事时，她还温馨如故。她说："巴金为人热忱，话不多。他来了，从文把书房让给他。他好像是在写小说《雷》，从文则在院子里的树下摆一个小桌子写他的《边城》和《记丁玲》。那一次巴金在我们家住得长，有两三个月，一日三餐，都在一起，他很随和，我做的苏州口味的菜和从文九妹的湖南菜，他都喜欢吃。以后他搬走了，又去了日本，再来北平也常来我们家。抗战开始我们辗转去了昆明，他去了桂林、重庆。有年夏天他来昆明，又专程来到呈贡乡下看望我们。抗战中期物价飞涨，生活困难，我们只能用乡下的嫩苞谷、青菜招待他。他都吃得津津有味，这当然因为是他和从文又能在一起聊天了，而忘了战时的苦难……"

特别是经历了"文革"后，两位老友都十分挂牵对方，一有机会，就尽可能见上一面。

1988年4月14日，《文艺报》的吴泰昌告诉张兆和，说巴金要来看他们。张兆和怕沈从文一激动，会一夜睡不着，就熬到第二天早上才告诉他，沈从文高兴得一吃过早餐就在藤椅上等着，他们又是好几年没有见面了。

张兆和担心楼层停电没有电梯，让吴泰昌转告巴金，不要来。但是巴金却说，没有电梯也要走上来。听了这话真让人感动。

结果，那天巴金下了车后，硬是由小林搀着，顶着风沙走了一大段路才进入楼房。此刻，我的眼前似乎看到了一个挂着拐杖的老人在大风沙中艰难地移动着细碎的步子……

由于沈从文的身体没有完全康复，说话颇吃力，在相互问候后，两人话语都很少，更多是由张兆和从旁介绍丈夫的病情和这一段的生活情况，巴金沉默地听着，关切地点头，千言万语都在不言中。

临别时，巴金握住沈从文的手，说了句："多保重！下次再来看你！"

沈从文则把巴金的手抓得紧紧的，然后，吃力地抬起手，一再挥动送别。

真没想到，这就是两位大师最后的晤面。

巴金从那以后再也没有去过北京，沈从文的病也一直没有大的好转，在拖延了三年半后，寂然去世了！

1988年5月10日，沈从文去世后，不知什么原因，国内众多媒体迟迟没有发布这一不幸的消息，直到国外的新闻界陆续发表悼念文章了，才有新华社记者郭玲春"不平而起"，克制地写了一则短消息。

然而，巴金却在第二天就发出了悼念的电报。他沉痛地说："文艺界失去了一位杰出的作家，我失去了一位正直善良的朋友，他留下的精神财富不会消失。"

不仅如此，巴金还让女儿李小林去往北京沈宅献花圈、祭奠，几个月后又扶病写了一篇一万余字的长文《怀念从文》，诚挚的怀念之情令人感佩，既见证了岁月的沧桑，也给了那些一直不愿公正地对待沈从文的人以有力的批评。

沈从文、曹禺、冰心，还有萧乾等人，都先后悄悄地走了，曾经共有的月亮一天天残缺，蓝天无垠，大海无边。

远方的火光越来越弱，巴金的眼里蓄满了泪。

那浑浊的泪将残缺的月托在城市的高楼上。

如歌，如泣；

如镰，如血。

七、让生命开花，让每个人都得着春天

当生命快要走到尽头的时候，顽强的巴金不愿意空着双手离开人世。"我要写，我决不停止我的笔，让它点燃的火狠狠地燃烧我自己，到了烧成灰烬的时候，我的爱，我的恨也不会在人间消失。"这是意志的挣扎，是灵魂的呼喊。

1999 年春节前，巴金因病不得不做气管切割手术，他先是坚决不愿意，经解释后被迫同意了。他沉重地说："从今天起，我为你们活着。"他说这话的时候，我分明感觉到他那如血的泪又快要流出来了。

巴金两次在病中说："我已经不能再写作，对社会没有用处了，还是停止用药吧。"

"好死不如赖活着"，这不是"发光者"的性格。记得巴金年轻时在一篇文章中说过，他希望活到 40 岁，因为那个时候中国人普遍寿命都不长。

他之所以认为"长寿是一种惩罚"，是因为他认为"生命的意义在于奉献，如果长寿着却不能为别人做出点什么，还要麻烦他人，成为大家的包袱，那就没有意义了"。

巴金的"悲悯感情，觉醒心声，自省意识，纯净精神"贯穿了生命的始终。

"文革"结束后，控诉、反思这个时期的文章发表得很多，连原来的"大批判斗士"都换装打扮转入"伤痕"队伍了。但自省自责的文字却未见过。巴金在一次演讲中，首次提出每个人都应当"自责"。

演讲结束后，一位日本作家跑上前来激动地说："说受害人对那场灾难也负有一定责任，我还是第一次听见有人这样讲，别人都是把责任完全推给'四人帮'。"

巴金痛心地回答："我认为那十年浩劫在人类历史上是一件大事，不仅和我们有关，我看和全体人类都有关，要是它当时不在中国发生，它以后也会在别处发生。"

作家李国文听了这次演讲，他含着泪对巴金说："您的话叫人感动。那个日本人说的是心里话。"

巴金说："他的话是我没料到的。我只是轻轻地碰了一下自己的良心，离解剖自己还差得很远。要继续向前，还得走漫长的路。"

记得1979年，巴金去巴黎参观时，他曾在卢梭的铜像前低声自语："我想起五十二年前，多少个下着雨的黄昏，我站在这里，向'梦想消灭压迫和不平等'的作家，倾吐我这样一个中国青年的寂寞痛苦，我从《忏悔录》的作者这里得到了安慰。学到了说真话！"

真话不一定大声，但一定要一针见血。

巴金的《没有神》就是这样的。在短短的一百多个文字里，句句带血，字字如刀，反映出巴金内心对过去的痛苦，与对未来的真诚与坚决：

我明明记得我曾经由人变兽，有人告诉我这不过是十年一梦。还会再做梦吗？为什么不会呢？我的心还在发痛，它还在出血。但是我不要再做梦了。我不会忘记自己是一个人，也下定决心不再变为兽，无论谁拿着鞭子在我背上鞭打，我也不再进入梦乡。当然我也不再相信梦话。没有神，也就没有兽。大家都是人。

诺贝尔文学奖获得者大江健三郎十分敬重巴金的人格，他在读了上述文字后很动容，并认真地说："我以为《家》《春》《秋》是亚洲最宏大的三部曲……先生的《随想录》树立了一个永恒的典范——在时代的大潮中，作家知识分子应当如何生活？我会仰视这个典范来回顾自己。"

但这个赢得过许多国际声誉的善良的老人、知识分子的杰出"典范"，在人生的最后时刻，却活得很苦、很无奈。冰心的女儿吴青在谈起巴金这段日子时充满深情地说："他活得很痛苦，他的心愿就是能安乐死，但他身边所有爱他的人都希望他活着，我觉得他的作品已经在这儿了，我愿意让他遂自己的心愿，他不应该为别人活着。"但她同时也不得不面对现实，有人认为"巴金活着，是一种职责"。

作家陈丹晨为大家描绘了那难以忘怀的一幕："巴金一天基本上是睡在那里，有几次醒过来，他还是很清醒的，有一次他醒来拉着女儿小林的手，抓得很紧，还流着眼泪。"

巴金的无助，巴金的苦痛，那眼泪让每一个善良和热爱他的人揪心。

"你是光，你是热，你是二十世纪的良心。"

十多年前，曹禺曾经写下此言，赞美巴金。

无疑，这是中肯的赞美。想想一个多世纪的生命长河，他翻过多少山，爬过多少岭，穿过多少峡谷。终于，2005 年 10 月 17 日 19 时 06 分，时间在这一刻凝固了。上海在这一刻被刺痛了。巴金，多少人轻轻呼唤这个闪光的名字，多少人在哀哭中国文坛的参天大树倒下了。

他曾经这样写道："我的作品是艺术，不是宣传品，我不想把抽象的政论写入我的作品中去。我从人类感到一种普遍的悲哀，我表现这悲哀，要使人类普遍地感到这悲哀。感到这悲哀的人，一定会去努力消灭这悲哀的来源的，这就是出路了。我是有一种信仰的人，我也曾在我的作品中暗示着我的信仰，但是我不愿意写出几句标语来。"

他曾经这样写道："我的生活的目标，无一不是在帮助人，使每个人都得着春天，每颗心都得着光明，每个人的生活都得着幸福，每个人的发展都得着自由。"

他曾经这样写道……

还有很多，很多。

这个不屈的老人，经历了漫长的寒夜，他是民族之魂、前进之灯。

这个不屈的老人，成为一面镜子，屹立在液体的火焰中心，化为太阳的一滴泪。

这个不屈的老人，以正气的标杆，以卓越的人品、文品，永远存活于人们心中。

有的人死了，毫无声响；

有的人死了，整个国家都为之伤痛。

第十五章

赵树理：

玉米地里的作家

上党梆子自小迷了他的眼，模糊了他与农民的距离，帮助他日后成长为由悠久历史、多彩山西风土培育的"山西之子"。这个"山西之子"在大多数人眼里"哪里像个文人、作家，他就是一个农民的心灵、农民的形象啊！"

一、小"得意"的大世界

1906 年 9 月 24 日，山西省沁水县尉迟村，赵树理用洪亮的哭声宣告自己降临人世，祖父赵忠方为之起小名"得意"，后起名"赵树礼"。一时之间，赵家神像前红烛高燃，香烟缭绕，贫苦的信徒跪俯一片，告慰上苍赐予赵家三代单传之子。

香烛、鸡蛋、小米、西瓜、月饼都来了，将小得意围了个团团圆圆，敬神邀神的香火缠绕在新生命的襁褓旁，丝丝缕缕，扯不断、挥不去、绕不开，结下了一种缘。

山野地方，历来是"敬神信巫，有不平必质之于神。故乡多庙祀，醮赛纷举"。二十多个祭祀的庙坛星罗棋布在小小的沁水县中，宗教思想如山林野雾，一呼一吸之间浸透了血肉，生灵刚呱呱坠地就吸入了"举头三尺有神明"的信念。

童年的赵树理有着单薄细长的身材，一颗大脑袋老是若有所思地低垂着。苍白而消瘦的脸上，生着一双古潭似的黑眼睛，好像失去了儿童天真顽皮的神采。三代单传，"西院"围墙内众星捧月的教养，也并没有让他长成骄横的太阳，反而是胆小文弱、羞怯和谦逊的模样。

这般品性的形成离不开家庭中浓厚的封建迷信氛围。赵家有着三足鼎立般的宗教道门，祖父和祖母信奉"三圣教道会"，父亲赵和清沉迷传统的阴阳卦术，母亲王金莲及其娘家是"清茶教"的虔诚信徒。赵树理在纯良善教的教义戒律和浓厚的宗教道门氛围下成长，6 岁时以《三圣教道会经》为开蒙读物，《百中经》《奇门遁甲》《阴阳宅》等算命卦术也不断向他小小的脑袋里灌输。赵树理虽然最终成了坚决彻底的反封建迷信的斗士，但也塑造了一身"善"的根骨。

在祖父的指导下，童年的赵树理使用黑白豆记录善恶之行：做了好事就往一个罐子里放白豆，做了坏事放黑豆。比如修桥补路放三颗白豆，掩埋尸体放两颗，敬惜尸体放两颗，敬惜字纸放一颗，坏事则除损人利己外，大多是封建迷信的不忠、不孝、不洗手就在祖宗牌位前上香之类。在赵树理的小罐中，白豆总比黑豆多。

孩童纯澈的黑白瞳，注视着周围的白与黑，命运给予了他一个如此般的世界，赵树理在太行山和沁水河的怀抱里，在浸满历史风月的泥土上，弯着腰安静地丈量着，偶尔直起身子伸了伸腰，然后又弯了下去。

挥开那些宗教、神灵、香火，赵树理最喜爱的就是村里偶尔请来的上党梆子戏班了。赵树理总是早早地扛上板凳，坐到厢楼上的栏杆前，不像其他孩子们满地乱跑，闹得沸反盈天，一心只盼着帷幕快快拉开，震耳欲聋的锣鼓声一响，他就沉浸在山野风味的音乐会里了。对于让他心醉神迷的上党梆子，赵树理后来回忆道："只要方圆十里、八里有戏，我总要跑去看得端了老鼓才罢休，趁天明回来上地劳动，一天到晚不觉得累人。"

这就是小"得意"的大世界。赵树理在这个艺术世界中乐此不疲，沉湎其中。

激烈痛快的上党梆子属于山西农民的艺术，是可以在山野里、田埂上、麦场里、人群中，随意找个能发出声响的东西敲出鼓点，就可以放声唱起的。土里土气的上党梆子刮进土眉土眼的赵树理心里，唱、念、做、打，鼓、钹、锣都来了，一个"音乐人"诞生了。

安藤、陆井、前芝三人合译的《中国震撼世界》一书中，有这样的描述："赵树理是个对未知事物有着浓厚好奇心的少年，从十分爱好演戏和音乐的童年起，就学会了打鼓、敲锣、打快板、吹笛子；因为他大戏唱得好，被村里的大人们所组成的八音会吸收为会员。"1942年和赵树理住过一个村子的杨俊在《我所看到的赵树理》中写着："一双筷子一本书是他的鼓板、胡琴。锣、鼓全由他一张嘴来担任。有时唱得高兴起来，他便手舞足蹈，在屋子里走起'过场'来。老羊皮大衣，被当作蟒袍一样舞摆着，弄得哄堂大笑。老赵走到了哪里，哪里便会有笑声。"

上党梆子是赵树理儿时的游戏，是"沙沙"引起农民群众欢乐笑声的才艺，是其遗作《十里店》不变的韵律。一群可爱的人在沁水河边演起了梆子戏，"雉尾"和"丝条"摇摆着，时空的荒谬下，罗成与张飞展开大战，咚锵咚锵，高粱秆飞了折了，草也乱了倒了，胆小拘谨的赵树理也成了小罗成般的人物。

正如赵树理在小说《福贵》里写道：

> 村里自有乐班，福贵也学会了唱戏，从小当小军，长大了唱小生，唱得很好。

上党梆子自小迷了他的眼，模糊了他与农民的距离，帮助他日后成长为由悠久历史、多彩山西风土培育的"山西之子"。这个"山西之子"在大多数人眼里"哪里像个文人、作家，他就是一个农民的心灵、农民的形象啊！"

二、寻找"出路"

这个未来的"山药蛋派"的开山鼻祖、农村文学的"铁笔""圣手"，有过一段迷茫，他在寻找"出路"，并最终在一声"春雨"、一场"秋雨"中登上历史的舞台。

1920年到1935年，从五四的"春雨"起，赵树理在求学、教学、创作的道路上，跌跌撞撞，几经岔路口的选择，彷徨着、向往着、追寻着。

疾风徐徐，五四运动的浪潮拍打在了神州沃土上，余浪波及了小小的沁水县，太行山道上赶毛驴、唱小曲、奏八音的赵树理再次背上书包，开启一条流浪之路。

1920 年，赵树理进入沁水县第二高等小学，开始求学。这是一所五四新风下诞生的新式学堂，名义上是对于五四精神、爱国热忱、富国强民的回应，当局拉夫式招收学员，赵树理从此刻打破了父辈传下的"农生农老、老死户牖"的既定道路，甚至接触到了"四书五经"外的算术新课。

这是赵树理人生一次决定性的转折，这一拐，拐出一条文学路来。在《"出路"杂谈》里，他自己回忆：

> 我本来出生于一个农民家庭，从小虽然上过几天私塾，我的父亲可从未打算叫我长大了离开农业。突然在我 14 周岁那一年，我的父亲被一个邻居劝得转了念头，才让我上了高级小学。这位邻居对我父亲自然费了很多唇舌，不过谈话的中心只有一个——"出路"。他无非说："在家种地无出路"，"念书人腿长，说上哪就上哪去了。为了孩子的出路，应该花点儿本钱"……至于"出"到哪里去，"上"到哪里去，他们好像心照不宣，一句也没有解释。因为他们说的向上爬的故事太多了——只是不大具体罢了。

归根结底，这"出路"，"出"在哪里，"路"又是何路，依旧是模糊的，薄雾浓云，迷着眼啊。

此时的赵树理是优柔寡断的、自负的、孤单的、认知尚浅的。学业上，进学期间始终成绩优异；婚姻上，娶了纲纪服从下没有共同语言的"路人"妻子；毕业后，相继顺利被聘为野鹿村和掌板村的初小教员。风雷未至，寒雨不侵，坎坷苦头还没有击打到这个得意人啊。

赵树理是习惯在农村里自由自在的人。18 岁的赵树理失业了，他回到村里当起了义务秘书，又一次拥抱了可亲可爱可敬佩的农民兄弟。读书人别被惯坏了，高高立起，则如空中楼阁、镜花水月，是虚妄、飘摇、轻浮的。大众看不到你，摸不着你，那你就成了个外人。赵树理在一张张借据、请柬、庚帖、通知联系中，成了"内"人，一袭长衫融进了"短衣帮"。

和一群慷慨谦恭、淳朴真挚的人说着俏皮话，唱着上党梆子戏，真是舒坦快活。

可是，父亲赵和清重视赵树理的前程，第二年，不惜血本送他继续求学。赵树理第一次走出了生养他的沁水县，来到山西省立第四师范学校，他第一次伏案推开了"四书五经"，被带着一头扎进了新文学。

新文学的领路人是赵树理的学长王春，出身农村知识分子家庭的王春自小有"神童"之名，很早就接受了新思想新文化，酷爱读《饮冰室文集》《独秀文存》等著作。他争辩嘲讽赵树理"敬惜字纸"、不食肉怕"犯咒语"等迷信行为。他向其引荐了"德先生"和"赛先生"，将赵树理拉出"神仙世界"。他带其找到了以往梦寐羡慕的精神食粮，被赵树理称为"启蒙老师"。

这个小他两岁的友人征服了赵树理。

新文学征服了中国，征服了赵树理。

赵树理醉了，跟着新青年走进了《新青年》，喉咙里呐喊着《呐喊》，身心都沉沦在《沉沦》里。

这个土生土长的农村人在书中狂喜的高峰和泣戾的深渊里，看到了迤逦的异华嘉木。一种强烈的冲动在心中沸腾着，他开始进行模仿创作，写下这一时期的得意之作《到任第一天》。书中写道：

> 第一眼看到的是这村庄，一个很大的村庄，周围是些田，青葱的，村里一条流水，微微的风，扬着悠悠的波，在太阳下，运着适全，坑蜒的像一条长蛇，流着，流到很远的地方去。
>
> 从前，马上想起，在学校时的一幕，看着书，想着农村生活的优美，当时是美慕着，能生活在农村该多么好，鉴赏自然的图画，欣赏自然的诗意，与坚实而纯朴的农民谈话，同时把自己也打入了农民的生活里；

现在这已不是想象，已不是羡慕，是已经站在自然的怀里了。按理有点喜悦，但仍是烦烦地，老激不起一点兴趣，自己对自己，变得也有些不明了了。

看，朦胧觉醒的赵树理小心翼翼地临摹着郁达夫的文笔，欧化的文字句法，细腻的心理刻画，清丽的风景描写，在黑白之间跃然纸上。正如创造社里的狂信徒，荷戟跪拜着艺术，口中高呼着艺术至上，生死为了艺术。

接受了新文化、民主与科学、真理与主义的洗髓净骨后，赵树理骨血都燃了起来。青年如宝剑，如火花，如闪亮的闪电，如迅忽的彗星，柔秀文弱的颜色退隐了，换上了北地壮士的苍劲。青年像是寺里镇守大殿的四大金刚，眼睛里喷得出燃烧魑魅魍魉的火焰，脚下踩得住四方牛鬼蛇神，有着斩敌削首的武器和铁甲百炼的皮肤。

此刻的山西，是混乱的、动荡的、晦暗的，外有"五卅"惨案的噩耗，内有"土皇帝"的专权，洗心社的压制，革命运动的爆发。赵树理这时才弄清了父辈推他找"出路"、上学的目的，"他们要我'出'是要我从受苦受难的劳动人民中走出来。要我'上'是要我向造苦造难的压迫者那方面去入伙"。赵树理拒绝了，他加入了中国共产党，渴求一条新的"出路"。

这条"出路"先起于一场学生运动。

赵树理和王春、常文郁及长治四师的全体师生，发动了"驱姚"学潮。这群意气风发的青年，痛斥校长姚用中使用家长式专制独裁的手法治校，凭一己好恶招收、开除学生，任意敷衍聘请学校教员，贪墨学舍费用薪资以借充己囊，怎堪为师范生之师范，教育界之教员！

多么愤怒的青年，多么炽烈的火焰！高昂的斗志刻写在一张张宣言上，振臂高呼"牺牲是家常便饭，流血为无上光荣"，如何不令人慷慨动容？

赵树理仍在找"出路"，他甚至构思了一篇小说《双生子》，"想写弟兄两个，一个找个人出路——爬，撞；一个找社会出路"。

不过，但就一场学潮的胜利，高兴得还是有些早了。白色恐怖席卷而来，从南京到长治，"清党"的屠刀挥斩而至。常文郁被捕，赵树理和王春匆忙逃离，躲进了安泽县连亘的群山中。赵树理在逃亡路上是乐观的，王春大喊"我们的事业一定会胜利的"，他便回应道"我们要设法渡过这难关"。他甚至自称"杨大夫"，在大山沟里行医治病，像《打卦歌》里唱的"采药西登王屋巅，归炼灵膏向市廛"那样，真有些自在自得。

命运的风雷接踵而至，这一遭，劈出了一条血路。

流浪的赵树理回到了尉迟村，迎接他的是更多、更大的不幸，迎面而来的是父亲的责备、女儿的夭折、妻子的离世、家境的困顿。让他更为郁结的是群众切切嚓嚓的讽言冷语，真让人为他们的无知感到痛心，他怎愿入了那压迫者之伙，走了他们要的"出路"。

赵树理是被一步步推着往前走的：回家做了小学教习的赵树理，不久被抓进了山西自省院——一个"清党"运动的罪恶产物。在敌人图谋的"革心"下，和四十多位难友一起，他被锻造出了新的钢筋铁骨。此刻连老鼠都变得可爱起来，因为在牢笼之内，坚定如他们总是偷偷啃食着马列主义著作和进步的文学作品，偷偷抵抗着、斗争着，为了革命与信仰与敌展开拉锯战：

> 岂曰无衣？与子同袍。王于兴师，修我戈矛。与子同仇！
> 岂曰无衣？与子同泽。王于兴师，修我矛戟。与子偕作！
> 岂曰无衣？与子同裳。王于兴师，修我甲兵。与子偕行！

这里，不禁又要感谢一位友人了，那就是狱中同为难友的高春生。正如赵树理说的那样，"为了纠正我的文艺观点，也和王春纠正我的神童思想一样，费尽九牛二虎之力"。高春生砍去了赵树理的"艺术至上论"，带着他走进了革命的现实主义，走进了艺术与社会现实黏合的新地界。

哦，赵树理是多么幸运啊，一"春"又一"春"，野火烧不尽艺术的芳草。

哦，赵树理是多么执着啊，真理复真理，风雨打磨出名士修身的美玉。

获释后，24 岁的赵树理如青绿坚劲的竹子，终于长出了累累的竹实。仔细看，上面还挂着一张小小的照片，那是和参与学潮的 18 位同学的合照，背面题着"革命"，下曰："萍草一样的漂泊，或许是我们的前程。此间一度欢聚，不知何时再会。朋友们，我们的归宿，让我们分头去找。"

三、天生的故事高手

作为天生的故事高手，赵树理不愿只做一个说书人，他要站在历史的风口，用冷静的目光审视着人世的冷暖和社会的变迁。

老军阀与新军阀中原逐鹿，那时的山西，可谓是政界鸡犬当道，民间生民百难。迫于谋生的赵树理当了底层衙门里的勤务兵和录事，守着微薄薪资挣扎度日。生不逢时啊，但此次当"官"的经历，却也让他亲眼看到了大官小吏做作的姿态和卑鄙的言行，山西人民食不果腹、家破人亡的惨剧。

把自己当作山西儿女、百姓之子的赵树理，如何能不痛彻心扉？这一写便是一首首悲歌，一声声无力的呐喊。

赵树理把民间写进《打卦歌》里，"日营晋钞五六角，糊口之外无余资，千里川粮一无凭，愁肠牵断不成行？""阔大战场九万里，同胞南北东西徙，世外桃源觅无津，妻失夫兮母弃子。"人民的苦难，真实的哀怨。一年多卑微衙门的生活，他像被困在脓血污秽的染缸里，呼吸不到一丝丝进步的空气，他掐着脖颈，嘶哑地呼叫着生机。

此刻，我在想，那时的赵树理究竟在想着什么？是否还渴求着什么？毕竟那时他连自己新的婚姻都毫不在意了，只说着："我对个人的生活已毫无兴趣了，这样也好，那样也好，我都不在乎。可是家里需要个干家务活的。我自己并不操心这件事，就听任父母张罗说亲。"

这自白，是一种悲观厌世，是一种听天由命。

然而命运还在毫不留情地开着玩笑，赵树理在其股掌之间，跌跌撞撞，走着走着，他的骨头都要碎了。

乡村教育梦接连破碎，老百姓对新文学充耳难闻，就连在书店当伙计都因一条随意的政令而失业。老天实在是不公平啊，赵树理走到哪里，压迫就追逐到哪里。干裂的神经拉扯着面皮，时而哭泣，时而狰狞。他患上了"被迫害妄想症"，甚至在一次与老同学史纪言和王中青相聚时，投水自尽。四面楚歌包裹着这个可怜人啊，真叫人紧紧捂上眼睛，不忍再看下去。

可赵树理又站了起来。冰凉的湖水好似滋润了干瘪躁郁的神经，他再次投身于文艺之中，以求温暖自己的生命。在中国文坛讨论文艺大众化问题时，他郑重宣布："我不想上文坛，不想做文坛文学家。我只想上'文摊'，写些小本子夹在卖小唱本的摊子里，去赶庙会，三两个铜板可以买一本，这样一步一步地去夺取那些封建小唱本的阵地，做这样一个文摊文学家，就是我的志愿。"世事洞明皆学问，人情练达即文章。他永远相信生活、相信人民，相信自己的眼睛和内心。他永远都与生活、与土地、与农民在一起，通过对农民的零距离亲密接触，发现问题、解决问题、确定主题、形成作品。

怪不得，汪曾祺称赵树理是"最没有架子的作家，一个让人感到亲切、妩媚的作家"。

在这样的宏愿下，赵树理开始动笔续写《盘龙峪》，开头写道：

没有进过山的人，不知道山里的风俗。盘龙峪这个地方，真算是个好地方了：合四十多个庄落算一里，名叫盘龙里，民国以来，改为一个联合村。北岩是这一里中的最大村——虽不过有三百余户人家，但在这山中就不可多得了。

西坪上离北岩最近——说五里，其实只三里多路。西坪上的人家也不少，但比起北岩来要差一半还多；村子里没有卖东西的，想买什么还得上北岩。

> 这一天是阴历八月十五，西坪上有个名叫兴旺的，提了个酒葫芦上北岩来……

看，这让人耳目一新的改变，一点也不陈腐冗杂，说书人在台上娓娓道来，听众跟着摇头晃脑起来。

这个在泥土里摸爬滚打的人啊，他开始有所得，开始种出一朵朵风流的花来。

很长一段时间，赵树理的作品如他所期待的"文摊作品"一样，从农民里走出，又出现在驳杂的农村大舞台，小说、戏剧、电影，行行都有他的身影。他如同一位匠人，一次次写作就是在打磨一面巨大的镜子，镜里镜外，映着世间百态、民生万象。

之后，抗日战争爆发，更加深深震撼了他。乡土反哺赵树理养分，他的血肉开始变得丰满，身骨一节一节地成长着，长成了"一个多才多艺的农村才子"。

赵树理从不吝啬表现自己的才艺。在老舍先生组织的家庭聚会里，"赵树理是一个又说又闹的人，上党梆子经常随口就出来了，高声在屋里吼"。爱戏的本性拥着他，赶集的时候"一人能唱一台戏。口念锣鼓，拉过门，走身段，夹白带做还误不了唱"。下班后，在传达室里，他也会用两指头当鼓箭，敲锣打鼓，如痴如醉。

这戏骨是天赐的圣物，谁有想到，坐在戏台前的稚童，最后建起了戏台，登上了戏台。赵树理自编自导了《打倒汉奸》和《打灶王爷》，获得"戏剧行家"的掌声。走在大街上，他也当了一回卖艺老汉，拉着胡琴，唱起了小调。大山深处有巡回演出时，他还会亲自登台，来一段"独角戏"。

赵树理是一个擅长曲艺的人，会演戏，也会写戏。他和王聪文改组了旧戏班子，改编出了新剧《邺宫图》和《韩玉娘》。剧团所到之处，满村欢喜，高朋满座，大大有利于革命的宣传工作。中华人民共和国成立之初，赵树理还写了一部戏叫《罗汉钱》。

儿时埋下的因，结出了丰硕的果。正应了祖父赵忠方说的，赵树理会是个"驴背上的状元"。幸而没人预言过，"小时了了，大未必佳"。不然，怕是要得了个响亮的巴掌了。

有人说赵树理是个天生搞宣传的人，对于这样一个长在泥里，扎根农民的人儿，组织推他上前主持着与农民亲友的聚会。有一位领导杨献珍就十分赏识赵树理写通俗小说的才能，调他进入《黄河日报》负责副刊《山地》。"每逢《黄河日报》发到各县，贴到城门洞，往来行人抢着看《山地》；交通常常为之堵塞"。谁不爱美的东西呢？平民百姓也如魏晋女子围拦风流名士一般，掷出绣帕绢花，好一场"掷果盈车"的热闹啊。

"投我以木瓜，报之以琼瑶。"赵树理斗劲十足，更接连在《新华日报》副刊上发表口头语言风格的小说《变了》，在《中国人》创新各种通俗小说专栏，独创对话体微型小说。"对他应用通俗文学的才能佩服极了。"华山赞叹道。

是啊，贫乏的通俗艺坛，出彩的通俗艺人，真让人喜爱极了，佩服极了。便举一例来看，《新华日报》刊登的一则《神枪手刘二堂》的消息：

（去年）十月二十八日的拂晓，当敌寇逼近辽县五区从镇时，刘二堂离开镇公所和他的同伴们一溜烟奔向窑门寨。

一队黄色的野兽，像赛跑似的窜进窑门口，接着，一圈黑烟在窑门口堆谷场上冒了起来。"该是送他们回老家的时候了。"刘二堂喃喃地说着，把子弹送上枪膛。

"砰！砰！"随着清脆的枪声，两个鬼子扑倒了。敌人像惊弓之鸟，慌忙转了方向。

第二天，天还没有明，刘二堂早已等候在烟子岭上。不大一会儿，敌人的大队人马，果然来到了山下，一个穿黑衣的人影，慢慢地走上岭来。

"砰！"刘二堂的一颗子弹又射穿了他的胸膛。这时候，敌人虽然拼命拿机枪向山上射击，但是已经晚了——刘二堂早把一支发亮的三八式步枪、军皮大衣等礼物，搬移到另外一个山沟里去了。

反"扫荡"后，在全区民兵的检阅大会上，刘二堂得了一面奖旗："神枪手"。而更值得夸耀的是，他还得到了第十八集团军彭副总司令的光荣奖状及联办杨、薄、戎正副主席奖赏的步枪和子弹。从此，"神枪手刘二堂"的名字，便传遍了整个辽县。刘二堂本来是个青抗先小队长。因此，全县的民兵便提出"个个学习刘二堂"的口号。

何等细腻直白的文字、何等丰富简洁的内容、何等深厚亲切的情感。人情味儿多浓啊！

不禁对比，读其他报纸，你面对高高在上的政令宣言，匆匆路过；但是，读到赵树理的文章，你会驻足，细细听他道来。于是，老舍说道："在字里行间，我还能看到他的微笑，那个最亲切可爱的微笑。"他的身上似有一种电的存在，能发出透入人心的热流，一接触，就会油然而生温暖融洽之感。

赵树理好比数九隆冬的一炉红火，一头拱进了寂寞寒彻的通俗文学。

只有赵树理，只有这个谦卑又骄傲的赵树理，谦卑站在高雅势众的文艺包围圈内，他的骄傲，不允许他的作品褪色为博取少数文化人的赞同和欢呼的虚荣。他在"文化人座谈会"上，高举通俗文艺的大旗，慷慨激昂地舌战群儒。为什么在哗然大笑和大声指责中，站得直直的，寸步不退？是因为赵树理的骄傲，赵树理的坚守？还是因为赵树理身后的太行山群众，他心中为之喜怒哀乐的净土？

或许，是因为这是赵树理追求的颠扑不破的真理。为此，哪怕他不喜欢也不善于抛头露面，也站了起来，不慌不忙，很轻很淡地说道："我搞通俗文艺，还没有想过伟不伟大，我只是想用群众语言、写出群众生活，让老百姓看得懂，喜欢看，受到教育。因为群众再落后，离了大多数就没有伟大的抗战，也没有伟大的文艺。"

幸好，这条路上有他的伯乐杨献珍，他的友人王春，乃至越来越多的人，跟他一起走。夜深人静的时候，赵树理摸着床头一大沓小本本的线装书，也会发出慰藉的感叹，那亲切的、幽默的、微笑着的花迎来了春天的抚摸。

含泪看着，在农民群众中说书的赵树理，醒木拍断了，喉咙里似要沁出血来。我真心愿他：此路此去，一帆风顺，天官赐福，百无禁忌。

四、《小二黑结婚》：自由黎明

文学是对人类内心探索的记录。在赵树理目睹了敌寇利用民间迷信引发叛乱的惨案后，创作反迷信的剧本可以说成了赵树理的夙愿。

赵树理的成名作之一《小二黑结婚》带着一个脱胎于惨烈现实的故事、两代人和两型农民的冲突、三组具有典型性和代表性的农村人物，从血腥的封建主义思想和愚昧的社会偏见夹缝中冲了出去，在广袤的乡土大地上一泻汪洋，四方瞩目。

从此一个"小二黑"走在了最前面，千千万万个"小二黑"在后边跟着，追随时代的理想主义和乐观主义，在一条"小二黑"式的道路上，大步前进。正如赵树理的一位战友写道："实际上，'小二黑'已经成为太行山农民反对封建思想、追求自由幸福婚姻的化身了。"

初见，单看小说名，《小二黑结婚》讲了什么？应该讲的就是"小二黑"这个人的结婚故事，事实上也确实如此。没有曲折婉转的含蓄和阳春白雪般的高雅，只有亲切的小二黑、直白的小二黑，当然也可以是小二牛、小黑蛋、小狗娃等。所以这部小说毫无隔膜地出现在了农村地头、炕头、饭场上，就连各地改编演出的戏剧也引得一字不识的老太太、大闺女、抱着孩子的小媳妇，举着火把，翻山越岭，一睹"小二黑"的风采。"农民们欢迎它的那种激动情绪，就像一个女人在电视中看到自己的丈夫一样……他们被带进对他们来说全部很熟悉的情节中"。

《小二黑结婚》基本上是以一场赵树理参与调查的农村凶杀案为创作素材的。就跟他在《也算经验》里提到的一样：

> 我的材料大部分是拾来的而且往往是和材料走得碰了头，想不拾也躲不开……我在做群众工作的过程中遇到非解决不可而又不是轻易能解决了的问题，往往就变成所要写的主题。

这是赵树理独一无二的可爱，也是赵树理独一无二的骄傲。彭德怀也对这本小说亲笔题词道："像这种从群众调查研究中写出来的通俗故事还不多见。"

1943 年 4 月，赵树理等知识分子跟随着中共中央北方局党校调研室转移到左权县抗日的政府驻地，看着有的同志以客人自居的文化人模样，赵树理如鱼入水一般，走街串巷，与当地人打成一片，时常与农民促膝谈心，引得屋内总是"高朋满座"。

这里太热闹，留住了赵树理。

刚在村里住下不久，赵树理从一位来访的老汉口中听到一起关于"岳东志"的凶杀案。

年方十九的岳东志是村里的民兵小队长，反"扫荡"时击毙两个"鬼子"而获得"特等射手"称号。他与村里容貌出众的姑娘智英祥恋爱了，但遭到加入"三圣教会"的智英祥的母亲和给岳东志找了童养媳的父亲的联手反对。觊觎智英祥的村内恶势力：村长石献英、"青救会"的秘书史虎山、石羊锁、王天宝等人，借开会名义对岳东志开展"斗争会"，最后将其活活打死，自此有情人天人两隔。

四月的太行山，春色初至，在山林和英魂庇佑下的村庄内，赵树理没有想到在死人的前提下，岳、智两家对于"自由恋爱"的不赞同且事后毫无同情，村内人对于村长恶行的司空见惯。他好像看到了一片弯下的腰、蒙住的眼、绑住的脚，阴冷从脚底直冲颅顶。

封建污浊如附骨之疽是根长在农民骨头上的，少有的通透无法彻底拯救一个群体，赵树理知道自己需要做点儿什么。

所以他创造了一个新的世界，一个群众可以走进的、有着光和热的世界。

有意思的是，小说的创作素材以悲剧收场，而经过赵树理艺术创造的文本内容则以大团圆的喜剧结尾，他将生活悲剧改写成因革命新政权的力量而转变为艺术喜剧。有人说赵树理是将批判的锋芒直指封建恶势力和封建迷信思想，给正面人物找到了避免被封建势力"吃掉"的出路，肯定了"岳东志们"的胜利。

这也是赵树理的胜利。台下高朋满座，赵树理站在其中，灼灼地看着台上的龙争虎斗：村头恶霸金旺、兴旺被"区上根据这些罪状把他两人送到县里，县里把罪状一一证实之后，除叫他们赔偿大家损失外，又判了十五年徒刑"。"金旺的老婆变了口吻说：'以后我也要进步了。'"老来俏的三仙姑"把自己的打扮从顶到底换了一遍，弄得像个当长辈人的样子，把三十年来装神弄鬼的那张香案也悄悄拆去"。迷信透顶的二诸葛"见老婆都不信自己的阴阳，也就不好意思再到别人跟前卖弄他那一套了"。在中国共产党的民主政权下，小二黑和小芹等新农民获得了婚姻自由、移开了重重的压得动弹不得的大山。

小说在人民群众中取得狂响后，文艺界有人批评道："当前的中心任务是抗日，写男女恋爱没有什么意义。"太行山区众多的报纸杂志也保持古怪的沉默。赵树理坦然自在地面对着这些不公平和不理解，他已悦及他所期悦者，甚至重新下乡开始构思另一篇杰作——《李有才板话》。

还好，赵树理并非独忍风刃。周扬站了出来，掀开了一层误解的隔膜。

他在《论赵树理的创作》中提到《小二黑结婚》时说："作者在这里讴歌自由恋爱的胜利么？不是的！他是在讴歌新社会的胜利（他们开始掌握自己的命运，懂得为更好的命运斗争），讴歌农民中开明、进步的因素对愚昧、落后、迷信等等因素的胜利；最后也是最关重要，讴歌农民对封建势力的胜利。"

人恒者人自重也，跌跌撞撞时，赵树理感觉到出现了一只手在扶着他，那便是刚诞生的毛泽东《在延安文艺座谈会上的讲话》精神，他不早不晚，刚刚赶上了。

同年 10 月 19 日，《解放日报》正式发表了毛泽东的《在延安文艺座谈会上的讲话》，全面理论地阐述了文学艺术为人民大众服务，高瞻远瞩地指明了中国文艺运动的方针和路线。毛泽东关于"文艺为谁服务"的问题，像一把火，点燃了赵树理艺术生命的灵魂。他后来说道：

> 毛主席的《讲话》传到太行山区之后，我像翻了身的农民一样感到高兴。我那时虽然还没有见到毛主席，可是我觉得毛主席是那么了解我，说出了我心里想说的话。十几年来我和爱好文艺的熟人们争论的，但始终没有得到人们同意的问题，在讲话中成了提倡的合法的东西了，我心里有一种说不出的高兴。因为这是关系到中国几亿读者的大问题，要满足这样广大的读者的要求，不是一两个，几十个，几百个作家能包下来的事。这是必须动员全体文艺界一起来干的伟大的革命事业。毛主席在《讲话》中给文艺工作者指出了革命文艺的发展方向，给了我很大的鼓舞。

千里太行，云层叠势，夕阳暖色下，村舍和乡野，森林和牧场，山和水，天和地，全部和谐地浸浴在红彤彤的彩光下。

赵树理一遍又一遍阅读、学习、领会毛泽东的文艺思想，就好像是腊月天里遇上了米酒油馍木炭火，心里亮堂堂的、暖融融的，荡漾着甜蜜的醉意。看着看着，他哼起了心爱的上党梆子，在地上兴奋地手舞足蹈，不能自已地冲出屋子，在山巅上放声高唱，引起一众山野回响。

赵树理望着富饶的青山、亮堂堂的太阳，露出了亲切的、明媚的微笑。

五、说说唱唱的"文乞"

留在乡野之后，赵树理是欢喜的，他注视着、沉思着、燃烧着、创作着。大多时候，他总是静静地俯首看着，带着滚烫灼人的热情，守护着野性的热闹，不时细细添上一丝烟火。他像一只鸮鸟，完美融在山林里，无声的，敏锐的，迅疾如风，出手无空。

绵绵岁月，赵树理走过村落、集市、田埂、山头，棉袍沾上了一层厚厚的泥土。正因为这如血管般的泥土，他能更好地感受到脚下地脉的震动。起起伏伏中，峰峦有了，平原有了，沟谷有了，一场场大戏也可以出师登台了。江山如此多娇，山野如此热闹，让天才新人遇到独一无二的机缘，他要将这土里土气的小世界画下给人看。

可以说，作为一位农民作家，赵树理是深深迷恋农民群众的，他深知他们的精华和糟粕，爱恨的瘙痒使他陷入创作的躁动。他一气呵成一部传记《孟祥英翻身》，把命运和权利交还给了劳动妇女。他化身"特派员小常"，目睹并讲述战争期间《李家庄的变迁》。没过多久，他又在农村的《地板》上，说起了农民劳动创造财富的故事。

怪不得，浪漫的郭沫若也称他是"一株在原野里成长起来的大树"。

他就是这样，像一株树一样，扎根沃土，吐纳着大气和养料，欣欣向荣、不动声色地成长。

一部书里有一群人，一群人代表着更大的一群人。看着一堆堆塑好的农民群像，赵树理狠狠抽了一口"山药蛋"烟，心里麻麻的，飘出一口呛人的甜。

中原的风传来了人民革命胜利的讯息，这位农民作家也从山沟里走出来，进了一座城。这城名唤北平，朴实而又庄严，富丽而又典雅的北方都城。在北平的生活，这个土生土长的乡里人颇有些"水土不服"，而又透出一股"大隐隐于朝"的风范。也正是因此，他闹出了很多很多笑话，就是那种农民似的笑话，亲切的笑话，幽默的笑话。

赵树理任性地保留着农民式的习惯。从老舍家回文联的住所，王府井的巷子里，他追着旧社会赶马车人的脚步，挨着在每一家酒铺仰脖喝下一杯高粱酒，有几家喝几杯，而且不要下酒菜。能喝酒的赵树理也善于划拳，老舍也败于他"两只手同时用，左右开弓，一会儿用左手，一会儿用右手"的奇特拳法。茶余饭后，老舍一家谈起趣事，往往哄笑一片。

这笑是友谊的笑，友谊除了帮助、批评、谅解、体贴，哪儿能没有这些轻松和舒畅呢？

在赵树理的感觉里，大城市总有一种阻隔，像粗布褐衣挂进装满礼服的西洋衣柜里，真是别扭得叫人难受。出国访问时，他睡不惯席梦思，在很晚很晚的时候，他将门锁上，挡住灼灼目光，偷偷躺在地板上睡得很香。他穿着破旧大棉袄，跟赶大车、蹬三轮的老哥们挤在一起喝老豆腐的时候，是否会望着故乡的太阳？他不是喝不起北平的大红袍，不是戴不起"五驴表"，他只是有些想念村头的石磨坊。他说着京城的庙会和农村的庙会一样，是否也是在安慰自己格格不入的彷徨？赵树理的心乱了，我们的心跟着也乱了，如何解释他的游离，如何解释他的格格不入，他的脚步匆匆？

唯一的解释应该是不用解释，因为这是赵树理式的灵魂，赵树理式的坚守。他像是在用吃穿住行与城市抵抗，在这四方"城"里，隔着展览的玻璃看着外界的风光，这精怪般的存在，也招来一群人留步观赏。

这些打量的目光，也成为后人对赵树理第一眼的印象。头戴瓜皮毡壳帽，身穿对襟黑棉袄，双唇紧闭，双眉微皱，悲天悯人的眼睛忧戚地注视着前方，像是时时刻刻沉思着怎样才能使贫苦农民彻底翻身解放。难怪孙犁说他，"恂恂如老夫子，是个典型的农民作家"。又或者是周扬说的那样，"一位具有新颖独创的大众风格的人民艺术家"。

这个本应该穿着制服的"公家人"，却如"文乞"，在现代文学的土地上"流浪"。

在流浪路上，赵树理说说唱唱着"贫农石不烂，故事一大串，有人高田间，写了《赶车传》"。在民间文艺的大草原上，扯开公鸭嗓子，操着山西口音，顾不上别人听不听，是否听得懂，迷醉般地自说自唱。偶尔还会带着女儿去"放羊"，看到曲艺社的热闹，也会露出满意的微笑。

这就是赵树理，永远真诚，永远朴素。

当他发现城市的路子太生，让他的创作之源日益枯竭后，他又去太行山投奔自己的"亲人"了，他看着熟悉又陌生的一山一水，一草一木，男男女女，老老少少，在《三里湾》中，激动地写道：

> 庄稼长得还像当年那样青绿，乡土饭吃起来还是那样的乡土风味，只是人民的精神要比以往活跃得多——因为我们有了中央政府，老乡们都以胜利者的姿态来欢迎我这个回来的老熟人。

赵树理从里到外惬意着，没有对公私分明的城市生活的"水土不服"，有的是农民同声相应，一起啃着窝窝头的自在。

再次离去后的赵树理愈发渴望下乡"共事"了，哪怕是被茅盾针对指责"着重于生活的观察和体验，而比较忽略了对于社会生活的研究和分析"，也依旧奔波于北京与农村之间，持续了数十年。这往返中的"下乡"，是旁观者的下乡，是客观的客人，主观的主人。

这段时间里，赵树理又一次看遍人间，提笔落下风雨。

正是因为赵树理对于农村是随时随地、无微不至的关心，才为我们留下一幅幅生动的农业生产合作化和"大跃进"的农民群像。他会敦促女儿回老家务农以作"出路"，也会专门为知识青年写作关于劳动的《"才"与"用"》。从明朗隽永的"问题小说"到沉郁含蓄的《套不住的手》，再到卓然恳切的《实干家潘永福》。在喧闹中，总传着坚续不断的空谷足音。哪怕是在"毒草"迷茫的荒原，他也想建一个能够维护人民利益的绿洲。

后来有人赞扬道：中国作家中真正熟悉农民、熟悉农村的，没有一个能超过赵树理。他对农村有自己的见解，敢于坚持，你贴大字报也不动摇。赵树理在"大跃进"时期的坚持，或许是莽撞的、头铁的，一不留神粉身碎骨的；或许，也就像赵树理的自白："我的脾气急，性情直来直去，知道后就向上级党委反映，提供基层情况。"这个彻底的现实主义者，做的是生活的主人，无论什么事，他都要经过自己的思考。

夜里，赵树理轻轻拨着炭盆，他不会考虑里面用的是无烟木还是金丝炭，若是不经意间翻出一只烤红薯，他是要高兴地放声来上一段儿大戏嘞。

最终，时间还是最公正的评论家，它不以人们的意志为转移，一丝不苟、严酷无情地筛选出最正确的文学作品。时间也终于让藏在深处的珠宝闪烁出耀眼的光芒，实践证明了赵树理的正确性，实践让人们重新认识了赵树理，那个真性情的赵树理。

六、人民的一个儿子

1965 年 2 月，列车西去，赵树理一家与北京挥手告别了——不，是永别了。

北京望着车尾，不敢想到，此去甚远，江湖不见。不敢相信，这精怪般的人，也会如泡沫般消散。

初历"整风"的赵树理，记不住这点儿痛，或许根本没把它当作伤。他"死性不改"地盯着现实和生民百姓，时刻准备直言上谏。赵树理直言自己做不到把文艺作品高高挂起供人观赏，他要紧紧把它抓在手上，当作战鼓，当作枪矛，为了心中的群众、心爱的党，虽九死其犹未悔矣。

一朝《十里店》，一朝风雨至。远在深山沟的赵树理也躲不开这场"运动"，"帽子"满天飞，棍子遍地打，一切彻底乱了。文艺被"横扫"，作品被"打倒"。天真的赵树理以为"文化大革命"不过触触灵魂而已，光明磊落的灵魂何惧区区诬陷！他甚至会去专程拜读研究揭批自己的大字报，会笑着说："山雨欲来风满楼，我的茶馆也刮塌了，待到雨过天晴，你们再来品茶吧。"因为天真，所以固执；因为固执，所以粉身碎骨。

赵树理何不低低头，低低头就会有一线生机，低低头还能阖家团圆。可是不行啊，他的骨肉都是硬的，脊椎直直地撑起全身，若是跪下低了头，这把利剑才是真的折了。赵树理一把摘下累累"高帽"，会在台上"和革命小将拼刺刀"，"牛棚"里给青年们讲前途、讲理想。

树尚存矣，花犹开也。还好，赵树理还怀揣希望。

可是，这才是风暴之初啊。以往的名声成了黑暗里的聚光灯，吸引着四方的蛇虫鼠蚁。赵树理成了"清理阶级队伍"的"活教材"，省内各地的"造反派"都盯上了他，经常在半夜三更蒙住他的眼睛，从床上拖到卡车上，拉到全省各地去批斗，几乎"游"遍了山西的城镇乡村。这个以往顶天立地的人儿，被"造反派"生生折磨成了"蛇一样的敌人"。批斗台上，赵树理嘴唇抖抖索索，嘶声重复着"我没有罪"，风都要哭了。

赵树理像是人民的半身，从出生起，就怜爱着自己的本体。此时此刻，血脉相容，心意相通，人民感受着半身血淋淋的疼，躁动的情感海洋里荡出对赵树理信任和同情的浪花。毕竟赵树理是人民的儿子，再没有一个人为如此多的群众所欢迎，任何时空遇见他的人都会齐齐围着他的小摊，听他细细讲着"自己"的故事。人民是历史最公正的评判者，喧嚣的谎言和诋毁下，群众精心保护着沦为"地下读物"的作品。这一护，护住了赵树理被迫跪下的双腿和站立的人格。

但是，赵树理还是没有等到那理想的"自有公论"的社会。

1970年9月23日凌晨2时45分，赵树理是在黎明前最黑暗的时候离开的。带着他的孤寂、他的悲愤、他的骄傲、他的乐观，悄悄地走了，甚至死讯在8年后才被世人所知。

走前最后几天，在吞没他的地狱里，赵树理回想着沁水的童年、长治师范的同学、国民党的反省院、严酷的战争岁月、三十年的创作生涯，颤抖着已经抓不住手中的笔，留不下怀恋。生命于他，如鲁迅那样，已经无足轻重，看得随随便便。

他对看望他的女儿和儿子说："小鬼，你来了；小鬼，别软弱。"是拳拳关爱，也是谆谆叮嘱。这位被斗惨的垂危老人，在青白的月光下，好似已经感受到了生命的结尾，坦然地微笑着。

生于《万象楼》，死于《十里店》。这位"玉米地里的作家"，拉着装满小本本的小推车，走在乡土小道上，去找寻新的花期了。

赵树理还活着的时候，有人批判他的历史是一部"反革命历史"。他死去之后，人们想起了他是"人民的一个儿子，不是一个坏人"。这对比鲜明的讽刺，是刺向赵树理的冷刃，也是给时代的耳光，痛得人心折肝摧，再也忘不掉这留下的深深印痕。

赵树理微笑着飘走后，山河呜咽，人们惊觉，文学再无赵树理。只留下一段段隔着文字的影像，上面有小二黑、李有才、铁锁、马红英……人物的每一句话像是一段段遗言，让人愧疚又怀念。

影像一遍遍重复被播放，好似赵树理还在我们身边，或许他终归是放不下，化作了太行山的神灵，爱怜地庇佑着钟情一生的故土。

赵树理是永远的，他一直活着，活在万万千千爱他的人心中，如蝴蝶扇出香粉，迷倒众生一片。年年岁岁，泥土里又长出风流的花，满山红遍，他在丛中笑了起来。

第十六章

周立波：
泥土之上的钻石

　　他是文学地里的农民，是泥土之上的钻石。他执着、坚韧、专注，忘情地做着他所喜欢的一切。从险遭杀身之祸的"赤色分子"到杰出的无产阶级文学家，他的人生无疑是极富传奇性和不平凡的，甚至连他的出生都带了几分传奇色彩。

一、湘水畔的绝响

他是文学地里的农民，是泥土之上的钻石。他执着、坚韧、专注，忘情地做着他所喜欢的一切。他经历过暴风雨，见证过山乡巨变，他是作家周立波。

1979 年 8 月 29 日，全国第四次文代会即将召开，这一喜讯犹如寒冬后久违的暖阳，铺满在那些饱受"文革"摧残的文人作家心上。这是一次解放思想、拨乱反正的大会，是一次团结、民主的大会，是一次文艺界人士历尽磨难，终于苦尽甘来，能够尽情发出自己真正声音的大会。对于这次会议的盛况，曾任中国文联荣誉委员、中国曲协名誉主席的罗扬有这么一段回忆：

> 大会堂里一片欢声笑语，喜气洋洋。许多代表久别重逢，倍感亲切，有说不完的话语；提起被林彪、"四人帮"迫害致死的同志和朋友，大家深感痛惜和思念，更激起对林彪、"四人帮"的仇恨。大会会场布置得庄严、朴素。开幕前 10 分钟，全体代表坐在自己的座位上，静候大会开幕。党和国家领导人叶剑英、邓小平、李先念等莅临大会。当邓小平同志出现在主席台上的时候，全体代表自动站起来，响起经久不息的掌声。邓小平同志连连挥动双手，让大家落座，但大家积蓄在心中的难以言表的激动而又复杂的心情，还是久久不能使掌声回落下来，直到大会主席宣布大会开幕，请代表们坐下，大家才坐下来。我和许多代表一样，激动得热泪盈眶！

而在这欢聚一堂、激动人心的时刻，遥远的角落里，一颗心脏却即将停止它的跳动，只有一阵低微而安详的益阳口音悠悠地飘了过来。祝愿背后，落满了叹息与伤怀。他缓缓地拿起笔，一字一句地写道：

因病不能出席盛会，是为憾事，赋此小诗一首，敬献大会，以代发言：

艺术群英集一堂

放谈国庆好时光

扬眉奋笔歌四化

万里文园百艳香

昂扬大气的终场诗，本应在雄伟壮阔的会场中久久回荡，而此刻这声响，却盘旋于一张白净却苍凉的病榻，来自一个虚弱无力的咽喉。二十八个字，好似一颗颗泛着琥珀色的珠子，漂浮着泥土的香气，沉淀了七十一年的时光。

每当提起"周立波"这个名字，人们总会第一时间想到那个总是打扮得精致锃亮，梳着小分头，穿着得体西装，说着上海话、普通话，再加几瓶矿泉水，凭一个人，一张嘴，一个提示夹，就撑起了一台海派清口表演的主持者。但在这个相同的名字里，却容纳着一个完全不同的灵魂。读着他用回光吟诵着的这首诗，我不禁想要追问：

这是一个什么样的人呢？为什么在生命的最后一刻，他不把最宝贵的时间留给要用眼泪送自己的那群人，而要在一间孤零零的病房里，把临别的吟诵声送给那个依然喧闹却与自己已彻底隔绝的会场呢？真是个奇怪的人！

从险遭杀身之祸的"赤色分子"到杰出的无产阶级文学家，周立波的人生无疑是极富传奇性的，甚至连他的出生都带了几分传奇色彩。

周立波出生前的一天晚上，他母亲梦见一只凤凰落在对面山中的梧桐树上，他父亲援引"凤凰来仪"典故，给他取名周绍仪，字凤翔，又名周奉悟。这个出生于湖南省益阳县（今赫山区）的乡野少年，一直以"一个普普通通的男子，一个洞庭湖边的乡野的居民"自居。他善良而又倔强，做什么都舍得干，天生一副湖南人刀刚火辣的脾气，甚至连跟小伙伴打架都不软和，一定要打到对手投降才罢手。正是这股火腾腾的牛劲，让他得了个响当当的诨号"凤蛮子"。而此时此刻，这个野性粗犷的男人却只能躺在苍白的病床上，对他曾为之战斗、热爱以及让他几经波折的世界凝视良久，眼角留下了最后一抹生命的余晖，就在断断续续的诗吟中睡着了。一道瘦骨嶙峋、萧索离去的背影，就此深深刻在了中国现当代文学史上的长廊里，令人唏嘘不已。

当听到周立波的死讯，熟悉他的朋友、同事纷纷感到不可置信，这曾是怎样一个顽强有力的生命啊！这个农家子弟，他参加过"神州国光社"的大罢工，为此身受囹圄之缚；他沐浴过延安的光和热，也直面过淋漓的鲜血，奋战在抗日的第一线，救助伤员、风餐露宿；他在春光土地里寻求真理，也在惊涛骇浪中起伏，一篇出于致敬的《韶山的节日》意外地惹来无穷祸患，被扣上"文艺黑线的黑干将""反革命修正主义分子"等帽子，被迫让五年青春宝贵的时光，在"非法监禁"的锁牢中葬送。即使身处最黑暗的监牢，承受着"造反组织"精神与肉体的双重暴力，周立波仍以他的幽默和坚强，与一切丑恶与卑污迎面相撞！

面对一些人对他"一写英雄人物，就要把英雄写死"的质疑甚至是批判，他不亢不卑、有理有据地回说：

"现实生活中的英雄，有活着的英雄，也有死去的英雄，应该都可以写嘛……说我把英雄赵玉林写成被土匪打伤后死去，这种事在战争年代多得很嘛。这是什么大逆不道的政治问题？！"

轻松自适的回击里，波荡着凛然不可侵犯的正气；批斗狂潮的间隙中，迎面是热爱他文与人的眼睛。在被拉到常德、湘潭、株洲、邵阳、洞口批斗的日子里，每每是他刚挨完一场批斗，从台上被拉下来的当口，就会有一大群仰慕他、热爱他的青年们纷纷围住他，掏出日记本或别的东西请他签名。清澈的目光犹如山间清泉，洗掉了周立波身上的痛与疲惫，他一边擦去脸上的汗水，一面给他们签上一个英文：Liberty。

"我的名字，自由的意思。"

风中荡漾着纯澈的微笑，洁白得毫无岁月的尘土。

当文苑重新洒满阳光的时候，周立波已然年逾古稀，长期的残酷迫害没有肢解他的灵魂，却严重损害了他的身体。尽管老友新交的聚首和创作热情的重燃让他精神抖擞，发出了"现在形势大好，心情舒畅，我们还不努力写作，更待何时"的呐喊，但不治之症的魔爪还是伸向了作家坦诚而热烈的胸膛。

那个历经批斗不低头的周立波。

那个南征北战无所惧的英雄汉。

第一次倒下了。

躺在医院洁白的病房里，他仍是往常那般春风和煦，只是言语里洒满了遗憾：

"我参加革命，早就把生死置之度外了。死倒没什么，我没有什么感到遗憾的，唯一的遗憾是那两部长篇还没有写出来。"

他是多么希望继续为党和人民而写作啊！可惜这个愿望今生只能成空。

他终究是要远去了。

一前一后，我站在湖南省清溪村和黑龙省江元宝村这两处他付出过汗水与心血的土地上，感受着书里写到的土改运动和农民合作化运动中那些惊心动魄的场面、那些可敬可爱的乡村干部和农民的面影，惊喜自己曾与周立波这样伟大而深刻的灵魂相遇。

二、青春，在革命中激荡

"秋风万里芙蓉国，暮雨千家薜荔村"。

1908 年 8 月 9 日，湖南省益阳县邓石桥清溪村一户周姓人家里，一个白白胖胖的男婴呱呱坠地了。出生在这个季节里的周立波，夏天的火热赋予了他热烈真诚的品性与碧荷般纯洁的人格，注定了他势必要拥有一个一往无前的人生。

根据周立波的族谱记载，他是周瑜第五十四代嗣孙，系周瑜与小乔的次子周胤的后人。名家世系的出身并未给周立波和他的父母带来多少财富与荣耀，饥饿和暴乱如深不见底的黑墨，正向这个种田人家当面涌来！

周立波出生的第二年即清宣统元年（1909 年）是中国历史上以灾祸和动乱频繁而著称的一段岁月。中国近代史以来政治地位极为重要的湖南，在历经了北洋政府的盘踞和南北军阀的混战后，早已是元气大伤。连绵不断的战火摧残下，血腥的空气与遍野的哀号弥漫了整个湖湘大地。而在这一年的夏秋间，一场罕见的大水席卷了整个湘北，祸及滨湖各县，损伤难以估计；水灾之后，又是虫旱，以致数十万人流连辗转于各地，靠着剥树皮、挖草根，才勉勉强强保住了一条小命。

在中国现代文学史上熠熠生辉的周立波，就是在这样一个天灾兵祸频仍不已的岁月里，过完了自己的童年与少年。

正如鲁迅的祖父周介孚对鲁迅走上文学之路影响甚巨一样，周立波文学天分的启蒙，或许也要归功于这样一位极有性格的引路人。在 1965 年冬的一次与湖南戏剧作者的会面上，谈到作家需要研究和熟悉生活中的各种人物时，周立波的目光变得悠远而朦胧，他心潮翻涌，声音变得激昂而波动！

他想了那个老人，那个白手起家、极重气运，遇见小孩"口无禁忌"，就会随手掏起楠竹枝子以示惩戒的祖父。

他想起了自己的父亲周仙梯，那个有"相公"之称，教过私塾、授过蒙童，不满国民党腐朽统治而对共产党满怀信心的农村知识分子。

母亲刘昭珍的音容笑貌顿时也在他眼前鲜活起来了。这个贤良宽厚、节俭持家的农村妇女，用全部的爱为这个贫苦的家庭驱寒挡雨，她的存在就是周立波最坚实的依靠。

奔波流离、辗转延安的日子里，春天的陕北风沙扑面，一个高大瘦削的身影屹立在黄土岗的山腰上，凝视着家的方向，吟咏着传递思念的句子：

> 我想起了樟树、鳜鱼、竹鸡和春笋，
>
> 我想起了阳雀子、狗尾巴草和五月的稻花的香气，
>
> 我想起了好像沾着在禾场上、谷仓里、山茶下和藕塘边的童年的种种记忆，
>
> 但是，我也想起了辗转在黑暗里的衰病的母亲想念儿子的流湿了皱纹的眼泪……

半个多世纪的光阴犹如东逝的春水，从指间无声流过，夹杂着茶子花的飘香与书声的琅琅，七岁少年的求学身影，在岁月的波光中荡开一抹又一抹涟漪。

周立波学业的发蒙，起于周炳卿门下的私塾。他至今都清楚地记得：就在自家堂屋的蒙馆里，聚起了十多个农家孩子，他们自带板凳、课桌，诵念着"子曰诗云"，学着作那古香古色的文章，而周立波就是这些人中最出类拔萃的一个。就在周立波考入益阳县立第一高等小学堂的前两年，光辉的五四运动在北京轰然爆发，"提倡新道德反对旧道德、提倡新文学反对旧文学"的社会思潮如怒涛般荡涤震撼着思想文化界。

卫道士们在巨浪中摇摇欲坠。

少年张开双臂拥抱新的太阳。

周立波微笑着说道："在小学里，一个历史先生有一次问我看了一些什么书，我说，看了《三国演义》《西游记》……'《三国演义》么？'我的话还没有说完，先生就仿佛受了什么侮辱似的说：'快不要看那样的耍书子，要看"四史"里面的《三国志》，陈寿作的。'"

迎朝阳而鸣的凤凰怎会困于迂腐的陈言？这个老夫子又哪里会想到，

这个小孩子有朝一日会成为无产阶级的文学巨匠？

《三国演义》《西游记》《聊斋志异》《说岳全传》《薛仁贵征东》《薛丁山征西》，周立波手指轻拂，一本本名著让他如饥似渴，甚至连作为母亲陪嫁品被锁在箱子里的古典小说都被他借着灯光读了个遍。升入中学以后，周立波更是如一只在花海中徜徉的蜜蜂，在各类书籍的花丛中翩翩起舞。

《孟子》《庄子》《国语》《国策》《饮冰室全集》，他读了。

《资治通鉴》《水浒传》《红楼梦》《世说新语》《西厢记》，他也读了。

一段段精彩动人的故事在他心底升腾出五颜六色的云烟，陶冶着他的心灵，激活了他的创作天分；无限的知识好像一片片云朵，托举着他蜕去凡骨，尽情地在文学的星空里遨游。

读书何尝不是一段耕耘的过程呢？长时间的苦读与热爱，无疑将会结出最甜美的果子，而周立波精深的文学修养，甚至让初次与他相识的周扬都感到震惊！

"那时他刚刚初中毕业，而我已是个大学生，使我感到惊奇的，他当时已读完《资治通鉴》，知识并不比我少多少。"

"惟楚有才，于斯为盛"，地灵人杰的湖湘大地再次孕育出了一个文化巨子。按照周立波从小学到中学所表现出来的这种"两耳不闻窗外事，一心只读圣贤书"的态势，这世上很有可能就会多出一个埋头古书的老夫子，而少了一个优秀的文学家。但此刻的现实已经不允许他继续沉迷书海，不问世事了。

第一次大革命的洪流冲击着他。

青年团的同学们积极影响着他。

终于，周立波从线装书的城堡中走出来了。他读尼采、读鲁迅、读汪静之、读郭沫若，积极热烈地参加一些社会活动，甚至和同学们组织了"夜钟社"这个文艺团体，著名共产党人郭亮、夏曦和革命教育家徐特立的演讲会场里，也常常可以见到他神采飞扬的眼睛。

回顾此时国内的形势：北伐似刀劈翠竹，节节胜利；农民运动如暴风骤雨，地动天翻！目睹这壮观的一切，青年周立波再也按捺不住腾涌的热血，终于在 1927 年四五月间等来了入团的机会。但就在他即将办完入团手续的当口，震惊中外的"马日事变"爆发！

炙热猛烈的炮火里，省市各个革命机关摇摇欲坠。

猖狂得意的狂笑中，被释放的土豪劣绅重举屠刀。

整个长沙城，如同落了片白茫茫大地，此前欢欣鼓舞的热烈场面完全为死寂所遮盖，反革命逆流下诸般恐怖景象几十年后仍令周立波记忆犹新：

"浏阳门外之识字岭杀人的号声整天不绝于耳；司门口每天都悬挂着革命同志的头颅……"

血淋淋的现实，犹如最冷冽的剑，洞穿了周立波此前对于革命"元宵灯会"那样幼稚而天真的想象，他终于开始意识到：革命的道路就是一条荆棘遍布、无比艰辛的铁索桥，尽管对岸结着丰硕甜美的果实，稍有不慎，他宝贵的生命就会被瞬间吞没！

有赖于亲友的介绍，这个如梦初醒的年轻人成为了益阳县第二学区高级小学的一名算术教员，但黑板上书写着的一串串公式和数字并不能掩盖周立波思想上遭遇的重创。这个时期的周立波，扪着心，咬着牙，含着泪，内心的怒火与不甘让他夜夜难眠，以至于公开大骂充当反革命大屠杀刽子手的县团防局长曹明阵，最终被密告为"赤色分子"并受到严厉追查，得校长张尚斌先生亲自作保才幸免于难。

1927 年秋风是如此的萧瑟，险恶的环境更令人忧心忡忡，凤凰的眼睛看着遥远的外乡，发出了一声嘹亮的清鸣。

一年后，周立波离开了他与姚芷青共处不到一月的婚房，向着东方那颗遥远的明珠——上海，迈出了脚步！

三、沪上飘零

烟囱林立，汽笛悠悠，宽阔的黄浦江上横亘着无数游轮，两岸五彩缤纷的灯火拥抱着这座著名的不夜城，尽情展露着大上海华贵、浪漫、大气的别样风情。

在这流光溢彩的夜景里，一个高大瘦削的身影靠在江边的护栏上，望着波光粼粼的江面，眉宇间虽显疲劳，更多的却是止不住的好奇。

一千二百多年前，二十四岁的李白，仗剑去国，辞亲远游，潇洒不羁的身影，化身成了浪漫主义最永恒的光彩。

1928 年的春天，二十岁的周立波，为了寻求革命与出路，一个被包，一把雨伞，完成了从洞庭湖畔的益阳农村到黄浦江边的千里奔袭，风尘仆仆，却不管不顾。

像文学史上许多作家与上海渊源匪浅一样，每当谈及这座城市，喜悦和酸楚这两种情绪总会同时出现在周立波的脸上："至今怀念着十年中间使我备尝了艰苦和欢喜的上海。"

追求进步的过程无疑充实且愉悦，但对于囊中羞涩的周立波来说，如何安顿自己却是一个迫切的问题。几经辗转之下，周立波与几位益阳籍同学住到了北四川路德恩里的亭子间里，这种亭子间开间很小，租金又远较他处便宜，并不惹人注意，因此往往被称作"革命者和穷人的圣地"。

刘禹锡《陋室铭》有言："斯是陋室，惟吾德馨……谈笑有鸿儒，往来无白丁。"真是对周立波这一阶段生活景况的完美诠释了。

"四一二"过后的上海，肃杀冷冽的氛围，犹如透骨冰霜，环绕在无数进步人士的心头；深夜寂静无声的亭子间，只剩下一盏不时昏暗飘摇的灯火。

是谁脱离了美好的梦境，要在这无边的夜色里辛苦耕耘？

又是谁辞别父母与爱情，驻守异地寻那前路未知的命运？

为了缓解贫穷的处境，周立波犹如一只被生活鞭打的陀螺，在寻找职业的路上永不停歇：他考过煤球公司跑街、商务印书馆校对和电影演员，好不容易考上了一家搪瓷公司的实习生，又让给了跟他一样穷困潦倒的朋友刘宜生。

真是个善良人啊！农家孩子出身的他，总是把别人的处境优先摆放在自己之上，更难能可贵的是，周立波身上除了善良，还保有着相当的机智和那少年人的热血！

凭着一张造出来的信义中学的毕业文凭和几张小学教员的聘书，周立波终于如愿考取了江湾劳动大学。他哪里会想到，这居然是一所拥有着大量共产党员和进步学生的学校。就在这里，初次入团无果的周立波，命运的绳索天衣无缝地将他与共产党再次联系在了一起，终其一生，也不曾断裂。

在共青团成员任浩璋、杭东流等人的积极影响下，马克思、恩格斯、列宁、斯大林等人的事迹和理论如大潮一样涌进他年轻的心灵，久违的激情再次被点燃了！他被吸收加入"革命互济会"，冲锋在散发传单、集会示威、游行呐喊的第一线。

那昂扬热烈的模样，百无禁忌的呐喊，真像极了一只血气方刚的雄鹰！

然而不幸很快发生了：首先是参加庆祝十月革命节散发传单活动的任浩璋、杭东流被泄露行踪，第一时间被校方开除，周立波至此失去了革命路上的良师益友，而他自己频繁参加革命活动的身影，也早已被校方关注，终于在四月底以"品行不良"的罪名被开除。

失去校园生活的周立波，再度回到了精神上迷茫、物质上困顿的窘迫局面，对于他失去这一可贵的读书机会的行为，甚至连最亲密的战友周扬都对他表示了不满，苦涩的情绪顿时涌上了周立波的心头：

"你到了日本，还写信来，鼓励我革命呢，现在我参加革命活动了，你又对我不满意！"

盘缠已尽，饥饿涌来，面临这困顿已极的局面，周立波只好回老家休息了三个多月，直到秋天才重返上海。

离了物质基础的生活是不可想象的，在与周扬合译了一部《狗胡同》（又名《苏联大学生私生活》）赚取了足够几个月生活之用的稿费以后，周立波经人介绍，成了神州国光社印刷所的一名校对。

一生嗜书的周立波，选择了一份整日与文章和铅字为伴的工作，与人之间频繁的交往被暂时阻断，连带着奔波流离的生活似乎也要画上句号。但事实并非如此，周立波飘忽的文字里传来的尽是苦涩和无可奈何：

> 自从没有挂虑的漂流的生活结束了，朋友们不得不为衣食各走各的路以来，生活里就再没有欢笑的歌，也没有醉人的酒了；每天坐在排字房隔壁一间小房子里面，用手指和眼睛校对许多粗糙的坏文章；到晚上，脑子里面装满了颠颠倒倒的铅字和乱七八糟的校对的符号，不能立刻去睡觉；走上晒台，呼吸着清凉的夜气，仰望着缀满明亮的星子的广阔和神秘的天空，我真愿意我的两只手臂是两只粗壮的翅膀，能够向高远的不可知的境界里飞翔。

凤凰始终是渴望高飞的，随着大环境形势的迅速转变，周立波与共产党在血与火之中再次重逢了。

随着1931年"九一八"事变和1932年"一·二八"事变的相继爆发，印刷所的工人们在汹涌澎湃的抗日救亡热潮中举行了轰轰烈烈的"罢工运动"。在中共地下组织所领导的"总罢工委员会"的支持下，年轻的周立波担任了罢工委员会的委员长，而就在他张贴传单时，却被一名凶恶的工头所撞见，连自己唯一的一副近视眼镜也被打落。

这个温文尔雅的湖南汉子发怒了，他勇敢地迎了上去，赢得了这场战斗仍被送进捕房。然而，更棘手的事情来临了：周立波所交的那些共产党员的朋友，常常把一些进步书籍藏在他床底下的藤篮内，这为巡捕眼中他"犯罪"的事实提供了一个再完美不过的证据。

周立波人生第一次入狱了。

黑暗压抑的牢狱里，恶臭铺天盖地；迎面而来的唾沫里，侮辱裂人心肺。二十四岁的周立波，被搜刮去了身上仅有的五张当票、四块银元和几十个铜板，双眼血红地用戴着铁铐的双手，回击着那用铁棍打他的洋包探！

谁说文人如草芥，毫无缚鸡之力？年轻的周立波怒吼着，和往后几十年站在滔天的巨浪中一样，丝毫不曾屈膝。

在最痛苦的时候，组织没有忘记他。经过积极地营救，周立波仍被判了两年半徒刑，中间鬼使神差地"得益"于国民党自欺欺人的"赦令"，伤痕累累的周立波带着减至二十个月的刑期，被关押在了提篮桥西牢。

监牢里的生活度日如年，但周立波对浪漫的巧妙使用缓解了这一痛苦。夏天的傍晚，如水的月华向牢房伸出那温柔缥缈的手，囚犯们也静悄悄地不再言语，此时周立波就会兴致勃勃地用那带着浓厚益阳口音的腔调，给大家诵念：

君不见黄河之水天上来，奔流到海不复回。

天生我材必有用，千金散尽还复来。

这些奔放热烈的诗句，如同波澜壮阔的钱塘水，冲击着这些落魄者凄怆久矣的内心。人生本就如江上行舟，一时的狂风巨浪不能吓倒我们，只要坚持住了，未来的大道上一定会有灿烂的朝阳！

好歹是出狱了，拖着一副虚弱已极的身体，周立波回到益阳家乡休养了一个多月，又重归上海。

一个无所畏惧的革命者，所要经历的磨难，他已体味大半。

一个无产阶级的文学家，必备的生活经验，他已悉数拥有。

命运的转机终于来临了。经周扬的介绍，周立波光荣地成为"中国左翼作家联盟"的成员，不久后被吸收入党。这个时候的周立波，终于可以用自己的笔和满腔热血为民族解放呐喊、为祖国的命运战斗了！

从 1934 年秋到 1937 年夏的这段时光里，周立波肆意挥笔，积淀已久的创作活力如天山雪融，滔滔白浪一般汇入如火如荼的左翼文艺运动：这一时期，他光是宣传马克思主义文艺理论，评介我国左翼作家及作品和介绍各国进步文学情况的文章就达到了足足六十篇。除此以外，一批洋溢着强烈爱国主义热情的诗歌和散文作品也在他笔下不断涌出，就像这首著名的《可是我的中华》一诗：

> 可是我的中华
> 我的慈爱的母亲大地
> ……
> 我默默地发誓了：
> 用我所有一切的血和精力，
> 献给她，
> 去医治她的伤体，
> 去消灭她的仇敌！

至此，作为个人的周立波，已然把自己的命运同祖国的命运相交融，两者须臾不可分离了。卢沟桥事变的隆隆炮声，震撼摇曳着上海的高楼大厦，时局也是越来越动荡。

"是要走的时候了……但只要我的笔和手还在，我就不会停止战斗。"

做完了"文艺界战时服务团"所举办的最后一批街头募捐活动，周立波随第二批文艺工作者从上海迁往内地，正式离开了这个让他爱恨交织十年之久的地方。

新的征程又开始了。

四、晋察冀的新世界

上海五光十色的霓虹灯已成梦影，华北的战火正灼得每个中国人眉心剧痛。环顾国内形势，延安已成为全国人民革命斗争的指挥中心，正以其无比的神圣性，吸引着无数爱国青年和革命文化人跋山涉水，从五湖四海汇聚而来。

刚刚离开上海的周立波也是抱此想法的一员，但由于组织另有安排，他也欣然接受了随军记者这一职务，陪同美国进步作家史沫特莱一起，前往那烽火燎天的疆场。

那是一个作家和进步人士尤其受重视的时代。周立波一行三人，坐在坚固安稳的军用车上，手捧着办事处党代表周恩来亲自手画的行军路线图，最终抵达了位于五台县的八路军总司令部。

古代的平民百姓，面见高官，总是从心底里就开始添了怯懦，随即弯了膝盖，低了头颅，但周立波第一次见到朱德，却并没有这种感觉。

这是一位多么和蔼可亲的老者啊！他那样坦率自然，毫无架子，除了无法被岁月遮掩的年纪，完全就是一位典型的老工人老战士，与国民党高官的形象可谓是完全不同。他说：

"毛主席命令我们八路军在山西坚持游击战。有我们在，敌寇要在山西横行，是办不到的。最后胜利一定是我们的。"

从容的语气，却包含着必胜的信心。周立波的心浸润在这段话里，他的思想再次受到了洗礼，他要拿出新的要求对待自己了！

面谈结束，部队立马转入了急行军。周立波习惯已久的书斋生活不见了，战争的残酷正把一切平静都撕裂开来。三分之一的山西被他行遍了，每天五六十里、八九十里的行程让他变得形容消瘦，但周立波是欢喜的，他在《战地日记·致起应信》中写道：

"我要无挂无碍的生死于华北。我爱这种生活，战斗的而又是永远新鲜的。"

这戎马倥偬的战地生活，让周立波彻底洗去了之前过于憨直的书生气。骑马侦察，他学会了；问讯跑路，他也学会了。北方那渗入肌骨的严寒没有压垮他的脊梁，凤凰有力的翅膀正在暴雪中挥荡！

南移途中，保卫太原的外围战——广阳战役倏然爆发，这是周立波第一次近距离地接触真正的战争场面。这个从没接受过军事训练的湖南汉子，丝毫不曾恐惧，他瘦削的身影连续两天一夜屹立在前沿阵地之上，住的地方离火线仅仅只有两三里路的距离。

我时常在想，周立波在后来暴风骤雨般的迫害与批斗中为何始终不曾低头、不曾恐惧过呢？翻阅着他的年谱，我突然明白，一个亲历过战火的人是不会被恐惧给吓倒的。血与火的历练，已赋予了他无穷的勇气。

敌人焚烧民房升起的烟雾，把整个山谷都飘满了。

枪炮迸射时那刺眼的火光，闪得人眼睛都睁不开。

周立波擦了擦额角的汗水，脸上熏染着黑色的乌灰，好不容易给伤员包扎完了伤口准备吃饭，一枚炮弹打来，震起的泥土稀稀落落，撒满了整个饭碗。战斗结束后，部队首长送给周立波一匹东北马，任弼时同志还送给他一双长筒靴。

我不禁感叹：这确实是有识人之明的头脑，在肯定他的付出的同时还一并看出了周立波是一匹愿意为无产阶级事业鞠躬尽瘁、千里奔袭的骏马，而周立波之后始终站在农民立场、为社会主义革命事业写下的那些真实有力的作品，也证明了他的期待并未被辜负。

访问山西前线的行动结束了，但周立波对革命和战斗的热情依然沸腾，他在给周扬等人的信中写道：

"我打算打游击去。烽火连天的华北，正待我们去创造新世界。我将抛弃了纸笔，去做一名游击队员。我无所顾虑，也无所怯惧。"

　　但一个突如其来的任务，让他的这个心愿未能实现。为了真实展现中国共产党领导下的抗日根据地情况，也为了扭转美国政府对共产党部队的偏见，朱德和任弼时决定派周立波陪同美国军官伊凡斯·卡尔逊去晋察冀边区访问，他的人生开始了又一次风险遍布的长途旅行。

　　时而步行，时而骑马，迎面处，狂沙怒吼，雪舞冰封。

　　越过高山，迈过荒原，瞳孔中，断壁颓垣，一片焦土。

　　零下一二十摄氏度的沁县寒冷得有些彻骨，友人的信件早已断绝，刘伯承将军与卡尔逊还有自己三个多小时热烈交谈的场景犹有温度，但独处异乡的孤独瞬息涌来，竟让他有点承受不住："塞北满胡尘，江南血泪遍，多情无一字，凄冷度新年。"

　　严格来说，这首旧体诗的格律并不严谨，如呈送给那些专精于此的老学者，恐怕会批得面无血色，但对于离家已久、战火中奔波的周立波，谁又忍心苛责他呢？

　　身为南方人的周立波，长时间地跋涉在山地和荒野里，脚板早已被冷冽的严冬冻裂，血和袜子时常粘在一起，连走路都变得非常困难，幸好一二九师供给部的人用缴获的羔皮给他做了皮鞋皮袜，卫生部把缴获的凡士林药膏送给了他，严寒的侵袭才终于被彻底驱散。

　　这是一个一心为人民利益考虑的政党，在这个组织肌体里，甚至是最平凡的战士都互相扶持，亲如一家。同志们为他送药驱寒的举动，让周立波的心如沐春风，异乡漂泊的寂寥感至此云散烟消。

　　他要重新振作起来了。

　　马蹄哒哒，一片片古代帝王贵族的陵墓跃入眼中，守护他们的石人石马，在承受了千百年岁月侵蚀之后，已经是斑驳不堪了。周立波下马凝视良久，默然无语，只有攒心愤懑的文字，从一直不曾停笔的日记中流出："他们立在荒原里，好像在告诉后代：你们争气吧，古老的中华民族，不应该被欺侮；前代的光荣，不应该失落。"

经过与卡尔逊的分别、湘西之行的游历和桂林办报的岁月，延安这座城市终于向久历风霜的周立波挥手了。听完洛甫、周扬打来的电话，他的脸上已经是止不住的欣喜！

客观地说，出身平凡，在旧时代以及国民党黑暗统治下成长起来的人，是格外渴求光明的，周立波就是一个典型。农家出身，在上海滩和国统区泥潭里挣扎过的他，对革命圣地延安有一种异乎寻常的向往。来到这里以后，虽然过得是极清苦的生活，他却甘之如饴，他的个性与善良在这里得到了最大程度的展露与抒发。

这是一片盛开着民主自由的沃土！

这里必将孕育出一片崭新的面貌！

同周立波比邻而居的人们，大多是一些青年教师，其中单身汉尤其多，恰逢灯油不够用的夜晚，他们便会来到窑洞外谈天说地，极是快活。在这批怀着革命理想来延安朝圣的人群里，周立波凭借其精深的文学修养和良好品行，赢得了大多数人的认可。同在文学系工作的严文井曾写过一篇短篇小说《罗于同志的散步》，书中那个宁愿将破草鞋和旧凉鞋混着穿也要将新布鞋赠予即将前去约会的朋友的善良人，就是活脱脱周立波的形象！这个极具人文关怀的青年人，岁月雨打风吹，他的鬓角已添白发，但那颗善良的心，却仍如赤子，毫不掺假。

但周立波并不是完美无缺的，湖南人火辣生猛的性格基因长久地留存在他的身体里，如果有人对他挚爱的革命做出了在他看来近似轻佻亵渎的行为，他的反应便如电光石火，猛烈得让人甚至无法接受。那是鲁迅艺术文学院举办于 1940 年夏天的一场茶话会，主题是欢迎从新疆来到延安的茅盾，但其间一位歌唱家或许是出于对节目安排的不满，就故意用滑稽的表情，唱了一首源于俄罗斯的讽刺歌曲——《跳蚤歌》。这个歌唱家万万没有想到，他这轻佻无礼的行为并没有使得主持茶话会的同志大动肝火，却惹得参会的周立波怒不可遏！后者直接攮起一把茶壶就当面砸了过来，还撸起袖子摆出了动武的架势，惊得全场宾客面面相觑，尴尬无比，直到院长周扬赶忙批评了周立波，气氛才稍微缓和了一点点。但即便是这样，当时周立波依然很不服气，觉得自己做得对哩。

看，这就是周立波：他的单纯、热烈、耿直是纤毫毕现的，有时候甚至带点没有城府的可笑；他对于革命和党的忠诚是那样真心诚意，如同一个圣徒眼中对于麦加那水晶般圣洁的感情。

荆棘丛踏遍，硝烟中穿梭，青涩莽撞的少年气息已经一去不复返了。

残阳如血，征程依然漫漫。

"呼！"周立波深吸一口气，紧了紧领口，给钢笔蓄满一管墨水，他已经做好准备，将无条件地全心全意地深入工农兵群众中去，"在火热的斗争中不断地改造自己、丰富自己和提高自己"，为成为"工农兵的忠实的代言人"而不断努力。他做到了。

五、《山乡巨变》：暴雨之后，茶花盛开

如果一个作家光有热血和信念，而没有足够经典的作品，是无法在中国现当代文学史上留名的。而作为一位留名于中国现当代文学史的作家，周立波不仅成果丰硕，而且大部分作品都脍炙人口，而最让我感兴趣的还是他的《山乡巨变》。

初看这个书名，思维立马被一片预想中轰轰烈烈的宏大叙事氛围所笼罩，不免降低了几分期待，但打开书页后，湖南本地茶子花的香味却迎面飘来，一个天然美好的乡土世界刹那间腾跃而出。

这部书描绘的是湖南清溪乡和它的乡民们在农业合作化运动中从内到外发生的巨变，本土作家出身的周立波将南国民俗风情和湖南方言土语的巧妙结合，更赋予了这部小说独特的韵味。

早在 1955 年 7 月，毛泽东就在《关于农业合作化问题》的报告中预估

"新的社会主义群众运动的高潮就要到来"，同年 10 月召开的中共七届六中全会则做出了关于农业合作化问题的决议，随后，省、县各级的会议紧锣密鼓地召开，"合作化运动"加速发展的迅猛势头就此生成，"农村社会主义高潮"这幅巨型图画即将在中国各级干部和群众眼前铺开。但相比"农村社会主义高潮"及其激荡的时代氛围，作为小说文本的《山乡巨变》又存在某种微妙的忽视。对各级密集召开的"合作化"会议，周立波要么略去不提，要么一笔带过，小说的开头并未采用呐喊声十足的场面描写，而是巧妙地使用了一种春风和煦的笔法：

> 一九五五年初冬，一个风和日暖的下午，资江下游一座县城里，成千的男女，背着被包和雨伞，从中共县委会的大门口挤挤夹夹拥出来，散到麻石铺成的长街上。他们三三五五地走着，抽烟、谈讲和笑闹。到了十字街口上，大家用握手、点头、好心的祝福或含笑的咒骂来互相告别。分手以后，他们有的往北，有的奔南，要过资江，到南面的各个区乡去。

"初冬"和"风和日暖的下午"这类节令物候氤氲出了一种轻松淡雅的氛围，周立波在此并未采取前作《暴风骤雨》那种波澜壮阔的力的叙事，而是通过场面切换，快速带着读者进入文本世界——"县委会的大门口"尚有一些"挤挤夹夹"的局促，麻石街"三三五五地走着"的人们却已经松弛下来，由此，令人亢奋又紧张的"运动"悄然化入了小说明快、从容的故事节奏，也赋予了读者更为轻松愉快的阅读体验。

《山乡巨变》难能可贵之处，在于它生动描述了农业合作化运动在清溪乡推进的复杂过程，突破了叙事的扁平化、单一化，往往在一连串矛盾如干部与干部的矛盾、干部与群众的矛盾、恋人之间的矛盾，以及父子、兄弟（兄妹）之间等矛盾的交锋与解决中来推进情节演进，同时也为中国当代文学的人物画廊，增添了邓秀梅、刘雨生、李月辉、"亭面糊"、王菊生、张桂秋等一批血肉饱满、鲜活各异的人物形象。周立波笔下的这些人物形象普遍具有丰富的写实性，他们的生活状态堪称是时代变动下乡土农民最生动的写实图景。

书成以后，受到了社会各界的广泛肯定，周立波也再次成为无数记者们上门采访的对象，但他好像什么都没发生过一样，照旧砍柴挑土、下田、插秧、踩田、挑谷、做凼肥。

每个和周立波打过交道的人，感受最深的就是他学养的深厚和待人的真诚，无论是面对高级干部还是乡村老农，他永远是春风和煦、彬彬有礼的。面对记者的上门采访，周立波早早就做好了准备，他穿着一身褪了色的青呢子中山装，穿一双深棕色的旧皮鞋。宽阔的脸庞上，两颊颧骨突出，架着一副黑色宽边的近视眼镜，嘴角上浮着一丝温和文静的微笑。

多么生动典型的一个知识分子形象！

这个大作家是如此熟悉和热爱农民及他们所经营的田园生活，他笔下的每一个人物都绝不是空洞的符号和脸谱，描写的每一件事都有丰富的现实基础。面对记者的提问，他娓娓而谈：

"创作的源泉，主要在十分熟悉的地方，即生活的基地。一辈子建立生活的基地，作家必须花一点精力，费一点光阴，顶好一辈子都在那里。一辈子生活在群众当中不算坏事。我经常待在益阳，益阳是我的家乡，也是我的生活基地。"

一进入文学的领域里，周立波的话匣子就像开了闸的水流一样奔涌不断，他挥舞着手臂，目光热烈，铿锵有力的话语里充满着自信与创见："小说创作要有模特儿好一点。"他始终主张创作从生活实际出发，从原型中提炼出典型，而不是从无到有空想出来，"从来不搞从无到有的蠢事"。

性灵的思想缔造鲜活的人物，他们在周立波笔下鱼贯而出：

那个宽严相济、运筹帷幄的办社干部邓秀梅。

那位以社为家、百折不挠的农业社长刘雨生。

那些在单干与入社之间挣扎徘徊、思虑几重的乡民啊!

周立波一一赋予了他们独特的眉眼与专属的故事,特别对"亭面糊"盛佑亭的刻画有血有肉,真是生动到了极致!

初见邓秀梅,这个年过半百的老倌子起初还颇为拘谨,但当对方问到自己的成分时,就立马滔滔不绝地讲述起了自己那坎坷的发家史:

"不要看我穷,早些年数,我也起过好几回水呢。有一年,我到华容去作田,收了一个饱世界,只差一点,要做富农了,又有一回,只争一点,成了地主。"

"做了地主,斗得你好看!"

就是这么个心地善良,但又不甚清白的老头子,总是既成事又坏事,屡屡在书中的各个情节中担当主线,令人爱恨不已。

他是一家之主,内心善良,却习惯恶声恶气骂人,总是对着自己的崽女嘴上威胁"你来筑饭不筑,你这个鬼崽子?""我一烟壶脑壳挖死你!"

他在地里耕耘,精熟田艺,做人公道正派,力挺口碑一般的谢庆元:"讲作田,他算得一角,田里功夫,样样都来得。"

他受组织看重,单枪匹马,去最阴险狡诈的龚子元家里劝他入社,一句"我这个人,就是容不得坏人",直刺这个潜藏的恶霸卑污的内心,惊得他出了一身冷汗。

这就是作家周立波,最普普通通的配角也能写得如此出色。更值得肯定的是,周立波并没有完全把自己定义成主流话语的传声筒,他虽然鼓励农民走合作化道路,但支持中也有保留,凭借自己扎根农村的第一手生存体会,本能地意识到农业合作化运动直接从初级社奔向高级社的"左"倾错误。基于此,他塑造了一个被批判有右倾倾向的"婆婆子"——清辉乡党支部书记李月辉,这个人的言行实际体现了周立波内心的真实态度:"社会主义是好路,也是长路,中央规定十五年,急什么呢?还有十二年。从容干好事，性急出岔子。"

盛佑亭、陈先晋、王菊生这些老农民，有时可恼，有时甚至可恨，但他们凭借着一双沾满老茧的手，面朝黄土背朝天地劳作，付出了甚至几代人的血汗与生命，才从岩石与阶级剥削中获得一份堪堪饱肚的土地，但政府突然要求他们把田地、山林、家畜这全部一切入社，试问：他们在精神上如何会不斗争？身心如何不会痛苦？

为无产阶级文艺奋斗了一辈子的周立波没办法深刻地写出这种精神斗争的残酷性，但也没有就此对他们的形象加以涂抹与丑化，而是充满同情地雕刻出了他们挣扎的灵魂状态。在那个片面夸大阶级斗争的时代里，在那个个体彻底服从于集体的文化语境里，周立波用饱满人情味的精细书写，记录了民间最真实的声音，这是多么的难能可贵。

朦胧月色下、无尽春风里，中国乡土变迁仍在继续，在未来书页的纸张里，一定会有更精彩的故事。

六、清澈的爱，真正的人

离别将近。周立波躺在病床上，敬献大会的诗诵念完毕后，他已没有多少发声的力气，即将涣散的瞳孔里，是那样的追念与不舍。

他在回想些什么呢？此时此刻，他还有些什么话想要讲呢？

这波澜跌宕、大起大落的人生啊。

他的呼吸越来越低缓，心跳的频率也越来越低，但他此刻却睁大了眼，目光是那样的明亮而有光泽，承载着他的魂灵驰跃到了窗外！

应该有个道别了。

清风明月，一路花香。周立波的魂灵来到了他熟悉的宝塔山，就是在这里，就是在这个鲁迅艺术文学院！他以一名教员的身份，给大家讲述托尔斯泰、陀思妥耶夫斯基、普希金、果戈理、巴尔扎克、司汤达以及《水浒传》和《红楼梦》这些在中外文学史上声名显赫的作家和作品。粗糙的马兰草纸和油光纸上，几十万字的讲课提纲不是黑色的，而是红色的。它是一个用一生忠诚于文学的青年无尽的心血汇聚成的大江大河，在启人性灵、予人思想的大路上奔涌激荡！

悠悠湘江水，是那样的清澈明亮，而曾几何时，它又是那样的汹涌可怖，晕染着赤红的血色。周立波的魂就这么漂浮着，看着这水面，回忆着当年那被烈火和枪弹点亮的夜空，还有那本封面遍布土灰、内里却完好的日记。

周立波怎么可能忘记呢？他"文革"后最后一篇传世之作《湘江一夜》就是以他此时的这段经历写就的。这段南征路真是难啊！悬崖就在脚下，骡马都已累死，他越发地瘦了，五脏里只有一片生南瓜和一只生辣椒。但即使到了突围的关键时刻，一切辎重文件都被烧毁，这本记录了南下战士可歌可泣壮烈情景的日记，周立波依然死死抱在怀里。

他要守护的，是一个个为了民族解放英勇献身的名字。

他所执着的，是不让这些可歌可泣的事迹被世间忘却！

南征北返，一万五千多里，一百多条封锁线，这是文字如何能道尽的千难万险？周立波挺过来了。谁言书生无用？他的表现让所有人都为之动容，南下支队的领导的评价落地有声："如果说，我们的南下战士是钢铁战士的话，那么，周立波就是钢铁的文艺战士。"回忆的思绪定格在这里，周立波苍白的脸庞上，溢满了幸福而自豪的红晕。

他最终还是离去了。

1979年9月25日凌晨，周立波在中国人民解放军总医院逝世，终年七十一岁。

弥留之际，这个为无产阶级文学事业奋斗了一辈子的男子汉，仍然嘱咐妻儿，要把他的全部积蓄上交给国家。而在他逝世之后，人们遵照他的意见对遗产进行了清点，结果却令人们倍感惊讶，因为他的所有积蓄共计才只有800元！

周立波的妻子瞬间泣不成声。

那些参与了清点工作的国家工作人员也潜然泪下。

这个在文学的沃土里耕耘了半个多世纪，留下了三百万字成果的大作家，这一生所有的资产怎么会只有这么一点呢?

因为周立波是爱人民的，可以说他这一生就抱定了这么一个信念——服务人民，天经地义。早在他去益阳挂职时，就每月分别给两个"五保户"5元钱的生活费。从 1959 年至 1966 年"文化大革命"开始这段时间，他月月如此，从未间断。周立波的老家邓石桥村是那样的穷，当地人甚至没有什么对于"富裕"的回忆。为了让家乡靠山致富，周立波建议在原桃花坡上建果园，主动拿出 3000 元钱，在外地买了数百株优良梨树苗，和乡亲们一起将树苗栽下。一年后，他再一次给村上寄去 800 元钱，信中再三嘱咐村上加强管理，把梨园办好，早些受益，为社员多挣几个油盐钱。

这就是周立波! 他自始至终是人民的儿子，即使黄泉路近，他至死仍念着这个饱经风霜的祖国，念着他那穷苦了半生的父老乡亲。

全国第四次文代会闭幕第二天，11 月 18 日上午，北京八宝山革命公墓礼堂里，周立波追悼会开始了。叶剑英、胡耀邦、邓颖超、王震、王首道等革命元勋送了花圈；巴金、周扬、宋任穷、夏衍和五百多名文艺界人士参加了追悼会。

轮到周扬致悼词了，在这肃穆庄严的气氛里，这个周立波最亲密的战友，正在为自己这一生做最后的总结：

"立波同志的一生，是一个革命战士的一生，他胸怀坦荡，光明磊落，生活艰苦朴素，作风平易近人，对党对革命忠心耿耿……"

和周立波相识相交四十年之久的老作家严文井含泪给了亡友最后的评价：

"我觉得立波是一个真正的人。他不是一个完美无缺的圣人，而是一个天真淳朴、心地善良的人……他留下了许多优秀的文学作品，其思想、艺术上的成就和在文学史上的地位，是不能否定的。像他这样的作家，真正的作家，在中国并不很多。"

"真正的作家，真正的人！"这就是中国文学界许多同志眼里的周立波，这也是活生生的、实实在在的周立波！

十一月的严寒突然被一股莫名的力量阻住了，春天般温暖的气息传来，门外飘来了歌声，美丽且真诚——

> 要是有一天我死了，
> ——我喜欢生活，
> 但是也想着，
> 长生不老是孙悟空所追求的太好笑、太陈旧的神话。
> 而我们是既喜欢生活，也不怕死亡。
> ……

流水落花春去也。周立波已经走了，只能凭文字和相册去怀念这个真诚热烈的人了吧？

不，他还在那里！就站在那里！

他站在明媚和煦的春光里。

他立在万物更新的村落里。

一阵轻风吹过，茶子花迎风而舞，人们的衣角轻轻飘起，仿佛也带着几分笑意；悠远的花香，随着风儿飘然而上，回荡在天地之间。

周立波，人们永远记得你。

第十七章

张中行：
别样的风景

他与季羡林、金克木、邓广铭并称为"未名四老"。他一生为文，以"忠于写作，不宜写者不写，写则以真面目对人"为信条。国学大师季羡林先生称他为"高人，逸人，至人，超人"。在季羡林眼中，现代作家中只需读上几段就能认出作者是谁的人，鲁迅是一个，沈从文是一个，他也是其中一个。他的作品，常充满着哲学的智慧之音、灵感的激荡之态与理性的邃远之美。

一、爱过人，也负过人

张中行生于 1909 年。当时虽是新文化与旧思想交替之际，民主共和之风刚刚刮起，但在农村，封建思想是坚而未移的。和祖祖辈辈、左邻右里一样，张中行在三四岁之时就与邻屋一沈姓女子定下了娃娃亲。十七岁，尚不知情爱为何物的懵懂青年就这样顺理成章地成了别人的丈夫，成为一个女人一生的托付。

对于此种媒妁之言的家长包办婚姻，年少的张中行因受封建传统之染，是既不抗拒，也不欢迎的。沈氏"完全旧式，缠脚，不识字，貌在中人以下，但性格好，朴实温顺，以劳动伺候人为天赋义务，寡言语，任劳任怨"。张中行时年正读于通县（今通州区）师范，只有寒暑假回家。沈氏便在家里伺候公婆，田间劳作。只是在假日中，"多了一份工，伺候丈夫，缝制新的，拆洗旧的"。雁归之日，她是否也会远望归路，希望丈夫早日归来；月满之夜，独倚床榻，不知她是否也会在夜深人寂之时，黯然哭泣？

在这场婚姻中，沈氏无疑是最不幸的，她的沉默与顺从，更让她变得可悲。后来，张中行身边有了另一个女人，她也还是那样"静静地过日子"，他在北京念书、在南通教书、去保定……沈氏就长住在婆家，每月也会收到丈夫寄的一些钱，就这样一直活到 20 世纪 80 年代。

一个女人就这样受了一辈子的苦，谁见到都是怜悯的。或许有人会说，青年的张中行不负责任的舍弃让她的命运变得更加的哀寂与可悲。可事实上，这桩婚姻从头到尾都是父母的安排，当时的张中行也只是接过长辈传予的铁链，学着长辈的样子，套在自己的脖上而已。对于这段历史，先生晚年曾平淡地说起："那是一个大变革的时代，处在那个时代的人婚姻状况都很复杂。"

巧合的是，张中行遇到了一个与他有相似命运的女人——杨沫。当时杨沫还是一名中学女生，她也曾不满父母包办婚姻而选择抗拒婚姻，张中行发现她的眼睛明亮有神，言谈举止有淑女的痕迹，其实最重要的一点是有文化、有思想。1931 年年初，张中行与杨沫有过三次见面，两人互有好感，经过一段时间的频繁通信，两人便顺理成章地生活在了一起。同居生活，不仅给他们带来了情感的升华，也给他们带来了爱情的结晶。然而，张中行却陷入了沉思，因为生活条件艰苦，如果再加上孩子，生活简直不可想象。愁眉不展的张中行成功地让杨沫误会了，她认为张中行不喜欢她和肚子里的孩子，于是一气之下回到小汤山杨树的保姆家把孩子生了下来。不过，虽然后来两人和好了，但穷日子还是让杨沫无法忍受，于是她又投入了别人的怀抱。

杨沫离开后，张中行心中的郁闷久久不能散去。但是经有"说媒之瘾"的李君介绍，张中行遇到了此生致爱——李芝銮。李家是世家，有功名，想给女儿找个读书人托付终身。其祖父是个秀才，祖母是新安世家曹家的小姐。家有家塾，读书也不少。不仅精于刺绣，还能唱京剧（实则不能唱，此为媒妁之言）。如此一说，张中行也就开始与李氏接触：

> 远远看到，穿一身粉色衣服，很窈窕，也是剪发，大脚，很少说话，说就粉面含羞。印象，好体貌清秀而性格温婉，是地道的旧时大家闺秀。

李芝銮确是"地道的旧时大家闺秀"，温婉而贤惠，性格温和，心细如发。她无微不至地照顾张中行，使张中行很快走出阴影，与她相守一生。冬天张中行穿得单薄，遇上人问他冷不冷，他总是一手掀起外套衣襟，一手拉里面的小袄："我还穿着棉袄呢！"暗素的棉袄抱身而做，显示出自夫人之手，几十年夫妻深情洋溢言表。他曾对人说："我吃饭时不知道饥饱，只要老妻不给我添饭，那便是饱了。我穿衣服时，不知道冷暖，只要老妻不给我衣服穿，那便是暖了。"这种话初听时觉得不可思议，再听时才明白，这是张中行夫妻爱意的表达。二人同甘共苦，相濡以沫，一路相持走到最后，确实"没有头破血流"，也算是欢喜欣慰之事了。

张中行曾将婚姻分为四个等级：可意，可过，可忍，不可忍。可意和不可忍极少，而最长久的婚姻都是"可过加一点点可忍"。一生三段婚姻，张中行体验过爱情的苦涩，也品尝过爱情的甜蜜，他悟出了爱情的真谛。然而，已经和妻子约定过共同赴死的他，却直到死时也不知妻子早已过世。他曾和妻子约定，一定要让妻子活得比自己长，妻子同意了。不幸的是，相濡以沫六十八年后，九十四岁的老伴先去世了，因病住院的张中行还在念叨：出院后要多写稿子，多挣钱给她治病。三年后，九十七岁的张中行去世，但他一直在医院疗养，直到去世也不知道妻子久别的消息。

2006 年 2 月，初春的北京乍暖还寒，张中行在睡梦中离开了这个世界，或许在永远闭上眼睛的一瞬间，他真正见到了朝思暮想的心上人。

二、一首热烈的青春之歌

张中行的三段爱情中，最为轰轰烈烈的是他与《青春之歌》作者杨沫的故事。而《青春之歌》中余永泽的原型就是张中行，据说电影演员于是之当年也是因形似张中行所以被选中扮演余永泽。杨沫的儿子在其《母亲杨沫》中承认："他被母亲的这本书弄得灰头土脸，在单位里抬不起头"，"他的处境，不能说与母亲的《青春之歌》没有一点关系。然而张中行却始终没指责过母亲一句。每对人提到母亲时，他总说：那时候，杨沫比我进步，比我革命。"

在张中行的心中，杨沫如一抹清茶，清新而香味四溢；如早晨洒下的第一缕阳光，光明而纯净；如静夜里习习凉风，在他的心湖里吹起层层波澜，久久不得平静。这是一份没有果的爱情，许是春日的花开得太灿烂，而过早地凋谢。但花开时的烂漫谁也不曾遗忘。

　　张中行与杨沫（原名杨成业，《青春之歌》作者）的相识偏于偶然。杨沫正如她后来在政界与文坛都大展风采那般，因深受新思想的影响，少女时期就颇独特而出众。她因反对家庭包办婚姻而离家独立，托人找到张中行希望能找份谋生的工作。"她十七岁，中等身材，不胖而偏于丰满，眼睛明亮有神，言谈举止都清爽，有理想不世俗"。张中行第一眼看杨沫时，就已心生好感。杨沫的知性、她的追求理想、她的违命抗婚，在当时正幻想维新的张中行眼中，更是世间少有女子。杨沫就像一个清脆鲜嫩欲滴的青果，引诱着张中行伸手去触摸和品尝。

　　此时的张中行，已是北大文学院学生。对于一个正情窦初开的青涩女子而言，对方的热情、友善、勤劳与诚恳，还有他的才气与进步的思想，这一切就像雨露般浇灌着她内心深处的爱情之芽。车站一别后，鸿雁成了他们的红娘，他们开始慢慢了解，渐渐熟悉：

　　　　信开始多了，收到看完就复；复，写，三页，五页，情意还不能罄。形势是恨不得立刻化百里之外为咫尺，并且不再分离。

　　多年之后，八十六岁高龄的张中行，还能将当时的情境描绘得如此入微真切，足以见当时两人是爱得很深切、很用心的。

　　1932 年春天，杨沫从张中行介绍的香河小学回到北平，住到了北平临近紫禁城东北角的一条小巷，北口外是著名的"沙滩"。那时，张中行尚在念书，生活只能靠杨沫在外做工才能维持。日子虽过得艰难，但他们尝到的更多的是甜。久盼的团聚终于实现，爱情的甜美足以他们轻视一切——"希望长相聚，因而只要有可能，就在沙滩一带租一两间民房，用小煤火炉做饭，过穷日子"——后来先生回忆，从书信来往至此，是他弥足珍惜难忘的两年。

　　两人在此，为着理想而共同奋斗，相持而行，这段时期，各自都读了很多书籍。杨沫阅读了不少新文学作品，对她影响很大，她的名字便也是在这时改的，"为表示心清志大，把有世俗气的学名'成业'扔掉，先改为'君茉'，嫌有脂粉气，又改为'君默'，以期宁静以致远"，确有"救世救民的大志向"。而张中行，从他晚年所著的《禅外说禅》《顺生论》等书作中，我们可以窥视到他开始偏于思考人生哲学而避离政治：一个走上"信"，一个开始"疑"。

山涧里奔腾的溪水，一路打闹，一路欢歌。但遇到山石后，一个回旋，一支朝了北边，一支朝了南边，只能向下，不能回头，因为，水注定只能往下流。

一道隔阂正在两人心间暗暗滋长。毕业后，张中行去往南开中学教书，杨沫回到香河。这次分别似乎让我们隐约窥见两个曾经相依的身影开始分裂，背对背的，越离越远，越来越模糊，最后，连影子也消散在残照里。女子的心永远是倏忽不定、微妙万分的，内心怎样的翻云覆雨、波涛汹涌，男子却往往难于察觉。多情女子的心像缺了一道口，所以她从容地接纳了另一个男子入侵她的领地。

经好友相告，张中行才知晓此事，而张确是深爱着对方的。这一击给毫无防备的他来了个措手不及，在急切的慌乱中，他听取了朋友的意见，将杨接回京。他失去了一个男人应有的气魄，足见他对她的爱到了何种地步。但有些伤口裂了，就无法再缝好。纵使时间可以抚平，但那也仅仅是多涂了几层麻醉药而已。

最终，两人在1936年分开。虽没有果，但花开时的烂漫，谁也不曾忘记。

张中行走过大丰公寓，回首当年："屋内是看不见了！门外的大槐树依然繁华，不知为什么，见到它就不由得暗诵《世说新语》中恒大司马（温）的话：'木尤如此，人何以堪！'这人是可怀恋的人，虽然今雨没来，旧雨是曾经来的，这就好。"

那之后，杨沫写了《青春之歌》，很多人认为其中飘荡着这段感情的影子。他们的恋情，注定逃不开众人的视线，也就少不得让众人去触摸那系在两人中本就微弱的琴弦。"文革"中，杨沫受批，有人希望中行先生能"借机""揭露"杨沫一番。张中行确实"揭露"了，他在"揭发材料"上写道："她直爽，热情，有济民救世的理想，并且有求其实现的魄力。"

外面的世界仍旧昏沉喧嚣，很长一段时间，张中行等同于《青春之歌》中被丑化的余永泽。张中行的那段岁月是怎样度过的，我们不得而知，只知道他看得很淡。他说："《青春之歌》是小说，依我国编目传统，入子部，而不能入史部，小说是可以编造大小情节的"，"既是小说，就不必当真，就是余永泽干脆叫张中行也无妨"，"我一生自认为缺点很多，受些咒骂应该，但小说不是历史"。

可见，小说人物不是历史，而是艺术形象，张中行不是余永泽，杨沫也不是林道静。这是属于张中行与杨沫的故事，是另一场青春之歌。他们的爱恨情仇，外人都不能解其中味。

三、苦难岁月，忍辱保命

1957 年到 1978 年，那是中华人民共和国成立后最动荡的岁月，之所以将张中行的这段浮现，一是可以借此将那段我们大多只知其外、不知其中的特殊历史展现；二是时局变迁，世事动荡，似乎更容易窥视一个人的思想，让我们更熟悉张中行其人：

　　　　人为的断断续续，近日不知明日将如何……

1957 年，"整风"之风刮起，先前几年的"三反""五反"早已让人们对于"运动"一词敏感而生畏。因为不知道"这应'整'之风包括什么内容，更不知要'整'到什么样子才符合要求"，所以才惶惑和心惊。先生能做的只能是但行好事，莫问前程。万一前程不平坦，就退一步祭起祖传"宝法"——忍辱保命。

听取了邓念观先生的"千叮咛，万嘱咐"——千万别说话，逆耳，抓住把柄就不得了；加上自己的"理智分析对待领导"的政策，以及记性尚不至于太坏，几次审问，都背诵同一篇"八股文"；佐以"万不得已，也就说些不痛不痒的"，只求在周围人的心目中消失，祸从天上来，也就不会落在头上。终于平安度过第一关，"怀着胜利的喜悦，下班回家，面对妻女，喝二锅头一杯。"

可是"右派"头衔随即而至，张中行一位在外语室工作的同事被"右派"加冠后便在社里劳动。"文化大革命"中，因头顶此帽，遭受百般折磨和屈辱。最后这位同事因受不了此种无尽头的折磨与侮辱而卧轨离开了。"鸡毛蒜皮，可能视芥子为须弥，总不免有加冠之险……"千分胆战，万分谨慎，仍是"理性分析对待"一切大小运动，批判会上对外"歌功颂德"，以求保全；于己明知假而为之，黄连在心。但终于，第二关在战战兢兢中也得以平安度过。

可是一波未平一波又起：

> 自己未曾入富连成作科，演戏，作假，只是为活命，就连自己看着也拙劣不堪。有时就不能不怨天尤人，心里想，哪辈子没干好事，赶上个不演戏、不作假就不能活的时代！

怎么能不怨！怎么能不恨！

1965 年年底，批判吴晗《海瑞罢官》浪潮涌起，掀起了"文化大革命"序幕。之后的形势局面愈发复杂激烈，在这种疯狂的浪潮中，张中行开始了"龙套生涯"：开会、学习、讨论，以便能够正确而更深入地理解"革命的伟大历史意义"；写大字报将毫无意义之事，说得煞有介事；参加批斗会，永不发言，也几乎不听发言；将领头用十二分的喊口号降到多六分……在追忆这段时期时，张中行写的最多的句子是："我是凡人，既怕苦，又怕死。"为此，他必须穿上戏服，为生命而奔走——"光荣也罢，不光荣也罢，反正我只能'率性之谓道'，也就愿意尽己之力，争取少受苦，活下去。而且不只此也，如果环境允许，说说道道，甚至由动口走到动手，所求也仍是较多的人能够少受苦，平安地活下去。"

但身边的一切惨痛之事，更让他痛苦："痛心，苦也""还要装作不痛心，就成了大苦"！

也就是在这个时候，张中行的家人惧于"英雄"的英勇，烧毁了他部分珍贵书籍；与此同时，李芝銮因长期处于紧张惶恐状态，加上外界惨烈的刺激，她的精神短期失常，在之后漫长的人生中，她心中的创伤没有完全平复。

张中行在"文革"开始后，似乎在四处漂泊：先是离开正常岗位，在社内扫厕所、干零活；而后又下放凤阳干校进行改造，充当基建工人，轻如插秧、运石灰，重如挖地基、夯地、运砖瓦和泥灰都切身体验，而他时年已六十一岁；两年后，离开干校，回乡改造，为不拖累家人，与妻子办理离婚手续，因远离亲人，孤援寡助，且生活经验少，除去内心孤寂外，生活上也显得捉襟见肘、困难重重。

张中行认为生命只有一次，很看重生命，所以任何时候先生都是向上而乐观地活着：干校淘粪，结识吴伯箫；风雨之夜，夜游打更，与相知谈天说地，料未来还有希望；烧锅炉三月，多年之后，刻一方"炉行者"印，化腐朽为神奇；乡里背篓拾粪，借机赏景访友一番；独处陋室，览书练字以自乐……

终于，等到了 1977 年"文革"结束。

有人曾如此评价张中行："他平和，平和中却有激情；他温情，却柔中见刚。"虽然为自保说假话不等于平和温情，但是张中行的刚毅是可见的。事实上，他对于这段时期发生的一系列冒进之举是深恶痛绝、极其反感的。

先生用心良苦啊！

四、天命谓性，率性谓道

张中行年轻时就因为学业方面兴趣广泛，被人推为杂家。他早期的著述，多偏于文言和语文方面，出版有《文言文选读》《文言津逮》《文言和白话》《作文杂谈》等。而他晚年出版的《负暄琐话》《负暄续话》《负暄三话》《禅外说禅》《诗词读写丛话》《顺生论》等著作则能够真正彰显出他深厚的学识和宽广的胸襟。

这些著作不仅在各个书店畅销，甚至全都能够在地摊上买到。尤其是在北京，一些书摊老板只要听说张中行新作出版，马上进货。一方面，张中行的著作属实畅销，另一方面，他们也希望借此来提高书摊所售书籍的档次。听说北京一家个体书店的门前，甚至有一个招牌，宣传着"本店经销张中行先生所有著作"。客人被吸引进店，发现老板所言不虚，店中几乎出售张中行全部的著作。不消说，这位老板肯定是一个"张迷"。

常人如此，名家们也不例外。文学大家王蒙、刘心武、林斤澜等人也对张中行的著作表示极大的欣赏。那么，张中行的著作何以有如此大的魅力？有人称，张中行的文章是：有话则短，无话则长。该说的话，戛然而止，不说了。张中行那些"没用的"话，絮絮叨叨，但读来并不觉得烦，而那些"有用的"话，到了嘴边，偏又不说了，但读者也已"心知肚明"了。这就是高手作文，或者说是"高手作文"的手法之一。读书界公认，先生以悲天悯人之怀，惜古怜今之趣，谈古论今，其书格之奇，文笔之高，为近年所罕见，因而形成了"张中行现象"，读书人以有没有读过张中行著作划分读书档次，以有没有张中行法书、手泽为炫耀资本。

然而，名声虽大，张中行的生活却是极其简单朴素的。"学问往上看，享受往下看"，这是他经常说的两句话，他的确也是这样做的。他这一生低调淡泊、无欲无求，曾常年寓居于燕园女儿家。八十六岁时，先生才分到一套普通的三居室，屋里摆设极为简陋，除了两书柜书几乎别无他物，也没有装修，老人坚持如此，"自在顺心"就好。老人为自己的住所起了个雅号叫"都市柴门"。

九十多岁时，文坛被中行先生不经意地带起了一股"老旋风"。当时他德高望重，又为人和蔼亲善，有着"行公"的美誉。他的文字当时成为众多报刊文学编辑千方百计追逐的目标，众多报刊以发他的文章为荣。某省报副刊编辑向张中行约稿，他极其认真地对待此事，先给编辑去了一信，信中说了"承约稿，至谢。不才年事已高，而冗务不少，写文不多，如有，当呈上请正"等语。张中行说的是实话，那时候他的文债特别多，一些大报大刊向他约稿，他都来不及写。创作是要有一个过程的，所以张中行谦称自己"写文不多"，这说明他是非常重视自己的每一次写作的，绝不含糊。时间不长，张中行就给该编辑寄了一稿《题砚诗》，手写稿，一笔一画字迹分明，让人很难想象这是出自一位九十多岁老人之手。最引人注目的是稿纸上端空白处，张中行还十分严肃地写着"请勿改动"字样，这让编辑会心一笑。

除了对待文章认真严谨，张中行的人生态度也是积极乐观的，他在人民教育出版社工作时，有一位同事丢了一千元钱，很沮丧，众人好心来劝却没有什么效果，丢钱的同事情绪还是沮丧。中行先生听说了这件事，立刻拿出五百元交给这位同事，并说："只当是你丢五百元，我丢五百元，一个人的不快让两个人分担，不是可以减轻一点吗？"

一次，香河县来人访问中行先生，看着家乡的人，他透露出了深深的思乡情绪，香河县领导决定接他回老家看看。负责接待的人为张中行安排住宿时，中行先生忽然问他："你在农村有家吗？是否有火烧的热炕？"接待人员答有，中行先生则说："能否腾出一间让我住几天，跟你老父亲一块住更好。"那段日子里，他的欣喜之态如儿童一般，和家乡的人一起去到田野中遛弯儿，两个老先生出村西口一直往运河大堤走去，其时正是农村的麦收前夕，遍地麦田如金波翻卷，大堤上绿荫铺地，堤外的运河水如白练般静静流淌。他一路啧啧赞叹："真是桃花源一般，太好了，我要多住几天！"可见，张中行比走出农村的老工人更爱田园和土地，也深深地爱着自己的家乡。

有人会觉得先生晚年是可怜或孤寂的。除了眼见平日的好友一个个离自己而去，会偶生孤独寂寥之感外，先生大多时候还是过得顺意的。何谓可怜，一种只有自己才知晓的主观感受，然而先生主张"顺生"而活，他懂得如何让生命过得更好，所以是不至于可怜的。

张中行这样看待生命：生是一种偶然，由父母至祖父母再至高祖父母，多少偶然才成为现在的自己，上天既偶然生了你，就要善待生，也就要善待人。既是天命，顺命而活。人类乐生，可以把"乐生"的一切看作善；人类畏死，可以把"避死"的一切看作善。

我们置身于天地之间，前后事务因果链接联系，或是所有的发展都是必然；或是，一切事务都于一种存在形式当中，所有一切都已形成。如此一来，"天行健，君子以自强不息"，归根不过是被欺后的自欺。糊里糊涂，为某种自然力所限定，拼命地求生存。其实，除了如叔本华的"为盲目意志所驱使"外，没有太多的意义。

或许，天道着实太难捉摸，张中行走起了庄子之道，"天道远，人道迩，人生有涯，人力有限……"

五、《流年碎影》：在狂狷与冲淡之间

《流年碎影》是张中行先生的自传，亦可称之为回想录，该书 120 节，六十余万字，1997 年由中国社会科学出版社出版。在题材内容上，《流年碎影》可称为张中行先生"负暄"散文系列（《负暄琐话》《负暄续话》《负暄三话》）的承笔，"负暄"系列主要忆念了与先生有过交往的旧人旧事，有一些机缘

在其中，而《流年碎影》则是他以生平为经，以人事为纬的回想录性质的自传，读来仍旧是"负暄"性质的闲谈随录，但因有了人生经历在百年文化进程中的推移而更具"史"的框架与文味。该书以"小题"体的章节为录，记人、载事、言理融为一体，记述了这位世纪老人80年来的人生历程与所思所想，也是对这位著名学者、哲学家、散文家一生具体而细微的展示与留痕。

　　张中行的学者散文（或者说文化散文）皆是晚年所作，作为先生在耄耋之年创作的回想录性质的散文自传，《流年碎影》有其变与不变之特色。得以承袭的不变之处有二：其一是语言特色，张中行的散文语言形式一贯晓畅通达，又不失古典的文言韵致；语言风格平淡朴实，如同与人面对面聊天一般娓娓道来，却又往往能在不经意间将道德人生哲理蕴含其中，经史子集、古今中外无不能够渗入化用，是典型的"大家""杂家"写法，因而作品内在深厚凝重境界颇高，难能可贵之处就在于先生笔墨一挥便能深入浅出。其二则是先生一如既往的"真诚"。先生曾谈及自己写作的原则：所想的不一定写，所写的一定是自己想的。张中行善于讲真话，也勇于讲真话，无论是做人还是作文，对于人事的评判他都是实事求是、自然而然，从不因私人恩怨或历史遭遇而有失偏颇，比如许多人注目的他与杨沫的感情问题，他在回想录中仍旧是不偏不倚，真切自然，一如他在"文革"期间为杨沫直言的径情坦荡，一颗真诚的心丝毫不打折扣。因此，有了这个"真"，也就保证了传记类作品的主要品格。而其变化之处主要是思想性的变化，《流年碎影》作为回想录性质的自传，思想性较之先生以往的散文，有了更大的视野和格局，它在充盈历史的掌故与经验的基础上，将跨越世纪的事件记载填充了更多史料。张中行先生生于清末，经历了北洋军阀、国民党、日伪时期、抗日胜利、中华人民共和国成立这些历史时期，他所经历的历史之长、事件之多，足以将他个人对百年历史文化进程的感受容纳进去。在《流年碎影》中，从早年在北大的求学生活到后来的多种坎坷，先生以细笔勾勒了许多文化名人的侧影，在这种叙古往今、叙议结合的节奏下，作品内蕴的思想性也就自然而然被扩大了。

张中行先生曾在《流年碎影》的弁言中谈到自己写回想录的动机："自然，人有大小，事有大小，我的人和事，都小而不大，但是江河不择细流，为史部的库藏设想，作为史料，多一些总比少一些好吧！"这也恰恰是先生赋予《流年碎影》的重要价值，作为一名文化老人以跨越世纪的脉搏去丈量个人生命轨迹的作品，其中描绘了不少文化名人的侧影，因此它的史料价值是可以作为重要参考的。出版本书的白烨先生曾评价张中行先生的《流年碎影》为"小角度、大跨度和个性化的传记作品"，也是在肯定这部自传的史料价值，它有助于我们以小见大地去认识历史和了解历史。

除去史料价值外，《流年碎影》的文学价值与美学价值也不容忽视。张中行先生的人生轨迹相较于同一时代的学者与文人来说是具有独特性的，他一生生活在社会底层，因时代环境和主客观原因不断走向边缘化，亲历和目睹世事的沧桑，因而他的散文会具有一种悲天悯人的情怀，这在当代文坛上实际是一种独特的精神存在。因此，从文学角度来说，张中行先生的《流年碎影》作为传记文本实际上为读者提供了去认识传统型知识文人的一条路径。

由于张中行一生致力于研究哲学，他对中西方哲学皆作研究，使《流年碎影》时而闪现的思想灵光便兼具中西方哲学义理的渗透，这些内容不仅有他对道家、儒家等中国传统哲学文化的理解，也有他对西方哲学的思考与把握。在将哲学与散文相结合这方面，《流年碎影》也做到了思想性与文学性的极致。先生《流年碎影》的美学价值也是十分独特的，他的散文承继了五四时期的散文的精神面貌，语言疏淡清新、朴素自然，而关于社会历史人生的种种感悟又在行云流水之间以记事又言理的方式自然倾泻纸上，读来既有返璞归真的平淡冲和，又兼具引人深思的思想智慧，难怪有人也曾评价他的散文介于鲁迅的狂狷与周作人的冲淡之间，从这种美学价值来说，这在学者散文中也是独树一帜的。

六、顺生的智慧

我们可以看到，晚年张中行硕果累累，出版了多部书籍。其中，张中行最得意的是《顺生论》，有人曾评价《顺生论》为"现代版《论语》"。确实，张中行的那种对个体生命的尊重，对自由、平等、民本的热忱，在中国传统作家中是不多见的。它像一股清新的空气，窜动于一向谨慎、顺从的中国人群中，给人以启发。

"顺生"是怀疑的一生。

张中行一直对哲学钻研深入，且中西皆有所涉猎，广闻而爱思，加上多年的生活累积，最终著成人生哲学《顺生论》。他常喜欢提起那句"伟大的哲学，始于怀疑，终于信仰"。他也是愿意有信仰，相信有信仰比没信仰好，有了信仰人便有了精神的依靠，心便有了归宿。

但张中行好疑，凡事都喜欢问为什么，究根溯源，因为很多事都经不起推敲，也就多不信什么而继续怀疑之。于我自身而言，初读先生的《顺生论》，没有如先前料到的，人生将如获至宝，如释重负，猛然醒悟，或飘然超脱之类——反而，捡回一箩筐的疑问，没有可解的答案的疑问。或是，那些本已有了答案的问题，却因为他点破了那层蒙于其上的薄纸，而又重新陷为疑问。譬如：

> 对于整个"存在"的性质，例如是什么，如何来，如何去，为什么，等等大问题，直到现在，我们几乎一无所知。有些人，其中大多是哲学家或宗教家，不愿意安于不知，更不愿意安于生命之徒然，于是深思冥想，苦寻究竟，终于想出一些似乎可以自圆其说的解释……因为闷坐井中，冥想天地之大，幸而言中的可能是没有的。

可是这些问题以先生之力，或以人类之力，暂且又找不出真理所在。这时先生往往只能"顺应天意"，退一步，假设先前所疑为真，但问题远不是在这里结束——而后又是一连串的疑问加反问……呜呼，累哉？

如此貌似大费周折，但细想，先生耗力，无非是想将理越疑越清，让我们将生活看得更明白。也正是这种不信、不倦的质疑，让他取得如此成就。作为后辈，若能如张老这般，少信多疑，是难能可贵、受益终生的。

"顺生"是快乐的一生。

张中行的一生虽也动荡波折，但一路上，更多的是笑着走过的。即使再困苦也不失希望，再苦难他也是选择积极向上地活着。且听先生如何说他的"小民之乐"！先生认为"乐比苦好"，首先，这总是难得不承认的常理——叔本华写过一篇《论自杀》，认为这是对常理的挑战，可是他自己却是寿终的。可见，既已生而为人，不管如何发奇想，真正离开常道是不容易的。

其次，我们由自然而接受"生"，应该顺应受之；欲的满足，是"利生"必要的乐的享受，是"得遂其生"的一种符号，一种报酬，也是一种动力。而后，人生，上寿不及百年，呼吸一停止就是断灭，怎样度过一生比较好呢？说"由于多有所乐而心安理得"是个重要条件，还是有些道理的。当然，有了"利生"——快乐的理由，并不是可以为一己之欢，而伤害别人的利益，伤害未来的利益，它是有所限的。

在讲述命运之时，先生似乎也变得很迷茫，但又很平常，因为世间太多不知，不知者为不知，或许，是先生多疑以后常走的一条道。先生相信因果关系，因人处在社会发展链接中，受环境和遗传的影响，命运似乎是已定的；但显然，先生又不赞成因果规律统治一切，管辖一切——因为个人意志活动可能会"自生因"，比如，自强不息可以重塑生命。他在定命与人定胜天中徘徊，有着多种设想与推论。最后，先生不得不感慨："我们的生命大概就这么一回事，常常处于两歧之间：对于有些事物不求甚解，但又必须相信自己的眼睛，选择一条路，向前走。"

"顺生"是为民主战斗的一生。

在《民本》中先生所扮演的角色褪去了平日的圣人者般的点醒，而更像一个战士，一个为民而思、为民而奋的战士。

> 民本思想是平等思想的进一步。在一个以国为名号的人的集体之内，信念上，所有人的价值"均等"是平等，价值"最高"，是民本。这个信念很重要，因为它会，也将成为一切社会方面的建树、措施等的出发点和评价标准……

> 有力者说了算惯了，几乎所有的人，就以为"事实上"只能如此；其中一部分还火上浇油，认为"道理上"必须如此……所谓民本，不要说行，就是知也并不容易。不易还有个原因，或说是情况，是行民末之实而戴上民本的帽子。人，总难免以貌取人，所以难免上当……

至于怎样才算是做到了民本，先生认为要让百姓安全、幸福、发展。有人问先生：如果在国家兴亡、民族危难之时，小民过分利生会不会成为贪生，过分避死会不会成为怕死？先生答道：小民没有义务承担这些责任，作为一个老百姓，也就是小民来讲，不管是谁统治，大家都要活，而不能要求小民来为谁死。毕竟，小民只是完粮纳税，对国家大事负责的应该只是统治者。在先生看来，民本就是要最大宽度地，让人们平安地活过去。

先生自称为"小民"，实则非也！张中行始终心系天下，虽没有"指点江山，激扬文字"那般激勇磅礴，但却像一个战士一般无畏直言，或更像一个技艺高明的医生，没有激烈的言辞，而是不紧不慢，有条有理地将中国传统的思想毒瘤划破，挤出脓血、清理、缝好，而后无声无息地离开。

这不禁让人想起鲁迅先生那段关于国民奴性思想的文字，两位先生似有道殊而同归之意。尽管我们不能确定先生所说必有警醒、顿悟之功效，但它至少可以帮我们打开思路。进一步，收获另一种态度，变换一种处世眼光；大的方面，丰富中华民族文化，海纳百川，有容乃大，也是很妙的！

中行先生突破桎梏，反思人的价值，为生而求利。他那些如阳光射入阴暗房屋里的新鲜的思想，如能带来光明，那我们就接受，或许我们的生命将变得更自在、轻松、超然无羁。

七、一生传奇，任由评说

20世纪80年代，张中行突然开始发力，落笔生花，才华尽现。他传奇的一生又再次被读者重新讨论。中行先生这一生收到过太多美誉：布衣学者、文坛新秀、文坛老旋风、负暄野老等。他也有很多的头衔，诸如文学家、思想家、哲学家、散文家、教育家、古汉语专家等。在那样一个雪花飞舞的年代，每一朵花都在风中翩翩起舞。但是他始终很谦虚，他自言："能做一个思想家，已经很不容易了。"

张中行在文坛中的确是大器晚成，默默无名了大半辈子，晚年时才名显于世。这却有其因：八十年代初人才凋零，文章大家殆尽，尽管彼时中行先生依然年迈，可是他的文章仍旧有风骨、有韵味，实为上乘。中行先生在书中忆往昔红楼旧事和恩师旧人，真情实感、字字泣泪。他在苦难岁月中受尽折磨、历经艰辛，被边缘化和排挤，后来完全靠个人努力逐步被认识、被发现、被认可，是低调的文化精英。晚年时发表的"负暄三话"被誉为"今世之《世说新语》"。哲学著作《顺生论》也被称为"当代中国的《论语》"，启功先生誉其为"整个一部《春秋繁露》"。1995年，中央电视台在《东方之子》栏目播出张中行的纪录片，主持人白岩松语："北京街头，读不读张中行，仿佛是检验一个人文化水准的标志。"唐师也在《多面张中行》中提到："1995年我赴美探亲，后绕道日本回国。沿途意外发现，但凡对'国学'有兴趣的，不问肤色发质五官布局，没有不读张中行的。回来后钻进北大图书馆找来张中行的书，没读前不知学问有多大，读了后更不知学问有多大。"可见中行先生的影响力。

据张中行先生的入室弟子刘德水回忆，他曾问老师："总结您一生的治学之道，如果以一言蔽之，应该怎么说？"中行先生坐在床头，沉思了一下，说："不要轻信。不信什么，比信什么更重要！"这是张中行一生的学术思想总结，是很值得研究和深思的。有所皈依，有所信仰是幸福的，但是如果这"信"成为未经思考的盲目的信，那么自我的价值就不复存在。生命的价值都没有了，信仰又何所依附呢？所以，苏格拉底说："未经省察的人生没有价值。"这省察也就是后来培根、罗素一再强调的"怀疑"精神。后来，刘德水去北师大小红楼去看望启功先生，启功先生写下张中行先生的心得，"学之所求，不信胜于信。右中行翁语"，另起一行又补充一句："学之所得，不知多于知。右天学功敬补之语"。

与张中行密切交往半个多世纪之久的启功先生，称张中行既是"哲人"，又是"痴人"，赞他"说现象不拘于一点，谈学理不妄自尊大"，评价他"玩文物那么有兴趣，讲学问那么广博，生活上悃愊无华，行事上那么取予不苟，无疑的是一个正义感很强的人"。一身傲骨、满腹才华的吴祖光先生说："我那点学问纯粹是蒙事，张中行先生那才是真学问。"

季羡林在《忆往述怀》中怀念老友张中行，评价与自己治人治学风格极其接近的中行先生："他以平常心待人，以人道的目光爱人，又以学者式的视角思索人，这便剔去了俗气，剔去了平庸，我读他的人物素描，觉得在不急不躁、不冷不热之中，流出人生的许多净悟。它让人清醒，让人回味，让人从世俗中猛然地转向静谧、超然的境地。"他们都用自由民主、包容兼并、淡泊名利的思想勉励自己，来求得内心的安宁。故人已逝，思者永伤，燕园中仍旧是人来人往、步履匆匆，但是漫步荷塘边，我们还是会想起在这里直抒胸臆、尽兴而谈的中行先生，怀念他带给我们的感动。

今日我们试图解读张中行，却不能囿于他写过的文章、说过的话，而应该将自己设身处地地放置在他成长的时代，感受他的一生。正如今人读古诗，常常希望能够"把每个字都搞清楚"，因而不得不牵强附会地去猜想，结果反而丢掉诗的意境。而意境乃是诗之主旨、诗之魂。张中行另辟蹊径，对李商隐的《锦瑟》别有一番解读，他说："想到一首公认最难解的诗，李商隐《锦瑟》，古今解此诗者总不下几十家，众说纷纭，莫衷一是，我有时想，与其胶柱鼓此锦瑟，不如重点取意境而不求其解。"于是，他对《锦瑟》做了如下解读：

> 锦瑟无端五十弦，一弦一柱思华年。
>
> （一晃年已半百，回首当年，一言难尽。）
>
> 庄生晓梦迷蝴蝶，望帝春心托杜鹃。
>
> （曾经有梦想，曾经害相思。）
>
> 沧海月明珠有泪，蓝田日暖玉生烟。
>
> （可是梦想和思情都破灭，所得只是眼泪和迷惘。）
>
> 此情可待成追忆，只是当时已惘然。
>
> （现在回想，旧情难忘，只是一切都如隔世了。）

回望张中行的一生，他是智慧的、快乐的、率性的、知天命的。"六经"不过是他的注脚，而只有组合起他的爱情故事、青春之歌、苦难岁月与率性品德才能雕刻出一个完整的学者和思想家，一个敬畏温良谦恭的先生。

第十八章

曹禺：

白衣苍狗

"仿佛要给自然照一面镜子：给德行看一看自己的面貌，给荒唐看一看自己的姿态，给时代和社会看一看自己的形象和印记。"——这就是戏剧。曹禺用一生的时间来领悟和阐释戏剧，在中国新话剧发展的征途上，他走出了一条前人未曾走过的路。

一、终其一生，无怨无悔

时势造英雄，时势也造大师。

曹禺便是时世造就的戏剧大师。在戏剧的世界里，英国有莎士比亚，挪威有易卜生，俄国有契诃夫，中国则有曹禺。曹禺是中国现代戏剧的泰斗，是中国新文化运动的开拓者之一，他的《雷雨》被认为是中国现代话剧成熟的标志。

这就是戏剧："仿佛要给自然照一面镜子：给德行看一看自己的面貌，给荒唐看一看自己的姿态，给时代和社会看一看自己的形象和印记。"

仿佛是为戏剧而生，从看戏、演戏、导戏到写戏，曹禺用一生的时间来领悟和阐释戏剧，在中国新话剧发展的征途上，他走出了一条前人未曾走过的路。

曹禺自小就随继母看戏，在戏园子里长大。童年时期的曹禺就能入戏，还会模仿戏里的动作和人物的唱腔，甚至有时候自己编个故事来演。中学时代，曹禺加入南开新剧团，正式开始演戏。他陆续排演了《少奶奶的扇子》《打渔杀家》《南天门》《压迫》《获虎之夜》《人民公敌》《玩偶之家》等剧目。在看戏、演戏的基础上，曹禺开始自己写戏。

曹禺一生共写下14部剧本（包括改编和合著），除《雷雨》和《日出》外，还有《原野》（1937）、《全民总动员》（与宋之的合著、根据《黑字二十八》改编，1938）、《蜕变》（1939）、《正在想》（根据墨西哥作家约瑟菲纳·尼格里剧本《红丝绒的山羊》改编，1939）、《北京人》（1941）、《家》（根据巴金同名小说改编，1942）、《罗密欧与朱丽叶》（根据莎士比亚同名话剧改编，1943）、《镀金》（根据法国作家拉毕什喜剧《迷眼的沙子》改编，1943）、《桥》（1944）、《明朗的天》（1954）、《胆剑篇》（原名《卧薪尝胆》，与梅阡、于是之合著，1961）、《王昭君》（1979）

等，每一部剧作都在现实人生与人性的开掘及戏剧形式上有新的突破。 他推陈出新，用自己心的感悟去理解生活，描写现实。

曹禺追求的是一种"大融合"的戏剧境界：从古希腊悲喜剧到西方的现实主义，从莎士比亚到易卜生，从契诃夫到奥尼尔，中国传统戏剧艺术与西方戏剧艺术在曹禺的笔下交汇，中国戏剧文坛继汤显祖之后又有了一次新的腾飞……"文明戏的观众，爱美剧的业余演员，左翼剧推动影响下的剧作家"，有人给曹禺这样一个评价。舞台、艺术、戏剧，这就是曹禺的人生。

拿着一支带来荣誉和灾难的笔，曹禺穷其一生拼命书写。他将这支笔叫作"灵魂之灯"，直到生命的最后，曹禺还在试图点燃这盏灯。

晚年病痛缠身的时光里，曹禺从未停止创作，他想要创作一部超越自己的作品。据曾在曹禺身边工作和学习的人艺老编剧梁秉堃回忆，曹禺住院的日子里，"手边一直有好几个本子，其中有活页本、小笔记本、学生用的横格本……里边的内容很丰富繁杂，有他的断想，有日记，有人物的对话，有写出的诗，更多的是他想写的剧本之提纲等"。

可以想见，曹禺的心始终充满活力与激情，创作热情充斥着他的全部思绪，他渴望写作。"我要写一个大东西才死"成为曹禺临终前最大的渴望。戏剧，从幼时到临终，贯穿了曹禺的一生。

曹禺，为戏剧事业奋斗终生的人，不愧为戏剧大师、中国现代话剧奠基人，可以称得上是"中国的莎士比亚"。

二、童年的"惊雷暴雨"

官僚大家的背景没能让曹禺感受童年的幸福，他感受更多的是痛苦和压抑。

万家宝（曹禺原名）出生时父亲是一方军阀，曾高居总统秘书的职位，这样的家庭背景让他自小过着衣食无忧的生活。曹禺的祖母给他起了"家宝"这个名字，象征大吉大利、大富大贵。他的小名叫添甲，是一个阴阳先生看了八字给起的，意为独占鳌头、前程似锦。从取名便能看出，曹禺是很受家中长辈疼爱的。出生于这样一个封建官僚家庭，又被家中长辈疼爱，曹禺在当时动荡的社会原本可以衣来伸手、饭来张口，比同龄的小孩幸福，可他的童年却是在一片灰暗的天空下度过的。这种苦闷与曹禺的父母，或者说，与他生活的家庭环境有关。

出生三天后，母亲薛夫人由于产褥热离开了他。小添甲正嗷嗷待哺，父亲万德尊不放心别人，就专门把薛夫人的孪生姐妹请来照顾添甲，并给添甲找了个奶妈，添甲的小姨后来就成为他的继母。继母对他像对待自己的亲生孩子一样，对他百般照顾，疼爱有加。添甲大些的时候，继母还让他背一些古诗词，并教给他一些做人的道理。

也许，命运注定添甲的童年是充满阴霾与灰暗的。五岁多的时候，生母已死的消息如晴天霹雳般地劈向了他。

那是一个沉闷的中午，空气压抑、天气燥热，一场暴雨蓄势待发，而添甲的继母和奶妈刘氏之间正在进行着一场唇舌之战。

添甲生下来就没有奶吃，万家一位仆人之妻因奶水足的优势做了添甲的奶妈。这一做不要紧，她地位一下子"高升"了许多。于是，她便狐假虎威，经常向添甲继母索要财物。身为一家主人的薛氏本来可以对奶妈毫不留情的，但为了添甲，她忍了又忍。刘氏的得寸进尺最终导致了这顿大吵。

"最毒妇人心"，没想到奶妈竟然把怨恨撒在了年仅五岁多的小添甲身上。她把添甲悄悄地叫到一旁说："那个女人才不是你的亲妈呢，你的亲妈在你出生后三天就死了。"就这两句话，心灵聪慧的添甲一下子就明白了。此后，失去生身母亲的孤寂楚痛与苦闷在他心中蔓延滋长，一直侵入到心灵最深处。

对早熟的他来说，这场"惊雷暴雨"是精神上一次巨大的创伤。后来曹禺每每向人谈起他出生后三日丧母的事时，都是泪流满面。他常说："我从小失去了自己的母亲，心灵上是十分孤单而寂寞的。"即使到了花甲之年，每当想起母亲的死，他依然会哀伤难过。

父亲、继母的爱也无法抚平添甲心中的痛楚。

曹禺的父亲本身就是一个苦闷的人。万德尊自小生活在私塾先生的环境里，"穷人"基因让他加倍用功，终于考取了功名。但他却赶上了军阀时期，他跟随的黎元洪下野，便也赋闲在家，再没有了出去做事的志气。

万德尊的不得志不仅让他自己生活在一种苦闷的心情当中，也给整个家庭带去了压抑的气氛。曹禺回忆："这个家庭的气氛是十分沉闷的，很别扭……我总是害怕和他在一起吃饭，他常常在饭桌上就训斥起子弟来。""整个家沉静得像坟墓，十分可怕。我还记得，我的父亲常常在吃饭时骂厨师。有时，他一看菜不满意就把厨师喊来骂一通。"

曹禺小时候，他的父亲、继母还抽起了大烟，最后他的大哥家修也染上了烟瘾。他怕父亲抽大烟，他孤单、寂寞。他恨自己出生在这样的家庭。面对这样的家庭和成长环境，一种想逃避的欲望让他把自己紧紧地关在自己的小房间里，只有这样，他才不觉得孤单害怕。有如此消极的父亲、如此压抑的家庭氛围，曹禺的苦闷也就不奇怪了。

不过，万德尊那刻进血液中的"穷人"基因，让曹禺自小便接受了"婆人之子"的教育。万德尊常常对曹禺说："家宝，你不能忘记，你可是个'婆人之子'啊！"或许正因如此，曹禺对穷人总有体恤之心。

他在南开中学上学的时候，经常因为分发铜板给穷人小孩而晚回家。还有一次，曹禺乘洋车回家，发现拉车的竟然是个女人。原来是因为女人的丈夫拉车累得吐血了，女人这才被迫出来拉车。曹禺非常心疼女人的遭遇，就回家问继母要了五块钱给她，还给了她些吃的东西。

除了因为父亲造成的家庭氛围，曹禺的苦闷还源自他的生母之死。本就有苦闷气质的曹禺知道了自己失去了生母，便更加沉浸在一种痛苦之中。

少年时代的曹禺便有一种苦闷的气质。他生来就是情感型的，又在压抑的家庭氛围下长大，自然有一种来自心灵深处的苦闷。这或许是曹禺艺术灵感的来源。

虽然曹禺因未曾谋面的生母感到苦闷，但他没有因此对自己的继母产生不好的印象。在曹禺心中，"这个继母待我很不错，我从小就是她带大的，我非常怀念她。"

其实，继母在曹禺与戏剧结缘的道路上也发挥了不小的作用。

曹禺的继母是个戏迷，她爱看各种戏，于是也带着曹禺看戏。曹禺自小就在热闹的戏园子里长大，经常随着继母去看戏。他也能入戏，看得非常投入，丝毫不受周围影响。看完戏回来，他还会模仿戏里的动作和人物的唱腔，甚至有时候自己编个故事来演。在宣化的时候，曹禺也跟着继母去看戏。

曹禺的童年便跟戏结下了很深的缘分，这种缘分在他的中学时代再一次发酵。

三、绽放在南开舞台的青春之花

15 岁，是一个青春绽放、充满朝气的年龄。

恰同学少年，风华正茂的曹禺进入南开新剧团。没想到，这一进竟成就了一代大师。

曹禺三岁就随继母看戏，已成为一个"小戏迷"。稍大些，他不但同小朋友一起扮演戏中角色，甚至自己编演故事。没进南开中学之前，他就广泛阅读过《镜花缘》《红楼梦》《鲁滨孙漂流记》等著作，那时的他又成了一个"小书迷"，他的文学造诣早在南开中学文学会时就已初露锋芒。

1924 年秋天，曹禺在因病休学一年后重返校园，并在新的班级里认识了共同爱好文学的伙伴靳以。1925 年，曹禺还加入了南开中学的文学会。

这时，曹禺的兴趣已经转移到了新文学上。

他曾说："《凤凰涅槃》仿佛把我从迷蒙中唤醒一般。我强烈地感觉到，活着要进步，要更新，要奋力，要打碎四周的黑暗。"这种激荡人心的力量，是演戏不能给予的，对新文学的热爱让曹禺渴望创作。

1926 年，曹禺与几个热爱文学的同学共同创办了一个文学副刊，"玄而又玄"的玄加"背道而驰"的背，就有了《玄背》。

《玄背》创刊前，郁达夫曾发表《沉沦》，引起文学界的巨大反响。《沉沦》的发表也是曹禺几人创办《玄背》的动力。曹禺对《沉沦》也特别着迷，他特别喜欢《春风沉醉的晚上》，受其影响还写出了《今宵酒醒何处》。

"曹禺"这个笔名就第一次出现在了 1926 年 9 月《玄背》第 6 期到第 10 期连载的小说《今宵酒醒何处》里。为什么叫曹禺呢？繁体字的万，写成"萬"，拆开便是"艹"和"禺"，由"艹"谐音成曹，"曹禺"的笔名因此而得。

这篇受郁达夫浪漫主义新文学影响的作品虽然技巧并不高明，但却体现了曹禺对美学的追求和热爱。郁达夫也曾给创办刊物《玄背》的文学少年们回信，鼓励他们为文学，为他们的理想而奋斗。他赞美《玄背》的文章很清新，"就譬如当首夏困人的午后，想睡又睡不得，想不睡又支不住的时候，忽而吃一个未熟的青梅样子"，同时提出"以后我还希望你们能够持续这一种正大的态度，对恶势力，应该加以十足的攻击，而对于不甚十分重要的个人私事，或与己辈虽有歧异而志趣相同的同志，断不可痛诋恶骂"的希望。这封回信对曹禺的创作道路产生了重要的影响。

曹禺进入南开新剧团时，南开新剧团已经取得了很大的发展，被视为北方新剧的代表，与南方的春柳社齐名。尤其是张彭春将戏剧创作的新观念从国外带回来，给剧团注入了新的活力。

曹禺第一次排演的戏，是洪深根据英国剧作家王尔德的四幕喜剧《温德米尔夫人的扇子》改译的《少奶奶的扇子》。这部戏给他的印象太深了。

非凡的剧情、巧妙的构思、风趣的语言，曹禺一下子就被吸引了，初次登台的他把人物演得形象逼真，浩如瀚海的戏剧王国一下子俘获了这个少年的心。

1926年校庆前夕，张伯苓校长在大会上公开宣布"对京剧开禁"，这之后，曹禺又排了《打渔杀家》和《南天门》两部戏。也是在这一年，曹禺遇到了张彭春，这位对他的人生产生极大影响的老师。曹禺与张彭春的相遇可以称得上"千里马"遇到了"伯乐"，这为他以后在话剧舞台上的辉煌打下了基础。曹禺在《雷雨·序》中说："我将这本书献给我的导师张彭春先生，他是第一个启发我接近戏剧的人。"

张彭春还在清华大学任职的时候，曹禺就听到过他"九先生"的盛名。张彭春加入南开后，导演了曹禺在南开新剧团大部分的戏。如果说，认识张彭春之前的曹禺是在模仿，那么，认识张彭春之后的曹禺便是在学习真正的戏剧艺术。在排练丁西林的《压迫》和田汉的《获虎之夜》时，曹禺接受了张彭春的指导，学会了弄清剧本的企图、人物的性格和心理。

按照当时的风气，男女是不能同台演出的，曹禺刚开始演戏时扮演的大多是女性角色。他在易卜生的《国民公敌》（现通行翻译《人民公敌》）中第一次扮演了女主角，当时的演出很成功，张彭春在他演出完后情不自禁地跑上前去拥抱他。张彭春高尚的戏剧艺术修养和渊博的知识对曹禺产生了深远影响，他进步很快，舞台艺术很快达到了一个新境界，也正是从这部《国民公敌》中，曹禺体验到了戏剧的社会意义。

《国民公敌》的演出并不是那么顺利，演出前夕，此剧突然被校方禁演。据陆善忱说："彼时津市军政当局憎恶其名，疑该剧有政治宣传作用，竟于将行公演之前夕，函知学校不准公演。当时因处于军阀淫威之下，未能申辩，只得忍气吞声停止公演。"曹禺对演戏的认识，由爱好上升到了社会意义。他后来回忆那个暗无天日的时代，"仿佛人要自由地呼吸一次，都需要用尽一生的气力！"

1928 年，易卜生一百周年诞辰之际，《国民公敌》改名为《刚愎的医生》以避开军阀的刁难。这出剧得到了很多赞美，"连演二天，每次皆系满座；实地排演时，会场秩序甚佳，演员表演至绝妙处，博得全场掌声不少"。

《国民公敌》之后，曹禺又陆续演出了《换个丈夫吧》《娜拉》等戏，在《娜拉》中，他再一次男扮女装，出演女主角娜拉。出演《娜拉》让曹禺在南开被众人熟知。《娜拉》也称《玩偶之家》，是易卜生的代表作，剧中最关键也是最难演的人物便是女主人公娜拉。也许是受够了压抑的气氛，曹禺一下子就进入了角色，他用自己的心去体验女主人公内心的情感，反复揣摩。为了能演好戏，他经常对着镜子演，反复琢磨，好多时候甚至忘记了吃饭。为了练习台词，曹禺一大清早就在学校的池塘边朗诵。他在反复听完爱伦·特蕾的唱片后加以重复诵读，并在诵读中领会人物的思想及情感。

1928 年 10 月 17 日晚，男扮女角的曹禺，凭借其优秀的艺术修养和很好的舞台造诣，成功地演绎了女主角娜拉，那年，曹禺 18 岁。

或许从《国民公敌》开始，曹禺对戏剧的热爱从演戏上升到将其作为传递内心社会责任的方式。他说："南开新剧团是我的启蒙老师：不是为着玩，而是借戏讲道理。它告诉我，戏是很严肃的，是为教育人民、教育群众，同时自己也受教育。它使我熟悉舞台，熟悉观众，熟悉如何写戏才能抓住观众。"通过舞台实践，曹禺对写戏有了更深刻的认识。正是因为他有过演戏的经历，他才能创作出《雷雨》这样的作品。

由于这些演出，曹禺深得师生喜爱，人们都亲昵地把他称作"咱们的家宝"。

曹禺曾在《回忆在天津开始的戏剧生活》中谈到了这段舞台生活对他人生的影响：他从实际的舞台经验中认识到，戏剧有它自身的内在规律，不同于小说和电影。掌握这套规律的重要途径，就是舞台实践。因此，如何写戏，光看剧本不行，要自己演；光靠写不成，主要在写作时知道在舞台上应如何举手投足。当然剧作家不都是走我这样的道路。

四、《雷雨》：轰轰烈烈的燃烧

曹禺写作的第一部戏《雷雨》十分成功，成为曹禺创作的最具代表性的作品。提起曹禺，人们就会想到《雷雨》，这部他在人生朦胧阶段写出的巅峰之作。

六月的清华大学，一样的燥热苦闷。外面骄阳似火，除了知了在树上叫个不停之外，校园里很静。正值暑假，同学们早已回家，求学清华的曹禺正在图书馆艰难地创作着他的作品。

那时，理不清思绪的曹禺与杨善荃探讨，杨善荃鼓励他反复修改琢磨，并借他收藏的戏剧书和英文的编剧法，这给了曹禺很大的帮助。

写作《雷雨》时，曹禺正在准备毕业论文，他写的是《论易卜生》，但那时的他并没有把写论文看得多么重要，而是将自己的心血灌注于《雷雨》之中。在清华大学图书馆西文阅览室大厅的东北边靠近借书台的长桌的一端对面，两个座位是固定的座椅，一个是曹禺，一个是他的女友郑秀。处于热恋期的曹禺和郑秀，没有荷塘月色下的缠绵浪漫与卿卿我我，而是在图书馆里的共同奋战。每天上午8—12时，下午2—6时，晚上7时30分—10时，只要是开馆时间，他们都会过来。

曹禺在南开大学读书时就对《雷雨》有了一些构思。生性忧郁的他，心里想着的事情别人总猜不透，就连郑秀有时也不知道。曹禺在《雷雨·序》中谈到他的创作动机时就一句话："写《雷雨》是一种情感的迫切需要。"

曹禺在写作时聚精会神，经常忘了外界的事情。他的右耳耳廓下边长着一个小肉瘤，他在思考时，时而用手轻敲自己的脑袋，时而用手抚摸右耳边的"拴马桩"，每当想不出如何处理剧中关键情节或忽然"灵感来潮"时，就狠狠地揪一下那个小疙瘩。所以同学和朋友戏称那为"灵感球"。

《雷雨》开创了中国近现代戏剧的先河，不管是戏剧结构还是人物塑造，都走在时代前列。《雷雨》作为一部多幕剧，将交织的线索错综推进，不到 24 小时发生的故事在一个雨夜展开。而在这四幕中，八个栩栩如生的人物出现在我们面前。

曹禺曾说："在夏天，炎热高高升起，天空郁结成一块烧红了的铁，人们会时常不由己地，更归回原始的野蛮的路，流着血，不是恨便是爱，不是爱便是恨；一切都走向极端，要如电如雷地轰轰地烧一场，中间不容易有一条折中的路。代表这样的性格是蘩漪，是鲁大海，甚至是周萍，而流于相反的性格，遇事希望着妥协、缓冲、敷衍便是周朴园，以至于鲁贵。"曹禺在人物小传上非常用心，写了很多人物札记，力求人物塑造的真实合理。

曹禺塑造的周朴园、鲁大海、蘩漪等剧中人物在生活中都有原型，但每一个人物又都是几个人的复合体。这些原型人物有的是他记忆中的残痕，有的是路上偶遇，有的是听朋友说的。为了让他刻画的人物深刻真实，曹禺为这些人物都写了小传。因为在曹禺看来，矛盾冲突是戏剧的关键，但人物及其性格刻画却是这关键中的关键。所以在《雷雨》中，曹禺在每个人物出场时都用了大量笔墨来凸显人物的性格。他笔下的蘩漪是这样出场的：

她一望就知道是个果敢阴鸷的女人。她的脸色苍白，只有嘴唇微红，她的大而灰暗的眼睛同高鼻梁令人觉得有些可怕。但是眉目间看出来她是忧郁的，在那静静的长的睫毛的下面，有时为心中的郁积的火燃烧着。她的眼光会充满了一个年轻妇人失望后的痛苦与怨望。她的嘴角向后略弯，显出一个受抑制的女人在管制着自己。她那雪白细长的手，时常在她轻轻咳嗽的时候，按着自己瘦弱的胸。直等自己喘出一口气来，她才摸摸自己胀得红红的面颊，喘出一口气。她是一个中国旧式女人，有她的文弱，她的哀静，她的明慧，她对诗文的爱好。但是她也有更原始的一点野性：在她的心、她的胆量、她的狂热的思想，在她莫名其妙的决断时忽然来的力量。整个地来看她，她似乎是一个水晶，只能给男人精神的安慰，她的明亮的前额表现出深沉的理解，像只是可以供清谈的；但是当她陷于情感的冥想中，忽然愉快地笑着；当着她见着她所爱的红晕的颜色快乐散布在脸上，两颊的笑涡也显露出来的时节，你才觉得出她是能被人爱的，应当被人爱的。你才知道她到底是一个女人，跟一切年轻的女人一样。她会爱你如一只饿了三天的狗咬着它最喜欢的骨头，她恨起你来也会像恶狗猎猎地，不，多不声不响地恨恨地吃了你的。然而她的外形是沉静的，忧烦的，她会如秋天傍晚的树叶轻轻落在你的身旁，她觉得自己的夏天已经过去，西天的晚露早暗下来了。

曹禺还在父亲万德尊、祭礼齐某某等人身上看到"周朴园"的影子；鲁大海、周萍、鲁贵等人也各有人物原型。就像他自己所言："我对自己作品里所写到的人和事，是非常熟悉的。我出生在一个官僚家庭里，看到过许多高级恶棍，高级流氓。《雷雨》《日出》《北京人》里出现的那些人物，我看得太多了，有一段时间甚至可以说是和他们朝夕共处。"这种写作原型并不是对现实人物的临摹，而是曹禺对自己现实生活中见到的、听说的或是读到的、想象到的人物的描写，或者说，是他对自己感受的描写。

在故事情节的塑造上，《雷雨》也有着独创性，错综复杂的人物关系和巧合，深刻地反映着现实社会内容，其中也夹杂着阶级斗争的残酷性。曹禺用自己极其敏感的观察力和感受力，体会到时事中的社会现实与阶级斗争。曹禺曾这样描述他对表达这一切的渴望："我的心像在一片渺无人烟的沙漠里，豪雨狂落几阵，都立刻渗透干尽，又干亢燠闷起来，我不知怎样往前迈出艰难的步子。我开始日夜摸索，醒着和梦着，像是眺望时有时无的幻影。好长的时光啊！猛孤丁地眼前居然从石岩缝里生出一棵葱绿的嫩芽——我要写戏。"他无意识地"匡正"、"讽刺"与"攻击"，发泄着被抑压的愤懑,毁谤着中国的家庭和社会,这些都是"情感的迫切需要"。《雷雨》便是荒漠中的新芽。

《雷雨》的发表还经历了一个小插曲:1933 年 9 月,巴金为了和郑振铎、靳以筹办一种大型刊物,从上海来到了北平,在三座门 14 号一个僻静的小院子里,办起了《文学季刊》。作为童年好友,曹禺把《雷雨》手稿让靳以看,靳以把剧本放在了抽屉里,没想到巴金无意中翻到了。

这一翻不要紧,翻出了中国剧作史上的一位天才。曹禺对于巴金的发现和支持一直心存感激,多年后他还记得巴金的知遇之恩。

巴金在回忆时说:"我想起了当时在北平三座门大街 14 号南屋中间用蓝纸糊壁的阴暗小屋里翻读《雷雨》时,我是一口气读完的,而且为它掉了泪。不错,我落了泪,但是流泪以后我却感到一阵舒畅,同时我还觉得一种渴望,一种力量在我身内产生了。我想做一件事情,一件帮助人的事情,我想找个机会不自私地献出我的微小的经历。"他以其无私真诚的爱才之心,细心修改文字、阅读校样,并且争取让这位新人的作品直接刊登。于是,1934 年 7 月,《文学季刊》破格刊登了《雷雨》。巴金与曹禺也从此建立起深厚的情谊。

这之后,《雷雨》多经发表。1936 年 1 月,《雷雨》作为巴金主编的《文学丛刊》第一集、《曹禺戏剧集》第一种,由上海文化生活出版社出版。同年 2 月,在秋田雨雀、影山三郎和邢振铎三位的支持和努力下,《雷雨》日译本由日本汽笛社出版。

剧作的生命不仅在于文字,更在于演出。1935 年 4 月 27 日、28 日、29 日,《雷雨》以中华话剧同好会的名义,在东京神田一桥讲堂举行首次公演。这场演出是同好会自发组织的。当时郭沫若正流亡日本,看完演出的他表示赞赏,并表示"这个戏表现了资产阶级家庭错综复杂的恋爱关系,用深夜猛烈的雷雨,象征这个阶级的崩溃"。

而后,天津市立师范的同学也准备着将《雷雨》搬上舞台。在排演过程中,曹禺给予这群年轻学生很大的帮助。1935 年 8 月 17 日、18 日，孤松剧团在天津师范学院礼堂正式公演了《雷雨》，这是国内第一次公演《雷雨》。1935 年 8 月 24 日至 29 日，《大公报》连载《不凡的〈雷雨〉演出》一文，对这次演出给予高度赞扬。《大公报》还发表了冯俶的《〈雷雨〉的预演》、白梅的《〈雷雨〉的批判》，报道了演出情况。

不久，上海也开始有《雷雨》的演出。先是上海复旦剧社的演出，后来"中旅"又在上海卡尔登大戏院演出。

引起这样巨大轰动的《雷雨》，自然吸引了文坛许多人的目光。李健吾就为《雷雨》写过评论，他说《雷雨》"虽说是处女作，立即抓住了一般人的注意"，称誉它是"一出动人的戏，一部具有伟大性质的长剧"。

在《文坛五十年续编》中，曹聚仁评价说，《雷雨》与"各阶层小市民发生关联，从老妪到少女，都在替这群不幸的孩子们流泪。而且，每一种戏曲，无论申曲、越剧或文明戏，都有了他们所扮演的《雷雨》"，他认为，1935 年"从戏剧史上看，应该说进入'雷雨'时代"。对于 20 世纪 30 年代中期《雷雨》在上海引起轰动的情形，茅盾后来也有"当年海上惊雷雨"之赞。

郭沫若对《雷雨》的评价也很高，他认为"《雷雨》的确是一篇难得的优秀力作。作者于全剧的构造，剧情的进行，宾白的运用，电影手法之向舞台艺术之输入，的确是费了莫大的苦心，而都很自然紧凑，没有现出十分苦心的痕迹"。鲁迅在 1936 年 4 月同美国记者埃德加·斯诺的谈话中，曾这样介绍中国剧作家："最好的戏剧家有郭沫若、田汉、洪深和一个新出现的左翼戏剧家曹禺。"而在曹禺创作道路上起到很大作用的郁达夫也曾发表《看了〈雷雨〉的上演之后》。

《雷雨》是曹禺的第一部剧作，是他写作生涯的开始，也是他写作生涯的巅峰。从构思到成文，曹禺花费了几年的时间。在强烈的情感的指引和成熟的思考下，《雷雨》一出，在文学界激起了巨大的浪花。

五、红颜易觅，知己难求

　　曹禺是幸福的，因为他一生与三个女人相爱过；然而他又是不幸的，他的爱情与婚姻一波三折，磕磕绊绊。在与三个女人相爱的历程中，曹禺也从未停止创作。

　　郑秀是第一个让曹禺倾心的女人，而且是曹禺的初恋。认识郑秀，还是因为话剧。初入清华大学的曹禺，因为在南开的名气，有幸排演高尔斯华绥的《罪》（又名《最先的与最后的》）。曹禺既是导演，又兼起了男主角拉里的角色，但他们却一直苦于没有合适的女主角，直到有人推荐法律系的郑秀。

　　郑秀不仅人长得漂亮，还会弹钢琴、演戏，又懂英文。就这样，曹禺和郑秀合作，演出一对恋人，演出很成功。曹禺、郑秀大出风头，一下子也成了清华的名人，以至求爱者络绎不绝。

　　在排演过程中，曹禺的心也被丘比特之箭射中，他被郑秀一下子给迷住了，青年炽热的恋火在曹禺体内越烧越旺，他也成了郑秀追求队伍中的一员。他像当初迷恋读书那样，对爱情痴迷起来。

　　爱情像一首诗一样，将奔放与热情释放。

　　月夜下，清华古月堂——也就是郑秀所在的女生宿舍外，可以看到曹禺的身影，抑或是在旁边的小树林里。曹禺执着地守候着他心中的"玫瑰女神"，一宿连着一宿，目光凝视着郑秀宿舍的窗子。

　　郑秀的心里一片迷茫，她不知所措，她像逃避其他追求者一样，逃避着曹禺。在爱情到来时，曹禺没有一丝退却。曹禺对她的逃避并没有气馁，依然是在身后用真诚与执着追逐着。当郑秀的伙伴开导她时，她那颗心也随之坦然。对于曹禺，她不是不喜欢，曹禺的飒爽与大度，博学与为人，聪慧与才能，没有一点不让她动心。伙伴的鼓动，才让她放下女生的矜持，用一颗诚挚的心去接受曹禺的爱意。

爱情像一张纸一样，当这层纸捅破时，一切都明朗起来。

他们相爱了，在荷塘夜色下，曹禺对郑秀诉说着他的钦慕之心和相思之意，郑秀也没想到一向内敛的曹禺此时滔滔不绝，她的心也随着曹禺的爱情絮语扬起甜蜜的波澜。此后的日子里，经常可以看到两人牵手的身影出现在清华园的杨柳、浅溪、白石与远山石塔之间。

郑秀，也就成了陪伴在曹禺身边的第一个女人。

《雷雨》的写作正是在郑秀的陪伴下写成的。继《雷雨》之后，曹禺又创作了《日出》。与《雷雨》几年的精雕细琢不同，《日出》的写作耗时十分短，可以说，《日出》不是作者主动去写成的，而是主动出现在作者笔下的。当时的社会，有太多事情刺激着曹禺，他的情感也在这个过程中不断被激发，然后落实到文字上。

阮玲玉之死算得上曹禺写作《日出》的一个契机了。1935年3月8日，著名电影演员阮玲玉服毒自杀了，她死于恶毒的谣言和卑鄙的诽谤，死于一波又一波恶毒的中伤。她的死震动了整个社会，也深深震动了曹禺的心。曹禺又想到惠中饭店的那个"交际花"，又想到艾霞的自杀，这些人的死无比沉重，深深砸在曹禺的心灵上，他仿佛看到了陈白露。

曹禺想把这种震撼写出来，他想把这社会积弊写出来。他把目光着眼于妓女群体，为了搜集第三幕的素材，他还到妓院亲自调查。在妓院里，他发现了一位叫"翠喜"的妇人。翠喜兼具美好的品性与各种陋习，抑或说，为了生活下去她必须"丑陋"，必须在这地狱般的生活里面讨日子。曹禺还曾半夜里去荒凉的贫民区与吸毒的乞丐搭话，还曾改头换面去"土药店"里找人讲交情，甚至还被人打过、被熟人中伤。

所有的一切都是值得的。调查期间他遭受的种种折磨和侮辱，都是为了看到最真实的人间，发出最真实的声音，"我心在里面烦躁不安，我不能静默不言"。

他是愤懑不平的，"一件一件不公平的血腥的事实，利刃似的刺了我的心。逼成我按捺不下的愤怒"，"我绝望地嘶嘎着，那时我愿意一切都毁灭了吧，我如一只负伤的狗扑在地上，啮着咸丝丝的涩口的土壤。我觉得宇宙似乎缩成昏黑的一团，压得我喘不出一口气，湿漉漉的、黏腻腻的，我紧紧抓着一把泥土的黑手，我划起洋火，我惊愕地看见了血。污黑的拇指被那瓷像的碎片割成一道沟，血，一滴一滴快意的血缓缓地流出来"。他的情感将要爆发，在《日出》中爆发。

《日出》完成后，他去了南京在剧院执教。彼时他正在写《原野》，而《原野》的创作也是如此。南京也不是一片乐土。曹禺住在国民党"第一模范监狱"的斜对面，能听到犯人的惨叫、看到犯人做工的惨状。在这座囚禁着革命志士和共产党人的监狱对面，面对一连串的农民问题，曹禺知道，南京的问题同样严峻。他不禁想到段妈给他讲的故事，想到宣化府大堂内拷打农民的血腥场景。于是，《原野》诞生了。

《原野》得到的好评远不如《雷雨》《日出》多，但郁达夫认为《原野》的价值远在《雷雨》《日出》之上。他认为《原野》是"带有象征意义的问题剧"，"只有把象征具体化出来以后，明确提出一个问题，指示我们一条道路，一定要有这样的剧本，才有深刻的印象，使永铭在读者和观众的心头"。

把热情灌注在创作上的同时，曹禺也将自己的精力用在教书上。1936年，曹禺在南京戏剧学校的邀请下去了南京，在那里当教戏剧的老师。不管是教书还是指导学生排戏，他都很认真。

也是在这一年，曹禺与郑秀订婚。这时，曹禺与郑秀的性格差异已经显现出来。曹禺是在美好的幻想中去追求郑秀的，那种强烈的美好的幻想一旦过去，剩下的就是痛苦。这样的痛苦，连他的一些同事、同学都有所察觉。石蕴华就曾在一次谈心中问他："家宝，你是不是觉得很痛苦？"曹禺没有回答，只是默默坐在那里。他的苦闷是藏在内心的。

　　1937 年 7 月 6 日，恰逢七七事变前一天，曹禺启程回天津，他的大哥万家修在天津病故了。从这之后，他们一家都卷入了战争的洪流之中，开始了逃亡的生活。得知上海和南京遭到日寇大肆轰炸、国立剧专西迁长沙的消息之后，曹禺也秘密离津，由香港绕道去长沙。抗战初期的长沙抗日热情高涨，到处都有抗日的演出活动、演讲和游行，曹禺也投入到这股抗战力量之中。

　　曹禺并没有停止创作。如果说抗日战争全面爆发前支撑他写作的是对社会惨状的怜悯与感触，那么，日军全面侵华之后他写作的动力便是民族危难与抗日热情。

　　1937 年 12 月 11 日，曹禺在长沙银宫电影院听到了徐特立的演讲。他讲的是"抗战必胜、日本必败"的道理，他的听众有三四千人，把电影院围得水泄不通。曹禺被他激情的演讲打动了，《蜕变》中的梁公仰便是以他为原型创作的。徐特立的演讲点燃了曹禺的创作灵感。

　　曹禺和郑秀在长沙抗战初期的热潮中结婚了。虽然他们在性格、志趣、脾气上有很多差异，时而有争执，但终于还是在艰苦的环境中结合了。因为战火蔓延到了内地，国立剧专向重庆撤退，曹禺也跟着去了重庆。他们走的是水路，走湘江，入洞庭，到宜昌，再沿长江西去重庆，后来又在江安住过一段时间。

　　曹禺在江安时，住在一位张姓老先生家一处破旧的老房，那里十分清静，阳光也很充足，他在这间老房里写出了《蜕变》和《北京人》。

　　《蜕变》是曹禺在重庆就酝酿着要写的，自从抗日战争以来，他就酝酿着要写一部抗战的戏。如今，他的酝酿渐渐成熟，他要写一个从南京迁到后方的一个小县城的省立医院的故事。面对战争，他写作的热情没有消散，对现实社会的敏锐感触和愤懑之情没有消散。《蜕变》的素材是曹禺在长沙调查得来的，那时他调查了几个伤兵医院，腐败的事情听人说过，也在报纸上看到过，在江安的腐败情形也不少见。他的《蜕变》表现了对国统区现实的不满，也表达了对"蜕变"的渴望。

在江安的岁月，除了写作，曹禺还在教书育人上付出很大的心血，这和他在长沙时一样，可以说，曹禺从未变过。他在学生中的评价是很高的。吕恩说他讲课一气呵成，有声有色，边讲边表演，许多人都是因为他才报考戏剧学院。范启新说，万先生讲课口若悬河，随手拈来，旁征博引，分析作品细致入微。

那时，曹禺虽然在自己的情感驱动下进行写作，在校园中体会教书育人的愉快，但那时的他也是有苦闷的。早在订婚时，他跟郑秀就已经产生了矛盾，而江安时期，他和郑秀之间的感情裂缝已经很深了。这种苦闷在他的心灵中一直存在，于是，他走向了邓译生。

当邓译生（也就是方瑞）走进曹禺的视线中时，曹禺内心阴霾的天空又一下子豁然开朗起来。那是1940年，方瑞到江安来看望她的妹妹，当时在国立剧校讲学的曹禺便与她邂逅。在不知不觉的交往中，他们相爱了。但为了顾全家庭，曹禺把对方瑞的爱与思念放到了他的艺术创作之中。正是在那个时期，他完成了《北京人》，其中的愫芳，就有着方瑞的身影：

> 见过她的人第一印象便是她的"哀静"。苍白的脸上宛若一片明静的秋水，里面莹然可见清深藻丽的河床。她的心灵是深深埋着丰富的宝藏的。在心地坦白人的眼前，那丰富的宝藏也坦白无余地流露出来，从不加一点修饰……
>
> 她的服饰十分淡雅。她穿一件深蓝哔叽织着淡灰斑点的旧旗袍，宽大适体。她人瘦小，圆脸，大眼睛，乍看怯怯的，十分动人矜惜。

曹禺的学生也曾见到他和邓译生走在一起。这样的事情无疑是有违社会伦理的，但他的苦闷迫使他走向这一步，他的学生们对这件事也并无反对，他们更愿意看到万老师遵从内心。

1940年11月初，巴金从上海到重庆，曹禺就约他到江安玩玩。他们的友情从《雷雨》开始，从未结束。哪怕从抗日战争开始，他们从未见过面，三年的兵荒马乱，他们都在用笔战斗着。他们在夜晚的清油灯下彻夜长谈。

这次巴金来，除了与老朋友叙旧，还带来了一个改编的"任务"。巴金其实是带着吴天改编的《家》剧本来的，曹禺读过之后并不满意，便要亲自改编。曹禺谈到这次谈话，说："巴金到我家来了，把吴天改编的《家》带来了。我看过，觉得它太'忠实'于原著了。我和巴金是多年的老朋友了，我心想应该由我来改编，不能说是他请我来改编，我也意识到这是朋友间油然而生的责任，我说我试试看，巴金是支持我的。他的小说《家》我早就读完，但我不懂得觉慧，巴金跟我谈了他写《家》的情形。谈了觉慧、觉新、觉民这些兄弟，还告诉我该怎么改。"

由于改编剧本《家》的需要，曹禺搬到了唐家沱——长江边上的一个小码头。当时的重庆，酷热难耐，写作艰难，给曹禺以慰藉的就是与方瑞"鸿雁传情"，方瑞已成为他"所爱的朋友"。一封封书信，将两人的心紧紧连在了一起……

1941年1月，"皖南事变"让江安的政治空气也变得紧张起来。曹禺虽然不问政治，没有卷入这场政治旋涡之中，但实际上，他也在被暗中监视着。一天，曹禺的家突然被宪兵队搜查，他们搜走了他的全部信件，还检查了他的杂物、书籍。之后，曹禺的《雷雨》被禁演，剧本也被禁止刊行。

曹禺难以忍受这样的政治环境，在1942年年初辞退剧专的职务去到重庆。他常去巴金家里，在那里，他能体会到温暖和友爱。他继续为巴金改编《家》，在1942年夏季脱稿，经过了巴金的亲自校阅，12月由重庆文化生活出版社出版。可以说，在曹禺的创作道路上，巴金始终给予帮助和支持。

1942年冬天，曹禺收到了周恩来的来信，邀请他到曾家岩十五号做客。周恩来对曹禺很是欣赏，称赞他的《雷雨》《日出》。对周恩来的爱才，曹禺非常开心，他曾回忆：那个时候，只要去曾家岩，走起路就脚下生风，心里头也畅快极了。一踏进曾家岩的小门，就觉得把国民党陪都的污浊都撇在了外面，在这里能呼吸到新鲜的空气。一眼看到周总理的亲切微笑，阳光就照进了心中。

彼时的曹禺虽然坚持"不问政治，不惹是非"，当一个纯粹的文人，但是，国民党当局不给他这个机会，他们要阻止他的口中发出正义的声音。曹禺只能被迫卷入政治旋涡之中。

距 1942 年将《家》改编完成，曹禺已经一年没有进行创作了。抗战期间他加入历史剧创作的浪潮，却没有成功上岸。这对曹禺来说，无疑是苦闷的，甚至可以说，这种苦闷是他临终前苦闷的缩影。但此时的他，还有体力和心力寻找新的方向。

他把目光放到经济学领域，《桥》正是他探索新领域的尝试。在钱昌群的介绍下，他去重庆附近的一家民营钢铁厂亲自采访调查，了解整个钢铁厂的生产过程。在这个过程中，他也体会到官僚资本吞并民族工业的残酷情形。这样的情形无疑激起了曹禺的愤懑，他的热情又燃烧起来，于是，他尝试写作了《桥》。只是这出戏写到两幕时，抗日战争便迎来了胜利，不久后曹禺又接到访问美国的邀请，中途搁笔。他曾想续写这个故事，但始终没有完成。

彼时的曹禺对后来的内战毫无心理准备，他满怀希望去到美国交流，又在同样的一个春寒的季节悄悄地回来了。1947 年 1 月，长途跋涉的他一回国便住进了医院，他是累病了。但此时，他不仅要承受身体上的病痛，还要面对这个弥漫硝烟、因为内战而不再和平的国家。

曹禺回国后，应邀去到上海工作，在那里遇到一件蹊跷的事——一位女工写信揭发曹禺同居后又把她抛弃，后来发现原来是有人冒名顶替。曹禺气愤不已，对那个时代更加愤懑不满。而同时，国民党欺压百姓发横财的行为让曹禺更加憎恶愤慨。抗日战争终于胜利，人民却难以在光明下生活，在这样的情形下，他写作了电影剧本《艳阳天》。

1946 年至 1949 年，曹禺逐渐明确了一条为人民的道路，他认为只有共产党才是真正为人民的。1948 年他去找过自己的老同学孙浩然，说自己要走了，那时他已同李玉茹结识，对她说："不要听信谣言，不要离开上海到别的什么地方去。像你这样穷苦出身的女孩子，这样年轻有才华的演员，共产党是会欢迎的。"

终于，1949 年 3 月 18 日 10 时，曹禺回到了北平，这个他离开了 15 年的城市。可是，他想象中的生活并没有来临。在北平生活的日子异常忙碌，仿佛不是曹禺本人在生活，而是生活在推着曹禺往前走。他就在这样一个极快速的流转的时间旋涡中忙忙碌碌。在被卷入忙碌的会议中时，"不问政治"的纯粹文人已经不能摆脱政治的影响。其实，曹禺早已"政治化"了。

在中华人民共和国成立后的文学改革中，曹禺无疑是国统区来的作家中最积极主动进行自我反省的一位。在还没有面临外界压力的时候，他就已经开始了自我批判。其实，他的这种决心也不难理解。1945 年 9 月曹禺见到毛主席的那一天，他就暗下决心，一定不能辜负毛主席的期望。当时毛主席语重心长地对他说"足下春秋鼎盛，好自为之"，他勉励曹禺多为人民创作好剧本。曹禺回忆说："只有二十多人参加这次会见，我记忆中似乎都是进步的。沈浮对毛主席说，国统区太黑暗了，要到延安去。毛主席说，欢迎你们去延安，但只有小米招待大家。毛主席还对巴金说，我从前也相信过无政府主义，也是个无政府主义者。毛主席谈笑风生，对大家充满了关怀和期望。"所以，他以极大的勇敢和热情，要把"自己的作品在工农兵方向的 X 光线中照一照"，挖去自己"创作思想的脓疮"。

1950 年 10 月，曹禺发表了《我对今后创作的初步认识》，否定了自己之前的剧作。他否定了"正义感"，否定了他的深恶痛绝，"我时常自足于'大致不差'的道理，譬如在反动统治下，社会是黑暗的，我要狠狠地暴露它；人是不该剥削人的，我就恶恶地咒骂一顿。其实，这些'大致不差'的道理，在实际写作中时常被我歪曲，有时还引出很差的道理。我用一切'大致不差'的道理蒙蔽了自己，今日看来，客观效果上也蒙蔽了读者和观众。"他认为《雷雨》也歪曲了真实，"我把一些离奇的亲子关系纠缠一道，串上我从书本上得来的命运观念，于是悲天悯人的思想歪曲了真实，使一个可能有些社会意义的戏变了质，成为一个有落后倾向的剧本。这里没有阶级观点，看不见当时新兴的革命力量；一个很差的道理支持全剧的思想，《雷雨》的宿命观点，它模糊了周朴园所代表的阶级的必然毁灭。"他把《雷雨》说得一无是处。

这种自我否定在今天看来实在是不恰当的。显然，这是曹禺的文学被政治影响的表现。但在曹禺这里，似乎是他主动改变自己的文学，这显然是一种更大的影响。其实，曹禺一直是靠着一种热情与主动来进行所有的创作，显然，这种热情再一次生效了。他对自己的否定会极大程度异化他的头脑，那时的曹禺还没有意识到这一点。他只是一腔热血地又扑进了他的"热情"之中。他急切地真诚地实践自己的诺言，开始修改旧作。1951年，借开明书店编辑剧作选集的邀请，他修改《雷雨》《日出》和《北京人》。他的创作思想迎来巨大的危机。

当时的曹禺很痛苦，创作受到政治的影响，妻子也已不是自己当年的所爱，选择与她离婚又将是多么不容易。与方瑞的感情贴心似的，但与她的距离又是千山万水。命运用残酷的方式让曹禺与他心爱的人饱受煎熬，一直这样苦苦忍受了十年。

不思量，自难忘。

有情人终成眷属。

随着中华人民共和国成立，曹禺也开始了他的新生活。他与郑秀在北京履行了离婚手续，结束了他十年来的苦闷与压抑。不久，他与方瑞结婚。

在新生活里，曹禺和他的伴侣本以为可以相伴一生，白头偕老，然而他们却迎来了"文化大革命"。

曹禺非常小心地想规避这场祸事，但他知道，这场祸事恐怕迟早会降临到他的身上。1966 年 12 月的一个夜晚，红卫兵闯进曹禺家，将已经睡下的曹禺从床上拽下来押走了。后来周恩来用一句"他又不是走资派"救下了他，可是，曹禺已然以最近的距离感受到了这场"浩劫"。

对于这场"浩劫"，曹禺是这样回忆的："'四人帮'统治的那段岁月，真是叫人恐怖，觉得自己都错了。给我扣上'反动学术权威'的帽子倒是小事，自己后悔不该写戏，害了读者，害了观众。"他的思想已经随着这场浩劫去了。

曹禺后来经受不住折磨病倒，住进了协和医院。那时的他多么羸弱！生命似乎就要这样结束了。可是，他的心底始终存着一丝希望，一股顽强的生命力支撑着他从病痛中活了过来。

在这场浩劫中，方瑞的身心也都受到了严重的打击。即使这样，她还在背后支撑着曹禺。不幸的是，方瑞没能等到"四人帮"被推翻就离曹禺而去。

那是 1974 年，曹禺一生中灰暗的一年。

"文革"夺去了他十年多的时光，也夺去了他的爱人方瑞。而当"文革"结束的时候，曹禺甚至不敢相信。直到第二个人、第三个人说，他才终于有勇气相信，这场浩劫真的结束了。

接下来的几年，曹禺的感情世界一直都是灰色的，直至 1979 年与李玉茹的结合，而当时的曹禺已经 69 岁了。他们相识于 1946 年，但谁也没想到三十多年后他们会走到一起。

他们的结合还要感谢《王昭君》。1978 年，李玉茹看到该剧本时很为曹禺高兴。她打电话联系曹禺说她想演昭君。曹禺当时风趣地说："你太胖了，你适合演这个角色。"

也许是遭遇的相似更能让他们体会到对方的不幸，"文革"期间，李玉茹遭受了身心上的迫害，不仅腰被打折了，精神上也遭受到巨大的打击；而那时的曹禺，受到的迫害也不少，方瑞在时还好，等方瑞一去世，曹禺心中那块阴霾与灰暗则又在扩大了。命运安排让他们在 1979 年再次相遇，这也成就了两位老人。

　　三个女人，是曹禺的生命中不可磨灭的一笔；三个女人，也陪他走完了近一生的旅程。一个见证了他的风华正茂与青春热血；一个陪他走过了流亡岁月的经历；一个与他走完人生最后一段路。

六、永远的曹禺

　　1996 年 12 月 13 日，北京东单大华路 1 号院内，曹禺带着慈祥的微笑辞世。他走得很安静，黎明之前，天还漆黑，北京城内大街上空空荡荡。死亡就这样悄然走向曹禺。

　　他的离开并不在人们的意料之外。实际上，他已在北京医院度过了八年。生老病死乃人之常情，但是，曹禺的离开，却伴随着一个深深的遗憾：他没有写出他想写的"大东西"。生命最后的时光里，这位老人始终没有实现病中仍在坚持的执念。

　　他开过若干个头，总是写着写着就写不下去。他留下了《黑店》《孙悟空》等许多戏以及大量提纲和草稿，却没有留下什么完整的作品。

　　对于这种状态，曹禺是这样形容的："不行了，不知道什么时候再出来那个劲儿，可是像是不大行了。""也不是害怕。就是觉得不对头，觉着可能出错。""为什么一个字也写不出……譬如我总像在等待什么，其实我什么也不等待。"仿佛就像，灵感是那荒漠中的海市蜃楼，渴望、近在眼前却永远触碰不到。他的思绪在脑中盘踞，却落不到笔下。

　　当时，曹禺的身体状况也很难支撑他写一个"大东西"了。据说，因为患有严重的失眠，曹禺需要服用大量安定片，且形成了依赖性，而安定虽能在一定程度上缓解他的失眠，却会加重他的肾衰竭。失眠与病痛是影响他写作的重要因素。

　　不难想象，曹禺的晚年会有多么苦闷。身体上，他饱受失眠与疾病的双重折磨；精神上，他难以控制自己的思绪，在巨大的情感流中承受痛苦。

曹禺去世以后，巴金曾说，"他心里有好多东西，他把它们都带走了"，"也许他始终有所期待，期待奇迹的出现，可奇迹没有来，不肯再来了"。

曹禺曾不止一次告诉外孙唐迎："年轻真好！我的心和你们一样年轻，但我的身体老了。"他给唐迎吟诵《离骚》中的句子："日月忽其不淹兮，春与秋其代序。惟草木之零落兮，恐美人之迟暮。"唐迎只觉韵律很美，不明其意，曹禺便给他解释："岁月匆匆的流逝，一刻也不会停留，春夏秋冬按照次序轮流地更替着。一想到草木不断地凋零，不禁会担忧那些有才华的能人贤士也正在日益衰老。"

曹禺能清晰地感到时间在他身上、心灵上留下的痕迹，仿佛他在清醒着坠落。他的思维是自由的，他清楚地感受着自己写不出东西。所以，他说："我就是惭愧啊，你不知道有多惭愧！真的，我真想一死了事。"

万方在《我的爸爸曹禺》中曾提到过曹禺"寻死"的情形："我跑进他屋子，他说：'你再不来就晚了，我就跳下去了，我什么也不想，只想从窗子里跳下去。'他说得迷迷糊糊，他的身体也是软绵绵的，我是说他根本不可能跳下去，他已经快要进入睡眠状态了，但是我相信，他的灵魂刚才是站在窗台上，感受着外边巨大的黑夜和冰冷的空气。"他的灵魂或许已经完成了这个自杀仪式。

黄永玉在给曹禺的信中说："'我们也有个曹禺！'但我的潜台词却是你多么需要他那点草莽精神。你是我的极尊敬的前辈，所以我对你要严！我不喜欢你解放后的戏。一个也不喜欢。"

曹禺把这封信细心地收拾起来。他何其清楚黄永玉之言的正确啊！那时的曹禺多么想再写一个"大东西"出来啊！他汹涌的情感流搁浅在了脑中。十几岁写出自己巅峰之作之时，他的苦闷或许还可以在戏剧中宣泄，但垂垂老矣之际，他的苦闷只能闷在心中。

曹禺是一团情感。他的作品总是在热情中完成，他总能感到汹涌的情感推动。当这种直觉般的情感被条条框框束缚住时，他的笔便不再生花了。

他被异化了，他的灵感源源不断，却再也找不到出口。生命最后的几年，他只能清醒着感受自己灵感的无处宣泄。

他的清醒多么可悲！一个以苦闷为性格的人，一个以热情和情感支撑自己的人，清楚明白自己的无能为力。

曹禺是让人惋惜的。他的离去不会让人觉得悲壮，而是让人有一股隐隐约约的郁闷，萦绕在心头，难以消散。

九十岁高龄的赵朴初先生是最早知道曹禺辞世消息的人之一，他立在先生床前默默不语，转身回到自己的病房中，写下一副长卷挽联："艺海诲人曾见雷鸣四海，文章华国长如日出东方。"

九十二岁的胡絜青老人也送来了亲笔写的挽联："戏剧音容炳后世，终生浩气反帝封。"文艺界著名人士送来的挽联、鲜花摆满了灵堂，每个前来吊唁的人都含着深情的泪水向先生告别。

李玉茹生怕曹禺的好友巴金先生知道这个消息会伤身，特地打电话告诉巴金的女儿李小林，让她隐瞒消息。李小林说，瞒是瞒不住的，老人天天要看电视、报纸，不如想个办法妥当地告诉他，于是，几位大夫跟巴金聊起了曹禺的病情。一切该铺垫的都铺垫到了，最后才告诉他曹禺走了。巴金悲痛得半天没作声，最后终于迸出一句话："你们不是一直对我说他的身体很好吗！"

随后，巴金发给北京的电传上写道："家宝并没有走，他永远活在观众和读者心中。"是的，一代大师，一定会如他的作品一样，流芳百世，就如这首小诗中所写：

巴蜀相携四十春，
白衣苍狗识风云。
青衿走笔抒胸臆，
垂老经营判伪真。

多少冥蒙雷雨夜，

依稀新旧北京人。

欣逢盛世天同乐，

待读新篇说古今。

曹禺，中国戏剧界的天才，永远的大师！

第十九章

钱锺书：

文采传希白

他是一位风华绝代的博学鸿儒，也是一位踏踏实实的中国作家、学者。他的一生是平凡而又不平凡的。平凡的是他"叫驴拉磨"般的读书精神，不平凡的是他的个性、学问与成就，以及得失无意、宠辱不惊的坦荡与淡泊。

一、意气风发是少年

无锡，这个坐落在太湖边的秀美小城，如今已是全国经济发展水平名列前茅的城市，耸立的摩天大楼，纵横交错的交通网络，阜盛热闹的商业街。在这一片繁华之中，却隐藏着一处寂静清幽的所在——走在新街巷的街道上，两旁是沿街商铺，周围是高楼林立，突然一处江南庭院式传统民居吸引了你的目光。它这样突兀地屹立于一片现代化建筑之中，像是一把开启另一个时空的钥匙，让你不自觉地走进它，试图一探究竟，来揭开这历史尘封的秘密。

门前两旁的楹柱上刻着一副砖雕的对联："文采传希白，雄风劲射潮。"值得一说的是，"希白"乃北宋文学家钱易的字。钱易是杭州人，自小才华横溢，17岁中进士，被誉为"江南才子"。苏轼有一首诗，叫《金门寺中见李西台与二钱》，诗中提及的"二钱"即宋初文坛领袖钱易、钱惟演。苏轼盛赞"二钱"的卓越才华，"文采传希白"，意思是传承了钱易的风采。

推开门，径直往里走，经过一处天井，便来到了主厅，透过几扇木格门，可以看到堂上摆放着条几、八仙桌等古朴厚重的陈设，房梁上高悬着"绳武堂"的匾额。此刻，你站在绳武堂前的院子里，静静地凝视着重重高楼掩映之下的绳武堂，它似乎是如此的渺小，又是如此的宏伟。想必当你踏进这座院落的时候，你早就已经知道了他的主人，但是这背后的故事却不是"钱锺书故居"这几个字可以概括得了的。

钱锺书，字默存，号槐聚，江苏无锡人。"锺书"这个名字颇有文化味儿，也完全"名副其实"——钱锺书一生对"书"情有独钟，彼此间有着非同一般的默契和缘分。也许是冥冥之中上天注定，一出生，钱锺书就和"书"结下了不解之缘。他出生的那一天，即1910年11月21日，恰巧有人给钱家送来一部《常州先哲丛书》，伯父于是给他取名为"仰先"，取"仰慕先哲"

之义，字"哲良"，有"从哲而良"的寓意。周岁时抓周，座上摆满了金银珠宝、珍玩稀奇，可钱锺书什么也不抓，偏偏抓了一本书——死死抓住毫不松手，似乎这就是他最喜爱的心肝宝贝。见此情状，全家无不惊讶万分，父亲也为他取名"锺书"。

小时候的钱锺书对书也有着非同一般的迷恋。他一出生就由他伯父抱去抚养，因为伯父没有儿子。四岁的时候，伯父开始教他识字。伯父如慈母一般，对钱锺书关爱有加。他常常跟着伯父上茶馆听说书，打很小起就耳濡目染了中国传统的市井说书文化，当然，也听说和记住了很多故事。1916年，六岁的钱锺书在亲戚家的家塾附学，曾念《毛诗》。担心他寄人篱下受到冷落，后来伯父索性做起了"家庭教师"，亲自教他读书。这段时期，他读了《西游记》《水浒传》《三国演义》《红楼梦》，还有《说唐》《济公全传》等中国古代的经典小说。

钱锺书自小在大家庭长大，有亲兄弟、堂兄弟共十人。众兄弟间，钱锺书居长，但他别无所好，唯钟情于书本，反而在兄弟中显得比较稚钝。孜孜读书的时候，钱锺书对什么都没个计较，一旦放下书本，又全没正经，好像有大量多余的兴致没处寄放，唯有读书才是"兴之所至"。按照伯父等老一辈人的说法，"书中自有黄金屋，书中自有颜如玉"，因此伯父对喜欢读书的钱锺书喜爱有加、关怀备至。伯父上茶馆喝茶，外出料理杂务，钱锺书跟着去，伯父也不反对。在茶楼，伯父常常花一个铜板给他买大酥饼吃，让他边吃边听说书人讲故事。有时伯父还会花上一两个铜板，向小书铺子或书摊租一两本像《白蛇传》《七侠五义》等难登大雅之堂的市井小说给钱锺书看，"送其所需，投其所好"。钱锺书自然不吃伯父老一辈读书升官发财那一套"殷殷教诲"，不过他又抵制不了书本的诱惑，这就好像一个嘴馋的孩子拒绝不了零食的魅力，所以也只能做个好孩子，时时处处听伯父的话。

钱锺书读书完全出于喜好，这是一种与生俱来、从表面钻进到骨子里的"癖好"。这种嗜书成癖的喜好比起酒鬼贪杯、馋嘴恋食有过之而无不及。钱锺书书瘾大，"书肠"更大——所读之书，不择精粗，不挑甜咸，"阳春白雪""下里巴人"来者不拒，多多益善。高雅的书，他读得津津有味，一读再读仍不觉厌倦，精微深奥的哲学、美学、文艺理论等大部著作，他像小儿吃零食那样吃了又吃，越吃越有味。看着他那架势，大家都笑他是书痴。可是，都言"读者"痴，谁解其中味？——"好书不厌百回读，熟读深思子自知"啊！极俗的书，他也能看得哈哈大笑，"别有一番滋味在心头"。戏曲里的插科打诨，他不仅且看且笑，还一再搬演，笑得打跌。他常常手舞足蹈向两个弟弟演说他刚看的小说："李元霸或裴元庆或杨林一锤子把对手的枪打得弯弯曲曲。遗憾的是，一条好汉只能在一本书里称雄。关公若进了《说唐》，他的青龙偃月刀只有八十斤重，怎敌得李元霸的那一对八百斤重的锤头子；李元霸若进了《西游记》，怎敌得过孙行者的一万三千斤的金箍棒？唉……"

看书的时候，钱锺书常常做些笔记。重得拿不动的大字典、辞典、百科全书等，他不仅挨着字母逐条细读，见了新版本，还不嫌其烦地把新条目增补在旧书上，厚厚的书一本本渐次"吃"完后，条条笔记也层层累积起来。钱锺书一生博闻强记，饱读群书，再加上"惊"人的记忆力和善于做读书笔记的好习惯，累积知识的数量，相当惊人。他的大作《管锥编》近130万字，对《周易正义》《毛诗正义》《左传正义》《老子王弼注》《全上古三代秦汉三国六朝文》等十种古籍经典分别进行了解读评析，引述了约4000位著作家的上万种著作，没有长期的日积月累，这是完全不可想象的。怪不得面对《管锥编》曾有人不解惊叹："其内容之渊博，思路之开阔，联想之活泼，想象之奇特，实属人类罕见。一个人的大脑怎么可能记得古今中外如此浩瀚的内容？一个人的大脑怎么可能将广袤复杂的中西文化如此挥洒自如地连接和打通？"此外，据夫人杨绛回忆，1973年她为钱锺书整理读书笔记时，堆在屋里的笔记有整整五大麻袋之多，高高的如一座小山，每一本笔记上都密密麻麻地记满了中文、外文，由此我们不难想象这些笔记记了多少年，内容该有多少！

1920 年，十岁的钱锺书进入无锡东林小学。入学时，父亲为钱锺书改字"默存"，有要他少说话的意思。然而，钱锺书本性就是坦诚率真、不甘寂寞，加上才高八斗且有几分轻狂不羁、恃才傲物，又怎能"少说多做、默默存在"？他喜欢与人谈话，睿智深邃的思维和幽默机智的口才可以让他口若悬河、滔滔不绝一连谈上好几个小时；他喜欢知无不言、言无不尽，很少顾忌。"道大难容，木秀风摧，顶好的办法是少胡说八道，以免祸从口出"这一类的大道理，他何尝不知道呢？然而，他还是更喜欢秉直办事、仗义执言。

"文革"期间的某一天，忽然有部门通知学部要钱锺书去参加国宴。钱锺书直言不讳，一口回绝："我不去，哈！我很忙，我不去，哈！"

"这是江青同志点名要你去的！"

"哈！我不去，我很忙，我不去！"他依然不为所动，稳如泰山。

"那么，我可不可以说你身体不好，起不来？"来人主动给了他一个很好下的台阶。

"不！不！不！我身体很好，你看，身体很好！哈！我很忙，我不去，哈！"结果钱先生没有出门。

晚年的时候，国外有人说，如果把诺贝尔文学奖授予一个中国作家的话，只有钱锺书当之无愧。钱锺书对这个评价不但不接受，反而在《光明日报》上写文章质疑诺贝尔文学奖的公正性。当诺贝尔文学奖评奖委员、著名汉学家马悦然真的向钱锺书谈及此事时，钱锺书却对马悦然一针见血地指出：中国作品就非得译为英文才能参加评奖，别的国家都可以用原文参加评奖，这没有道理嘛，很不公平。这样丝毫不顾忌对方身份，实事求是、仗义执言，试看古今中外文坛，又能有几人？

1929 年，清华大学外语系招生时爆出一条天大新闻，一位数学仅仅考了15分，本应被退回的考生却被破格录取。这个考生便是钱锺书。钱锺书数学考试虽差，可国文、英文两科却特别优秀，英文还是满分。主管老师欲退不忍，欲取不敢，便报告了校长罗家伦。罗校长亲阅试卷后立即定夺：此为奇才，不能不录。

一入清华，钱锺书便开始创造一项又一项"纪录"：读书数量第一；发表文章第一；考试成绩第一；口出狂言第一。因为才高一世，所以他也颇自负自许，相当的"狂傲"。司马长风在《中国新文学史》中说他是中国现代文学史上两个"狂人"之一。钱锺书的狂，并不仅仅是年少轻狂，他狂在才气，狂得汪洋恣肆，颇类古代庄生、阮籍。钱锺书小时候就狂得惊人，从来不愿说赞扬别人的话，倒批评、挖苦、调侃过不少人，说话既刻薄，又俏皮，这脾气一直未改。在清华的时候，他还以专挑教授学者的错而出名。1932年，鲁迅之弟，大名鼎鼎的北京大学教授周作人出版了专著《中国新文学的源流》。书一问世，颇得好评。然而，钱锺书却从中挑出了许多错误，且秉笔直书，让周作人甚为难堪。此外，清华园中朱自清、冯友兰、赵万里、吴宓等德高望重的老师，也都没有逃过钱锺书的调侃、批评甚至挖苦。

在清华钱锺书所在班上，卧虎藏龙，佼佼者辈出。剧作家曹禺、小说家吴组缃、翻译家石璞、颜毓蘅等均在其列。当时外文系号称有"龙虎狗三杰"，"狗"是颜毓蘅，"虎"是曹禺，"龙"则是钱锺书。当时清华文学院也有"三杰"之说，其中的两位分别为夏鼐（后为著名考古学家）和吴晗（后为著名历史学家），而"三杰"之首又是钱锺书。能雄踞两院"三杰"之首，自然得学富五车，才高八斗。"才"大则"气"粗，"气"粗则难免狂傲了。

四月初春的清华园，绿草依稀，空气凉爽，学生们喜欢聚集到校园的咖啡馆，喝咖啡、酸梅汤、红茶，吃点心，边吃边喝边聊，宛如西洋酒吧。有一次，曹禺见吴组缃进来，便偷偷对他说："你看，钱锺书就坐在那里，还不赶紧叫他给你开几本英文'淫书'？"当时清华图书馆藏书很多，中文外文均有，整日开放，但许多同学都摸不到门。吴组缃听罢，随即走到钱锺书的桌边，请他给自己开录三本英文"淫书"。钱锺书也不推辞，随手拿过桌上一张纸，飞快地写满正反两面。吴组缃接过一看，数了数，竟记录了四十几本英文"淫书"的名字，还包括作者姓名与内容特征。吴组缃惊讶得半天说不出一句话，钱锺书却平静出奇，一脸不屑之气。

钱锺书的自负，当时在清华无人能出其右。1933 年毕业时，校长亲自告诉钱锺书要破格录取他留校深造，陈福田、吴宓等教授都去做他的工作，想挽留他，希望他进研究院继续研究英国文学，为新成立的西洋文学研究所增光添彩，可他一口拒绝：整个清华没有一个教授有资格充当钱某人的导师。狂傲之气，可见一斑。

年轻的时候，热血方刚，才高气盛，有一点狂傲其实并不为过，很多时候还会激励一个人自强不息、奋发向上，不甘于平庸和碌碌无为。钱锺书的"狂傲"并不仅仅是"轻狂孤傲"，他的狂傲是一种纯乎自然和本性的流露，是以真才实学和博闻强识为基础的，因而狂傲得直率、自然，可爱、可敬而复可亲。其实，很多时候人们往往忽视了钱锺书性格中很重要的另一面，那就是谦虚、谨慎，他并不以自己的博学才华而故步自封、沾沾自喜。对于晚辈，他关爱有加，虚怀若谷，从不摆架子。随着年龄的增长，这一点表现得尤其突出。愈到晚年，他立论愈谨严、愈认真；成果愈大，他为人愈谦虚。他曾经说过："一个人，到了 20 岁还不狂，这个人是没出息的；到了 30 岁还狂，也是没出息的。"

道亦道，狂亦有道。"人谓我狂，不知我之实狷。"

清华不仅仅是钱锺书扎根的厚土，还是他一展才华的舞台。在无锡的时候，钱锺书就像一只沉潜在深水里的蛟龙，只有亲近之人才能一睹其风采。可进入清华后，钱锺书这才有了崭露头角、施展才华的更大的舞台。钱锺书不仅仅在清华的校内刊物《清华周报》担任编辑并发表文章，同时在清华教授主编的《新月》《学文》《大公报》等全国性刊物上均有文章发表，正如钱锺书的父亲钱基博说的那样，这段时间钱锺书"与时贤往还，文字大忙"。从无锡到北平,从一团痴气的小小孩童成长为意气风发的青年才子,钱锺书的脚步并未止步于此,世界正在向这个雄心勃勃的年轻人展开怀抱,一身傲气的他渴望奔赴一个更加广阔的天地。

二、昨夜星辰月如画

自古才子配佳人,在清华埋头苦读的钱锺书亦等来了他相伴一生的佳人,这位佳人非但气质美如兰,才华亦是出众。

钱锺书和杨绛的良缘结于清华园中。在东吴大学读三年级时,杨绛母校振华女中的校长为她争取到了美国韦尔斯利女子大学的奖学金,打算送她到美深造。在那个时代,出国留学是一件非常风光的事,对于这样一个难得的机会,杨绛却犹豫了。她以前常听父亲说起留学的事。普通人家的孩子留学等于送出去做"人质",全力以赴,供不应求,好比给外国的强盗捉了去,由人勒索。如此这般,还不如在本国较好的大学里学习自己喜爱的文学。经过慎重考虑,杨绛告诉父亲不想到美国留学,想报考清华研究院读文学。

谁也没想到,正是这次不经意间的抉择,成就了一段有口皆碑的世纪之恋。杨绛的父母后来开玩笑说:"阿季(杨绛)的脚下拴着月下老人的红丝呢,所以心心念念只想考清华。"

1932 年春,杨绛来到清华大学研究院读外国文学专业。很快,月下老人开始垂青这个风华婉丽的江南水乡佳人。那时,清华大学的女生还不多,研究院里的女高才生更是少之又少。女生要在清华园里找个男朋友,真是易如反掌,小菜一碟。杨绛是大名鼎鼎的上海大律师杨荫杭的女儿,名门闺秀,比起国内一般国立私立大学来,东吴大学属于"名牌大学",从这里毕业,自然是人见人羡,风光无比。自古江淮出丽人。滋润着江淮雨露长大的杨绛,面容白皙清秀,身材窈窕,性格温婉和蔼,人又聪明大方,才貌冠群芳,当然深受男生的爱慕，成为众人的"梦中情人"。当时清华男生欲求之当偶者有七十余人，统称为"七十二煞"。"七十二煞"为求芳心，费尽心思，"爱情三十六计"招招用尽，可杨绛仍无动于衷，芳心未许。

或许是天意，她等待一个人，少女情怀、情窦初开的她在憧憬和等待着哪一天突然从天而降的"白马王子"。

一如不是每一块发光的石头都是金子，不是每一位骑白马的都是王子。王子很多时候也不会无比风光和潇洒地从天而降。

1932 年春，一个风光旖旎的日子。在一次清华同乡会上，杨绛初见了钱锺书，一位当时在清华大名鼎鼎的才子。第一次见面，钱锺书穿一件青布大褂，一双毛布底鞋，戴一副老式大眼镜。个头不高、面容清癯的钱锺书虽然不算风度翩翩，但目光却炯炯有神，闪烁着机智和自负的神气。而站在钱锺书面前的杨绛虽然已是研究生，却显得娇小玲珑，温婉聪慧而又活泼可爱。钱锺书侃侃而谈的口才，旁征博引的记忆力，诙谐幽默的谈吐，给杨绛留下了深刻的印象。

两人一见如故，无所不谈。谈起家乡，谈起文学，谈起未来，两人志同道合，兴致大增。不谈不知道，一谈吓一跳。谈过之后才发觉两个人确实注定有缘。钱锺书的父亲钱基博与杨绛的父亲杨荫杭都是无锡的名士，且都曾被前辈大教育家张謇誉为"江南才子"，两家同为无锡有名的书香世家，还是世交，情谊自然非同一般。1919 年，8 岁的杨绛曾随父母去过钱锺书家，但没有见到钱锺书。现在却又这么巧合地续上"前缘"，这不能不令人相信"有缘千里来相会"！当然最大的缘分还在于他们两人文学上的共同爱好和追求，性格上的互相吸引，心灵的默契交融，这一切使他们一见钟情。

有缘千里来相会，千里良缘一线牵。月下老人的红线就这样正式牵起来了。正是"当时年少春衫薄"的时候，清华才子钱锺书与"清水芙蓉"的南国佳人杨绛相爱了。没有在花前月下卿卿我我，只有学业生活上互帮互助；没有街头巷陌难舍难分，只有心灵驿桥中的沟通理解；没有游山玩水时的缠绵悱恻，只有憧憬未来的共同奋进。在波澜壮阔的爱河中，兴趣幻化作丘比特神箭，文学成了那一艘"诺亚方舟"。钱锺书的名士风度，才子气质，使他们的恋爱独具风采。他隔三差五地便约杨绛写诗，其中的一首是：

缠绵悱恻好文章，粉恋香凄足断肠；答报情痴无别物，辛酸一把泪千行。

依穰小妹剧关心，髻瓣多情一往深；别后经时无只字，居然惜墨抵兼金。

良宵苦被睡相谩，猎猎风声测测寒；如此星辰如此月，与谁指点与谁看。

困人节气奈何天，泥煞衾函梦不圆；苦雨泼寒宵似水，百虫声里怯孤眠。

杨绛与钱锺书的爱情，常为人们誉为"珠联璧合，举世无双"。这一点，在钱锺书的另一首诗作中即有印证。《和季康玉泉听铃（玉泉山同绛）》云：

已（欲）息人天外（籁），而无（都沉）车马音。数（风）铃闻偶（呶忽）语，众窍答还沉（午塔闲无阴）。久坐槛生暖，忘言意转深。颠风明白渡（明朝即长路），珍（惜）取此时心。

在给恋人的其中一首七言律体中，钱锺书竟运用了宋明理学家的语录："除蛇深草钩难着，御寇颓垣守不坚。"并自负地说："用理学家语作情诗，自来无第二人！"的确，钱锺书把自己的刻骨相思之情比作蛇入深草，蜿蜒动荡却捉摸不着；心底的城堡被爱的神箭攻破，无法把守。众所周知，宋明理学家最主张"存天理，灭人欲"，而钱锺书却化腐朽为神奇，把这些理学家道貌岸然的语录"点石成金""脱胎换骨"，变成了自己的爱情宣言,这种特殊的爱情宣言,清新别致,生动鲜明,动之以情的同时晓之以理,自然"攻无不克,战无不胜"。如此情书,试问天下有情人谁能抵挡?

杨绛这位南国佳人很快就被钱锺书这支独一无二的爱情神箭给"俘虏"了。

1933年夏,钱锺书从清华大学外文系毕业。他拒绝清华校方早有意让他留校的诚意挽留,南下上海到光华大学任教,就这样,钱锺书暂别了仍在清华读书的心上人杨绛。鸿雁传书,天涯若比邻,他们感情没有因为别离而疏远,反而日渐深厚。

不过,当时他们并没有将彼此关系告之双方父母。因为他们的感情在当时属于自由恋爱,没有"父母之命"和"媒妁之言"。在感情尚未完全成熟之前,免不了有些顾忌。

1933年初秋,钱锺书正在家度假。一天,杨绛给钱锺书寄来一封信,不巧被钱锺书的父亲钱基博老先生看到了,老先生倒好,招呼也不打,就擅自拆阅了。看过信后,老先生非但不怒,反而对杨绛大加赞赏。杨绛在信中对钱锺书说:"现在吾两人快乐无用,须两家父亲兄弟皆大欢喜,吾两人之快乐乃彻始终不受障碍。"老先生边看边赞:"真是聪明人语。"在老先生看来,杨绛大方懂事,温柔贤惠,既体贴又孝顺,对于不谙世事、痴味十足的儿子来说,再适合不过了,岂可错过?老先生一高兴,索性不待征求儿子的意见,便自作主张,直接提笔给未过门的儿媳妇写了一封信,在大大夸奖杨绛一番的同时,郑重其事地把儿子"托付"给她。

少了主要一方的顾虑,杨绛也很快把钱锺书介绍给了自己的父亲,杨荫杭先生非常赏识钱锺书,水到渠成,一拍即合。爱情进展的速度超乎了两人想象。很快,黄道吉日结良缘,三生石山续同心。1933年秋,钱锺书和杨绛在无锡订婚。订过婚后,杨绛正式成为钱锺书的未婚妻,不过她还在上大学,仍要回清华读书。而钱锺书仍在光华大学教书。

秋风起,草木摇露为霜。在这凉风瑟瑟的晚秋,钱锺书又一次感到离别情怀的滋味，"蒹葭苍苍，白露为霜，所谓伊人，在水一方"。远在千里之外北平的杨绛，始终是他的"秋水伊人"，是他身心所有牵挂。一日不见啊，如隔三秋。终于有一天，机会来了。1934年初春，钱锺书急不可待地来到了北平，见到了心上人。半年多离别，该有多少话要向心上人倾吐呀。可是，紧紧地拥着心上人，一向口若悬河的钱锺书竟不知从何说起，相顾无言，唯有泪千行……

钱锺书在光华大学教书一年有余，到了1935年春，他参加了第三届庚子赔款公费留学资格考试。这种公开招考的录取名额极为有限，全国总计只有二十多个名额，而钱锺书所报的英国文学只有一个名额。据说那年清华大学许多人准备报考，一听到钱锺书也去参加考试，都吓得不敢去报了。钱锺书也的的确确是名副其实，那年他以绝对优势名列榜首，获得了公费留学英国的机会。

钱锺书第一时间把这个消息告诉杨绛，希望她能与自己一道赴英伦留学。那时杨绛即将研究生毕业，学业繁忙，一时抽不出时间。思索再三，杨绛最后作出决定，与钱锺书结婚，不等毕业就伴随钱锺书一同出国。由于时间仓促，杨绛来不及写信通知家里，便打点行李，乘火车回苏州。杨绛把自己提前毕业以及和钱锺书一同出国的打算告诉父母，她的父母很赞成女儿的决定，立即为她置办嫁妆，准备与钱锺书完婚。

1935年7月13日，钱锺书与杨绛在这一天举行了西式与中式两场婚礼。先是在苏州杨绛家里举行了一场西式婚礼，杨绛的父亲杨荫杭担任主婚人，钱锺书身穿黑色礼服，白色衬衣，脚蹬皮鞋；杨绛身着拖长裙婚纱，一对新人郎才女貌打扮得分外漂亮。可惜天气太热，新郎白衬衣的硬领给汗水浸得又软又黄，新郎新娘全都汗流满面，结果结婚照上，新人、伴娘、提花篮的女孩子、提婚纱的男孩子，一个个都像刚被警察抓的扒手，好不尴尬。仪式结束后，即是盛大的婚宴。当时无锡国专的校长唐文治、陈衍老先生都来祝贺，还有一对神秘嘉宾——新月诗人兼学者陈梦家及夫人赵萝蕤也来赴宴。宴席中最惹人注目的莫过于杨绛的三姑母杨荫榆，她穿了一身白夏布衣裙和白色皮鞋，这身颇不适宜的服装让在场的宾客都觉得诧异。可是杨绛知道，三姑母素来不喜打扮，已多年不置新衣，七八年前的服装已经不入时了。这天下午四时，杨绛被迎回无锡后，又举行了一场中式婚礼。一进门先是放双响炮，百子爆竹，接着是会亲，向钱家各位长辈一一叩头，然后是吃团圆饭，与家中平辈吃饭聊天，最后又摆了宴席宴请宾客。这一套繁琐的仪式结束后，钱锺书与杨绛都被折腾得病了几天。钱基博老先生对这门亲事大为满意，因为杨绛猪年出生，老先生特地把自己珍藏的汉代古董铜猪符送给儿媳，作为祥物，祝他们两人在以后的岁月里吉祥如意、白头偕老。婚后不久，钱锺书杨绛即告别父母，远走他乡，相伴前往英国牛津大学深造。

三、饱蠹楼中，横扫西典

1935 年夏天，钱锺书与杨绛从上海码头出发，乘坐英国轮船，穿过红海，途经苏伊士运河，穿过地中海，最终抵达目的地英国。按照相关规定，庚款公费留学不允许携带家属，所以杨绛办理了自费留学，于是他们被分到了不同的船舱。新婚宴尔的小夫妻就这样在轮船上度了蜜月。抵达伦敦后，当时负责管理留学生的监督、著名的地质学家李四光先生还邀请了钱锺书夫妇吃了一顿饭。席间，李先生还打趣称杨绛为"Mrs. Chien"（钱夫人），夫妻俩听到都笑了。

如此，他们的第一个家就安在了英国。钱锺书被安排进入牛津大学埃克塞特学院攻读文学学士学位，杨绛以旁听生的身份自修西方文学。牛津大学与牛津这座美丽的小城融为一体，没有围墙和校门，街道直接从校园穿过，整个环境清幽秀丽，是读书学习的好去处。就像钱锺书说的那样"牛津静极美，尘世一乐园"。在这样一处欢愉美好的乐园里，钱锺书仿若前来修行的僧人，开始潜心修炼，钻研学问。此时，钱锺书还未满25岁，正是精力充沛，可一展抱负，实现自己人生理想的最佳时期，又有温柔体贴的妻子陪伴在身边，在这样优越的条件下，钱锺书开始更加心无旁骛地读书。

牛津大学总图书馆（Bodleian Library）藏书量非常丰富，当时英国的出版社每出版一本新书，就得寄一本给牛津大学总图书馆，所以钱锺书将这座图书馆译为"饱蠹楼"可谓是十分贴切。夫妻两人同在"饱蠹楼"里埋头用功读书，颇有书虫饱餐一顿的感觉。

"饱蠹楼"内所有的书都不外借，只能在馆内阅读，所以钱锺书下了"最笨的功夫"，他一边阅读，一边做读书笔记，有些书甚至反反复复地读，在笔记上不断增添新知。正是靠着这些"笨功夫"，成全了一门大学问，这些读书笔记为后来钱锺书写下《谈艺录》《管锥编》奠定了坚实的基础。

牛津大学最早开始实行导师制度，每位学生由一位导师负责，学生与导师关系非常密切，通常一周至少要见一次面，钱锺书每周两次去见导师，与导师谈话或者听导师讲课。在牛津的第一年，主要是听课和参加考试，师生一对一教学，第二年撰写毕业论文。钱锺书的导师对学生要求严格，经常亲自为学生批改论文，在这样规范严谨的学术训练下，钱锺书英文写作水平日益进步，逐渐形成了用语精当典雅、挥洒自如的英文写作风格。

在毕业论文的写作方面，钱锺书一开始计划做"中国对英国文学的影响"研究，并已拟好提纲，但是钱锺书的导师不懂汉学，也不认可其选题的学术价值。钱锺书只好作罢，将论文题目改为《十七、十八世纪英国文学里的中国》。经过几番修改，这篇论文顺利通过，并发表在了英文《图书季刊》上，据说英国女王伊丽莎白二世在1986年访华前，曾经调阅过钱锺书的这篇论文。

钱锺书夫妇一开始租住在校外一家姓金的人家里，房东负责提供一日三餐。但是钱锺书吃不习惯英国的牛排、奶酪等食物，日渐消瘦下去，杨绛于是想着另找一个带厨房的房子，自己做饭，让钱锺书吃得好一点。杨绛先是独自外出找房，终于在牛津大学公园对街高级住宅区瑙伦园找到了一所心仪的房子，与钱锺书商量后，新年前后就搬了进来。这座房子距离学校和图书馆都很近，三层小洋楼还带草坪和花园，钱锺书夫妻居住在二楼，一室一厅，一厨一卫，另有小门出入，可以说是十分舒适方便。

夫妻二人的日常生活开支用度由杨绛主持打理，家务琐事也大多由杨绛辛苦操持，唯独早餐交由钱锺书负责。在入住新房的第一天，从同学那里刚学会冲茶的钱锺书迫不及待一展身手。他热了牛奶，加热了面包，煮了鸡蛋，又冲了红茶，再备上了黄油和果酱，用托盘端到了杨绛床头。此后，两人的早餐都交给钱锺书负责，这一习惯也一直延续到老。

在牛津这个宁静祥和的乐园里，钱锺书与杨绛一起度过了一段快活的时光。他们每逢好天气就外出散步，闹市郊区、公园住宅、大街小巷，每一处都留下了他们相守相爱的痕迹。如果路上碰到邮递员，就把国内来信交给他们，有时当地的孩子们还会围在他们周围，向他们讨要中国邮票。

除了一封封家书可以解乡愁，钱氏三兄弟在伦敦聚首也是一件值得高兴的事。钱锺书的二弟钱锺纬比钱锺书早一步到伦敦，他在曼彻斯特纺织工厂实习。曾与钱锺书一起读书的堂弟钱锺韩从上海交通大学毕业后，来到伦敦大学帝国工学院读书。三兄弟在异乡重逢，钱锺书的喜悦之情可想而知。

钱锺书在牛津不仅顺利完成了学业任务，拿到了学士学位，还有一个意外之喜，那就是女儿钱瑗的诞生。第一学年结束后，钱锺书与杨绛到伦敦、巴黎游玩，并在 1936 年 7 月赶赴瑞士日内瓦参加了第一届世界大会。钱锺书由国内政府当局指派作为中国青年代表参会，杨绛经友人介绍当中共方面的青年代表。开会前夕，他俩还和陶行知同乘一辆车，一节车厢，赶赴日内瓦，三人一夜畅聊到天亮。

在回牛津的途中，杨绛怀孕了。1937 年春，钱锺书早早来到医院为杨绛定下房间，预约好接生的医生。当时院长还问钱锺书："是要女医生吗？"钱锺书却回答："要最好的医生。"1937 年 5 月 19 日，钱瑗出生了，这是在牛津出生的第二个中国宝宝。护士把孩子从婴儿室抱出来给钱锺书看，钱锺书高兴地说了一句："这是我的女儿，我喜欢的。"

从牛津大学毕业后，钱锺书带着妻子和女儿来到了法国巴黎大学进修。这一次钱锺书没有选择攻读学位，而是注册选课，因此他有了更多自由的时间可以读自己感兴趣的书。在巴黎大学，钱锺书不仅通读了法国文学，还研读了许多德国和意大利文学原著。1938 年，欧洲局势进一步恶化，德意志吞并了奥地利之后，意欲东扩，战争一触即发。考虑到局势动荡，一旦战争爆发，很有可能就被困于此，无法回国，于是钱锺书提前结束了原定四年的公费留学生涯。

四、乱世洪流，艰难自守

1938 年，中国已是满目疮痍，日军大举入侵，东北、华北、江南大部分地区接连沦陷。苏州和无锡皆已被日军占领，杨绛娘家的苏州旧宅也被洗劫一空，因此杨绛的父亲及钱锺书的父亲、叔父一家人都已前往上海租界避难。钱锺书与杨绛带着一岁的女儿钱瑗于 1938 年 10 月抵达香港后，钱锺书直接下船赶赴昆明的西南联大，杨绛带着女儿留在船上去往上海。

西南联大由清华大学、北京大学、南开大学三所大学合并而成，为躲避战乱，这三所大学一同南迁，先是在湖南长沙成立临时大学，后来战火逼近长沙，于是搬迁到昆明。"所谓大学者，非有大厦之谓也，有大师之谓。"西南联大的校舍屋檐是低的，但是教师的学问是高的。当时西南联大外文系的主任是叶公超，文学院院长是冯友兰，还有陈福田、吴宓等都是昔日在清华教过钱锺书的老师。朱自清、闻一多、沈从文、罗常培等知名的作家学者此时都在中文系任教。西南联大可谓是人才济济、群英荟萃，在众多知名的学者教授面前，钱锺书也毫不逊色。历史学家何兆武在《上学记》一书中曾记载了他在西南联大上学的日子，"记得刚入大学的时候，有个同学跟我讲："今年来了三个青年教师，才二十八岁，都是正教授。"不要说当时，就是今天怕也很少有，哪有二十几岁就做正教授的？一个钱锺书，一个华罗庚，还有一个许宝騄，都是刚回国。"其实按照清华的规定，出国留学归来一开始只能做讲师，但是文学院院长冯友兰看重钱锺书的才华，写信给校长梅贻琦，打算给钱锺书以教授职位，梅贻琦也欣然同意了。不拘一格降人才，正是西南联大开放包容风气之所在。

钱锺书在外文系开设了三门课程：大一英语、文艺复兴时期的文学、现代小说。钱锺书上课时基本都用英文讲，偶尔加一句中文，他用一口流利的牛津英语给学生分析英式英语和美式英语发音的区别，要求学生们要学会伦敦语音。讲大一英文时，钱锺书习惯低头看书，常常是低头看书的时间比看学生的时间多。他通常双手支撑在讲桌上，左腿直立，右腿稍弯，两脚交叉，右脚尖着地，以这种姿势来讲课。著名的翻译家许渊冲曾是钱锺书的学生，他回忆称："钱先生给我们印象最深的是'语不惊人死不休'，他上课时常常讲很多警句。总而言之，他让人觉得他什么都知道，有些高不可攀。"

"文艺复兴时期的文学"和"现代小说"这两门课是高年级的选修课，上过这两门课的学生有王佐良、李赋宁、许国璋、穆旦等，名师出高徒，这些人后来都成了著名的翻译家、学者、诗人等。李赋宁为王佐良的《佐良文集》作序时曾回忆说："上大四时，钱锺书先生刚从欧洲回国教我们两门课：文艺复兴时期欧洲文学和当代欧洲小说，钱先生旁征博引，贯通古今，气势磅礴，振聋发聩。他特别重视思想史，这可能对佐良以后的研究也指明了方向。"

钱锺书在昆明虽然只待了一年，但是这一年恰好处于西南联大的黄金时期，这时战争还未波及昆明，物价也还暂时稳定，师生们还可以安心地工作学习。1941年起，日军开始经常空袭昆明，联大师生经常得跑警报，战火连天中再也安放不下一张平静的书桌。1939年暑假，钱锺书回上海探亲，原本打算假期结束再回联大，所以连书籍衣衫都留在昆明。可是钱锺书这一走，再也没有重返联大。钱基博当时应好友廖世承之托在湖南新成立的国立师范学院担任国文系主任，钱基博思子心切，一封家书寄给当时已到上海的钱锺书，叫他到国师来，并为他安排好了英文系主任一职。迫于父亲的严命，钱锺书不得不放弃西南联大的教职，奔赴国立师范学院。

为了躲避战乱，国立师范学院选址在湖南省安化县蓝田镇，位置偏远，钱锺书与国立师范在上海聘请的另外五位教师徐燕谋、邹文海等人于1939年10月中旬一同从上海出发。邹文海在《忆钱锺书》一文中曾记载下了这段艰难的旅程："抗日初期，交通工具不敷分配，沿途旅客就拥挤非凡，无法按时间到达目的地，我们10月就从上海订票赴宁波。继而日人封锁海口，不能通航，一直到11月初才得到轮船公司通知，定期出发。到达宁波后，大家松口气，方感真正脱离了敌人的魔掌。从宁波到溪口，一节乘汽油船，一节乘黄包车，足足走了一天，此后则全部坐乘长途汽车，每站都得停留三天五天，不是买不到票，就是等待行李到达，没有一站是顺利通过的。开始我还利用等车的时间就近寻险探幽，以后因步步为营，心境愈来愈恶劣，真是懒得动弹了。"

一路颠簸辗转，走走停停，钱锺书终于在1939年11月下旬抵达了蓝田。此时国立师范才成立两年，一切都还处于草创阶段，再加之蓝田位置偏僻，也没有什么娱乐设施和文化活动，所以钱锺书评价说："此地生活尚好，只是冗闲。"在这样冗闲的生活中，幸好有好书相伴。国立师范图书还算充实，它承接了安徽大学和山东大学的部分图书，此外还出资典借了湖南南镇图书馆全部藏书，《四部丛刊》《四部备要》《四库全书珍本》以及明清名家诗集刻本等都具备了。这样即使偏居一隅，钱锺书仍有条件查阅资料进行学术研究。也就是在这时，钱锺书开始写作《谈艺录》，他在《谈艺录》的序文中曾说："始属稿湘西，甫就其半。养病返沪，行箧以随。"在伏案写作、埋头读书之余，钱锺书也常在晚饭过后与三五好友聚在一起聊天，钱锺书才思敏捷、博古通今，常常是聚会的中心人物。他喜好评论古今人物，往往还不谈论他们的正面，只言说他们的种种荒唐事。在寒冷的冬夜，他们常用废纸浸水包裹鸡蛋放进取暖用的木炭盆中，鸡蛋煨熟后，一人一个充作宵夜，聊以慰藉夜晚读书的辛苦。

蓝田的日子虽然清苦，但是对钱锺书来说却意义非凡。这一时期，钱锺书以自己与同事从上海到蓝田国立师范任教的经历为蓝本，开始构思一部长篇小说《围城》。郑朝宗先生曾在《怀旧集》的《不一样的记忆》一文中写道："1980 年《围城》重印出书，徐（燕谋）先生来信告诉我：'锺书君《围城》一书虽成于沪，而构思布局实在湘西穷山中。四十年前坐地炉旁，听君话书中故事，犹历历在目。'"

1941 年夏天，钱锺书辞去国立师范的教职返回上海。在蓝田时，西南联大那边传来消息要他回去，但是在抵达上海之后，联大那边一直没有消息传来，钱锺书焦急万分，迫于经济压力，他先在震旦女子文理学院和光华大学分别谋到了教职。后来太平洋战争爆发，日军占领了上海租界，自此上海沦为了一座"孤岛"，钱锺书自然也无法赶赴昆明。在日军日益严格的管控之下，上海成了人人自危的恐怖世界，日军随意盘查、侮辱、逮捕乃至杀害市民。钱锺书家里也曾被日军搜查过，当时钱锺书正在学校讲课，杨绛和女儿钱瑗在家，一个日本人和一个韩国人闯了进来，搜查了一圈就走了，第二天杨绛被带去了日本宪军司令部，幸运的是日本人没有扣留杨绛，问了几句就放她走了，后来才知道是抓错人了。

这一时期，物价飞涨，钱锺书家里不得不辞退了佣人，杨绛一人承担了所有的家务，她的第一部四幕喜剧《称心如意》于 1943 年在上海公演，并大获成功。钱锺书则继续完成《谈艺录》，并开始着手写《围城》。1941 年 12 月，钱锺书的第一部散文集《写在人生边上》由上海开明书店出版了，这也给了身处黑暗中的钱锺书以莫大的安慰。

长夜漫漫何时旦？中华民族百年的辛酸苦楚，百年的不屈抗争，终于要在最黑暗的时刻迎来胜利的曙光。如此乱世，如此飘零，如此动荡，钱锺书同当时的所有中国人一样在饱经战乱摧残的同时，仍旧坚定地期待着最终的胜利。

五、《围城》：城墙内外别有天

"人生是围城，婚姻是围城，城里的人想逃出来，城外的人想冲进去。"这是一句在当代相当流行的话，可以说妇孺皆知。

《围城》号称中国当代的"新《儒林外史》"，蕴含着太多人生哲理。钱锺书以他洒脱幽默的文笔，述说着一群知识分子的快乐与哀愁。他深入骨髓的洞见、通达超脱的生存智慧足以让读者品评再三。

可是，不知有没有人曾想过，"围城"这个名词，在之前几千年的汉语中除了描绘战争并不常用，是钱锺书让这个词变得如此神通广大、生机勃勃。

《围城》是一部不朽的著作，在中国如此，放眼世界亦如此。可以说，《围城》形成了独特的钱锺书风格的讽刺与幽默，蕴含着冷静的哲学观。是中国乃至世界现代文学史上讽刺小说的典范。

"《围城》是中国近代文学中最有趣和最用心经营的小说，可能亦是最伟大的一部。"美国哥伦比亚大学夏志清教授如是说。的确，半个多世纪以来，《围城》在浩如烟海的文学作品中只能算是沧海一粟，时间如流水，不断冲刷着各种文学作品，淘尽"黄沙"始见"金"。半个多世纪的大浪淘沙，淘出了《围城》本色。从初版到现在，《围城》一版再版，畅销如初。《围城》是一棵文坛常青树，任凭光阴飞逝永远青春不老；《围城》是一壶陈年老酒，越久越醇，越久越香。

《围城》采用西方"流浪汉"小说那样的传叙事模式，叙述了主人公方鸿渐以恋爱、婚姻为主要内容的人生悲剧。方鸿渐在欧洲留学四年，换了三个地方：伦敦大学、巴黎大学、柏林大学。随便听了几门课程，兴趣广泛，最终却一无所获。直到留学结束，因为要向家里有个交代，他急中生智，只花了三十美金搞到一个纯属子虚乌有的美国"克莱登大学"的"哲学博士"学位。在归国的邮轮上，方鸿渐抵抗不住充满性感的混血女郎鲍小姐的肉体诱惑，与她偷情。轮船到岸后，鲍小姐一头扎进未婚夫怀里，连头也不回，令方鸿渐大失所望，有一种被欺骗的侮辱和羞愤。而同船归国的获法国里昂大学文学博士的女才子、方的大学同学苏文纨小姐则乘机讨好他。苏小姐有学问，人又漂亮，只是孤芳自赏、矫揉造作。方鸿渐对她没有兴趣。回到上海后，出于"无聊"和寂寞，去拜访并不喜欢的苏文纨，在苏府遇见令他一见钟情的苏的表妹唐晓芙，她是一个"兼有女人的诱惑力和孩子的淳朴"的大学生，但他对苏小姐的频频暗示和"进攻"，又没有勇气回绝，只是被动地退让。直到苏小姐明白真相后又羞又妒，气急败坏地向唐晓芙戳穿了方鸿渐的"根底"，拆散了方、唐的美事。方鸿渐在遭受失恋、失业的双重打击下败走湖南，去内地的三间大学教书。由于方鸿渐城府不深，不善于算计他人，而同事中如高松年、韩学愈、汪处厚、李梅亭之流，明争暗斗，互相倾轧，方鸿渐成为这些派系斗争旋涡中的牺牲品，加之最好的朋友赵辛楣已然离校，心中更添孤立无援之感。最终不知不觉、身不由己地掉进孙柔嘉为他布下的情网里。在"无所谓爱或不爱"的心态下，匆忙订婚、结婚，双双返回上海。婚后不久，他们发现彼此竟是"最熟悉的陌生人"。尽管双方都努力维持现状，可是茫茫上海，职业难觅，夫妻双方又与对方家庭格格不入，吵架就成了必然，甚至越吵越凶，最终导致感情破裂，"不离而散"……

围城中的主人公方鸿渐是个悲剧人物，他优柔寡断，犹犹豫豫，在"无所谓为与不为，无所谓爱与不爱"的分水岭上把握不了分寸，往往在不经意间却不由自主地一次次陷入"围城"。好人在《围城》中并不多见，但方鸿渐的确可以算是一个好人，虽然有太多缺点，但总算还有点自知之明，有时候还想保持一点做人的尊严。就像贾宝玉是《红楼梦》中几乎唯一的好男人却没有好结果一样，方鸿渐"出场即意味着下场"，注定要被他人抛弃、被社会淘汰、被历史湮没。面对现代社会残酷的生存竞争和严重的精神危机，被动、无能、意志不坚定、经不住诱惑的方鸿渐是个"多余人"，而"多余人"是无所谓有和无的，无所谓进与不进，围城都会把他给围困住的。总之，方鸿渐的悲剧是社会畸形与人性异化的结果和对比。

《围城》是一部极具哲理意味的小说，语言幽默俏皮，议论精警，有强烈的讽刺性，让人在掩卷大笑之余，常常陷入沉思。钱锺书在《围城》序言中说："在这本书里，我想写现代中国某一部分社会、某一类人物。写这类人，我没忘记他们是人类，只是人类，具有无毛两足动物的基本根性。"由此可见，《围城》是一部刻画人性、讽喻每一类人物的讽刺小说。钱锺书通过对现实社会上知识阶层芸芸众生的临摹直探人物心灵的奥府，揭示出人类"无毛动物的基本根性"，由此升华对人类存在的价值和终极追求的怀疑和否定，从而深刻地揭示了人类现代文明的生存危机和现代人生的精神困境。这既是《围城》作为诗化哲学的主要审美意向，也是钱锺书写作《围城》的价值追求。

如果说一千个读者，就有一千个哈姆雷特；那么一千个读者，就有一千座"围城"。钱锺书笔下的"围城"，究竟象征着什么？钱锺书没有明说，这也成了一个颇有争议的话题，至今尚未定论。最流行的说法：围城象征着婚姻，婚姻即围城，冲进去了，就被生存的种种烦愁包围，围在城里的人想逃出来，城外的人却想冲进去。此外，还有种种关于围城寓意的说法，比如，围城是人生的象征；围城象征着文化；围城即人性；世界即围城；等等。林子大了，什么鸟都有，说法多了，自然也难免鱼龙混杂。不过，最流行的说法不一定是最准确的说法，最孤僻的说法也不一定是最没有道理的说法。毕竟，围城究竟象征着什么，还是让读者自己去构建吧，哪怕读过之后一千一万个读者会构建一千一万座围城。一千座不为少，一万座也不为多。

文如其人，《围城》和他的作者钱锺书坎坷人生一样，在发展之路上并非一帆风顺。书刚问世不久，虽然很快大红大紫，但也引来了诸多非议。有人说它是"绣花枕头"，空有其表而无其实；也有人说他"行云流水"，流水账般易发难收；更有人指责它是"香艳铺"，属于"肉色"小说。不过，当时这些批判和指责的影响不大，效果也往往适得其反——提高了《围城》发行量和知名度。1949 年后，《围城》一度成为"禁书"，在中国大陆消失了将近三十年。直到 1980 年，《围城》由人民文学出版社重印，不少青年才惊奇地"发现"了《围城》，其惊喜程度不亚于哥伦布发现了新大陆。重见天日的《围城》焕发了巨大生命力，畅销不衰，多次印刷，累计已达数百万册，甚至屡屡被盗印。直到此时，《围城》巨大的文学艺术魅力和价值才得到一致公认。作为中国现代文学史上讽刺小说的典范，它与《儒林外史》齐名。钱锺书在被人遗忘了三十多年后，"一夜成名"，被称为"文化昆仑""中国当代第一博学鸿儒"，继而随着"钱学"兴起一跃成为如日中天的大众偶像。

围城小世界，世界大围城。城里城外，不一样的世界，不一样的人生。是不是仅仅因为这一墙之隔，便造就了这两重天地、别样人生？

钱老已逝，《围城》不朽。

六、十年风雨心自疲

中华人民共和国成立后，钱锺书举家北上，定居北京，应清华大学文学院院长吴晗的邀请，任清华外文系教授。此时，他们的许多老朋友也在清华任教，沈从文与张兆和，林徽因与梁思成，外文系主任赵诏熊，校长叶企孙，都是钱锺书与杨绛的旧友。虽然他们在清华的日子过得十分清贫，家里连像样的桌椅都没有，只有两个木箱子来充当椅子。但是两人的精神生活是相当充实的，他们一家三口住在一起，身边又有一群志同道合的朋友，日子过得平淡幸福。

然而，好景不长。1966 年，"文革"爆发，作为知识分子，钱锺书夫妇也在劫难逃。先是杨绛被"揪"了出来，几天之后，钱锺书也被"揪"了出来。那时候，钱锺书在文学所，杨绛在外文所，同属学部，命运也相同。每天上班，他俩各自挂着自己精心制作的牌子，自己用毛笔工整地写上"资产阶级学术权威"等"罪名"，然后穿上绳子各自挂在胸前，互相鉴赏。一天，钱锺书在被揪斗中，头发给人剃掉纵横两道，成了"十"字怪头，亏得杨绛一向是钱锺书的"理发师"，赶紧将"学士头"改为"和尚头"，抹掉了"十"字。尽管被批斗，但他们的感情融洽到给人一种"胶着"的亲密感。在被批斗的日子里，他们一同上下班，互相照顾，走时肩并肩，手挽手，被学部的人誉为"模范夫妻"。当时也有学部的人在背后煞了眼地辩："看人家钱锺书一对儿，越老越年轻，越老越风流！"他们在这场灾难中不消沉，不畏缩，不卑不亢地做人，越老越年轻，越老越恩爱。

但苦难也接踵而至，更大的考验还在后头。

1969 年，钱锺书被下放到河南"五七"干校，临走那天，杨绛拿着大包小包哭着为他送行。钱锺书走了，把杨绛的心也带走了。

1970 年，杨绛也被下放到河南"五七"干校。下干校那天，只有女儿为她默默地送行，女婿王德一已于一个月前自杀了。杨绛被安排在菜园班看菜园。她这个菜园离钱锺书的宿舍不远，钱锺书此时改任专职通讯员，每次收取报纸信件都要经过这片菜园，夫妇两人经常可以在菜园相会。杨绛因此调侃说："这样我们老夫妇就经常可在菜园相会，远胜于旧小说、戏剧里后花园私相约会的情人了。"两人坐在水渠边晒晒太阳、谈谈话。钱锺书还经常写信给她，写些所见所闻、杂感、笑话和诗词。鱼雁往来，给他们生活增加了慰藉。据说，在"五七"干校的时候，钱锺书不顾年老体弱，为了杨绛曾不惜与年轻人干架。如此伉俪情深，梁山伯祝英台地下有知，也应羡慕几分吧。

"文革"结束后，钱锺书和杨绛获得了自由，回到了阔别已久的家中，整整十年的光阴就这样在"文革"中白白浪费了。人生七十古来稀，岁月不饶人，这时的钱锺书夫妇都已两鬓斑白了。二老决定整天闭门自守，什么地方也不去了，终日沉入自己的学问事业。被选为政协委员的钱锺书也总是因病"逃会"，不理"政事"。步入老年，钱杨二老依然举案齐眉、相敬如宾，半个多世纪的风风雨雨，没有冲淡他们之间的深情厚谊。一切的名利都如浮云，唯有这份真挚的感情重于千金。窗外惊涛骇浪，二老闲庭信步；世间风起云涌，二老心如止水。一罐清茶，几壶淡酒，举杯邀明月，对饮成四人。乐乎天命，任其自然，不亦乐乎？

七、不失初来赤子心

1998 年 12 月 19 日，一代才子钱锺书带着满腹的才华与智慧，带着成就与遗憾，告别了人世间这重重叠叠的"围城"。按照钱锺书生前的意愿，葬礼办得非常简单，只有二十几位亲友参加，其中包括钱先生的女婿、外孙、外孙女、学生和朋友。钱锺书的家人婉辞了花篮和挽联，甚至连哀乐也没有，一切从简，摒弃了所有的装饰与喧嚣，钱锺书安安静静地走了。在送别仪式的最后一刻，与钱锺书相守六十年的爱人，此时已是 87 岁高龄的杨绛，执意要再站两分钟。六十年来的陪伴与相守，多少个寻常美好的日子，多少次的聚散离合，多少甜蜜的回忆，想必在这一刻如潮水般都涌入杨绛的脑海。

"文革"结束后，钱锺书先后去欧洲、美国、日本访问，此时国内兴起了"钱锺书热"。20 世纪 80 年代中期，研究钱锺书及其作品的"钱学"诞生了，并且日益火爆、蔚然成风，大有一日千里之势。1990 年根据《围城》改编的同名电视连续剧在中央电视台播出后，钱锺书与《围城》更成为热门话题，"有井水处即有锺书文"，钱锺书开始成为如日中天的"大众偶像"。

1986年，作家舒展写了《文化昆仑钱锺书——关于刻不容缓研究钱锺书的一封信》，称赞钱锺书为"文化昆仑"，在社会上引起了强烈的反响。1989年，郑朝宗、周振甫、黄裳、傅璇琮、舒展、陆文虎等人，在北京酝酿创办《钱锺书研究》刊物，成立了《钱锺书研究》编委会。一时间，钱锺书成了民众和学者共同关注的知名作家。

面对这突如其来的鲜花与掌声，钱锺书始终保持着清醒的头脑和谦逊的态度。他本人多次表明自己不赞成搞所谓的"钱学"。他曾说："不懂什么叫'钱学'。""大抵学问是荒江野老中二三素心人商量培养之事，朝市之显学必成俗学。"又说："生平寒士，冷板凳命运，一遇吹擂就如坐针毡。"钱锺书在极力劝阻无效之后，只好不置一词，任由别人去研究罢了。钱锺书晚年访客众多，邀约不断，有些甚至开出高价，但是他都一一谢绝了。1993年，钱锺书进医院动了一个大手术，割去了左肾，1994年8月初再度住院，动了一个小手术，手术很成功，不料却引发了一场大病——急性肾功能衰竭，此后钱锺书的身体每况愈下，人生剩下的四年都是在病床上度过的。

钱锺书的女儿钱瑗经常到医院看望钱锺书，但是，1995年年底，她在钱锺书的病房里忽然感到腰痛，以为是扭伤了背脊。结果不幸的是，经医院专家会诊，确诊为癌症晚期，癌细胞已经扩散到了腰椎。杨绛每天辗转在两家医院之间，替父女二人传话。直到1996年年底，杨绛才知道女儿真实的病情。1997年3月4日，60岁的钱瑗悄然去世了。杨绛担心钱锺书的病情，没有将这一消息告诉给他。三个月之后，杨绛知道瞒不住了，花了十天的时间将女儿钱瑗去世的消息告诉给了钱锺书。对于父母来说，最悲痛的事莫过于白发人送黑发人，钱瑗与父亲钱锺书关系甚好，父女二人以朋友相处，彼此亲密无间。女儿的骤然离世给了钱锺书一个沉重的打击，1998年12月上旬，钱锺书突发高烧，且连日不退，12月19日早上7点30分，缠绵病榻四年的钱锺书告别了人间。

钱锺书是一位风华绝代的博学鸿儒，也是一位踏踏实实的中国作家、学者。他的一生既是极平凡的，又是极不平凡的。平凡的是他"叫驴拉磨"般的读书精神、勤勉踏实的学问修养；不平凡的是他的个性、学问与成就，以及得失无意、宠辱不惊、虚怀若谷、宁静致远、淡泊自守的坦荡与淡泊！他的一生，坦坦荡荡、清清白白、明明了了，没有叱咤风云的权势，也没有惊险神奇的经历，甚至没有"大师""权威"的气势与派头。他轻轻地走了，这正如他轻轻地来，走得那么从容，那么平静，挥一挥衣袖，不带走一片云彩，却给世界留下了一份宝贵的精神财富。

第二十章

萧红：

呼兰河畔的蝴蝶

　　尽管她十分美丽，但她无法在春天的枝头灿烂；尽管她追求幸福，但她抓住的仅仅是一缕残片。她是一朵花，可她觉得自己不配；她说她是一棵草，一棵虽然瘦弱却能让春天一绿再绿的小草。

一、丘陵上的红木棉

久久地端详着她的照片，我能见到的唯一的一张照片。许多书报杂志上登出来的都是这张照片：有点模糊的黑白照片沉淀了岁月的浮躁，留下的只有一脉文香，那样的清晰动人，宛如她的笑容，靓丽妩媚，娴静如玉。这样的一双大眼睛，这样的一把大辫子，这样的一个俏人儿怎能只有草样的年华，怎能没有花朵在她骨头上开放？

我不敢用手去触摸，哪怕是印刷品。我只是翻读她的文字，一遍又一遍。当我对她越来越了解的时候，我的心跳越来越加速，我的痛苦也越来越加剧。很少有这样一种奇怪的感觉，像梅雨季节的南方和南方那一洼又一洼湿漉漉的空气。

读张爱玲时，我有的是叹息；

读沈从文时，我有的是忧伤；

读巴金时，我有的更多的是压抑；

只有读她时，我听到了内心的哭泣。

我觉得她的确不是一朵花，当然更不是一棵草，但她可以是一块石头，一块花的骨头，也可以是一块钢，一片稻田，可不是一朵花、一棵草。

如果硬要比喻，我觉得她更像一株木棉，一株丘陵傲然不屈的红木棉。她的韧劲，她的热烈，她的率真，她火一样奔涌的情怀，分明就是世界上最美的一株红木棉！

萧红，这颗20世纪30年代中国文坛上稍纵即逝的流星，在短短的十来年里，她毫无保留地将美丽、智慧、青春、情痛和生命的闪电抛进了古老得发黑一般的漫漫长夜。

记得散文家刘烨园曾经说过："在多灾多难的现代文学史上，我最敬重的是鲁迅，最感动伤怀的是萧红……有着为奴隶的萧红，我才感到心原来还未被生活、意志、理性熬炼成石头。且也许永远不会了。"

斯哉此言！

1911 年 6 月 1 日，萧红出生于黑龙江省呼兰县（今呼兰区）的一个财主家庭，她在这幢小屋里度过了不幸而苍凉的童年。祖父的爱刻骨铭心，父亲的疏离和母亲的淡漠同样让她刻骨铭心。年幼的她并没有享受到家庭成员同等的快乐，甚至没有感受到家的温馨。她常常躲在一个黑暗角落冷冷清清地读着《红楼梦》，以及其他经典名著，有时一读就是一整天，她完全沉醉在自己的幻想世界里。那些童年的民谣、呼兰河畔的风筝、清清的水井和板结的农田就像收割后大地上堆积的草垛如此逼真地存放在记忆深处。但这种封闭式的生活并没有持续多久，当她出落成一个楚楚动人的少女时，由于父母的包办，她和同乡的青年汪殿甲订婚了。

1930 年，19 岁的萧红为了抗拒包办的婚姻及家族的迫害，毅然离家出走，她孤身一人，先从呼兰逃到哈尔滨，再从哈尔滨逃至北平，开始过上了漂泊流浪的生活。

从此，萧红踏上了风雨飘摇的不归路。

北平的高楼大厦和里弄胡同并没有留住萧红，更没有为她提供庇护。

不久，汪殿甲居然追寻至北平，并设法找到了萧红。他告诉萧红，虽然他们是由父母包办的，但他内心真的喜欢她、爱她，愿意为她付出一切。不谙世事的少女怎么禁得住一个情场老手的花言巧语？萧红的芳心被打开了。汪殿甲趁热打铁，信誓旦旦、一脸真诚的样子，完全骗取了萧红的信任。

那一天，北平很冷，风也很大。汪殿甲拉着萧红，在街上游玩了很久。回到家后，萧红多了一只手镯，可是，那何尝又不是一副手铐呢？

当天晚上，在昏暗廉价的旅馆里，汪殿甲一番进攻，萧红糊里糊涂地交出了她的心。两人在北京同居了数月后，汪殿甲带去的盘缠几乎全部花光，他以"北平消费太高、生活不习惯"为由，连哄带骗将萧红带回哈尔滨，住在道外正阳十六道街的东兴顺旅馆里。

其时，萧红已经怀孕，整天昏沉沉的，没有任何胃口。汪殿甲每天早出晚归，也不知道他在干什么。可生活显得越来越艰难，萧红开始有些不安了，她提出应当去谋一份差事。汪殿甲劝萧红不用担心，他自有安排，并说，如果有必要，他会去找一份好工作的。

萧红见汪殿甲说得如此肯定，再一次相信了他。

可这一回，差点要了萧红的命。

萧红哪里知道，这个跟她同居的人在玩腻她后，早就有了抛弃她的打算。

一天早晨，汪殿甲起床后，看了躺在床上的萧红一眼，说："手头的钱不多了，我必须回老家一趟，搞点钱来。"

萧红问："多久回来？"

汪殿甲说："少则两三天，多则个把礼拜吧。"

临出门，汪殿甲又回过头来说："你行动不方便，不要到处走。我跟旅馆老板讲好了，有什么事，找他就是了。"

萧红一言不发，静静地看着汪殿甲离去。

汪殿甲走后的当天下午，旅馆老板就主动找上门来，一点不客气地说："你的男人呢？"

萧红感到有些不妙，连忙问："他回老家去了。"

"什么？他逃了？"老板一听急了，大声吼道："他不是说今天上午给我还钱的吗？"

"欠了多少钱？"萧红心一紧，本能地问了一句。

"643元！"老板火气很大，说："打从你们住进来后，只交了一个星期的房钱。难道你不知道？"

萧红脑袋"嗡"的一声，这一笔钱，对她来说，无异于一个天文数字。她突然意识到自己掉进一个巨大的黑洞，汪殿甲的离去让她感到从未有过的恐惧：他真如他所说的是回老家去拿钱吗？他还会回来吗？如果他不回来，在这个陌生的城市，自己该怎么办？

汪殿甲走后，杳无音讯。

一天，两天，三天……萧红的眼睛拉长了，望穿了，她希望看到那个背影，那个熟悉得有点可恶的背影，然而，她失望了，所有的甜言蜜语，所有的温存缠绵，被无情的现实击得粉碎：汪殿甲，这个撕裂她的男人，这个被父母指婚要嫁的男人，这个声称给她幸福的男人，在她怀上了他的孩子后，他居然狠心地走了，再也不回来了。

哈尔滨的天气真冷啊，冷得比冰针还刺骨。萧红绝望地守在那间窄小的房子里，老板日夜催逼房费和饭钱，一个星期后，他甚至用停止供饭来威逼她。萧红以泪洗面，那原本金子般的眼泪就如此廉价地落在了旅馆里。

然而，泪水换不了金钱，更换不了老板的同情。眼见汪殿甲一去无音，狠毒的老板准备将萧红卖到妓院去抵债，他下了最后通牒："给你一个星期，如果你仍然还不了钱，就别怪我不厚道。"

难道就这样等待命运的屠宰？"不！我要自救！"这是萧红咯血的心声。

于是，萧红抱着最后一丝希望，向当时的《国际协报》副刊发出求救信。

信，幸运地落到了编辑裴馨园的手里。这是一个富有同情心的文化人，他含着眼泪读完了信，发现在悲惨的文字背后，隐藏着一个罕见的文学天才。

事不宜迟，裴馨园立刻派助手"三郎"、也就是萧军去探望萧红。可以想象，如果没有裴馨园的善心，如果裴馨园也像当今一些人抱着"多一事不如少一事"的冷漠态度，那么，中国现代文学史就要撕去厚重的一页。

血气方刚的萧军来到东兴顺旅馆时，在散发着霉味的阴暗屋子里，看到了一个憔悴的孕妇。当他用同情的心听完萧红嘶哑的哭诉之后，立刻作出了一个将改变自己的一生、也将改变萧红一生的重大决定："好了，别怕。你的苦难我来挑！"

萧红紧紧抓住萧军的大手。她感到那是一块烙铁！

萧军有点慌乱而又笨拙地理了理萧红额前的头发。

命定的缘分将两颗苦难的心拴到了一起。

然而，萧军也是一个一贫如洗的流浪汉，他哪里拿得出对他来说同样犹如天文数字的六百多元钱呢？更糟糕的是，连他的朋友都是一帮穷光蛋。裴馨园虽然同情萧红的处境，但他毕竟自身难保，何况报馆的薪水也拖欠好几个月了。

黑云压城城欲摧啊！

萧红盼来了萧军，可萧军有心无力。旅馆老板照样天天催命似来逼债，说了许多难听的话，萧军双目圆睁，几乎要用蛮力解救萧红了。

正在这为难之际，老天爷帮忙了。

绵绵不断的豪雨，使松花江的洪水忍无可忍，咆哮着，决堤而出。

哈尔滨市区顿时变成一片泽国。

人们争先恐后夺路逃生，包括气急败坏的旅馆老板在内。

混乱之中，萧军抱着萧红逃出了灾难的中心。

张爱玲的《倾城之恋》，用毁城的方式成就了一桩平淡的爱情。

哈尔滨的被淹，拯救了萧红和萧军，给丘陵上的红木棉增添了一份湿漉漉的沉重，也使一桩苦难的爱情有了更为苍凉的背景。

二、饥饿的利刃割破了喉管

为什么，中国的土地上会有如此多的苦难？

为什么，中国的苦难要让一个弱女子承担？

萧红逃出了恐怖的旅馆，却又落入了饥饿的魔掌。饥饿如猛虎，将"二萧"抓咬得遍体是伤。他们先是住在道里十一道街一座欧罗巴旅馆里，但因为经济原因，没过几天，就被蛮横的老板赶了出来。他们只好迁至道里商市街二十五号大院的一间小房内，开始了贫穷但是相依为命的生活。他们经常出入当铺，四处借贷。可是，当完了一切可以典当的东西，借完了每一个可以伸出援手的穷朋友，回头一看，饥饿的老虎张开血盆大口，更加恐怖地向他们逼来。

那原本是"二萧"的新婚蜜月啊！

他们的蜜月就如此这般，在饥寒交迫中度过。

那真是一段刻骨铭心的日子：常常是萧红躺在旅馆冰冷的木板床上，把所有的被子裹在身上，仍难以抵御严寒的进攻；腹中的胎儿没有让她感觉为人母的幸福，更多的是不安和恐惧，仿佛那是一颗定时炸弹，有一天会将她炸死。她几乎每晚做着噩梦，每次从梦中醒来，她都惊恐不已。

而这个时刻，萧军起早摸黑，在城里四处奔波，打短工，干苦活，努力挣点银两。运气好的时候，萧军能够带回一袋馒头和大饼，两人就着一杯白水，一顿狼吞虎咽。运气不好的时候，空手而归，两人只好饿着肚子相拥而眠。漫漫长夜，度日如年。

由于贫穷，萧红和萧军两个人和衣挤睡在一张小床铺上，萧军的块头很大，而萧红的肚子也越来越大，两人都为了让对方多盖一点被子，互相谦让，双方都睡不好。

萧军说："你多盖点吧，别冻坏了肚子。"

萧红说："你要养家糊口，冻坏了怎么行？"停了停，又说："这孩子，要是生下来，怎么办呀？"

萧军望着黑黑的天花板，半天作不得声。

萧红温柔地触摸着萧军的胸膛，试图缓解他的重压，可是，现实毕竟太残酷。萧军怎会因萧红的柔情而忘却眼前的苦难？反过来说，虽然萧军救了萧红一命，但这救命之恩，萧红又该用怎样的爱来偿还？她腹中的骨肉是汪殿甲留下的，在那样的年代，萧军又能否用博大的胸襟来包容这一切？

"我造了什么孽啊！"萧红咬破了嘴唇，泪水止都止不住地流了出来。

萧红的抽泣惊醒了萧军，他用手一摸，脸上湿湿的，枕头上也是一摊泪水。他将她抱到自己的胸口，低低说："你又犯什么傻，哭什么？我说过，你的苦难我来挑嘛。"

萧红哭得更甚了。

萧军摸到了发抖的心。

半个月后，在一家贫民医院里，萧红生下一个女婴。

面对新生命的出世，萧军有点不知所措。

分娩后的萧红由于出血太多，身体十分虚弱，萧军发疯般地挣钱，可是挖地三尺，仍然得不到半两银子。没有钱，萧军只得将萧红接回家里休养。

外面的狗饿得冲着月光狂吠。

萧红坐在硬硬的床上，望着窗外，脸上闪着一丝疲惫不堪的苍白的冷笑。孩子从一生下来，她就没有看过一眼。想起那个负心人，她的心就阵阵悸痛。孩子在隔壁的房里哭喊，声嘶力竭，萧红雕塑般，一动不动。她似乎麻木，似乎冰冻，又似乎在报复什么。整整六天，萧红没有看孩子一眼！六天，她没有喂孩子一口奶。初为人母，虽然严重的营养不良，但奶水仍然涨得湿透了衣衫。孩子哭叫的声音，一阵又一阵从隔壁传过来，她牙齿咬得咯咯响，把心紧成了一块铁……

后来曾有人这么评说："贫困，把做母亲的女人挤压成如此冷酷！她的头脑一直是清醒的，母爱一旦泄出，将一发不可收拾。一眼都没瞧一下的孩子，（萧军把孩子）送给了道里公园看门的老头。以后的事实表明，这孩子成了萧红抹不去的伤痛！当她在香港病危时，在交代的后事里，嘱咐端木蕻良将来有机会一定要去寻找这个孩子。这正是母性的复苏与绝唱。"

然而，仅仅把这一切归咎于贫困，是不全面的。我更相信，萧红如此绝情，既是对汪殿甲负心而去的变相惩罚，更是为赢得萧军全心的爱而做出的最大牺牲。也许，萧红认为：孩子的离去，将使她能够更好地、更轻松地面对萧军，也使萧军能够看出她跟随他的决心。

事实上，孩子的离去，也的确使两颗苦难的心拉得更近、贴得更紧了。他们过了一段平静充实的生活。在这段时间里，萧红和萧军一边劳作一边创作，物质的贫穷与精神的富有形成了强烈的反差，这种反差一定程度上冲淡了胃痉挛带来的痛苦。他们互相鼓劲，携手前行。苦难的身世激发了他们对贫苦人民的感情，也使他们的笔触共同指向了下层人民的艰难身世。

1933年10月，萧红与萧军自费出版了第一本作品合集《跋涉》，它可以被看成是"二萧"爱情的宁馨儿，这次合作的成功激发了萧红更大的创作热情。她不停地写啊写，很快，一本名为《商市街》的散文集完稿了。这本书共散文四十一篇，内容全都是她与萧军两人在哈尔滨那段苦难生活的原始实录。萧红以女性作者特有的敏锐、细腻的心理，生动逼真地描绘了他们的艰难、苦痛和欢乐。

特别令人动容的是，萧红以坦诚的态度，讲述了她对于饥饿、寒冷、贫穷的感受与忍耐，她在无计可施的情况下所感觉到的孤独、愤恨、苦闷和无聊，以及她可悲的处境在自己精神上刻下的道道伤痕。在这些文字中，"饥饿"二字特别醒目。例如，在《提篮者》这篇散文里，她写了一个提篮卖面包的人对她产生的诱惑，写了"带来诱人的麦香"的面包怎样吸引她，但是"挤满面包的大篮子又等在过道，我始终没推开门，门外有别人在买，即使不开门我也好像嗅到麦香。对面包我害怕起来，不是我想吃面包，怕是面包要吞了我"。

而在《饿》这篇散文里，她甚至写到饥饿得实在难以忍耐的时候，想要去偷，"肚子好像被踢打放了气的皮球"，她对着空荡荡的屋子，发出了"我拿什么来喂肚子呢？桌子可以吃吗？草褥子可以吃吗？"的困惑与呼喊。

读到这样的文字，我仿佛看到了老虎的挣扎，看到了饥饿的利刃割破喉管时所喷出的血。

谁敢说，这不是一个天才女性在令人窒息的绝境中所发出的最令人惊怵的呼喊？

三、浪漫，在清苦的河流中奔跑

清苦，在浪漫的天空中飘逸；

浪漫，在清苦的河流中奔跑。

1934 年 6 月 15 日，这个在别人看来也许十分平淡的日子，但美丽的青岛和勤劳的青岛人民应该记住这个日子。

这天上午十点多，随着一声汽笛的鸣叫，日本轮船"大连丸"号在青岛码头缓缓地靠岸。

不一会儿，两个年轻男女，满面风尘地走出船舱，手挽手，异常兴奋地走向迎接他们的朋友。悄吟和三郎，两个逃出东北沦陷区的文学爱好者，怀着热血和梦想，来到了这座美丽整洁的海滨城市，开始了他们文学生涯中最为重要的起跑。

在这里，那个叫作"悄吟"的美丽女性被"萧红"所替代，她以她那敏锐深沉和冷峻抒情的风格在中国现代文学史上留下了浓墨重彩的一笔。而不甘落后的"三郎"，也以"萧军"的大名，在群星闪烁的中国文坛留下了属于自己的光芒。

在青岛的日子，真可以算得上是姗姗来迟的青春蜜月。萧红和萧军，他们住在靠近海边的一座木屋里，虽然清贫，但阳光、大海、白鸽、蓝天，却因为爱，而变得诗情画意、飘逸浪漫。

那些天，萧红基本上待在家里，一边操持家务，一边从事小说创作。而萧军则以"刘均"的名字在小报《青岛晨报》做副刊编辑。薪水虽然不丰，但却能够让两人在青菜馒头中体验到一种宁静的幸福。

人们常常看见萧军戴着一顶边沿很窄的毡帽，前边下垂，后边翘起，短裤、草鞋、一件淡黄色的俄式衬衫，加束一条皮腰带，样子颇像"洋车夫"，他是那么豪气地走着，让身边的风裹着阳光，哗啦啦地跟在后面。而萧红则用一块天蓝色的绸子撕下粗糙的带子束在浓密的黑发上，她总是穿着那件发白的布旗袍和一条浅灰色的西式裤子，蹬着一双后跟磨去一大半的破皮鞋，粗野得像个有点夸张的乡下"女郎中"。

一个"洋车夫"，一个"女郎中"，在青岛的"避风港"过起了有滋有味的日子。他们徜徉在大学山、栈桥、海滨公园、中山公园、水族馆。有时还跑去海滨浴场，在蔚蓝色的海水里浸泡年轻的身体和快乐的心。

正如萧军所描绘的："自己烧饭，日常我们一道去市场买菜，做俄式的大菜汤，悄吟用有柄的平底小锅烙油饼。我们吃得很满足。"

有一次，两人从朋友家里出来，已经夜深人静了，公共汽车已经停运，他们只好步行回家，大概十里远近，他们一路走来谈笑，毫无倦意。月光照在城市的上空，幽幽的月光像箫声一样透明。

突然，萧红心血来潮，硬是坚持要跟萧军赛跑。萧军拗不过萧红的请求，只好答应。结果两人拼命地在街上奔跑。穿着破旧皮鞋的萧红怎么跑得过萧军，不一会儿，就落后了，但她不服气，将皮鞋脱掉，继续朝前奋力奔跑，终于摔倒在地。

"你看，摔痛了吧？"萧军立即折回来，将萧红扶起。

萧红顺势躺在萧军的怀里，咯咯地笑着。

那是一个多么美丽的夜啊。

萧红哪儿是真的要跟萧军赛跑？她是要飞，要像风筝一样自由地飞翔，而爱情的拉线却让萧军紧紧握住。

无数的夜，有名的或者无名的，都过去了。唯独萧红的奔跑，留给记忆的是那样的深刻，人们甚至能够听到那双破皮鞋敲击着柏油马路的清脆声响，以及那种豪放的金子般的笑声。正是这样的心境，我能想象得出，穿着后跟磨去一半的破皮鞋的萧红，扎着花围裙愉快地收拾房子，然后沉静地坐在窄窄的书桌前，写《生死场》时那慢慢翻动稿笺的优雅自信的样子。

而背靠萧红的萧军，则点着一支劣质香烟，埋着头，在另一张小桌上奋笔写着《八月的乡村》。

两人的赛跑，从街头来到房内，从精神的提升到写作的比拼。

物质的清贫仍然没有改变。为了写作和更好地休息，他们从朋友那里，好不容易借到了一张小床。萧红很勇敢地爬到那张小床上去。萧军的床稍大一些，安置在房间的东北角，萧红的床则安置在西南角。

写累了，两人吹灯就寝，临睡时彼此还道了一声："晚安！"

有一天晚上，正当萧军朦朦胧胧快要入睡时，他忽然听到一阵抽泣声。

萧军惊醒了，急忙奔到萧红的床边。他以为萧红发了什么急症，便把手按到她的前额上，焦急地问着："怎么了？哪里不舒服吗？"

萧红没有回答，竟把脸侧转过去，一股柔情的泪水从那双圆睁睁的大眼睛里滚落到枕头上。黑黑的屋子里，萧军看不清她的神情，又顺手扯过她的另一只手来想寻找脉搏，她竟把手抽了回去。

"去睡你的罢！我什么病也没有！"

"那你为什么哭？"

萧军有些不解。

萧红竟咯咯地憨笑起来，低低地说："我睡不着！不习惯！电灯一闭，觉得我们离得太遥远了！"说完，眼泪又模糊了她的眼睛。

萧军怦然心动，两人紧紧地抱在一起。

萧红说过："女性的天空是低的，羽翼是稀薄的，而身边的累赘又是笨重的！而且多么讨厌啊，女性有着过多的自我牺牲精神。这不是勇敢，倒是怯懦，是在长期的无助的牺牲状态中养成的自甘牺牲的惰性。我知道。可是我还是免不了想：我算什么呢？……不错，我要飞，但同时觉得我会掉下来。"

萧红担心"掉下来"，是因为体验到了幸福。她害怕这种幸福稍纵即逝。她想飞，但同时一定要让萧军托着，并且成为她的翅膀。他们的贫困超出了我们的想象，但他们的富有也超出了我们的想象。当年，青岛那么多一掷千金的富豪与气焰熏天的权贵，但是今天，他们到哪里去了呢？有几个人的名字被后人铭记？

然而，萧红和萧军的名字流传了下来，一起流传下来的还有他们的追求、爱情和苦难中的快乐，以及照耀过他们的阳光和放飞过他们梦想的天空。

青岛没有压抑他们火热的情，他们便给青岛增添了一份诗意的浪漫；

青岛没有填饱他们饥饿的胃，他们仍给青岛增添了一层文化的底蕴。

四、远方闪烁嫩黄的火光

1934 年 9 月 9 日，这是一个吉祥的日子。23 岁的萧红写完了其成名作《生死场》。

此前一个星期，萧军也写完了他的长篇处女作《八月的乡村》。

小说写得好不好？怎样出版？两人望着各自桌上厚厚的书稿，一时有些困惑起来。

这时，一个名叫孙乐文的朋友提醒了他们。孙乐文说起有一次他在上海内山书店看到了鲁迅先生："我看他平易近人，说不定能够帮你们。"

远方闪烁嫩黄的火光，那是希望之火啊。

"咱们试试吧。"萧红说。

萧军点点头，立即起草给鲁迅写信。萧红在一旁看，想好一句写一句，两人像打磨一件作品一样打磨一封不凡的信。在信中，萧军向鲁迅请教：一个决心投身于新文化运动的青年，应该做些什么？当然，信中的重要内容不会忘记：他们想请鲁迅先生看看他和萧红完稿的两部长篇。

在这封信中，萧军第一次使用了"萧军"这个名字，此后就一直使用这个笔名。写完后，萧军要萧红也签个名，于是，她便在信笺上签上了"悄吟"的名字。

信，很快就寄到了上海内山书店。

鲁迅先生收到了信，并立即回了信。

来信的两个问题的答复是：

> 一、不必问现在要干什么；只要问自己能做什么。现在需要的是
> 斗争的文学……
> 二、我可以看一看的，但恐怕没工夫和本领来批评，稿可寄……

收到鲁迅先生回信，两人高兴得要跳了起来。萧军更是一遍遍地读着来信，认为"这是我力量的源泉，生命的希望……"

几天后，他们把《生死场》《八月的乡村》两书的抄稿和两人已经出版的集子《跋涉》，一起寄给了鲁迅先生。

此时，萧军所在的报馆发生了变故，同事们一个个作鸟兽散。萧军、萧红和挚友梅林维持到了这一年的十一月，连烙饼和大菜汤都吃不起了。于是他们将报馆里的两张木板床以及几张木凳，一股脑儿地载到一辆独轮车上去拍卖。他们真是穷极了，恨不能连门窗都拆下来卖掉。

可是，这样又能维持多久？

"二萧"最大的期盼是希望得到鲁迅先生的援助。他们不停地给上海写信，言辞恳切，心情急切。鲁迅先生虽然及时地给他们回信，但一说到见面的事，他总是以"从缓"二字作答复。

这可把两人急坏了。

萧红说："咱们去吧，到了上海，先生还不见我们吗？"

萧军说："再等等，此事不能鲁莽。"说完，又去写信。

不久，鲁迅先生再一次复信给"二萧"，其中特别提醒他们要警惕"上海有一批'文学家'阴险得很，非小心不可"。信中还再次表明友善的信息："我想我们是有看见的机会的。"

值得指出的是，真正使鲁迅先生对"二萧"的印象产生飞跃性变化的，是基于萧红的一次天真的"抗议"。

原来，鲁迅先生曾在信的末尾加上一句"吟女士均此不另"。

"吟女士"指的就是萧红。因为萧军写给鲁迅先生的信，每一次都有萧红另一个笔名"悄吟"的签名，鲁迅先生的回复本来更多是针对萧军的，不料萧红对"吟女士均此不另"一句颇为不满，率真的她自己写了一封信去，"坚决"反对鲁迅先生这样"轻视"她。

没料到，这一"抗议"，从根本上改变了双方一直保持的礼貌拘谨的态度，气氛似乎一下子变得融洽了。

在给萧红的回信里，鲁迅先生便半开玩笑地问道："悄女士在提出抗议，但叫我怎么写呢？悄婶子，悄姊姊，悄妹妹，悄侄女……都并不好，所以我想，还是夫人太太，或女士先生罢。"

从这一刻起，鲁迅先生开始用调侃的语调来写回信了，这无疑是一个好的兆头。

后来的研究者注意到了这个细节，由此而产生的疑问是：当时萧红所提出的"抗议"，是真的属于幼稚，还是出于一种女性的机敏？不管当时真实的心态如何，但有一点是确凿不移的，那就是萧红的"抗议"，使鲁迅先生对这位女性产生了相当的好感。他似乎已经发现了这位尚未晤面的青年女子身上有着某种可爱的品质，否则，他便不会在信的末尾，继续制造出一个"俪安"的小花样，并打上箭头问萧红对这两个字抗议不抗议。

其实，当年"二萧"是太急于见到这位文坛的前辈了，他们也许并没有仔细考虑鲁迅先生态度转变的原因。

虽然，鲁迅先生在回信中仍在说着"青年两字，是不能包括一类人的，好的有，坏的也有。但我觉得虽是青年，稚气和不安定的并不多，我所遇见的倒十之七八是少年老成的，城府也深，我大抵不和这种人来往"的话，但在他的内心深处，则开始考虑如何安排与"二萧"的会面了。

事实证明，鲁迅先生的回信是具有历史性的，倘若先生当时对"二萧"的来信没有给予足够的重视，或未及时答复，那么"二萧"的未来命运将会如何呢？我们不得而知。就像当年萧红身陷绝境写信到《国际协报》副刊得到编辑裴馨园重视一样，无论社会环境多么恶劣，因为这些善良的人的存在，希望总会在远处闪光。

五、拜会导师鲁迅先生

应当说，萧红与萧军确实是非常幸运的，在他们还名不见经传的时候便得到了鲁迅先生这样的"文坛盟主"的诚恳相待，作为欲在文坛上大展宏图的年轻人来说，还有比这更令人兴奋的事情吗？

然而令人遗憾的是，灯红酒绿的上海并没有张开双臂，以现代都市的胸怀热情欢迎"二萧"的到来。1934年11月初，萧军和萧红在征得鲁迅先生的同意后，迫不及待地搭乘一艘日本船，在货舱里，他们同腥味刺鼻的咸鱼粉条一道，被罐头般地运送到了上海。

与辗转青岛不同，当"二萧"走上甲板望着熙熙攘攘的上海码头，竟没有发现一个熟悉的身影。从轮船走上岸，一股举目无亲的感觉油然而生。

因未能及时见到鲁迅先生而产生的焦急心情，使得萧军发出了这样的抱怨："我们是两只土拨鼠似的来到了上海！认识谁呢？谁是我们的朋友？连天看起来也是生疏的！"

事实上，萧军对来到上海后没有马上见到鲁迅先生所发出的牢骚，完全是由于对鲁迅当时的处境缺乏了解所致。

几十年过去后，萧军仍为自己当年怀有的疑惑情绪感到内疚。

他在文章中忏悔道："当我在上海生活过一段时期以后，我才知道了自己所知道的上海政治情况，只是一种抽象的概念而已，事实上的险恶与复杂，是在想象以外的。"

当时的鲁迅先生，已被当局通缉几年，自然处理起事情格外小心谨慎。多年的经验告诉他，当你尚未了解对方时，绝对不可贸然行事，这并非摆架子或出于大人物的矜持，而是因为现实环境过于残酷了。

"二萧"当晚住在一个临时客栈里，由于过度疲惫，他们很快沉睡过去。

三天后，他们得到了确切的答复：同意会面。

一束温情的阳光，将霉湿的心情晒得透亮。仿佛长途跋涉的人到达终点一样，两人长长地松了一口气，他们为自己没有倒在中途而庆幸。

为了给萧军准备一件合适的见客礼服，萧红连夜缝制衣服，在昏暗的灯光下熬了一夜，这些绵密的针线里凝聚了萧红的无限情意。

无疑，这是萧红一生中最美好的时光，但这段蜜月在两年后不可避免地结束了。

1934 年 11 月 30 日，对于萧红和萧军来说是一个值得大书特书的喜庆之日，他们终于等到了与鲁迅先生相见的那一刻。

根据约定的时间，两人准时来到了内山书店。

出乎意料的是，鲁迅先生已在那里等候他们了，这使"二萧"简直有点不知所措。

见两个拘谨的年轻人站在门边，鲁迅先生迈着缓慢的步子走过来，平静地问道："是刘先生、悄吟女士吗？"

"二萧"迷乱地点着头。

接着，先生便引导二人走出书店，来到一家不远的咖啡店。

也许，按照"二萧"本来的设想，与先生初次见面的一刹那不应是这样的，他们可能要说上许多问候语，场面也会比眼前发生的要热烈感人得多。

然而，刚才发生的一幕却是如此的朴素，如此的简短，多余的寒暄和客套都被省去了，这使两个人一下子便回到了本真状态，不再感到有什么拘束。

萧红望着文坛大师竟是如此的平和与善意，横亘在大人物与无名之辈之间的界限顿时消失了。她满怀敬意地注视着眼前这位面色苍白、略显衰弱和疲惫的老人，他脸颊消瘦，颧骨突出，嘴上留有浓密的唇髭，头发极富个性，硬而直立，眼睛喜欢眯起来，但目光却异常锐利。

后来，萧红曾特别描述过鲁迅先生特有的那种使人"感到一个时代的全智者的催逼"的目光。

初次的见面是令人愉悦的。

鲁迅先生喜欢"二萧"的淳朴爽直，而"二萧"完全被先生的人格魅力所征服。

不一会儿，许广平领着儿子海婴也来到了咖啡店。

萧红与许广平一见如故。

许广平对萧红的印象也很不错。她曾以诗意的笔调描述过这次的会面："阴霾的天空吹送着冷寂的歌调，在一个咖啡室里我们初次会着两个北方来的不甘做奴隶者。他们爽朗的话声把阴霾吹散了，生之执着、战斗、喜悦，时常写在脸面和音响中，是那么自然、随便、毫不费力，像用手轻轻拉开窗幔，接受可爱的阳光进来。"

临别时，鲁迅先生又取出 20 元钱送到"二萧"面前，使两位一贫如洗的年轻人激动万分。

不久，萧红和萧军成为鲁迅先生家中的常客。

在鲁迅先生的鼎力推举下，萧军的《八月的乡村》率先出版，先生为之作序："关于东三省被占的事情的小说，这《八月的乡村》即是很好的一部。"

然而，萧红的《生死场》出版得却不太顺利，该书被当局的书报检查委员会搁置半年后，仍然未得到许可，后来作为鲁迅主编的"奴隶丛书"之一，于 1935 年才得以出版。

鲁迅先生同样为该书作序，他给予了萧红恰如其分的赞许："女性作者的细致的观察和越轨的笔致，又增加了不少明丽和新鲜。"

就这样，在鲁迅先生的引导下，萧红和萧军开始进入上海文坛，并与当时许多重要人物建立了广泛联系，而他们与鲁迅之间的友谊，则对日后自身事业的发展产生了难以估量的作用。

此时萧红的生活原本露出了微笑，但这一丝微笑，很快被一场黑色风暴卷走了。

六、因为相爱，反而伤害

爱，是一把"双刃剑"，既可以给人带去温暖，也可以给人带来伤害。

对萧红而言，"爱"的含义更加复杂。它像是一束光、一把火，又像是一柄锤、一把刀，甚至还是一包药，或者一块重重的石头。

经历了苦难磨炼的人原本学会宽容和理解，但在萧红心里，萧军已经不是当年的那个"三郎"了，他变得多疑和专制，他的大男子主义，他的武断和暴躁，都无法让萧红更好地爱他。她原以为萧军不会计较她的过去，不会计较她曾经发生过的悲惨的一切，但慢慢地，她觉得自己错了。昔日那个侠义心肠的"三郎"永去不复返了。她曾经试图用各种方法去挽救这一份爱，但是，有一股巨大的离心力将她从萧军身边拉开，并且越拉越远。

《八月的乡村》为萧军赢得了荣誉，但《生死场》给萧红带来的成功似乎更大，萧红的才华也被更多的人所称颂。

这对于既是情侣又是对手的萧军来说，是不是一种难以言说的打击呢？

因为相爱，反而伤害。"二萧"的冲突不可避免，争吵也日益激烈，性格粗鲁的萧军甚至动手打伤了萧红。这一打，将爱情苦心经营的温情打碎了。萧红的身体和心灵深处涌动着无限的酸楚，留下了一道道创伤。

后来有人这样对比萧红和萧军之间的差别：一个多愁善感，另一个坦荡豪爽；一个是长不大的女孩，另一个是血性汉子；一个柔，一个刚。

萧军评价萧红："她单纯、淳厚、倔强有才能，我爱她，但她不是妻子，尤其不是我的。"这里隐含着什么，只有当事人最清楚。

而萧红则说："我爱萧军，今天还爱。他是个优秀的小说家，在思想上是同志，又是一同在患难中挣扎过来的，可是做他的妻子却太痛苦了。"

相爱容易，相处难。既然相爱，并且同居，却又不是妻子和丈夫的感觉，这样的生活，萧红焉能不痛苦？

为了缓解冲突、调节心情，萧红动身去了日本，而萧军则回到青岛。

客居他乡的萧红仍然思念着萧军，她在给萧军的信里还张罗着要为他买柔软的枕头和被子。但当萧红满含希望地回到萧军身边后，发现萧军抵挡不了别的女人诱人的"红唇"，情感早已发生了转移。他们的矛盾进一步激化，猜忌和怨恨变得毫无遮拦。

应当说，萧红内心是非常珍惜这段感情的，她写了很多诗。虽然很怨恨萧军，甚至骂萧军，但是她还是希望萧军能回心转意，她不想舍弃萧军。

然而，情未了，缘已断。

分手，已成定局。

既如此，好强的萧红经过一番犹豫和痛苦的挣扎，最终决定把自己的情感和命运从离心而去的萧军那里收回，转而交托给了另外一个男人——端木蕻良。她赠给端木"相思豆"和"小竹竿"，这两件定情物包含了一个受伤女人的心愿："相思豆"代表真爱，而"小竹竿"则象征着坚韧与永恒。

1938 年 4 月，身怀六甲的萧红跟萧军分手后，与端木同去武汉。5 月在武汉大同酒家举行了一场特殊的婚礼。当时跟萧红接近的男作家不少，他们都很同情萧红，但与她聊天、谈话、以文会友可以，要娶她为妻，恐怕谁都没想过。只有端木提出跟萧红结婚，而且要举行婚礼，给她一个正式名分。在这件事情上，端木是个真正的男子汉。也正是这一点，打动了受伤累累的萧红。

　　须知，在那个时代，一个从没谈过恋爱的男人要娶一个曾与两个男人同居又先后分离的女人，谈何容易？当时，端木的母亲和亲友都不赞成，特别是端木的母亲，她认为萧红不吉利，不希望自己的小儿子和这样的女人结婚。

　　但端木坚持了自己的主见。

　　婚礼那天，前来道贺的有端木三哥未婚妻刘国英的父亲、刘国英和她在武汉大学的同学、萧红的日本朋友池田幸子，还有文化界的胡风、艾青等人。

　　萧红穿一件旗袍，端木着一套西装，婚礼办得简单又隆重，在战争年代中是不多见的。

　　萧红在婚礼上的一番话真正表达了她当时的心态。

　　当胡风提议新人谈谈恋爱经过时，萧红十分动情地讲："掏肝剖肺地说，我和端木蕻良没有什么罗曼蒂克的恋爱史。是我在决定同三郎永远分开的时候我才发现了端木蕻良。我对端木蕻良没有什么过高的要求，我只想过正常的老百姓式的夫妻生活。没有争吵、没有打闹、没有不忠、没有讥笑，有的只是互相谅解、爱护、体贴。"

　　在场的人都被萧红坦诚的话所打动，大家静静地听她继续含泪说下去："我深深感到，像我眼前这种状况的人，还要什么名分。可是端木却做了牺牲，就这一点我就感到十分满足了。"

　　萧红说的"像我眼前这种状况的人"，指的是她有孕在身，她怀的是萧军的孩子。当年，为了萧军，她铁心不看那个可怜的女婴，也没有喂她一口奶，直到送人之后，她才感到这一份伤痛是多么难以消去。而今，她怀上了萧军的孩子，却又跟端木结了婚，命运为何如此捉弄人？这个孩子将来又该怎么办？

　　几个月后，孩子出生了。但奇怪的是，几天后，孩子就夭折了。对于这样的结果，萧红的心情异常复杂，有着一种说不出的酸楚。

孩子的死彻底掐断了她与萧军最后的缘分。

不久，上海沦陷。萧红跟着端木蕻良，颠沛流离到了香港。由于被迫东躲西藏，加之精神紧张和医院药物匮乏，萧红的肺结核日益严重，使原本虚弱的她变得更加弱不禁风。

是爱，让萧红走出呼兰河畔；

是爱，让萧红走向海角天涯。

七、柳亚子："天涯孤女有人怜"

20世纪40年代初的香港，像是一个被多种疾病缠身的城市。

正是这样一座城市，住下了被多种疾病缠身的萧红。

也正是这座城市，让萧红的生命走到了末路。

很难想象，当萧红静静地躺在病床上时，她会不会回忆起那陌生而又熟悉的呼兰河畔，会不会回忆起爷爷和父母，以及由此引发的一切，包括噩梦般的逃婚，而又噩梦般地跟汪殿甲生活的那一段日子；包括随后的萧军，以及更后的端木蕻良。但我相信，在她的生命里，最闪亮的记忆里应该是与鲁迅先生相识的点点滴滴。

可惜，昔人已乘黄鹤去，她只能将无穷的思念留在心底。

香港，是一座混乱而又陌生的城市。以病人的眼光，萧红对香港的印象可能更加糟糕。那些天，萧红十分苦闷，情绪低落到了极点。

就在她感到孤寂无助之际，萧红得到了一位宽厚长者的关心，这位长者就是柳亚子。

柳亚子的出现给萧红的生活带来了一抹亮色。

原来，1939年年底，与国民党分道扬镳的柳亚子由上海抵达香港，与宋庆龄、何香凝一道，在香港发展了国民党左派力量，为推动政府抗战而大声疾呼。柳亚子并没有因为政治原因而淡化对文艺的兴趣。他总是设法与文艺界保持着密切的关系，在香港也不例外。

因此，当得知萧红在香港生病住院后，他依靠个人的影响力，筹措到一笔经费，解决了萧红的住院费。

随后，他又亲临医院探望。

柳亚子的突然到来，使病榻上的萧红既吃惊又感动。

"别急，一切都会好起来的。"柳亚子握着萧红的手，轻轻地说："重要的是，把病养好。"

面对长者和文学前辈的宽厚安慰，萧红不禁潸然泪下，泣不成声。

柳亚子见此情状，连忙说："你怎么这样哭呢？我读过你不少作品，有力量。我相信你病后能够创作出更好的作品来。"

得到柳亚子的探视和鼓励，萧红精神大振，情绪也稳定了许多。

有一次，柳亚子前来看望萧红，恰逢端木蕻良在她病榻前端药侍茶，聊天解闷。柳亚子连连拊掌称好，并当即赋诗一首，题为《赠蕻良一首并呈萧红女士》。

诗云：

> 谔谔曹郎奠万华，温馨更爱女郎花。
>
> 文坛驰骋联双璧，病榻殷勤伺一茶。

柳亚子将此诗写下后亲自交给萧红。

萧红十分高兴，她庆幸自己又找到了一位像鲁迅先生一样的长辈，不仅关心她的生活，而且点拨她的人生。

端木蕻良也很感激柳亚子的关爱。

几天后的一个上午，柳亚子笑吟吟地捧来一束盛开的菊花，送到萧红的病床前。

鲜艳的菊花绚丽多姿，透出一股沁人的幽香，病房里一下子生动起来。

萧红眼里含着泪，她斜靠在病榻上，用手轻轻抚着鲜花，并深深地吸了一气。哦，好香！萧红感到生命在复苏，内心燃起了一股火焰，苍白的脸上浮出了一层红晕。

柳亚子说："好好休息，争取早日康复。生命就像这鲜花一样，你会更加灿烂芬芳的！"

萧红点点头，她请求柳亚子靠近她坐下来，她想到自己来香港后，在朋友中与柳亚子相识最晚，又定交于病榻，而这位长者的关心是仅次于鲁迅先生的，不禁感慨万千。望着尊敬的长者，萧红颇为动情地吟了一句"天涯孤女有人怜"，随即怅然挥泪，难以自拔。

此一句诗，包含了萧红多少酸甜苦辣和人情冷暖的人生感悟啊。

柳亚子闻之亦动容不已。他当即赋诗一首赠予萧红，以示鼓励：

> 轻渺炉烟静不哗，胆瓶为我斥群花。
> 誓求良药三年艾，依旧清淡一饼茶。
> 风雪龙城愁失地，江湖鸥梦倘宜家。
> 天涯孤女休垂涕，珍重青韶鬓未华。

这一首诗，永远留在了萧红的心里；

这一幕，也永远留在了端木蕻良的记忆中。

许多年后，端木还满怀深情地回忆了这一幕，并说："在柳先生身上，我们发现师道和友情萃于一身。在一位纯真的老者身上，滋润着热情的灵苗。柳先生平生饱经忧患，但他总给别人以鼓舞和信心。"

遗憾的是，日军入侵香港后，柳亚子被迫撤离香港。

临行前，他又专程来向病榻中的萧红辞行，叮嘱她："要有信心！养好病后，争取写出更好的作品来。"

没想到，这次辞行，竟成永别。

八、骆宾基：比友情多，比爱情少

该离去的总会离去；

该相逢的总会相逢。

在萧红的生命历程里，骆宾基虽然姗姗来迟，但他与萧红却有了一段"比友谊多，比爱情少"的佳话。

骆宾基原是萧红胞弟张秀珂的友人。他中等身材，有着北方农民的魁梧，一张同属于北方农民的紫铜色长脸上常常写着质朴和沉思，鼻梁上架着一副棕色的眼镜，眼镜后面是一双不大却充满活力和感情的眼睛。作为同乡的东北人，他来到香港后不久，经朋友的介绍，他与萧红相见并相识。

既是老乡，又是胞弟的友人，萧红立即对这一双眼睛产生了好感。随后，萧红很自然地将这位同乡介绍给丈夫端木，端木则把自己在《时代文学》上连载的《大时代》停下来，发表骆宾基的新作《人与土地》，标题画则是萧红的作品。

为了感谢萧红夫妇对他的帮助，骆宾基经常去看望他们。端木因忙于事务，经常来去匆匆。这样，对于病榻中的萧红来说，骆宾基的来访减去了她的孤寂感，增加了她对生活的信心。特别是萧红病重期间，对她怀有敬慕之情的骆宾基长时间地守在她身旁，以致护士小姐都以为他是萧红的丈夫。

病床上的萧红有着无限的思乡之情，骆宾基操着一口浓烈的东北口音，配上他那娓娓动人的声调，讲述家乡的轶闻趣事。这些陈年旧事，对离乡已久的萧红来说，无异于饮露止渴，余味无穷。

骆宾基比萧红小六岁，萧红总是像姐姐一样与他拉家常。他们谈到东北老家的食物、风俗，也谈文学，谈人生。每当这个时候，萧红总是兴致极高，言谈中不免流露出对家乡深深的怀念。

不久，太平洋战争全面爆发，日军开始向香港发动进攻。当时的九龙已陷于猛烈的炮火之中，炸弹爆炸声和警报声不绝于耳。病中的萧红非常害怕，她有一种无法把握住自己命运的空虚感，迫切需要有人来陪伴她。

突然降临的战争，令好多在港的文化人措手不及。这时的端木既要考虑撤退和筹款事宜，又要与文化人保持联系，因此非常忙碌，不可能有太多的时间留在萧红身边。

骆宾基怀着一颗感恩之心，义不容辞地挑起了照料萧红的重任。

有一天，炮火特别密集，骆宾基冒着危险，来到萧红身旁。他的到来使脸色惨白而又带着恐惧的萧红，有一种绝处逢生的喜悦。

萧红紧紧握住他的手，柔声说："你不要离开，好吗？我好害怕……"

骆宾基连忙安慰她说："不要怕，放心，我会一直在你身边。"

萧红感激地点了点头，疲惫至极的她慢慢地合上了眼皮。

骆宾基静静地陪伴一侧。他突然发现萧红长长的睫毛下溢出了一层潮湿，不由怦然心动。

过了好一会儿，萧红才睁开双眼，她似乎没有在意自己的泪水，只静静地看着骆宾基。

外面的警报声又陡地响了起来。因为骆宾基的存在，萧红一点不害怕，她咳了一下，说："我现在最需要的就是友情的慷慨，你就是最慷慨的。"

见骆宾基有点发怔，萧红又接着说："我是一个非常矛盾的人，常常陷入与愿望相反的矛盾里，也许这是命吧。和萧军的离开是一个问题的结束，和端木又是另一个问题的开始……"

骆宾基很快意识到，萧红内心所要表达的意思。他有些吃惊。过去，他一直以为萧红与端木生活得很愉快、很幸福。可后来，听一些朋友讲，他们之间并不协调。特别是当他面对面地与萧红接触后，他深深感受到她的那种心灵孤独和盼望被别人关心的焦渴。

一时间，骆宾基陷入了烦恼的矛盾之中……

柳亚子离开后，端木经常难见踪影，也不知他在忙什么。时局混乱，看到相识的人和不相识的人一个个离去，萧红感到十分伤感和悲怆，她不知道自己将会面临什么样的结局。

这天，骆宾基又来看她了。萧红与他谈得很投机，也很深入，她毫不隐瞒地说："我早就该和端木分开了，我要回家乡去。你能不能先把我送到上海，送到许广平那儿？"

"你……"骆宾基对萧红提出的要求感到很突然。

但萧红顾不了那么多，她情绪颇为激动，声音也显得高了一点，说："你不要为我担心，我不会在这个时候死的，我还有《呼兰河传》第二部要写，我会好起来的。"

然后，她竟喃喃自语起来："会好起来的，会好起来的。我还要写，还没写完……"

骆宾基试图安慰她，但就在此时，萧红突然说："骆君，到那时你肯娶我吗？"

"啊？"骆宾基顿时愣住了，一会儿，他几乎是下意识地说："不，我不能……"

萧红也是一怔，她把火热的目光收了回来，不再说话，也不想说话，但她蓦地想起了自己诗中的几句话，不觉有一种刺痛：

> 想望得久了的东西，
> 反而不愿意得到。
> 怕的是得到那一刻的颤栗，
> 又怕得到后的空虚。

1941 年 12 月 25 日，经过 18 天的抵抗，香港最终还是失守了。局面一片混乱，患病中的萧红被送进了跑马地养和医院。

医生对萧红的病情进行会诊，她被误诊为喉瘤，第二天即被推进手术室。

在错误的时间，错误的地点，萧红接受了一次错误的喉管切开手术，加速了她的离世。

手术后，萧红的病情骤然恶化，身体更加虚弱。由于伤口难以愈合，她说不出话，痛苦万分。

历经磨难的萧红也许意识到自己病情的危重，反而显得出奇的平静。或许这是一种心如止水的悲哀吧。

1942年1月18日，萧红被迫转院，进入玛丽医院重新动手术，生命垂危。

萧红心境坦然。虽然，她不愿死，也不甘心死，因为，她还有许多事情要做，还有很多作品要写，她的缘未断、情未了，怎么能就这样一走了之呢？她在纸上写道："半生尽遭白眼冷遇……身先死，不甘，不甘！"

然而，上帝已经点了她的名，明知点错了，她也只得遵命而去。

五天后，萧红回光返照，她意识到，是告别这个苦难世界的时候了。

萧红用手势示意一直陪伴在身边的骆宾基给她取来纸和笔。她挣扎着，用尽最后一口气，写下了这句话："我将与蓝天碧水相处，留得那半部《红楼》给别人写了。"

这是萧红留给世界的悲怆。她用"半部《红楼》"概括了自己的一生，概括了那31年风风雨雨的心路历程。

九、《呼兰河传》：裸露的幽灵在徘徊

在中国现代文学史上，萧红是个天才的短命女作家。她以仅31岁颠沛流离、短促悲凉的生命，留下了卷帙可观、风格独特的小说、散文、诗歌和戏剧等多种体裁的文学作品。在短短9年的创作生涯中，共出版过11部集子，创作总字数近百万字，显示了不可多得的艺术才情和创作生命力。早在20世纪30年代，萧红就被鲁迅称为"当今中国最有前途的女作家"。

　　正如有论者指出的那样，萧红是凭个人的天才和感觉进行创作。她的作品自传性很强，融进了其独特的生命体验和情绪记忆。萧红创作上的成功，很大程度上取决于她的艺术感觉力和艺术表现力。她凭借女性纤细敏锐的感悟能力，捕捉情感中最富有韵致的人事景观，抒写现实的人生和自我的情怀。无论是诗歌、散文还是小说，无不灌注了她的性灵、智慧和勃勃生气，仿佛从心底流淌出的歌，诗意蕴藉、凄美动人。

　　"父亲打了我的时候，我就在祖父的房里，一直面向着窗子，从黄昏到深夜——窗外的白雪，好像白棉花一样飘着；而暖炉上水壶的盖子，则像伴奏的乐器似的振动着。"

　　类似上述的描写，在萧红的作品中随处可见。她是一个身心俱受摧残的不幸女性，一个被家庭、爱情和社会所放逐的灵魂。在她内心深处，深藏着难以排解的无家的悲凉感。她的一生，既经受了失去家园的无奈与痛苦，又饱尝了寻找家园的坎坷、屈辱与悲欢，她在无可奈何而又义无反顾地舍弃失去之后，又满怀希望地探索寻求，向着"温暖"与"爱"的方向，怀着"永久的憧憬与追求"。可以说，寂寞情绪和无家情结困扰了萧红的一生，同时也造就了萧红，成就了她的许多艺术佳构。她把自己对生命的体验与感悟真诚地融入笔下的艺术世界，把自己的孤独与忧伤、寂寞与怅惘，通过审美沉思转化为作品的情感基调和美丽的诗魂。

　　这种大气和冷峻，在《呼兰河传》中表现得尤为突出："呼兰河这小城里边，以前住着我的祖父，现在埋着我的祖父。"这部书成了萧红献给故乡的生命绝唱。作为20世纪中国文学的经典之作，萧红笔下是冰冻的，透彻到你的骨髓里。只有经历了无限的热烈和悲惨，"半部《红楼》"一样的生命感情，才会像冰冻一样；也只有枯涩中脉动的叙述，那种语调超越了内容的语言，才能表达这冰冻的感情。

　　如果说《生死场》是"第一次淋漓尽致地大胆裸露生命的躯体，让它在纷扰繁殖的动物和沉寂阴惨的屠场与坟岗中舞蹈着"的话，那么，《呼兰河传》则是将生死的意义逐出人的视野，在人们对生死的更为漠然中写出了"几乎无事的悲剧"。此时的萧红对生命的感觉似乎已超出单纯的生死界限，而更深远地思索着旷远的空虚与悲凉。

与《生死场》相比，《呼兰河传》中尽管展现了环境对人仍然构成压抑，但已经没有"生死场"般赤裸裸的残酷，小城与人似乎形成一种平和松弛的关系："春夏秋冬，一年四季来回循环地走，那是自古也就这样了，风霜雨雪地，受得住的就过去了，受不住的就寻求着自然的结果。那自然的结果不大好，把一个人默默地一声不响就拉着离开了人间的世界了。至于那没有拉去的，就风霜雨雪，仍旧在人间被吹打着。"

呼兰河人麻木混沌地生存（而非生活）着，感受不到生命的珍贵与死的悲哀，一切都是"自然的结果"，都是被动的生生死死，作者心中涌动的是巨大的悲哀。在这里，一城人得过且过，活得坚韧，活得麻木。屋子快塌了，管它呢，过一天，算一天。小媳妇得病了，请巫婆跳大神，好好的人折腾死了，叹息一阵便过去了。鬼节里依然要兴致勃勃地放河灯。当然也不乏有光彩的人物。疯女子哭过了死去的儿子，又安安静静地卖菜。冯歪嘴子与大姑娘不声不响却超越世俗的爱情让人心酸又欣慰。这就是我们曾经有过的命运遭际。从前发生过，又梦一样不留痕迹。留给我们的是一首诗，一卷乡土风情画，一串凄婉的歌谣。

而远处，萧红含泪的倾诉，有谁听见了？

裸露的灵魂，在呼兰河畔徘徊。无家的鬼火却将夜归人的路照亮了。

特别是《呼兰河传》"尾声"里的几段话意味深长：

> 我生的时候，祖父已经六十多岁了，我长到四五岁，祖父就快七十了。我还没有长到二十岁，祖父就七八十了。祖父一过了八十，祖父就死了。
>
> 从前那后花园的主人，而今不见了。老主人死了，小主人逃荒去了。

以上我所写的并没有什么幽美的故事，只因他们充满我幼年的记忆，忘却不了，难以忘却，就记在这里了。

有人据此作出分析：在这里，单调而重复使用的句型，复沓回荡的叙述方式，透出儿童的稚拙和朴实，娓娓道来，节奏徐缓，却又内蕴深藏，浑朴醇厚。作家絮絮叨叨地叙述祖父年龄与自己年龄的变化，流露出对祖父的熟稔、热爱。年龄的排列之间，省略了许多具体内容，表现出祖父一生的平常。

与此同时，作者成功地通过第一人称"我"—— 一个单纯幼稚的小姑娘的眼睛，为读者摄下了一幅幅悲惨的人间画面。显然，作者是有意让叙述者用儿童好奇的目光来观看这一切的，而一个儿童显然是不会完全洞察这一悲剧的意蕴的。对叙述者"我"这个童稚来说，这只不过是一个个"有趣"的故事，于是叙述者越是平静，读者越会激动；叙述者越是超然好奇，读者就越会悲哀，愤恨而不能自已。可见，情感评价上的儿童视角既增加了作品的心理情感的容量，也增加了作品内部的张力。

从《生死场》到《呼兰河传》，萧红举重若轻，让人看见蝴蝶的灵魂。

十、"远去的人只留下一滴苍凉"

不应该早死的人早早地死去了；

不应该结束的故事早早地结束了。

一切好像还刚刚开始；

一切都还没有准备好。

萧红，一个刚刚在文坛崭露头角的年轻作家还来不及松一口气，怎么就这样消失了呢？

萧红的遭遇总是让人想起张爱玲。两人的天资和才情，足可互称姐妹。

可是，不管怎样，张爱玲到底活到了七十五岁。而且在她的生命中，大部分时间，她过的日子是小资式的，或贵族式的。她的写作更能体现自己的性情，张扬自己的个性。

网上流传着一个叫"黄木子"的人写的《萧红的死》："萧红是让人长歌当哭的。萧红的一生，令许多读她文章的人伤悲。她把女人最致命的弱点淋漓尽致地演绎出来。"

张爱玲运气不好，碰上了胡兰成和赖雅。

萧红的运气应该说不错，她碰上了萧军和端木。一个救了她的命，一个给了她婚姻。可是，萧红要的只是爱，这一点，跟张爱玲的渴望是一样的。

然而，萧军和端木都没有给予她足够的爱。

萧红原以为萧军给予的是不朽的爱，或者说，是爱情神话。

可是，到了致命的1936年，她和萧军的"爱情神话"打破了。她在诗中责备萧军，说："带着颜色的情诗，一直一直是写给他的，像三年前他写给我的一样。"

当然，她意识到："我不是少女，我没有红唇了。我穿的是厨房带来的油污的衣裳。"

萧军原本并不嫌弃这些啊，他说他要给萧红以真挚的爱情。

然而，爱情就像泡沫，一吹就散。萧红露出了冷笑："说什么爱情！说什么受难者共同走尽患难的路程！都成了昨夜的梦，昨夜的明灯。"

只因为她不是所谓的纯洁的红唇，别人就有背叛她的理由。其实，她哪里是死于1942年年初啊。从1936年起，活着的只是她的肉体了。她整个的灵魂竟随着爱飘走了。

萧军曾经辩解道："如果她不先说和我分手，我们还永远是夫妻，我决不先抛弃她！"

这话听来好像很仗义。但是，他大约忘了，在给新情人的诗中，他露骨地说："有谁个不爱个鸟儿似的姑娘！"

又说："有谁忍拒少女红唇的苦！"

网友"黄木子"愤然写道："身陷爱情中的女人，要讨的不是一张饭票。和一个从未爱过的人在一起，也许可以忽略了爱情，可毕竟有爱在先啊。当爱已逝，生命又有什么意义呢！爱情中的女人会要一个名存实亡的婚姻么？萧军是粗犷的东北人，也许他的心不够细腻，可他能不在乎萧红的过去么？对男人来说，经历复杂的女人是他们心中的硬伤。爱情那事过境迁的微弱的力量不能承载红尘俗事跨越百年。爱情总是打扮得妖娆，让男人披着她美丽的外衣来迷惑女人。所有的海誓山盟仅限于那片刻的激情。在那一刻，两人都化成了神。神是不在乎人间烟火的。当激情退去，所有的俗事都浮出水面，原先可以忽略不计的问题现在都成了生活的拦路虎了。当然，葬身虎口的，一般都是女人。爱情中的女人不懂得背叛。"

于是，萧红死了。

可是，在中国现代文学的长廊里，我总是情不自禁地想起萧红，想起她在《小城三月》里流露出来的纯洁、感伤同时体验着青春快乐的萧红，还有那个跑到鲁迅先生家试着不同的衣服笑吟吟问"可好看"的萧红，想起她那单纯爽朗的笑声终于淹没于世的沉寂，那种鲜明的热闹喧嚣自此休止的空落。

这分明，萧红就是一只独舞不止的蝶啊！

那只蝶永远没有落下来；

那只蝶永远向着阳光走；

那只蝶不再饥饿，不再缠绵，她恢复了她的从前，又走出了她的从前。

那只蝶竟又化作了红木棉，竖立在香港碧蓝的浅水湾，像一座塔，永远带着回望的落寞，朝着故乡，朝着月落乌啼，朝着霜满的天空：

而雨，终于缓缓地落下了

像一株忧伤的植物

记忆的河流，为何让我如此地想你

无数的幻想，无尽的心事

远去的人只留下一滴苍凉

第二十一章

孙犁：

『凭窗远望，白云悠悠』

夕阳西下，枯藤昏鸦。他提起笔，颤抖地写道："故园消失，朋友凋零。还乡无日，就墓有期。哀身世之多艰，痛遭逢之匪易。隐身人海，徘徊方丈，凭窗远望，白云悠悠。伊人早逝，谁可告语。"

夏天的夜晚,坐在院中的凉席上,"好像坐在一片洁白的雪地里,也像坐在一片洁白的云彩上,有时望望淀里,淀里也是一片银白的世界。水面笼起一层薄薄透明的雾,风吹过来,带着新鲜的荷叶荷花香"。

那香气轻轻地、淡淡地萦绕在身边,偷偷地侵袭着我的嗅觉……

孙犁,原名孙树勋,1913 年出生于河北省安平县。1936 年曾在安新县同口镇小学任教,因此了解了白洋淀一带群众的生活,并以此为背景创作了自己最优秀的作品。1937 年后他参加抗日革命工作,两年后到解放区做文艺宣传。

1944 年发表小说《荷花淀》《芦花荡》等,开始受到广泛关注,成为继赵树理之后又一位重要的解放区作家。

孙犁的小说,着重挖掘农民,尤其是农村女子的灵魂美和人情美,人物朴实生动,夹在当时解放区较为古板的创作风格之间,显得别致生动。这样一个散发着荷花清香的文人,宁静地生活着,似乎没有人生的大起大落,然而却经历过战火与硝烟的洗礼;他没有刻意追求要留下些什么,却真实地感染了一批批青年才子,共同创造了花香四溢的"荷花淀派"。

提到孙犁,我可以感觉喧嚣立刻远离了,心静如止水,身边仿佛充满了刚露出些许粉色的菡萏,翻着孙犁的文章,品着花香,世界暂时被搁置一旁。

他有艺术家明丽而精致的感觉,他有哲人的睿智和深沉,生活的艰辛,辗转的无奈,在淡淡的一笑中,黯然失色。仿佛他的世界,看不到战火、看不到愤怒,人们总是那么热情地笑,热情地劳动,热情地抗敌。

他的恬淡,似过眼浮云,漫不经心,却带给我们生活的希望,以及战胜一切的力量。

蒲松龄的《聊斋志异》中有个按语,曰:"性痴则其志凝,故书痴者文必工,艺痴者技必良。"想来,孙犁的不善言语,必是这样。

他的笔代替了说话。每个字,都是他的深思熟虑,是对生活的观察,是感情的宣泄。没有太多的语言，即便对于亲人，也是如此，一切的美与善已经留在纸上，留给我们去品味。

我敬佩孙犁的恬淡，一生没有野心，不在官场，不往热闹地方去，也没有所谓的仙风道骨气，他还是一个儒，一个大儒。

人说：这样的一个人物，出现在当时的中国，尤其天津大码头上，真是不可思议。

在孙犁的书房墙壁上，挂着一幅书赠友人的墨迹："大道低回，大味必淡。"这恰似他一生的写照，如低回的大道，如风中摇曳的荷花，散发着久久回不去的香气，沁人心脾。尝罢甜酸苦辣，最终归于淡泊，淡泊而明志，宁静以致远。

一、流水的记忆

不知道是幸运，还是可怜，在孙犁前后，母亲的六个孩子都相继夭折，孙犁成为家中唯一的继承人，在那个贫困而动荡的年代，他寂寞地享受了来自父母及整个家族的爱。

冀中的滹沱河，安静得就像躺在爱人怀抱里睡眠的女人一样，流动时，只有一点细碎的声响。

1913 年，孙犁就出生在滹沱河畔。

这条河，见证了孙犁辛酸而浪漫的童年。甘洌的流水，带着浓浓的故乡情，直至遥远的天边。

滹沱河南岸的小小社会，是孙犁瞭望世界、观察人生的第一站。

年幼时的他，在这里，看到了雁群，看到了鹭鸶，看到了对艚大船上的夫妇，看到了纤夫，看到了白帆。他们远来远去，东来西往，给孙犁，也给他的乡人们，带来辛酸或苦辣。

那时的春天是"苦春"。幼弱的孙犁簇拥着同龄的伙伴们，带着小刀，提上小篮，成群结队地涌向野外，他们漫天遍野地跑着，寻视着，欢笑着，打闹着。

为衣食奔波，而不大感到愁苦，也许只有童年。

有个女孩，叫作盼儿，瘦瘦小小的身体，蜡黄的脸，胡乱扎好的小辫，挤在男孩堆里拼命地抢野菜，这是在孙犁记忆中的第一个女孩。后来，家庭实在支撑不了，她便随着父母一起入了洋教，从此没了音信。

她的离开，让懵懂的孙犁很难过，靠在门槛上，冲着灰黄斑驳的一马平川，孙犁问母亲："她还能回来吗？"

母亲回答："等长大了吧——"

第一次接触了生活的无奈，故乡的人啊，为何你们要远走他方？滹沱河水舍不得你们，漫漫平川舍不得你们，回来吧——年幼的孙犁已经懂得心痛，懂得从心里的呐喊。

然而，就连他自己，也要飞走了，飞离故乡，去讨份生活。

滹沱河啊，若是想念了，我就跟流水说话，它能够把我的心思，带到你的耳旁吗？

1919 年，五四运动轰轰烈烈，孙犁进入初级小学念书，那时他六岁。

父亲是个儒雅的农民，初通文墨，对于孙犁的教育，很是高瞻远瞩。那年，孙犁还上了夜校。

冬天的晚上，冀中平原黑漆漆的一片，夜色下的农村很安静，独自走在回家的路上，孙犁有些胆怯，一丝的响动，都让他猛然一惊。忽然，前方似有几缕微弱的灯光，"树勋，你回来了啊"，是父亲！孙犁的心头一阵阵发热，那是父亲为他买的玻璃煤油灯，昏黄的灯光，指引着瘦弱的孙犁，走在黑夜的路上，他再也不感到寒冷。那盏小灯，温暖着孙树勋（孙犁）的心。

孩子都是快乐而好奇的，儿时的孙犁最喜欢听评书。端着小凳，往人多的地方一扎，等说书的人吃好喝好，惊堂木一拍，"话说，当年呼延庆……"一场好戏，这就开始了。

《七侠五义》也好，《呼家将》也好，孙犁听得如痴如醉。在他的文中，记载了村里说书的"得胜大伯"——一个挑担串乡的货郎。等夏秋农忙时节，他回到村中，便将在外面闲散听到的故事，有板有眼地转述给乡亲们。

农村的夜晚，聚在街上，大人们三五成群地抽着旱烟，孩子们绕来绕去，萤火虫也眨巴着绿光飞个不停，听着得胜大伯抑扬顿挫，口沫横飞，快乐的时光就慢慢被打发了。

时间一久，孙犁又陷入新的乐趣中。

村东头有个四喜叔，脾气很好，知道孙犁能识字，爱看书，便把一本《金玉缘》借给他，十多岁的孙犁第一次读到了《红楼梦》。这位四喜叔，因为喝多酒，跑到街上，威吓了别人，被官府抓住砍了头，那本《金玉缘》也就无了后文。

读《红楼梦》，孙犁完全沉浸到大观园的喜怒哀乐中；看到宝玉被贾政鞭笞，引得贾母痛斥，祖孙三代痛哭流涕时，他竟然落下了眼泪。

落泪？他的胸中涌动的是怎样朴实的感情！

热泪盈眶的孙犁，轻轻地搁下书，撑开窗户，任粗糙的风刮过面颊，他在思考着深奥的人情伦理，比较起身边的生活，感慨万千。

这还是个毛头小孩啊，他怎么会有这么深沉的感情？对于美和善的追求，也许根本没有年龄的限制。

按照孙家的实际情况，孙犁念完四年初小，就应该务农或出外习商，在抉择的日子里，父亲的一位朋友劝孙犁继续上学，毕业后考到邮政，那就等于捧到了"铁饭碗"，衣食无忧。开明的父亲，拾掇拾掇家里仅有的存粮，送孙犁进安国县城继续念书。那年，孙犁十一岁。

父亲将家里拉磨的毛驴牵来，父子二人坐在牲口上，默默无语地离开了家，此刻真正踏上外出求学的道路。父亲将孙犁放在前面，在日影幢幢中，蹒跚在乡间小路。毛驴埋首走着，身体一起一伏，父亲喝住它，纵身一跃而下，看了看瘦弱的孙犁，又摸摸心爱的牲口，想说些什么，却始终没有出口，只轻轻长吁一声："启程吧"。

坐在驴背上的孙犁，随着山路的起伏，一颠一颠。父亲执着鞭子，走在前面，领着驴子，昏黄的阳光将他的身影拉得很长很瘦，年少的孙犁感到一股辛酸侵袭周身，父亲这是心疼我和毛驴啊。

回首，熟悉的村庄像滴入杯中的油墨，一晕一晕的，越来越模糊。

安国是有名的药都，大街两旁尽是药铺，街道充满草药甘涩的气味。

孙犁来到县城里，一日三餐成了问题，父亲要在店里掌柜，顾不得他，便把他托付到素未谋面的干娘那里。

干娘待孙犁很好，这里的日子很自在，因为还有个美貌的干姐姐。

干姐在读书，长得白净、秀丽，爱说笑，对孙犁很热情，也很爱护。干姐能刺绣，会画花，孙犁自小喜欢搜集漂亮的图片，杨柳青的年画就有不少，都贴在墙上。二人时常抱着《红楼梦》，相互谈论。

来到这里，碰上这般聪慧的干姐，真是遇到知音，夫复何求？

可惜，这又是一段痛苦的回忆，封建社会有几个女子得了好结果？红颜自古多薄命。干姐嫁人后不久，便得了肺病死去。

一段青春年华，就这样寂寞地流逝了，引得孙犁痛苦万状。

孙犁的一生，宁静却不黯淡，女子于他是人生的匆匆过客，结识每个不同的生命，便演绎出不同的结局，对盼儿是懵懂的无奈，对干姐是惋惜的心痛，还有位远房妹妹，曾给过孙犁温馨的照料，只是岁月无情、时过境迁。

那是在孙犁上初小时，远房妹妹和孙犁一起养蚕，一起摘桑叶，看着蚕宝宝一点一点蠕动，变得白白胖胖，两个天真的小儿女，相视而笑。妹妹性格温柔，她答应孙犁，等她的蚕结出丝来，也要铺在孙犁的墨盒里，这样，孙犁哥哥就可以将字写得更好，长大了就可以有锦绣前程。

人都活不了，蚕更加没了吃食。同其他伙伴一样，远房妹妹的蚕并没有结出许多许多洁白的蚕丝，只有那么薄薄的一片。当她用小手捧着薄薄的蚕丝，蹦蹦跳跳地来到哥哥面前，她笑得那么开心，那么灿烂。

许多年后，当孙犁再见到远房妹妹，已经物是人非，她患了淋巴结核，脖颈和胸前留下了伤疤，性格也被雕刻得泼辣，人称"不好惹"。

故乡的人，故乡的事，都成了过眼云烟，孙犁叹道："不要责备童年得伙伴吧，人生之路，各式各样。"

美丽的梦只有开端，只有序曲，也是可爱的。童年永远值得留恋，值得回味。

在安国县念高小，老师们并没有过人之处，枯燥无味，循规蹈矩，倒是阅览室有不少五四前后的新的期刊，孙犁在这里得到了进步思想的启蒙教育。那些杂志，有《东方杂志》《教育杂志》，还有叶绍钧、许地山等人的小说，这倒让孙犁大开眼界。

徜徉于书的海洋，与进步思想交锋，孙犁乐此不疲。

二、故乡情深

孙犁一向重感情，故乡是他的根。

中国人讲究安土重迁，可他却要走了，离开故乡，奔向更广阔的天地，孙犁要去保定念书。

多年以后，孙犁回忆自己的故土，无论是在硝烟弥漫的晋察冀，歌着信天游的延安，或是喧嚣纷扰的天津，孙犁常常是身在江海，心在"魏阙"。

印度古代作家迦梨陀娑的剧本中有段对话："黄昏的树影拖得再长也离不开树根，你走得再远也不会走出我的心。"

对于孙犁，故乡就是他艺术的泉源，是故乡教会他发现美、记录美，故乡的人和物在他的笔下活灵活现。

1926 年，北伐战争开始。

十三岁的孙犁由父亲护送，从安国来到保定，进入育德中学读书。

育德中学是所名牌的私立学校，每人一年要交三十六元学费，而当时三十斤一斗的小麦，也不过一元多钱。这就是说，一年下来，孙犁的家庭需要花费近千斤小麦，才仅够他交付学费之用。

除去休学一年，孙犁在保定读书的六年中花去不少钱。这对一个普通的农村家庭不是一个小数目，但当父亲将钱塞到他手里的时候，这个少年人感觉到的，可能不仅仅是一种沉重的负担，还有来自家庭的爱抚和期望……

不管怎么说，他是登上骡车，向新的一站启程了。

保定自清代咸丰、同治以后，就是一方重镇。

从骡车下来，脚踏着保定的土地，孙犁没有路上的兴奋或愉悦，这里并没有想象中的景气，满城的街道坑坑洼洼，尘土飞扬，显出一派荒凉、破旧和萧条。

育德中学地处西郊，有一条坎坷的土马路歪歪斜斜地通向西门。秋冬风沙大，接近城门时，又冷又烈的风从门洞里直扫过来，人们只好侧身或倒行而过。在转身的一刹那，还会遭到第二个"冷"的打击：映入他们眼帘的，常常是挂在城门墙上的一个小木笼，里边装着在那个年代视为平常的、尘封的、血肉模糊的示众人头。

黄昏的时候，常常有全副武装的一小队人，匆匆忙忙在街上冲过，最前边的一个人，抱着灵牌一样的纸糊大令。城门上悬挂的物件，就全是他们的"作品"。保定虽则破败萧索，却是一个军人的世界。

孙犁的学习经历，和时代的节拍似乎非常吻合：五四运动那一年，他进入小学；在他升入中学的时候，则正赶上举行北伐革命。这场大革命的风暴，由南方兴起，以席卷之势，扫荡着半个中国，使他正在求学的这个北方城市也受着深深的震动。

1927 年，初来乍到的孙犁，很不习惯保定的生活，向学校申请休学，回家调整了一年。但毕竟热血男儿，等重新回到育德中学，孙犁常常叹息："革命军北伐，影响保定，学校有学潮，我均未见，是大损失。"

在学校的礼堂内，孙犁一眼就看到孙中山的遗嘱被制作成醒目的标语，他敏锐地感觉到，体内有股力量在升腾。他开始迫切想要了解革命。

他去读马列主义的哲学、经济学著作。那时，这类书很多，在大大小小的书店里无所顾忌地陈列着，有的还摆在街头售卖，价格也便宜。一时间，孙犁读了《政治经济学批判》《费尔巴哈论》《唯物论与经验批判论》等经典著作，并用蝇头小楷，在一本本练习簿上，写满了读书笔记。

孙犁成为鼓励革命的一分子，别人也许在广场呐喊，孙犁则埋首书卷，攻读革命的伟大理论，用振奋人心的思想武装头脑。

保定城的旧书店，夜市上的旧书摊，总有孙犁纤瘦的身影。那个青年，微眯着细小的眼睛，捧着一本《第四十一》细细品起来，连过客喊他让道也没听见。那时，他读了不少苏联新兴的文学作品，尤其喜欢拉夫列尼约夫和聂卫洛夫，他们的文章简洁明快地抒发了真实的革命热情，震撼了孙犁，更启迪了孙犁。也许，连这个好学的青年自己也没意识到，他今后的文风和当年崇拜的苏联作家，有诸多相似：同样热衷于农村题材，情节、对话、叙述、描写、结尾，全是讲故事的样子，一切单纯，一切统一。

革命的精神鼓舞着孙犁，他却并不局限于此，他看《西厢记》，看苏曼殊的《断鸿零雁记》，看冯友兰的《中国哲学史》，看《科学概论》，凡是于他有用的书，他都找来读。

青少年时代，确是一个神秘莫测的时代。

那时的感情，确像一江春水，一树桃花，一朵早霞，一声云雀。

它的感情是无私的、放射的，是无所不想拥抱、无所不想窥探的。

它的胸怀，向一切事物都敞开着，但谁也不知道，是哪一件事物或哪一个人，首先闯进来，与它接触。

育德中学有一个铅印刊物，叫作《育德月刊》，它的文艺栏经常刊登学生的习作。孙犁的作品第一次变成铅字，就是在这个刊物上，那时，他还是一个初中学生。

提起这篇处女作的发表，孙犁必须感谢当时的国文老师谢采江先生。

　　谢先生是海音社的诗人，他出版的诗集有袖珍月历那样大，足以证明他是五四以后的新派人物，但他教课，却喜欢讲一些中国古代的东西。

　　每次他从预备室走出来，眼睛总是望着天空，挟着一大堆参考书。到了教室，把参考书放在教桌上，也很少看他检阅，下课时又照样搬走。倘若发作文卷子的时候，谁的作文簿中间夹着几张那种特大的稿纸，就是说明谁的作业要被他推荐给月刊发表了，同学们都特别重视这一点。

　　孙犁有幸在这种大稿纸上抄写过自己的作文，是篇小说，然后使它变为铅字印成的东西。那篇小说写的是一家盲人的不幸。第二篇发表的是写一个女戏子的小说，也是写她的不幸的。

　　孙犁的作品，从同情和怜悯开始，这是值得自己纪念的。

　　渐渐地，孙犁尝试着写了各种文章。

三、淡淡的幸福

　　育德中学操场的西南角，临街盖了一排教室，办了一所平民学校。

　　孙犁读高二的时候，他要好的同班同学张砚方，被学校任命为平民学校的校长。这位同学看见孙犁常在校刊上发表小说，就聘他去教女高小二年级的国文，并做级主任。

　　每当孙犁走进教室，前排中间座位上的一个学生就喊起行礼的口令来。

　　这是班长王淑，声音沉稳，而略带沙哑，但很温柔动听。

　　她身材矮小，面孔很白，左腮有个小小的疤陷，不知为什么，这反而增加了那张面孔的清秀和娇媚。尤其是那双又黑又大的眼睛，在她的有些下尖的小小脸盘上，显得特别富有魅力。油黑的短头发从两边分下来，紧贴在双鬓上，使得那张本来就不大的脸，更加白皙、紧凑。嘴也很小，丰厚的下唇，不仅没有给这张脸带来任何不和谐感，倒平添了它的温厚。

　　王淑在说话的时候，总带着微微的笑。

孙犁很喜欢这个学生，王淑非常聪明，功课出类拔萃，擅长大楷和绘画。

这是孙犁非常赏识的女子，王淑对这位年轻的老师也有说不出的好感。青年之间彼此的欣赏，很快演化为感情的依赖，他们似乎有说不完的话。

写信便成为两人沟通的最佳方式。

可是，这注定又是一份无果的爱情。

育德中学迂腐的校长和教务主任，没收了他们的信，截断了他们见面的机会，孙犁被免去教师的职务。

平民学校和孙犁读书的大楼，隔着一个操场。

每当课间，温婉的王淑总是拉上一个同学，站在她们教室的台阶上，凝目北望，她多么期望再看看孙老师的模样，哪怕远远的，知道他在哪儿也满足了。

而此时的孙犁也总是凭栏南向，平民学校的小小院落，可以看得很清楚。

每当下课铃响，孙犁都可以看见王淑，站在她的课堂门前的台阶上，眼神充满忧郁，又似大胆。如果是下午，阳光直射在她的身上，面庞显得越发动人妩媚。

这个痴女子，不顾同学们从她的身边跑进跑出，直到上课的铃声响完，她才最后一个转身进入教室。

孙犁最后一次见到王淑，是在外国人开办的思罗医院，她患了眼疾。

孙犁站在门口，看见王淑用纱布包裹着双眼，像捉迷藏一样。

在那间小房子里，或许预料到这份感情的终结，王淑向木讷的孙犁祖露了深埋心底的话。

孙犁头晕晕的，没了方向。刚好医院的人来叫王淑去换药，孙犁也告辞。

王淑走到医院大楼的门口，回过身来，背靠着墙，向孙犁的方位站了一会儿。她蒙着双眼，并看不见他；但当告别时，她那背靠着墙向来客的方位伫立的姿态，却给孙犁留下了难以忘却的印象，有个词可以形容——“望眼欲穿”。

回来后，孙犁每星期总要给她写一封信，用的都是时兴的粉色布纹纸信封。信写得很长，连孙犁自己都不知道从哪里来的那么多热情的话。

王淑的家境很困难，细心的孙犁还在信里给她附一些寄回信的邮票。

但却再没有回信，大抵是她收不到这些情深意切的信了，邮递员常常对她说一些不三不四的话。

时值九一八事变，大敌当前，国运危殆，忧国忧民的青年男女们，自己也前程未卜、命途多舛。

所以，这场恋爱便只酿成了一个"无花果"。

晚年，孙犁自己回忆说，这是"30年代，读书时期，国难当头，思想苦闷，于苦雨愁城中，一段无结果的初恋故事"。

因为，在我们感叹孙犁与王淑的惨淡爱情时，孙犁早已是有家室的人了。

1929年，当他还在念初中时，一次偶然，成就了孙犁厮守一生的伴侣。

女方是本县黄城人，姓王。

这不是一个浪漫故事，说起来也有些"奇"，至少是"天缘凑巧"了。

那天，正下着大雨，黄城村东方向走来两个以说媒为业的妇女，雨已经淋湿了她们的衣裳。王氏的父亲这时正在临街的门洞里闲坐，认识其中的一位，便招呼她们到门下避雨，顺便问道："给谁家说亲去来？"

"东头崔家。"

"给哪村说的？"

"东辽城。崔家的姑娘不大般配，恐怕成不了。"

"男方是怎么个人家？"

媒人介绍了一下，笑着问："你家二姑娘怎样？不愿意寻吧？"

"怎么不愿意？你们就去给说说吧，我也打听打听。"

媒人得到这爽快的回答，来回跑了几趟，亲事便说成了。

孙犁的终身大事就这样决定下来，尽管没见过那位"娇妻"，但孙犁对这桩婚事，并没有异议，因为他一向尊重乡里的习俗，婚姻大事，父母作主。

但孙犁比其他人要幸福得多,在一次看戏的空当,有位留着大辫子的女孩,冲他瞅了一眼,还没等他反应过来,那女孩便躲进照棚里。

这就是他未来的媳妇儿。

一个为了他,甘愿忍受孤独寂寞的好女子;

一个为了他,以柔弱的肩膀扛起整个家庭的重担的女人;

为了他,她没有说过一句怨言。

再苦再累,只要能让丈夫放心干自己的事业,她可以独自承受所有战争的恐慌、饥饿的折磨。

这个女人,守了孙家一辈子,为他生儿育女、孝敬老人,无怨无悔。

孙犁有愧于她。

除了感谢上天的仁慈,孙犁真的没有给妻子太多的幸福,却在妻子的宽容和理解下,跨过了人生一道道艰难的门槛。

四、关爱与等待

1936 年,孙犁失业,离开北平的市政府公务局。

好在家有几亩农田,他倒也并不在意,安安心心在家闲住。每天依旧手不释卷,没有书柜书桌,妻子便收拾了衣柜,为他的书腾出空间。有了一个男孩以后,没有安静的读书环境,妻子便打扫打扫场院,树荫下又成了孙犁的乐土。

在外面养成了读报习惯,孙犁很想订份报纸看,但《益世报》《庸报》这些由教会和失意政客办的报纸,他从来不屑一顾,他想订《大公报》。

终于,他把这个想法跟妻子说了:"我想订份报纸。"

"订那个干什么?"

"我在家里闲着很闷,想看看报。"

"你去订吧。"

"我没有钱。"

"要多少钱？"

"订一月，要三块钱。"

什么？一月三块，那得省多少粮食才有啊！

妻子一时无话可说，不由得"啊"了一声。

孙犁想订《大公报》，其实还有一个重要原因，他想在失业之时，继续给《大公报》投稿，而投了稿去，倘被录用，又看不到报，岂不苦恼？

想到这，孙犁还是平静地问："你能不能借给我三块钱？"

本来还跃跃欲试的妻子，这回有些退却了："你花钱应该向咱爹去要，我哪里来的钱？"

妻子是有十五块钱的，孙犁知道。

那是他们大喜之日，妻子的"拜钱"。每个长辈，赏给她一元钱，或者几毛钱，她都要拜三拜、叩三叩。平日里，她把这些钱，包进一个红布小包，放在立柜顶上的陪嫁大箱里，箱子落了锁。只有每年春节闲暇的时候，她才取出来，在手里数一数，然后再包好放进去。

现在为了几张她看不懂的报纸，要破费这些辛苦积攒的钱，妻子真的舍不得，万一今后，日子有难处，这钱可是能派大用场的。但是，这是她久居在外的丈夫回来的心愿啊！看着丈夫期盼的眼神，她的心酸酸的。

孙犁只得硬着头皮来到父亲面前。

父亲敲敲旱烟袋，猛吸了一口，问道："咱能先订份《小实报》看看不？"

看父亲这么犹豫，孙犁没有再说话，就退出来了，想着他订报的希望真的没有任何转机了，不免惆怅。

晚上吃饭时，父亲掏出一块手绢，里面包着几张散钱，妻子捧过来，交给孙犁："给，咱爹给你买报用。"

爹没看孙犁，说："愿意订就订一个月看看吧，集晌多籴二斗麦子也就是了。长了可订不起。"

孙犁的眼眶似乎有点湿润，最疼他的人就是父母妻儿了，他感到心里是暖暖的幸福。有书有报，有父母妻儿的关心，孙犁的日子安闲而滋润。

那年夏天雨水大，他们结婚时裱糊过的屋子，顶棚和墙上的壁纸都已脱落。妻子便和孙犁商量，是不是就用他那些报，也把屋子糊一下。

她说："你已经看过好多遍了，老看还有什么意思？这样我们就可以省下数块来钱，你订报的钱，也算没有白花。"

孙犁同意了。于是，妻刷糨糊他糊墙。把报纸按日期排列起来，把有社论和副刊的一面，糊在外面，把广告部分糊在顶棚上。

这成了日后孙犁学习的一项"特色"：在天气晴朗，或是下雨刮风不能出门的日子里，他可以脱去鞋子，上到炕上，或仰或卧，或立或坐，重新阅读那些喜爱的文章。

可见，妻子也是很有智慧的。

1937 年，经友人的介绍，孙犁来到白洋淀。

七七事变后，1938 年春天，孙犁参加了抗日工作，他穿着革命朋友送的旧羊皮大衣，频繁地往返于东辽城和安平县城之间，从事抗日宣传的任务，与家人自然聚少离多。后来任冀中区人民武装自卫会的宣传部部长，又要随着部队打游击，孙犁几乎成了不归家的人。

看着孙犁为了革命，四处奔波，父母妻子真是又心疼又无奈，只能做他坚强的后盾。

因为，既然不能为他做什么，就更不能让他有后顾之忧。

孙犁为革命写通讯、当记者、编话剧、写诗、写歌、办识字班，风风火火，有声有色。

战火硝烟在孙犁的笔下变得激愤，充满斗争的力量：

> 莫忘记那火热的战场就在前方。
> 我们的弟兄们，正和敌人拼，奋勇不顾身。

　　记起那，大好的河山，被敌人强占，烧毁的房屋，荒芜的田园；
记起那，曾被鞭打的双肩，曾被奸污的衣衫。

　　前方在战斗，家乡在期望，我们要加紧学习，努力锻炼，把刀枪擦亮，
叫智慧放光。

　　我们要在烈火里成长，要掀起复仇的巨浪！

　　我们要在烈火里成长，要掀起复仇的巨浪！

　　工作的颠簸与辛劳，让孙犁忘记了他是一对年迈的父母的儿子，忘记
了他是一个柔弱女人的丈夫，忘记了他还是个虎头虎脑的孩子的爹。

　　他有无数的父母乡亲要去照顾，有无数的女同胞要去帮助，有无数的
天真孩童要去关怀，他的热情和爱给了革命事业，给了同行的战友，给了
革命区的老弱妇孺。

　　留给妻子的是：无数个独自等待的夜晚，无数次梦里的相见。不知道
这战争会把她的丈夫带到哪里，只要老天保佑他平平安安，就是对她最大
的恩赐。

　　孙犁跟随队伍辗转，经过安平县，那墙角堆着一垛高粱的房子，就是
他梦魂萦绕的家——

　　"孩儿他娘！"孙犁冲着倚在门口干活的女子，惊喜地叫道。

　　那女人身体猛地一颤，这声音已经来到她的梦里多少回了，这是真
的吗？

　　"孩儿他娘！我回来了！"

　　天啦，这真的是自己等了盼了很久的丈夫。王氏扭过头，孙犁风尘仆
仆地站在十几步开外的地方，他瘦了，脸也变黄了，只是更有精神，比走
时更显出一股力量。

这羞答的农村女子站起身，看着孙犁的眼睛，不自觉地笑起来，刚想迈过去迎接他，才发现，站在丈夫身边还有两个英武的革命同志。

这可如何是好？千万不能让别人看了笑话，她立了立，忽地抽身进了屋子，留孙犁独自等在场院里，丈二和尚，摸不着头脑。久久，孙犁才恍然大悟，不觉摸摸脑袋，痴笑着招呼朋友进了屋。

战争年代，战火纷飞，谁也不知道下一刻会发生什么，日本鬼子的刺刀盲目而残忍，却不得不屈服于我们正义的反抗。正面战场的失利，迫使敌人转向敌后根据地，日本鬼子展开“扫荡”的攻势，对村里学生模样的人，特别留意，凡是留着学生头、穿西式裤的，见了就杀。

孙犁工作在外，自然感觉不到这有多危险，家中的妻子却心惊胆战。

对着灶膛，妻子将孙犁以前留下的照片摸了又摸，她真的是舍不得。可是那些可恶的“小日本”，很可能搜出这些照片，那么，全家就完了。她只得狠狠心，一张一张地，把照片放进火堆里，看着它们渐渐变成灰烬，这心里真是说不出的滋味。

我的丈夫啊，你在外头，我们想你，自从那个青年因貌似你而遭毒打后，我们就不敢再想你了。既然在家待着不安全，不管到哪里，你放心去飞吧！

革命的道路，充满困难，充满风险。

1943 年秋天，孙犁结束在《晋察冀日报》的工作，调到华北联合大学教育学院，担任国文老师。此时，家里托人捎来一个不幸的消息：长子夭亡！

年仅十二岁的孙普，因战乱缺医少药，得了盲肠炎，死了。

孙犁还没跟孩子见过几次面，没陪他玩过几回，就再也见不到他了，从此阴阳两隔，这于孙犁是痛心，还是忏悔？

久居家外，孙犁很少想到家中老少，不是不想，是没有时间想。

此刻，他记起来：那一天中午，他在炕上睡觉，妻子也哄着新生的普儿进入梦乡。忽然，房梁咯吱咯吱响起来，妻子惊醒，抱起孩子就往外跑，跑到院里才呼唤丈夫——险些把他砸在屋里。

事后，孙犁问她：

"为什么不先叫我？"

"我那时心里只有孩子。"妻子笑了，抱歉而怜惜地说。

孙犁自然不怀疑妻子对他的恩爱，但明白地悟出一个道理：对于女人来说，母爱超出了夫妻之爱。

现在，长子已然离开，妻子能够经受住这个打击吗？

他翘首东望战云密布的冀中平原，在滹沱河畔那间已经翻修过的老屋里，他仿佛听到了妻子悲恸欲绝的尖利的哭声。这时，他虽然已是三十岁的男子汉，也凄然心碎了。

一度，孙犁的笔名叫：纪普。

为了怀念死去的孩子，告慰他的在天之灵。

五、《荷花淀》：韵味十足的诗体小说

> 月亮升起来了，院子里凉爽得很，干净得很，白天破好的苇眉子潮润润的，正好编席。女人坐在小院当中，手指上缠绞着柔滑修长的苇眉子。苇眉子又薄又细，在她怀里跳跃着。

这是诗情画意的夜晚。安详的画面，淡淡的月光，朦胧的夜雾，修长的苇眉子，银白的白洋淀，守户编席的少妇，洁白如雪的苇席，香飘万里的荷叶荷花香。

《荷花淀》是一部描写以水生嫂为代表的青年妇女成长过程的小说，这些青年妇女由最初支持和挂念外出抗日的丈夫们，继而在荷花淀里亲见了丈夫们成功伏击日本鬼子的战斗场面，到最后自觉组织队伍在荷花淀里抗日作战。

1937 年，抗日战争全面爆发，孙犁毅然投身抗战，在平汉路西的山里

工作，当时，冀中平原的同志给他讲过两个战斗故事，其中一个是关于白洋淀青年组成的雁翎队，这个素材触发了孙犁的创作灵感，一直在他的脑海里徘徊。

直到 1945 年，孙犁才在延安顺利完成了《荷花淀》的创作。

小说一开始，写的夫妻话别。孙犁用精练的笔墨，写出人物丰富的内心世界。当时斗争形势很紧张，丈夫水生很晚才回来，神情异常，女人水生嫂立刻觉察到了，第一句话就问："他们几个呢？"水生没有明说，而是委婉答道："还在区上。"

之后通过细节写出女人细腻的感情活动。水生一露面，她就觉察到有异常的情况发生。丈夫吞吞吐吐，更加重女人的疑心，不断追问。水生回答："明天我就到大部队上去了。"

这时作者写道："女人的手指震动了一下，想是叫苇眉子划破了手。她把一个手指放在嘴里吮了一下。"这里既写出女人非常关心丈夫，又写出因丈夫参军的消息内心的震动。女人不声张，她只是"把一个手指放在嘴里吮了一下"。这样细腻的感情活动，就通过一个简单的细节，形象地表现出来了。

接下来写探夫遇敌，是小说的发展。孙犁写得非常简洁、生动、逼真。他描写妇女们摇的小船："活像离开了水的一条打跳的梭鱼。""就像织布穿梭、缝衣透针一般快。"这些比喻十分切合当时的情景，也切合妇女的身份。只听到"水在两旁大声地哗哗，哗哗，哗哗哗"，这样的象声词来写如闻其声、如临其境，充分反映出这些青年妇女的沉着、勇敢、能干。

紧接着就写妇女助夫杀敌，这是小说的高潮。作者的笔触追随着小说里女主人的船摇进了荷花淀，用视觉和听觉进行叙事，显示出她们的机敏：她们看见荷花淀有"几只野鸭扑楞楞飞起，尖声惊叫，掠着水面飞走了"。听见"耳边响起一排枪"交火以后，对敌人几乎一句话也没有写。作品集中描写的，是妇女所想到的、所听到的、所看到的，有力地表现出了这些妇女转惊为喜的紧张、愉快的感情，显示了高超的艺术表现力。

最后写妇女们学习丈夫保家卫国，这是小说的尾声。通过战争，真实地反映了根据地的妇女勤劳、朴实、善良、识大体、顾大局的品质，她们一步步地打破旧有观念，摆脱封建社会遗留下来的保守思想，在特定的战争年代成长起来。

《荷花淀》的艺术特色主要有以下几个方面：

首先，通过对话、动作和典型的生活细节真实表达人物的内心世界，生动逼真地刻画人物性格。

其次，景物描写情景交融，清新自如，意境优美，富有诗情画意。既饱含着作者强烈的爱国情感，又为人物的活动提供了典型环境。

再次，小说语言朴素无华，清丽畅达，富有浓郁的乡土气息。作品融小说、散文、诗歌为一体，具有散文诗式的独特小说风格。

最后，小说构思精巧，情节设计疏密相间，叙写详略得当，富有节奏感。作品彰显了人物和生活的美，揭示了劳动和战斗的诗意。

孙犁的《荷花淀》一出，自成一派，文学史上称"白洋淀派"或"荷花淀派"。该派作品大都充满浪漫主义气息和乐观精神，情节生动，语言清新、朴素，富有节奏感，描写逼真，心理刻画细腻，抒情味浓，笔墨简洁，韵味十足，富有诗情画意，有"诗体小说"之称。

六、漂泊与受难

天津解放的日子是 1949 年 1 月 15 日。

孙犁被派到《天津日报》任作家和编辑，有了属于自己的"蜗居"。生活安顿下来，孙犁便琢磨着接家人过来聚聚，无奈房子就几平方米而已，只得分批进城。母亲来了，女儿们也来了，直到第二年，才轮到妻子。

妻子从没出过远门，不会坐车，抱着一对小儿女，来到人生地不熟的城里，一下子就找不到方向。

当心急如焚的孙犁在人群中找到母子三人，妻子正给年幼的女儿小玲喂奶，她自己已经两顿没吃饭了，看见孙犁探出头，她也顾不上多年没见的思念，将身子一侧，嗔道：为啥昨天不来？说着说着，眼泪滚滚地往下滴，是埋怨丈夫不够及时？是欣慰丈夫的到来驱散了心里的畏惧？还是历经这么多苦，等了这么多年，她终于如愿地看到了安然无恙的丈夫？

孙犁没有说一句，妻子已明显老去很多，在动乱的年代，凭着一个弱女子的力量，独自拉扯四个孩子，替他孝敬二位高堂，孙犁深深地感到，他欠妻子太多了，这份情意是一辈子也还不清的。

妻儿的到来，让孙犁几平方米的小屋，顿时热闹起来。一家子其乐融融。

然而，孙犁白天上班，晚上回来还要熬夜写作，人多固然热闹，可也失去了他习惯的宁静。况且，家人来，吃的都是公家的饭食，也让孙犁过意不去。

这一切，体贴的妻子都看在了眼里，那么多苦，都为他受了，现在更不能为他添乱子，看到他一切都好，这颗心便也安定了。

走吧！

回去了！

家里还有田要种，有鸡要喂。

半个月后，分别多年的妻子，带上两个孩子，踏上回家的车，离开了孙犁在天津的房子。

回首告别的刹那，两人都在思考，下一次的相聚该等到什么时候呢？

好在半年后，报社实行薪金制，孙犁稿费多了，这才圆了团聚的梦。

一家人搬进一间大约十八平方米的房子，孙犁另外在附近的多伦道216号大院里，分到一间小屋，用来写作。在这间小屋里，产生了孙犁20世纪50年代初的许多脍炙人口的佳作。

有妻子的照料，有孩子的陪伴，孙犁的心如夏日里的荷花，满是芬芳的气息，淡淡的，柔柔的。

1956年3月的下午，孙犁刚刚午睡醒来，提起笔，继续写《铁木前传》，忽地，一阵眩晕流过身体，他一个趔趄摔倒在地，左面颊撞在书柜的把手上，拉出半寸多长的一道口子，血流不止，惊慌失措的妻子在朋友的帮助下，将孙犁送到医院，缝了五针。

自那以后，孙犁的身体仿佛一落千丈。

听从同志们的建议，去济南、南京、上海、杭州游了半个多月，回来后，孙犁的身体并不见好转，反而大大加重了。中药西药吃了不少，终不见效。

第二年春天，孙犁被送进新建的北京红十字医院，他住在设备齐全的单人间里，医生护士都给予他尽心尽力的照顾。可惜，这病积累了很久，不适合长期住在医院，医生建议去小汤山疗养院。

孙犁先回天津，收拾东西。当从家里动身时，年逾八十的母亲，拄着拐杖，颤巍巍地来到廊子里送他，说："别人病了往家里走，你怎么病了往外走呢？"

岂料，这话竟成了他同母亲的永诀。

在孙犁疗养的日子里，母亲去世了，享年八十四岁。

母亲的一生，饱经生活的折磨。不论多穷多苦，她总会倾其所能地呵护孙犁——她唯一的孩子。也许，在老人闭上眼睛的时候，心里还在为孙犁祈祷，就像儿时那样。

孙犁出生时，母亲没有奶水，只好把馒头晾干、碾碎，煮成糊喂他。这样，他自幼便营养不良、体弱多病。

每逢病了，夜间，母亲总是放一碗清水在窗台上，向过往的神灵祷告。母亲常对人说："我这个孩子是不会孝顺的，因为他是我烧香还愿，从庙里求来的。"

小汤山以温泉闻名，在这里的日子，孙犁学会了钓鱼、划船，开始和同来疗养的同志聊天，病也渐渐好起来。1958年，报社又将孙犁送到青岛的疗养院。

　　青岛的疗养院的护理人员都是来自农村的姑娘，在这里疗养，除了打针散步，便是和这些天真烂漫的姑娘打交道。天长日久，竟擦出一段难忘的回忆。

　　一个二十来岁的姑娘送给孙犁一双亲手缝制的鞋垫，用蓝色线绣出一株牡丹花，很精致。

　　孙犁的心又一次荡漾了。

　　相聚的日子，女护理带给孙犁很多快乐，然而孙犁毕竟人已中年，理智战胜了情感的波动。在太湖疗养院，他掏出女孩送的照片，一块手帕，捡起一块石头，包在一起，朝着太湖泛泛湖光中，使劲抛去，让这段不可能的情感早点消失吧。

　　1966 年，整个中国大地为之恸哭的年月。

　　孙犁单位是第一个被查封"四旧"的人，首当其冲的是那些他视若珍宝的书。红卫兵搜走了家里摆放的十柜书，孙犁看着"造反派"将书任意抛向院里。每本书都经过孙犁细心的照料，他为它们包上书皮，许多又破又旧的书，孙犁孜孜不倦地整修、缝补，每本书都凝聚了孙犁的心血，如今却被这般粗鲁地糟蹋了。

　　妻子痛心地看着"造反派"的行为，几次想要冲过去阻止，却不能够。她担心孙犁承受不了。此时的孙犁，却丝毫没有激愤的表现，他只说："书是小事。"

　　十年的腥风血雨，铺天盖地。

　　该受的苦都受了，该忍的气也忍了。

　　孙犁好歹挺过来了。

　　1970 年 4 月 15 日，还没等到"四人帮"被打倒，没看见期盼的光明，妻子便永远合上了眼睛。

　　好似晴天霹雳！

　　这位女性，平凡而质朴，默默地陪伴孙犁的一生，从没说过一句怨言，从没提出任何过分的要求。细心地呵护他、体贴他、谦让他，在孙犁痛苦无助的时候，守护他。

走了，就像一阵风，吹散空气中最后几缕花香。

失去妻子，孙犁忽然感到一种从未有过的孤独。往事如烟，四十年的恩爱夫妻，此刻便是阴阳相隔。

记忆好似皮鞭，狠狠地抽打着孙犁的心。那些生活的画面，那些美好的岁月，一去不返。幸福的时光，总是在失去之后，才懂得珍惜。

妻子的离开，对于孙犁，不是闪电一击的阵痛，而是持久而深沉的哀痛。

那些天，孙犁脑海里总是闪出元稹这首诗：

> 闲坐悲君亦自悲，百年都是几多时？
>
> 邓攸无子寻知命，潘岳悼亡犹费词。
>
> 同穴窅冥何所望，他生缘会更难期。
>
> 惟将终夜长开眼，报答平生未展眉。

妻子亡后不久，孙犁被宣布"解放"了。

看他终日黯然失神，关心他的朋友暗地为他牵线搭桥。孙犁二婚了。

那个女人姓张，比孙犁年轻十六岁。

这次婚姻并不顺利，就像一场噩梦。

耗光了孙犁的存款，这个张姓女人便拉着自己的行李，头也不回地走了。这是 1975 年。

七、"欢情已尽，生意全消"

十年的动荡，一场噩梦，长长的噩梦，正因为梦太长了，睁开眼睛时，晨曦已经穿透夜幕，在孙犁的身边洒下一片阳光。

经历过风风雨雨的孙犁，待到晚年，抛却所有尘世俗念，更加用心地投身到工作和生活中去。

他写小说，当编辑，与青年谈天。

他说："文章写法，其道则一。心地光明，便有灵感，入情入理，就成艺术。"其间追求的是清雅自然，如清水之出芙蓉。

然而，郎咸勇在2017年2月14日的《文艺报》上发表了一篇《晚年的孙犁》，让我们看到了一个老人最后一段日子的不容易：

1987年，孙犁写了《告别——新年试笔》，开始了告别人生的准备。

1990年春节，孙犁在鞭炮声中写了《记春节》，其中写道："欢情已尽，生意全消。"

1993年，孙犁接到了出版社送来的《孙犁文集》珍藏本，"忽然有一种幻灭感"，他甚至觉得这一套"印刷精美绝伦""装饰富丽堂皇"的书是"我的骨灰盒"。

1995年，孙犁在《甲戌理书记》中写道："故园消失，朋友凋零。还乡无日，就墓有期。哀身世之多艰，痛遭逢之匪易。隐身人海，徘徊方丈，凭窗远望，白云悠悠。伊人早逝，谁可告语。"进一步表达了他对人生的绝望心情。

于是，孙犁编定了自己的最后一本作品集《曲终集》，断然宣布封笔。

其后，孙犁在医院的病床上静卧了5年，直到2002年7月11日，枯寂谢世，实在难以想象，孙犁的最后5年，是怎么熬过的……

丁玲曾经提出过"一本书主义"的观点，即一名作家，一生只要写出一本足以传世的好作品就够了。丁玲在多种场合讲过类似的话："苏联作家爱伦堡认为：作为一名作家，就是应该向读者献出自己最好的作品。鞋子要一百双差不多的，不要只有一双好的；而作家的作品相反，不要一百部差不多的，只要有一部好的也行。"确实，曹雪芹一辈子创作了一部《红楼梦》，他就足够了，陈忠实只写了一部《白鹿原》，也足够了，作家陈歆耕认为："一个写作者，如果一辈子能够写出一部，让人搬家时不愿舍弃的书，也就该满足了。"

因为写出了《荷花淀》，孙犁该满足了。

《人民日报》的资深编辑卫建民认为："《荷花淀》不是军事题材的文学作品，而是一位作家和一个民族的还乡梦。"

著名作家、《李自成》一书作者姚雪垠在谈及孙犁的《荷花淀》时指出："白洋淀明丽的天然景色，伴随着残酷战争年代里根据地人民内心迸发出来的对祖国，对革命，对同志和亲人炽热无私的爱，像一股暖流，直冲你的心扉，使人经久难忘。一个作家的作品，有如此强大的艺术魅力，是不多见的。"

2022 年 5 月，《荷花淀》入选中国艺术研究院发布的"在'讲话'精神的照耀下——百部文艺作品榜单"。

孙犁向来对美有独到的追求，文如其人。他的小说，自然也不例外，他着力描写并执着地赞扬故乡的风光美和人情美。

这就是孙犁，菊淡如水。

大道低回，大味必淡。

第二十二章

苏青：

青山在，魂归土

蔚蓝的天空中假如罗列着无数隐约的星星，她便是那个寒光泻照万里的月亮；万紫千红的花园里假如充满着无名目的花卉，她便是那一茎高招的白莲花，飘然站在池中央，向四周颔首微笑，却绝不与它们紧拢在一起做侪辈。她从来想着只做自己。

一、气质红颜

"红颜薄命，这四个字为什么常连在一起，其故盖有二焉：第一，红颜若不薄命，则其红颜与否往往不为人所知，故亦无谈起之者；第二，薄命者若非红颜，则其薄命事实也被认为平常，没有什么可谈的了，这就是红颜薄命的由来。"这是苏青关于女性的理解。然而，许多人并不知道苏青是谁。

实际上，蔚蓝的天空中假如罗列着无数隐约的星星，她便是那轮寒光泻照万里的月亮。

万紫千红的花园里假如充满着无名目的花卉，她便是那一茎高招的白莲花，飘然立在池中央，向四周颔首微笑，却绝不与它们紧拢在一起做侪辈。

紫红的薄丝棉袍子，小袖口，硬硬的高领头托起她的清瘦脸。外披纯黑呢、花皮翻领、窄腰大下摆的长大衣。脚蹬高跟鞋。她是乱世红人，她是气质红颜。

她的气质让我不敢接近。

然而，那篇小说的名字却是那般朴素与浅显——《结婚十年》，像一个世俗妇人随口讲出的短语。

于是，我翻开了它。

心情随着女主人公生活的变化而变化。也渐渐读懂，她是这样一个真实、直率的女子，甚至有些世俗，正像胡兰成对她的评价——"苏青的文章正如她之为人，是世俗的，是没有禁忌的"，正像这篇小说直白的名字。

一直在读，不想间断，因为不忍。

一个积极入世的女大学生，逐步成长为人妻、人母、职业女性，努力使自己与现时的环境与生活相适应。忠贞地、认真地履行自己的义务，以及其他分外的事情。

经常有这样的时候——读书时，"推己及人"——从自己的思维的角度去观察和思考小说中的主角，进而或借鉴、或批判、或中立。也许是自己想拒绝或减少一些感性的、主观的、无意甚至多余的见解，也许是自己想更理性、更成熟地面对世间的不凡女子。也许是自己如愿做到了。在她的小说中，我，一个与她的时间相距数十年的读者，试图客观地认识与了解她，继而理解她。所以，我想到了孔夫子的"己所不欲，勿施于人"，深深地懂得并且体会世间人的不易与艰辛。因此，读她的过程中，不曾苛求什么，以及论断什么，包括她的软弱、狭隘、自私等性格的弱点。因为自己也同样持有软弱、狭隘、自私等特点，然后，谅解她，然后，更加地喜欢她的文字。

最后，从字里行间读到她的气质所在。一直喜欢的是气质女子，从未更改。自立，不失率真；成功，不失挫折。鹤立鸡群，从容而优雅地接受着众星拱月，却总有残缺，一如她。

最后的最后，她留给我的是心的难过与沉重。心，不累，只是为她，为那些有着和她相似或相近气质的女子，难过与沉重。

她的气质借着她的多种社会角色来彰显。

作为社会女子。她的朋友张爱玲说她是一个"普通又不普通的女子"。"普通"，是因为"她本心是忠厚的，愿意有所依赖，只要有个千年不散的筵席，叫她像《红楼梦》里的孙媳妇那么辛苦地在旁边照应着，招呼人家吃菜，她也可以忙得兴兴头头。……她的恋爱，也是要求可信赖的人，而不是寻求刺激"。

是女子，没有不爱美和赏美的。她不仅漂亮，而且耐看，况且气质出众。胡兰成说她长得"鼻子是鼻子，嘴是嘴，无可批评的鹅蛋脸，俊眉秀眼，有一种男孩的俊俏——在没有罩子的台灯的生冷的光里，侧面暗着一半，她的美得到一种新的圆熟与完成"。张爱玲也对她的外貌评价过："难得这样静静立着，端详自己，虽然微笑着，因为从来没有这样安静，一静

下来就像有一种悲哀，那种紧凑明倩的眉眼里有一种横了心的锋凌，使人
想到'乱世佳人'。"

大概正是因此，她对别人的美也有很高的要求，甚至刻薄的评价。她
对冰心的论调时常被外人道："从前看冰心的诗和文章，觉得很美丽，后
来看到她的照片，原来非常难看，又想到她在作品中常卖弄她的女性美，
就没有兴趣再读她的文章了。"《秋海棠》作者秦瘦鸥体胖，她见到人家
就说："你不是叫瘦鸥吗，还那么胖？"一句插科打诨还不够，她又送他
个诨号"肥鸭"。同时代的女作家潘柳黛生得稍稍丰满，她就当着朋友的面，
毫不顾忌地笑人家："你眉既不黛，腰又不柳，为何叫柳黛呢？"

作为妻子。为人妻并非易事，况且又是从书香门第之家走出来的个性
很强的苏青。如果真如别人所说婚姻也是一种事业，我想解释她也是成功
过的。毕竟，她爱过她前夫，他也爱过她。漫长的婚姻中，她这样的女子，
也许更适合流星般的缱绻，而非寂静无声却永恒不逝的恒星的索然之情。

作为母亲。她有四个孩子。在纷繁复杂的民国环境中，她竭力使他们
存活下来。"为了维护孩子的幸福，我得忍耐，天下可没有中途变心的母
亲"，"一个女人可以不惜放弃十个丈夫，却不能放弃半个孩子"。这是
她的誓言，而她，真的做到了。当然，肯定不能忽略她的第二个还未来得
及取名就匆匆离世的女儿。她懊悔自己抛弃了她而只身远赴上海。但在战
火纷飞、兵临城下的背景环境下，很多人是原谅苏青的；何况把她留在乡
下，正是为了她的幼小生命的安全，可即便如此，苏青依然深深地忏悔："我
承认我是一个懦弱的、自私的，而且是最残忍的母亲——吻别了小女儿……
她给童妈抱去给她的侄媳养……""一个刚从炮火声中出生的生命呀……
不及等到炮火终止便给折磨死了，仅仅度过二十一个月的苦难的人生，她
的来去何匆匆？毕生不曾见过太平。我也知道在无数万的死亡遗失中，她
自然是很渺小的一个，但假如她养大了，也许是一个绝世的美人，也许是
一个伟大的天才，也许是一个慈悲的教主，也许是一个最有权力、最能做事、

最最受人尊敬的人儿呢，又有谁敢断定不，但是终于她去了……"

作为文人。之所以这样界定她的角色，是因为她的自称——"文人苏青"。作为一个文人，她成功与否，用张爱玲的话来衡量就足矣。一向心性极高的张爱玲说过："把我同冰心、白薇她们比较，我实在不能引以为荣，只有和苏青相提并论，我是心甘情愿的。"关于苏青的文学地位和价值，毋需赘语。

诚然，四个角色的划分难免有失偏颇。

但无论如何，她在艰难的人生旅途中跋涉，造就了一个不俗的苏青。

二、文人苏青

苏青曾经叹道："四五十年光阴守着一个丈夫或妻子，试想这是什么味儿？"能说出如此惊世之言的苏青，在朋友的眼里，是一个什么样的人呢？

"宁波至今是浙东到上海的门户，浙东的鱼、盐、丝、茶、皮革和上海的洋货对流，给了宁波的行家以兴起的机会。还有帆船与轮船的公司。它们是旺盛的，热闹的。宁波人就有这么一种新兴的市民的气象。苏青的祖父虽是举人，也是属于这新兴的市民群的。"（引自胡兰成说苏青原文）

1914 年，远近闻名的名门望族——冯家诞生了一个女孩。祖父给女孩取了"和仪"这个名字，为"鸾凤和鸣、有凤来仪"之意，字允庄。

冯和仪是这个书香门第大户人家的高贵公主。她的童年无忧无虑。优裕的生活与环境培养了她热情、直率的性格。

1933 年，冯和仪考入国立中央大学外语系。

然而，时代背景的残酷，加上父亲病逝，家族没落，使冯和仪不得不与许许多多的女性一样，辍学，结婚，生子，做"女儿家的正经事"。对于这桩父母之命、媒妁之言且急功近利而促成的婚姻，冯和仪没有过多挣扎与抗拒，因为她对婚前一直与自己通信来往的丈夫——李钦后是知晓其人和心存好感的。

婚后，冯和仪与丈夫肄业移居上海。

逼迫冯和仪从家庭妇女走向职业妇女的道路，逼迫冯和仪从有女万事足的状态过渡到"墙上的每根钉子都是自己挣来的"的现状，让"苏青"华丽上场，源自丈夫的一巴掌。家庭经济稍事拮据，自尊而好强的丈夫不好再向原生家庭张口要钱，气急之下，竟然打了妻子一巴掌，并振振有词地说："你也是知识分子，可以自己去赚钱啊！"

1935年，冯和仪为抒发生产的苦闷，写作散文《产女》（后改题为《生男与育女》）投稿给《论语》杂志，发表时署名冯和仪，后用"苏青"作为笔名。

"苏青"全副武装，高调登场。

20世纪40年代初，丈夫出现外遇，加上生活困乏，两人的关系每况愈下。1942年冬天，婚姻生活出现裂痕的苏青，在《古今》杂志发表了一篇笔触尖锐的散文《论离婚》，被时任伪上海市市长的陈公博赏识。

终究是一个心性平常而普通的女人，摆脱了丈夫和婚姻，苏青感到情感的空虚和生活的寂寞。

在与上海政府高层人士的来来往往中，苏青的视野被打开，行程也渐渐地热闹起来。她的生命中走来了一个又一个的男人。

虽是那个时代少有的独立女子，但是说到底，她依然是一个女人，是一个渴望爱情、承诺与性爱的女人。觥筹交错，苏青观察着每一个风度翩翩的男人。她迫不及待地希望知道哪个男人会真正地爱她，哪个男人会为她筑造一个安全而稳固的归宿。然而，男人都是务实而理性的动物——通俗地讲便是"现实、势利，喜欢轻松无压力的动物"，一个带着好几个"拖油瓶"的离婚女人到底能为自己塑造什么样的生活呢？那种生活会比现成的状态好还是糟糕？他们在灯红酒绿中与苏青饮醉，心里清晰有力地打着算盘。故作巧妙地周旋，日复一日地徘徊，低到尘埃地示好，尽管如此，苏青也没有得到任何男人想与她共度余生的甜言蜜语。慢慢地，他们一一离开她，回到了自己家中。他们总是对她说，没有办法。其实，他们有妻、有子，而苏青给不了他们比现在更好的家庭生活。

她开始恨，恨一切的男人；同时，她开始自问，苏青是一个如此不值得争取的女人吗？每次男人们离她而去时，性格里潜存的自立的人格让她没有毁掉自己，相反，她决定用有限的生命说她要说的话，写她要写的故事，"说出了写出了，死也甘心"。

1943年，她的长篇自传体小说《结婚十年》开始在《风月谈》上连载。次年，《结婚十年》出版单行本，半年内再版9次，盛况空前，到1948年年底，已有18版之多，比张爱玲的《传奇》《流言》还要畅销。续篇《续结婚十年》在1947年出版，一年多的时间里印了4版。

苏青的文章常有"不鸣则已，一鸣惊人"的语句和观点，这也是她一时间风头强劲的重要原因之一。

她在《谈女人》一文中自信满满地断言："我敢说世界上没有一个女人不想永久学娼妇型的！"她又口无遮拦地说："四五十年光阴守着一个丈夫或妻子，试想这是什么味儿？"在《我的女友们》里，她感叹说："女子是不够朋友的。无论两个女人好到怎样程度，要是其中有一个结婚的话，'友谊'就进了坟墓。"她认为，女性的理想生活应该是：婚姻取消，同居自由，生出孩子来则归母亲抚养，而由国家津贴费用。她在一篇谈婚姻的文章里面写道："婚姻原是完成性关系之美满的，若一味只作限制及束缚用，以为它便是爱情的金箍圈，自然要发生种种流弊了。"她对自己的欲望毫不掩饰，甚至将"饮食男女，人之大欲存焉"的古训改成了"饮食男，女人之大欲存焉"。

她的贴近世俗生活的故事和观点受到市民读者的大力欢迎。为此，读者给了她"大胆作家"的美名。

1943年夏天，陈公博邀请苏青做当时的伪上海市政府专员，但不久，苏便因为不适应官僚机构的工作方式而辞职。10月，在陈公博和周佛海的经济资助和其他帮助下，天地出版社在上海爱多亚路160号106室创设，发行《天地》杂志，取"谈天说地、无所不包、无所不容"的意思。她集社长、主编、发行人于一身，巧妙笼络到政界、文坛的各路名流为她写稿，作者队伍阵容甚为显赫：周作人、陈公博、周佛海父子、胡兰成、谭正璧、秦瘦鸥、朱朴、张爱玲、纪果庵、柳雨生等。苏青不仅擅长写作，更有经营头脑。她单枪匹马经营的《天地》，创刊号一炮走红，脱销后立即加印。

立时，她风头无量。

随后，苏青散文集《浣锦集》出版，再次引起热烈追捧，一版再版，印至十几版。张爱玲也为她写序《我看苏青》。1945年年初，散文集《饮食男女》出版，代序为《苏青张爱玲对谈记》，这时的苏青已经和张爱玲齐名，被视为当时上海文坛最负盛名的女作家。

就是这样，她在20世纪40年代的上海马路上走着、跑着，观察和记录着人生百态，经营和掌控着自己的事业和有四个孩子的家庭。

诚然如胡兰成所说，她是个世俗的女人。其实，这句话可以解释为，苏青是个积极入世的女人，就这一点而言，她不同于张爱玲。替她出书的人仅想赚她35%的折扣都不容易，她自己把书搬到大街上贩卖，甚至不惜与书报小贩在马路上讲斤头、谈批发价。一个女子竟有这种大胆、泼辣的作风，或许是继承了宁波人的精明。

然而，好花不常开，好景不常在；花无百日红，人无千日好。

1945年8月15日，抗日战争结束，由于与陈公博的密切关系，苏青备受舆论压力，被骂作"文妓""性贩子""落水作家""汉奸文人"……

人生的轨迹总会像一道抛物线，从初始快速成长，直达顶峰，然后便是向下走，或缓慢，或湍急。但是，不同人可能会有不同数量的顶峰，比如Coco Chanel女士一生有多个顶峰，她甚至能在70岁时再次重整旗鼓，又一次举办发布会，又一次征服和改变了时尚界，登上生命的最后一个顶峰。可是，此时，苏青已经到达自己的人生顶峰。她是个属于民国的女子，虽然在 1949 年后，她也有些成就和收获，但她的万丈光芒几乎都洒在了民国时期。

三、"天下竟没有一个男人是属于我的"

苏青还是那个苏青，她公然宣称："天下竟没有一个男人是属于我的。他们也常来，同谈话同喝咖啡，有时也请我看戏，而结果终不免一别。他们有妻，有孩子，有小小的温暖的家。"这样的女子，在情感上，将会有着怎样的遭遇？

其一，两情相悦

李钦后是苏青的前夫，也是她唯一的一任丈夫。

很多人会议论或者不解，按照苏青的性格和日后她的文章所表达的标新立异的观点，她为什么没有抗拒这门传统甚至古老的包办婚姻呢？

因为两情相悦。

他们是同学。"那就是坐在我背后的一位男同学，也就是我现在的丈夫。"

初中毕业时，苏青的学校举办了同乐会。苏青在话剧《孔雀东南飞》中饰演兰芝，李钦后也同时扮演了一个角色。苏青化着完整的妆容，穿着古式的服装，他看到了她不同于平时的美丽。他对着她，笑了。

他们互为青春，互为内心的美好。

于是，李家让账房上门做媒。冯家此时已经开始没落，经济状况捉襟见肘，能言善辩的媒人提出了好些使苏青的母亲动心的条件。李家是一个名副其实的殷实家庭，承诺订婚聘礼折成现金，供冯家随时取用。

"必须让和仪读完大学，再行结婚事宜。"思忖再三，苏青的母亲讲出自己最后的条件。

1933 年，苏青考入中央大学外文系，是温州地区所辖六县唯一一个上榜学子。李钦后考入东吴大学法律系。自此，苏青与情投意合的李钦后开始了频繁而甜蜜的通信往来。

热情洋溢的书信逐渐成了两个人的精神支柱，刚刚寄出一封弥漫着喜爱和思念气息的信件，便迫不及待地翘首盼望下一封，青涩、娇羞，冲动、欢喜，真挚而不做作。

此时，由于过人的美貌和才情，苏青在校园中被封为"宁波皇后"，崇拜者和仰慕者络绎不绝。男人的妒忌和不安很多时候远远超越女人。李钦后担心耀眼夺目的"宁波皇后"发生情变，便匆匆要求对方放弃学业，进入婚姻。女人是感性而柔韧的，她们能够因为一时虚无缥缈的情感而舍弃很多实在的利益。她爱他，所以，她并没有惊世骇俗的反对和辩解，最终还是听从了他。

大学毕业后，李钦后在洋行做律师，步步高升，逐渐负责一整个部门的工作。后来，他自立门户，在十里洋城坐拥数间门面经营律师行，成为当年宁波帮在律师界的名人。丈夫飞黄腾达，苏青依赖和追随着他，过了几年优渥而令人艳羡的少奶奶的生活。

突然，李钦后给了苏青一巴掌，并且丢下一句听起来冷漠而心寒的话："你也是知识分子，可以自己去赚钱啊！"

苏青面不改色地看着丈夫，咬紧牙齿。

其时，二人的经济状况远远未到窘迫之境，只是相对于最为富裕之时，略微紧张而已。人往高处走是常情，不过，向低处屈尊俯就，适应一种稍微低级、劣等的生活是很难受，并且心不甘情不愿的。

于是，苏青拿起了笔，打开了自己的世界。她的目光不再单单倾注于自己的丈夫。纷繁多彩开始快速涌入她的世界。

她的丈夫的世界更是如此。

他们的邻居是一位作家，李钦后与作家的妻子私通，致其怀孕。

这对一向被高举和追捧的苏青无异于一个噩耗。她是"宁波皇后"，她是远近六城唯一的女大学生，她骄傲而自尊。盛怒之下，唯有离婚。

李钦后百般拒绝离婚，苏青毅然决然地搬离了家庭。

其二，顺从其美

"娜拉"抬脚出走容易，但选择离开后，该如何生存呢？鲁迅说："娜拉或者也实在只有两条路：不是堕落，就是回来。"

1942年10月16日，《古今》杂志第9期刊登了苏青的散文《论离婚》，这是苏青首次在《古今》崭露头角。

《论离婚》妙语连珠，才气纵横："性的诱惑力也要遮遮掩掩才得浓厚。美人睡在红绡帐里，只露玉臂半条，青丝一绺是动人的，若叫太太裸体站在五百支光的电灯下看半个钟头，一夜春梦便做不成了。总之夫妇相知愈深，爱情愈淡，这是千古不易之理。恋爱本是性欲加上幻想成功的东西，青年人青春正旺，富于幻想，故喜欢像煞有介事地谈情说爱，到了中年洞悉世故，便再也提不起那股傻劲来发痴发狂了，夫妇之间顶要紧的还是相瞒相骗，相异相殊。闹离婚的夫妇一定是很知己或同脾气的，相知则不肯相下，相同则不能相容，这样便造成离婚的惨局。"

这篇灵动而新颖的文章撩动起了时任伪上海市市长的陈公博的心弦。

《古今》老板得知此轶事，主动对身陷婚姻和经济窘境的苏青出谋划策："为什么不写写与陈市长有关的文章呢？如此，你的工作、你的经济、你的孩子们不就可以……"

"好！"脱离苦海的心之迫切，苏青毫不犹豫地答应下来。

1943年3月，《古今》"周年纪念专号"发表了苏青的文章——《〈古今〉的印象》。

"《古今》创刊号是在民国三十一年3月出版的，但是，我顶爱读的还是陈氏公博的两篇文章，一篇是《上海的市长》；一篇是《了解》……在辣斐德路某照相馆中，他的16寸放大半身照片在紫红绸堆上面静静地叹息着。他的鼻子很大，面容很庄严，使我见了起静畏之心，而缺乏亲切之感……当我再走过辣斐德路某照相馆，看见他的半身放大照片的时候，我觉得他庄严面容之中似乎隐含着诚恳的笑意，高高的、大大的、直直的鼻子象征着他的公正与宽厚，因他在《古今》上面之文字感动力，使我对他的照片都换了印象……"

文章问世后，嘲弄、嬉笑、怒骂声不绝于耳。在博大精深的中国传统文化中，"鼻子"的含义不仅仅是单指面部的五官之一，之所以成为笑谈，是因为国人认为，鼻子还有"性"的暗喻，苏青赞扬陈公博的鼻子高、大、直，意味着她在赞扬他的下体和性能力。

然而，苏青才不在乎呢。写文章都是讲究目的性的，尤其是在那个乱世，有的人为了政治仕途而写作，有的人为了养家糊口而写作。目的像镜子一样，清晰得很。这篇文章的目的达到，苏青母子的生活逐渐衣食无忧，并且演变到丰衣足食。

在陈公博的"顺从其美"下，苏青后来成为伪上海市市长专员，薪俸一千元。"陈公博送给她的是一本复兴银行的支票簿，每张都已签字盖章，只等她填上数字，便可以支现"（引自姜贵《我与苏青》）。"陈公博接见她，常在国际饭店某楼的一个房间"（引自姜贵《我与苏青》）。

女人做官，尤其是率真而诚实的文艺女青年做官会出现许多挫折式的问题。苏青做不到心安理得地掩人耳目，从而与众利益团体同流合污。机械而刻板的文书工作使她无法真正发挥自己的特长和才华，仅仅是一个蹉跎光阴的活物罢了。同时，有善意的人提醒她，警惕陈公博情妇莫国康的毒手，以防情场失宠。

两三个月后，苏青提出辞职，陈公博同意，并且承诺照常支付工资。

分居后的苏青借住在平襟亚（台湾著名女作家琼瑶的公公）家里。陈公博便给她8万元作租赁房屋之用。苏青母子终于不再寄人篱下。

生活趋于稳定和富足，苏青想自办出版社和杂志。陈公博赠予5万元，加之周佛海等其他人的资助和帮助，苏青登上了人生最高峰，经营出版和杂志得心应手。

与陈公博相识、相知后，苏青与李钦后始终处于分居状态。李钦后依然不同意离婚。

"你的真实想法呢？"窗明几净的西餐厅里，西装革履的陈公博用明晃晃的银叉将可口的牛肉送进嘴里，精明老练地问道。

"我的想法是离婚，一直都没有改变过。"苏青抬起脸，看着陈公博说，"可是，他不想……"

"这个容易。"陈公博似乎有些如释重负。他放下刀叉，用餐巾轻轻擦了擦嘴角，"以保安司令部名义把他叫去，写个字据便是。"

苏青看了看陈公博，柔弱地回了一句："我再考虑一下。"

她想得很多：她担心李钦后进了保安司令部会无故受刑；她担心，如果自己果真没有一个名义上的丈夫，自己会不会好好地生活下去；她还担心，离开了这个丈夫，有哪个男人会再做她的下一个丈夫。虽然曾经大谈特谈应该取消婚姻，放逐女人的自由，但是心绪和见解此一时，彼一时也。离开李钦后之后，她不遗余力地寻找着她的新丈夫和后半生的幸福。

眼前这个男人肯定不会是她的下一任丈夫。于她而言，他终究是高高在上的。

无论如何，最后，苏青还是听信了陈公博的建议，与李钦后离婚。

1946 年，汪精卫伪政权的大汉奸陈公博被捕，被执行枪决。

1947 年，《续结婚十年》出版，苏青在书中纪念陈公博的死亡："我回忆灯红酒绿之夜，他是如此豪放又诚挚的，满目繁华，瞬息间竟成一梦。人生就是如此变幻莫测的吗？他的一生是不幸的，现在什么都过去了，过去了也就算数了，说不尽的历史的悲哀啊。"

其三，小酌怡情

胡兰成通过苏青而得到张爱玲的联络方式，进而上门拜访张爱玲，为张爱玲的一生带来了一份痛苦远远多于甜蜜的倾城爱恋。

照此说来，苏青算是胡兰成与张爱玲的半个"红娘"，但是"同为女人"的张爱玲随时提防着这个寂寞而奔放的"红娘"。

胡兰成拈花惹草成性，在别人家中借住都有可能与家中的普通女人发生同床共枕的行为，更何况是美貌与才情兼具的著名人士苏青。张爱玲是了解胡兰成的，他的过往和现状，他诚实地对她讲过一些，她也能大概猜到许多。所以，当胡兰成在苏青的寓所偶然碰见前来做客的张爱玲时，胡兰成看到了张爱玲眼中的醋意和嫉妒，张爱玲看到了胡兰成与苏青之间的暧昧和心照不宣。

在创作自传式小说《小团圆》时，张爱玲将苏青与胡兰成的这段往事写了进去。苏青化名为"文姬"，与胡兰成的化名"邵之雍"有过短暂的交融经历。

不过，这段往事无论是对苏青而言，还是对胡兰成来说，都不过是"小酌怡情"的经历。对此，两个人谁都没有再多说一句话。

在苏青众多"小酌怡情"的同居经历中，有一位著名作家——姜贵。他在苏青的自传体小说《续结婚十年》中化名"谢上校"。

抗战胜利后，姜贵成为一名上校，与苏青结识。

"我与苏白往来日密。有天晚上我去看她，事先未约定，时间又迟了些。发现她十一二岁的两个女儿，在地上打铺睡觉，而大床空着。她一个人还坐着，一灯相对，若有所待。

'怎么还没睡觉？大床空着，你是不是等人？'

'是的。'

'等谁？要是就快来了，我马上就走。'

'等的人已经来了。要是你不走，我等的就是你。'

'怎么知道我要来？'

'那很简单，因为我天天都等。'

这使我不觉渐渐着迷。"（引自姜贵小说《三妇艳》，又名《三艳妇》）

姜贵用小说的手法写出了他与苏青交往的过程，这与他日后写作的《我与苏青》在时间、地点、人物和事件上均相互呼应，可见其小说的真实性。

"对于苏白，说老实的，我已渐渐着迷。她是南京伪府陈（作者按：暗指陈公博）的一碟青菜，却是我的山珍海味……总之，为了和苏白方便相会，我决定弄个房子……周君先带我去看看，我又带苏白去看看，中意，一个晚上，就住进去了。"（引自姜贵小说《三妇艳》，又名《三艳妇》）

姜贵是苏青用了心思的"小酌"。

夜已深，苏青的儿女们已经睡下，房间里剩下醒着的苏青和姜贵。

苏青穿着高跟鞋来回走动。

"怎么还不脱下高跟鞋？"看着她的双脚被束缚在美丽却狭窄的鞋子里，姜贵关切地问。

"你不是喜欢高个儿吗？"苏青转过身，看向姜贵，胜券在握地回应。

为了姜贵，为了赢得姜贵，为了赢得一个未来的丈夫和未知的家庭，苏青找高人算了命。她要事先知道姜贵喜欢什么样的女人，有什么样的生活习惯。算命先生一一解答，苏青一一照做，投其所好。

算命先生告诉苏青，她与姜贵可以婚配。苏青喜出望外，对算命先生和姜贵更加殷勤。

可是，男人想的不是这些。没有男人不是虚荣而懒惰的，他们更想要轻松无压力的生活，整日游戏人生还有吃有喝是最好不过。姜贵有妻有儿——只是暂时不在身边而已。此外，姜贵多次流露出对苏青是个离婚女子——是个拖着好几个"油瓶儿"的离婚女子的不屑。

遇见苏青，是姜贵的"小酌"。遇见姜贵，也是苏青的"小酌"——尽管她付出过很多心计，但那只能说明，她是一个善于把握机会的女人而已。

姜贵迁往无锡后，邀约苏青前去同住。苏青爽约了。不久，姜贵听说了苏青已经与另一个男人同居的消息。她实在是一个善于把握机会的女人。

四、民国女子走错了时空

经历这一切，苏青忽然感叹道："他们（男人）都是骗我的，也许将来我还得受孩子们的骗，辛辛苦苦一场空啊。"如此，难道她真的看透了人生？

抗战胜利后，很多国民党人以及追随国民党的人都选择了逃离大陆，老朋友张爱玲也远去海外，但是，为了儿女，苏青选择留在上海。她忍受着种种难堪的骂名和压力，脱掉时髦的西式洋装，用暗沉而简陋的粗布衣裤、黑布鞋当成自己的保护色和保护套装。她把记录和展示爱情、婚姻和性爱的小说深藏闺中，直到自己都无从寻找。她的迅速改变，无非是想求得生存，尤其是为了孩子们求得生存。

政党的更迭，时代的变迁，使苏青立刻转向，埋头为新生的政权效力。

没有门路，没有人脉，她是属于民国的女子，所以，一旦走错时空，她有些手足无措，而且频频受挫。然而，她终究是一名勤奋的女子。她积极进行为工农兵服务的文学创作，写过《市妇运会请建厕所》《夏明盈的自杀》等作品，并且加入妇女团体"妇女生产促进会"。她像一头不达目的不罢休的狮子，疯狂而执着地与时俱进，只为得到自己和儿女们的那一碗羹。她怒吼着奋斗，可是，渐渐地，怒吼的声音近乎哀号。她没有成就一件事，哪怕一件，都没有。1951 年，上海市文化局戏剧编导学习班招生，苏青前往报名——她善于抓住一切机会，不论是情场还是职业。同样，她未被录取。

当一个又一个男人最终选择离开民国时期的她而回归家庭时，她发出"苏青为什么如此不值得爱"的感叹。而此时的苏青在每一步的碰壁中，大概也发出过"苏青为什么如此不值得重视"的感叹吧。在这个时空，她找不到自己的位置。

幸亏，通过夏衍的关系，苏青被批准进入文化局戏剧编导学习班学习。

毕业后，她被分配到由尹桂芳任团长的芳华越剧团工作。

一个曾经红极一时、与张爱玲并列为"苏张"的民国女作家重新开始的创作并非一帆风顺。或者剧本被一而再、再而三地"枪毙"，或者戏剧演出反响平平。苏青疑惑、痛苦，但是她不放弃。

1954 年，苏青改编郭沫若的《屈原》，并且专程北上进京请教楚辞专家文怀沙。戏剧顺利演出，好评如潮，无疑使久久停滞不前的苏青心潮澎湃。

苏青坐在颁奖典礼的台下，喜出望外地听到《屈原》一个又一个激动人心的奖项——演员获奖，音乐获奖……她不由得挺直腰板，等待戏剧的核心——剧本的好消息。

终于，苏青的笑容掉落在地。

颁奖礼结束后，苏青带着全身的疑问向评委会提问："为什么剧本没有获奖？"

"因为你有历史问题。"评委会面无表情地回复。

经历过高调、辉煌而又急转直下的民国生活，苏青已经历练成一名成熟、理性的女子。她委曲求全、忍辱负重地继续工作。因为她有孩子，她的孩子们要活。

同年，她编写的《宝玉与黛玉》在京沪两地连续演出三百多场，创造了剧团演出的最高纪录。

然而，政治风波一波未平，一波又来侵袭。作为时代中人，她也未能逃脱后来的政治运动。

1955 年，在改编历史剧《司马迁》时，苏青写信向复旦大学教授贾植芳讨教关于塑造司马迁的形象的种种问题。此时，贾植芳已经被定义为"胡风分子"，由于这封纯粹学术探讨的信件，苏青也成了"胡风分子"，被关进上海提篮桥监狱。

一年半后，苏青被"宽大释放"，无所事事，便看了一段时间的剧场大门。

疾病缠身，却无钱看病，苏青向自己的孩子们求助。也许果真"意识决定物质"，荒凉而残酷的现实应了她曾经无心时所说的那句话："他们（男人）都是骗我的，也许将来我还得受孩子们的骗，辛辛苦苦一场空啊。"孩子们与她划清界限，断绝关系。

于是，苏青闭门谢客，侍弄花草。"这些花是我生命末期的伴侣。"

从此，"苏青"的名字再也没有出现于文坛或者其他领域。

五、两个女子

无疑，苏青是喜欢张爱玲的，更进一步说，她是羡慕并敬佩张爱玲的。"女作家的作品，我从来不大看，只看张爱玲的文章。"苏青毫不掩饰这种喜欢。

1943 年 10 月，苏青开办天地出版社，发行《天地》杂志。它是中国历史上唯一一个名副其实由女性创办的媒体。

此时，张爱玲已经发表过一些文章，在文坛颇有名声。苏青亲函张爱玲——"叨于同性，希望赐稿"。张爱玲欣然应允，将《公寓生活记趣》《谈女人》《私语》《我看苏青》和《封锁》等作品陆陆续续发表在《天地》上。

张爱玲的作品与《天地》是共生共存的双赢关系。张爱玲的名声一日胜过一日，苏青在编者按上对张爱玲其人其文大加褒扬，还刊登了张爱玲的玉照。

从《天地》看到了张爱玲的文章和照片，胡兰成对这名女子颇感欣赏和好奇。于是，他向苏青索要张爱玲的地址。

苏青了解张爱玲寡淡甚至有些内向的性格，便说："她不太跟人打交道的。"

在对方的一再求询下，苏青终于还是将张爱玲的地址给了胡兰成。由此，张爱玲与胡兰成的"倾城之恋"揭开了序幕。

一来二往的过程中，苏青和张爱玲也成了好朋友。

成为好友的两个人必定有世界观、人生观、价值观的高度一致性，以及其他方面的相似性。三观一致才能走得更远。苏青和张爱玲，出身显赫，受过高等教育，经历过爱情深刻而疼痛的挫折，同为上海文坛最为耀眼的双子星座。在20世纪40年代，苏青与张爱玲是上海滩女作家中的"双璧"，人们喜欢并称她们为"苏张"。除此之外，她们甚至连最后离开世界的方式也是同样的"花落人亡无人知"。

张爱玲和苏青，这两株"孤岛时期荒芜文坛上并列的奇葩"，因观点、旨趣趋同而成为至交。1945年第14期的《杂志》在16卷中推出《苏青张爱玲对谈记》，编辑称她们是"当前上海文坛上最负盛誉的女作家"，把她们的盛名推到了极致。

这对文坛姐妹相互欣赏、相互支持。

苏青曾借助媒体发声，去表达对张爱玲的欣赏："女作家的作品，我从来不大看，只看张爱玲的文章。""我读张爱玲的作品，觉得自有一种魅力，非急切地看下去不可……它的鲜明色彩，又如一幅图画，对于颜色的渲染，就连最好的图画也赶不上，也许人间本无此颜色，而张女士真可以是一个'仙才'了，我最敬佩她，并不是瞎捧。"

张爱玲对苏青的捧场也是脱口而出的畅所欲言，她那段不愿与冰心、白薇等女作家等量齐观，唯引以为荣与苏青相提并论的话至今仍然被广为引用。在对《结婚十年》和《浣锦集》的文学价值的评价中，张爱玲也是不吝赞美之词："《结婚十年》和《浣锦集》唤醒了古往今来无所不在的妻性母亲的回忆。"

张爱玲曾经在自己的散文里写过："我想我喜欢她（苏青）过于她喜欢我，是因为我知道她比较深的缘故。"她曾说苏青是"小暖炉子"，她很能善解人意，明白周遭人的不如意，体谅他们的痛楚悲伤，也许是经历过，所以才更加懂得。苏青还能抚慰他们的心灵缺失，她有一把火，亮堂他人，灰烬了自己。

张爱玲也坦言她与苏青的异同："我们的生活方式有很多不同的地方，

但那是个性的关系。"

张爱玲是个孤芳自赏的雅女子，她的文字和生活永远都像一袭华丽而精致的丝绸，毫无破绽和瑕疵，高高在上的，不食人间烟火的，可远观而不可亵玩。同时，她又有种"宁为玉碎，不为瓦全"的高傲和冷漠，否则，她不会终其一生都在为错爱胡兰成而买单。然而，在她的自传体小说《小团圆》中，她又向世人表达出了她的自卑和乖僻的另一面。

苏青是"世俗的"，热情、率真、外向、前卫。"婚姻虽然没有意思，但却也能予正经女人以相当方便。一对男女再没有情义些，同睡在一张床上，总不能相安事实吧！""一个男子对一个女子的爱情应该先是挑逗的，然后当慢慢地满足她、安慰她。""大胆作家"苏青的话语如平地一声雷，瞬间引起了巨大反响。在《结婚十年》中，她大胆地自我表达："我需要一个青年的、漂亮的、多情的男人，夜里偎着我并头睡在床上，不必多谈，彼此都能心心相印，灵魂与灵魂，肉体与肉体，永远融合，拥抱在一起。"苏青不讲究章法，无拘无束，正像胡兰成对她的评价："不但在内容上，而且在形式上都不受传统的束缚，没有一点做作。"

讲爱情时，张爱玲侧重于讲生动的故事，苏青则侧重于描写女性隐藏于最深处的心理需求——比如对性爱的需求。张爱玲是一个用上等的丝绸将自己的身体和性需求严严实实地围裹起来的人，苏青是迫不及待地想要脱光自己，把赤裸裸的自己向世人展示和炫耀的性情女人。大概是由于"宫颈折断"的缘故，张爱玲有些性冷淡。而对于性欲和性行为，苏青则是奔放和不拘一格的。通过自己真实的经历和揣摩，苏青所描绘出来的女人渴求性和漂亮男人的心理诉求而带来的回响久久不能平息。对此，张爱玲笑言，"听上去有些过分、可笑，仔细想起来却也是结实的真实"。

张爱玲的笔下尽是高贵而富裕的官太太、商太太，她们优雅、世故、寂寞、苍凉，无法不脱离悲哀和失意，都像传奇一样遥不可及。然而，苏青写的都是上海的女性市民，近在咫尺的真实和亲切。尽管她的人物们像极了世间最为常见的清汤挂面或者白开水，但是苏青的笔清楚透彻、平易近人。正如实斋在《记苏青》一文里所说的："除掉苏青的爽直以外，其文字的另一特点便是坦白，那是赤裸裸的直言坦相，绝无忌讳。在读者看来，只觉她的文笔的妩媚可爱与天真，绝不是粗鲁俚俗的感觉。"

张爱玲生前身后一直都是热热闹闹的。就连她在美国的最后那些年，还有一些台湾地区报刊的记者蹲守在她的住所前，希望得到些关于她的新闻。甚至有些记者翻检张爱玲丢掷的垃圾袋，试图从中扒出点什么来炒作一番。苏青则在她阴差阳错进入的错误时空中逐渐杳无音讯，渐渐沉入无声的孤独中。

1995 年 9 月 8 日，张爱玲被人发现在纽约的公寓孤独离世，悄无声息。

由于儿女的牵绊，苏青留在上海，孤独离世，悄无声息。

六、《结婚十年》：你来了，却不是我需要的

徐崇贤与苏怀青的婚姻是从新旧合璧的婚礼开始的。

苏青若无其事地写道："没有一个男子能静心细赏自己太太的明媚娇艳，他总以为往后的时间长得很，尽可以慢慢来，殊不知过三五年便生男育女了，等他用有欲无爱的眼光再瞥视她时，她已变成平凡而啰嗦的了，抱在怀中像一团死肉般的妇人……这时候女人的梦应该醒了，反正迟早些总得醒的。"

在苏青的笔下，N 城的旧俗，处女便坐花轿。在等待迎亲的花轿到来时，新娘的小便"真连拼命也自忍不住"。聪明的苏怀青"得了个下流主意"——"轻轻地翻过身来，跪在床上，扯开枕套，偷偷地小便"在枕芯里。"小便后把湿枕头推过一旁，自己重又睡下，用力伸个懒腰，真有说不出的快活。"

这样的女子、这样的新娘，让人哑然失笑。这样的作品，与其说是写别人，不如说是写作者自己。

如此一个个性十足的女子，或者经过艰苦现实的重重打磨而磨灭她的

理想主义，被迫回归粗糙而重复的现实，或者在无情的现实中将理想主义升华而超脱于红尘之上，更加不食人间烟火。

这个片段可否作为一个端倪，预见这段婚姻的结局？

因为，这样的女子能够忍受"婚姻"这个长久、沉重而枯燥的坟墓的束缚吗？

新娘上轿"据说应该呜呜地哭，表示不愿意上轿"，应该由弟弟把她抱进去。可是她"没有这样做，因为那太冤枉了弟弟，他事实上并不会强迫姐姐上轿嫁出去，那是真的"。

"说起这坐轿的规矩来，母亲倒是教过我的，她说坐定后便绝对不能动，动一动便须改嫁一次。我不敢动。直到后来伴娘把一只滚烫的铜炉放在我脚下了，灼得我小腿都快焦掉，不禁左挪右挪，把屁股不知颤动了多少次……"

一个率真、热情洋溢的女子，毫不在意旧俗的清规戒律。她不勉强自己，也不勉强别人。她不会让自己活得累，放松、快活对她而言，是第一位的。她就是这么天真烂漫。虽然这会让爱她的人担心她会不幸福，但是也只能怪那些爱她的人太过谨小慎微，太过墨守成规。所谓的"爱的担心"是多余的：谁都能把控好自己的人生，如果她想把控的话。

终于挨到了"礼堂中间"。"顶使我奇怪的是，前面没有一个兴奋的、带羞的等待着我的新郎，倒反而是我站定了等候着他，让众人评头品足地说个高兴。后来客人中居然也有人查问新郎究竟躲到哪里去了，我这才知道我的新郎原来不按新式规矩先我而入席，却是遵循从前旧式结婚的习俗……""我对于这点竟是感到非常不快。"

似乎可以让人产生错误的意识，他是一个恪守繁缛礼节的旧式青年，宁愿为了保全旧俗而牺牲自己的新娘。在诸般杂乱中，对这一切深感陌生的怀青不知所措，只在心里惦记着一个问题：我的新郎究竟在哪里？而他，接受过高等教育的徐崇贤，一个对于苏怀青和其他不认识他的人来说算是很不了解的形象，迟迟不肯把爱护新娘放在遵守礼数之先。他终究是一个顺服安排、克制自我的年轻人。

她未来的小姑出现在女方主婚人席上。她是杏英，"一个粗黄头发、高颧骨、歪头颈的姑娘，她正咧开嘴向新郎笑，一面喊哥哥，一面扮着鬼脸，显得她的尊容更加丑陋了。我不禁暗暗打个恶心，低下头去不再观看"。怀青是个美人，不仅追求美的外表，而且追求美的仪态。她对美的追求是全面的。对这个丑陋的女孩，她毫不掩饰地暗想："她真是一个丑丫头。"

真实得可爱，却难免有些苛刻。苏怀青说到底是个性情中人。对于杏英，她有些太过性情化。世上没有乌托邦，女人并不全部都是闭月羞花之貌、沉鱼落雁之容。为了自己，至少，她不应该嫌弃别人的丑陋；为了自己，至少，她应该控制一些自己的思绪。然而，没有所谓"应该"或者"不应该"，很多"应该"没有被履行，很多"不应该"也都在时时刻刻进行着。每个人都会为自己的弱点买单，或早或晚。她骄傲的自我增强着她的妒忌心理，这是大多数女人的通病。

就这样，之前未曾谋面、仅是通过几次信而后称呼变得日益亲昵的两个人结婚了。所谓"自由恋爱"。但的确是无所谓开始，无所谓经过，结果也仅仅是两个还陌生着的人结婚了。

婚后第二天，瘦弱的怀青病倒了。

病中的女人表面上静静地听着男女二人合唱的《风流寡妇》。那男女二人正是自己的丈夫徐崇贤与风韵犹存的年轻寡妇瑞仙。

表面的平静掩盖不住内心的汹涌澎湃。

终究是个女人，而且是个善妒的女人，于是，平静的外表遮蔽着心灵最深处的对爱人的控诉、对爱情的质疑以及对另一个女人的猜忌。"也许他们要好早在我们结婚之前吧！是她在事实上占夺了我的丈夫呢，还是我在名义上攫取了她的情人？但是爱情是奉献，不是占夺和攫取啊……"

她不动声色地做出很安然的模样，用酒精来填补空虚和不快。

"酒是什么滋味，我不知道；人们在怎样看我，我也不知道了。我只觉得眼前模糊得很，心中模糊得很，似乎胸口在扑扑跳，似乎身子驾着一片落叶在大海中漂荡着。海面起波涛，澎湃着，一会儿汹涌起来了。海风怒吼着，我只觉得整个宇宙在动摇，周身痛楚得很。慢慢地，慢慢地，波涛静止下来，周围悄无声息，我觉得自己躯壳给摧残了，剩下一颗空空洞洞的心，没处安放。"

世间女子都会这样吗？用酒精来麻醉自己不快乐的心？

想到丁玲笔下的莎菲女士。在没有完全得到高大英俊的凌吉士时，她是同样难过与惆怅的；这个近乎疯癫的女子忽视自己严重的肺病而大醉一场，直到最后吐出红色的血才罢休。

酒精之后便是逃避。

这是她的策略。逃避是年轻人最爱做的事。

她回到了 C 大读书。

自己的丈夫与别的女人在一起，而自己，只身在南京。此时的她在"爱的饥渴"中。渴望有一个人爱自己，全部地爱自己，自己便可以不同别的女人来分他的爱。她希望自己从徐崇贤所得到的失落能够由另一个男人全身心的爱来补足。

稳重大方的应其民适时出现。

总以为，她应该爱上他。他们两个应该在一起，如果成真，他们可能会有幸福。可是，时间错了，她是一个有夫之妇、一个已有身孕的女人。

他，坚韧、坦白、乐观。甚至在得知她有身孕的时候，毅然决定委屈自己来做孩子的父亲。

"那是一枝三颗，滴溜溜红得逗人怜爱的小樱桃，上面两粒差不多大小，另外一颗则看起来比较小一些，也生得低一些。他拿在手中瞧了一会，便把那颗生的小一些低一些的摘去了，捏在自己手中，说道：'我好比这颗多余的樱桃，应该摘去。现在这里只剩下两颗了——一颗是你，一颗是你的他。’说着就把樱桃递到我手里。”

这段无疾而终的感情，似乎验证了苏青的预言：

> 在我想你的时候
> 你来了
> ——却不是我所真正需要的

应其民就这样消失了。过早地消失了。从此，再也未曾出现过。

也许，这样的消失是正确的，对他，对苏怀青而言，都是好的。

苏怀青回到家，等待生子。

养了一个女儿。她说。不带思想感情地说出来。

在一个封建思想浓厚的大家庭里，她给公公婆婆养了个孙女。

可想而知，婆家人对她侮辱、冷落。母亲脸上无光，默然、惶恐。苏怀青自己寂寞、无聊、空虚、怏怏。

“我要找职业，我要替普天下的女孩子们出口气！”“任何苦难且自咬牙忍耐一下吧，做人就是要争一口气！”

这个聪明且坚强的女人要用事业来换取尊严，摆脱旧俗的辖制。于是，她做了三个月的小学教员。

之后，时间到了夏天。她回家省亲。本欲向母亲哭诉一切，可是嫁出去的女儿犹如泼出去的水，母女间竟也生疏、客气起来。为怕母亲伤心，也为了自己的面子，她把所有的苦衷从喉咙口硬逼回了肚子里。

离开娘家的前一晚，母亲为她整理行装时，发现陪嫁的戒指不见了，便找她询问。由于经济窘迫，她早已将戒指卖了补贴家用，但为了不让母亲识破，她便谎称丢了。做母亲的总是怜爱儿女，为了不使女儿在婆家受人嘲笑，母亲竟将自己本来预备带进棺材的戒指悄悄塞给她。

虽然苏青在叙述这一切时平淡而抑郁，没有流露出过多的大喜大悲，

601

但身为女子的无奈和悲哀还是遮掩不住，由字里行间溢了出来。

女儿学会走路的时候，苏怀青跟随丈夫来到上海。

小家庭的生活开始了。

一直以为个性极强的女子对于家庭生活是很难适应的，何况曾经贵为大户家庭公主的苏怀青。

上海这样一个花花世界，消费之高令人咋舌。加之战争爆发，社会秩序破坏，所有的事情都无法离开钱。

两人渐渐地开始为了钱而争吵。

其实，现在的徐崇贤是竭尽全力赚钱的，也是爱她的。只是生活的压力难免让人失去耐心和美好的心情，所以，两人的关系有些罅隙。

现实状况激发了苏怀青内心的强者情结。她想自己做一些事情来贴补家用。

她的才气有了发挥的萌芽。她开始投稿。

也许，徐崇贤真是一个很传统的男人，正像在婚礼上他恪守着旧俗一样。他的自尊心很强。"他平日总以为自己已是一个娶妻而且生了女儿的人，不能自力更生，每月须向家中要钱，是最没面子的事。"同样的道理，对于自己的妻子投稿来解决家庭的资金问题，他也是很不赞成的。"他说：'女人读书原也不是件坏事情，只是不该一味想写文章赚钱来与丈夫争短长，我相信有志气的男人都是宁可辛辛苦苦设法弄钱来给太太花，甚至于给她拿去搓麻将也好，没有一个愿意让太太爬在自己头上显本领的。'"中国传统男性的守旧而顽固的思维作祟，使他在苏怀青自力更生的道路上，无意地设置着障碍。

逐渐地，苏怀青在这个小家庭里跟林妈学会了很多本领：看家，占便宜，捡便宜等世俗的事情。她越来越像个贤妻良母，越来越像个家庭主妇，越来越会"勤俭持家"。

可是，"我觉得生命渐渐地失去光彩了，有时候静下来，心头像有种说不出的怅惘，仿佛有一句诗影影绰绰地在脑际，只是记不起来"。一个本该属于外面的大世界的女人却学习圆滑而世故地周旋于家庭的小世界，迟早会面临这样对自己的拷问，心不甘情不愿，总是感觉哪里不对。

这个女人会成长为什么样子？贤妻良母？还是女职业强人？

徐崇贤到底是个聪明人，善于揣摩上司的心理，因此，深得一家洋行经理的赏识。他快速融入这个纸醉金迷的城市，个性也日渐都市化。面对妻子的提醒和纠正，在这个社会中的这个城市做律师的徐崇贤对苏怀青说："我知道我应该帮着欠债者使其不必还债，杀人者使其不必偿命，否则，还要出钱请我们做律师的干吗？"

这话让苏怀青默然无语。

徐崇贤有了自己的律师办事处后，生意渐渐兴隆起来。接着，他有了官派，有了架子，有了虚伪，有了排场，有了很多很多苏怀青觉得不可靠的东西。

"我很替贤可怜，他是孤独的。"她说。

一个有了成功的事业的男人，不再甘于寂寞，不再甘于沉浸在自己的小家庭里。他开始走出家门。

一直不能忽视另一段婚姻，在这部小说里——余白和胡丽英的婚姻。

两人相识的时候，余白心里有个得不到的女孩子。那个女孩有着拒人于千里之外的气质。也许越是得不到的东西，才越让很多人去珍惜和怀念。余白一直对这个女孩念念不忘。但他还是在一个心灵空虚和空白的时间点，与胡丽英两情相悦。

两人结合在一起。

当一个很念旧情的男人匆忙而草率地与另一个女子结合时，他是为了结合而结合吗？

是的。不过，他也有短暂地、真挚地、爱过新的女子的瞬间。

不是。那他应该是成熟了，才会选择丢弃过往、面对未来。

男人一向是既简单又复杂的矛盾物种，他们才不会清醒地分析"是"或者"不是"。他们更喜欢今朝有酒今朝醉。喜欢清醒地分析的是女人，也正是因为清醒地分析，女人才会痛苦，才会心累。

丽英原本是一个有着不俗气质的女子。但经过婚姻的打磨、生活的锤炼，已是一个普通的世俗的妇人。

余白是一个典型的理想主义者，不食人间烟火的样子。平日乐于声色犬马，后来更是日夜追欢。丽英同他吵架，他便拿茶杯摔过去，还用脚把她踢成重伤，丽英凄苦地哭回到母家去，口口声声要离婚。

"没有一个男子能静心细赏自己太太的明媚娇艳，他总以为往后的时间长得很，尽可以慢慢来，殊不知过三五年便生男育女了，等他用有欲无爱的眼光再瞥视她时，她已变成平凡而啰嗦的了，抱在怀中像一团死肉般的妇人。……这时候女人的梦应该醒了，反正迟早些总得醒。花的娇艳是片刻的，蝶的贪恋也不过片刻，春天来了匆匆间还要归去，转瞬便是烈日当空，焦灼得你够受，于是你便要度过落寞的秋，心灰意冷地，直等到严冬来给你结束生命。世界上没有永远的春天，也没有长久的梦，梦将醒时人家偏要来给你称赞上一阵贤惠美丽，那等于再催眠，徒然增加一番难堪，到头来还不是时过境迁？"

这是胡丽英告诉徐崇贤夫妇她要离婚的时候，苏怀青心里所想的。红颜的感慨似乎正是对自己命运的预见。

徐崇贤有了外遇，那个女人便是胡丽英，而且，胡丽英有了两个月的身孕。日光之下，并无新事。这段故事像极了萧军与萧红的朋友——阿虚的经历。

萧红前往日本散心，整理思绪，住在朋友阿虚家中。她对阿虚动情地讲着自己的萧军，并拿照片给阿虚看。阿虚接过照片，故作淡定地还给萧红。阿虚提前回国，怀着强烈的好奇心，她拜访了萧红眼中强大、伟岸的萧军。这个故事的结局是阿虚流掉了萧军的孩子。

面对一去不回首的丈夫，面对并无悔过之意的丽英，苏怀青"要试问在一个男人变心时，任你怎样聪明的太太可有什么办法？凶也没有用，老实也没有用，女人的力量只能及于爱她的人身上，假如那人不爱她了，眼泪徒足惹人憎厌，笑容也是使人难受的，还是趁早识相些把自己竭力隐藏在黑影里，勿做声息，让他瞧不见，听不到你为止"。

怀着这样坚强而自重的想法，苏怀青离开了，离开了家庭。离开之前，她做了一个虔诚的祷告："愿我的孩子们幸福，愿贤幸福，愿婆婆幸福。十年的往事都像云烟般消散了，忘记我，让我独自在永恒的光辉下悄悄地替你们祝福吧……"

七、孤独终老

"什么地方是我的归宿？我真正的灵魂永远依傍着善良与爱。"苏青至死都在寻找，至死都希望有一个安宁的归宿。

1982 年，苏青住在上海市瑞金路，和邻居共用厨房、卫生间，经常受人欺负。之后，她随已离婚的小女儿李崇美和小外孙迁居，三代人住在郊区一间 10 平方米的房子里，相依为命。

在给老友王伊蔚（抗战前《女声》杂志主编）的信中，她说：

> 成天卧床，什么也吃不下，改请中医，出诊上门每次收费一元，不能报销，我病很苦，只求早死，死了什么人也不通知。
>
> 人生一世，草木一秋，"花落人亡两不知"的时期也不远了。

弥留之际，苏青最大的愿望也是唯一的愿望便是再看看她的《结婚十年》。彼时，《结婚十年》已经列为"禁书"。有一位热心的读者出高价复印了一本，送给病榻前的苏青。

是年 12 月 7 日，身患糖尿病、肺结核等多种病症的苏青病情突然恶化，这位民国女子孤独地走完自己人生的最后一刻，闭上了眼睛。

苏青在《归宿》中对自己说："三十年后，青山常在，绿水长流，而我却魂归黄土……总有我的葬身之地吧。我将在墓碑上大书'文人苏青之墓'，因为我的文章虽不好，但我确是写它的，已经写了不少，而且还在继续写下去，预备把它当作终身职业，怎么不可以标明一下自己的身份呢？也许将来有人见了它说：哦，这就是苏青的坟吗？也许有人会说：苏青是谁呢？——是文人，她有什么作品？待我去找找看。虽然那时我已享用不到版税了，但我还是乐于有人买书的……什么地方是我的归宿？我真正的灵魂永远依傍着善良与爱。"

1984 年，上海市公安局作出《关于冯和仪案的复查决定》，内称："经复查，冯和仪的历史属一般政治历史问题，解放后且已向政府作过交代。据此，1955 年 12 月 1 日以'反革命'案将冯逮捕是错误的，现予以纠正，并恢复名誉。"

人生一世，草木一秋，花落人亡有人知。

第二十三章

汪曾祺：

稼禾观尽，灯火可亲

　　如果生于民国时期，你是否可以承受这战火纷飞和时代巨变？他承受住了。

　　如果一生要面对这么多的磨难沧桑，你是否还可以用纯真的心去爱这个世界，爱它的一花一木，爱它的街角小巷？他点点头，说："我们有过各种创伤，但我们今天应该快活。"尽管历经沧桑，仍然无怨无悔。他的原因只有一个："世界先爱我的，我不能不爱它。"

如果生于民国时期，你是否可以承受这战火纷飞和时代巨变？

汪曾祺承受住了。

如果写作 40 年寂寂无闻，60 岁才华方能为人所知，你是否可以坚持？

汪曾祺坚持住了。

如果在特殊时期经历"三抓三放"，你是否还能用恬淡心境去面对这满目疮痍？

汪曾祺做到了。

如果一生要面对这么多的磨难沧桑，你是否还可以用纯真的心去爱这个世界，爱它的一花一木，爱它的街角小巷？

没错，汪曾祺正是这样子的。为什么如此，汪曾祺答道："我们有过各种创伤，但我们今天应该快活。"尽管历经沧桑，仍然无怨无悔。原因只有一个："世界先爱我的，我不能不爱它。"

这样的人，注定让人喜欢；这样的作家，注定让人爱戴。

汪曾祺，1920 年生，江苏高邮人。从小受传统文化精神熏陶。1930 年考入西南联大中国文学系，师从沈从文等名家学习写作。他是跨越时代的作家，也是在小说、散文、戏剧文学与艺术研究上都有建树的作家。1940 年开始发表小说、诗和散文。1948 年出版第一个作品集《邂逅集》，1963 年出版第二个作品集《羊舍的夜晚》，1978 年发表小说《骑兵列传》，1980 年发表小说《受戒》，受到普遍赞誉，随后一发不可收拾。现已出版《汪曾祺短篇小说选》《晚饭花集》《汪曾祺自选集》以及多卷本《汪曾祺文集》等十几部作品集。他的小说被视为诗化小说，其中《大淖记事》获全国短篇小说奖。他还写散文、评论和剧本。他与人合作改编、加工的《沙家浜》深受观众的喜爱。

1997 年 5 月 16 日上午 10 时 30 分，医护们都是一溜小跑着进进出出，医院的过道上清晰可见从血袋里漏下来的红色血滴，人们似乎漫无目的地为一个老人奔跑，同时在心里不停地祈祷：老头儿，你一定要挺过去！

躺在病床上的汪曾祺，形容枯槁，气若游丝。

坚强倔强的老头儿还是没有越过阎王爷的那道门槛，就那么一步迈过去了。留在身后的是儿女毫无准备的痛哭，和一位躺在另一张病床上等待他去照顾的老伴。他安静地走了，正如他曾和子女们戏说的那样："有一天阎王来叫我，我绝不拖泥带水，跟了他就走。我不会拖累你们。"倘若，他知道多少人为了他的过世，那么痛苦，那么紧张，善良的老头儿还忍心抛下他们，就那么走了吗？

一、师从沈从文的潇洒才子

"我的家乡是水乡。出鸭。高邮大麻鸭是著名的鸭种。鸭多，鸭蛋也多。高邮人也善于腌鸭蛋。高邮咸鸭蛋于是出了名。我在苏南、浙江，每逢有人问起我的籍贯，回答之后，对方就会肃然起敬：'哦！你们那里出咸鸭蛋！'"

1920年3月5日，正好是阴历正月十五，汪曾祺的生日和家里其他几位的生日都很有特点。老父亲出生在阴历九月初九，重阳节；一个姐姐生在阴历七月初七，乞巧节，中国的情人节。这一家子，单从生日就有些与众不同。

汪曾祺的父亲汪菊生，原本就是一个有雅趣的人：绘画、刻章、做菜、打拳、弹琵琶、拉胡琴，样样都行。连单杠体操、祖传治病，亦无师自通。汪曾祺曾在《多年父子成兄弟》一文中讲过与父亲之间的趣事。

汪曾祺十七岁那年发生初恋，在家写情书，父亲就在一旁出主意如何写才能俘获女孩的芳心。这样的父亲能不可爱吗？汪曾祺会和父亲对饮，谈天说地，毫无拘束，父亲还教他抽烟。有时，父亲兴致来了，拉起胡琴，汪曾祺就来唱。父子配合得十分默契。

汪曾祺对生活的热爱是出自骨子里的，这种热爱一半是继承了父亲的血脉，一半是父亲给他的平等与宽容。每次放学回家，汪曾祺总喜欢东看看，西看看。街上那些店铺、手工作坊、布店、酱园、杂货店、爆竹店、烧饼店、卖石灰麻刀的铺子、染坊……让他不厌其烦地看，跟店里的师傅熟络得很。汪曾祺曾经去过一家银匠店里，去看银匠在一个模子上錾出一个小小罗汉，也曾到竹器厂看师傅怎样把一根竹竿做成箄草的箄子，还到车匠店看车匠用硬木车碹出各种形状的器物，人生好多有趣的事物，让汪曾祺怎么看都看不够。

可以说，故乡高邮，给汪曾祺留下受用一生的记忆。高邮的鸭蛋，江阴的河豚肉，还有二伯母倚在枕边念过的《长恨歌》，都是那样令人难忘、历久弥新。

高邮，在汪曾祺的心中，是永远珍藏的记忆。

汪曾祺在回忆起童年时曾经写道："我小时候，从早到晚，一天没有看见河水的日子，几乎没有。"小说《陈小手》里写的"天王庙"，原来就是家乡的"天王寺"。《大淖记事》等故事的发生地"大淖"，就在他家北巷口往东不远的地方。了解了汪曾祺家乡高邮之后，那些有传奇色彩的故事或是寻常生活的场面也就随之生动起来。

汪曾祺去世后，子女们商量着，在他的墓碑上写些什么呢？思来想去，最后决定："高邮　汪曾祺"。简单、清楚，正是汪曾祺所希望的。汪曾祺给故乡高邮文游台留下一幅墨迹，他写的不是"沧海尽观"，也不是"天下尽观"，而是"稼禾尽观"，因为稼禾里藏着结结实实的百姓生活，藏着世道与人心。只有故乡，让他如此宠辱不惊、心灵安宁。

读汪曾祺的小说，常常感叹他写的是寻常日子和普通人家，写小人物的恩恩怨怨，写凡人间的知遇与爱，写哪怕是个卖卤味的也有卖卤味的艺术，笔下人物无论身份高贵或卑贱，都懂得珍惜生命，都懂得欣赏美，都有个性和味道。哪怕写的俗人俗境，也没有俗笔，因为体贴和懂得，"顿觉眼前生意满，须知世上苦人多"。汪曾祺称自己是"中国式的抒情的人道主义者"，"不带任何理论色彩，很朴素，就是对人的关心，对人的尊重和欣赏"。他是这么说的，也是这么做的。

当年，汪曾祺在去云南的路上，不幸染上疟疾，一到昆明就高烧不止。迷迷糊糊的他从医院出来，掏几个小钱，喝了碗蛋花汤，便进了考场，稀里糊涂竟如愿以偿地被西南联大中文系录取！

西南联大由北大、清华、南开三所全国知名的大学在战时合并而成，聚集了当时中国几乎所有名家，汪曾祺很荣幸地聆听过闻一多、朱自清、沈从文等名教授的课。

那个年月，战火纷飞；那个年月，食不果腹；可是，却给每个联大的学生留下珍藏一辈子的精彩回忆。

这里，汪曾祺的才华得到"肆无忌惮"的张扬。

他那种写风俗，谈文化，忆旧闻，述掌故，寄乡情，花鸟鱼虫，瓜果食物，无所不涉的风格在这个圣土扎根发芽。

西南联大的老师中，汪曾祺受沈从文的影响最大。他认真地听沈从文的课，自诩得到沈从文的真传。他们之间的情谊，一直持续了几十年。

同时风格飘逸的文章，同时歌颂人性之美的语言，同时不谙世事的恬淡豁达，这师徒二人可谓知音相遇。从沈从文的身上，汪曾祺学到的不仅仅是学术上的知识，更多的是为人处世的态度。

沈从文视汪曾祺为得意门生，很照顾他。

对于汪曾祺的才华，沈从文很是看中。有次课堂习作，沈先生竟然给了汪曾祺 120 分！而满分不过一百，这就是文学大家与众不同的个性，喜欢的就决不遮遮掩掩，是好的就毫不吝啬对它的赞赏。也许只有真正的名士才能不按常理出牌！

汪曾祺，虽憨厚老实，却也有年少轻狂的时候。

在昆明期间，有一次喝得烂醉如泥的汪曾祺，不省人事，只好坐在街边。恰巧沈从文从一处演讲回家，远远看见一个人瘫坐在地上，还疑心是难民得了什么疾病，过去一瞧，才发现竟然是汪曾祺。二话没说，沈从文赶忙和几个朋友把满口胡话的汪曾祺扶到家里，灌上酽茶，细心地照料了好久，直到汪曾祺清醒过来，才放心地去休息。

一日为师，终身为父！

在汪曾祺最潦倒苦闷的时候，是沈从文不遗余力地给予关心和帮助。

有一度，从西南联大毕业的汪曾祺来到上海，寄居在好友家中，找工作困难重重。一贯潇洒的他，怎耐得住屡屡碰壁的折磨，于是给沈从文写了封信，流露出想要自杀的情绪。没想到，立即接到沈从文的回信。信上大骂道："为了一时的困难，就这样哭哭啼啼，甚至想到自杀，真是没出息！你手中有一支笔，怕什么？"从来没有受过沈先生训斥的汪曾祺，看见这封信，触动很大。后来，沈从文拜托他的好友李健吾先生，在一所私立学校为汪曾祺找到一份工作，这才稍稍缓解了汪曾祺的窘困。

在"反右"的斗争和"文革"期间，沈从文受到不公正的待遇，作品遭到误读，作为学生的汪曾祺则在十几年中不断写文章，替老师"申冤正名"。

无奈，世事不由人。

汪曾祺佩服沈从文最突出的有两点：一是一个真诚的爱国主义者；二是他见过的真正淡漠的作家。这种淡漠，不仅是一种"人"的品格，而且是一种"人"的境界。这种淡漠，是人品，也是文品。一个甘于淡泊的作家，才能不去抢行情、争座位，才能真诚地写出自己所能感受的那点生活，不耍花招，不欺骗读者。

实际上，汪曾祺就是个淡漠、宁静以致远的人。

与恩师的情谊，让汪曾祺受用一辈子，提起是沈从文先生的弟子，汪曾祺很是自豪。

二、生死之交

汪曾祺早在大学时期就开始在各大报刊上发表文章，并且受到老师沈从文和闻一多的赏识。他曾提到过一个有趣的事情，说闻一多老师从来不考试，只需交文学报告即可。班里有个同学请汪曾祺代笔，闻一多看了这份报告后大为赞赏，惊呼："写得比汪曾祺都好呀！"让汪曾祺和这个请他代笔的同学都暗暗乐了好一阵子。

在西南联大的几年里，生活是相当艰苦的，不过，汪曾祺一直是个善于苦中作乐的高手。泡泡茶馆，写写小说，唱唱昆曲，日子过得倒也自在。

刚来昆明的日子里，因为家里还有些接济，汪曾祺的手头还算宽松。每逢周末，便邀上三五好友，上街吃馆子。什么汽锅鸡，过桥米线，过油肘子，锅贴乌鱼，油淋鸡，腐乳肉……好在昆明的小吃多，否则像汪曾祺这种好食杂味的人，怎么耐得住每日干饭馒头？那生活全然没了滋味。

联大的学生大约都是懂得生活的，常常家里寄来一件御冬的大衣，刚从邮局取出来，就在大街上被转卖，拿着几个硬币，几个哥们儿，立刻找家特色的馆子，点上几盘小菜，一番狼吞虎咽，便把一件大衣给"吃"了。

朱德熙（1920—1992），曾任北京大学副校长，是汪曾祺在西南联大时的同学，相知甚深，可谓汪曾祺相伴一生的挚友。

他们就曾经"吃"过不知几本字典。因为汪曾祺习惯夜里写文章，白天泡茶馆。一次，日上三竿了他还在树荫下躺着，朱德熙夹着一本厚厚的字典来找他，"起来，吃早饭去！"于是，二人便去旧书店卖了字典，一顿饭的问题又解决了。

以后，汪曾祺一度潦倒无着的时候，就寄居在朱德熙的家里，虽然朱德熙那时要去外地读书，还是经常关照家人，好好照顾汪曾祺。这份情谊，使汪曾祺感激终生。

两个人都好吃，以后分别，各自有了家庭，仍旧经常相聚。每聚到一起，他们两个文学上的高手便一副孩子样，什么好吃就抢着吃。朱德熙对汪曾祺的厨艺一直大加赞赏。一次，汪曾祺为大家做了道鸭油芋头羹，油很重，完全是甜的。朱德熙尝了一口，立即把盛菜的钵子往自己一边拢，妻子说还有孩子们要吃呢。朱德熙诒诒地笑着说："我知道他们都不吃了！"真是一对不可多得的"知音"啊！

在西南联合大学时，汪曾祺和朱德熙到莲花池去。莲花池有个传说，陈圆圆随吴三桂到云南，后出家，暮年投莲花池而死。看了满池清水边的陈圆圆着比丘装的石像后，下起雨来。汪曾祺到莲花池边小街的小酒店里坐下，一碟猪头肉，半斤酒。雨大，汪曾祺看小酒店院子里的木香花，把院子遮得严严实实。密密匝匝的绿叶，数不清的半开的白花和饱满的花骨朵儿，都被雨水淋得湿透了。

多少年过去了，汪曾祺忘不掉这天的情味，写了一首诗："莲花池外少行人，野店苔痕一寸深。浊酒一杯天过午，木香花湿雨沉沉。"

汪曾祺非常重视这个朋友，毕业分开后的每年春节，不论有没有事情，都要给朱德熙写封长信，什么都谈谈，不一定有重要的事情，就是一种习惯和需要。

温和、自持，是汪曾祺留给我们的第一印象。

他虽曾戴"右冠"，因参与"样板戏"《沙家浜》而身陷政治旋涡，历经风雨，但依然不改其胸中"日月仍常新常美"的信念。他不仅以扛鼎之作《异秉》《大淖记事》等，开一代风气，其为人交友的姿态，也洋溢着明净的景致。

但有件小事却让汪曾祺对最疼爱的妻子也发了脾气。

一次，家里遇到棘手的事，妻子施松卿开玩笑地说："德熙是咱们朋友中最大的官儿，托托他去？"汪曾祺则很认真地吼叫："别添乱！"

一句"别添乱"，则"吼"出了汪曾祺的风度，吼出他对朱德熙的关心和爱护。

君子之交淡如水。

朱德熙一直有气管炎，汪曾祺很把他的这个病当作一回事。"文革"期间，一次去朱家，汪曾祺正经八百地传达了一条道听途说的"周总理指示：让气管炎病人过好这一个冬天"的话。朱德熙笑眯眯地说，如果是真的，报纸上一定会登出来，你这种没有出处的指示，像是民间编译的。汪曾祺干瞪着眼睛，认真地坚持：宁可信其有！为此，每得一个治疗气喘的偏方，汪曾祺都会工工整整地抄录下来，寄给朱德熙，多次嘱咐他服用。对他自己的身体，他似乎都没有这么上心。只说，如果阎王要来拿，就绝不拖泥带水，干干脆脆地给了就完结了。

后来，朱德熙去了美国，在那里患了癌症。汪曾祺想起他们在分别前最后一次见面，朱德熙隔着口罩，在寒风中不停地咳嗽，竟眯着一双温和的眼睛，瓮声瓮气地劝汪曾祺早些回去："曾祺，你今天格外的婆婆妈妈。"

岂料，如今挚友却在遥远的美国患了病，汪曾祺心疼地嘟喃："德熙的心，我知道，他一定想回来，他不会愿意在那个地方待一辈子的。"

朱德熙1992年在美国去世。

一个晚上，汪曾祺一边自斟自饮，一边提笔作画。忽然间，家人听到他的号啕大哭，凄厉的哭声惊到了妻子和儿女，他们从来都没有听他发出过这样的声音。等走进他的房间，看见泪流满面的他，不能自持，正对着他的桌上，摆着一幅画，已经被泪水湿透，画上题着：邀寄德熙。

钟子期已亡，伯牙徒守空琴，还有何意义呢？高山流水，今成空响。

这生命的感悟，还有谁来理解？有谁再与我这老头儿谈天说地，有谁再和我这老头儿拿着书换来的钱，津津有味地去尝那些街边小食？有谁敢在我被关进"小楼"的日子里，不嫌不弃地探望呢？

德熙，今生与你为友，是我一生的荣幸。如果有来世，咱们定要聚在一起，找个小酒馆，来两盅！不醉不归！

三、灵魂伴侣

在世人眼里，爱情和婚姻最美的模样就应该是像汪曾祺和施松卿那样："我以爱你为一生骄傲，你以懂我为终身自豪。"

多年以后，当女儿追问母亲："那你怎么看上父亲了？"

施松卿脸上瞬间有了少女的娇羞和一种骄傲："他不一样，我一眼就看出他有才。"

人们常说"灵魂伴侣"，施松卿和汪曾祺大抵就是这样的。

平平淡淡，相依相伴，不离不弃，汪曾祺与施松卿的一辈子就在这几个词中走过来。

施松卿，比汪曾祺大两岁，福建长乐人，1918 年生于马来西亚。

在他们的女儿汪明找对象的时候，汪曾祺就语重心长地向全家建议，我的儿子可以找个年纪大些的儿媳妇，但是女儿不能嫁个小女婿。因为，女子比丈夫大，这一辈子遭的罪太多了。汪曾祺打心里明白，老伴施松卿跟着他，风里来，雨里去的，真没少受苦。轮到自己女儿，他万万不能让她们走母亲的后路。

他心疼女儿们，更心疼老伴！

二人是西南联大的同学。施松卿也是个不折不扣的才女，在西南联大极负盛名。每与汪曾祺谈到往事，施松卿总是很得意。在西南联大，施松卿被称为"林黛玉"，因为她长得清秀，淡淡的眉毛，细细的眼睛，当时有点病态，更增添几分美人气质。汪曾祺也总是笑着对围着的儿女们说，是听说过有这么一个人，有这么个外号，但当时不熟，等我认识你们妈妈的时候，她的好日子已经过去了。每次，都惹得施松卿干瞪眼。

按现代的说法，真是对"欢喜冤家"。

他俩从西南联大毕业，同在建设中学工作，这才相识，很快有了好感，决定相依相伴一辈子。

汪曾祺和施松卿，行动便有个伴。两个人一道看电影，一道看病。当时汪曾祺老牙疼，施松卿就陪他进城找大夫，还一道养马。

汪曾祺清楚记得，第一次看见施松卿的时候，她正牵着一匹大洋马，走来走去，特别帅气！马是自己跑来的，当时龙云的军队发动兵变，被镇压。

相濡以沫，举案齐眉。

小女儿汪明记得说，爸爸和妈妈外出散步，某次遇到另一对老夫妇。老太太坐在轮椅上，老先生推着轮椅缓缓前行，还不时弯下腰和老太太说些什么。妈妈忍不住赞美说："真美！"爸则莫名其妙："这有什么美的？"妈说："将来我要成了那个样子，你推不推我？"爸骇然："好好的，干吗要那个样子？""万一呢？""没事儿找事儿，不推！"妈作出很认真的样子："那我也不推你！""好，不推就不推！"

——两人都笑起来。

1995年年底，老伴施松卿不小心摔倒了，因为心脑血管病。在急救中心，她在脑子极不清醒的时候，问女儿："几点钟啦？快叫爸爸别写了，准备吃饭啦！"女儿在一边叹气：这都什么时候了，还这样瞎操心！

四、漂泊风雨中

1955年2月，汪曾祺调到中国文联的民间文艺研究所，担任《民间文学》的编辑。到了那里，汪曾祺从文艺六级一下子变成文艺四级，相当于副教授，月工资一百八十多元。对于稿子的审核删选，他可是掌有绝对的权威。偏偏他又是个爱较真的人，难得通融，便自然得罪不少人，也许这为他今后坎坷埋下了伏笔。

都说汪曾祺是个好老头儿，其实他也有偏的时候。

一事惬当，睥睨万物。

有一次，在昆明的一个饭馆，汪曾祺觉得一个人不顺眼，就一直用鄙视的目光盯住此人不放，弄得那个人勃然大怒，跳起来咆哮道："出去！我跟你一对一！"

1957年下半年，"反右"开始，一切无从谈起。一向跟政治互不牵涉的汪曾祺，没想到也被卷了进去。

因为《早春》里面有句："远树绿色的呼吸。"批判的同志说，连呼吸都成了绿色的了，你汪曾祺把我们社会主义制度诬蔑到什么地步？

荒谬！

汪曾祺被定为"一般右派"，撤销职务，连降三级，下放农村劳动改造。

临行前，施松卿带着儿子汪朗，陪着汪曾祺默默地走在街上，要去给他置办点下乡的生活用品。初秋的天气，很晴朗，天蓝蓝的，阳光照在人身上暖暖的，走也走不动。买了牙刷、牙膏、肥皂、行李绳、布鞋，三个人都没有说太多话，在嘈杂的人群中显得很特别。施松卿看着手上提着的袋子，总觉得少了什么。汪曾祺倒什么也没说，他在想什么？这一别，再见面会是怎样？这个家，这么重的摊子，就转交给你，你承受得了吗？

"曾祺，去买块手表吧！"

说着，施松卿拉着汪曾祺进了手表店，掏出八十多块钱，选了块苏联手表，亲手给他戴上，"有块表方便些，小心点，别丢了。""你放心走吧！下去好好劳动。"汪曾祺没有说话，只是点头。

汪曾祺随着大队走了。走的时候，家里没有人送他，孩子们还小，施松卿必须在机关搞军事化训练，不许请假。他给妻子留了张条：等我五年，等我改造好了回来。

于是，一个孤单的身影，跨进火车的车厢，混进下乡改造的大流中，留下年幼的孩子和坚强的妻子。

施松卿，在西南联大先是读物理系，和杨振宁做过同学，后因为肺结核，转到生物系，想继承父亲的事业，施松卿的父亲在新加坡当过医生。但生物系的功课并不轻松，最后只好转到西语系。

1958 年，汪曾祺被打成"右派"，他居然还得意，自我调侃道："我当了一回'右派'，真是三生有幸。要不然我这一生就更加平淡了。"

汪曾祺劳改时，被发配到了张家口农场，他跟农民一起下猪圈、刨冻粪，还得给葡萄树喷波尔多液。回忆这段生活，汪曾祺还写了一篇特别美的《葡萄月令》。当读到那句："去吧，葡萄，让人们吃去吧！"让人唏嘘不已。汪曾祺的乐观豁达，让他免了许多皮肉之苦。

说来也是幸运，政治的旋涡急速流转的时候，施松卿一直能够自保，为了三个孩子和不问世事的汪曾祺，她一个女子要承受多少压力，才能让这个家继续运转下去啊！

下放在张家口沙岭子的三年里，汪曾祺一直不改其"苦中作乐"的风格——演戏、办展览、画画，样样都活生活色。别人被打成"右派"，苦闷地忍受着劳动的屈辱，感叹着命运的不公，谁料到汪曾祺，这个西南联大的才子，像朵野花一般在风吹雨打中，顽强地挣扎在悬崖边上，依旧向着太阳绽放，张扬着生命的力量，如同他的文章一样，给人留下的是希望和淡然的心态。

偶尔回一次家探亲，胡子拉碴的汪曾祺便会主动帮忙做家务，去接女儿汪明、汪朝。

汪曾祺心疼施松卿，自己再苦再累，认了，熬一熬，就可以过去了，可是不能亏待妻子，不能让她再吃苦了。

三年劳改回来，汪曾祺被调进了北京京剧团"控制使用"。结果，这一"控制使用"，就有了名闻天下的京剧《沙家浜》。

《沙家浜》有名的唱词如"垒起七星灶，铜壶煮三江""人一走，茶就凉"等就是汪曾祺琢磨出来的。当时江青听了，还大发雷霆，认为"江湖口气太多"。汪曾祺不敢明里顶撞，但暗里还是偷偷保留下来。我们今天能够品味到那场精彩的"智斗"，实与创作者当时生活上的"智斗"分不开。

有人说，汪曾祺是个很难被分类的作家。他写乡土写得一往情深，但并不是一般意义上的乡土文学，泥土味少一些，倒是水气泱泱，时有怪笔。他写小说，也写戏曲，顶出名的是《沙家浜》，也编过《说说唱唱》和《民间文学》，"文革"后发表的第一部作品不是小说，而是一篇研究民间文学的《花儿的格律》。小说之外，他在创作后期还写了大量的散文，甚至被认为比小说写得还好，他笑说是"搂草打了只肥兔子"。这只"兔子"不仅肥，品种还很特别。读一读他的《葡萄月令》吧，从一月写到十二月，从出窖、上架写到打梢、掐须，再到葡萄开花、着色、结果，有什么呢，完完全全是不事经营。但是，从开头第一句读起，"一月，下大雪。雪静静地下着。果园一片白。听不到一点声音"，真是一个字也删不了换不得，散文中筋脉清秀的好，都在这里了。

这就是汪曾祺的独特性，也是他的个性、人格魅力和成功之所在。

汪曾祺曾经说过一句话："我希望我的作品能有益于世道人心，能使人感情滋润，让人觉得生活是美好的。人，是美的、有诗意的，你很辛苦、很累了，那么坐下来歇一会儿，喝一杯不凉不烫的清茶，读一点我的作品。"无论生活多么艰难，无论环境多么恶劣，汪曾祺总能把忍受当成享受，从另一角度看待苦难与坎坷。这种乐观豁达，当然与他相处的人有关。

常言道："患难夫妻见真情。"汪曾祺再潦倒，施松卿从没说过一句埋怨的话，更没有丝毫要撒手不管的意向，除了给下放的汪曾祺回信，向他汇报三个孩子的情况，就是默默地工作，独自等待。

1962年，汪曾祺劳改回家，调回北京，在北京市京剧团任编剧。1963年参加京剧现代戏《沙家浜》（《芦荡火种》）的改编，同年，出版儿童小说集《羊舍的夜晚》。

1966年，"文革"的风雨，轰轰烈烈，席卷整个中国。

北京京剧团也脱逃不了"横扫一切牛鬼蛇神"的红色风暴。很快，剧团的"走资派"被一个一个揪出来，此外还有汪曾祺、赵燕侠等人。

在《雪花飘》中，汪曾祺写过两句唱词："同在天安门下住，不是亲来也是亲。"本意自然是说社会主义大家庭中人人应该互相关心，但却成了"阶级斗争熄灭论"：你跟阶级敌人也要亲，和"地富反坏右"也要亲？

"牛鬼蛇神"应该受的各种待遇，汪曾祺一样也没落下。幸好，没有把人打得头破血流。

汪曾祺成了"楼友"，也就是其他地方的"牛棚"。

1967年4月20日，负责"改造"汪曾祺的李英儒，找到他："准备'解放'你，你准备一下，向群众做一次检查。"

"不用检查了，你表个态。——就五分钟。"

"不用五分钟了，三分钟就行了！"

荒唐！揪出来好几个月，清查了一溜够，最后只要三分钟便一风吹了。

汪曾祺清洗了自己的蓬头垢面，三分钟表态，自然是过场。之后的汪曾祺，便基本回归了生活常态。

举家欢庆！

1982年，汪曾祺在游湖南桃花源时写的一首诗，堪称经典，大抵可以概括他在动荡的年月的生活：

红桃曾照秦时月，
黄菊重开陶令花。
大乱十年成一梦，
与君安坐吃擂茶。

五、《受戒》：人道其理，抒情其华

"明海出家已经四年了。他是十三岁来的。"

小说开篇就来了这么两句，显示了故事的悲剧色彩。当和尚有不少好处，一来有了免费吃饭的地方，二来可以攒点钱，只要学会了放瑜伽焰口，拜梁皇忏，就可以按例分到辛苦钱。但和尚也不是谁都能当的，一要面如朗月，二要声如钟磬，三要聪明记性好，认字读书更是少不了。这些条件，明海都具备。

汪曾祺真是一位绘制风俗画的高手。他总是能从风俗的流变中审视人情，观察风俗，作品呈现出鲜明的环境特点、地域风情和民族风格。这篇小说写了旧中国苏北小村镇上发生的一段风流韵事。汪曾祺以和尚生活为题材，描绘小小的"荸荠庵"内形形色色和庵外居民的风土人情。在这里，一些佛门子弟原来也有七情六欲。其中小和尚明海和小英子之间就洋溢着真率、大胆、泼野的爱。明海和小英子坐在石碾子上，"听青蛙打鼓，听寒蛇唱歌"，"看萤火虫飞来飞去，看天上流星"，互生好感。一次，小英子挎着一篮子荸荠回去，在田埂上留了一串脚印。明海看呆了："五个小小的趾头，脚掌平平的，脚跟细细的，脚弓部分缺了一块。"这一串美丽的脚印把小和尚的心搞乱了。作者"贴着人物，用自己的心"来写作，不露声色，字里行间蕴含着深层的情感。

从庵赵庄到县城，要经过一片很大的芦花荡子。芦苇长得密密的，当中有一条水路，四边不见人。在明海的潜意识层里触发起不可名状的意念和预感，就像莫言的《红高粱》里的野合一样。明海"受戒"后回来，船又划到了这里。

当年，明海当和尚并不知道后来发生的事情。他换上和尚短衫和在家里穿的紫花裤子，着上一双新布鞋，给爹娘磕过一个头后，便随着舅舅走进一个叫"荸荠庵"的庙，里面都是和尚。

明海到底是个小孩子，对外面的世界一点都不了解。有一次，明海走到河边，看到一个女孩，双眸清澈似小鹿，清纯可爱，正在剥着莲蓬吃。明海上前搭话，女孩儿说她叫小英子，她没有叫明海的法名，而是唤他，温柔而亲切。两人边走边聊，结伴往回走。明海吃完小英子给他的半个莲蓬，荸荠庵也就到了。两人就此分开。

明海的生活很简单，一大早起来开门扫地，给佛像上香，再念几句阿弥陀佛，这里的和尚不做早课晚课。庵里只有六个人，都是俗家弟子。年龄较大的普照师叔整天关在房间里，平日里吃斋，过年时开荤。二师父仁海连媳妇都娶了，明海叫她师娘。师娘整天都闷在房里。三师父仁渡才二十多岁，人很聪明，算账功夫比谁都强，他放焰口也很有一手，打牌更是常赢。这样的人，居然暗中有自己相好的女子，而且还不止一个。

总之，庙里的和尚们都不寻常，没有人能逃出破清规的魔咒。明海渐渐好奇。他和偷鸡人借了偷鸡用的铜蜻蜓，到了小英子家门口试了试，果然，鸡嘴被撑住了，叫不出声来，小英子的娘看到了骂了他一句。

因为小英子家就在荸荠庵旁边，所以明海老往小英子家跑。她的家像一个小岛，三面被河水环绕，岛上种有六棵大桑树，一个菜园子可以供应四时的瓜果蔬菜。这样的温馨氛围让明海感受到了家里所没有的温情，活泼可爱的小英子更是让他心生欢喜。

在大英子准备出嫁时，赵大娘正为女儿的嫁妆发愁，年轻姑娘嫌弃母亲做的样子太老，小英子一下子就想到了明海……

汪曾祺以简洁诗意的笔给读者营造出一个田园般的童话。船划到了芦花荡子，小英子趴在明海的耳朵边，直接吐露出自己的满腔爱意，赤诚而又热烈，明海愣了会儿小声答应。船又划起来了，野菱角开着四瓣的小白花。惊起一只水鸟，擦着芦穗，扑刺刺地飞远了。

小英子和明海间纯真的爱恋让人心动，又充满伤感。这篇《受戒》，犹如一幅中国式的水墨画，清峻峭拔，含蓄隽永，浑然天成。在汪曾祺笔下，那一片芦花荡子显然是生命力的象征，激荡着男女主人公的心灵。

打破常规，博采种种，正是汪曾祺创作特色。他贴着泥洼里写，贴着人的内心写，有着烟火味，有着地地道道的中国味。汪曾祺坦言自己受到古代的归有光、桐城派风格的影响，现代的鲁迅、沈从文、废名，以及外国的契诃夫和阿左林的作品也对他产生较大的影响。他欣赏钱锺书提倡的"打通"与"不隔",不仅是中西方文学方面的打通,更是古今之通、官方与民间之通。一个有抱负的作家致力于做文学的"通人",不应该被"古、今、雅、俗"的框架所束缚。汪曾祺杂取所长、兼收并蓄、高处相逢,从不同的养分中"泡"出来,形成了自己独一无二的文学感觉。

像《受戒》最后的水鸟似的,擦着芦穗,扑噜噜地飞走,满意,惆怅,又恋恋不舍。汪曾祺阅读老师沈从文作品,常常思考"什么是艺术生命"的问题。他在沈从文的小说《长河》里,找到天天所说的话:"好看的应该长远存在。"不觉一怔:答案原来在这里呀。

"有何思想?实近儒家。人道其理,抒情其华。有何风格?兼容并纳。不今不古,文俗则雅。"这是汪曾祺在《我为什么写作》中的自白。《受戒》是这样,他的许多作品也是这样。这正是汪曾祺不同凡响的地方。

六、枯木逢春的好"老头儿"

早在 20 岁就开始写小说的汪曾祺,在"四人帮"倒台后,表现很平静,朋友们劝他写些东西,可是这个老头儿,愣是没啥动静。

直到 1978 年,思想解放大潮涌起,文坛日渐繁荣,各种题材的小说纷纷出现,汪曾祺终于心动了。他的第一篇小说是《骑兵列传》,发表在《人民文学》1979 年第 11 期上。

知道汪曾祺的人,恐怕都知道《受戒》。

《受戒》怎么写出来的?熟悉他的人都知道,汪曾祺从来不会编故事,他的小说一般写的都是自己经历或目睹的事情。在《受戒》的最后,汪曾祺加了一个小注:一九八〇年八月十二日,写四十三年前的一个梦。

43 年前,他正好 17 岁,和明海同岁。

关于汪曾祺,从他的《多年父子成兄弟》中,我们知道了他的初恋故事。

　　17 岁的汪曾祺，暑假里，在家写情书，父亲在一旁瞎出主意。

　　那个年代，真是少有的稀罕事！

　　才子，毕竟不同寻常，没过多长时间，汪曾祺便在 1980 年 5 月写成了《受戒》，他说："我写的是美，是健康的人性。"

　　看《受戒》，满是清淡委婉中表现和谐的意趣。汪曾祺力求淡泊，脱离外界的喧哗和干扰，精心营构自己的艺术世界。他对传统文化的自觉吸收，洋溢着浓郁的乡土气息，不愧为沈从文的得意门生，在小说散文化方面，开风气之先。

　　别看汪曾祺在学术上叱咤风云，获得那么多赞同与肯定，可是回到家，他就不得不"退居一隅"了，连最小的孙女都可以对他的文章指指点点，谁让他是家里最好说话的"老头儿"呢！

　　老头儿的脾气很好，老伴施松卿在家排第一，儿子女儿排第二，孙子孙女排第三，汪曾祺简直在家里大事小事的商讨中，可以算个"列席"吧！

　　老头儿一点也不埋怨，认了。一生豁达惯了，岂能和家里最亲的人斤斤计较？其实啊，不是他不计较，是他确实无能为力，连小孙女指着他挥毫泼墨的大作都大声地说："老头儿，你真浪费，留这么一块空白干嘛？"

　　喝得半醉半醒的老头儿，正觉得满意，想在孩子面前好好炫耀一番，没想到这可真是吃了"哑巴亏"。孙女卉卉转过头来对一旁的方方说："给他画只小鸭子？"方方倒是挺逗，立马正儿八经地说："别瞎画，等老头儿死了，没准这画就值钱了！"

　　就是这样的一家子，看似没大没小，其实其乐融融。

　　这个家庭里的孩子们从学会说"爸爸妈妈"起，就会用清清楚楚的吐字叫"老头儿"。被叫"老头儿"，汪曾祺很受用，说明情况一切正常，如果规规矩矩地叫"爷爷，姥爷"，这就要警惕了，十有八九没啥好事儿！

　　孙女们是汪曾祺的心头宝贝，从来都是有求必依。

　　汪曾祺写文章，其他人都不能打扰，可是这个"其他人"并不包括两个调皮的孙女。往往是汪曾祺专心致志地写作，紧挨着他的背后，孙女们叽叽喳喳地进入他的情节中。倘这样相安无事，倒也罢了，可是玩着玩着，若觉得不好玩，老头儿便理所当然被"征用"了。

"爷爷——"

"不要！"

"要！过来！"

"好吧！"

——老头儿满脸委屈地放下笔，不情愿地挪过去。

于是，老头儿被反锁在房里。不一会儿，老头儿被孙女领出来，他那稀疏的白头发上，缀满了横七竖八的小花卡子！惹得老伴施松卿想气更想笑，假装训斥："哪有这样欺负爷爷的！以后再这样，揍！"一屋子的大人都看着汪曾祺傻笑，对着两个调皮的小家伙假装发狠。老头儿现在倒是不乐意了，嚷道："管得着吗？你们！我们就是爱这样玩！"说着，拍拍两个小脑袋，慈爱地说："今儿老头儿累了，赶明儿再玩！"

真是没办法！汪曾祺，可爱的老头儿，从来不要求所谓的尊卑，对所有人，不论老少，都是一样尊敬。

汪曾祺年轻时就爱唱戏。现在老了，他一找到机会，就跟家里的大大小小吹，说老头儿年轻时的嗓子可不是胡吹的！方方闪闪大眼睛，狡黠地笑笑说："老头儿吹牛！"老头儿这下可受不了了，运足丹田，字正腔圆地来了一段：

"——包龙图

打坐在

开封府——"

别说，这声音还真是高亢嘹亮，功夫了得！老头儿得意地问方方："怎么样？"

"全不怎么样！"

"什么？不怎么样就不怎么样吧！"老头儿呼哧呼哧地走了。等到下次兴头上来，又来孙女面前找气受了。

他倒是乐此不疲。

老头儿，一辈子，不争名不争利，为了房子的事经常被老伴和孩子们笑话，他不愿意麻烦别人，若不是儿子汪朗的单位分到了套新房，老头儿一家可能还窝在几十平方米的小屋里，只能抬头不见低头见了。

汪明在黑龙江兵团工作的九年里，老头儿一直给她写信交流。因为给一个妇女输血，诱发了她非常严重的哮喘病。老两口实在不忍心让她在那边"上山下乡"，一狠心，老头儿在施松卿的督促下，决定为女儿写份"病退申请报告"。没过几天，汪明的连长把她喊过去，惊诧地问，"听说你父亲写过样板戏，是真的吗？"汪明谦虚地笑笑："瞎扯！"连长忙说："我看也是，样板戏啥水平？这病退报告啥水平？你自己瞅瞅，写的啥玩意儿嘛！"

汪明一看，真的没话可说了。

"敬爱的连队首长，我恳请您放过我的女儿汪明，让她回北京治疗和生活……"

汪明差点没笑出声，这种报告，别说让团里通过，就是想从她这里通过也难。老头儿一辈子不打官腔，不写官话，这突然憋出的几百字，想来已经花费了不少心血，挠了不少头发。看着看着，汪明的眼睛就湿润了。

可怜天下父母心！她的老头儿真是好样的。

老头儿和子女们的相处十分平等，即如他的父亲与他。

记得儿子汪朗找对象的时候，老头儿把儿子约会称作"上党课"。经常是汪曾祺一边围着围裙，一边拿着大勺，兴冲冲地问儿子："汪朗，你'上党课'的时间到了没有？在家吃饭来得及吗？"

汪曾祺被世人称为"中国最后一个士大夫"，知名评论家李陀也称其"在把现代汉语从毛文体解放出来这样重大历史转变中，做了一名先行者、一名头雁。"

汪曾祺，一个喜欢被叫作"老头儿"的可爱的人。他接受过西南联大正规的高等教育，师从沈从文。他喜欢做学问，但与一些大学者不同的是，不谙世事的他，陶醉于辞章考辨之类的"小学"，做的是阐幽发微的"小事"。

汪曾祺，深谙"绚烂之极归于平淡"的东方古训，他不做随波逐流的政治写手，不追求反映时代精神的最强音，含蓄、空灵、淡远是他的风格。翻开他的书页，立即嗅到一股幽幽淡淡的清香，和着凉风，扑面而来，叫你好一阵清爽！

他长于江南，定居于京城，高邮的咸鸭蛋是他向人津津乐道的宝贝。汪曾祺写凡人小事，记乡情民俗，谈花鸟虫鱼，考辞章典故，即兴偶感，娓娓道来，于不经心、不刻意中设传神妙笔，成就了当代小品文的经典和高峰。

有位作家以这样的文字描述："我爱读汪曾祺到了这般情形：长官不待见我的时候，读两页汪曾祺，便感到人家待见不待见有屁用；辣妻欺我的时候，读两页汪曾祺，便心地释然，任性由他。在我的办公桌上，内室的枕畔，便均备放一本汪曾祺。汪老的文章是我生命的一部分。"

就是这样一个温文敦厚的老头儿，才华横溢的老头儿，开朗善良的老头儿——汪曾祺——给了我们一片没有喧嚣的净土，教会我们闲适与恬淡。

狂泻喧腾的大瀑布之美固然可敬可畏，然而置身清丽澄明的小溪边，观鱼游虾戏，听流水潺潺，不更能使你忘掉一些烦恼，而顿感其乐融融吗？

汪曾祺曾经听说，有两位大队书记在开会的间隙，在会议桌的塑料台布上，用圆珠笔一人一句、一字不差地默写出了他的小说《受戒》最后明海和小英子的对话。这件事让他十分感动。他想：一部作品到底能在精神上给读者一些什么呢？所谓"文章千古事，得失寸心知"，于他便是一个朴素的道理："总得有益于世道人心吧。"

1987年，汪曾祺受邀参加美国爱荷华大学的"国际写作计划"，在耶鲁和哈佛的演讲中，他讲的都是语言的艺术，似乎有意识地在一个国际语境中把语言问题和中国文脉联系到一起。

汪曾祺指出，认识中国文学的价值，离不开桐城派的"文气"这个概念。文章的"提、放、断、连、疾、徐、顿、挫"，都是"文气"，这是一个在西方现代美学许多概念面前不仅不逊色，甚至还要超前、还要现代的概念，因为"文气"连着内容和思想，"文气"连着文章的魂。他反思自己在20世纪40年代初出茅庐时，也写过逞才、炫技的文章，但那样的文章并没有生命力。他坚持认为：只有对中国文脉体味得越深，他才越知道不合身的衣服比破烂衣服更可悲悯，越明白贴着人物写的重要性，越能领会中国文学经典中那些苦心经营的"随便"和不动声色的"姿态横生"。

看，传统文化、传统"文气"真是深入汪曾祺的骨子里了。

七、最后的路途

老头儿汪曾祺一生真诚坦荡，随遇而安，恬静淡漠的心态，使他看见一花一草都开心得不得了，像陶渊明似的，过着世外高人的生活。在他早期的小说《复仇》里，开篇引语就是庄子的话——复仇者不折镆干，虽有忮心，不怨飘瓦。

老头儿汪曾祺有一方砚台，砚盖上刻的就是这句话，而且是他的手迹。

1979年，汪朗刚回北京，汪曾祺赋闲在家，老伴就催着他也给孩子们教点东西，耐不过去，他拿起《古文观止》翻了一个遍，最后选中一篇陶渊明的《五柳先生传》，边念边讲："先生不知何许人也，亦不详其姓字。宅边有五柳树，因以为号焉。闲静少言，不慕荣利。好读书，不求甚解；每有会意，便欣然忘食。性嗜酒，家贫不能常得。亲旧知其如此，或置酒而招之。造饮辄尽，期在必醉；既醉而退，曾不吝情去留……"

老头儿很欣赏这样的生活。

他对自己的评价是："我是一个极平常的人，我没有什么深奥独特的思想。"

1995 年，老伴施松卿因摔倒躺在医院里。再没有人管着他抽烟、限制他喝酒，没有人和他拌嘴，也没有人大呼小叫地喊"老头儿"，没有人拖着鞋子在他身边走来走去，"影响"他写作。家里一下子清净而冷清了。等周末放假，女儿带着孙女回家，老头儿神色黯然地说："老头儿寂寞！"

在老伴住院的日子里，老头儿每天早早起床，从集市上买了鸡、牛肉、鱼，熬好汤，催着保姆趁热给施松卿送去。等到探视日，他更是早早就准备好，一天的精神都足了。

等老伴施松卿出院后，身体还是很虚弱，一直卧在床上，心脏也经不起喜怒哀乐的刺激。老头儿在书房写作，只要老伴轻声地一喊："曾祺——"，他立马放下笔，颠颠地跑过去，和老伴谈点开心轻松的事情，声音柔柔的。

1997 年 5 月 16 日，老头儿肝硬化，匆匆离开了。去世前，汪曾祺想喝口茶水，便和医生"撒娇"："皇恩浩荡，赏我一口喝的吧。"医生点头答应，汪曾祺便叫来小女儿："给我来一杯碧绿透亮的龙井！"

可是，龙井还没端上来，汪曾祺等不及竟先走了。正所谓人生如茶，沉浮随意，自能品出生命的滋味。

汪曾祺这一生便如这杯茶，起起伏伏，却终归趋于宁静！

汪曾祺离开后，儿女们商量了很久，决定还是不把这个噩耗告诉妈妈，没有勇气，也没有办法，妈妈此刻也正躺在床上。大家轮番编谎话骗施松卿，笑着说老头儿如何又如何。每次有人进屋，施松卿无神的双眼就立刻炯炯起来，用足了力气说："爸爸回来了！"

老头儿不会再回来了，施松卿也渐渐不再问了，对开门的声音也淡漠好多，也许她的心里已经明白很多。她不再向孩子们证实，留着生命的一线希望。

在天上的老头儿，这心里该是多痛苦啊！

人各一方，天各一方，再多的关爱，却也只能向天空凝望，看落霞尽散，看闲云飘荡，唤一声：松卿，过好！老头儿我在空中保佑你！

一年后，施松卿驾鹤西去，去天堂见他的"老头儿"了。

汪曾祺逝世 20 年后，《人民日报》于 2017 年 5 月 19 日用差不多大半个版面的篇幅刊文纪念。文章说汪曾祺的作品不过时，好读而且耐读，像他的一部小说的名字"晚饭后的故事"，适合闲下来慢慢翻阅，读出灯火可亲。他不是挑"理想读者"的作家，相反，他相信写得好还是不好，普通人的感受准着呢，他挑剔的是作家的"暗功夫"——写作背后的视野、情怀、趣味和本领，而这正是直到今天对中国当代文坛来说汪曾祺依然独特、依然值得研究的原因。

文章特地讲到汪曾祺的自知之明："他摸得到顿、拨、沉、落、迴、扭、煞诸种差之毫厘、失之千里的那么点个妙处。"小说与读者的关系也是如此："最好不要想到我写小说，你看"，而是："咱们来谈谈生活。"

汪曾祺总结写作的要诀就是："第一应该有生活，第二是敢写生活，第三是会写生活。"写出来的生活，要让读者闻到"一种辛劳、笃实、轻甜、微苦的生活气息"。为此，你首先得熟悉生活，把热腾腾的生活熟悉得像童年往事一样，清晰明了如在目底；其次得沉淀，除净火气，除净感伤主义；最后就是沈从文的忠告——"千万不要冷嘲"，要执着。

不敢说，汪曾祺永远不会过时，但至少现在，读过汪曾祺作品的人，都说他的作品有筋骨、有血脉、有烟火、有味道。一句话："接地气，不过时。"

第二十四章

张爱玲：
繁华的孤寂

　　张爱玲的苍凉是与生俱来的，这也是她的生命基调。她一定没有泪，她不会有泪，泪是后人为她流的。张爱玲是永远的。像一个大上海的幽魂，活在许多爱她的人的心中，她是那死去的蝴蝶，仍然一来再来，在每朵花中寻找自己。

一、离开，带着毫无眷恋的苍凉

一直不敢去碰这个人。

一直不觉得这也是在地面上曾经生活过的人。

她活着的时候，我们不知道；她死去的时候，我们仍然不知道。

而断断续续进入我们视线、耳朵和心灵的是关于她那若有若无的谣传、她的人生际遇、她的苦难、她的爱恋、她的悲怆、她的疲惫、她的落寞、她的孤傲，以及她那令人欲哭无泪的符咒般的文字碎片。

1995 年 9 月 8 日上午，美国洛杉矶一座寂寞深深的老年公寓里突然传来骇人的尖叫。发出这声尖叫的是看护这座公寓的黑人彼特斯，在这座公寓的四楼，责任心极强的彼特斯感觉房间里的老妪多日不见出门，隐隐有些不安。他轻轻地敲着门，轻轻地叫喊着，但房子里一直静静的，像一座坟墓。

最终，彼特斯叫人打开了门，眼前出现了奇特的一幕：房屋正中央铺着一块红红的地毯，一位尖瘦的老妪很优雅地躺在地毯的中央，她静静地睡着，再也叫不醒了。

警方闻讯赶来，验尸后证明：这个老妪竟然已死去了三天。

彼特斯听了这个消息后，他再也忍不住了，遂发出了令美国洛杉矶心痛的尖叫，这尖叫如电波一样，穿过太平洋，传遍了世界各地，许多城市都被这压抑的尖叫划痛了。

这个老妪就是旷世才女张爱玲。

张爱玲一定不希望彼特斯发出如此骇人的尖叫。她早已习惯了无声的日子，习惯了孤独与寂寞，她只想静静地睡着，静静地坐在天堂，醮着阳光，写着充满灵性的珠子般的文字。

人们记住了这张简历：张煐，1920 年 9 月 30 日生于上海。1930 年改名张爱玲。1943 年，发表《倾城之恋》和《金锁记》等作品。1944 年与胡兰成结婚，3年后离婚。1952年移居香港。1955年赴美，并拜访胡适。1956年结识剧作家赖雅，同年8月，在纽约与赖雅结婚。1967年赖雅去世，1973年定居洛杉矶。两年后，完成英译清代长篇小说《海上花列传》。1995年9月逝于洛杉矶公寓，享年七十四岁。

张爱玲用这种方式走完了她的一生。她说："生命是一袭华美的袍，爬满了虱子。"那么，在最后的时刻，她拼尽全力爬到了华美的袍子的正中央，是为了赶走那些烦人的虱子，还是要成为虱子中的女王？

可悲的是，当张爱玲的死讯传回北京时，内地文坛许多人士的第一反应竟然是：怎么，张爱玲原来还活着？1982年，一个在加州大学留学的大陆学子第一次读到《金锁记》，听葛浩文教授说张爱玲就住在洛杉矶，他也吓了一跳：张爱玲不是去世好久了么？

在香港媒体上，能够见到的张爱玲的最后一张照片，是那张她手上拿着刊登金日成猝死消息报纸的照片，她拿得隆重而笨拙。这照片摄于1994年，离她离开人世的日子只有不到三百天的时间了。就在此前的一年，她还去做了一次美容手术，并戴上隐形眼镜。

张爱玲对美的执着、敬爱、锐气真是令人荡气回肠啊。

终于，这个爱美、敬美、求美、追美的人悄悄地走了，这个"了无声息地飘过来，水一般的亮丽自然"的人悄悄地走了。如同在许多人心目中她早已走了的那样，如同在许多人心目中她不曾生活在这个世界上一样。她悄悄地走了，带着毫无眷恋的苍凉，但她留下的沉甸甸的文字是任何人都无法抹去和无法漠视的。

张爱玲留下了遗嘱，很简单，只有两点：第一，弃世后，所有财产将赠予宋淇夫妇；第二，希望立即火化，不要殡殓仪式，如在陆地，则将骨灰撒向任何广漠无人之处。

处理丧事的总原则是：隐私、迅速和简单。

张爱玲深知：无论多么美丽的人，一旦死了，都不好看。所以，她要马上火葬，不要让人看到遗体。

朋友们实现了她的愿望。自她去世至火化，除了房东、警察、彼特斯、遗嘱执行人和殡仪馆的工作人员外，没有任何人看过她的遗容，也没有照过相，而且，除按规定手续需要的时间外，没有任何耽误。

她要把她的骨灰，撒向空旷无人之处。这遗愿也实现了。

尽管活得艰难，但不拒绝生命。在七十四年的风风雨雨中，她避世而不弃世，执着而不自恃，为自己的选择负责，对生活负责。她认真地做了她应该做的事，认真地拒绝了她不愿意不喜欢的事。当上帝召唤她离开时，她静静地起身而去。

因为这人世，她早已无心眷恋。

眷恋的是那些活着的默默阅读她的人……

有一种情感叫伤痛，因为她的离去，人们感觉了；

有一种关爱叫珍惜，因为她的离去，人们记住了；

有一种态度叫尊重，因为她的离去，人们懂得了。

二、爱，在那遥远的春天的晚上

张爱玲出身不凡。她的祖父是大名鼎鼎的张佩伦，她的祖母是更加大名鼎鼎的李鸿章的女儿。据说祖父与祖母的婚姻可谓天作之合，一时传为佳话。但作为这对佳话的爱情结晶，张爱玲的父亲张廷重颇不争气，沾染了种种恶少的习气，吸鸦片、逛妓院，样样都干。奇怪的是，张廷重艳福不浅，他娶了张爱玲的母亲黄逸梵，这是个非常美丽而新潮的女性，追求个性解放，深受五四以来新文化运动的影响。由于不能忍受封建旧式家庭的束缚，在张爱玲 4 岁的时候，就不顾张廷重的规劝，与张爱玲的姑姑张茂渊同赴欧洲留学去了。

不久，曾两度出任民国总理的孙宝琦之女孙用蕃嫁给了张廷重。张爱玲与后母关系一直紧张。有一次居然还狠狠地打了后母一记耳光。这一打，将她对这个家庭的最后一丝留恋也打掉了。很快，她遭到了父亲的毒打，并被关在房间里半年。

少女时代的张爱玲反叛、敏感、郁闷。她总是怀念自己的生母，并一直与生母保持着联系。比如，生母在瑞士阿尔卑斯山滑雪时还将照片寄回给她。后来生母在欧洲进了美术学校，1948年她在马来西亚侨校教过半年书。她喜欢画油画，跟徐悲鸿、蒋碧薇等大家都很熟识。珍珠港事件后她从新加坡逃难到印度，曾经做过印度总统尼赫鲁两个姐姐的秘书。

张爱玲勇敢地逃出了家庭。她要像生母那样，张扬个性、自由自在地生活。她敢于犯上，哪怕是面对自己的祖母。比如，她的祖母写了一首赞祖父的诗，大家都说好。只有她不以为然，认为写得不好。有人说，能够将美破坏掉的人才能当作家，才能写出好小说。

张爱玲就是这样的人。

不仅如此，张爱玲居然也看地摊小报，看到其中的脏话浊话，她一边骂一边笑，毫不在乎别人的眼光。最有意思的是，做什么事，她都显得理直气壮。一次路遇小瘪三抢她的手提包，争夺了好一会儿没有被夺去，张爱玲打跑了小瘪三后还骂那家伙"不自量力"。

又一次，一个小混混抢她手里的小馒头，张爱玲毫不退让，结果，一半落地，一半她仍然拿在手里。她咬了一口后，将剩下的小馒头朝小混混的背影恶狠狠地扔去。

但这并不是说，张爱玲没有同情心。她的同情心是建立在劳动之上。一次，她搬印书的白报纸回来，到了公寓门口要付车夫小账，她觉得非常可耻又害怕，宁可多给一些，把钱往那车夫手里一塞，赶忙逃上楼来，不敢看那车夫的脸。她可以想象车夫那张汗湿湿的脸。

张爱玲独立意识很强，凡事像刀截一样的分明，从不拖泥带水。她爱钱，因为这钱是自己靠血汗挣来的。她是个喜欢张扬的人。一朵美丽的花，如果没人看见，那叫什么美丽？一幅名贵的画挂在墙上，如果没人欣赏，那叫什么名贵？一次到一个朋友家去，看到许多值钱的东西，朋友任其默然，没有半点喜意，张爱玲出门后，对人说："我看过之后，只觉很可惜。这些东西没有让主人高兴，我宁可不要这富贵了。"

少女爱美是一种天性。但张爱玲爱美，更多的是一种自觉、一种追求。那还是在她小女孩的时候，她就有一篇文字在报上登了出来，得了五元钱。大人们说这是第一次稿费，应当买本字典作为纪念，她却马上拿这钱去买了口红。

张爱玲天生就是作家。她十四岁即有一部《摩登红楼梦》，订成上下两册的手抄本，开头是秦钟与智能儿坐火车私奔杭州，自由恋爱结了婚，但是经济困难，又气又伤心，而后来是贾母带了宝玉及众姊妹来西湖看水上运动会，吃冰淇淋……

胡兰成看完后大惊，认为她写得"真有理性的清洁"。可惜，张爱玲的命运也毁在了这种"理性的清洁"上。对爱的向往和渴望，就像对美的向往和渴望一样。张爱玲用一生去追求，但得到的却是一缕受伤的月光。

爱，伤害了她；爱，也造就了她。

张爱玲出道之前写了一篇小文，题目就叫《爱》：

这是真的。

有个村庄的小康之家的女孩子，生得美，有许多人来做媒，但都没有说成。那年她不过十五六岁吧，是春天的晚上，她立在后门口，手扶着桃树。她记得她穿的是一件月白的衫子。对门住的年青人，同她见过面，可是从来没有打过招呼的，他走了过来，离得不远，站定了，轻轻地说了一声："噢，你也在这里吗？"她没有说什么，他也没有再说什么，站了一会，各自走开了。

就这样就完了。

后来这女人被亲眷拐了，卖到他乡外县去作妾，又几次三番地被转卖，经过无数的惊险的风波，老了的时候她还记得从前那一回事，常常说起，在那春天的晚上，在后门口的桃树下，那个青年。

于千万人之中遇见你所要遇见的人，于千万年之中，时间的无涯的荒野里，没有早一步，也没有晚一步，刚巧赶上了，那也没有别的话可说，唯有轻轻地问一声："噢，你也在这里吗？"

看，张爱玲写得多么老道，一点也看不出幼稚和青涩。她平静地叙述着一个事不关己的故事，小心翼翼地告诉你——爱就只是在合适的时间和地点遇见合适的那个人，而那一刻不会随岁月流逝，而是愈发清晰。当时间已老，沧桑的人仍旧记得那声轻轻的问话。

不用说，她是爱他的，只是后知后觉；不用说，她是爱他的，只是要经历过那许多风波才能体会；不用说，她是爱他的，只是这爱更适合怀念。

这小小的故事简直就像爱的利刃，一不小心就泄露了玄机。

有人由此写下这首小诗："在后门，是桃花掩去了春风 / 朝朝暮暮 / 她扫了三百六十日的落花 / 却没有拾到一瓣 / 缘分 // 张爱玲，原来你也在这里吗？ / 萍与水本来是无所谓缘分的 / 只是偶然盛了同一种月色。"

哦，与孤独作战的张爱玲，你小小的年纪就盛满了爱，在那遥远的春天的晚上，你的笔不动声色地出发了，你用那千娇百媚的文字深情地告诉人们：

在对的时间遇到对的人，是一种缘分；

在对的时间遇到错的人，是一种不幸；

在错的时间遇到对的人，是一种无奈；

在错的时间遇到错的人，是一种残忍。

三、流水有意，落红无情

很显然，张爱玲在错的时间遇到了错的人，这个人就是胡兰成。

花花公子胡兰成，曾任汪精卫"和平运动"时期《中华日报》总主笔。抗战胜利后流亡日本。此乃台北新版之胡兰成《今生今世》的作者简介。不知怎的，读胡兰成，总是让我联想到张爱玲的父亲张廷重。真是天不佑才啊，好好的张爱玲怎么可以遇到这样两个不负责任的男人！

作为自己的父亲，张爱玲没有选择的自由。但是，作为自己的丈夫，张爱玲却看走了眼。而这一走眼，注定了她一生的悲剧。

若干年前，作家三毛以张、胡之恋为蓝本改编成的电影《滚滚红尘》，获得金马大奖，并在台湾引起轩然大波。那时，张爱玲还活着，胡兰成也活着。但处于风口浪尖的当事人居然都选择了沉默。

也许，他们都不想在结痂的伤口再撒一把盐？

写张爱玲绕不过胡兰成这一关。

有学者认为，胡兰成的名字最容易让人想到"异质""另类""不羁"一类的字眼。无论从叙述文体、文本风格、言事理路到资源底蕴，胡兰成都是很难被归类的。把他放在传统文化的背景里，他非儒、非道、非佛，又亦儒、亦道、亦佛；把他放在五四新文化的源流里，他是既不"启蒙"也不"救亡"，既不"乡土"也不"现代"，既不"学院"也不"通俗"的。至于在政治上，把他一股脑儿归入"汉奸文人"倒是轻省简单，但那等于什么都没说。

而在文化灵性、辞章造诣上，张爱玲始终是胡兰成心目中的制高标杆。他在逃亡中一边写《山河岁月》，一边为了别的女人跟张爱玲闹离婚，心里想的还是"我想可以和爱玲比一比了""我觉得我可以超过爱玲了"。但细读他的"力作"《今生今世》，平心而论，胡兰成虽经营用心，时见精警论见，文辞清简而句法奇崛，但其叙述招数、阅人视界及其"文字体温"，则差张爱玲远矣。

张爱玲与胡兰成决绝后从不愿在人前提起他。关于他们曾经有过的故事，她也表示这是"私家重地，请勿践踏"。当胡兰成在书中一再写到她时，她认为这是利用她的名字搞推销，对其有才无品的人格有了更深的了解，并深深地表示鄙视。

胡兰成曾多次给张爱玲写信，但她从不回复，心冷如冰，由此可见。

正所谓"临水照花，落红无情"啊。胡兰成种的什么因，他就要尝到什么样的果。这果，不是胡兰成愿意尝的，更不是张爱玲愿意结的。但最终，他们都得面对这枚苦涩的果。

想当初，那是一段令多少才子佳人难以忘怀的日子啊！

胡兰成看了张爱玲发表在《天地》杂志上的小说《封锁》，觉得欢喜得不得了，一下子就爱上了。"我只觉世上但凡有一句话，一件事，是关于张爱玲的，便皆成为好。"

第一次相见来得突然。胡兰成一见张爱玲，只觉与他所想得完全不对。张爱玲进来客厅里，胡兰成感觉她的人太大，坐在那里，有点幼稚可怜的味道。倘说她是个女学生，却又连女学生的成熟亦没有。他甚至怕她生活贫寒，心里想战时文化人原来苦，但她又没有使胡兰成当她是个作家。

当天两人谈了些什么，似乎是无关紧要的。重要的是，两人虽觉得耗时不少，但仍然觉得时间过得太快。

当天送张爱玲走时，胡兰成竟贸然地说："你的身材这样高，这怎么可以？"只这一声就把两人说得这样近，张爱玲也很诧异，几乎要起反感了。但这神态在胡兰成看来"真的非常好"。

胡兰成认为，男欢女悦，一种似舞，一种似斗。见到张爱玲后，他明白他找到了一个理想的对手。送走张爱玲后，胡兰成又迫不及待地写了封信给她，信中说她"谦逊"。张爱玲很喜欢这个评价，回信说："因为懂得，所以慈悲。"

看，这样的名言，一不小心就流了出来。有时我真觉得，张爱玲不是曾经在地面上活过的人，而是一个神话。她的头脑怎么如此聪慧？她的文字怎么可以如此灼人肌骨？

没料到，胡兰成才去看了三四回，张爱玲忽然很烦恼，而且凄凉。女子一旦爱了人，是会有这种委屈的。看来，张爱玲羞涩半掩地射出了人生的爱之箭。

一周后，因为胡兰成说起登在《天地》上的张爱玲的照片，翌日她便取出这张照片送给胡兰成，背后还写有字：

见了他，她变得很低很低，低到尘埃里，但她心里是欢喜的，从尘埃里开出花来。

张爱玲出手便成绝句。

胡兰成春风得意，甚为满足："我到南京，张爱玲来信，我接在手里像接了一块石头，是这样的有分量，但并非责任感。我且亦不怎么相思，只是变得爱啸歌。每次回上海，不到家里，却先去看爱玲，踏进房门就说'我回来了'。"

有妇之夫的自信和快意莫若如斯。之所以这样，是因为张爱玲在信中说："你说没有离愁，我想我也是的，可是上回你去南京，我竟要感伤了。"

张爱玲真想不到会遇见胡兰成，并且无可救药地爱上这个人。其时，胡兰成已有妻室，张爱玲居然并不在意。再者，他有许多女友，乃至携妓游玩，她亦不会吃醋。照胡兰成的说法，"她倒是愿意世上的女子都欢喜我"。张爱玲中了什么邪啊？

胡兰成对于张爱玲是一剂毒药；

张爱玲对于胡兰成是一面镜子。

比如，有一回，胡兰成在香港，买了贝多芬的唱片，一听并不喜欢，但私下想，这贝多芬被人尊为"乐圣"，他的音乐一定了不得。不喜欢他是因为没弄懂的缘故。于是天天刻苦学习，努力要使自己弄懂为止。不久，他知道张爱玲是九岁起就学钢琴，一直学到十五岁。

胡兰成正待得意，不料张爱玲却说压根儿不喜欢钢琴。

此言一出，顿使胡兰成怅然若失。

在两人的交往中，张爱玲带给胡兰成的是一个女性的全新的感受。她不做作、不掩饰、不迎合。比如，当大伙都说《战争与和平》《浮士德》是如何了得时，她平淡地说，这两部小说根本比不上《红楼梦》和《西游记》。特别可笑的是，胡兰成读了感动的地方她全不感动，她反而是在没有故事的地方看出有几节描写得好。她坚持自己的看法，不会被哄了去陪人歌哭，因为她心底清楚得很。

正因为此，胡兰成称张爱玲是"聪明真像水晶心肝玻璃人儿"。

初涉爱河的张爱玲全心全意地对胡兰成，她柔情万分地说："你这个人嘎，我恨不得把你包包起，像个香袋儿，密密的针线缝缝好，放在衣箱里藏藏好。"

看，这样的话在当今那些"新新人类"口里不是很流行吗？可是，半个多世纪前，张爱玲就用上了，可见她文字的穿透力是如何了得。

恋爱中的人常常丧失自己，张爱玲却很清醒。她明白，有人虽遇见怎样的好东西亦滴水不入，有人却像丝绵蘸着了腮脂，即刻渗开得一塌糊涂。张爱玲的错误在于，她知道爱得糊涂，却还一往情深地将一场糊涂弄得更大。

结婚后，张爱玲喜欢在房门外悄悄窥视胡兰成，她写道："他一个人坐在沙发上，房里有金粉金沙深埋的宁静，外面风雨琳琅，漫山遍野都是今天。"

再看她与胡兰成的打闹：她静静地看着他，脸上写着不胜之喜，用手指抚他的眉毛，说："你的眉毛。"抚到眼睛，说："你的眼睛。"抚到嘴上，说："你的嘴。你的嘴角这里的涡我喜欢。"她突然叫他"兰成"，令胡兰成竟不知道如何答应。因为胡兰成总不当面叫她名字，与人说是张爱玲，而今她要胡兰成叫"爱玲"，胡兰成十分无奈，只得叫一声："爱玲"。话一出口，他登时很狼狈，她也听了诧异，道："啊？"所谓对人如对花，虽日日相见，亦竟是新相知，何花娇欲语，你不禁想要叫她，但若当真叫了出来，又怕要惊动三世十方。

他们相爱源于相知，他们相知却无力相守，这就注定了他们的最终分离。

此前，他们在闲聊时也讲到有朝一日，夫妻要大限来时各自飞，胡兰成说："我必定逃得过，唯头两年里要改姓换名，将来与你虽隔了银河亦必定我得见。"

张爱玲回答道："那时你变姓名，可叫张牵，又或叫张招，天涯地角有我在牵你招你。"

这样的情，这样的意，谁听了不动容？谁读了不动心？

胡兰成当然懂得张爱玲，他有过这番评价："张爱玲是民国世界的临水照花人。看她的文章，只觉她什么都晓得，其实她却世事经历得很少，但是这个时代的一切自会来与她有交涉，好像'花来衫里，影落池中'。"

可惜，胡兰成懂得却不珍惜，不仅如此，他还大大地负了她。

众所周知，结婚，不仅仅意味着精神上的相会，更要有肉体上的交欢。否则，爱只是一个符号，情也只是一片荒芜。这样的爱又怎能生根，又怎能开花结果？

胡兰成没有承担起一个男人应有的责任。他是这样狡辩的："我们虽结了婚，亦仍像是没有结过婚。我不肯使她的生活有一点因我之故而改变。两人怎样亦不像夫妻的样子，却依然一个是金童，一个是玉女。"

这个"伪男人"真是害人精啊。

如果说，胡兰成没有男性功能，倒也罢了。事实上，他跟张爱玲结婚没多久就去了温州，并且很快与一个叫秀美的女人缠在一起。张爱玲获悉后，去看胡兰成，胡兰成还不高兴，认为坏了他的好事。

起初，张爱玲并不怀疑胡兰成与秀美有什么关系。但是，有一天清晨，在旅馆里，胡兰成倚在床上与张爱玲说话，隐隐腹痛，却强忍着。过了一会儿，秀美来了，胡兰成一见她就诉说身上不舒服。秀美也连忙问痛得如何，并说等一会儿泡杯午时茶吃就会好的。张爱玲当下很惆怅，心里顿时明白，秀美与胡兰成的关系一定非同一般。

尽管如此，张爱玲表现出足够的忍耐，她宽宏大量地赞扬秀美具有"汉民族最为本色的美"。在胡兰成的要求下，张爱玲还替秀美作画，但画了一会儿，忽然停笔不画了。原来，张爱玲画着画着，只觉得秀美的眉眼神情，她的嘴，越来越像胡兰成，心里好一阵悸动、一阵难受。而胡兰成居然还责备张爱玲怎么不画了，真是痛心也哉！

张爱玲生不逢时，爱不逢时。

胡兰成既要秀美，又要一个叫"小周"的情人，同时又不许张爱玲离去。为了一种屈辱的自尊，张爱玲要他在她与情人之间作出选择，胡兰成竟然说："我待你，天上地上，无有得比较，若选择，不但于你是委屈，亦对不起小周。"

张爱玲的泪猛地流了出来。她坚持着，要胡兰成立即作出选择，并且第一次责问胡兰成："你与我结婚时，婚帖上写'现世安稳'，你不给我安稳？"

多么低微的申白，多么简单的要求。这质问，是一种撕裂，更是一种绝望。

胡兰成沉默了，始终不肯作出选择。张爱玲叹了一口气，道："你是到底不肯。我想过，我倘使不得不离开你，亦不致寻短见，亦不能再爱别人，我将只是萎谢了。"

张爱玲说这话时，骨头里都溢满了血。

第二天下雨，胡兰成送张爱玲上船，并且匆匆返回。

数日后，张爱玲从上海来信，告诉胡兰成："那天船将开时，你回岸上去了，我一人雨中撑伞在船舷边，对着滔滔黄浪，伫立涕泣久之。"

胡兰成读完感到诧异，更诧异的是张爱玲还给他寄来了钱，说："想你没有钱用，我怎么都要节省的，今既知道你在那边的生活程度，我也有个打算了。"

她还叫胡兰成"不要忧念她"。

至此，张爱玲看清了胡兰成"浪子难以回头"的面目，只有狠心离去。"我也有个打算了"，说的就是这个意思。她寄钱给胡兰成，是因为她曾收过他的钱。而且她"情""债"两讫，问心无愧。

流水有意，落红无情。张爱玲冷冷地望着手中的笔，她要擦干眼泪，重新出发。

四、华美的袍爬满了虱子

决然地离开胡兰成之后，张爱玲变得内敛起来，她隐忍着，承受着，寂寞着，写作着。大多时候，她总是低着头，带着凄美之感的悲怆，孤独地行走在都市旷野，行走在古老的月光中。她像一头大象请求抚爱，酸楚的，悲剧的，摇摇欲坠的。

张爱玲低下了高贵的头，但她的低头不是自弃自贱，而是因为，低头还可以更好地思考，更好地思考可以写作更好的作品。既然这个世界如此残忍，让天才女人只有忍受无尽的苦难，她就要想明白上天为什么让她这样。她重新出发，要寻找的就是一个简单的答案。

应当说，像任何一个正常女性一样，张爱玲也是渴望着性的，而性生活的缺乏使她从一开始便陷入了一种精神的自恋。可笑的是，她与胡兰成的闺房之乐只是停留在"两人坐在房里说话，她会只顾孜孜地看我"的层次上，"两人怎么做亦不像夫妻的样子"。

我真不理解，为什么风情万种的张爱玲激不起胡兰成应有的情欲？为什么激不起情欲的胡兰成还要残忍地与张爱玲结婚？为什么与张爱玲结婚后，胡兰成还不停地跟别的女人纠缠，并且能够享有鱼水之欢？

是张爱玲缺乏魅力，不会撒娇？抑或是张爱玲太神圣，胡兰成只能抬头仰望？

须知，张爱玲当年在写七巧时，欲望冲天："她试着在季泽身边坐下，将手贴在他腿上。声声逼季泽：你碰过你二哥的肉没有，你不知道没病的身子是多好的啊……"这简直就是原始人性被压抑之极的哀号啊！

有人说，张爱玲情动八方，对于胡兰成这样父亲式的老爱人，他真不知该用怎样的姿势来抱住一个灵魂多情却又世事洞明的女人。有一次，他与张爱玲外出坐三轮车时，他横竖都无法把她放在自己的腿上，最后，只得把自己放在了女人的大腿上。"一只雄蝶把轻盈又轻佻的身子放在哪里都是可笑的。"胡兰成把自己的可笑归咎于张爱玲的"高大"。

张爱玲沉默了。她把生命的力比多转移到了文学创作上，写出了一篇篇电光火石的作品，使一向自命不凡、并一直视张爱玲为"对手"的胡兰成更加"矮"下去，也更加认识到了张爱玲的卓越和高大。在《今生今世·民国女子》中，胡兰成感叹万分地写道：

我在爱玲这里，是重新看见了我自己与天地万物，现代中国与西洋可以只是一个海晏河清。《西游记》里唐僧取经，到得雷音了，渡河上船时艄公把他一推，险些儿掉下水去，定性看时，上游头淌下一个尸身来，他吃惊道，如何佛地亦有死人，行者答师父，那是你的业身，恭喜解脱了。我在爱玲这里亦有看见自己的尸身的惊。我若没有她，后来亦写不成《山河岁月》。

我们两人在房里，好像"照花前后镜，花面交相映"，我与她是同住同修，同缘同相，同见同知。爱玲极艳。她却又壮阔，寻常都有石破天惊。她完全是理性的，理性到得如同数学，它就只是这样的，不着理论逻辑，她的横绝四海，便像数学的理直，而她的艳亦像数学的无限。我却不准确的地方是夸张，准确的地方又贫薄不足，所以每

要从她校正。前人说夫妇如调琴瑟，我是从爱玲才得调弦正柱。

不过，胡兰成哀叹得有些晚了。张爱玲漂走了，从上海到香港，最后漂到了异国他乡。张爱玲虽然精通英语，而且生活上十分西洋化，但她并不喜欢留学。她说，她最喜欢的还是在上海生活。可是，她最终又被迫滞留美国，并嫁给了一个洋人。命运真是不公啊。

在张爱玲的感觉里，西洋人总有一种阻隔，像月光下一只蝴蝶停在戴有白手套的手背上，真是隔得叫人难受。在上海时，有一次她看到公寓里有两个外国男孩搭电梯，到得那一层楼上，楼上唯见太阳煌煌，两个外国男孩竟然失语，只听得一个说"再会"，就匆匆逃开了。张爱玲顿时愣了，半晌才说了一声："真是可怕得很！"

然而，这种可怕的生活却要贯穿她的后半生。1955年，张爱玲移民到美国。翌年，她在新英格兰一个创作营写作，碰到一位20世纪30年代即从欧洲移民美国的老作家赖雅（Ferdinand Reyher），两人相爱，并于同年八月在纽约结婚。

张爱玲与赖雅未婚先孕，这个事实对胡兰成是一个极大的讽刺。而65岁的老头尽管珍视生命，但他却无能再做一回父亲。他说他可以做张爱玲的丈夫。张爱玲立即做掉了无辜的生命，成了赖雅夫人，却永远失去了做母亲的机会。

此刻，是否有人想到，在夜深人静的时候，张爱玲抚摸着自己的身体，那雪白发光、带着潮润的果子居然只能等待着秋风的凋零呢？

张爱玲的再婚并未给她带来好运气。原因是赖雅的身体一天天坏下去，张爱玲决定于1961年秋亲自飞往台湾、香港去赚钱。然而，刚到台东，得悉赖雅又一次中风即赶回台北，竟因买不起返美机票而转道提早飞香港去写《少帅》的电影剧本，以便多挣些钱为丈夫治病。

说真的，我很不理解，张爱玲为什么总是喜欢父亲式的男人？胡兰成给了她空洞的婚姻后，她好不容易挣脱了出来，为什么又钻进另一个婚姻黑洞？以她当时三十六岁的才貌气质，她难道就找不到一个门当户对的好儿郎？是不是，她的潜意识里，也把胡兰成当作第二任丈夫的"对手"，她要用事实来告诉胡兰成，她的生命是旺盛的？可是，这道理似乎说不过去，因为，在她心里，胡兰成应当早已死了。她犯不着为了这样一个人去折腾自己。

那么，唯一的解释就是不用解释。这恰恰是张爱玲式的，也是当下最时髦的。不是有人常说：爱，是不需要理由的吗？张爱玲最传统，也最现代。她的爱情个案说明了这一点。

也许从小尝到生活的艰难，张爱玲从不讳言自己是个"财迷"，特别是当她与杂志编辑为稿费而争执的时候。但是，在人生的大节点上，钱对她似乎从来不是决定性的因素。否则，十九岁时，她不必离开富裕但不负责的父亲，转而投奔没有什么钱的母亲。她母亲还特地警告她："跟了我，可是一个钱都没有。"张爱玲思考了许久，最后还是跟了母亲。

这就是张爱玲，宁愿受苦，不愿受辱。

有人这样感叹道：对于一位洞察世事的作家，真实的生活，总是一连串的痛苦的折中和无奈的妥协。张爱玲与赖雅的婚姻，或许是确实有感情；或许，也就是她在《天才梦》中所说过的："生命是一袭华美的袍，爬满了虱子。"为什么是这只虱子而不是那只虱子，我们至多也只能说是运气问题。张爱玲缺的，其实还是运气。20世纪50年代末，台湾、香港的经济尚未起飞，汇率也低，要在中文市场挣了钱去付美国的医药费，只怕是谁都做不到，何况当时张爱玲还没有今日的名气。

但张爱玲一头扎了进去，一副"爱就爱了，拼就拼了"的大义凛然。

只有张爱玲，只有这个独一无二的她，至死仍是民国的最后贵族，她的骄傲，永远不能褪色为博取凡夫俗子的同情和眼泪的虚荣。她与赖雅结婚后，从不愿意以丈夫的照片示人。为什么不能，是因为张爱玲的敏感、张爱玲的骄傲？为什么不能，是因为她的贵族气质，是因为她心中自有他人无法触及的净土？

或许，张爱玲苦心经营和孜孜以求的，只是想保留一片虱子尚未爬到的被缎？她最后爬在了华美的袍子上，只是想把这片被缎做成具象的人生隐喻？

五、《倾城之恋》：石破天惊

解读张爱玲不能忽略她的作品。她的许多作品脍炙人口，而我最感兴趣的却是《倾城之恋》。

仅看标题，就知道张爱玲讲述的是一段动人心魄的爱情故事。"倾城倾国"一词，语本《汉书·外戚传》："一顾倾人城，再顾倾人国。"齐梁时期钟嵘在《诗品》中论及诗之吟咏性情的功能时也写道："女有扬蛾入宠，再盼倾国。凡斯种种，感荡心灵，非陈诗何以展其义？非长歌何以骋其情？"

据此，女有美色，倾城倾国，一旦进入文学叙事，显然就将暗示一个非凡的结果。"汉皇重色思倾国"，这是白居易的《长恨歌》，它创造了一个千古爱情传奇。

但是，在张爱玲的这篇小说中，它并不是一个感天动地的爱情传奇。书中的女主人公白流苏并不是美貌惊人，流苏与范柳原成婚，交易的因素亦多于爱情的因素。倒是在"倾城"的另一意义上：倾覆、倒塌、沦陷。在这个意义上，"倾城之恋"名副其实。香港的沦陷成全了白流苏和范柳原，使他们做成了一对平凡夫妻。

文本一开始就涉及一个全然不同的时间情境："上海为了'节省天光'，将所有的时钟都拨快了一小时，然而白公馆里说：'我们用的是老钟。'他们的十点钟是人家的十一点。他们唱歌唱走了板，跟不上生命的胡琴。"

有意思的是，作为对张爱玲作品最早的肯定者，评论大家傅雷对《倾城之恋》的评价不算高。他认为："因为是传奇（正如作者所说），没有悲剧的严肃、崇高和宿命性；光暗的对照也不强烈。因为是传奇，情欲没有惊心动魄的表现。几乎占到二分之一篇幅的调情，尽是些玩世不恭的享乐主义者的精神游戏；尽管那么机巧，文雅，风趣，终究是精炼到近乎病态的社会的产物。好似六朝的骈体，虽然珠光宝气，内里却空空洞洞，既没有真正的欢畅，也没有刻骨的悲哀。"

张爱玲对此很不服气，她挥笔写下《自己的文章》以作答辩：

> 我喜欢参差的对照的写法，因为它是较近事实的。《倾城之恋》里，从腐旧的家庭里走出来的流苏，香港之战的洗礼并不曾将她感化成为革命女性；香港之战影响范柳原，使他转向平实的生活，终于结婚了，但结婚并不使他变为圣人，完全放弃往日的生活习惯与作风。因之柳原与流苏的结局，虽然多少是健康的，仍旧是庸俗；就事论事，他们也只能如此。

这是张爱玲的可爱，也是她的固执。评论家说的话，何必如此当真？值得当真的是自己的情感、自己的家庭。

1944年12月的一天，上海变得十分寒冷，张爱玲第一次穿上皮袄，仍然感到寒风刺骨。《苦竹》月刊第二期出刊后，胡兰成早已西飞武汉去了。她独自坐在火盆边，这种不太发烟的上好煤球，现在是越来越贵了。她注视着盆里闷燃着被灰掩着的一点红，冷得瘪瘪缩缩的，偶尔碰到鼻尖，冰凉凉的，像一只无辜的小流浪狗。

这时候的张爱玲，距离《倾城之恋》舞台剧演出只有半年了，胡兰成飞到武汉去办《大楚报》，与情人小周的事情也早已深深刺伤着她的心。但是，表面上谁也不知道发生了什么事。张爱玲真能忍，她显得若无其事，给人的印象是：她是畅销书《流言》《传奇》的作者，也是衣着奇怪时髦的上海女作家。

《倾城之恋》终于开演了。张爱玲坐在包厢里，她听到范柳原指着海边那段斑驳的灰墙说的那段话："这堵墙，不知为什么使我想起地老天荒那一类的话……有一天，我们的文明整个地毁掉了，什么都完了——烧完了，炸完了，塌完了，也许还剩下这堵墙。流苏，如果我们那时候再在这墙根底下遇见了……流苏，也许我会对你有一点真心。"

应邀前来观摩的傅雷忍不住赞叹道："好一个天际辽阔胸襟浩荡的境界！"

张爱玲忽然感到鼻子好酸。她掉转头去，静静地看着眼前的一切：在香港轰炸的夜晚，白流苏和范柳原在一片荒芜废墟间拥被度夜，这堵墙的意象再一次出现。有了这堵墙，白流苏和范柳原各怀心绪、缠绵悱恻的爱恋纠葛中便托出了一个大的背景，使得终篇那段"伟岸"的文字有了依托："香港的陷落成全了她。但是在这个不可理喻的世界里，谁知道什么是因，什么是果？谁知道呢，也许就因为要成全她，一个大都市倾覆了。成千上万的人死去，成千上万的人痛苦着，跟着是惊天动地的大变革……流苏并不觉得她在历史上的地位有什么微妙之点。她只是笑吟吟地站起来，将蚊烟香盘踢到桌子下去。传奇里倾国倾城的人大抵如此。"

剧场里突然静止了。但仅仅一刹那，潮水般的掌声响了起来。灯光亮了，人们纷纷起来，向张爱玲挥手欢呼。

张爱玲感到有一只手在扶她，那是为她高兴的傅雷。

一个观众给张爱玲递来一张纸条，上面写了一行字："您的小说是写在针尖、刀尖和舌尖上的，犀利，爽亮，细碎，嘈切。您一出发即踏上巅峰、一出手即成经典。向您致敬！"

张爱玲看了，眼角火辣辣的。

六、永远的张爱玲

张爱玲寂寞得太久了。这是她的不幸，更是读者的不幸。

很长一段时间，在中国大陆读不到张爱玲的作品。张爱玲像封存于地窖中的老酒，默默地保护着自己的醇香。直到她去世，风乍起，吹皱一池春水，张爱玲的作品连同她多姿多彩的人生慢慢进入人们的视野。

"久违了，张爱玲！"有人发出这样的欢呼。

的确，尽管埋藏得太久，但是今天的阳光毕竟打开了蒙在书面上的厚厚的灰尘。人们如饥似渴地读着、品评着、交流着。真正的好酒不仅经得起时间的考验，而且时间越长，醇香越足。黄泉之下的张爱玲会不会为她的热闹感到一丝欣慰呢？

毕竟，张爱玲也是世俗的，不过，她的世俗如此精致，别无第二人可以相比。读她的作品，你会发现她对人生的乐趣的观照真是绝妙之至！张爱玲的才情在于她发现了，写下来告诉你，让你自己感觉到！她告诉你，但是她不炫耀！

张爱玲有名的一本集子取名叫《传奇》。其实，用"传奇"二字来形容张爱玲的一生，倒是最恰当不过了。如前所言，张爱玲有显赫的家世，但是到她这一代已经是最后的绝响了。张爱玲的童年是不快乐的，父母离婚，父亲为了继母，曾一度扬言要杀死她。她逃出父亲的家去母亲那里，母亲不久又去了英国。寂寞无助的她本来考上了伦敦大学，却因为赶上了太平洋战争，只得去读香港大学。要毕业了，香港又沦陷，只得回到上海来。她与离婚之后的胡兰成结婚，带来一生的伤害。无奈远走他乡，第二次婚姻再度遭遇不幸！她在20世纪40年代的上海即大红大紫，一时无二。然而几十年后，她在美国又深居简出，过着与世隔绝的生活，以至有人说：张爱玲即便寂寞也出精彩。

是啊，寂寞的人生，寂寞的文坛，这些都不是她愿意看到的。可是她不仅看到，而且深深地体会到，体会得有些恐怖。

关于自己的写作，张爱玲从未放弃过自信。她在一篇题为《自己的文章》中写道：

我的作品，旧派的人看了觉得还轻松，可是嫌它不够舒服。新派的人看了觉得还有些意思，可是嫌它不够严肃。但我只能做到这样，而且自信也并非折中派。我只求自己能够写得真实些……不喜欢采取善与恶，灵与肉的斩钉截铁的冲突那种古典的写法，所以我的作品有时候主题欠分明。但我认为，文学的主题论或者是可以改进一下。写小说应当是个故事，让故事自身去说明，比拟定了主题去编故事要好些。许多留到现在的伟大的作品，原来的主题往往不再被读者注意，因为事过境迁之后，原来的主题早已不使我们感觉兴趣，倒是随时从故事本身发现了新的启示，使那作品成为永生的。

张爱玲要使自己的作品成为永生的，口气可谓不小。但客观而言，她的作品的确可以随时从故事本身发现新的启示。香港作家李碧华就说："我觉得'张爱玲'是一口井——不但是井，且是一口任由各界人士四方君子尽情来淘的古井。大方得很，又放心得很。古井无波，越淘越有。于她又有什么损失？"

"张爱玲"除了是古井，还是紫禁城里头的出租龙袍戏服，花钱租来拍个照，有些好看，有些不好看。她还是狐假虎威中的虎，藕断丝连中的藕，炼石补天中的石，群蚁附膻中的膻，闻鸡起舞中的鸡……

"文坛寂寞得恐怖，只出一位这样的女子。"李碧华动情地说。

或许，读别的书你能知道道理，了解知识，得到震撼，但是，只有读张爱玲的文章你才是快乐的。即便是有点悲剧意味的《十八春》依然如此！

于是，我们看到台湾皇冠版《张爱玲全集》的衬页上有这么一行字：

只有张爱玲才可以同时承受灿烂夺目的喧闹及极度的孤寂。

就是最豪华的人在张爱玲面前也会感到威胁，看出自己的寒伧。

贾平凹看到这里，说："嗨，与张爱玲同活在一个世上，也是幸运，有她的书读，这就够了。"而余秋雨则说："她死得很寂寞，就像她活得很寂寞。但文学并不拒绝寂寞，是她告诉历史，20 世纪的中国文学还存在着不带多少火焦气的一角。正是在这一角中，一个远年的上海风韵犹存。"

都说文人相轻，又说同行相妒。为什么此刻的作家纷纷向张爱玲表示了自己由衷的敬意？这究竟是中国文坛的幸运还是张爱玲本人的幸运呢？

在最后的时刻，张爱玲能够安详地躺在地板上，心脏停止了跳动，未受到任何痛苦，真是维持做人尊严、顺乎自然的一种解脱方法。上帝用朱笔勾去她名字之前，以别样的方式让她有了死亡的选择权。

张爱玲从来不怕死，在她的文字言谈里，"死亡"于她也从来不成为一个诅咒的字眼——她选择的，本身就是一种如同死亡一样孤绝的生存方式，以及如同她的生存方式一样孤绝的死亡。从这个意义上而言，张爱玲数十年的"虽生犹死"，就是一部世间难得罕见的奇书。就死亡、末世、畸异、虚空等意象的营造来说，唯一超过了她以往作品所提示的高度的，就是张爱玲自己的生命现象本身。她没有拒绝人生。她只是拒绝苟同这个和她心性不合的时代。

张爱玲的苍凉是与生俱来的，这也是她的生命基调。她一定没有泪，她不会有泪，泪是后人为她流的。

张爱玲是永远的。像一个大上海的幽魂，活在许多爱她的人的心中，她是那死去的蝴蝶，仍然一来再来，在每朵花中寻找自己。

因为她的离去，月光都像魂魄了。

因为她的离去，河流都有些呜咽了。

而她毫不迟疑，淡然离去，朝向大海，朝向旷莽的未来，留下叹息一样的长长的背影。

这背影穿过上海的繁华与喧闹，穿过洛杉矶冰冷的头颅，在我触摸的一瞬，一病不起。

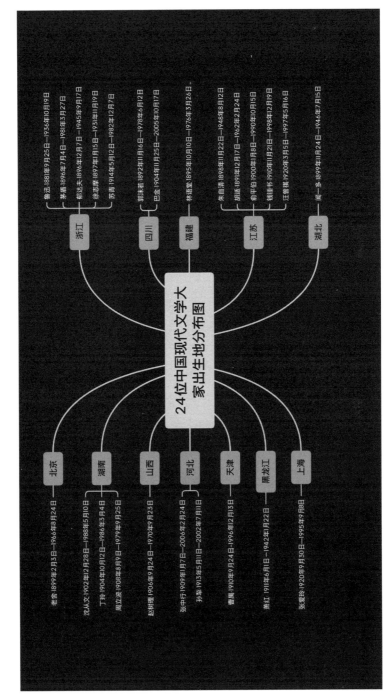

24 位中国现代文学大家出生地分布图

后　记
远去的人只留下一缕清香

历史已经渐行渐远，但其精神的闪光、灵魂的颤抖和文明创造者艰难拼搏的背影依然清晰可见。

远去的人只留下一滴清凉、一缕清香，我们是否发现、感受并且记住了？

这是一个浮躁的社会，更是一个日趋肤浅的社会。

在商业因子和互联网无孔不入的今天，我们有一种深深的焦虑，感觉一种无法言说的美正在不知不觉地丧失，我们有一种紧迫感，亟须捍卫知识的尊严，捍卫文化传承的价值，捍卫平面"阅读"古老传统所带来的愉悦，捍卫根植于血液中、具有悠久历史的诗意、浪漫和单纯。而这种捍卫需要一种强力、一种秉持、一种坚守、一种带有后启蒙性质的激励情怀。

我们把目光瞄准了中国现代文学大师或文学大家，这是因为：这些文学大家具有号召力；这些文学大家是社会关注的焦点和热点；这些文学大家经历的一切是艰难年代的一个缩影,他们像一个隐喻:他们的成功是人们效仿的榜样;他们的失败也给人们带来警醒和启迪。

譬如:这些文学大家是怎样成为我们眼中的"这一个"?这些文学大家的性格特征是什么?他们有着怎样的鲜为人知的故事?他们不是天生的文学家,他们也是凡人,那么,他们的喜怒哀乐在哪里?等等。

基于这些想法,我决定以"雕刻"的方式,聚焦现代中国那些声名远播、影响卓著的文学大家。从书写的方式来说,该书是"雕刻"而不是传记,是叙事而不是评论。但"雕刻"的基点是建立在传记之上,叙事的原点也带有较强的评述性。换句话说,我们所写的是真实的文学大家,是文学大家生活的某个侧面,是文学大家作品中的一个主音,我着眼的不是全部而是局部,我感兴趣的不是阴影而是亮点,是文化、历史和时代背景的杂糅,是纪实、抒情和日常诗化的融合。

当我试图这么做时,心情突然变得凝重起来。记得许多年前,美国芝加哥大学英语系知名教授布思在一次校宴上,邻座的一位校董问他:"我们究竟需要多少个乔叟专家?"

布思气愤地反问:"难道你认为我们的专家太多了吗?"

的确,我们不仅需要各个领域里的专家,我们更需要各个时代的文化大师或文学大家。可以这样说:如果一个城市,没有文化大师或文化名人,那是这个城市的悲哀——这个城市无论多么繁荣,也只是喧哗苍凉;如果一个国家,没有文化大师或文化名人,那是这个国家的悲哀——这个国家无论多么强大,也只能是外强中干。

余秋雨曾说:"假如陈寅恪还活着,就不会有人把广州称为'文化沙漠'。假如马一浮还生活在杭州,人们就会对杭州另眼相看。"

此话并非信口雌黄。据说英国人宁可让出印度,也不肯让出莎士比亚。这话听起来让印度人感到丧气,英国人却感到理直气壮,原因就在于此。

不过,在追求感官享受、躲避崇高和及时行乐的今天,一些人对此不以为然。在他们看来，只要出行有宝马、奔驰代步，居住有花园洋房和游泳池，举杯有茅台或拿破仑洋酒，就感觉过上了天堂般的生活。他们认为：没有《诗经》，没有李白、杜甫和曹雪芹等，没有长城和故宫博物院等一切先人遗产，大家不也活得好好的吗？

可是，我要反问的是：那些飞禽走兽，目不识丁，不也活得好好的吗？

由此，我们从那个校董的发问"我们需要多少个乔叟专家"引申出来：我们中国需要多少个"红学"专家才够用呢？我想，一千个不为少，一万个不为多，要是没有一个，也不会影响到人们的生活，影响的只是我们的精神。

精神的侏儒比物质上的赤贫更可怕。

这就是我们追寻大师、呼唤大师的理由所在。

专家或大师的可贵就在于其行业所代表的作风——格物致知。立志要查出高鹗是否续了《红楼梦》的决心，本身就是他们那种要把是非曲直大白于天下的"理性习惯"。至于曹雪芹是否泉下有知或是否高兴，与他们的趣味无关。他们只是要向历史交代。他们用自己的青春、心血和智慧凝成文化的碎片，他们用发现的眼睛关注历史和自身，他们是历史的参与者、推动者以及文明的制造者。他们的经历坎坷曲折，他们的情感跌宕起伏，他们的追求矢志不渝，他们，连他们的生活本身都是真实历史的一部分，都是一个时期的镜像和缩影。

他们留下来的不仅仅是历史的苍茫，也是盛夏里的清凉，是启示，是暗香，是未曾远去的风雅，更是激励当下中国人驱逐黑暗的不绝的精神火种。因此，"雕刻大师"其实也在雕刻自己的心灵。我的书写对象不是文学大家的生平传记，而只是他们生活的一个轮廓，一个侧影。其文本向度追求原创性、独特性、情趣性，选取现代文学大家的经典作品作为切入点，对他们的传奇经历和学术成就作出合乎理性的评判。我不要求面面俱到，只求选取其中一篇（件）在读者知识点上耳熟能详的代表作作为他们的引爆点。之所以这样，是因为这些代表本身具有强大的阅读群体，不少作品入选过大中学生的教科书，读者重新接触这些标题，能够唤起一种亲切感。然后，围绕这个经典文本，联系到文学大家的生活、情感和对事业的追求等进行生动传神的分析，突出他们的某个侧影。这个侧影也许被人忽略的，也许有人看到但发掘不深。选取大师们的生活片段作为主要内容，文字清新活泼，叙事朴实简练，努力做到故事性、趣味性和励志性相统一，寓教于乐，以真正实现我们所追寻的"大教育、雅文化、准学术、泛美术"的创作目的。在细节的处理上，力求生动感人，力求客观冷静，力求符合实际。

比如，以《祝福》的文本分析为叙写鲁迅定下了基调。虽然鲁迅的代表作《狂人日记》和《阿Q正传》也许更有分量，但选择他的短篇小说《祝福》也许更能体现本书的旨趣所在。"祝福"既是鲁迅先生久负盛名的经典小说，又隐含叙事者对鲁迅本人、对喜欢或不喜欢鲁迅先生的那些人的一种态度。鲁迅给人的印象太严肃，活得太累，他批评的人太多，伤害的人太多，他自己也被别人伤害，包括他的母亲、兄弟甚至自己所伤害。面对时下一些人发出的嘈杂之音，我们应当带有一种温情，对这位难得的文学大师给予足够的尊敬。书中其他作家的叙写，也有类似的考虑，即所选的代表作，未必是这位文学大家最具影响力或最负盛名的，但所选作品一定是最适合在本书中叙写这位文学大家的。

本书不是对中国现代文学大师或文学大家的影响力或所取得成就的评选，更不是百年中国文学的排行榜，而完全是从我的个人兴趣、审美偏爱和阅读效果出发，对中国现代文学长空中灿烂星空进行仰望、抓取、凝神、定格，因而它并不是完整的中国现代文学大家群谱。入选本书的所有文学大家，其出生年月都在1921年以前（所选最年轻的作家是张爱玲，她出生于1920年9月）。其中，一些文学大家虽然在20世纪二三十年代就很出名，但他们的生命一直持续到20世纪八九十年代，甚至到了

21世纪初。这样的文学大家用一个世纪的荣光照耀中国的古老土壤，委实令人兴奋与感喟。在写作中，我原准备每个文学大家字数控制在几千字到一万字以内，但实际上，我发现每个文学大师的生活经历和传世作品都是那么精彩和丰富，带有很强的传奇性与励志性，短短几千字根本无法体现他们的物质世界和精神历程。于是，我放松了对字数的限制，只要精彩，只要是闪光的片段，只要是令人感动的故事，我就尽情地写作，痛快地写作。就这样，写到萧红时，最先突破了二万字；而写完徐志摩，竟然突破了三万字。

我想，文字的多与少并不重要，重要的是是否值得写，重要的是是否写得精彩。现代文学大家们的作品已经十分精彩，他们的生活也十分精彩，如果我的笔太笨拙，如果我的笔不能触及他们的灵魂，如果我的笔不能握住、并留下那一缕袭人的暗香，那就是我的失败。

在该书的创作过程中，我阅读、参考和引用了大量的书报资料，限于体例，没有在书中将所引资料进行详尽注释。让我向这些资料的编辑者、撰写者和出版者致以深深的谢意。同时，我的弟子们献智献力，不计回报，使我在繁重的书写中看到了美好的希望在远处闪光。所有这一切，连同24位中国现代文学大家的光辉，我将一一记住，深深感恩。

由于时间仓促，学识有限，书中的错误、缺点或遗憾一定存在不少。我真切地盼望广大读者的善意批评，以期自己在今后的创作中走得更好、走得更远。